Karl Marx

Viel Spaß beim Lesen!

Ruben

HORST MARTENS

Ruben

Die Schlange im Hirsefeld

Bonn 2015

Copyright
© tweeback verlag, Heinrich Siemens, Bonn 2015
© Horst Martens
Lektorat: Eva Kalbheim
Der Umschlag verwendet ein Schlangenphoto von
Eric Isselee / Shutterstock

Satz mit LaTeX

ISBN 978-3-94498501-5

www.tweeback.com

Prolog

Gegen uns formierte sich eine brenzlige Opposition. Martin, Heinrich und ich, die in meiner Wohnung Quartier bezogen hatten, galten als die Outlaws, die vor dem Essen nicht beteten, die rülpsten, laut durcheinander schwafelten und kifften. Claudia und Daniel, die Akkuratesten aus der Gruppe der *Frommen*, zogen kreidebleich ab, als sie bemerkten, dass nicht nur Nikotinrauch in meiner Wohnung waberte, sondern in den Schwaden auch Inhaltsstoffe stärkerer Drogen schwebten. Wobei ich jetzt keineswegs den Eindruck vermitteln will, als seien wir dauerstoned gewesen. Am Vormittag des 8. November war ich definitiv 100 Prozent ansprechbar.

Claudia und Daniel hätten allerdings auch hysterisch reagieren und einfach abreisen können. Aber sie blieben, was ein Indiz dafür war, dass die Schmerzgrenze noch nicht überschritten und der Toleranzpegel noch nicht erreicht war.

Wir waren Studenten der plautdietschen Siedlungen im Chacobusch Paraguays. Als privilegierte Besitzer eines deutschen Reisepasses waren wir in die Bundesrepublik eingewandert, um hier zu studieren. Während sich die einen starr an die Religion ihrer mennonitischen Eltern hielten, warfen die anderen schon mal ein paar

Werte und Normen über Bord. Hier in Berlin kamen wir nun zum Studententreffen zusammen, und trotz unterschiedlicher Sichtweisen waren wir bereit, miteinander zu sprechen.

Der Tag hatte ganz friedlich angefangen. Wir hatten drüben bei Cornelio gefrühstückt, hatten sogar die Hände zum Gebet gefaltet und waren wieder in meine Wohnung zurückgekehrt, wo wir eine Tüte rauchten. Danach öffneten wir die Fenster, um zu lüften. Die süßlichen Schwaden hatten sich gerade verzogen, da klingelte es. Als ich die Tür aufmachte, dachte ich an jemand von gegenüber oder an die Post. Vor mir standen aber zwei Männer mittleren Alters mit Schnauzer, die beide einen Ausweis zückten und sich als Mitarbeiter der Kriminalpolizei ausgaben. Sie sahen aus wie die Detektive aus *Tim und Struppi*.

Weser und Sarnowski vom LKA, Abteilung Internationale Zusammenarbeit.

Sind Sie Ruben Löwen?

Ja, der bin ich.

Könnten wir Sie kurz sprechen?

Nun, ich habe gerade Besuch, geht es nicht an einem anderen Tag?

Nein, wenn sie mich schon einmal hier antreffen würden, wollten sie die Gelegenheit nutzen. Ich sei in den letzten Monaten ständig umgezogen, jetzt könnten sie in wenigen Minuten vieles erledigen.

Da bat ich sie herein. Sie sahen sich kurz um, erschnupperten die Rauchschwaden, begrüßten Heinrich und Martin per Handschlag und sagten dann, wieder an mich gewandt: Es handelt sich um persönliche Angelegenheiten. Was wohl bedeutete, dass Heinrich und Martin die Wohnung verlassen sollten. Die beiden griffen nach ihren Kaffeepötten und gingen nach gegenüber.

Ich packte die Schlafmatratzen so gut wie möglich zur Seite und bot den Herren einen Platz an. Die Beamten setzten sich, schnupperten wieder und dann meinte Weser: Ein seltsamer Geruch liegt in der Luft. So süßlich. Muss ein exotisches Gewürz sein.

Klar, dass sie das Haschischaroma längst identifiziert hatten. Nun bin ich dran, dachte ich ängstlich, am ganzen Körper zitternd. Gleich werden sie die Wohnung durchsuchen. Was anderes konnte ich mir nicht vorstellen. Sie checkten meine Papiere und stellten Fragen. Wie lange sind Sie schon im Land? Wieso haben Sie die deutsche Staatsangehörigkeit? Warum sind Sie in Deutschland eingewandert?

Dann fragten sie mich, ob Johann Löwen mein Vater sei.

Wieso? Ist was passiert? Ist er verunglückt?

Nein, wir führen strafrechtliche Ermittlungen gegen Sie und Ihren Vater.

Wie bitte?

Weser übernahm es, mir die Sachlage zu erklären: Wir haben ein Rechtshilfeersuchen von der Staatsanwaltschaft im Departamento Boquerón erhalten. Darin geht es um Vorfälle aus der Zeit der Stroessner-Diktatur.

Sie klopften an den Toren der Vergangenheit, die ich schon längst geschlossen hatte: Da bin ich mal gespannt, worauf das hinausläuft. Mein Vater ist als Kandidat der Oppositionspartei für die Wahl angetreten. Hängt es damit zusammen?

Wann war das?

Das passiert im Augenblick. Für die Parlamentswahlen läuft ein heftiger Wahlkampf.

Eines der Ereignisse, um die es hier geht, liegt viel weiter zurück. In den Unterlagen aus Paraguay wird als Grund für das nochmalige Aufrollen des Falles die Demokratisierung genannt. Die Diktatur habe ein Ermitteln nach rechtsstaatlichen Prinzipien nicht erlaubt.

Spannen Sie mich doch bitte nicht auf die Folter. Wovon reden Sie eigentlich die ganze Zeit?

Es geht um einen Vorfall aus dem Jahre 1978. Ein kleiner Junge kam dabei ums Leben – angeblich durch Ihre Mitwirkung.

In meiner Mundhöhle breitete sich Dürre aus. Den regelmäßigen Ausflug in den Schöntaler Busch hatte ich aus meinem Gedächtnis gestrichen.

Sie waren damals ein kleiner Junge, erst elf Jahre alt. Wenn es Verdachtsmomente wegen Mord oder Totschlag gibt, müsste von Staats wegen ermittelt werden, wobei ich voraussetze, dass auch in Paraguay Mord nie verjährt.

Es war im Winter des Jahres 1979, konkretisierte ich den Vorfall, Wobei der Winter in Paraguay nicht so kalt ist.

Beinahe hätte ich gesagt, dass sie auch hier im Haus Zeugen finden würden, aber ohne Not wollte ich da niemand hineinziehen.

Und was ist da passiert?

Meine Güte, was war passiert? Den Schöntaler Busch hatten wir heimgesucht. Martin war dabei, Cornelio, auch ein paar Mädchen. Und Abram Krahn. *Obraum, wata, gaunz vejete.* Wie konnte man einen Menschen so vergessen.

Wir hatten mit einer Korallenschlange gerangelt. Und plötzlich war er tot. Dabei war die Schlange nicht giftig. Er hatte mich provoziert.

Wir Kinder spielten im Busch. Jemand entdeckte eine Korallenschlange, mit der wir spielten. Aber diese Korallenschlange war nicht das, was sie zu sein vorgab.

Verwirrt glotzten die Bullen mich an.

Es gibt zwei Arten von Korallenschlangen. Eine giftige und eine ungiftige. Sie unterscheiden sich nur durch die Anordnung der Farben. Wir waren uns alle einig, dass es die harmlose Art war.

Jetzt einen Joint. Aber dringend, bitte. Auf der Fensterbank stand der Mate-Pott, der noch einigermaßen frisch war. Ich goss heißes Wasser ein und sog begierig den Sud ein.

Die Kommissare blickten sich an: Ist das eine Variante der Wasserpfeife? fragten sie.

Nein, nein, antwortete ich, das ist Mate-Tee, ein südamerikanisches Getränk.

Sie kamen auf ihr Anliegen zurück.

In unseren Unterlagen werden Sie *Täter* genannt.

Gut, dann war ich Täter. Wir waren alle Täter. In dem Augenblick, als Abram Krahn gebissen wurde, hielt ich die Schlange in der Hand. Aber Abram war überhaupt derjenige, der mit dem Biest ankam. Er hat das Ganze erst angezettelt.

Abram wurde also zufällig gebissen?

Richtig, ich wollte ihm mit der Schlange Angst einjagen. So wie er es bei mir versucht hatte. Da er sich drehte und wälzte und keine Ruhe gab, kam es in dem Gewühl zu der Beißattacke.

So. Keiner konnte das Gegenteil beweisen. Auch die Zeugen wussten nicht mehr.

Und Sie dachten, die Schlange sei nicht giftig.

Wir waren uns sicher. Aber selbst wenn der Biss Gift enthielt, würde es nicht den schnellen Tod Abrams erklären. Er ist an seinem Schrecken gestorben, an einem Schockzustand. Das hat auch der Arzt gemeint.

Ein Arzt hat den Fall untersucht?

Ja, Doktor Kahro. Aber natürlich nur oberflächlich. Er sagte, nichts deute auf die Wirkung von Gift hin.

Wir möchten Sie bitten, den Ablauf und alles, woran Sie sich im Zusammenhang mit dem Fall erinnern, aufzuschreiben und uns zu schicken, sagte Sarnowski, der sich mitfühlend gab.

Dann, als ich schon dachte, das Gespräch nähere sich dem Ende, meldete sich Weser zu Wort: Noch mehr als Sie ist aber Ihr Vater unter Beschuss.

Verstehe ich nicht.

Die Familie des Toten wirft Ihrem Vater Vorteilsnahme vor. Er habe die Familie Krahn bestechen wollen, damit sie mit der Kritik aufhört, um die ganze Geschichte zu begraben.

Ja, natürlich, es gab diffuse Gerüchte, dass mein Vater eine Art Schmerzensgeld gezahlt habe. Er wollte vielleicht böses Blut besänftigen. Einen wie auch immer gearteten Prozess hat er damit nicht aufhalten wollen, denn von einem Prozess war nie die Rede. Nicht in jenen Zeiten der Diktatur, nicht in jener gottverlassenen Einöde.

Aber das sagte ich den Bullen nicht. Das einzige, was ich sagte, war: Da müssen Sie meinen Vater fragen.

Weser lachte: Von Amts wegen interessiert uns der Teil mit Ihrem Vater nicht. Das sollen die mal schön in Paraguay klären. Was uns interessiert, sind Sie. Und mit Ihnen sind wir noch nicht ganz fertig.

Und ich dachte, Sie wollten sich gerade verabschieden, sagte ich in meinem jugendlichen Leichtsinn.

In der Angelegenheit mit der Korallenschlange können wir nicht viel ausrichten. Und wenn man nach rechtsstaatlichen Prinzipien vorgeht und nicht nach der Höhe des Bestechungsgeldes – er machte mit der Hand das obszöne Zeichen des Bakschisch – dann wird man nicht weit kommen. Wenn es damals schon Widersprüche gab, wie viel schwieriger wird es elf Jahre später sein, auswertbare Zeugenaussagen zu bekommen? Jeder behauptet etwas anderes.

Weser hakte ein: Ja, die andere Sache wiegt schwerer. Sagt Ihnen der Name Pablo Noruega was?

Säure stieg meinen Hals hoch. Sodbrennen. Ich ahnte etwas Fürchterliches. Aber in meinem Gehirn hatte es noch nicht Klick gemacht.

Der Mann beschuldigt Sie der Beteiligung an einem Folterprozess.

Meine Güte! Ich habe doch niemand gefoltert.

Es geht hier um Beihilfe zur Folterung. Unter dem Vorwand des Motorraddiebstahls ließen Sie ihn festnehmen und unter Folter ein Geständnis erzwingen.

Scarface! Siedend heiß fiel mir der Motorraddieb ein. Ich hatte ihn im Stich gelassen und aus meinem Gedächtnis gestrichen. Um ein Geständnis zu erzwingen, hatte man ihm Schlimmes zugefügt.

Aber das hatte ich nicht gewollt. Ich hatte sogar den Vorsatz gehabt, ihn da rauszuholen. Dann jedoch war der San-Blas-Tag dazwischen gekommen, der Tag des Putsches, und ich dachte an alles andere, bloß nicht an den Gauner. Trotzdem: Schuldig oder nicht, jetzt und heute würde ich nichts zugeben.

Deshalb sagte ich: Sie formulieren so, dass ich als aktiver Täter erscheine. In Wahrheit war es anders. Noruega hat vor meiner Nase das Motorrad geklaut. Mit vorgehaltener und geladener Pistole.

Woher wollen Sie wissen, dass die Pistole geladen war?

Im Chaco ist jede Pistole geladen. Außerdem habe ich die Patronen gesehen. Der Typ hat mich beraubt. Dann sehe ich ihn – vielleicht ein Jahr später – zufällig in Asunción. Das Gesicht Noruegas vergisst man nie. Über seine Wange zieht sich eine riesige Narbe. Aus diesem Grund habe ich ihn auch Scarface genannt. Als er in Asunción meinen Weg kreuzte, erkannte ich ihn selbstverständlich sofort. Ich sah, in welchem Haus er verschwand. Ich ging zum Kommissariat und zeigte ihn an. Alles andere war Sache der Polizei.

Nach unseren Informationen gingen Sie nicht zu irgendeiner Polizeistation, sondern zu einer Abteilung, die politische Gefangene folterte.

Es war die nächstgelegene Polizeidienststelle. Auf dem Eingangsschild stand nichts von Folter.

Kommen Sie, Sie waren ein Mann mit Einfluss. Sie wollen uns doch nicht weismachen, dass Sie einfach so in eine Polizeidienststelle marschiert sind.

Sie überschätzen meinen Einfluss. Natürlich habe ich meinen Bürochef darum gebeten, mir einen Ansprechpartner zu nennen. Natürlich wollte ich, dass die Polizei sofort handelt und nicht wie meist üblich erst nach Wochen aktiv wird, wenn der Dieb längst über alle Berge ist. Dass der Verdächtige misshandelt wird, wollte ich nicht.

Weser und Sarnowski standen auf. Würden Sie mich vom Fleck weg verhaften? Während des gesamten Gesprächs hatte ich überlegt, ob mir der Satz *Ohne meinen Anwalt sage ich nichts* über die Lippen kommen würde. Wichtig war für mich, vor den deutschen Beamten keine Schuld zuzugeben, auch wenn ich mich schuldig fühlte. Die Last, die ich jetzt trug, war moralischer Natur. Strafrechtlich hatte ich mich nicht schuldig gemacht.

Beim Abschied drückten sie mir ihre Visitenkarten in die Hand und forderten mich auf, einen Bericht *ex memoria* zu schreiben und mich in ihrem Büro zu melden. Außerdem dürfe ich Berlin nicht verlassen. Als ich gerade die Tür hinter ihnen zuschlagen wollte, sagte Sarnowski: Übrigens, der Konsum von Rauschgift ist in Deutschland untersagt. Passen Sie auf, dass Sie keine Probleme kriegen.

Und weg waren sie.

Ich drehte den Schlüssel um. Jetzt musste ich ein paar Minuten alleine sein. Meine Freunde nebenan hatten wohl gehört, dass mein Besuch gegangen war, jedenfalls klopften sie kurze Zeit später. Schließlich stand ich auf und öffnete. Cornelio wars. Ich ließ ihn herein und schilderte ihm kurz, was passiert war. Cornelio war natürlich auch aufgeregt, denn in der Causa Abram Krahn war er ebenfalls Zeuge. Aber ich sagte, dass ich die Polizei über seine und die Anwesenheit der anderen nicht unterrichtet hatte. Über diesen Fall wolle ich nicht weiter sprechen: *Vetahl dee Frind daut. Oba dann Schnut hoole.* – Erzähl es unseren Freunden. Aber dann die Schnauze halten.

Dass uns ein Toter hier in Berlin heimsucht. *Deitja noch nich mol!*
– Zum Teufel noch mal! Hoffentlich lässt sich Ruben nicht aus der
Ruhe bringen. Aber er ist ein cooler Typ.

Schöntal. Dieser Ausflug war *primera calidad* – erste Sahne. Ich
glaube, Cornelio hatte sich in mich verguckt, während Ruben mit
mir tanzte. Und Abram, der arme, schlecht aussehende und un-
gepflegte Abram, der ein Auge auf mich geworfen hatte, ließ sich
den Schneid nicht abkaufen, sondern ließ Ruben dumm dastehen.
Während wir tanzten, zwängte er sich dreist dazwischen und sagte
wie selbstverständlich: So, jetzt bin ich mal dran.

Und Ruben lachte und gab mich frei. Seltsam, dass diese Dinge
so präsent sind, während das Schreckliche verblasst ist, zum Beispiel der Augenblick, als Abram ein paar Mal zuckt und dann einfach tot ist. Wahrscheinlich war es der Schock, der ihn das Leben
gekostet hat. Das gibt es tatsächlich. Im Rahmen meines Medizin-
studiums interessiere ich mich für diese Frage. Kann ein Mensch
sich zu Tode erschrecken? Er kann, wenn er ein schwaches Herz hat.
Ich bin sicher, dass Abram im Zustand totaler Schockstarre war und
sein Herz nicht mehr mitmachte.

Claudia Brandt hat aus der Heimat die neueste Literatur mitgebracht, denn wir sind heiß auf alles Gedruckte aus unserer Heimat.
Unter ihren Buchpräsenten war ein *Kleiner Führer über Schlangen
des paraguayischen Chaco*, herausgegeben von Wolfgang Böckeler.
Der Autor behauptet: „Der Mensch hat offensichtlich gegenüber
Schlangen eine natürliche Furcht, die sich in extremen Fällen nach
dem Biss einer ungiftigen Art bis zu einem psychisch bedingten Tod
steigern kann." Ja, und ich glaube, es handelte sich im Schöntaler
Wald um einen extremen Fall.

Noch ein paar Worte zu Claudia: Ich sehe sie zum ersten Mal,
denn sie stammt nicht aus Neuland und besuchte zu meiner Zeit
im Internat in Filadelfia die Zentralschule nicht. Das hat sie erst
später nachgeholt. Deshalb lerne ich sie jetzt erst kennen. Sie ist

sympathisch, mal abgesehen davon, dass sie auch hübsch ist. Sie ist aber auch hausmütterchenmäßig zurückhaltend, weshalb Katharina sich zu der boshaften Bemerkung hinreißen ließ, sie sei eben ein anschmiegsames Weibchen, ein Hausfrauchen, so eines, wie Pastor Daniel Schellenberg sich eines wünscht.

Warum Ruben in Filadelfia auf Claudia herein gefallen ist, kann ich mir denken, sagte Katharina spitzzüngig, sie ist genau der Typ *Frauchen* wie seine eigene Mutter.

Nein. Katharina lag falsch, in der Bewertung von Rubens Mutter genauso wie in der Claudias. Claudia war in einer sehr konventionellen Bauernfamilie aufgewachsen. Doch sie war gerade dabei, die tradierten Werte des Frauenbildes abzuwerfen. Sie würde nie eine femme fatale werden. Sie hatte sich aber schon in ihrer Familie durchgesetzt, indem sie das Abitur nachholte und besuchte jetzt das Lehrerseminar. Für Claudia aus Nummer Zwei war das zweifellos ein großer Erfolg.

Noch ein paar Worte zu meinem Studium: Als ich hörte, dass Tjnals in Berlin studieren würde, habe ich mich sofort ebenfalls für ein Studium in dieser Stadt beworben, ohne zu wissen, welche Tradition die Medizin hier hat. Doktor Sauerbruch hat hier in der Charité gewirkt. Nun habe ich beides, die Charité und Tjnals.

In Schöntal war ich nicht dabei. Leider nicht, denn es war ein Erlebnis, das meine Freunde für ihr Leben geprägt hat. Aber an dem Tag bin ich gleich nach der Schule nach Hause gegangen, weil meine Kusine aus Deutschland gekommen war. Ich gehörte zur Clique von Miriam, Ruben, Cornelio und Martin. Aber dieses Erlebnis konnte ich nicht mit ihnen teilen – und spätere Erfahrungen auch nicht mehr. Schon 1980 wanderten meine Eltern nach Deutschland aus, nach Bechterdissen, wo Verwandte lebten. Mit Anne und Miriam blieb ich stets in Briefkontakt, so dass ich immer auf dem neuesten Stand blieb, was jeden einzelnen von uns anbetraf. Nie hätte ich geahnt, dass ich sie hier alle mal wiedertreffe.

In unserer Schule in Bechterdissen war ich Chefredakteurin der Schülerzeitung. Zu meinen Heldentaten zählt, dass ich ein Interview mit Falco einfädelte. Deshalb war für mich klar, dass ich Journalistin werden will, Auslandsreporterin am besten, denn mein Herz hing immer an Südamerika, und ich möchte den Menschen aus Deutschland den Kontinent so schildern, wie ich ihn empfinde.

Der Schöntaler Busch

Teil 1

Ruben Löwen, aufgezeichnet im Jahre 2012

Der unten angefügte Bericht meines Freundes Cornelio Peters ist erstaunlich detailliert nach so vielen Jahren. Man könnte meinen, er habe sich die Einzelheiten schon damals notiert. Cornelio kam nach dem Besuch der Polizisten auf mich zu und bot mir an, eine Chronologie dieses folgenreichen Tages zu schreiben. So wie ich waren auch die deutschen Polizisten und später das paraguayische Gericht beeindruckt über das genaue Bild, das er zeichnete.

Und das sind die Hauptdarsteller der Abenteuergeschichte:

Cornelio Peters, auch Cornie oder Tjnals genannt. Er hatte dunkle Haut, was auf einen Tataren unter seinen Vorfahren hindeutete. Seine Segelohren lieferten häufig Vorlagen für schlechte Witze, was vor allem seine eitle Mutter auf die Palme brachte. Cornelio galt als das literarische Genie, von dem sein Großvater behauptet hatte, auf den Besuch einer Schule könne er verzichten, alles was dort gelehrt werde, wisse er schon. Sein Vater hatte eine Shell-Tankstelle im Ortszentrum, der Sohn wurde früh zu Wochenendschichten herbeigezogen. Bei dieser häufig nachtschlafenen Tätigkeit kam er in Kontakt mit allerlei fremden Personen. Mit bolivianischen Lkw-Fahrern, die offiziell Petroleum von den Raffinerie-Anlagen der Anden transportierten und inoffiziell Kokain mitlieferten. Mit kuriosen Backpackern aus europäischen Ländern. Mit dubiosen Estancieros, die sich aus gutem Grund in den entferntesten Ecken des Landes niedergelassen hatten. Dieser unentwegte Kontakt mit schrägen Originalen erweiterte seine Sinne immens, was aber von den Dorfgrößen unseres Alters kaum gewürdigt wurde. Cornelio verfügte nämlich nicht über gewisse Techniken, die einen wahren Mann im Chaco auszeichneten: Holz hacken, Bäume fällen, Lasso werfen, Zäune errichten, Bullen kastrieren – all dieses konnte er nicht. Und wurde dafür bemitleidet. Wenn es aber um grenzwertige kulturelle Techniken ging wie schreiben, lesen, reden, philosophieren, dann war er unschlagbar. Zwischen diesen Polen – verletzte Eitelkeit, Versagen bei den handwerklichen Fertigkeiten und Perfektion in den kulturellen Techniken – bewegte sich sein Status in der Siedlung.

Miriam Cornies war die Tochter einer unauffälligen Familie ohne Eigenschaften. Sie selbst hingegen sorgte dafür, dass sie wahrgenommen wurde in der mennonitischen Männerwelt. Gleichaltrige Jungs nannte sie schon mal *Rumpelstilzchen*. Von ihr ist auch bekannt, dass sie die erste Mennonitin im Chaco war, die mit einem *Fetj die selfst* antwortete, wenn man ihr dumm kam. Nichtsdestotrotz war sie ein sozialer Mensch und liebte Familienfeiern.

Die leicht übergewichtige **Anne Giesbrecht** hingegen war Miriams beste Freundin. Sie wurde oft als Anhängsel von Miriam angesehen. Als Schwester der glutäugigen Karin Giesbrecht und des überaktiven Organisators Martin sowie als jüngste Tochter eines Warenkutschers und seiner praktisch nie in Erscheinung tretenden Frau hatte sie keinen leichten Stand. Seltsam, dass sie von allen mir näher bekannten Mädchen noch am meisten dem im Chaco geschätzten Bild einer Frau entsprach: Unterwürfigkeit, Scheu, gute Back- und Kochkenntnisse, eine Eins im Nähen.

Auffallend, wie selten **Daniel Schellenberg** in Cornelios Bericht erwähnt wird. Daniel mag das System, in dem er aufgewachsen ist. Und er hat es genutzt, um sich nach oben zu strampeln. Ein Intellektueller, der die Normen der Siedler akzeptiert. Sein Vater Theodor war Prediger und Gemeindeleiter. Vor Erwachsenen gab Daniel häufig mit seinen Bibelkenntnissen an. So gemein er zu Gleichaltrigen sein kann, so fromm gibt er sich vor seinen Eltern und in der Öffentlichkeit. Zumal er auch rhetorisch beschlagen war, was man von wenigen sagen konnte. Wenn sich Eltern malträtierter Kinder beschwerten, zitierte der Vater den Sohn herbei, worauf der, demutsvoll den Kopf senkend, alles leugnete.

Volleyball und Fußball spielte er ziemlich elegant, aber oft auch unkonzentriert. Mein Verhältnis zu Daniel: Geprägt von freundschaftlichem Konkurrenzdenken. Wenn er im Freundeskreis und in gesellschaftlichen Runden sein lautes Lachen ertönen lässt, sind alle Sensoren nur noch auf ihn ausgerichtet. Sein Streben nach Dominanz findet ein körperliches Pendant in seinen schmalen Lippen und in seinem schmalen, entschlossenen Gesicht. Außerdem ist er groß und wuchtig und strahlt physische Präsenz aus.

Martin Giesbrecht wird in Cornelios Bericht so auffällig geschildert, dass ich es dabei belassen kann. Und da waren noch die Jungs aus Rosenort, die nicht zu unserem Freundeskreis zählten, sondern sich uns anschlossen, weil sie einfach Lust auf einen Ausflug hatten, mehr Lust darauf, als mit ihren sturen Vätern den Bauernhof zu besorgen.

Cornelios Bericht über das Jahr 1979

Weil unser Schulausflug heute plötzlich eine weitreichende Bedeutung erhält, will ich in diesem Bericht protokollarisch genau, aber auch atmosphärisch dicht die Umstände erklären, die zu den dramatischen Verwicklungen führten.

Während ich sonst herumtrödelte und lange brauchte, um mir den Schlaf aus den Augen zu reiben, war ich heute sofort hellwach. Schulausflug war angesagt, die schönste Veranstaltung mit dem Bestimmungswort *Schul-*.

Mit der guten Laune war Schluss, als ich aus dem Fenster schaute. Dunkle Wolken huschten von Süden kommend über den Himmel. Die rauschenden Baumwipfel zeigten starken Wind an, aber als Sturm konnte man die vorbei ziehende Luft noch nicht einstufen. Wie ich den Lehrer kannte, würde der den Ausflug absagen. Der ließ sich von jeder harmlosen Wetterveränderung abschrecken, ging er doch der Lieblingsbeschäftigung aller Lehrer nach. Nebenberuflich führte er eine Estancia, und dafür war regulär der Samstag gebucht. Um 12 Uhr nach Schulschluss sattelte er sein Pferd und ritt aus, um nach dem Vieh und nach der Weide zu sehen. Es sei denn, er musste mit seinen Schülern zum Ausflug, dann fiel seine Lieblingsbeschäftigung flach. Der Ausflug war ausnahmsweise auf einen Samstag gelegt, weil mehrere Unterrichtszeiten ausgefallen waren und die Eltern schon mahnende Kommentare abgegeben hatten.

Der *Pampero* schaufelte trockenen und kühlen Wind aus dem Süden – eine angenehme Abwechslung zu dem sonst drückend heißen Wetter. Aber dieses Mal kam der Südwind zur falschen Zeit. Das Tief aus Patagonien brachte zwar selten Regen mit, aber häufig Nieselwetter. Und selbst der feinste Sprühregen würde die Ausflugschancen auf null reduzieren.

Ein wenig Feuchtigkeit hätte dem ausgetrockneten Land gut getan. Herbst bedeutet immer Trockenzeit. Aber in diesem Jahr war es schlimmer als sonst. Die Wasserstellen trockneten aus. Die Bauern, die ihr Wasserreservoir nicht rechtzeitig erweitert hatten, begannen schon, Wasser zu kaufen. Die Weide war kahl. Wenn die mageren Rinder in den sumpfigen Tümpeln die letzte Feuchtigkeit absaugten, blieben sie häufig im schlammigen Morast liegen und verendeten kläglich.

Die reichen Bauern hatten vorgesorgt. Die *tanques australianos* waren noch halb gefüllt. Im Sommer hatten sie Heu gemacht, das sie zu Silage verarbeitet hatten. Nun verfügten sie über genügend Futter und Wasser für ihre Rinderherden – und aus der Not der Kleinen, denen sie Wasser und Futter verkauften, schlugen sie noch Profit.

Kein Siedlerjunge verwünschte offiziell den Regen. Auch nicht an einem Samstag, an dem ein Ausflug vorgesehen war. Aber insgeheim verfluchte ich die dicken dunklen Wolken, die so unheilvoll über unser Dorf zogen. Wie aber würde Gott mich behandeln? Ein Mensch sieht, was vor Augen ist; der HERR aber sieht das Herz an. Andererseits: Wenn die Gläubigen in gut besuchten Gebetsstunden für Regen beteten, dann würde Gott sich doch nicht von einem Elfjährigen beeinflussen lassen, der dagegen war, und das auch nur für einen Tag.

Ich ging auf den Hof, um mir den Himmel näher anzusehen. Meine Eltern kamen aus dem *Corral* vom Melken. Die warme Milch in den Blecheimern schwappte über den Rand. Mutter bemerkte meine flattrige Nervosität: Regnen wird es heute nicht, versuchte sie mich aufzumuntern, vielleicht klart es später sogar noch auf.

Vater war direkter: Das Wetter bleibt und wird schlimmer, behauptete er mit dem Anspruch absoluter Gewissheit.

Nimm deine Ausflugsklamotten mal mit, leistete mir Mama weiter Unterstützung, in zwei Stunden sieht es anders aus.

Kurz vor sieben in der Schule standen die Schüler in Grüppchen zusammen. Die Wortführer lieferten Prognosen über die Wetterentwicklung ab: Kühl und trocken. Das ist bestes Ausflugswetter, skandierte Ruben und alle nickten ihm unterwürfig zu. *Soo aus etj dem Lehra tjann, jeiht dem aul dee Puttmehl*, sagte ich frech auf

Plautdietsch – Der Lehrer hat sicher schon die Hose voll. Erstaunte Blicke straften mich, denn für ein so drastisches Vokabular war ich nicht bekannt.

Die Diskussionsrunde entwickelte sich zu einem konspirativen Treffen. Nein, wir weichen keinen Deut von unserer Forderung ab, hieß es kämpferisch. Wir werden nicht schwach, geben nicht nach und auch nicht auf. Alle waren sich einig, dass sie gegenüber dem Lehrer nur diese eine Meinung gelten lassen und nicht wanken würden. Alle schauten mich an, da hob auch ich die Faust.

Als Lehrer Peter Regehr, Vater von Jakob Regehr, auf seiner Honda 90 eintraf, stürmten wir alle auf ihn ein. Doch Herr Regehr schüttelte unwillig sein Haupt. Wir waren noch in den 70er Jahren, und die Autorität des Lehrers war unantastbar.

Punkt sieben schritt Regehr auf die Veranda und läutete die Schulglocke. Die Schüler aller sechs Klassen, 55 Mädchen und Jungen im Alter von sieben bis 13 Jahren, versammelten sich wie gewohnt vor dem Schattendach. Er hätte uns die Geschichte von der Sintflut vorlesen können, um uns mit dem Gedanken vertraut zu machen, dass wir heute zu Hause bleiben würden. Aber er war ein sehr pingeliger Mensch, der nicht auf die Idee kommen würde, von dem in seinem Morgenandachtskalender vorgesehen Text abzuweichen. Nur einmal hatte er seine klare Linie verlassen. Damals war ich Zweitklässler und ein Junge namens Heinrich Harder aus der 6. Klasse war unter einem Flaschenbaum begraben worden, als er den bauchigen Stamm im Auftrag seiner Eltern fällen wollte. Der Tod des Jungen erschütterte die gesamte Siedlung. Der schreckliche Unfall wurde als Fanal gesehen. Eltern und Kirche nutzten die Gelegenheit, um uns die Endlichkeit des Lebens vor Augen zu führen. Am Tag nach dem Begräbnis war im Morgenandachtskalender die Geschichte vom Zöllner Zachäus dran, der auf einen Baum gestiegen war, um Jesus zu sehen. Der Baum störte Lehrer Regehr – denn er würde auf den Tod Heinrich Harders verweisen. Also tauschte er praktischerweise den Baum mit einem Schiff und erzählt uns die Geschichte von der Sintflut. Ja, klar, somit war die Sintflut sowieso gegessen.

Peter Regehr blieb seiner Linie im Allgemeinen treu, aber er besaß nicht die Fähigkeit, seine Entscheidungen als sinnvoll und gut für uns zu verkaufen. Als er nach der Morgenandacht sagte: Liebe Kinder, tut mir leid, aber die Wetterlage ist so unsicher, dass wir heute auf den Ausflug verzichten müssen. Dafür gebe ich euch aber die letzten beiden Stunden frei!, empfanden wir seine Entscheidung als ungerecht und zeigten wenig Dankbarkeit für seine Großzügigkeit, uns zwei Unterrichtsstunden zu schenken.

Schnell hatte sich ein Grüppchen gefunden, das sich vornahm, zu protestieren. Sie gehörten zum Freundeskreis der Rosenorter, die per se auf Krawall gebürstet waren. Unser Freundeskreis schloss sich schnell an.

Noch war nicht vollkommen klar, worin die Auflehnung bestehen sollte. Zunächst machten wir keine Anstalten, das Schulgebäude zu verlassen, was aber auch niemand störte. Lehrer Regehr startete seine Honda, um den Heimweg anzutreten, als er uns bemerkte, wohl wissend, weshalb wir finstere Mienen aufsetzten. Er hätte den direkten Weg zum Ausgang nehmen können, aber er beschrieb mit seinem Motorrad eine Kurve und bremste neben uns. Es sah so aus, als ob er uns etwas mitteilen wollte wie: Jungs und Mädchen, tut mir leid, aber ich kann das Wetter nicht ändern.

Dann aber sah er seinen Sohn dort mit gesenktem Haupt stehen, worauf er sagte: Jakob, sei zum Mittagessen zu Hause.

Weg war er.

Ruben machte dann den tollen Vorschlag, der alles in Gang setzte. Wer, wenn nicht er. Er hatte die glänzende Idee, dass wir auf eigene Faust losziehen sollten: *Wie sent doch tjeene tjliene Piepsasch*, sagte er. Küken, nein, das wollten wir nicht sein.

Jakob Regehr, der gerade eben von seinem Vater geimpft worden war, pünktlich nach Hause zu kommen, verbarg seine Ängstlichkeit nicht: Ja, aber mein Vater ... Ja, aber wenn es regnet ... Ja, aber ich muss heute Nachmittag den Hof harken.

Schließlich schickte Ruben ihn nach Hause: Geh Mittagessen, sagte er, worauf Jakob den Beleidigten spielte, aber gleichzeitig auch erleichtert seine Sachen packte, sich auf sein klappriges Rad schwang und den Nachhauseweg antrat.

Aber wehe, wenn du zu Hause petzt, rief ihm Nick Walde hinterher – und wir alle lachten und lästerten.

Jetzt stand die Schar der Ausreißer fest. Langsam, noch über das Ziel unseres Ausflugs sinnierend, verließen wir den Schulhof und bogen auf die Hauptstraße ein – ich, der *Schlangenfänger* Ruben (ja, so wurde er genannt, weil er als Vierjähriger eine Schlange gefangen hatte), Daniel Schellenberg, Nick und Levi Walde, Abram Krahn, Martin und Anne Giesbrecht sowie Miriam Cornies. Der eine oder andere Passant sah uns die Hauptstraße hochziehen, aber sie gingen davon aus, dass wir Schulschluss hatten. Oder sie machten sich überhaupt keine Gedanken über uns. Wir waren ja nur Kinder.

Es war kurz nach elf, in knapp einer Stunde würden die Läden zum Wochenende schließen und dann würde die Straße wie ausgestorben sein. Wir passierten die Sport-Anlagen und die Molkerei. 50 Meter vor der Shell-Tankstelle, die meinem Vater gehörte, scherte ich seitlich aus, schlug mich in die Büsche und umrundete die Tankstelle in einem großen Bogen. Am Ende der Dorfstraße, wo es geradeaus nach Filadelfia ging, stand der Rempel-Laden. Martin Giesbrecht bedeutete uns, stehen zu bleiben, um dann im Laden zu verschwinden. Kurze Zeit später kam er heraus und tat ganz geheimnisvoll. Er sicherte sich verschwörerisch nach allen Seiten ab und öffnete dann seine Hand. Darin lag eine Packung Ringo-Zigaretten. Der Rempel-Laden war das einzige Geschäft in Neuland, in dem es *Sündiges* gab, also Spirituosen, Zigaretten und Kondome. Aber selbst Onkel Rempel und seine Mitarbeiter hielten sich gemeinhin an die Regelung, nichts davon an Kinder zu verkaufen. Wie hatte es Martin nur geschafft, Tabakwaren zu ergattern?

Nun, ich habe eine Schachtel Zigaretten für meinen Vater geordert.

Wir lachten in Anerkennung seiner Schlitzohrigkeit. Martins Vater war als heftiger Raucher bekannt, was in der Siedlung nur naserümpfend geduldet wurde.

Dann bogen wir links ab. Auf der einen Seite raschelten Hirse-felder, auf der anderen standen die letzten Wohnhäuser, unter an-derem auch das Giesbrecht-Haus. Der alte Giesbrecht, Vater von Ringo-Raucher Martin, unterhielt sich gestikulierend mit einem Pa-raguayer. *Paraguayer* nannten wir die Einheimischen, die *Hiesi-gen*, die in kleinen Ranchos im Umkreis der Siedlungen wohnten, eine kleine Viehzucht unterhielten oder als Jäger lebten, indem sie Wildschweine, Rehe, Pumas, Iguanas und Jaguare erlegten und die Felle in den Siedlungen verkauften. Die Siedler pflegten nur dis-tanzierten Umgang mit den Paraguayern, da sie ihre Sitten und Ge-bräuche als unbiblisch einstuften: Maßloses Trinken von Zucker-rohrschnaps, ausufernde katholische Feste mit anschließendem außerehelichem Sex, Stehlen von mennonitischen Rindern, von der Waffe Gebrauch machen und grundlos den Gesprächspartner er-schießen – das passte nicht zu unserer Gesellschaft.

Ein Mann wie Giesbrecht, der auf die christliche Gemeinschaft pfiff, hatte keine Hemmschwelle gegenüber den Paraguayern, im Gegenteil, er trieb mit ihnen lebhaften Handel. Onkel Giesbrecht – wir nannten alle älteren Männer *Onkel*, *Onkel* hatte die Bedeu-tung von *Herr*, ohne hierarchischen Klang – also Onkel Giesbrecht spannte gut zweimal im Jahr seine Maultiere an, und auf ging es mit seinem Bretterwagen in den Süden in Richtung des Pilcomayo-Flusses. Giesbrecht *tschumakte* Waren in die entlegenen Gebiete, in denen verstreut Estancias und Ranchos lagen. Es gab Gerüchte, wonach Onkel Giesbrecht bei diesen Fahrten seine sexuellen Be-dürfnisse auslebte und die eine oder andere einsam auf ihrem Ran-cho lebende Paraguayer-Frau tröstete. Was natürlich sehr schlimm und äußerst unanständig war.

Von seinem Sohn Martin lernten wir andere unanständige Din-ge, zum Beispiel das Rauchen. Er klärte uns auch auf. Wobei wir ei-gentlich nicht glauben wollten, dass das sündige *Fetje* dazu diente, Kinder zu zeugen.

Martins Vater redete wild auf einen Paraguayer namens Rubén Gonzalez ein, der zwei Puma-Felle für sich reklamierte, die Giesbrecht ihm nicht angerechnet habe. Der Giesbrecht-Hof war im Grunde ein Alteisen-Großhandel. Unter einem mit Wellblech gedeckten Schuppen lagen Relikte aus dem Chaco-Krieg, verrostete Karabiner, Hülsen von Kanonen-Munition, Millionen von Patronen.

Martin schlich sich an den beiden Streithähnen vorbei und verschwand im Haus. Kurze Zeit später erschien er zwischen den Obstbäumen und kletterte durch den Zaun wieder auf die Straße. Unter dem linken Arm klemmte ein schwarzer Kasten, in der rechten Hand hielt er einen Sack, der ballförmig ausgebeult war. Er hatte Proviant gehortet, denn der Sack enthielt mit Sicherheit Grapefruits und Mandarinen.

Martin winkte uns zu sich heran. Aus der Nähe identifizierten wir den schwarzen Kasten als einen Kassettenrekorder.

Der gehört doch deiner Schwester Karin, sagte Ruben.

Ja, antwortete Martin, aber das wird, wenn wir zurück kommen, nicht mehr wichtig sein.

Was ging in Martins Kopf vor? Wollte er sich als Hellseher aufführen oder ging es ihm darum, eine geheimnisvolle Stimmung zu erzeugen? Martin hatte bisweilen Schübe, wo er sich plötzlich als Anführer aufführte. Ein Wort von Ruben Löwen oder von Daniel Schellenberg verwies ihn dann in seine Schranken. Aber jetzt hielten sich die beiden Häuptlinge zurück. Martin spielte den Rebellenführer, der seine Anhänger in den Untergrund leitet, und wir alle waren bereit, ihm zu folgen. Aber das schreibe ich heute. Damals hatte ich nur ein ungutes Gefühl, als er diesen blöden Spruch brachte. Ich dachte aber, wenn es zu weit geht, kann ich jeden Augenblick abbrechen. Der Point of No Return lag noch weit vor mir.

In dem Sack, den Martin vom Hof seiner Eltern geschmuggelt hatte, befand sich auch eine Guampa (bearbeitetes Kuhhorn), eine Bombilla (metallisches Saugrohr mit Sieb) und Yerba Mate, das richtige Besteck, um Mate-Tee auf paraguayische Art zu genießen: In die Guampa wird etwa zehn Zentimeter hoch Mate-Tee eingeschüttet. Nachdem man ein wenig heißes Wasser eingegossen hat, wird der Tee mittels Bombilla geschlürft.

Schon damals versorgte Martin seine Kumpane mit Stoff.

Wir gingen weiter die Straße hoch. Vor uns, in etwa zwei Kilometer Entfernung, lag Cayin o Clim, das Dorf der Nivaclé-Indianer. Auf der linken Seite standen noch zwei Wohnhäuser zwischen Büffelgrasfeldern, dann, hinter der zweiten Straße, begann der Busch. Die tieffliegenden Nieselwolken hatten sich in Luft aufgelöst, die darüber liegende Wolkendecke war noch geschlossen, schien aber trocken zu sein. Jetzt, wo wir schon gut zwanzig Minuten gewandert waren, empfanden wir die Temperatur als angenehm. Die ersten fingen an, die leichten Jacken auszuziehen. Unser Reisegepäck war allenfalls lästig, noch drückte es nicht schwer auf unsere Schultern.

Kein Wort war bisher über unser Ziel gefallen. Wohin wollten wir überhaupt? Erst mal raus aus dem Dorf und dann überlegen, wohin.

Je näher die Indianersiedlung rückte, desto mehr Fußgänger begegneten uns. Die meisten Nivaclé kamen aus den *Almacenes*, in denen sie kurz vor Ladenschluss um 12 Uhr die letzten Einkäufe erledigt hatten. Einige radelten auf schrottreifen Fahrrädern, wobei sie manchmal noch einen Fahrgast auf der Stange oder auf dem Gepäckträger transportierten.

Schließlich sagte Ruben: Wir sollten nicht durch Cayin o Clim gehen. Nachher weiß jeder Schinder, wo wir sind.

Hierbei kam zum ersten Mal zum Ausdruck, dass wir uns absetzen, dass wir unseren Eltern entwischen, dass wir keine Spuren hinterlassen wollten. *Ausklauen* hieß das in unserer Sprache. Ohne dass wir diese Absicht explizit formuliert hatten. Daniel stellte fest, dass uns niemand was anhaben konnte, wenn wir die Tour jetzt abbrechen würden. Anne, die Pummelige, unterstützte ihn: Lasst uns eine schöne Stelle suchen, wo wir ein wenig spielen. Dann gehen wir wieder nach Hause.

Spielen? Bist du aus dem Spielalter nicht heraus? lachte Martin über seine Schwester.

Damit war die Debatte abgeschlossen.

Dann schlug ich eine Route vor, die unsere etwaigen Verfolger verwirren und in die Irre führen könnte. Keiner widersprach, also schlugen wir uns, wie ich es vorgeschlagen hatte, seitlich in den Busch und folgten einem Rinderpfad, der uns an den Schöntaler Weg führte. Dabei achteten wir darauf, dass die Passanten, zumeist die Nivaclé aus Cayin o Clim, unseren Schlenker nicht bemerkten. Auf dem Schöntaler Weg hielten wir uns ganz rechts. Wir gingen am Zaun entlang, um ganz schnell hinter den Sträuchern zu verschwinden, wenn sich ein Auto näherte. Nach einem Fußweg von über einer Stunde bemerkten wir, dass die Rinderweiden, die hellgrün hinter einem schmalen Buschstreifen aufleuchteten, ganz verschwunden waren und sich nur noch Busch an beiden Seiten entlang streckte. Wenn wir in dieses Dickicht eindrangen, waren wir erst mal verschwunden. Hier fing unser Bermuda-Dreieck an. Wir gingen wieder einen schmalen Kuhweg entlang, als Levi – der personifizierte Kläffer: klein, frech, nach einem Angriff sich hinter seinem Bruder Nick versteckend – mitten im Busch einen Mehlbeerbaum entdeckte, den die Paraguayer Mistol nennen. Zu dem lockte er uns. Der Pfad wurde jetzt sehr schmal, er wurde zum Wildtierpfad, auf dem sonst Puma, Ozelot und Iguana sich tummelten. Dornen und Stacheln ragten in den Steg hinein, nur mit großer Vorsicht konnte man den spitzen Nadeln entkommen. Nick und Levi liefen barfuß, wie meistens. Unter ihren Füßen hatte sich eine dicke Hornhaut gebildet, an der jeder Stachel abbrach. Die anderen trugen Japan-Schlorren, Flip-Flops, eine durchaus übliche Fußbekleidung. Nur ich und Ruben hatten Chuck-Imitationen an, die unter den Mennoniten-Jungs angesagt waren, ohne dass wir von dem Kultstatus der Basketball-Treter wussten.

Die Stimmung war weder euphorisch noch niedergeschlagen, aber momentan etwas geknickt. Keiner hatte ein Ziel erwähnt, das wir erreichen wollten. Auch über den Zeitpunkt unserer Rückkehr hatten wir uns noch keine Gedanken gemacht. Und wie es aussah, existierten auch unausgesprochen keine Pläne. Selbst Martin, der beim Start so forsch aufgetreten war, hatte keine Vorstellungen, wie dieser Nachmittag weitergehen sollte. Und während die plumpe Anne an dem Widerhaken einer wilden Ananas hängen blieb und ihre Freundin Miriam versuchte, den Widerhaken aus der Wade zu entfernen, stellten sich in Neuland schon die ersten Eltern Fragen über das Verbleiben ihrer Kinder, noch nicht wirklich besorgt, aber schon ein wenig irritiert. Und als der Widerhaken nicht aus der Wade wollte, sondern sich sogar noch ein zweiter und ein dritter im Oberarm und an der rechten Hand festhakten, war Anne mit der Welt fertig: Sie fing an zu weinen, erst beherrscht in sich hinein jaulend, dann, als ich sie fragte, Was ist los, Anne, weinst du? und ihr Bruder antwortete, Das heißt nicht Weinen, sondern Flennen, da begann sie wirklich laut zu plärren, holte zwischendurch schluchzend Atem und schrie dann heraus: Wo wollen wir denn überhaupt hin? und: Ich will hier raus!

Aber ihre Freundin Miriam war gut im Trösten und im geduldigen Entfernen von Dornen. Als Anne wieder frei war, wurde sie, noch tränenblind, von ihrer Freundin durch das Dickicht geführt.

Wenig später entdeckte Martin im Gewirr des dichten Busches einen wilden Pflaumenbaum. Genau dorthin führte auch der Pfad. Rund um den Baum war eine Lichtung, die hervorragend als Lagerplatz geeignet war. Und so zögerten wir nicht, uns hier niederzulassen.

Nick, Levi und Abram verschwanden sogleich im Busch, um das größte Vergnügen von Elfjährigen vorzubereiten: das Anzünden eines Feuers. Kurze Zeit später kehrten sie mit Reisig und einigen Scheiten Quebracho und Palo santo zurück. Der Palo santo ist ein Baum, dessen Holz durch seine schöne grün-blaue Maserung auffällt, den gewürzartigen Geruch und den sanften Glanz. Nicht zu verwechseln mit Palisander. Der Quebracho hat tanninhaltiges, rotes und sehr hartes Holz, daher auch der spanische Name, der *Axtbrecher* bedeutet. Besonders Palo santo brannte sehr schnell und sehr hell und auch lange. Der Nachteil war die unterschwellige Rauchentwicklung. Hatte man am Feuer gesessen, roch man nach Indianern. Die Ureinwohner hatten den typischen Geruch von Palo-santo-Rauch angenommen, weil sie jede Nacht am Feuer saßen oder lagen.

Bald loderte ein üppiges Feuer. Die Jungen verschwanden immer wieder im Wald, um neues Brennholz heranzuschleppen. Das Feuer nahm immer größere Ausmaße an, so dass wir auch unseren Abstand zu den brennenden Scheiten vergrößern mussten.

Martin steckte eine Kassette ins Gerät, drückte auf Play und machte es sich gemütlich, was wir ihm nachmachten.

> Amanota de quebranto
> guyrami jaulape guaicha
> Porque nda rekoi consuelo …
> mi linda paloma blanca.

… und die *Charatas*, die Buschhühner, krakeelten.

Die paraguayische Musik ist die beste der Welt, sagte Martin im Brustton der Überzeugung. Wir verstanden nur einzelne Reizbegriffe wie *Paloma blanca* oder *consuelo*. Die Texte bestanden aus einer Mischung aus Spanisch und der Ureinwohnersprache Guaraní. Der inhaltliche Zusammenhang blieb uns fremd. Aber Wort-Ketten wie *Amanota de quebranto, guyrami jaulape guaicha* fanden wir Elfjährigen einfach toll, sie drückten auf eine uns unbekannte Weise unser Lebensgefühl aus.

In einer schwülen Asunciónér Nacht hatte ich, in Begleitung meiner Eltern, den Harfenspieler Luis Bordón im *Rosedal* gehört. Das war doch ganz was anderes als die getragene geistliche Musik in der Kirche.

Che hört *Creedance Clearwater Revival*, sagte Ruben stolz. Che war sein älterer Bruder, der eigentlich Ernesto hieß, einen schwarzen Vollbart trug, ein kleiner Revoluzzer war und deshalb nach dem anderen Ernesto benannt wurde, der auch ein Revolutionär war, nach Ernesto Che Guevara.

Mein Bruder nennt die Band aber immer nur *ZiZiAr*, holte Ruben aus. Die Mädchen hörten bewundernd zu.

ZiZiAr? wiederholte Miriam vorsichtig, so als ob es sich um einen magischen Namen handelte. Spielen die Rockmusik?

Rockmusik ist vom Teufel, antwortete Anne, und ihr Urteil war so endgültig, dass damit das Thema auch schon abgeschlossen war.

Wir waren gerade dabei, das abzulehnen, was uns zu Hause vorgespielt und vorgesungen wurde, aber bis zur Rockmusik war noch ein langer Weg. Jakob Regehr und Dieter Flaming hatten sich mit indianischen Musikern zusammen getan und spielten, handwerklich noch unbeholfen, aber dennoch überzeugend, ihre Chamamés, eine Stilrichtung der Volksmusik Argentiniens, vor allem in Provinzen verbreitet, die an Paraguay angrenzen. Wir waren davon angetan, weil es etwas Neues war.

So traf das vom Kassettenrekorder abgespielte *Paloma Blanca* genau unseren Nerv. Wir Jungs träumten von schönen, dunkelhäutigen Frauen mit weißen Orchideen in den Haaren und Anne und Miriam von charmanten Paraguayos, die ihnen übertriebene Komplimente ins Ohr flüsterten.

Martin öffnete seine *Ringo*-Schachtel, zündete sich eine Zigarette am Feuer an und reichte die Schachtel weiter. Alle nahmen sich eine – bis auf Anne. Ja, auch Miriam zog einen Glimmstängel heraus und ließ sich Feuer geben. Einfach umwerfend, wie sie mit ihren zwölf Jahren elegant versuchte, den Rauch zu inhalieren.

Natürlich musste ich husten, als Rauch in meine Lungen drang. Martin hingegen schien ein abgezockter Raucher zu sein, er inhalierte, was das Zeug hielt und wollte mich dazu animieren, mal *Hiii Mama* zu sagen. Was ich in meiner Unbedarftheit auch tat, worauf meine Lungen zu explodieren schienen und ich das Gefühl hatte, vor lauter Husten noch einen Herzkasper zu bekommen. Alle lachten über meine Naivität. Ich ärgerte mich. Miriam fand mich jetzt bestimmt lächerlich.

Ruben war klüger und eleganter als ich. Ohnehin galt ich als Tollpatsch. Man nannte mich manchmal den Professor und verwies auf meine beiden linken Hände. Rubens schwarze Haare kräuselten sich über seine Ohren – er war ein richtiger Sonnyboy. Und ich hatte diese schrecklichen abstehenden Ohren. Und mutig war er. Er schreckte vor nichts zurück. So machte er jetzt den ersten Schritt und lud Miriam zum Tanz ein. Meine Güte, warum hatte ich mir diese Chance entgehen lassen. Miriam nahm seine Einladung an. Sie bewegten sich auf ihre Weise nach der Musik. Tanzen konnte man es nicht nennen. Vom wem sollten sie es auch abgeschaut haben in dieser so steifen Gesellschaft. Aber egal. Wir ließen uns anstecken und hüpften in der Gegend umher wie Trolle. Noch einer hatte scheel beobachtet, wie Ruben das blonde Mädchen davon überzeugte, mit ihm zu tanzen: Abram war auf dem ganzen Hinweg um Miriam herum scharwenzelt. Jetzt hatte Ruben ihn ausgestochen, was ihm missfiel. Aber dann überwand er seinen Missmut und hüpfte mit, ja, mehr noch, er übertrumpfte Ruben, als er dem tanzenden Paar auf die Pelle rückte und entschlossen zischte: Jetzt bin ich dran!

Ruben blieb sportlich. Er lachte und übergab Abram seine Tanzpartnerin.

Genug getanzt hatte bald der schlaksige Nick. Er zauberte aus einer Hosentasche eine Schleuder hervor und verschwand im Gebüsch.

Die Tanzbegeisterung ließ allmählich nach. Martin, der sich als Animateur verstand, hielt die nächste Überraschung parat. Aus seinem Sack holte er Guampa, Bombilla und Yerba hervor und bereitete einen Tereré zu, die kalte Variante von Mate-Tee. Das Wasser aus der Feldflasche war noch kühl, aber nicht kalt genug. Zudem konnte Martin keinen guten Tereré machen. Die Bombilla muss plan auf dem in 45 Grad geschüttelten Mate liegen, sonst kann das Wasser nicht richtig angesaugt werden. Und nun steckte sie gerade im Mate-Pulver.

Aber wir waren ja keine ausgemachten Mate-Trinker, denn unsere Eltern verboten uns den Genuss des Getränkes wegen des Aufputscheffektes zumeist bis zum 12. Lebensjahr. Hauptsache Tereré, hieß nun die Devise. Genießen wir das Verbotene. Erst ausbüxen, dann rauchen, dann tanzen – und jetzt noch Mate-Tee, allein an diesem Nachmittag hatten wir vier Regeln gebrochen, die Kindern und Heranwachsenden genau dieses untersagten.

31

Nick, der Jäger, kam mit zwei *Charatas* zurück und wurde mit begeistertem Gejohle empfangen. Anne hatte nun eine Aufgabe. Sie schlachtete und rupfte die Vögel, assistiert von Miriam und Abram, der jetzt nicht mehr von Miriams Seite wich.

Das Unheil nahm seinen Lauf. Ohne den Zwischenfall wären wir wohl nach dem Verspeisen der leckeren Buschhühner nach Hause aufgebrochen. Die Sonne stand schon schräg am Himmel (eine Uhr hatte keiner dabei, denn die bekam man zum 12. Geburtstag). Es war wirklich Zeit für den Heimweg. Wichtig war, noch bei Licht den Schönfelder Weg zu erreichen. Auf dieser breiten, hellen Straße hätten wir problemlos nach Hause gefunden, selbst bei tiefer Dunkelheit.

***

Der Kummer-Pegel in Neuland stieg unaufhaltsam. Die Mütter sorgten sich am meisten, mehr als die Väter, die wie fast überall auf der Welt ihren Kindern gegenüber gleichgültiger sind. Und von allen Müttern aus Neuland war meine Mutter natürlich diejenige, die mehr als beunruhigt war und ihre Angst nicht mehr bändigen konnte. Ihr Erziehungsziel waren gehorsame und fromme Kinder. Ihre Erziehungsmethoden waren Liebe, Geduld und Einfühlungsvermögen, womit sie nette Söhne und Töchter formen wollte, die gut ausgebildet, angepasst und mit sozialem Gewissen ausgestattet ihrer Gesellschaft dienten. Mein Vater wollte wahrscheinlich dasselbe erreichen, aber er wählte einen ganz anderen Weg, den Weg der emotionalen Zurückhaltung und Strenge. Eigentlich hatte er nie die Qual der Wahl, denn er machte das, was er von seinem Vater gelernt hatte und gab seinen Kindern das weiter, was er von seinem Vater empfangen hatte.

Samstagnachmittag war die Telefonzentrale in Neuland nicht besetzt, so dass meine Mutter sich zu Fuß auf den Weg machte und Lehrer Regehr aufsuchte, der ganz in der Nähe wohnte. Doch Regehr war nicht zu Hause, er war mit Sohn Jakob *nach hinten* gefahren, auf sein Land, wo er nach den Kühen schaute, ob welche gekalbt hatten, ob die Nabel der Kälber von Maden befallen, ob die

Zäune noch ganz waren. So wie er waren viele Männer mit ihren Söhnen am Samstag unterwegs zu den Estancias. Um die Aufgabe, den Hof zu fegen und zu harken, war Jakob herumgekommen.

Mein Mann und Jakob sind heute um elf von der Schule nach Hause gekommen, sagte Ilsa Regehr. Der Ausflug ist bekanntlich ausgefallen.

Ausgefallen? Cornelio ist immer noch nicht zurück.

Ilsa Regehr konnte nicht weiterhelfen. Meine Mutter ging noch mal nach Hause und nahm nun das Fahrrad, um die Mütter meiner anderen Schulkameraden aufzusuchen und sie ebenfalls in den Alarmzustand zu setzen. So hatte sie bald die Namen all jener zusammen, die noch nicht zu Hause angekommen waren. Aber es gab auch Schüler, die gehorsam den Heimweg angetreten waren. Wie Erna Warkentin, auf die meine Mutter bei ihrer Recherche schließlich stieß. Erna gab gerne Auskunft: Cornelio, Martin, Ruben und ein paar andere waren sehr verärgert. Sie standen in einer Gruppe zusammen und schimpften, als ich den Schulhof verließ.

Darauf scheuchten die Mütter ihre Ehemänner auf. Suchgruppen wurden organisiert. Sie schwärmten aus und fragten nach. Und so erhielten sie erste Hinweise. Auf der Hauptstraße waren die Kinder gesehen worden, in Richtung Nordosten gehend. Welchen Weg hatten sie am Ende genommen – rechts nach Neuendorf, geradeaus nach Filadelfia, halblinks nach Schöntal, links nach Cayin o Clim? Wohin gehen Kinder, die versessen auf einen Ausflug sind? Da konnte man lange rätseln. Jetzt war es Zeit, den Ordnungsmann einzuschalten, der hier – Polizei und Gerichtswesen existierten nicht – für Recht und Ordnung sorgte. Der Ordnungsmann Abram Prochnau wiederum empfahl, im Lokalsender *La Voz del Chaco* eine Durchsage zu veröffentlichen. Johann Löwen, der Vater Rubens, setzte sich in seinen Doppelkabiner und rauschte zusammen mit dem Ordnungsmann nach Filadelfia. Als sie dort nach 30 Minuten ankamen, setzte schon die Dämmerung ein.

Etwa um diese Zeit war der in Schöntal lebende Günther Harms auf seinem Landstück unterwegs. Im Süden sah er eine Säule aus

Rauch aufsteigen. Das Feuer, so schätzte er, musste etwa zwei Kilometer entfernt sein. Er selbst wollte auch Feuer legen. Harms hatte mehrere Hektar Land roden lassen und den Busch auf einer Länge von 300 Metern zu einem Wall zusammenschieben lassen. Nun, mehrere Monate später, waren Bäume und Sträucher so weit getrocknet, dass sie ein mächtiges Flammenmeer abgeben würden. Harms legte an mehreren Stellen Feuer, so dass etwa 15 Minuten später der gesamte Bestand an Trockenholz brannte.

***

Rund um den wilden Pflaumenbaum war mittlerweile einiges passiert. Kinderherzen waren zutiefst erschüttert.

Nick und Levi Walde hatten einen leckeren *Charata*-Braten zubereitet. Da die häuslichen Gewürze fehlten, hatten sie genommen, was ihnen der Busch anbot: wilde Pfefferschoten und diverse Kräuter. Das Geflügel-Fleisch mundete und jetzt waren die Kinder für die Rückreise bereit.

Nick Walde, der Jäger, stocherte im Unterholz und rief plötzlich: Kommt mal her!

Levi und Abram waren sofort zur Stelle. Man hörte ein Wo? und ein Da! Dann war ein Murmeln zu hören, gefolgt von einem schäbigen Gelächter. Das Trio aus Rosenort heckte wohl etwas aus.

Was habt ihr da? rief Miriam.

Eine Rotringelige! war die Antwort. Mit anderen Worten: eine Korallenschlange. Schlangen krochen uns oft über den Weg oder besser, sie schlängelten. Wenn sie nicht entkamen, drohte ihnen allen das gleiche tödliche Schicksal: Sie wurden erschlagen, ob ungiftige Baumschlange, ob supergefährliche Yarará. So befahl nun Miriam: Schlagt sie tot!

Als Antwort erscholl ein bösartiges, hysterisches Lachen. Wir, die wir uns am Lagerfeuer aufhielten, konnten mit dem gemeinen Unterton zunächst nichts anfangen, aber als ich Ruben neben mir anschaute, wusste ich Bescheid.

Ruben war erstarrt und ganz weiß im Gesicht. Er war der Schlangenfänger. Ganz Neuland kannte die Geschichte, wie er als Vierjähriger hinter einer Korallenschlange hergelaufen war, sie auch einfing und dann von ihr gebissen wurde. Diese Geschichte gehörte zum Repertoire an allen Lagerfeuern. Schlangengeschichten waren ein beliebtes Thema. Jeder Erzähler schmückte sie weiter aus, reicherte sie mit Beiwerk an und verlieh ihr den Rang eines Mythos. Im Mittelpunkt stand die Unerschrockenheit eines kleinen Jungen. Aber erzählt wurde auch vom Trauma des Kleinen, von der plötzlichen Furcht des einst mutigen Ruben, dem der Schweiß ausbrach, wenn Schlangen seinen Weg kreuzten. Der einstige Held – ein Angsthase? Die Geschichten schienen sich hier zu bestätigen. Wer Rubens Gesicht sah, hatte das Gefühl, dass er gleich die Flucht ergreifen würde.

Einen langen Ast, der in vielen Verästelungen endete, benutzten Abram, Levi und Nick als Besen, um damit die verängstigte Schlange zur Mitte des Platzes zu schaufeln, zu schieben, zu fegen. Das arme Tier wand sich und wehrte sich vergeblich. Besonders das Feuer schien die Schlange zu erschrecken. Aber gegen den Laubwedel war sie schließlich machtlos.

Die Sonne neigte sich gegen den Horizont, die wärmende Scheibe hatte ihre Leuchtkraft verloren und hing nur noch mattrot leuchtend am Horizont. Den Moment für einen glücklichen Abschluss des Ausflugs hatten wir verpasst. Nur mit Glück würden wir noch mit ein wenig Sonnenlicht aus dem Busch herausfinden.

Die Schlange befand sich jetzt etwa zwei Meter von mir entfernt.

Hier, Ruben, deine Lieblingsschlange, schrie Abram Krahn, du bist doch der Schlangenfänger.

Nick sang in der Melodie eines Fanliedes: Ruben, der Schlangenfänger!

Für Chaco-Verhältnisse ein riskanter Schabernack. Für Städter ein lebensgefährliches Spiel. Wie fühlte sich Ruben? Ich sah, wie sich kleine Schweißtropfen auf seiner Oberlippe bildeten. Die Rolle des kindlichen Helden war ihm, seit die sieben Jahre ins Land geflossen waren, zur Bürde geworden. Das *bunte Band*, dem er einst nachgesetzt hatte, war jetzt ein Schreckgespenst. Ruben hätte sich unter normalen Umständen nur einmal abschätzig abgewandt und Nick und Co. dumm dastehen lassen. Aber der verschreckte Ruben starrte wie gebannt auf die sich windende Viper und konnte sich nicht rühren.

Ich möchte die Darstellung über die Geschehnisse im Schöntaler Busch hier abbrechen, um einen Bericht von Ruben einzufügen. Er schildert hier viele Jahre später, wie er als Vierjähriger einer Schlange auf einem Hirsefeld nachsetzte, ein Erlebnis, das ihn nachhaltig beeinflusste.

Der Schlangenfänger

Ruben über das Jahr 1972

Ich war vier Jahre alt und wollte wohl genauer wissen, was jenseits meiner Welt lag. In einem Radius von 300 Metern um mein Bettchen aus Palo-santo-Holz hatte ich alle Geheimnisse erforscht. Jeden noch so versteckten Winkel hatte ich ausfindig gemacht. Auf dem Fußboden aus geplättetem Lehm in meinem Zimmer parkte ein rotglänzender Lkw aus Holz. Über meinem Bett hing an zerfransten Schnüren ein welliges Regalbrett, auf dem meine Bilderbücher in chaotischer Ordnung verstreut lagen: die Kinderbibel von Anne de Vries, einmal Grimms, einmal Andersens Märchen, Petzi, Huckleberry Finn. Das schiefe Regalbrett, das an zwei Juteschnüren hing, hatte auf meinem Hinterkopf mehrfach Spuren hinterlassen, da ich mich jedes Mal daran stieß, wenn ich am Morgen voller Tatendurst aufstand.

Wie alle Mennonitenhäuser war auch unser Haus aus ungebrannten Adobeziegeln gebaut. Die weiße Fassade aus Kalkfarbe leuchtete wie ein Brautkleid. Der Sockel wies den obligatorischen Schmuckstreifen aus Holzruß auf.

Ein großes Bild in einem Glasrahmen dominierte das Zimmer meiner zwölfjährigen Schwester Maria. Ein Schutzengel hielt seine

Hände behütend über ein verängstigtes Geschwisterpaar in bayerischer Tracht. Dem Mädchen und dem Jungen schien der Mumm zu fehlen, eine schäbige Brücke über einem reißenden Wildbach zu überqueren. Darunter der biblische Spruch: Ob ich schon wanderte durchs finstere Tal, so fürchte ich kein Unglück …

Mit einem Poster und vielen kleinen Bildchen der Band Creedance Clearwater Revival war das Zimmer meines großen Bruders Ernesto dekoriert. Solche Musik war in unserer Gesellschaft nicht angesagt, was zu vielen Auseinandersetzungen mit meinem Vater führte.

In der Mitte unseres Esszimmers fanden an einem unendlich langen Tisch viele Personen Platz – ich selbst, Maria, Ernesto, Mama, Papa und Opa und die vielen Verwandten aus der ganzen Welt – wenn sie dann mal zu Besuch da waren. Den Backstein-Herd in der Küche hatte mein Opa gemauert.

Über allem lag der Duft nach Räucherwurst, Griebenschmalz und Rippspeer, die in der Speisekammer deponiert waren. In der guten Stube mit den rustikalen Sitzmöbeln aus Quebrachoholz hätte ich gerne mal den Plattenspieler der Marke Lenco angeschaltet, aber er stand zu hoch auf einer kompakt gezimmerten Kommode. Die beliebtesten Platten meiner Eltern waren auch meine Favoriten: Der kleine Gardeoffizier, Lieder eines kanadischen Kirchenchors, Gospel-Songs des Enns-Teams. Die Schellack-Schätzchen spiegelten die kulturellen Beziehungen unserer Gesellschaft wider: Immer wieder und trotz allem zahlreiche Kontakte mit Verwandten, Freunden, Kirchen und sonstigen Institutionen aus dem Land unserer Ahnen, heute Deutschland genannt.

In einem Regal fanden sich neben der Bibel viele andere religiöse Schriften, unter anderem die Weltuntergangsszenarien von Wim Malgo. Ein Buch stach durch seinen Umfang und die altertümliche Aufmachung heraus: Der Märtyrerspiegel. Für Kinder verboten, hieß es. *Doa benne steiht, waut schlajchte Mensche ons aunjedone hawe* – Da steht drinnen, was böse Menschen uns angetan haben, von der unheilvollen Stimme eines Erwachsenen gesprochen, zumeist meiner Mutter, so als ob die bösen Repräsentanten der Menschheit aus dem 17. Jahrhundert plötzlich wieder auferstehen könnten.

Unsere Verkehrssprache ist nun schon gut 300 Jahre lang Plautdietsch. Nicht Plattdeutsch, das in Norddeutschland gesprochen wird, sondern Plautdietsch, das von den Russlandmennoniten gesprochen wurde und sich in der ganzen Welt ausgebreitet hat. *Daut ess soo schratjlich, du kaunst dann nich schlope* – Das ist so schrecklich, dass du danach nicht schlafen kannst, prophezeite meine Mutter. Sie war die klügste Mutter in unserem Dorf, das wusste ich, und wenn sie es sagte, dann musste es so sein. Aber ein christliches Verbot steigert natürlich das sündhafte Verlangen. So oft hatte ich sehnsüchtig auf den klobigen Wälzer gestarrt. Ich hatte den begründeten Verdacht, dass sich auf den vergilbten Seiten das Böse offenbarte. Vielleicht sogar der Böse in der Gestalt des Teufels, den ich als Vierjähriger selbstverständlich schon kannte, den ich sogar duzte und dem ich in meinem jungen Alter schon mehrfach nicht widerstanden hatte.

Also schlich ich mich, als ich mich unbeobachtet fühlte, in das Wohnzimmer und stellte mich ans Regal. Esst niemals von diesem Baum, hatte der Allmächtige Adam und Eva gewarnt. Und was taten die ersten Menschen des Erdenkreises? Ihnen fiel nichts Besseres ein, als die Ursünde zu begehen. Ich reckte mich und zog mit meinen kleinen Händchen an der Oberkante des Buchrückens, um ebenfalls eine Sünde zu begehen. Das Buch, das nicht viel kleiner war als ich, kippte leicht, dann rutschte es über die Regalbrettkante und krachte herunter. Mit dem Märtyrerspiegel zusammen knallte ich auch auf meinen Rücken. Die Landung hatte ganz viel Lärm verursacht. Mit klopfendem Herzen wartete ich ab, ob jemand im Haus etwas gehört hatte. Nichts rührte sich. Also legte ich das gewichtige Buch vor mich hin, leckte meine Fingerspitzen an, wie ich es bei den Erwachsenen gesehen hatte, und fing an zu blättern. So dürfte die Eroberung des Märtyrerspiegels meine ganz persönliche Ursünde gewesen sein. Lesen konnte ich noch nicht, aber die aufschlussreichen Bilder reichten mir. Nicht viele Seiten musste ich umblättern, um mit Staunen festzustellen, auf welche qualvolle Weise Menschen getötet worden waren. Enthauptet, gekreuzigt, gefedert und geteert, an Räder gebunden, die Gliedmaßen abgetrennt. Der reinste Horror. Ich dachte: Wahrscheinlich waren unsere Vorfahren so perfekte Menschen, dass wir den degenerierten Heiden, also dem Rest der Welt, ein Dorn im Auge waren. Wenn ich den dramatischen Geschichten meiner Eltern und meines Opas zuhörte, hatte ich das Gefühl, dass Verfolgung und Qual in jeder Generation dazu gehörten. Man musste es einfach über sich ergehen lassen, und wenn Gott einem gnädig war, überlebte man. Ein genetischer Automatismus. Nein, ich würde mich wehren, ich würde nicht die andere Wange hinhalten, soviel stand fest. Und deshalb würde ich der erste Held unseres Volkes sein. Einen Anzug, schwarz wie die Nacht, würde ich tragen. Auf meinem gigantischen Motorrad würde ich durch die Nacht rasen und meine Familienangehörigen rächen.

Meine Mutter stand hinter der Tür und sagte: *Jung, waut deist du? Daut doafst du doch nich* – Was tust du da? Das darfst du doch nicht. Sie sagte es mit einer abgrundtief traurigen Stimme. Allein diese stimmlich offenbarte Enttäuschung hätte genügt. Aber dann machte sie einen Fehler, zog sich eine der japanischen Flip-Flops von ihren Füßen, die gerade im Chaco modern waren, und versohlte mir den Arsch. Was mich rasend vor Wut machte. Eben noch war ich der Rächer unseres Volkes und jetzt wurde ich von einem Vertreter unseres Volkes auf gemeine Weise gedemütigt.

Dieser Vorfall bestärkte mich in dem Gedanken, dieses fromme Tal zu verlassen. Draußen lauerte das wirklich Böse, das wusste ich aus der Bibel, dem Märtyrerspiegel und aus Grimms Märchen. Ich war heiß drauf, dieses Böse kennenzulernen. Zu eng war mir das Löwensche Haus geworden, errichtet aus Adobeziegeln, verputzt mit Kalk, so weiß und ohne Makel wie das Herz Jesu, umgeben von einer Veranda, von der eine Treppe aus drei Holzstufen zu einem Hof führte, der von einem mächtigen Paraísobaum bewacht wurde.

Obwohl das Bewachen eher dem schwarzweiß gefleckten Tyrass zufiel, einer Promenadenmischung, der ich einmal, als ich noch im Krabbelalter war, beim Fressen zu nahe kam. Tyrass hatte verärgert seine Eckzähne gefletscht und sie ein paar ewige Sekunden lang in meinen noch formbaren Unterkiefer gequetscht. Erinnern konnte ich mich an dieses grässliche Ereignis nicht. Aber es gibt ein Souvenir von diesem Vorfall: Eine etwa zwei Zentimeter lange Narbe unterhalb meiner Unterlippe, die mein schönes Gesicht verunziert, ist ein auffälliges Andenken an die ungleiche Konfrontation zwischen Bestie und Kind. Ob Tyrass mit seiner Attacke aus mir einen anderen Menschen gemacht hat, wage ich zu bezweifeln. Später, als Tyrass längst das Zeitliche gesegnet hatte, brachte ich für den Hund Verständnis auf. So wie meine Mutter, die mich hinterher belehrte: Ruben, ein Hund, der beim Fressen gestört wird, ist unberechenbar.

Die Grapefruit-, Mandarinen-, Apfelsinen- und Chirimoya-Bäume gehörten, als ich vier Jahre alt war, zu meinem Revier. Ebenso wie die Scheune, in der große Kisten mit gusseisernen Teilen rumstanden, die mein Vater auf den Schlachtfeldern des Chaco-Kriegs aufgesammelt hatte. Die schweren Teile hatte ich schon vor einiger Zeit entdeckt, doch meine Entdeckerfreude fand ein jähes Ende, als mir ein zehn Zentimeter langes Rohr auf den großen Zeh meines rechten Fußes fiel.

Also ließ ich die Scheune links liegen und enteilte barfüßig durch den bekannten Teil meiner Welt, durch den Obstgarten schnurstracks auf das Hirsefeld zu. Als ich in die Pflanzung stürmte, hatte ich das Gefühl, in einen zerzausten Urwald einzudringen. Bei meiner Körpergröße von einen Meter wirkten die langstieligen Halme und die langen Blätter wie eine dichte Wand. Schon krachte mein Körper auf eine Hirsestaude, die umknickte, während mein kleiner Rumpf seitlich versetzt auf den Boden geschleudert wurde. Schnell raffte ich mich auf – man weiß es vielleicht noch aus eigener Erfahrung, wie schnell Kinder sich wieder aufrappeln können – und ging jetzt etwas vorsichtiger zu Werke. Verwundert entdeckte ich, dass die Hirsestauden in Reihen gepflanzt waren. Die Abstände zwischen den Reihen bildeten kleine Straßen, auf denen ich sehr viel schneller vorankam. Kleine Lücken waren auch zwischen den Hirsepflanzen und so konnte ich während des Laufs blitzschnell auf eine Parallelstraße wechseln, was wohl wie ein Slalomlauf ausgesehen haben mag. Die Luft schien mir nicht auszugehen, im Gegenteil, Adrenalin schoss mir ins Blut, ich wurde schneller, gab beim Spurwechsel immer weniger Acht, stieß immer häufiger gegen Hirsestängel, fiel hin, stand auf, rannte weiter, steigerte mich in einen Rausch. Nur durch Zufall hätte ich jetzt aus dem weitläufigen Feld hinausgefunden. Meine Eltern hätten mich ein bis zwei Stunden gesucht, hätten laut meinen Namen gerufen, bis sie mich, mit Hilfe des ewig schnüffelnden Tyrass, endlich gefunden hätten, den kleinen Ruben, wie süß liegt er da und schläft den Schlaf der Gerechten. Aber es kam anders. Während meiner rasanten *Corrida* sah ich, zwei Reihen zur Linken, ein buntes Band, das sich langsam fortbewegte. Beinahe wäre ich vorbeigelaufen, als ich aus den Augenwinkeln die auffälligen Farben bemerkte. Ich hielt in meinem Lauf inne, wollte ich doch unbedingt dieses farbige Etwas, das sich so auffallend von der graubraunen Erde und der giftgrünen Pflanzenkulisse abhob, sehen, greifen, begreifen. Also machte ich kehrt und stürmte in die Gegenrichtung. An der Stelle, die ich mir gemerkt hatte, war nichts mehr zu finden. Das Ding musste sich fortbewegt haben oder ich hatte die Stelle noch nicht gefunden, was auch verständlich war, sah doch eine Hirsepflanze wie die andere aus. Doch dann hörte ich ein Zischen, vielleicht war es auch das papierene Rascheln von trockenen Hirseblättern. Meine Augen wandten sich in die Richtung, aus der ich das Geräusch wahrgenommen hatte. Und tatsächlich, in einer kleinen Bodenwelle fand ich mein buntes Band wieder. Es war ein lebendiges Band, eigentlich eher ein farbiger Schlauch. Wenn man vier Jahre alt ist, weiß man natürlich, dass alles, was sich bewegt und lebt, entweder Tier oder Mensch ist. Meine Nackenhaare sträubten sich. Mein ganzer Körper bekam eine Gänsehaut, er wusste also, hier lauert Gefahr. Weiß ein Vierjähriger im Chaco, was eine Schlange ist?

Jede Mutter in diesem Land bläut ihren Zöglingen schon bald nach der Geburt ein, dass sie sich ja in Acht nehmen vor der giftigen Viper, die schon vom Schöpfer verflucht wurde. Dass sie nicht unterscheiden sollen zwischen Blindschleiche und Klapperschlange, zwischen Regenwurm und Lanzenotter: *Schlang blifft Schlang – Schlange bleibt Schlange* ist ein geflügeltes Wort, das sich auch den Kleinkindern bis in die tiefste Gehirnrinde eingeprägt hat. Ruben Löwen aber war von ganz anderem Zuschnitt, einer, der sich schon im zarten Alter auf die größten Herausforderungen stürzte, einer, der das Fürchten noch lernen musste. Also beschloss Ruben, Besitzer der Korallenschlange zu werden. Herrlich, dieses Muster, schwarz-rot-gelb gestreift, ein farbliches Fanal in diesem giftgrünen Hirsefeld. Ruben, lauf und ergreife dieses glatte, flinke Tier! Die Schlange hatte Angst vor dem Vierjährigen. Eine Angst, die ihre Fluchtreflexe verstärkte. Die sie veranlasste, mit aller Kraft ihre Muskeln einzusetzen, sich blitzschnell zu schlängeln, um zwischen den Hirsepflanzen zu verschwinden und damit dem grässlichen Verfolger zu entkommen.

Meine kleine Hand packte zu, doch der glatte, glitschige Schlauch entglitt mir. Immer noch war ihre Furcht nicht aufs Äußerste strapaziert worden, denn erst dann, wenn Todesangst sie packt und ihr Körper die letzten Reserven mobilisiert, geht sie blitzschnell zum Angriff über, stößt pfeilschnell zu und verspritzt ihr Gift. Der Fluchtgedanke überwog vorerst, noch wollte sie den Abstand vergrößern zwischen sich und dem Verfolger. Ich aber ließ nicht locker, stapfte durch die weiche Krume, stolperte, fiel nach vorne, konnte den Sturz mit den Händen abfangen, bewegte mich selbst während der zwei Sekunden, während der ich wieder in die Vertikale ging. Und währenddessen kicherte, gackerte und prustete ich ununterbrochen. Meine Hartnäckigkeit wurde belohnt. Oder bestraft, wenn man es aus der Perspektive meiner Mutter sah. Mit einem sensationellen Hechtsprung, der mir eine Goldmedaille im olympischen Hechtsprung-Wettbewerb der Vierjährigen eingebracht hätte, verkürzte ich den halben Meter Abstand zur Fliehenden auf minus fünf Zentimeter, will heißen: Ich musste nur noch zupacken. Die Schlange stellte im Nu ihren Fluchtreflex um, ein fürchterliches Zorn-Hormon schoss in ihr Hirn und Giftserum aus den Oberlippendrüsen in die Giftzähne. Weil sie schnell handeln musste, ließ sie die in ihrem Verhaltensrepertoire vorgesehene Angriffshaltung aus. Sie stieß zu. Eine Schrecksekunde lang dachte ich, sie stürzt mit ihrem geöffneten Maul in meine Augen, aber fünf Zentimeter vor meinem Gesicht beschreibt der angreifende Schlangenkopf eine Kurve und fährt auf meinen rechten Unterarm zu, in den er sich verbeißt. Mein Eroberungstrieb hatte damit natürlich ein Ende. Entsetzt ließ ich den Zipfel des Schwanzes los, so dass die Schlange sich erfolgreich verziehen konnte.

Ein brennendes Hämmern in meinem Kopf übertönte den Schmerz, der von der Fleischwunde herrührte. Ich schrie. So wie Vierjährige schreien, wenn ihnen die Lehne eines Stuhls auf den Kopf fällt, der große Bruder ihnen den Ball wegnimmt oder der Wunsch nach einem weiteren Stück Schokolade von der Mutter nicht erfüllt wird. Das Schreien war ein Notruf. Niemand hätte mich gerettet, wenn ich nicht mit der gleichen Hartnäckigkeit gejault hätte, mit der ich zuvor die Schlange verfolgt hatte.

Mein Leben wurde mir neu geschenkt, weil Opa mein Schreien hörte, obwohl sein Gehörsinn schon an Altersschwäche litt. Aber nicht umsonst hatte er die Klippen des Lebens allesamt gemeistert. Er besaß, wie viele Ältere, die dem Kommunistenwahn entronnen waren, einen Instinkt für drohende Gefahren. Opas kleines weiß gekalktes Häuschen war mit meinem Elternhaus durch einen *Nachbarsteg* verbunden. Während ich durch das Hirsefeld stürmte, jätete Opa das Unkraut in seinem kleinen Gemüsegarten, der sein ganzer Stolz war, und entfernte in den Tomatenreihen und auf dem Süßkartoffelfeld die Fette Henne, das Lüstje und das Kaffeekraut. Dann vernahm er einen vom Nordwind verwehten Laut. Für einen Augenblick ließ er die Hacke sinken. War da was? War wohl nichts. Vielleicht ein Häher aus dem nahen Paraísobaum. Aber in dem Maße wie die Windbö aus dem Norden anschwoll und staubigen

Sand aufwirbelte, in dem Maße wurde mein Wehklagen mit einer steigenden Lautstärke an sein Ohr getragen. Er hielt wiederum in seiner Arbeit inne, vernahm jetzt deutlich die Dissonanzen in der Luftvibration, fragte sich einmal laut und deutlich *Ruben?*, ließ die Hacke in den Wind fallen und rannte, so schnell wie er mit seinen 74 Jahren laufen konnte, in das Hirsefeld, dem jetzt deutlicheren Schreien nach.

Wie ein Ungestüm kam er durch das Hirsefeld gerast. Ich erkannte ihn an seinem *Russenkopf*, dem millimeterlangen weißen Stoppelhaar und an dem runden Grützbeutel mitten auf seiner Stirn, der aussah wie eine eingebaute ovale Taste. Häufig hatte ich diese Taste in der Erwartung gedrückt, dass sich etwas an seinem Kopf bewegen würde. Opa streckte dann immer die Zunge heraus, worauf ich lachen musste.

Opa, über das verletzte Kind gebeugt, schrie: *Waut ess, waut ess?* – Was ist? Was ist? Ich rieb die immer noch harmlos aussehende Bisswunde. Opa wusste, was zu tun war. Er packte seinen Enkel und lief zum Haus, während die Hirsestängel gegen seinen Kopf und meinen Bauch schlugen. *Du bleeda Pedewel, du bleeda Pedewel!* schrie er, wobei nicht deutlich wurde, ob er mich oder die Schlange als unbeholfen beschimpfte. Als er am Ackerrand ankam, von wo es noch etwa 100 Meter bis zu unserem Haus waren, stieß er eine Art Urschrei aus, ein aus der Tiefe seines Brustkorbs kommendes dumpfes Brüllen. Opas Urschrei war mir nicht unbekannt. Hin und wieder durfte ich in seinem kleinen Häuschen übernachten. Das letzte Mal hatte Opa mir einen gewaltigen Schrecken eingejagt, als er mitten in der Nacht im Schlaf seinen Oberkörper aufrichtete und aus seiner Brust ein mächtiger Tonschwall kam. Ich war so verstört, dass ich mir fest vornahm, nie wieder in dem kleinen Häuschen zu übernachten.

Opa hat schlecht geträumt, erklärte Mama. Er hat von Russland geträumt.

Russland – das allein als Stichwort genügte, um alle Schrecken der Vergangenheit zu erklären. In seinen Träumen werde Opa von

Machnowzi verfolgt, sagte Mama, erbarmungslosen ukrainischen Anarchisten, die sich dem brutalen Nestor Machno angeschlossen hatten. Eines Nachts war mein Opa, damals noch ein junger Familienvater, nach einem Besuch in der Nachbarstadt zu später Stunde heimgekehrt und hatte die Köpfe seiner Eltern und Geschwister auf der Kommode im *Spazierzimmer* dekorativ aufgereiht vorgefunden. Machnowzi! Und diese Bestien kehrten immer wieder zurück, jede Nacht suchten sie ihn in seinen Träumen heim.

Für meine Familie muss es ein seltsamer Anblick gewesen sein, wie Opa mit einem Kind im Arm aus dem Hirsefeld gestürmt kam und einen Schrei wie Donnergrollen ausstieß.

Die Zeit zwischen Opas Rettungstat und dem Erscheinen Doktor Kahros in meinem Zimmer im Krankenhaus habe ich nicht mitbekommen. Das Krankenhaus war nicht weit von unserem Haus entfernt.

Guten Morgen, Schlangentöter, grüßte der Arzt, und in seinen Augen sah ich Respekt vor meiner Furchtlosigkeit. In diesem Augenblick nahm ich auch meine Mutter wahr, die am Kopfende des Bettes saß. Die Sonne schien durch das Fenster auf ihren Hinterkopf und ließ sie wie eine Heilige aussehen. Der Rest der Familie kam später an mein Bett, Ernesto, Maria und Papa im Verlauf der nächsten Stunde. Für sie alle war ihr Junge ein kleiner Held. Warum? *No sé*, keine Ahnung. Sie hätten es nie zugegeben. Aber ich genoss die Ehrerbietung, die sie mir entgegenbrachten. Die Narbe im Gesicht, die mir Tyrass zugefügt hatte, wurde nun ergänzt durch die Bisswunde einer Korallenschlange. Wenigstens für ein paar Tage war ich eine lokale Berühmtheit, denn man sprach über mich. Aber nicht der Biss war die Nachricht, sondern meine Jagd auf die Viper.

Opa war der letzte Besucher an diesem Tag. Der hatte mir gerade noch gefehlt. Meine Begeisterung sank mit jedem Schritt, mit dem er sich meinem Bett näherte. Statt ihn mit den Worten *Danke, dass du mir das Leben gerettet hast* zu begrüßen, drehte ich mich trotzig auf die andere Seite und kniff die Augen zusammen. Wäre Opa verärgert gewesen, hätte er seinen Enkel gepackt und ihn gewaltsam zu sich herumgedreht, um ihm eine Lektion zu erteilen.

Aber er saß nur am Bettrand und rieb sich seine schwieligen Hände. Gelber Schweißrand am Arbeiterhemd, blaue Hosen aus billigem Pilarstoff, kahl geschorener Schädel, er könnte ein russischer Landarbeiter sein.

Satan ist wie eine Korallenschlange, er kommt in einer bunten Verkleidung und will uns mit falschem Schein verführen, sagte er in seinem gestelzten Bibeldeutsch. Vielleicht benutzte er statt des allgemeinen Begriffs auch *Diewel* oder *Jeltehn* oder sogar *der Böse*. Wenn er Satan gesagt hat, dann bestimmt mit plautdietschem Akzent, dann hat er bestimmt *Sothohn* gesagt, was wiederum wie *Saathahn* klingt. *Der Böse*, dessen Existenz nur den einen Zweck hat, uns ins Verderben zu stürzen, war uns Kindern in allen seinen Namen und Nuancierungen ein Begriff. Er spielte eine wichtige Rolle in unserem Leben, immer wieder tauchte er auf, wenn es um die Entscheidung ging, das Richtige oder das Falsche zu tun.

Die Warnung vor dem *Sothohn* waren die letzten Worte, die ich von meinem Opa hörte. Er starb wenige Tage später, quasi in den Stiefeln. Nach einem ausgiebigen Regen pflügte er auf dem Feld. Er muss eine Pause eingelegt haben, vielleicht weil ihm schlecht wurde. Jedenfalls entdeckte ihn meine Mutter im meterhohen Gras sitzend, leicht nach hinten gekippt. Neben ihm warteten die Pferde, noch an den Pflug gespannt. Durch die stehenden Pferde erst war meine Mutter auf Opa aufmerksam geworden.

Eine innere Stimme sagte mir: Du bist Schuld an Opas Tod. Es war zu viel. Sein Herz hat sich zu sehr angestrengt. Ich war mir nicht sicher, wessen Stimme es war – Sothohn oder Jesus?

Der Schöntaler Busch

Teil 2

Aufzeichnungen Cornelios

Während Rubens Blackout erinnerte ich mich daran, dass ich vor einiger Zeit mit Sooplhengaam vom Volke der Enlhet über Korallenschlangen gesprochen hatte. Er hatte mir ein Geheimnis verraten, das kompliziert war, aber die Details hatte ich mir gemerkt. Ich sah mir die Anordnung der Farben an und flüsterte Ruben etwas zu. Mein Kumpel erwachte aus seiner Erstarrung. Er schaute mich ungläubig an und fragte nach: Bist du dir ganz sicher?

Ja, sagte ich, ganz sicher.

Ruben veränderte sich abrupt. Seine Arme zitterten, so als ob sich ein Adrenalinschub in ihm ausbreitete. Und dann ging er ohne zu Zögern auf die Schlange zu. Blitzschnell packte seine Linke die Viper am Schwanzende, er hielt sie aber weit von sich entfernt. Das Tier war etwa 30 cm lang, kein ausgewachsenes Exemplar, es war auch nicht lang genug, als dass es Ruben, an seinem ausgestreckten Arm hängend, gefährlich werden konnte. Ruben lief auf Abram zu. Der setzte zur Flucht an, kehrte Ruben schon den Rücken. Ruben warf sich über ihn, riss Abrams Hemd vorne auf und ließ die Schlange in den zerrissenen Textilien verschwinden.

Niemals mehr würde ihn Abram wegen seiner Schlangengeschichte aufziehen. Niemals mehr. Uns stockte der Atem. Selbst mir, der ja Ruben erst auf die Idee gebracht hatte. Abram schrie sich die Seele aus dem Leib. Mit fahrigen Bewegungen versuchte er, die Schlange abzuschütteln. Schließlich gelang ihm dies, er schleuderte sie im hohen Bogen weg. Nick und Levi stürzten sich auf die Viper und zertrümmerten mit einem Knüppel ihr Kreuz, so dass sie noch weiter lebte, aber nicht mehr kriechen konnte.

Abram schrie immer noch wie am Spieß. Als er auf seinen bloßen Bauch blickte, sah er Blutstropfen. Sie hatte tatsächlich zugebissen. Korallenschlangen haben keinen ausfahrbaren Kiefer wie beispielsweise Klapperschlangen. Aus diesem Grund können sie sich auch nur in Extremitäten verbeißen, in abstehende dünne Teile wie Finger, Zehen, Nasen – wenn man ihnen Zeit lässt. Aber wahrscheinlich hatte sie ihre Zähne in eine Bauchfalte geschlagen. Der Biss kann sehr schmerzhaft sein. Und entsprechend laut schrie Abram Krahn, der immer kaltblütig wirken wollte, vor allem gegenüber Mädchen, aber jetzt doch nur ein armer kleiner Junge war, der Schutz benötigte.

Er schrie und wand sich, warf sich wild auf den Boden, brüllte und wälzte sich, so als ob die Schlange immer noch an seinem Bauch hinge. Unvermittelt sackte er zusammen und blieb wie leblos auf dem Boden liegen. Wir rannten zu ihm hin, um zu schauen, was los war. Die Resoluteste war Miriam, sie fühlte sein Herz, suchte seinen Puls und sagte heiser: Nichts. Ich glaube, er ist tot.

Was? schrie Nick, tot? Löwen, du Diewel, du hast meinen Kumpel getötet!

Kann gar nicht sein, wandte ich mit fester und lauter Stimme ein. Die Korallenschlange war nicht giftig.

Was? Du willst mir erzählen, dass eine Korallenschlange nicht giftig ist? blaffte er mich an.

Diese nicht, nickte ich, Das ist festzustellen an der Anordnung der Farben.

Aber ich konnte jetzt lange Abhandlungen über giftige und ungiftige Korallenschlangen halten, niemand hörte mir zu.

Wir alle hofften, dass Abram vielleicht nur ohnmächtig geworden war, wollten das Schlimmste nicht glauben, drückten seinen Brustkorb, um sein Herz zu reanimieren, nichts tat sich. Miriam entdeckte die Bissstelle ein paar Zentimeter unter dem Bauchnabel. Sie wollte die Wunde aussaugen.

Nein, sagte ich, wenn die Schlange wirklich giftig war, vergiftest du dich damit selbst.

Für ein paar Sekunden standen wir regungslos da. Es war der Zeitpunkt, in dem uns klar wurde, dass Abram nicht mehr bei uns war. Auf dem Boden lag ein Toter. Mit verschränkten Armen stand der sehr ernst dreinschauende Täter da, einsam und abseits. Jetzt würde sich die Aufmerksamkeit auf Ruben richten.

Schon stürzte sich Nick auf ihn. Nick war schon 14. In Rosenort wurde nur alle zwei Jahre eingeschult. Also kam er erst mit acht Jahren in die erste Klasse. Seine Leistungen waren so schlecht, dass er in der vierten Klasse sitzen blieb. Danach waren seine Klassenkameraden bis zu vier Jahre jünger. Jetzt, mit 14, war er entsprechend groß, kantig, geistig minderbemittelt und dafür bekannt, dass er seine jüngeren Mitschüler drangsalierte, immer assistiert von Abram und dem immer spitzbübisch lächelnden Levi. Ein unbeliebtes Trio. Weil die Auswandererquote in Rosenheim so hoch war, hatte man im vorigen Jahr die Schule geschlossen mit dem Ergebnis, dass die Schüler jetzt die Neuländer Schule besuchten. An unserer *Flucht* in den Schöntaler Busch hatten sie sich beteiligt, weil sie rebellisch waren und gerne mal den Rest der Welt ärgerten. Und nicht, weil sie unsere Freunde waren.

Ruben hatte keine Chance gegen Nick. Daniel und ich versuchten Nick abzuhalten, aber wir konnten nichts ausrichten. Mit seinen Fäusten drosch er auf Ruben ein. Wir dachten schon, es würde nie aufhören. Aus Rubens Nase lief Blut.

Dann kam uns ein sonderbarer Zwischenfall zur Hilfe. Anne ließ uns mit ihrem hellen Schrei zusammenzucken.

Jesus Christus, hilf uns aus der Not! kreischte sie. Sie war auf ihre Knie gefallen und reckte die gefalteten Hände zum Himmel. Für dieses Ablenkungsmanöver war ich dankbar, denn Nick hörte mit dem wütenden Zuschlagen auf und schaute irritiert auf Anne.

Ruben sah sehr mitgenommen aus. Seine Nase blutete stark. Mein Hilfeangebot nahm er nicht an.

Kommt mal alle her, rief Daniel Schellenberg, der Predigersohn. Jetzt, wo geistige Hilfe notwendig war, übernahm er die Führungsrolle.

Wir müssen Hilfe holen, sagte Daniel.

Zwischen uns und dem Schöntaler Weg breitete sich düsterer Busch aus, durch den nur schmale Wildtierpfade führten. Mittlerweile war die Sonne vollkommen verschwunden, auch das Abendrot würde in wenigen Minuten von der Nacht vertrieben werden. Bei diesen miesen Lichtverhältnissen war die Gefahr groß, dass wir uns verirrten. Selbst wenn wir uns auf unsere Orientierungsfähigkeiten verließen – was sollte mit dem Toten geschehen?

In den Gesichtern standen Angst, Verwirrtheit, Ratlosigkeit. Flucht- und Schutzreflex rangen miteinander.

Schließlich erklärten Nick und Levi, sie würden sich auf die Suche nach dem Schöntaler Weg machen. Sie nahmen beide ein brennendes Scheit Holz mit, das sie als Fackel benutzen wollten.

Miriam holte die Flickendecke aus ihrem Ausflugsgepäck und deckte sie über den Toten. Martin schaltete das Radio ein. Ruben saß auf einem Baumstamm und ließ niemand an sich heran. Anne lag immer noch auf den Knien und betete leise.

Ich setzte mich zu Ruben. Mit seinem zerdepperten Gesicht sah er aus wie ein Zombie. Aber sein Gesicht würde wieder werden.

Ruben, es tut mir so leid, dass ich dir diese Sache mit der Korallenschlange gesagt habe.

Ruben verzog keine Miene.

Stimmt deine Geschichte nicht?

Wenn sie nicht stimmt, hat der Enlhet die Unwahrheit gesagt. Oder er hat sich vertan.

Ruben dachte nach: So schnell stirbt man nach einem Schlangenbiss doch nicht. Es sei denn …

… du wirst von einer Fünf-Sekunden-Schlange gebissen.

Der Mythos Fünf-Sekunden-Schlange, deren Biss Menschen innerhalb eines Augenaufschlags tötet, war nicht auszumerzen und erhielt durch tragische Ereignisse wie dieses neue Nahrung. Aber eine Korallenschlange ist definitiv keine Fünf-Sekunden-Schlange.

Rot-schwarz-weiß-schwarz, sagte ich.

Rot-schwarz-weiß?

Nein. Rot-schwarz-weiß-schwarz. Wenn die Farben bei einer Korallenschlange in dieser Reihenfolge angeordnet sind, dann handelt es sich um eine falsche Korallenschlange.

Die Korallenschlange sah aber sehr richtig aus.

Endlich ein wenig Galgenhumor.

Bei den wirklichen, den giftigen Korallenschlangen ist die Farbanordnung rot-schwarz-weiß-schwarz-weiß-schwarz-weiß. Dreimal hintereinander schwarz, unterbrochen jedes Mal mit weiß. Komm, schau dir die tote Schlange an. Schwarz-weiß, Schwarz-Rot, Schwarz-weiß, Schwarz-Rot. Nur einmal weiß nach schwarz, nicht dreimal. Also ist die Schlange nicht giftig.

Ruben zuckte zusammen: Niemals mehr im Leben will ich Schlangen sehen.

Steve Irwin, der aus dem Fernsehen bekannte *Crocodile Hunter*, sagte einmal, wahrscheinlich schon in den 90er Jahren, über Korallenschlangen:

Folgt Weiß auf Rot, bist du tot.

Weiß auf schwarz, Glück gehabt.

Also: die Kombination Rot-Weiß war absolut mörderisch, die Abfolge Schwarz-Weiß hingegen total harmlos. Damals kannte ich Irwins Spruch natürlich nicht, sondern nur die Aussage des Kazikes.

Heute weiß ich nicht mehr, wie ich so verwegen sein und Ruben flüsternd versichern konnte, dass die Schlange ungefährlich sei. Einfach zu verwirrend sind die Angaben zur Bestimmung der Schlangen. Ein todsicherer Spruch, nachzulesen im Internet-Forum brasilienfreunde.net, lautet zum Beispiel: Liegt Schwarz zwischen Weiß oder Gelb, ist die Schlange zu 95 Prozent giftig. Liegt

Weiß oder Gelb zwischen Schwarz, ist die Schlange zu 95 Prozent ungiftig.

Ein unglaubliches Wagnis, wenn man sich nach solchen Infos richtet. Ich hatte einen großen Fehler begangen. Obwohl ich damals davon überzeugt war, dass ich Recht hatte. Sooplhengaam, der Kazike, hatte mir folgende Geschichte erzählt:

Am Anfang war die streitsüchtige Korallenschlange. Sie legte sich eine farbenprächtige Haut und ein mörderisches Gift zu. Ihre Zwillingsschwester, die friedliche Korallenschlange, stellte mit Erstaunen fest, wie sich alle vor ihrer Schwester, der Kriegerischen, fürchteten. Und sie stellte diese Überlegungen an: Wenn ich mir das gleiche farbige Gewand anziehe, dann erzittern meine Feinde vor Angst, weil sie annehmen, ich sei wie meine Schwester. Und ich kann friedlich meiner Wege schlängeln.

Wenn man so will, eine mythologische Erklärung für die biologische Mimikry. Heute wissen wir, dass der Häuptling mir eine richtige Information vermittelt hatte. Leider wissen wir nicht mit Sicherheit, wie die Schlange im Schönfelder Busch wirklich geringelt war.

Im Nordosten bot sich uns ein ergreifendes Schauspiel. In einer Entfernung von etwa drei Kilometern zog über eine Front von mehreren Hundert Metern eine Feuerlinie mit hoch lodernden Flammen. Der ganze Himmel leuchtete. Das Feuerwerk des Herrn Harms, wie wir später erfuhren. Fast schien es, als ginge hier die Sonne zum zweiten Mal, aber jetzt an einer anderen Stelle, unter. Staunend beobachteten wir das Spektakel. Für ein paar Sekunden vergaßen wir den schrecklichen Vorfall.

Selbst heute, nach vielen Diskussionen und Auseinandersetzungen, nach vielem Pro und Contra, nach hitzigen Debatten und kühlen Analysen, nach Spott und Hohn können wir das Rätsel nicht klären. Ein Rätsel ist es nur für die einen, für die anderen ist es eine wahrhaftige Erscheinung. Aber damals, das war so seltsam, sahen wir alle das Gleiche. Im Zentrum des Feuers formte sich aus dem zinnoberrot leuchtenden Himmel ein Bild, mehr als ein Bild, eine dreidimensionale Darstellung. Aus einer riesigen wallenden Wolke nahmen drei Männer Gestalt an, drei Männer, die aufgrund ihrer Kleidung eindeutig in die Entstehungszeit des Christentums gehörten. Und uns allen war klar, dass es sich um Jesus, Moses und Johannes handelte. Sie schauten zu uns herab und lächelten. Die fantastische Vision hatte große Ähnlichkeit mit einem Holzstich aus unserem Religionsbuch.

Jesus! sagte Anne und ging auf die Knie. Von Ehrfurcht ergriffen, folgten alle ihrem Beispiel. Nicht nur, dass es für uns ein umwerfendes Erlebnis war, unseren verehrten, geliebten Herrn und Meister von Angesicht zu Angesicht zu sehen, es war auch einfach ein unglaubliches Schauspiel, ein unfassbares 3D-Spektakel.

Vergib uns unsere Schuld! betete Miriam.

Vergib uns unsere Schuld! murmelten wir, der eine deutlich, der andere nuschelnd.

Wir haben gesündigt, Jesus, vergib uns! setzte Miriam von Neuem an. Anne weinte laut. Ihr lautes Weinen entzauberte die grandiose Erscheinung. Plötzlich war das dreidimensionale Bild verschwunden, wie eine Seifenblase zerplatzt. Und wir lagen wie die Bescheuerten auf Knien und starrten auf die Feuersbrunst in der Ferne.

Lasst uns Jesus danken, sagte Miriam. Sie kam zu mir und nahm meine Hände. Nach der großen Liebe, die ich gerade zu Jesus verspürt hatte, verliebte ich mich nun in Miriam.

… bitten wir um Hinweise auf den Verbleib der Kinder.

Gerade noch hatten wir die letzten Worte einer Rundfunkdurchsage gehört. Jemand hatte die Radiofunktion des Kassettenrekorders eingeschaltet. Jetzt war wohl die ganze Siedlung in heller Aufregung. Und unsere Mamas und Papas, unsere Schwestern und Brüder, hatten keine Ahnung, dass wir nicht nur verloren in der Wildnis waren, sondern sogar einen unserer Kameraden für immer verloren hatten.

Tausende widersprüchliche Gedanken schwirrten durch unsere Köpfe. Wieso ist er gestorben? Ist Ruben ein Mörder? Wie kommen wir aus der Sache heraus? Ist uns Jesus tatsächlich erschienen? Oder sind wir so verwirrt? Aber warum haben wir dann alle dasselbe gesehen?

Wir hofften und beteten, dass unsere Eltern und die Siedlung uns ebenso viel Gnade gewähren würden wie Jesus.

Was, ihr habt Abram getötet?

Ja, aber uns ist Jesus erschienen und er hat uns verziehen.

Wenn das so ist, dann seid ihr ja Heilige.

So oder auch so ähnlich würde die Begegnung mit unseren Eltern ganz sicher nicht ablaufen.

Die gemeinsame tiefe Erfahrung von Religiosität half uns nur für kurze Zeit über die Tatsache hinweg, dass unsere Karre im Dreck steckte. Abgehauen, geraucht, getanzt, Tereré getrunken, einen Jungen getötet.

Obwohl: Abrams Tod musste man Ruben in die Schuhe schieben. Letztlich war er schuld. Ich erschrak über diesen Gedanken. Eigentlich war doch ich der Anstifter. Mit dem Finger würden sie auf mich zeigen. Cornelio wars. Ich spielte mit dem Gedanken, meine Rolle in der Schlüsselszene nicht zu betonen. Ich musste es nicht öffentlich machen, dass ich Ruben den folgenschweren Hinweis gegeben hatte. Die anderen wussten es nicht. Vielleicht würde Ruben es aus Freundschaft nicht erwähnen.

Im Gebüsch knackte es, Zweige raschelten, Äste zerbrachen. Jemand war unterwegs zu uns. Unheimlich, die Haare standen uns zu Berge. Dann traten Levi und Nick auf die Lichtung. Die beiden hatten wir ganz vergessen. Nach einer kurzen Expedition zum Schöntaler Weg kehrten sie zurück. Sie sahen schlimm aus. Zerkratzte Gesichter, Striemen an den nackten Armen, von Dornen geschundene Beine und zerzauste Haare. Sie waren einfach nicht weiter gekommen, waren im Dickicht hängen geblieben, weil die Holzscheite, die sie als Fackel mitgenommen hatten, bald ausgingen.

Der Busch ist in der Nacht wie eine Mauer, sagte Levi philosophisch und lachte unbeholfen trotz der Erschöpfung. Nick murmelte etwas von *Diewel* und *Schinda* und setzte sich ans Feuer, das ihnen den Weg zurück gewiesen hatte.

Die einzige Alternative, die uns blieb, war, den Tag abzuwarten. Wenn erst die Sonne schien, würden wir den Wildpfad finden, der uns zum Kuhpfad und der wiederum zum Schöntaler Weg führen würde.

Ich kann nicht schlafen, wenn neben mir der Tote liegt, klagte Anne.

Dann schläfst du halt mal eine Nacht nicht, fauchte Nick sie an, der sich wieder an die Arbeit machte und trockene Äste am Buschrand einsammelte, die er aufs Feuer legte, das dann auch hell aufflackerte. Jeder suchte sich einen Platz aus, an dem er ein wenig entspannen konnte.

Am Himmel ging das Südkreuz auf. Irgendwo in einem Baum krakeelte ein *Charata*, weil er seine Partnerin vermisste, die wir am späten Nachmittag, als die Welt noch in Ordnung war, über dem Feuer gegrillt und verspeist hatten.

In der Nacht wachten wir auf, weil wir Rufe hörten. Aufgeregt sprangen wir auf und riefen zurück. Die Rufe wurden lauter. Sie schrien unsere Namen. Ruben! Miriam! Zwischendurch war auch mein Name dabei. Mein Vater rief mich. Wir schrien noch lauter zurück, so laut, dass wir heiser wurden: Papa! Hier sind wir! Hört Ihr uns nicht?

Dann wurden die Rufe und die Stimmen leiser. Enttäuscht setzten wir uns ans Feuer.

Woher kommt der Wind? fragte Daniel. Wir steckten den Zeigefinger in den Mund und hielten ihn in den Wind. Noch immer blies der *Pampero*.

Dann ist alles klar, sagte Daniel, Wir hören sie klar und deutlich, weil sie von Süden kommen. Aber sie hören uns nicht.

Nick legte los. Er lief über den Lagerplatz und drang mit der Brachialgewalt eines Bulldozers in den Busch ein. Wir hörten nur noch raschelnde Zweige und zerbrechende Äste. Während er lief, schrie er andauernd, Hier sind wir! Nicht weggehen!

Er entfernte sich tatsächlich in einer überraschenden Geschwindigkeit – und dann war auch von ihm nichts mehr zu hören.

Anne betete wieder. Sie blickte dabei auf den brennenden Wall in der Ferne, als ob sie da den Sitz Jesu vermutete. Wir falteten alle die Hände, schauten ebenfalls auf den brennenden Busch und beteten in Gedanken mit.

Eine kleine Windböe fegte vorbei. Blätter raschelten. Aber es waren nicht nur die Blätter, die raschelten, wir hatten auch das Gefühl, nicht mehr alleine zu sein. Anne blickte versteinert nach Süden. Da standen sie am Buschrand und beobachteten uns. Unsere Väter, begleitet von einem Indianer und von Nick. Sie sagten nichts und wir sagten nichts. Nur das Waldhuhn weinte immer noch.

Als der Bann gelöst war, liefen wir aufeinander zu. Ich fiel meinem Vater in die Arme und küsste ihn. Natürlich sah ich in seinem Gesicht neben der Liebe zu seinem Sohn auch die Strenge, die ihn veranlassen würde, mich zu Hause hart zu bestrafen. Gerne hätte ich gesagt: Schlag mich jetzt!, damit wir quitt sind. Aber ich wusste, das gehörte nicht hierher.

Den anderen Vätern war ebenfalls neben der Erleichterung auch der Zorn über ihre ungehorsamen Kinder anzusehen. In ihren Erziehungs-Vorstellungen gab es keine Kinder, die mal über die Stränge schlagen durften, um sich zu entwickeln. Wer Regeln verletzte, musste mit Konsequenzen rechnen. Und jeder würde, einmal zu Hause angekommen, den Hintern versohlt bekommen. Mit Ausnahme von Martin Giesbrecht, denn sein Vater war ja nach *Süden* gefahren. Da musste wohl oder übel seine Mutter diese unangenehme Aufgabe übernehmen. Aber von Müttern im Chaco wusste man, dass sie nur von ihren Schlappen Gebrauch machten, die auf unseren Hintern noch nicht mal Striemen hinterließen.

Aber jetzt mussten erst mal andere Schwierigkeiten gelöst werden. Zunächst mussten wir die Sache mit dem Toten beichten. Die ersten Hinweise darauf hatten die Väter von Nick erhalten. Die nähere Erklärung übernahm Daniel. Er versuchte, sachlich zu bleiben. Seine Stimme wollte zweimal versagen. Im Grunde erklärte er, das

Missgeschick sei bei einem Gerangel zwischen Abram und Ruben passiert. Nick protestierte lauthals und behauptete, Ruben sei der Mörder, er habe die Schlange auf Abram angesetzt. Dann weinte auch der große Nick.

Der Tote musste abtransportiert werden. Mein Vater und Löwen Senior wickelten Annes Decke zu einer Hängematte, hoben die schon steife Leiche hinein und legten sich, mit Hilfe von Gürteln, jeder ein Ende der Hängematte um die Schulter. Los ging es im Gänsemarsch. Die Kinder trotteten schlotternd hinterher. Die einen heulten, die anderen schluchzten.

Der Weg durch den Busch dauerte gerade mal 30 Minuten, wobei die Leichenträger ihre Last zwischendurch häufiger absetzen mussten. Dann war der Schöntaler Weg erreicht, auf dem die Autos parkten.

Nach anfänglicher Erleichterung schnürte sich uns auf der Fahrt nach Neuland wieder der Hals zu, denn es galt, der Familie Krahn den Tod Abrams mitzuteilen. Die Frage war, ob sie den Verlust ihres Sohnes als Unfall, als Schicksalsschlag, als den Willen Gottes empfinden würde, oder ob sie Ruben die Schuld geben würde. Würde damit die alte Fehde wieder entfacht? Schon in Russland hatten die Familien Löwen und Krahn so manchen Strauß ausgefochten. Vor nicht allzu langer Zeit hatte der ältere Bruder Abrams mit seinen Kumpanen Ernesto überfallen und ihn mit einer Schafsschere von seiner Hippiefrisur befreit. Sie beriefen sich auf alte Sitten und Gebräuche, die Ernesto als moderner Mensch entschieden ablehnte. Und jetzt kam diese Sache hinzu.

Neuland hatte keinen Richter und keinen Polizisten, sondern nur einen Ordnungsmann, dessen Befugnisse über das Schlichten von kleinen Streitigkeiten nicht hinausgingen. Wie würde der Oberschulze entscheiden? Ging es um Mord, müsste er die Militärbehörde in Mariscal benachrichtigen. Würde sich die Siedlung einig sein und auf Unfall plädieren?

Aus meiner Sicht war der Tod ein grässlicher Schicksalsschlag. Vielleicht sogar eine Strafe Gottes. Ein Schlangenbiss konnte nicht innerhalb von drei Sekunden zum Tod führen, das wusste jeder in diesem Land. Wer das Gift in sich hatte und kein Serum bekam, kämpfte zumeist tagelang um sein Leben. Die Sekundenschlange, deren Biss innerhalb von drei Sekunden zum Tod führte, war eine Legende. Und sollte es sie tatsächlich geben – die Korallenschlange verfügte definitiv nicht über ein Drei-Sekunden-Gift.

Die Provokation war von Abram, Levi und Nick ausgegangen. Rubens Reaktion hatte fatale Folgen. Er wollte Abram Todesangst einjagen, aber so tödlich sollte die Angst auch nicht sein. Kein Arzt im Chaco würde feststellen können, ob das Gift letztlich das Herz paralysiert hatte. Auf die Frage nach dem Mörder würde es wohl keine medizinische Antwort geben.

Wir Kinder wurden zuerst alle nach Hause gebracht, wo die Mütter und die Geschwister uns löcherten. Den Vätern – Theodor Schellenberg, Johann Löwen, Anton Peters – oblag nun die Aufgabe, die Hiobsbotschaft zu überbringen. Heinrich Krahn hatte mit Peter Cornies und Hermann Walde eine Suchgruppe angeführt. Sie hatten, nachdem sie gehört hatten, dass die Ausreißer aufgefunden wurden, die Suche eingestellt und waren zurück nach Neuland gekommen. Natürlich hatten sie von den schrecklichen Vorfällen noch nicht gehört, aber sie müssen gerochen haben, dass etwas nicht in Ordnung war.

Als Treffpunkt war der Platz in Höhe der Kooperative festgelegt. Die Sonne tauchte am Horizont auf. Der Wind hatte sich nach Norden gedreht, die Temperaturen stiegen schon an. Von einem Parkplatz hinter der Kooperative kamen Schellenberg, Löwen und Peters. Krahn, Cornies und Walde hatten vor dem *Hotel* geparkt.

Als die beiden Gruppen am vereinbarten Treffpunkt eingetroffen waren, übernahm Prediger Schellenberg das Wort.

Wir haben die Kinder mit Gottes Hilfe in einem Buschstück am Schöntaler Weg gefunden, sagte er, aber es ist etwas Furchtbares passiert und wir benötigen Gottes Hilfe jetzt noch mehr als zuvor. Dein Sohn Abram ist tot. Er ist bei einem Unfall gestorben.

Krahn versuchte, Haltung zu bewahren. Aber die Art und Weise, wie er seinen Hut abnahm und wie zum Gebet vor seinen Bauch hielt, sprach Bände. Sein Gesicht hatte noch mehr Falten und Kerben als sonst – die Zeit, der Alkohol und der Missmut hatten ganze Arbeit geleistet.

Prediger Schellenberg erläuterte die Umstände, die zu Abrams Tod geführt hatten.

Ja, Löwen, dann wird dein Sohn dafür büßen müssen, sagte Krahn. Seine Stimme klang betont verächtlich.

Schellenberg versuchte, die Emotionen auf kleiner Flamme zu halten: In diese Geschichte spielen so viele Einzelheiten hinein. Wir können sie hier auf der Straße nicht klären. Klar ist, dass niemand die Absicht hatte, einen anderen zu töten. Aber wir sehen, was passieren kann, wenn der Zorn überhandnimmt, selbst bei einem Kind. Obwohl du, Krahn, vom Tod deines Sohnes tief erschüttert bist, darf ich nicht Rücksicht auf deine Seelenlage nehmen, indem ich schweige. Die Fakten musst du erfahren, damit du nicht von Gerüchten und halbgaren Vermutungen gemartert wird. Lasst uns in Gedenken an Abram beten!

Krahn lachte lautlos: Warum nennst du nicht den Schuldigen? Oder willst du den Täter schonen, dessen Vater ein finanzkräftiges Gemeindemitglied ist?

Das war Krahn pur, so kannte man die Familie. So polemisierten schon die Großväter und Urgroßväter gegen die Leitungsorgane unseres und ihres Volkes.

Der Vater Rubens sprach Krahn nun direkt an.

Krahn, sagte er, ich möchte mit dir ein paar Worte unter vier Augen sprechen.

Krahn zögerte, dann folgte er Löwen missmutig, der bis zum Zaun am Straßenrand ging. Die anderen Männer, die noch auf der Straße herum standen, befürchteten, dass sich zwischen Krahn und Löwen Tätlichkeiten entwickeln könnten. Löwen sprach auf Krahn ein. Krahn heftete seinen Blick auf den Boden, nahm dann aber mit seinem Gegenüber Blickkontakt auf und sagte ein paar Worte. Löwen legte kurz seine Rechte auf Krahns gebeugte Schulter und die beiden kamen wieder zurück.

Ich glaube, wir sind jetzt so weit. Du kannst jetzt mit uns beten, sagte Löwen zu Prediger Schellenberg. Heftig ist später über dieses kurze Vier-Augen-Gespräch spekuliert worden. Löwen habe mit Krahn einen Stillhalte-Pakt geschlossen und dieses Abkommen mit einer hübschen Summe Geld besiegelt, hieß es. Aber weder über die Lippen Löwens, noch über die Lippen Krahns kam in den folgenden zehn Jahren ein Wort über den Inhalt des Gesprächs.

Als mein Vater von dem Männergespräch auf der Hauptstraße zurückkam, ging er in die Scheune und rief mich zu sich. Ich wusste, was die Stunde geschlagen hatte. Die Strafe war fällig. Ich hasste die Schläge mit der Reitpeitsche, nicht weil sie schmerzten, sondern weil sie mich demütigten.

Warum habt ihr das getan? fragte mein Vater.

Weil wir es wollten, antwortete ich trotzig.

Kinder können nicht machen, was sie wollen, antwortete mein Vater.

Die Hiebe fielen derber als sonst bei ähnlichen Übeltaten. Aber ich hätte auch die Klappe halten sollen, als er sagte: So, ich muss dich jetzt bestrafen.

Aber nein, ich musste sagen: Darf ich dabei lesen?

Das war mein Verderben.

Meine Kameraden berichteten von ähnlich hartem Durchgreifen ihrer strengen Väter. Martin kam glimpflich davon, denn sein Vater war nach *Süden* gefahren und seine Mutter strafte, wie alle Chaco-Mütter, nur mit der *Schlorre*. Wie Anne und Miriam die Teilnahme am illegalen Ausflug büßten? Sie mussten nur Worte der Ermahnung ertragen, Mädchen in ihrem Alter bekamen nicht mehr die harte Hand ihres Vaters zu spüren. Auch Ruben hatte Glück im Unglück, er sah schon zu sehr wie ein Geschlagener aus mit seinem Veilchen am rechten Auge und den Blutergüssen an Wangen, Hals und Schultern.

Für das unerlaubte Fortbleiben würde ich dir gerne den Arsch versohlen, sagte sein Vater. Als Täter will und kann ich dich nicht bestrafen, denn ich weiß, wie die Krahns sind. Abram hat dich provoziert. Und du hast dich leider provozieren lassen, sagte Rubens Vater enttäuscht und verzichtete auf eine körperliche Strafe.

Das Begräbnis war für den nächsten Tag, für Montag, angesagt.

Die Kirche war bis auf den letzten Platz gefüllt. Alle Schüler bekamen schulfrei. Für uns, die Missetäter, gab es keine Möglichkeit, dem Spießrutenlauf in der Kirche zu entkommen. Unsere Eltern zwangen uns, an der Bestattung teilzunehmen.

Das Schaulaufen konnte beginnen. Sobald einer der Ausflügler in die Kirche kam, schauten die Gäste nach hinten auf den Eingang. Und zogen ein Gesicht, so als ob sie dachten: Schau mal, der Abschaum unserer Siedlung!

Besonders die Familie Löwen stand im Blickpunkt des absurden Schaulaufens. Würde sie überhaupt kommen, da aus ihren Reihen der *Mörder* kam? Die seit Generationen herrschende Familienfehde zwischen den Krahns und den Löwens war allgemein bekannt. Ihren Ursprung hatten die Auseinandersetzungen in der Ukraine. Im Chaco glimmten sie vor sich hin. Aber neulich erst wurden sie neu entfacht, als Rubens Bruder Ernesto von den Krahn-Jungs Prügel bezog. Jetzt war der Streit wieder hell aufgelodert.

Sich zu drücken, kam nicht in Frage. Ernesto musste mit seinem Motorrad sogar 500 strapaziöse Kilometer aus Asunción anreisen – laut eigener Aussage, weil er eine Zeugnis-Übersetzung brauchte. Aber wir wussten, dass der Vater ein Machtwort gesprochen hatte. Auch Ruben kam – in langen schwarzen Hosen, einem langärmeligen weißen Hemd und schillernden Blutergüssen im Gesicht.

Der Prediger, nicht Daniels Vater, ein anderer, sprach von der Sünde, die man begeht, wenn man Gottes Gebote nicht beachtet, wobei er betonte, dass es noch nicht zu spät sei für die Errettung durch Christus. In Abrams Biographie hatte er eine Bekehrung entdeckt, was für die Familie Krahn sehr tröstlich war, denn nun bestand die Gewissheit, dass ihr toter Sohn nicht verloren gehen würde.

Tränen wurden, wie bei solchen Anlässen üblich, viele vergossen. Auch ich ließ meinen Gefühlen freien Lauf, als der Prediger von der Gnade und Liebe Gottes sprach, die alles verzeiht. Rubens Augen blieben trocken. Jeder bemerkte das.

So nimm denn meine Hände
Und führe mich
Bis an mein selig Ende
Und ewiglich!

Mit diesem Lied endete die Feier im Kirchengebäude. Abrams Brüder und sein Vater steckten Querstreben unter den schwarzen Sperrholz-Sarg, hoben die Kiste auf ihre Schultern und verließen die Kirche in Richtung benachbartem Friedhof, gefolgt von der Trauergemeinde. Am schmalen Kirchenausgang herrschte unübersichtliches Gedränge, so dass Ernesto und andere den Hinterausgang nahmen und auf diese Weise zufällig an die Spitze des Zuges stießen. Nur diesem Umstand ist es zu verdanken, dass Ernesto sofort zur Stelle war, als Aaron, der älteste der Krahn-Söhne, wegen einer Unebenheit des Bodens stolperte und der Sarg herunter zu fallen drohte. In diesem Augenblick hat jemand auf den Auslöser seiner Kamera gedrückt und eine Szene für die Ewigkeit festgehalten. Das Bild klebt auch in meinem Album: Es zeigt den Sarg, der von den Schultern der Träger zu rutschen droht, weil einer der Männer einknickt. Von rechts kommt Ernesto und greift nach der Strebe, die Aaron gerade loslässt.

Ernesto reagierte spontan und hat bestimmt keine Sekunde darüber nachgedacht, welche symbolische Bedeutung seine Hilfestellung hatte. Plötzlich gab der Erzfeind dem Toten das letzte Geleit. Die Trauernden hielten für ein paar Sekunden den Atem an. Was würde geschehen? Würden sich peinliche Szenen am Grab abspielen? Die Krahn-Brüder übersahen geflissentlich Ernestos Unterstützung. Sie sprachen nicht darüber und erwähnten diese Szene auch später gegenüber Dritten nie mehr. Ich glaube auch, dass in ihrem Album das Bild mit Ernesto fehlt.

Damit war die Krahn-Löwen-Fehde vorerst beigelegt.

Der Tod zog keine weiteren Ermittlungen nach sich. Wo kein Kläger, da kein Richter. Man hätte den Fall der Militärregierung des Chaco melden müssen. Aber die korrupten Militärs verursachten nur Probleme. Die Siedlung war sich einig und schwieg.

Doktor Kahro, sagte man, habe eine Blutprobe des Jungen heimlich zur Untersuchung nach Asunción geschickt. Sie sagten, die Probe sei positiv. Positiv im Sinne von: Ja, sie enthielt das Gift. Oder auch im Sinne von: Ja, es war kein Gift drin.

Handschriftliche Anmerkung Rubens

Das stimmt, die Siedlung war sich einig und schwieg. Deshalb fragte auch keiner nach Einzelheiten. Erst in diesem Bericht hat sich Cornelio von der Seele geschrieben, dass er derjenige war, der als erster von der *ungiftigen* Schlange sprach. Erstaunlich: Im Schöntaler Busch hat er sich zum ersten Mal in Miriam verliebt.

Río Pilcomayo

Ruben Löwen über das Jahr 1987

Mit der Picada 460 verlässt der Reisende Siedlergebiet. Sofort wird der Weg schlechter. Unter dem knöcheltiefen, pulvrigen Staub verstecken sich jede Menge Schlaglöcher. Die Sonne, die im Westen steht, scheint mir direkt in die Augen und blendet mich. Obwohl meine ganze Aufmerksamkeit dem miserablen Weg gilt, muss ich immerfort an Claudia denken, die sich von mir abwandte und mich sogar denunzierte. Und an ihren unerbittlichen Vater. An die frömmelnden Siedler.

In jener Welt habe ich lange genug gelebt. Eigentlich sollte sich mein Zorn allein gegen Claudia richten, denn sie hat mir die Suppe eingebrockt. Frommes Sensibelchen. Wahrscheinlich hatte sie das Gefühl, dass Jesus hinter dem Mandarinenbaum lauert und sie kopfschüttelnd beobachtet, während ich sie abknutsche. Es waren aber nicht Jesus oder einer seiner Jünger, sondern eher die neugierigen Nachbarjungen. *Belure*, das Belauern von Liebespaaren, gehört zum beliebten Brauchtum in den Dörfern.

Warum hat sie mich nicht ins Vertrauen gezogen? Warum ist sie nicht zuerst zu einem Prediger gegangen, zum Beispiel zum Jugendprediger Abram Fehr, und hat mit ihm die Angelegenheiten besprochen, die sie quälten. Oder war sie gar bei einem Prediger, und der hat sie dazu überredet, nach vorne zu gehen? Auch das scheint mir plausibel.

Claudia lief mir im Winter 1986 zum ersten Mal über den Weg. Vielmehr lief sie in einer Entfernung von etwa 50 Metern an mir vorbei. In Filadelfia, einer Nachbarsiedlung, etwa 30 km von Neuland entfernt, fand eine breit angelegte Open-Air-Evangelisation statt. Trotz der Kälte verlegten die Organisatoren die Veranstaltung nach draußen auf den Sportplatz – weil es keine Kirche oder ein anderes Gebäude gab, das solche Massen fassen konnte. Zu Gast waren die prominenten Enns Brothers aus Kanada, die die Gläubigen aus allen Chaco-Siedlungen anzogen. Bei mir als 18-Jährigem war das Interesse an Glaubensdingen reduziert, doch mein Vater hatte seine Camioneta zur Verfügung gestellt, um Gläubige und Neugierige jeden Abend nach Filadelfia zu kutschieren. Und mich hatte er kurzerhand als Fahrer eingestellt.

Leo Enns predigte von Schuld und Sühne und im Duett mit seinem Bruder Hildor sang er herrliche Gospelsongs. Sie trugen perfekt sitzende Anzüge. Als Hildor Enns sein *Großer Gott, wir loben dich* ins schlecht ausgesteuerte Mikrofon schmetterte, hing über dem Platz ein dichter Staubschleier. Kein Lüftchen regte sich. Die Temperaturen waren unter fünf Grad gesunken. Gegen die harsche Kälte versuchten die Besucher in ihren verstaubten Steppjacken verzweifelt, sich warm zu singen.

Auf uns wirkte das Enns-Team weltgewandt und lässig. Den Abschluss bildete jeden Abend ein sentimentales Lied. Während der große Chor sang, forderte Leo alle reumütigen Menschen auf, nach vorne zu kommen und sich zu Jesus zu bekennen. An diesem Mittwoch hatte er leichtes Spiel, denn einen Abend vorher war eine Familie auf dem Nachhauseweg durch einen Verkehrsunfall ums Leben gekommen. Die alljährliche Winterdürre hatte das Land heimgesucht, auf den knochentrockenen Lehmwegen hatte sich eine zentimeterdicke Staubschicht gebildet. Als die Evangelisationsbesucher am späten Abend nach Hause fuhren, wirbelten ihre Autos den feinen Staub hoch. Die Sicht tendierte gegen Null. Was unter solchen Bedingungen und ohne Vorsichtsmaßnahme passieren musste, das passierte. Bei der Kollision starben drei Menschen.

Ganz am Anfang seiner Predigt hatte Leo auf das tragische Unglück hingewiesen, aber seine Worte wirkten bis zum Schluss. Unter den vielen bewegten Menschen, die bekehrungswillig nach vorne strömten, befand sich auch diese junge Frau, fast noch ein Mädchen, die durch ihren blassen Teint und ihre pechschwarzen glatten Haare auffiel. Unwillkürlich machte ich einige Schritte nach vorne, so dass Martin Giesbrecht, der neben mir stand, mich entsetzt anstarrte, weil er glaubte, ich wolle ebenfalls nach vorne, um mich zu bekehren. Für mich war klar, diese Frau musste ich wiedersehen. Nicht an diesem späten Abend, an dem sie eine Entscheidung für Jesus traf. Aber in den nächsten Tagen. Morgen vielleicht.

In dieser Nacht wurde es sehr kalt. Am frühen Morgen fiel die Temperatur ansatzlos sechs Punkte auf vier Grad unter null. Der Chaco erstarrte im Frost. Später in der Rückschau wollten sich die Alten an einen ähnlichen Frostschlag erinnern, aber sie fanden keinen Vergleich. Enlhet-Häuptling Sooplhengaam schätze die Kälte auf *fünf Hunde*, was noch nie dagewesen sei. Eine Form der Kältebestimmung: Je kälter es ist, desto mehr Hunde braucht ein Enlhet um sich herum, um sich an ihnen zu wärmen.

Wer einen Fotoapparat im Haus hatte, hielt den Augenblick fest, als der Chaco von einem Augenblick zum anderen zum Kühlschrank wurde. Raureif hatte die Bäume überzogen. An den Fenstern, sofern sie aus Glas waren, bildeten sich Eisblumen. Wo Wasser tropfte, an Waschstellen außerhalb des Hauses oder an Viehtränken, wuchsen Eiszapfen. Die Menschen saßen in der Küche neben dem Herd, legten noch ein Stück Quebracho nach, jammerten über die erfrorenen Süßkartoffelstauden und bewunderten im gleichen Atemzug die kristallisierte Natur. Die Enlhet und die Nivaclé rückten vor dem Feuer näher zusammen und luden ihre *Zekuks* ein, sich zu ihnen zu legen.

Um die Mittagszeit war von der Eiszeit nur noch wenig zu sehen. Nur die Süßkartoffeln und die Tomatenstauden welkten bläulich dahin, sie waren erfroren.

Am nächsten Abend stellte ich mich freiwillig als Fahrer nach Filadelfia zur Verfügung, obwohl mein Vater die Fahrt übernehmen wollte. Ich wollte mich in Filadelfia auf die Suche nach dem Mädchen mit der hellblauen Steppjacke begeben. Als neubekehrte Christin würde sie die heutige Veranstaltung nicht auslassen. Und tatsächlich, am Schluss der Predigt, nachdem Leo Enns die bekehrungswilligen Besucher empfangen und den Rest verabschiedet hatte, sah ich das Mädchen in der hellblauen Steppjacke in einem angeregten Gespräch mit einem jungen Mann, der mir den Rücken zukehrte. Ich näherte mich ein paar Schritte und erkannte dann in dem Gesprächspartner Daniel Schellenberg, meinen Ausflugs-Genossen. Hoffentlich hatte der scheinfromme Schleimer seine glitschigen Finger nicht schon nach diesem Schatz ausgestreckt.

Nach den zweiwöchigen Winterferien kehrte ich ins Internat des Colegio Secundario Filadelfia zurück. Für mein *Bachillerato* musste ich die letzten zwei Schuljahre in Filadelfia verbringen, weil Neulands *Secundaria* nicht bis zum paraguayischen Abitur führte. Das Internatszimmer teilte ich mir mit Cornelio und ja, mit dem frommen Daniel, neuerdings ohne sein Wissen mein Rivale. Da konnte ich so nebenbei nach der *Mejal* in der blauen Jacke fragen. Ich glaube, Daniel hatte mich sofort durchschaut. Mit einer Mischung aus Überheblichkeit, Häme und Durchtriebenheit musterte er mich, als wolle er sagen: Muchacho, hier bin ich am Drücker.

Aber er sagte nur: Claudia Brandt aus Nummer Zwei.

In dieser Siedlung wurden die Dörfer zumeist nur mit der Nummer ihrer Gründungsreihenfolge genannt. Nummer Zwei war Kleefeld, ein unscheinbares Dorf gleich hinter Filadelfia. Okay, Claudia Brandt aus Nummer Zwei.

Den Nachnamen Brandt trug auch einer der Internat-Bewohner, ein 13-jähriger sommersprossiger, schüchterner Junge. Ihn fragte ich noch am gleichen Tag nach seiner Schwester Claudia: Hola, sag mal, hat deine Schwester Claudia schon einen *Novio*?

Der Kleine druckste verlegen herum, rückte dann aber mit der Wahrheit heraus: *Dee haud eenen, oba see haft dem jetjiept.* – Sie hatte einen, aber sie hat ihm einen Korb gegeben.

Sie war also wieder solo und ich musste mich beeilen, bevor Daniel Nägel mit Köpfen machte. Was sie denn mache, insistierte ich. Claudia habe nach dem *básico* aufgehört, also nach der Mittleren Reife, sagte der kleine Bruder: *Bie ons kaun moa eena to School gohne.* – Bei uns kann nur einer die Schule besuchen.

Ihre Eltern konnten nur einem Kind die weiterführende Schule finanzieren und hatten dieses Privileg dem Jungen zugestanden. *Eene Mejal jehet enne Tjeatj.* – Ein Mädchen gehört in die Küche.

Ich glaube, Daniel macht den Stich, prophezeite Cornelio, den ich in einer schwachen Stunde in meine Gefühlslage eingeweiht hatte. Er fügte hinzu: Claudia wird sich nach ihrer Bekehrung geistlichen Dingen zuwenden. Der fromme Daniel, der dazu noch der Sohn eines Predigers ist, ist eine Super-Partie.

Daniel segelt zwar auf dem Karrierekurs, aber eigentlich ist er doch ein ziemlicher Langweiler, wandte ich ein. Bevor der in Tuchfühlung geht, liest er erst einen Vers aus Korinther.

Na und? sagte Cornelio, Was glaubst du, erwartet Claudia vom Leben? Nach dem *básico* war Schluss mit Schule. Glaubst, sie träumt von einem Märchenprinzen? Ein Leben als Bäuerin ist ihr vorbestimmt. Mit einer Schar Kinder an der Schürze, am frühen Morgen Kühe melken, aufs Feld gehen und Kraut jäten. Abends Eier einsammeln. Es sei denn, es kommt einer wie Daniel – fromm, gutaussehend, mit einer tollen Perspektive.

Ja, klar, aber mit mir bekommt sie den Märchenprinzen.

Du ein Märchenprinz? Was glaubst du, was du für einen Ruf genießt? Du bist doch allenfalls der Wolf im Schafspelz.

Nun begann ich meine Fäden zu spinnen. Kevin, so hieß der kleine Bruder Claudias, bestach ich mit Geld und indem ich ihm meine Musik-Kassetten auslieh – gegen das Versprechen, stumm wie ein Fisch im Wasser zu sein. Auf diese Weise erfuhr ich, dass Claudia fürs Wochenende die Freizeit in *Flor del Chaco* gebucht hatte. Das Campgelände lag nur wenige Kilometer außerhalb von Filadelfia. Von Daniel wiederum wusste ich, dass seine Oma den 70. feierte. Ein Konkurrent weniger auf *Flor del Chaco*. Also meldete ich mich auch für die Freizeit an. Jugendpastor Abram Fehr staunte nicht schlecht. Solch fromme Veranstaltungen mied ich sonst geflissentlich.

Auch Daniel war erstaunt, als er seine Kawasaki startete, um ins Wochenende aufzubrechen.

Ich komme nicht mit nach Neuland, sagte ich.

Und wohin geht's? fragte er neugierig.

Nach *Flor del Chaco*, zum Feriencamp, antwortete ich. Er kannte mich gut und wusste, dass ich etwas im Schilde führte. Aber er blieb ganz der Pastor in spe.

Schön für dich, sagte er, Gott segne dich.

Grinsend entgegnete ich: Das hoffe ich auch, gab Gas und kratzte die Kurve.

Zwischen Bibelarbeit und Volleyball hatte ich nur wenige Gelegenheiten, bei Claudia anzuknüpfen. Erst am Abend beim Ringelspiel mit Anfassen konnte ich ans Werk gehen. Beim *Pärchenraten* wählten uns die Jugendlichen erst ziemlich spät, dann aber kurz nacheinander zweimal zum perfekten Paar, was bedeutete, dass wir in etwa 30 Meter Entfernung zum Rest auf zwei Stühlen Platz nehmen durften und uns ein Wunschpaar aus den Anwesenden zusammenstellen konnten.

Beim ersten Mal entspann sich der folgende Dialog:

Weißt du, dass du mir schon einmal über den Weg gelaufen bist? fragte ich.

Antwortete Claudia: Dafür, dass du mir erst einmal über den Weg gelaufen bist, weißt du aber schon viel über mich.

Wieso?

Du hast meinen kleinen Bruder ausgequetscht.

Kleiner Quatschkopp. Das Schmiergeld würde ich zurückfordern. Meine Antwort hingegen lautete: Ja, weißt du, ich bin fremd in Filadelfia. Da ist man auf neue Kontakte angewiesen.

Beim zweiten Mal war es schon vollkommen dunkel. Noch war der Mond nicht aufgegangen.

Ich weiß ein bisschen über dich, du wahrscheinlich nichts über mich, wollte ich das Gespräch in Gang bringen.

Ein wenig weiß ich auch über dich, entgegnete Claudia, Du hast doch als Elfjähriger deinen Freund mit einer Schlange und ein Wildschwein mit einer Schrotflinte getötet.

Er war nicht mein Freund, sondern ein Klassenkamerad. Außerdem habe ich ihn nicht getötet. Und beim Wildschwein war ich schon zwölf.

Die Neuländer Geschichtsschreibung sagt was anderes. Sie sagt auch, dass alle Kinder, die an dem Ausflug teilnahmen, sich in dem Jahr danach bekehrten und taufen ließen. Nur du nicht.

Magensäure stieg mir den Hals hoch. Eine Hitzewelle zog vom Bauch hoch zum Kopf.

Claudia ergriff meine Hand.

Ich wollte dich nicht verletzen, sagte sie entschuldigend. Sieh mal an, doch keine Hinterwäldlerin.

Claudia, sagte ich, du bist sehr hübsch, sehr intelligent und ein angenehmer Mensch. Was hältst du davon, wenn wir uns näher kennen lernen?

Wenn du hübsch an dritter Stelle genannt hättest, gerne.

Sie kicherte zum Zeichen, dass es nicht so ernst gemeint war. Dann sagte sie: Nicht heute Abend.

Für mich blieb offen, ob sie mich auf einen anderen Tag vertröstete oder ob sie nur einen aufdringlichen Verehrer loswerden wollte.

Der Konkurrenzkampf zwischen mir und Daniel konnte in die nächste Runde gehen. Daniel setzte alles dran, um Claudia zu erobern. Sogar längst verschüttete Familienbande grub er wieder aus, nämlich die zwischen den Familien Brandt und Schellenberg. Nach vielen Jahren kam es auf Daniels Initiative mal wieder zum großen Treffen. Ich sah meine Chancen dahinschwinden.

Ich war gefrustet und eckte an. Mit dem Ordnungsmann wegen Geschwindigkeitsüberschreitung und mit den Lehrern wegen verschiedener Anlässe. Unter anderem hatte ich mir eine Limahl-Frisur zugelegt, die gerade in den USA und Deutschland in Mode, für Chaco-Verhältnisse aber zu extrem war.

Aber die Paraísobäume blühten fliederfarben, ein neuer Frühling nahte. Ich stand ans Geländer der Fernheimer Kooperative gelehnt, als Claudia plötzlich vor mir stand.

Du hast dich verändert, sagte sie und lachte. Sie trug ein ärmelloses weißes T-Shirt und Jeans und war fraulicher geworden.

Ach ja, die Frisur.

Wollte mal was Neues ausprobieren, sagte ich.

Wo war sie gewesen die ganze Zeit? Kühe melken, Wrenitje kochen – plautdietsche Maultaschen, den kleinen Bruder trocken legen, Baumwolle pflücken?

Am Sonntag lasse ich mich taufen, sagte sie, Wäre schön, wenn ich dich sehe. In der Kirche der Brüdergemeinde.

Ja, natürlich.

Und weg war sie. 50 Meter weiter unten stand eine grüne Camioneta. Dort warteten ihre Eltern.

Das Tauffest war eine Traum-Veranstaltung. Die Täuflinge kamen ganz in Weiß in die bis auf den letzten Platz gefüllte Kirche und setzten sich in die Bankreihen des Chors. In ihrem makellosen Weiß wirkte Claudia wie ein Engel. Jugendprediger Abram Fehr stand in einem mit Wasser gefüllten Pool und ließ die jungen Frauen und Männer einzeln zu sich kommen. Nach dem „... und ich taufe dich im Namen des Vaters, des Sohnes und des Heiligen Geistes" drückte er Claudia unter Wasser. Als er sie wieder hochhob, floss das Wasser in einem Schwall von ihrem erschrockenen Gesicht. Ein sportlicher, schlanker Mann schob sich in mein Blickfeld. Der Kerl hatte einen Fotoapparat in der Hand, wahrscheinlich hatte er gerade Claudias Taufzeremonie fotografiert. Daniel! Ich kämpfte gegen einen Fluchtreflex. Aber nein, nicht abhauen. Wenn Daniel Schellenberg die Beziehung bis jetzt nicht eingestielt hatte, dann gab es dafür einen guten Grund. Und der hieß bestimmt Claudia. Entspannt lehnte ich mich zurück. Gutes Argument gefunden.

Zum Schluss standen die Täuflinge, jetzt im normalen Sonntagsstaat, auf dem Kirchhof und nahmen Glückwünsche entgegen. Auch ich stellte mich in die Warteschlange, in der ebenfalls Daniel stand. Zu Daniel sagte Claudia: Danke, dass du gekommen bist.

Als ich dran war, sagte sie: Danke, dass du gekommen bist.

Okay, Gleichbehandlung.

Dann fügte sie hinzu: Hast du Lust, mich heute Nachmittag zu besuchen?

Natürlich. In Nummer Zwei? Bei dir zu Hause?

Das war die Einladung zum Glücklichsein. Was interessieren die Einzelheiten?

Ohne sie wäre der Sonntagnachmittag in Nummer Zwei unerträglich langweilig geworden. Aber mir reichte es, Claudia anzusehen.

Fast das ganze Dorf war auf dem Brandtschen Hof versammelt. Man saß auf Stühlen unter Paraíso-Bäumen. Die älteren Frauen in buntgeblümten Kleidern aus Jersey-Stoffen. Die Männer in weißen Jersey-Hemden, die Jüngeren in T-Shirts, auf denen Paraguay- oder Chaco-Motive aufgedruckt waren. Wie ein Fremder fühlte ich mich, aber manchmal setzte sich Claudia zu mir und dann war alles wieder gut. Obwohl auch Claudia für mich eine Fremde war. Die Sätze, die ich in diesem Leben mit ihr gewechselt hatte, waren an zwei Händen abzuzählen. Während die *Tereré-Guampa* gereicht wurde, strich der Nordwind pfeifend um die Hausecken. Zum Abendessen gab es eiskalten Kaffee mit Riebelplautz und Sauerampferplautz. Hunger hatte ich keinen, aber Claudias Mutter setzte mich so unter Druck, dass ich nicht Nein sagen konnte: *Na, Ruben, sie nich bleed, nemm noch waut.* – Sei nicht schüchtern, nimm noch was.

Der Vater begann ein Gespräch mit mir, in dem er sich nach dem neuen Zuchtstier erkundigte, den sich mein Vater zugelegt hatte. Herr Brandt versicherte mir: Das soll ein sehr guter Bulle sein.

Und mit einem Zwinkern fügte er hinzu: Sehr fleißig.

Diesen Dialog kannte ich aus dem Film *Der einzige Zeuge*. Da war aber jemand gestorben.

Als die Runde sich um 18 Uhr auflöste, war alles wunderbar. Claudia hatte mit mir ein Date vereinbart.

Bei diesem Rendezvous hatten wir zum ersten Mal zwei Stunden für uns. Wir schilderten uns gegenseitig unsere Hobbies, unsere Hoffnungen, Absichten, Wünsche. Pure Harmonie herrschte zwischen uns. Mittwoch in sieben Tagen wollten wir uns wieder treffen.

Am Mittwochabend hatte Claudia zwei Stühle vom Esstisch entwendet und sie hinter einen Mandarinenbaum gestellt. Das war das typische Szenario für Liebespaare. Der Mandarinenbaum, jeder hat einen in seinem Garten, funktioniert als Sichtschutz gegenüber Haus und Straße. Die Stühle ermöglichen das enge Nebeneinander-Sitzen. Claudia legte ihren linken Arm auf meinen rechten Arm und dann beugte ich meinen Kopf nach unten, um Claudia zu küssen. Damit waren wir ein Paar. Ab jetzt waren wir liiert, wir *schmarrten*, wie man sagte.

Daut haft oba schwind jegohne, kommentierten Claudias Freundinnen aus dem Dorf. – Das ging aber schnell.

Sie hatten Recht. Der Ablauf vom ersten Date über das Stühlezusammenrücken und den linken Arm auf den rechten Arm legen bis hin zum Kuss kann sich über Wochen hinziehen.

Dee were sich fots eenich, wurde im Dorf kolportiert. – Die waren sich sofort einig.

Hinfort trafen wir uns, wie alle mennonitischen Paare, am Sonntag und am Mittwoch, das waren die *Schmarr*tage. Die jüngeren Geschwister schlichen sich hin und wieder zum Mandarinenbaum, um das Paar zu belauschen oder um das Schmatzen des Küssens zu hören. Pünktlich um 22.30 Uhr trat Papa Brandt auf die Veranda, räusperte sich und sagte dann mit sonorer Stimme: *Claudia, haulf alf!*

Und das bedeutete: den Freund verabschieden und ab ins Bett.

Dann meinten die Dorfjungen, die Schonzeit sei vorbei. Sie stoppten mich auf meiner Rückfahrt nach Filadelfia und forderten die *Magrietsch*, den Wegzoll für das Treffen mit einer Frau aus Nummer Zwei. Ich zahlte anstandslos. Das Los meines Bruders Ernesto, dem die Rosenorter eine Glatze geschnitten hatten, wollte ich nicht teilen.

Ein wenig peinlich wurde es für Claudia, als Daniel Schellenberg an einem Sonntagnachmittag auf dem Brandtschen Hof aufkreuzte, um zu *spazieren,* wie unter anderem der sonntägliche Besuch bezeichnet wird. Einem Gast, der alle mennonitischen Regeln beachtete, durfte nicht die Tür gewiesen werden. Je später der Nachmittag wurde, desto unruhiger rutschte Claudia auf ihrem Stuhl hin und her. Als Daniel Claudia zu einem Diaabend einlud, fand Claudia, es sei an der Zeit, ihren guten Kumpel mal aufzuklären: Darf ich meinen *Novio* mitbringen? fragte sie.

Novio, stotterte Daniel, um sich dann doch auf Schellenbergsche Art in den Griff zu kriegen und ein selbstloses *Ja, klar* über die Lippen zu bringen. Die nachmittägliche Unterhaltung war jetzt aber eingebrochen. Schließlich räumte Daniel kampflos das Feld.

Dann woa etj nu mol. – Dann werde ich mal gehen.

Und weg war er. Der Diaabend war wohl gestrichen.

Die Treffen wurden leidenschaftlicher, die Umarmungen fester, die Küsse heftiger, die erforschten Körperflächen immer ausgedehnter. Claudia kämpfte gegen die Lüsternheit an. In ihren Gedanken rumorte ein Gottessohn namens Jesus, der warnend den Zeigefinger hob. Jedes Mal nahm ich mir vor, beim Austausch von Zärtlichkeiten mehr Rücksicht zu nehmen, mich zurückzuhalten, aber wenn wir uns liebkosten, dann konnte ich die Notbremse, die Claudia zog, wenn meine Hand in verbotene Zonen rutschte, nur schwer akzeptieren.

Aber es kam, wie es kommen musste. Nach einem langen Samstagabend, an dem die Eltern nicht zu Hause waren und kein Vater auf die Sperrstunde verwies, sind wir wohl nach Claudias Empfinden zu weit gegangen. Beim Abschied hatte sie Tränen in den Augen, in meiner unsensiblen Art hielt ich es für Abschiedsschmerz. Ahnungslos stellte ich die beiden Stühle auf die Veranda und verließ auf meinem Motorrad den Brandtschen Hof, für viele Jahre das letzte Mal.

Was in Claudia gefahren ist, kann sie selbst darlegen, wenn sie einen Grund dafür sieht. Sie besuchte den Gottesdienst am Sonntag und trat in der Gemeindestunde vor die Versammlung, um von ihrem *Fehltritt* zu berichten. Paare beichteten oft, wenn sie vor der Ehe schwanger wurden. Meistens war es das Mädchen, das die Verantwortung vor der Kirche übernahm, während der Erzeuger zitternd draußen wartete, wie das Urteil ausfallen würde.

Ich hingegen war vollkommen ahnungslos. Am Nachmittag spielte unsere Mannschaft gegen die Nivaclé-Auswahl aus Cayin o Clim. Spieler des Tages war Daniel Schellenberg. Er gehörte zu den besten Fußballern unter den Chaco-Mennoniten, aber so gut wie an diesem Tag habe ich ihn nie gesehen. Und ich kann mir gut vorstellen, woran es lag. Als der Schiedsrichter das Spiel nach 90 Minuten abpfiff, kam er zu mir und sagte schadenfroh erregt: Ich wusste, dass es soweit kommen würde. Ich bin nur überrascht, dass es so schnell so gekommen ist.

Was meinst du? fragte ich verdattert.

Claudia, antwortete er.

Was ist mit Claudia? wollte ich wissen.

Sie hat ausgepackt. Du bist ihr mit deinen schmutzigen Fingern auf die Pelle gerückt. Du hast ihre Ehre wie Dreck behandelt.

Angelegenheiten der Gemeindestunde waren geheim, aber Daniel war nicht Mitglied der Kirche von Filadelfia, sondern der Neuländer Kirche. Deshalb fühlte er sich befugt, darüber zu reden. So tickte er.

Ich sagte kein einziges Wort. Ich lief zu meiner Kawasaki und raste aus Filadelfia hinaus, wobei ich die zulässige Geschwindigkeit von Tempo 30 um das Zweifache überschritt. Als ich in Nummer Zwei auf den Hof der Familie Brandt einbog, wurde ich von Claudias Vater und ihren Brüdern empfangen. Sie sahen, untertrieben gesagt, nicht sehr friedlich aus.

Du wagst es, unseren Hof zu betreten? fragte der Alte.

Ich möchte nur kurz mit Claudia sprechen, antwortete ich mit zittriger Stimme.

Du wirst in diesem Leben nie mehr mit Claudia sprechen, sagte er, vor Wut ebenfalls zitternd, Und jetzt sieh zu, dass du wegkommst.

Während ich wendete, sah ich aus den Augenwinkeln, wie Claudia traurig aus einem Fenster blickte. Dann gab ich Gas und verschwand aus dem Dorf und aus ihrem Leben – fürs Erste jedenfalls.

Und in einer Woche war Schulschluss, der Tag, an dem ich das *Bachillerato* in Empfang nehmen sollte.

***

Mein Motorrad schlingert wie verrückt. Das Hinterrad will partout nicht in der Spur bleiben. Der Reifen ist platt. Schließlich komme ich zum Stehen, froh darüber, dass ich mich nicht hingelegt habe in dem Puderstaub. Flickzeug habe ich mit, ohne Flickzeug verlässt keiner den Hof. Das Reparieren des Reifens ist nicht das einzige Problem. Die Schwierigkeiten fangen schon damit an, dass ich das Motorrad in diesem Pulverbett nicht aufbocken kann. Schließlich finde ich einen dicken, morschen Ast, den ich zu einer Art Brett breittrete, damit ich den Ständer darauf platzieren kann. Dann drücke ich eine Mantelseite über den Felgen, ziehe den Schlauch raus und pumpe ihn auf. Glück gehabt, das Loch ist so groß, dass ich es mit bloßen Augen erkennen kann. Ein lauter Schrei lässt mich aufschrecken. Doch ich kann wieder durchatmen, es ist das laute krächzende Chajha einer Sporengans, die hinter mir in einem Baumwipfel sitzt.

Als ich den Mantel von innen abtaste, jagt mir ein Schmerz durch den Zeigefinger. Ein mehrere Zentimeter langer Dorn, der im Reifen steckt, hat mich verletzt.

Zehn Minuten später ist meine Kawasaki wieder startklar. Wieder schreit die Sporengans. Ihr Ruf vermischt sich mit einem fernen Rumoren. Klingt nach Auto. Aus der Gegenrichtung sehe ich eine gewaltige Staubwolke auf mich zukommen. Ein Pickup. Die Leute werden sich an mich erinnern, auch wenn sie mich nicht kennen. Sie werden halten, denn an einem Motorrad mit Panne vorbei zu fahren, gilt als unfair.

Ich überlege, ob ich schnell starte und losdüse. Aber die Dämmerung ist schon angebrochen. Und eigentlich weiß ich nicht, wo ich genau hin will.

Am besten, ich bleibe hier. Für eine Übernachtung im Busch brauche ich allerdings Feuer und Wasser. Als der Gedanke an Wasser durch meine Gehirnwindungen zuckt, schreit wieder der Chajha, und jetzt weiß ich, was der Vogel mir mitteilen will. Sporengänse sind Wasservögel, also muss in der Nähe eine Wasserstelle sein. Fehlt zu meinem Glück nur noch Feuer. Vielleicht haben die Autofahrer Streichhölzer. Für meine Zigaretten, natürlich, ich bin ein starker Raucher und habe mein Feuerzeug verloren. Klingt sehr plausibel.

Das Auto stoppt wie erwartet.

Qué pasa? fragt der Mann am Steuer, ein *Hiesiger*. Ein weiterer Mann auf dem Beifahrersitz schaut mich ebenfalls neugierig an. Ich erkläre ihnen, dass ich gerade einen Reifen geflickt habe und jetzt zur Entspannung eine Zigarette rauchen wolle. Leider habe ich mein Feuerzeug vergessen.

Der Fahrer kramt im Handschuhfach und wirft mir eine Schachtel Streichhölzer zu.

Aquí tienes fósforos, viel Spaß beim Rauchen, sagt er, während er den ersten Gang einlegt, Du inhalierst heute zweifach, Rauch und Staub, aber du bist ja jung und hast noch starke Lungen.

Und weg ist er.

Ich werde ein wenig weiter fliehen als Alfred und Heinrich, für die kurz hinter den Indianersiedlungen Endstation war. Ihre Flucht konnte sich damals niemand erklären. Alle Kinder Neulands wollten wissen, warum die beiden jungen Erwachsenen klammheimlich ausgebüxt waren. Die Eltern erklärten, für ihr Ausreißen gäbe es keinen Grund: Sie seien einfach ungehorsam. Und Ungehorsam werde bestraft.

Alfred und Heinrich bekamen die Hucke voll, so dass sie sieben Tage nicht sitzen konnten.

Ich bin besser dran. Prügel muss ich heute nicht mehr befürchten, so wie damals auf dem Schöntaler Weg. Heute werden 17-Jährige nicht mehr geschlagen, die Zeiten sind vorbei. Zumindest nicht bei aufgeklärten Eltern.

Die Indianersiedlungen werde ich weit hinter mir lassen. Bis an den Pilcomayo soll mich meine Kawasaki bringen. Hoffentlich reicht der Sprit. Aber vorerst will ich hier übernachten. Die Kawasaki schiebe ich vom Weg und dann ein Stück weit in den Busch hinein. Hinter einem Espinillo bocke ich sie auf. Von der Straße ist die Maschine nicht zu erkennen. Dann mache ich mich auf den Weg, um die Wasserstelle zu finden. Ein verflochtenes Gewirr von Lianen, Caraguatá und Dornensträuchern behindert mich. Schließlich lande ich auf einem Wildtierpfad, dem ich folge, denn er führt in die Richtung der Chajha-Schreie. Als die ersten Algarrobo auftauchen, bin ich erleichtert. Der Boden besteht jetzt aus getrocknetem Schlamm, ich nähere mich einer Senke. Lautes Plantschen und Schnauben ist zu hören. Hombre, bin ich auf ein Indianerdorf gestoßen? Ein Carpincho, ein Wasserschwein, wringt sich aus einem komplett mit Algen zugedeckten Tümpel und galoppiert davon. Das ist meine Wasserstelle. Vorsichtig schleiche ich mich zum Uferrand, schiebe das Algenzeug weg und schöpfe Wasser aus der hohlen Hand. Es ist klar und schmeckt erfrischend. Anscheinend ist der Tümpel keine Trinkstelle für Rinder, denn dann wäre das Ufer zermatscht und zertreten und das Wasser eine braune Brühe. Ich lege mich ins Gras, um auszuruhen. Erleichtert fühle ich mich, wie von einer schweren Last befreit. Störende Gedanken an Claudia, die mich so böse reingelegt hat, und an meine lieben Eltern, die sich Gedanken über ihren verlorenen Sohn machen, verdränge ich.

Die Idylle ist vollkommen. Ein stechend blauer Himmel, eine auengleiche Landschaft, die grüne Algendecke über dem Teich, die Warnschreie der Chajha, ein fliehendes Carpincho. Hier könnte ich für längere Zeit bleiben. Nahrung liefert der Busch zur Genüge. Ich falte meine Hände und danke Gott.

Nach einer Weile stehe ich auf, um Holz zu sammeln. Die trockenen Algarroboäste, die am Boden liegen, brennen zwar gut, aber auch schnell ab. Für eine lange Nacht benötige ich dringend Palo santo oder noch besser Quebracho. Da muss ich außerhalb der Senke suchen. Schließlich werde ich auch an verschiedenen Stellen fündig. Ein Kirkincho kreuzt meinen Weg. Erinnerungen werden wach an die Abende mit Ramírez, unserem Estancia-Verwalter, der herrliches Wildbret zubereiten konnte. So ein Gürteltier würde munden. Schwer beladen mit Holz und einem erlegten Kirkincho kehre ich wieder zurück.

Jetzt ist das Feuer dran. Die Zündhölzchen bestehen aus schlappen, gewachsten Bindfäden. Nach dem Zünden erlöschen sie wieder. Bis zuletzt ein einziges Streichholz übrig bleibt. Dieses oder keines. Glück gehabt. Der Wind lässt einen Augenblick nach, der Zündkopf zischt und produziert ein herrliches Flämmchen, das ich an ein trockenes Blatt halte. Und drei Minuten später haben auch Algarrobo, Palo santo und Quebracho Feuer gefangen. Das Kirkincho ritze ich mit einem spitzen Palo-santo-Span auf und weide es aus. Als die erste Glut zur Verfügung steht, lege ich das Gürteltier mit dem Panzer nach unten in die glühende Holzkohle und warte gespannt, was daraus wird.

Der Braten schmeckt okay. Gewürz hätte dem Ganzen gut getan. Aber auch mit etwas Asche kann ich für ein wenig Geschmack sorgen. Langsam wird es dunkel. Ein riesiges Sternenmeer breitet sich über meinen Augen aus. Deutlich sehe ich das Kreuz des Südens inmitten der Milchstraße. Zum Schlafen breche ich mir ein paar Schilfblätter von den Stauden ab, die am Ufer des Gewässers stehen. Als ich mich hinlege, merke ich, wie müde ich bin.

Cornelio Peters über Rubens Flucht

An diesem Abend betete Ruben zum letzten Mal: Lieber Gott, wenn es dich gibt, dann sieh mir bitte nach, dass ich nicht mehr an dich glaube. Vielleicht gibt es dich, das klingt plausibel. Aber ich glaube nicht, dass du deinen eigenen Sohn geopfert hast, um die Welt zu retten. Das wäre ja hirnrissig. Also, ich werde dich nicht mehr ansprechen! Verzeih mir!

So hat er es mir hinterher erzählt.

Natürlich blühten Klatsch und Tratsch.

Von so einem kann man nichts anderes erwarten, soll Claudias Vater gesagt haben.

Was ist Claudia denn für eine blöde Kuh, soll Rubens Vater gesagt haben, natürlich nur im engsten Familienkreis.

Und seine Mutter fügte hinzu: Sie hat meinen Sohn auch nicht verdient.

Und Claudia? Sie weinte nur.

Rubens Verschwinden wurde erst sehr spät bemerkt. Seine Eltern vermuteten ihn im Internat, während die Internats-Schüler dachten, er sei aus Krankheitsgründen zu Hause geblieben. Als der diensthabende Lehrer ihn am späten Sonntagabend nicht in seinem Zimmer antraf, fühlte er ein leichtes Unbehagen. Ein Anruf hätte Erkenntnis gebracht. Aber abends sind die Telefonzentralen weder in Neuland noch in Filadelfia besetzt – die automatische Telefonverbindung ist im Chaco noch unbekannt.

Der Gesang der Frösche wird immer lauter, doch schlafe ich schnell ein. Nachts werde ich hin und wieder von seltsamen Geräuschen und Lauten geweckt: ein Rascheln, Tippeln, Trippeln, Tänzeln, Schlürfen, Planschen. Tiere, die an die Wasserstelle kommen. Angst habe ich keine, dafür bin ich zu müde.

Am nächsten Morgen bleibe ich zu lange in meinem Bett aus Schilfblättern liegen. Meine Gedanken kreisen um Claudia. Verzweifelt suche ich Gründe für ihr seltsames Handeln. Ich finde Argumente, die für sie sprechen, dann gewinnen meine Gefühle der Liebe die Oberhand. Ich finde Argumente, die ich gegen sie verwende, und ich merke, wie mich Verbitterung befällt. Ich verfluche die Kirche, die ihre Gläubigen zu lenkbaren Menschen wie Claudia formt. Eine Gemeinde, die Geschichten aus der Bibel als letzte Wahrheiten verkauft. Die Menschen ausschließt, die diese Wahrheiten nicht teilen.

In den Medien fällt manchmal das Wort Sekte. Sekte ist ein böses Wort. Mein Mennoland war ein herrliches Paradies. Wo sonst hat man noch die Chance, zum Schlangenfänger zu werden? Aber jetzt hat Mennoland mich kaputt gemacht. Kein Platz mehr für mich da.

Mutter und Vater werden am Herd sitzen, Mate-Tee trinken und bekümmert über mein Verschwinden rätseln. Hoffentlich tut der Junge sich nichts an, wird Mama sagen und ein paar Tränen verdrücken. Und Papa wird antworten: Der doch nicht. Eines Morgens wird er zum Frühstück auftauchen und frech sagen: Es riecht so toll nach Grieben. Und so tun, als ob nichts passiert sei. Aber dann kriegt er, so wahr ich Johann heiße, eine Tracht Prügel.

Als meine Eltern durch den Kreuzgang meines Gehirns schlurfen, bekomme ich Mate-Durst. Wasser kann ich mir im Kirkincho-Panzer kochen. Doch Tee führe ich keinen im Angebot. Die Idee, hier längere Zeit zu bleiben oder gar Station zu beziehen, gebe ich auf. Ohne Mate-Tee überlebe ich keine Woche. Nach der Morgentoilette suche ich mir Kaktusbeeren und verspeise die Waldfrüchte mit Heißhunger. Verhungern würde ich nicht, das stelle ich stolz fest. Aber ohne Mate kann ich nicht existieren.

Ich trinke aus dem Teich, lösche das Feuer, präge mir mein Lager noch mal ein und verlasse dann diesen gastfreundlichen Ort. Je näher ich dem Weg komme, desto schneller gehe ich, als müsste ich einen Bus erwischen. Dann erklingen Stimmen. Gänsehaut. Ruckartig stoppe ich und lege meinen Kopf in den Wind. Tatsächlich, Stimmen, die sich nun mit anderen Geräuschen vermischen. Ich beginne zu laufen. Einige hundert Meter vor mir scheint der Weg durch die Bäume hindurch. Davor bewegen sich schemenhaft Gestalten, die immer deutlicher werden, je näher ich komme. Zwei Personen schieben gerade mit meiner Kawasaki ab, die ich doch gut hinter einem Strauch versteckt hatte. Sie hören meine Schritte und bleiben abrupt stehen.

Hände weg von meinem Motorrad! schreie ich sie an. Und zumindest einer von ihnen nimmt die Hände von meiner Maschine. Aber nur, um seine Pistole zu ziehen. Beide sind sehr dunkelhäutige Typen, vermutlich nicht älter als 30. Der Muchacho mit der gezogenen Pistole hat kurze krause Haare und über seiner rechten Wange zieht sich eine dicke Narbe. Das werde ich mir merken.

Keinen Schritt weiter! schreit er aufgeregt. Und dann fügt er unmissverständlich hinzu: *La llave!*

Seine Aufforderung als Scherz zu verstehen, wäre nicht angebracht. Die Chance, dass sie das Weite suchen, wenn ich selbstbewusst auftrete und mein Eigentum nachdrücklich zurückfordere, ist sehr gering. Deshalb gehe ich kein Risiko ein und werfe ihnen den Schlüssel zu. Der Mann mit der Narbe fängt ihn auf, dreht sich um und wirft ihn seinem Kompagnon zu. Während der eine das Motorrad auf den Weg schiebt, sichert der andere im Rückwärtsgang ab. Ich bewege mich keinen Zentimeter, selbst als die beiden schon längst über alle Berge sind. Wie erstarrt stehe ich minutenlang unter einem Weiberstrauch, dessen Blüten propellerartig auf mein Gesicht fallen und an meinem Hemd und meiner Hose hängen bleiben.

Aus Angst wird Wut. Jetzt schnell auf den Weg und per Autostopp nach Neuland, um den Ganoven das Handwerk zu legen. Wie groß sind die Chancen, dass ich wieder in den Besitz meines Gefährts komme und die Halunken einem gerechten Richter zugeführt werden? Ganz gut - wenn der Diebstahl mit genauen Angaben zu den Räubern über den Radiosender ZP 30, die Stimme des Chaco, ausgestrahlt wird und die Motorradfahrer noch auf Siedlungsgebiet erwischt werden. Was darüber hinausgeht, liegt im Einflussbereich der Militärgarnison im 80 km entfernten Mariscal Estigarribia. Bevor die dort eine Polizei-Expedition in Bewegung setzen, wollen die Geld sehen.

Immer stärker wird mir klar, dass ich die Verbindungen zu meinem alten Leben schon gekappt habe, dass ich mich in meinem Denken und Handeln von meinen Glaubensgenossen immer mehr unterscheide.

Mein Gesinnungswandel hatte Ähnlichkeit mit einem Bekehrungserlebnis. Natürlich kämpften auch gegensätzliche Gefühle in mir, Gefühle des Selbstmitleids über all das, was ich in den letzten Tagen verloren hatte, das geliebte Mädchen, die Eltern, Gott im Himmel.

Mit gesenktem Kopf schleppte ich mich zu meinem Lagerplatz zurück und setzte mich an die Feuerstelle, die aus verglommenen Kohlen und Asche bestand. Mit der Rechten griff ich in die Asche und strich mein Gesicht aschgrau an. Im Termitenhügel unter dem Weiberholz herrschte emsiges Leben. Die Arbeiter schleppten kleine Holzsplitter in den riesigen Termitenbau. Soldaten standen am Rand des ausgetretenen Weges und beobachteten den Transportfluss. Eine große Blattschneiderameise geriet auf den Termitenpfad und wurde umgehend von den Soldaten angegriffen. Überrascht wollte die Ameise fliehen, aber ihre überhasteten Bewegungen riefen noch weitere Termitenkrieger auf den Plan. Zunächst hatte ich keine Bedenken, dass die doch zigfach größere Ameise die Angreifer abschütteln würde, aber die Zahl der Aggressoren wurde immer größer, so dass sie im Meer der Termiten unterging und bald nur noch hilflos zuckte, bis schließlich kein Leben mehr in ihr war. Ich hatte Mitleid mit der Ameise, doch hatte ich in keiner Phase des Todeskampfes daran gedacht, die Angegriffene zu retten. Es wäre so einfach gewesen. Aber Blattschneiderameisen waren die Todfeinde der Siedler, so manche junge Pflanzung hatten sie ratzekahl geschnitten. Mit Gnade durften sie bei mir nicht rechnen.

Sonnenstrahlen knallten durch die Algarrobo-Wipfel. Obwohl ich mein Hemd ausgezogen hatte, begann ich zu schwitzen. Eine winzige Bö brachte Abkühlung. Es würde heute Nordwind geben, das war klar. Doch hier mitten im Busch konnte das Gestöber wenig anrichten, das Dickicht bremste die Windstöße. Der kleine Hauch, der Erfrischung brachte, wehte auch die Asche an der Feuerstelle hoch. Funken sprühten und knisterten. Irgendwo unter der Asche musste noch ein Scheit glimmen. Schnell sammelte ich trockenes Gras und hielt es wie einen Rasierpinsel an die glimmende Stelle. Das Gras fing ebenfalls an zu glimmen. Plötzlich sprang eine Flamme an. Ich hatte wieder Feuer und konnte bleiben.

Die nächsten Tage, oder waren es sogar Wochen, verbrachte ich in einem nebelartigen Schwebezustand, in dem ich die verschiedenen Tätigkeiten wie Beeren sammeln, essen und trinken, Strauchhütte bauen wie automatisch verrichtete und dabei mein Denken fast komplett ausschaltete. Während ich auf meinem Schilfbett lag, beobachtete ich die Tiere, die an den Teich kamen um zu trinken. Häufigster Gast war ein Fuchs. Einmal besuchte auch eine Herde Wildschweine die Wasserstelle, wobei ich an die zusammen mit Cornelio unternommene Wildschweinjagd denken musste.

Die Sonne schien diffus wie durch eine Milchglasscheibe, was für den Sommer ganz unüblich war. Während ich auf dem Rücken lag, sah ich über mir im Wipfel des Algarrobo die Chajhas und die Charatas tanzen, aber ich sah sie unscharf und verschwommen. Neben meinem Lager faulten die Kaktusbeeren. Appetit hatte ich keinen. Opa beugte sich über mein Bett. Sein Gesicht war zur Fratze mit abstehenden Ohren geworden.

Oppstohne, oppstohne, schrie er mich an, Aufstehen.

Seine Stimme hatte die Nuance eines Bellens. Allmählich nahm er das mausartige Aussehen von Meister Yoda an, aber er blieb bei seinem Plautdietsch.

Wack opp! Wack opp! bellte er, Wach auf! Opa fuhr fort, in seinem keifend-schreienden Ton zu krakeelen, bis er wiederum zu einem anderen Wesen wurde. Seine Ohren blieben spitz und fledermausähnlich, aber seine Nase wuchs nach vorne aus und wurde zu einer Schnauze. Dann wachte ich auf und an meiner Fußspitze stand ein Hund, nicht irgend einer, sondern ein Indianerhund, ein besonders ausgemergeltes Exemplar, das augenblicklich mit Bellen aufhörte, als ich meine Augen öffnete und den Kopf bewegte.

Danke, dachte ich, der Zekuk hat mich aus meiner Umnachtung gerettet. Vom Weg tönte das Geräusch eines Pferdewagens, ein Rumpeln und ein Knirschen, eine Indianerfamilie war unterwegs. Und sie riefen auch schon nach ihrem Hund, der sich entschloss, seinem Herrn zu folgen.

Ich stand auf, sammelte die schon stinkenden Kaktusbeeren ein und schleuderte sie in den Weiberstrauch. Ein plötzlicher Hunger nach richtigem Essen übermannte mich. Für ein Brot hätte ich viel gegeben – aber was konnte ich schon geben, ich hatte nichts. Meine Haut fühlte sich ausgetrocknet und fiebrig an. Ich ging zum Teich, um mich zu waschen. Aus der spiegelglatten Wasseroberfläche starrte mich *Jeltehn* an, das strafende Monster aus den plautdietschen Märchen unserer Eltern. Die Asche, die ich in einem Gefühl des Verlorenseins in mein Gesicht geschmiert hatte, war schon zum Bestandteil meiner Haut geworden, so dass ich intensiv reiben musste, um Jeltehn auszuradieren. Schrecklich fand ich vor allem meinen fröhlich sprießenden Bartflaum, der mich wie einen Fuchs aussehen ließ. Daran musste ich mich erst gewöhnen, denn einen Rasierer hatte ich nicht zur Hand. Mit diesem Gesicht, da war ich sicher, würde mich keiner erkennen.

Noch einmal warf ich einen Blick auf mein Lager, das zu meinem Zuhause geworden war, auf meine Bettstatt aus Schilf, der schon vertrocknet war und sich langsam auflöste, auf die grünen Algen auf dem Teich, auf die schwach glimmende Feuerstelle und nicht zuletzt auf die emsig schuftenden Termiten, die sich von niemandem hatten aufhalten lassen, der sich ihnen in den Weg stellte.

Als sich der Busch zur Straße öffnete, kehrte ich in die Welt des Staubpulvers zurück. Alles war grau in grau, der Zaun, der Flaschenbaum, der Palo santo und der Weiberstrauch. Und über die graue Trostlosigkeit spannte sich der knallblaue Himmel. Ein Regen würde der Welt ihre Farbe zurückgeben. Aber danach sah es jetzt nicht aus.

Von links näherte sich eine Staubwolke, die von einem Geländewagen aufgewühlt wurde. Kein Wunder, dass sich die Unfälle mehrten. Der Wagen hielt auf meiner Höhe, der Staub, den er hinter sich herführte, zog weiter und hüllte mich komplett ein. Jetzt war ich ein Teil dieser betonfarbenen Landschaft, wie der Fahrer und sein Mitfahrer im Auto. Der Staub hatte sich auf ihre Augenbrauen und ihre Lippen gesetzt, die Fenster hatten sie wegen der Hitze geöffnet. Klimaanlagen in Autos waren damals Mangelware.

Mbaeichapa? fragten sie in der Indianersprache Guaraní, Wie gehts?

Ypora. Nde? – Gut. Und dir?

Nachdem ich ihnen in kurzen Sätzen mein Schicksal geschildert hatte, wobei ich eine abgemilderte Version vorlegte, boten sie an, mich mitzunehmen. An einer großen Kreuzung musste ich aussteigen. Die Fremden fuhren geradeaus weiter, ich musste nach rechts. Ungefähr eine Stunde wartete ich, bis mich endlich ein Viehtransporter aufgabelte. Der Weg war von hier aus noch weniger ausgebaut, er bestand nur aus einer Schneise, die von einem Bulldozer in den Wald geschoben worden war. Hin und wieder musste ich aussteigen und Tore öffnen, denn wir fuhren durch Privatland. Der Camionfahrer, der Adriano hieß, wunderte sich, dass ein 17-jähriger Menó so abgerissen und fertig aussah und es nötig hatte, per Anhalter diese abenteuerliche Tour zurück zu legen.

Genau, sagte ich, ein Abenteuer soll es sein. Ich besuche Señor Serafín, einen Geschäftsfreund meines Vaters.

Er nickte, als hätte er verstanden. Und dann sprachen wir über Fußball und die nächsten Spiele, die darüber entscheiden würden, ob Paraguay nach 28 Jahren qualvollen Wartens wieder an einer Weltmeisterschaft teilnehmen würde.

Es war etwa 17 Uhr – die Uhr war mir noch geblieben –, als Adriano in einer Linkskurve auf die Bremse trat und auf eine zugewachsene Picada zeigte, die in Richtung Westen führte.

Dort gehts zu Serafín, sagte er.

Ist es noch weit bis zum Fluss? fragte ich.

Nein, bedeutete mir Adriano.

Nein konnte alles bedeuten. Ich bedankte mich und stieg aus.

Nach etwa 20 Minuten Fußweg kam ich am Estancia-Tor an.

Puerta del Sol stand in einer krakeligen Schrift auf einem Torbogen aus primitivem Blech. Zwei magere Hunde kamen bellend angerast, wurden aber im letzten Augenblick, bevor sie zum Sprung an meine Kehle ansetzten, von ihrem Gebieter zurückgepfiffen. Um die Ecke kam Don Antonio Serafín gestiefelt, in der typischen Patron-Kleidung der 80er Jahre: Camel-Stiefel, Lee-Jeans, Schlapphut und prätentiöser Schnauzer. Staunend starrte er mich an – so etwa, wie Ureinwohner auf ihren ersten Weißen glotzen. Wer bist du? Aber Don Antonio, ich bin doch der Sohn von Juan Löwen. Rubén? Ja. Um Gottes Willen, was machst du hier? Ist dein Auto kaputt? Nein, jemand hat mich bis zur Picada mitgenommen. Und was willst du? Kann ich eine Weile bei dir arbeiten? Natürlich kapierte er meine Fluchtgeschichte nicht. Und als ich um eine Unterkunft für eine bestimmte Zeit bat, schien er an meinem Verstand zu zweifeln. Er war unsicher, wie er mit der verzwickten Situation umgehen sollte. Konnte er dem desertierten Sohn eines geschätzten Geschäftspartners Asyl bieten?

Ich versicherte ihm, dass er meine Eltern bei der nächsten Möglichkeit benachrichtigen könne. Die nächste Möglichkeit sei in ein paar Stunden, da nehme er Funkkontakt mit der Cooperativa auf. Nein, nein, das nun doch nicht, das sei viel zu früh, dann weiß doch sofort die ganze Siedlung Bescheid, lehnte ich ab. Schließlich einigten wir uns. Ich würde einen Brief mitgeben, wenn jemand nach Neuland reisen würde. Wenn jedoch ein Sommerregen über den Pilcomayo käme, und darauf deutete die ferne Wolkenburg im Süden hin, seien wir abgeschnitten vom Rest der Welt.

Dann bleibt dir nichts anderes übrig als der Sender, sagte Serafín. Wir waren uns einig.

Aber wie meistens in verwickelten Situationen, hieß es dann: Komm erst mal näher, ruh dich aus, morgen früh sehen wir klarer. Übernachten konnte ich in dem kleinen Rancho neben dem Wohnhaus: eine gemütliche Hütte, an zwei Seiten mit Palmhälften zugebaut, mit Stroh gedeckt, genügend Durchzug bei hochsommerlichen Temperaturen war garantiert. Neben einer Feuerstelle standen zwei Catres, Pritschen aus Holzrahmen, über die kreuzweise Lederriemen gespannt waren. Über jeder Pritsche hing baldachinartig ein Moskitonetz.

Hier schlafen meine Peones Estanislao und Luis. Aber nicht heute. Hängt immer davon ab, wie spät sie vom Campo kommen und was sie am Abend vorhaben.

Serafín ließ für mich einen Catre dazustellen.

Nachdem ich mich meiner schmutzigen und zerrissenen Kleider entledigt hatte und nur noch in Unterhosen dastand, stürzte ich mich in die lehmbraunen Fluten des träge dahinfließenden Pilcomayo. Danach war Zeit zum Abendessen. Alfonsa, die Lebensgefährtin Serafíns, brachte mir als Willkommens-Gruß sechs Galletas und Dörrfleisch. Selten in meinem Leben hat mir ein Abendessen so gut geschmeckt. Bevor ich ins Bett ging, erbat ich mir von Serafín einen Rasierer und Seife. Als mein Gesicht wieder glatt wie ein Kinderpopo war, fühlte ich mich rundherum wohl.

Nachdem der Viehzüchter mir am nächsten Morgen die Estancia gezeigt hatte, kamen wir auf die Bedingungen zu sprechen, unter denen ich hier leben konnte. Logis im Peones-Häuschen, Unterstützung der Peones bei ihrer Arbeit, kleines Gehalt. Er könne mir eine Summe vorstrecken, damit ich mir Kleidung und sonstige Sachen des täglichen Gebrauchs in seinem Laden kaufen konnte.

Serafín selbst bewohnte mit Alfonsa ein kleines weiß gekalktes Wohnhaus aus Adobeziegeln mit Spitzgiebeldach. Auf der Veranda blühte die obligatorische Bougainvillea. Vom Ertrag der Estancia mit seinen vier Angestellten konnte der Viehzüchter gut leben. In Asunción besaß er ein weiteres kleines Häuschen. Die Rinder, die er verkaufen wollte, musste er nicht mehr wie früher in der Herde nach Neuland treiben. Die Wegverhältnisse waren zwar noch immer prekär, doch die Viehaufkäufer aus Asunción schickten ihre Transporter mittlerweile bis an den Fluss. Zudem hatte Serafín sich einen eigenen, wenn auch wackligen Viehcamión zugelegt – für den Notfall, wie er sagte, wenn sich nach einem sintflutartigen Regen niemand an den Pilcomayo traue.

Weder Don Antonio noch die Peones schonten mich. Sie nahmen ihren Hilfsgaucho hart ran, was mir gut tat, wurde ich doch daran gehindert, an Claudia zu denken, an die ganzen Jeltehns in Neuland.

Der Tagesablauf: Um vier Uhr stand ich mit den Peones Estanislao „Taní" Rodríguez und Luis „Lucho" Cardozo auf. Zu meiner Aufgabe als Jüngster gehörte es, das Feuer zu entfachen, das Wasser-Kännchen auf die Glut zu setzen, um danach den heißen Mate-Tee zu servieren, während im Radio die Chamamés aus der argentinischen Gaucho-Provinz Misiones dudelten. Dann gingen wir zum Corral, wo wir die Pferde an der mit Hirse gefüllten Futterkrippe anleinten, um dann mit Doña Alfonsa die Milchkühe zu melken, die anschließend auf die Milchkuh-Weide geschickt wurden.

Wenn die Pferde ihre Hirse gefressen hatten, wurden sie gestriegelt, bis das Fell glänzte. Don Serafín hatte mir ein Pferd anvertraut, dass den Namen *Mariscal* trug, weil es drahtig wie ein Marschall wirkte. Mariscal war ein typischer *Criollo*, ein unruhiger Rotschimmel mit schwanengleich gebogenem Hals. Nach anfänglichem Geziere gewöhnte er sich allmählich an seinen neuen Patrón.

In den ersten Wochen gab es fast jeden Tag etwas anderes zu tun. Wir führten Herden auf andere Weiden. Wir trieben sie in einen Corral zusammen, um sie gegen Rabia Aftosa und Brucelosis zu impfen. Neugeborene Kälber untersuchten wir auf Maden. Ausreißer, die auf Nachbars Estancia weideten, mussten eingefangen und zurückgetrieben werden. Wenn der Aufkäufer kam, sortierten wir die Rinder aus, die an ein Asunciónener Schlachthaus verkauft wurden. Pferde striegeln und pflegen, Zaumzeug und Lassos flechten, Kühe schlachten und das Fleisch verwerten, Lederriemen aus dem Fell schneiden, Guachas herstellen, bei anderen Estancias arbeiten, Kühe mit dem Lasso einfangen, die Rinder-Dokumentation auf dem neuesten Stand halten. Und so weiter und so fort.

Ich möchte einige Passagen hinzufügen, die ich aus Rubens mündlichen Berichten entnehme und aus Schilderungen von Serafín.

Wie Serafín uns einige Jahre später berichtete, hatte er gestaunt, als vor seinem Tor plötzlich ein junger, blonder Mann stand, der sich als Sohn von Don Juan Löwen ausgab. Vollkommen erschöpft, ungepflegt, zerzaust, unrasiert, so stand er da. Aber wild entschlossen zu bleiben. Serafín konnte sich keinen Reim auf Rubens Flucht machen. Die Siedler galten als fromm, manchmal als verschroben, für Heranwachsende sei der Anpassungsdruck wohl sehr groß. Er kenne Don Juan Löwen als integren Mann, der nicht nur innerhalb der Siedlung, sondern auch in der Umgebung respektiert werde.

Der Junge habe bei der Vieharbeit alles gegeben. Sehr gelehrig, sehr anstellig, wenn auch wegen mangelnder Praxis der letzte Schliff fehlte. Aber der Junge lasse natürlich auch keine Chance aus, mal einen drauf zu machen. Sehr lebensfroh, der *joven* Löwen.

Nach der kurzen, heftigen und unglücklich endenden Beziehung zu Claudia aus Nummer Zwei hatte Ruben von Frauen erst einmal die Nase voll, müsste man meinen. Es zeigte sich allerdings, dass es nicht die Frauen waren, von denen er den Hals voll hatte, er war nur nicht erpicht auf dauerhafte, echte Liebesbeziehungen. Es dauerte nicht lange, bis er wieder in zugegeben oberflächliche Frauengeschichten verstrickt war.

Beim Tränken seines Pferdes an der Flusstränke näherte sich ihm ein Ranchero, der sich als Aurelio Brugada vorstellte. Sein Corral grenze an die Estancia von Don Serafín. Er besitze ein paar Rinder, ein paar Schweine, auch Schafe seien dabei und ein Copetín mit günstigeren Angeboten als der Almacén Don Serafíns. Erst ziemlich am Schluss der eher kurzen Unterhaltung sagte Brugada, dass er seinem Gast noch nicht alle Schätze offenbart habe. Er sei im Besitz einer wunderschönen Tochter namens Antonia, die sich glücklich schätzen würde, den Señor Löwen kennenzulernen, der so ein netter Mann wäre, das sage jeder am Pilcomayo. Ruben wunderte sich, dass der Mann seine Tochter als *Besitz* bezeichnete, aber natürlich bedankte er sich für die höfliche Einladung und sagte, er würde bei Gelegenheit bei ihm einkehren.

Die Gelegenheit ergab sich schon am Abend des nächsten Tages. Die Peones kehrten früh aus dem Busch zurück und so blieb Ruben Zeit für einen Ausritt. Er duschte sich, wusch sich gründlich mit jabón de coco, einer Seife aus Kokosöl, die als recht rustikal gilt, kämmte sein nasses Haar, aus dem die Limahl-Blondierung schon beinahe komplett ausgewachsen war und zog sich das weiße Hemd an, dass er im Almacén von Serafín gekauft hatte. Wohin des Weges? fragten die Peones, die ebenfalls gewaschen und gebohnert waren, weil sie die Schöne ihres Herzens in irgendeinem Rancho beglücken wollten. Der Nachbarschaft wolle er einen Besuch abstatten, sagte Ruben. Die Peones kommentierten die Einladung auf Guaraní, was in der Gegenwart einer Person, die der Sprache nicht mächtig war, als unhöflich galt. Aus dem Ton und dem Gelächter folgerte Ruben, dass es sich um unflätige Bemerkungen handelte. Ruben verzog keine Miene, er würde schon erfahren, warum sie sich über seinen Ausritt lustig machten, schwang sich auf den Rotschimmel und galoppierte davon.

Mariscal brauchte etwa 20 Minuten bis zum Rancho von Brugada, der mitten unter Buschbäumen stand. Der Hof, auf dem Enten und Schweine herumliefen, war sauber gefegt. Der Rancho war aus halbierten Palmstämmen gebaut worden. Die Veranda bestand aus krummen Baumstämmen, die ein mit Palmwedeln eingedecktes Dach trugen. Von der Veranda-Bedachung hingen Dörrfleisch, Pistolengürtel, Sattel, Reitpeitsche und diverse andere Reitutensilien. In der Hängematte schaukelte eine Frau, die ungefähr so alt wie Brugada war, woraus Ruben schloss, dass es sich um Doña Brugada handelte und nicht um die Tochter Antonia. Neben der Hütte stand ein Bretterverschlag in Form einer Bar. Angerostete Blechschilder von Coca Cola und Sprite zeigten an, dass es sich um den *Copetín* handelte, der allem Anschein nach geöffnet war. Von Kundschaft aber keine Spur.

Da tauchte der Herr des Hauses auf, der ihn willkommen hieß und zu einem Gläschen Aris einlud, das sie sich an einem grob geschreinerten Tisch mitten auf dem Hof zu Gemüte führten. Das Gespräch verlief in einer lockeren Atmosphäre. Über Pferde sprachen sie, über die nächsten Rennen, über Rinderpreise, Viehkrankheiten und über die Peones im Hause Serafín. Irgendwann kam man auch auf Frauen zu sprechen, und da war sich Ruben sicher, dass Herr Brugada gleich seine Tochter rufen würde.

Brugada schenkte Aris on the Rocks aus – Zuckerrohrschnaps auf Eiswürfeln. Das Eis kam aus seinem Kühlschrank, der ein richtiger *Eisbrenner* war, weil er auf einer Kühl-Anlage basierte, die mit Kerosin betrieben wurde. Da Eis im Hause Serafín rar und Rubens Kehle trocken war, sprach er dem Getränk mit großer Begeisterung zu. Die Wirkung ließ nicht lange auf sich warten.

Deshalb war er auch nicht vor den Kopf gestoßen, als Brugada sagte: Gleich zeige ich dir Antonia, meine Tochter. Wenn sie dir gefällt, darfst du mit ihr Liebe machen. Ist allerdings nicht gratis.

Für Ruben kam dieses Angebot so überraschend wie die Vorstellung, dass Antonia eine Prostituierte war. Ein Vater, der seine Tochter anpreist, eine solche Ungeheuerlichkeit war ihm noch nicht untergekommen. Ohnehin war ihm das Geschäft der Prostitution völlig fremd. In der beschwingten Atmosphäre schwankte er zwischen der harschen Ablehnung eines absolut unmoralischen Angebotes und der unbezähmbaren Lust, mit Antonia zu schlafen, der gigantischen Lust, überhaupt und zum ersten Mal in seinem Leben Sex zu haben. Allein, dass er überhaupt erwog, auf die verwerfliche Offerte einzugehen, war ein krasser Tabubruch, war er doch, seit er denken konnte, darauf geeicht worden, dass Sex vor der Ehe und neben der Ehe schmutzig sei. Aber er glaubte nicht mehr an den strafenden Gott. Das persönliche Gebet, in dem er mit eigenen Worten mit dem Höchsten in Verbindung getreten war, kam ihm schon seit Wochen nicht mehr über die Lippen. Das Vaterunser, das zunächst an seine Stelle getreten war, sprach er nur bei besonderen Gelegenheiten, wenn er in großer Not war. Seine eigenen Werte schuf er sich, um nach seinen eigenen Vorstellungen selig zu werden. Mit einer Nutte zu schlafen, war natürlich unanständig, wenn man eine feste Freundin und sogar verwerflich, wenn man eine Ehefrau hatte. Aber was war daran schlimm, wenn er eine Stunde mit Antonia das Bett, die Hängematte oder den Boden am Ufer des Pilcomayo teilte? Aber das erste Mal mit einer Nutte, das war so, als ob er alle künftigen Beziehungen unter einen schlechten Stern stellte. Würde er dann überhaupt noch in der Lage sein, ein Leben in Würde zu führen, ein Leben, zu dem eine treue Frau und nette Kinder gehörten?

Und weil er weder das eine noch das andere in Worte fassen konnte, war er sprachlos. Brugada schien zu ahnen, welche Saiten er in Ruben angeschlagen hatte und wartete geduldig auf eine Antwort. Gewissensbisse hatte er keine, zumal nicht bei diesem Kunden, der jung, schön, noch unverdorben, beschwipst und zahlungsfähig war. Seine Tochter würde es keine Überwindung kosten, sich mit ihm einzulassen. Wahrscheinlich würde sie sogar Spaß haben. Zudem war er der Sohn eines Siedlers – Brugada überkam ein Gefühl der Schadenfreude. Die weißen Europäer taten immer so fromm, so unfehlbar, so perfekt. Es erfüllte ihn mit Befriedigung, einen von ihnen mal stolpern zu sehen. Gerne würde er zum moralisch wahrscheinlich tadellosen Vater dieses so naiven Jungen gehen, um ihm ins Gesicht zu schreien: Dein Sohn hat gerade meine Tochter gefickt. Durch viele dunkle Nächte war Brugada gegangen. Beim Sex zählte nur die tierische Befriedigung. Liebe, Vertrauen, Würde hatte er damit nie verbunden und deshalb hatte er auch nur hin und wieder Gewissensbisse, wenn er seine Tochter zu Kopulationszwecken anbot.

Gewissensbisse, Schamgefühl – manchmal schon, aber die Guarás wogen vieles auf. Aber gerade sagte sein Besucher: Geld habe ich leider nicht. Vielleicht können Sie so lange warten, bis Serafín mir mein erstes Gehalt auszahlt.

Verdammt, ein Menó, der nicht flüssig war, das kam so gut wie nie vor. Brugada vermutete, er habe wieder einen geizigen Siedler vor sich, der nur den Preis drücken wolle. Einem Weißen ohne Geld war er vor 20 Jahren begegnet, und das war ein von der Syphilis zerfressener unverbesserlicher Alkoholiker namens Alfons von der Best, der eines Nachts nach einem Gelage die Zeche geprellt hatte, dann aber in den Pilcomayo gestiegen war, um nie wieder aufzutauchen. Als Brugada jetzt die Summe nannte, erschrak der junge Faun, soviel bekam ein Estanciero für einen Ochsen. Aber er schlug trotzdem ein, die Wirkung der Caña machte ein Verhandeln unmöglich. Die Zunge war gelähmt, er konnte nur kurze und wenige Wörter sagen. Dann kam das Mädchen aus dem Haus, bekleidet mit einer dunkelblauen Jeans und einer kleinkarierten blau-weißen Bluse. Sie hatte lange, glatte und schwarze Haare. Ihre Gesichtszüge waren ebenmäßig, mehr iberisch denn indianisch, auch ihre Größe war eher europäisch. Sie war prall gefülltes Leben. Die Begrüßung erfolgte in Form eines Kopfnickens. Sie lächelte ohne etwas zu sagen. Es war die erste Prostituierte, die Ruben in seinem Leben sah, und er war angenehm überrascht, er hatte sich etwas Lautes, Derbes, Vulgäres vorgestellt. Aber vielleicht kam gleich der Augenblick, in dem sie laut, derb und vulgär sein würde. Vielleicht erlebte er gleich, dass sie oder ihr Vater, der Zuhälter, ihm ihre dunkle Seite offenbaren würden.

Vamos hacer un paseo? fragte sie mit leiser Stimme, es waren ihre ersten Worte.

Cómo no, antwortete Ruben. Sie standen auf und wandten sich dem Pilcomayo zu. Es war noch nicht ganz dunkel. Am Ufer war noch jede Menge los, was Ruben nicht so ganz passte. Aber dann lenkte Antonia ihn auf einen engen Pfad, der durch einen Schilfhain führte. Und irgendwo da drinnen fanden sie ihr Liebesbett. Als es geschehen war, verschwand Antonia lautlos. Ruben blieb liegen und versuchte bei sich zu bleiben, denn die Welt begann sich rasend um ihn zu drehen. Während er ins Schilf kotzte, dachte er: Was habe ich getan? Jetzt konnte er nicht mehr verstehen, warum er so scharf darauf gewesen war. Er hatte auch das Gefühl, etwas Schmutziges getan zu haben. Nie mehr wollte er Sex haben.

Der nächste Tag war ein Sonntag. Der Estanciero und Alfonsa waren mit ihren Pferden zur Messe geritten, die Kapelle war ungefähr eine Reitstunde entfernt. Die Peones schliefen ihren Rausch aus und bemerkten nicht, in welch desolatem Zustand Ruben heimkehrte. Er goss kaltes Wasser in den Duscheimer und ließ sich berieseln. Sein Kopf brummte wie ein aufgedrehter lärmender Lautsprecher. Dann stellte er einen Tereré auf und füllte die Guampa mit jeder Menge Yuyo, einer Kräutermischung, die gegen solche Kopfschmerzen helfen sollte. Gegen 17 Uhr am späten Sonntagnachmittag wachte er auf. Die beiden Peones waren ausgegangen. Als er sich aufrichtete, hatte er das Gefühl, ein fingerdicker Nagel habe seinen Kopf durchbohrt. Nachdem er sich auf beide Füße gestellt hatte und ein wenig hin und hergewandert war, kam sein Kreislauf langsam in die Gänge. Er ging runter an den Fluss und stürzte sich ins Wasser. Dann krabbelte er auf die Sandbank und ließ sich frischen Abendwind über Bauch und Rücken streichen. Die kühle Brise und das erfrischende Wasser taten ihm so gut, dass er sich hinlegte und in den blauen Himmel blickte. Nach gut fünf Minuten fielen seine Augen zu.

Ruben kann sich nur erinnern, dass er hastig aufwachte, so als ob er etwas Schreckliches geträumt hätte, und gehetzt um sich blickte. Was er da erblickte, ließ seinen Blutdruck deutlich steigen. Rings um ihn lagen verschmiert ein halbes Dutzend Yacarés. Er war umringt von Krokodilen. Ihre Panzer glänzten rötlich im farbigen Licht der untergehenden Sonne. Ihre Rachen waren sperrangelweit offen. Vor ihnen ausgebreitet lag das Dinner ihres Lebens, ein 17-jähriger Mann, muskulöses Fleisch, sehr mager, sehr zart, gut im Geschmack, noch ohne Härten, das Beste vom saftigen Filet. Er überlegte, dass er flink aufstehen und mit großem Geschrei über die Echsen hinweg ans Ufer rasen würde. Gesagt, getan, und wie er rasch hochspringen und weglaufen will, donnert er mit dem Kopf gegen den Querbalken des Ranchos und merkt, dass dies alles nur ein böser Traum ist. Wobei er noch jahrelang grübelte, wann genau dieser Traum angefangen hatte.

Am nächsten Tag ging das Leben weiter, als wäre nichts passiert, was für Ruben eine große Erleichterung war. Er machte auch nicht den Eindruck, dass er vor ein paar Stunden aus dem Pfuhl der Sünde gekrochen war.

Am Abend des 17. November war peña bei Brugada angesagt, ein gemütliches Beisammensein. Alle, alle kamen. Sogar Serafín ließ sich herab und erschien auf der Fête, obwohl ihm Brugadas *Copetín* ein Dorn im Auge war, weil er ihm Kunden von seiner *Despensa* abschöpfte. Die Peones mit ihren Familien waren ebenso vertreten wie Antonia, die mich behandelte, als sei ich ein alter Bekannter. Noch nicht mal mit einem Augenaufschlag deutete sie an, dass wir uns näher gekommen waren.

Paraguayische Fußballfans sind schon beim Datum hellhörig geworden, wissen sie doch, dass sich an diesem Abend in Santiago de Chile die Nationalmannschaften von Chile und Paraguay in einem alles entscheidenden Spiel um einen Platz bei der WM in Mexiko gegenüber standen. Beim Hinspiel eine Woche zuvor hatte Paraguay in Asunción hoch mit 3:0 gewonnen. Brugada hatte sein zerkratztes Kofferradio auf die Theke gestellt, die einfach aus einem horizontal angebrachten Brett bestand. Die Antenne führte auf den Boden und wie Brugada betonte, viele Meter tief in den Boden, denn wie wir Chaqueños wissen: Wer einen Asuncióner Sender empfangen will, und nur die übertragen Fußball, der hat abends gute Chancen, die noch besser werden bei einer totalen Erdung.

Das Bier floss in Strömen, wobei ich nach einer Flasche aufhörte und nur noch Tereré trank.

Die Paraguayer spielten gut in Chile. Die beiden Stars aus unserem Land schossen jeweils ein Tor, am Schluss stand es 2:2. Paraguay war in Mexico dabei.

***

Bei Serafín herrschte nie Leerlauf. Eines Tages lieh er uns sogar an eine benachbarte Groß-Estancia namens *Surubí* aus (benannt nach einem Fisch, der im Pilcomayo vorkommt). Sie gehörte einem hohen Militärmann. Der erste Teil unserer Aufgabe bestand darin, etwa 100 Rinder der Rasse Santa Gertrudis von einer etwa 20 Kilometer entfernten Weide zum Corral der Estancia zu treiben. Zu unserem Team gehörten neben Taní, Lucho und mir auch ein paar Peones von *Surubí* und weitere Mietgauchos. Früh am Morgen machten wir uns auf den Weg. Wir legten Guardamontes (Lederschutz für die Beine), Reithosen und die gestreiften Buschjacken aus festem Leinen an. Dann wurden die Pferde gesattelt. Was auf keinem Ausritt fehlen durfte: die Gualí, eine Doppeltasche aus dickem Leinen, die so über den Sattel gelegt wird, dass über einem jeden Ende ein Beutel hängt – auf der einen Seite Guampa und Bombilla, auf der anderen der Mate-Tee.

Als wir die weidenden Rinder erreichten, legten wir in der Mittagsglut eine kleine Pause unter Algarrobobäumen ein und tranken Tereré in deren kühlem Schatten. Einer der Peones von *Surubí* machte eine Bemerkung in Guaraní. Nur das allseits bekannte Wort *Gringo* hörte ich heraus und ich konnte mir vorstellen, auf wen es gemünzt war. Sie machten sich wohl über mich lustig, weil ich nicht alle Handgriffe der Peones wie ein Eingeweihter beherrschte.

Der Spott der Viehtreiber konnte mich nicht erreichen, aber dann bekam ich Unterstützung von unerwarteter Seite: *Lot die von dee Schwoatmoazhe nich domm lehre.* – Lass dich von den Schwarzärschen nicht verkohlen.

Der junge Mann, den ich bis dahin übersehen hatte, sprach Plautdietsch, und das so gut wie akzentfrei. Er lachte, reichte mir die Hand und sagte: Arturo Ratzlaff. Ebenfalls Mietgaucho. Zusammen mit meinem Vater habe ich eine Farm in der Nähe. Aber manchmal erledige ich solche Jobs, damit Bargeld ins Haus kommt.

Seine Gesichtszüge kamen mir bekannt vor. Jetzt erinnerte ich mich auch an die Geschichte. Sein Vater war ein Haudegen gewesen, der nicht nur wegen seiner dunklen Hautfarbe besser zu den Paisanos passte als zu den Siedlern. Paraguayische Gene waren dennoch mit Sicherheit nicht im Spiel, denn beide Elternteile waren mit dem Ozeandampfer aus Europa gekommen. Auch Arturos Großvater hatte schon einen dunklen Teint. Der Name Ratzlaff stammte aus dem Polnischen, seine Vorfahren waren wohl in der Zeit, als unser Volk das Weichselgebiet besiedelte, dazugestoßen.

Als Jugendlicher hatte Arturos Vater für eine Wette eine ganze Flasche Cica ausgetrunken, eine scharfe Pfeffersoße. Seine Kumpel mussten den Krankenwagen rufen, sonst hätte er den nächsten Morgen nicht erlebt. Auf meinem Heimweg von der Schule sah ich ihn in seinem weißen Hospitalgewand im Krankenhausgarten hin und herstiefeln wie ein ruheloses Tier, das einen Ausgang aus seinem Käfig sucht. Einmal hin, einmal zurück. Einmal kreuz, einmal quer. Sein Zuhause war der Busch. Die Siedlung empfand er als Gefängnis. Deshalb büxte er aus, lange bevor ihm der Arzt komplette Gesundung attestierte. Das jegliche Fehlen bürgerlicher Bodenständigkeit suchte er durch einen Fahrer-Job bei der Kooperative auszugleichen. Als er alle Geheimnisse des Chauffeur-Daseins erforscht hatte, gab er die Fahr-Tätigkeit auf. Er heiratete eine junge Frau vom Nachbarhof namens Anna, die ich persönlich gut kannte, weil sie bei uns als Hausmädchen gearbeitet hatte. Deshalb schenkte sie meinen Eltern ein Hochzeitsbild, das zu den anderen Fotos in einen alten Schellackplatten-Kasten wanderte. Jedes Mal, wenn ich diesen Kasten durchwühlte, fiel das Hochzeitsbild mit dem zackigen Rand in meine Hände. Und jedes Mal sagte ich mir: ein schmuckes Paar. Das einzige, was mich an dem Foto störte, war das ironische Lächeln von Ratzlaff. Seine Miene schien zu sagen: Auf diese meine Hochzeit scheiße ich.

Ratzlaff ließ sich nicht mehr häufig in der Siedlung blicken. Manchmal verschwand er für Tage im Busch, wobei es dann immer hieß: Ratzlaff baut sich in der Nähe des Pilcomayo eine Estancia auf. Eines Tages kam er nicht alleine, sondern in Begleitung einer Frau zurück. Von jetzt an lebte er auf seinem Bauernhof mit zwei Frauen in solider Polygamie: mit Anna im schmucken, weißen Häuschen, mit Carmen del Pilcomayo in einem ranchoartigen Holzverschlag. Mit diesem Dreiecks-Verhältnis katapultierte Ratzlaff sich aus der Siedlergesellschaft, obwohl er weiterhin Mitglied der Kooperative blieb. In der Satzung ließ sich kein Passus finden, der Vielweiberei verbot. Aber der eigentliche Grund, warum er bleiben durfte, war wohl der, dass sich kein Siedlungsbonze mit ihm befassen wollte.

Sozial isoliert war er dennoch nicht, er hatte einen Haufen Freunde, die sich schon am Donnerstag für ein langes Wochenende bei ihm einquartierten, alles Existenzen, die am Rande der Gesellschaft lebten, um seine Vorräte an Caña und Pilsen Paraguaya zu vernichten. Aber meistens hielt Ratzlaff sich im Busch auf, und als Anna, seine gesetzliche Ehefrau, die Segel strich und mit ihren zwei Kindern nach Deutschland auswanderte, zog er mit Carmen und seinem gesamten Haushalt aus und ließ sich definitiv auf seiner Estancia am Pilcomayo nieder. Ein Kind dieser Ehe war Arturo, der wohl noch in Neuland geboren war und dort seine ersten Lebensjahre verbracht hatte.

Etj lew daut Lewe von mienem Pa wieda, sagte Arturo und lachte wieder. – Ich lebe das Leben meines Vaters weiter. Der Busch ist mein Zuhause. Aber ewig will ich nicht als Buschmann leben.

Arturo lud mich ein, ich solle ihn an einem Wochenende mal besuchen. Die Entfernung zwischen Serafíns Estancia und dem Ratzlaff-Rancho würde etwa zwei Reitstunden betragen.

Wir trieben die Rinder zusammen und führten sie zum Haus des Generals, was bis zum Anbruch des Abends dauerte. Als wir absattelten, waren unsere Feldflaschen leer. Der General begrüßte uns und stellte uns mehrere Thermos-Kanister mit eisgekühltem Wasser hin. Eine gute Stunde dauerte es, bis wir die Dehydrierung überwunden und die trockenen Kehlen gewässert hatten. Dann zogen wir uns splitternackt aus und begossen uns mit Geschrei und Gelächter mit Eimern voller Wasser, rieben uns mit Seife ein und schütteten uns einen weiteren Wasserschwall über.

Viel Arbeit wartete auch am nächsten Morgen auf uns, deshalb wollten wir früh zu Bett gehen. Wir waren hundemüde. Aber dann kam der General und unterhielt sich längere Zeit mit uns. Natürlich wurde auch meine Herkunft abgefragt und ich musste dem General im Detail erläutern, warum ich die Siedlung verlassen hatte.

Der General erwies sich als ein guter Kenner der Kolonisten.

Meine Tochter, sagte er, hat zwei Jahre die Secundaria in Loma Plata besucht. Länger hat sie es nicht ausgehalten, die kulturellen

Differenzen waren zu groß. Häufig fühlte sie sich ausgeschlossen. Obwohl Spanisch Schulsprache war, palaverten die Mädchen und Jungen alle Deutsch, auch wenn meine Tochter in dem Kreis war. Ehrgeizig wie sie war, lernte sie Deutsch, nur um festzustellen, dass die Schüler meist Plautdietsch sprachen. Aber als sie dann an eine Privatschule in Asunción wechselte, sagte sie bei jedem möglichen Anlass: Aber in Loma Plata machen sie es viel besser.

Raquel! rief er ins Haus, Raquel!

Nach einer Weile zeigte sich die Tochter. Weil die Sonne untergegangen war und nur eine kleine Laterne brannte, konnte ich nur ihr Profil erkennen. Dennoch stellte ich fest: Sie war der Typ Tochter aus gutem Hause. Und hübsch war sie obendrein.

Der Vater stellte sie mir vor, wobei ich mit ziemlicher Sicherheit errötete, denn in meiner Jeans, die ich den ganzen Tag im Sattel getragen hatte und in meinem verschwitzten T-Shirt fand ich mich nicht gerade attraktiv. Immerhin war ich frisch mit Coco-Seife geduscht.

Ihr Händchen reichte sie mir dennoch nicht. Die Secundaria war unser gemeinsamer Anhaltspunkt und nach kurzer Zeit entwickelte sich eine lockere Unterhaltung, so dass der General, der nicht müßig zuschauen wollte, sich entschuldigte und im Haus verschwand. Nach 15 Minuten beendete ich das Gespräch, natürlich mit den entsprechenden Höflichkeitsfloskeln, um wieder zurück zu meinen Reiterkumpanen zu gehen. Die wiederum neckten mich wegen der *Novia* und waren neidisch, dass ich mich mit der Schönen unterhalten durfte.

Der nächste Tag war knallhart. Marcación war angesagt: Die Jungrinder wurden mit einem glühenden Eisen, das die Insignien der Estancia trug, markiert. Außerdem schnitten die Gauchos auch das Ohr auf eine genau festgelegte Weise ein. Ohrschnitt und der eingebrannte Stempel zeigten die Zugehörigkeit des Rindes an.

Kühe, die mit ihren Hörnern laut klackernd gegen die Bretter der *Brete* stießen, ausschlagende Ochsen, muhende Rinder, wild aufbegehrende Rinder, durch die Luft schwirrende Lassoschlingen, zischende Felle beim Aufdrücken der Eisen, spritzendes Blut und ein widerlicher Geruch nach verbranntem Fleisch – das war Marcación. Und über allem thronte der General.

Einer der Peones war mit dem Schlachten eines Rindes und mit dem Zubereiten des Asados beauftragt worden. Als wir unsere Arbeit beendet und uns mit den Wassereimern geduscht hatten, war der Braten fertig und wir ließen uns das leckere Fleisch munden. Eiskaltes Pils sowie Caña, Coca Cola und Fanta wurden serviert. Der General gesellte sich zu uns.

Eigentlich war vorgesehen, die Rückreise erst am nächsten Tag anzutreten. Aber da das Wetter angenehm war und die Pferde während der Marcación ausruhen konnten, beschlossen wir drei, zu satteln und die laue Nacht für einen relaxten Nachhauseweg zu nutzen.

Als ich gerade aufsteigen wollte, kam Raquel aus dem Haus, um sich zu verabschieden. Zum ersten Mal sah ich sie im vollen Licht, denn die Dämmerung hatte noch nicht eingesetzt. Sie hatte langes schwarzes Haar und eine schlanke Figur. Aber am meisten beeindruckt war ich von ihrem Teint: Kaffee mit Milch. Verglich ich ihre Haut mit der von Antonia, dann musste man sagen: In diesem Kaffee waren ein paar Tropfen Milch mehr enthalten. Als sie mir ihre Hand reichte, bekam ich Lust, sie abzuschlecken.

Sie sagte: Silvester feiere ich im Hause Serafín. Vielleicht sieht man sich dort.

Von der Silvesterfeier sprachen auch unsere Peones dauernd. Begeistert waren sie vor allem von der Sortija, die Serafín im vorigen Jahr veranstaltet hatte. Aber dieses Jahr war kein Reiterfest vorgesehen.

Ich trage ja heute noch schwer an den Schulden, die ich mir voriges Jahr eingebrockt habe, rechtfertigte sich Serafín. Hier am Pilcomayo gehörte die Silvester-Fête bei Serafín zu den Höhepunkten des Jahres. Ich war gespannt, was mich erwartete. Und ich freute mich, Raquel zu treffen. Schöne Frauen – auch in dieser gottverlassenen Gegend musste man auf sie nicht verzichten.

Bei der Rückkehr wurden wir von Serafín und den schon erwachsenen Kindern von Taní Rodríguez empfangen. Amalia, die Frau des Gauchos Taní, sei ernsthaft erkrankt, sie liege im Fieberdelirium, und es sehe so aus, als ob ihr letztes Stündlein geschlagen habe. Jetzt musste Taní seinen Rappen noch mal 20 Minuten ausgreifen lassen, denn so weit lag die Rodríguez-Hütte von der Estancia entfernt. Während der Woche nächtigte er immer im Peones-Rancho, obwohl er bequem nach Hause hätte reiten können. Aber so viel schien ihm die Familie nicht wert zu sein. Jetzt allerdings, wo seine Frau erkrankt war, gab er seinem Pferd die Sporen und rauschte ab.

Während des Rückritts hatte ich Schmerzen im Genitalbereich verspürt, wobei ich der Auffassung war, dass ich wundgeritten sei, denn ich war dieses Leben noch nicht gewohnt. Oder mein Hoden war beim hastigen Aufsitzen gequetscht worden. Beim Duschen untersuchte ich meinen Unterleib eingehend und fand einen entzündeten Knoten am Penis. Es schien mir nicht ganz schlüssig, dass ich mir diese Verletzung während des Reitens zugezogen haben sollte, aber dennoch beließ ich es dabei und hatte die Schmerzen wieder vergessen, sobald ich mich angezogen hatte. Taní erschien am nächsten Tag nicht zur Arbeit, er sei bei der Curandera, hieß es, um von der Wunderheilerin Hilfe für seine Frau zu erbitten.

Auch an den folgenden Tagen mussten wir auf Taní verzichten. Umso mehr musste ich zupacken, zumal Lucho Cardozo jetzt sein wahres Gesicht zeigte: Jeden Tag stand mein Kollege später auf, Aufträge erledigte er nur halbherzig und wenn er vom Patrón zur Rede gestellt wurde, gab er Gliederschmerzen an. Mir gegenüber hingegen rechtfertigte der Gaucho seine Faulheit mit dem geringen Lohn, den er für seine Knochenarbeit erhielt. Ich erfuhr, dass Lucho nicht nur bei Brugada Schulden hatte, weshalb auch immer, sondern auch bei Serafín in der Kreide stand.

Zumeist lief es andersrum. Die Viehhirten verschuldeten sich erst bei Patrón Serafín, und wenn dort der Kreditrahmen überschritten war, versuchten sie es bei Brugada. Ich selbst war ja auch bei Brugada in Rückstand. So viel wie der Mensch für die Liebesdienste seiner Tochter verlangte, das war ja kaum auszuhalten.

Am Sonntag besuchte ich Arturo Ratzlaff. Sein Rancho lag zwei Reitstunden entfernt. Schon um sechs Uhr früh ritt ich los, die Morgensonne immer in den Augen.

Der Rancho unterschied sich kaum von anderen Hütten in dieser Gegend. Er war von vielen schattenspendenden Büschen und Bäumen umstanden. Der Hof war gefegt. Eine junge, gepflegt aussehende Frau fütterte gerade die Hühner, als ich in meinem Sonntagsstaat, Jeans und weißes Hemd, um die Ecke geritten kam.

Die Hunde schlugen an. Ein älterer Mann, mächtig wie ein Baum, Pluderhosen, barfuß, zerknautschtes Hemd, zerzaustes, krauses, graues Haar, stand im Türrahmen. Der alte Ratzlaff. In Gedanken verglich ich ihn mit dem Hochzeitsbild in Mutters Schellackplatten-Kästchen, das uns seine erste Frau, die bei uns als Dienstmädchen in Stellung war, geschenkt hatte: Sein Gesicht bedeckte ein Ausschlag, aber sein ironisches Lächeln war geblieben.

Er trat aus dem Schatten, ein Glas mit Aris on the Rocks in der Hand, über das ganze Gesicht grinsend.

Ach, der Neuländer, sprach er mich auf Deutsch an. Er lud mich zum Sitzen ein auf einem der wackeligen Stühle unter den Bäumen. Bis Arturo kommt, signalisierte er.

Junge, was hast du vor hier draußen? fragte er neugierig.

Abgehauen bin ich, sagte ich und lächelte verlegen.

Der Alte beugte sich rüber und klopfte auf meine Schulter.

Gut gemacht, Junge. Besser als Tag für Tag fromme Lieder singen. Hier sagt dir keiner, was du tun musst. Schon zum Frühstück esse ich mein Lieblingsgericht, ein schönes Stück Rabadilla ...

... gewürzt mit viel Cica, fügte ich dreist hinzu, an seinen Klamauk anspielend, als er für einen dummen Wetteinsatz ein Fläschchen Pfeffersauce ex getrunken hatte.

Unbeirrt fuhr Ratzlaff fort: ... ich arbeite nur, so viel ich will, ich vögle, so viel ich will, und ich trinke, so viel ich will. Das einzige, was mir bis jetzt zu meinem Glück fehlte, war ein Kühlschrank. Den habe ich mir gestern gekauft. Er läuft auf Benzin.

Ratzlaff schüttelte die Eiswürfel in seinem Glas wie zum Beweis: Wenn du einmal das Lasso durchgeschnitten hast, mit dem sie dich festhalten und gängeln, dann willst du nur weg. Selbst wenn du so ein schäbiges Leben führst wie ich.

Ja, dachte ich, du wirst dieses Leben vielleicht bis zu deinem Ende so führen. Aber was ist mit Marta und Arturo? Welche Perspektiven haben deine Kinder? Auch dieser Teil des Chaco wird nicht ewig unberührt bleiben. Aber ich hielt meine Besserwisserei für mich.

Arturo kam mit seinem Tereré-Zeug und einer Kanne Wasser, in dem gut fünfzig Eiswürfel schwammen. Obwohl es erst kurz nach acht war, war der Tereré schon sehr erfrischend.

Arturos Vater kehrte wieder in seine Hütte zurück. Ich erzählte Arturo von der schlimmen Erkrankung Amalias und davon, dass Taní Hilfe von einer Heilerin holen wolle.

Diese Curanderas, fragte ich, kann man die tatsächlich konsultieren?

Arturo lachte: Wenn du Prellungen, einen steifen Hals oder Krebs im Endstadium hast.

Ich musste erst nachdenken, bevor ich die Bedeutung seines Satzes verstand. Arturo meinte wohl: Bei Lappalien und bei hoffnungslosen Fällen kann die Curandera helfen.

Wenn du was Ernsthaftes hast, solltest du lieber einen Arzt aufsuchen, fügte er erklärend hinzu, und nach einem Arzt kannst du lange suchen. Den nächsten Doktor mit Universitätsabschluss findest du in Neuland. Er heißt Kahro, du kennst ihn. Aber was fragst du, kümmert dich die arme Amalia so sehr oder benötigst du selbst auch medizinische Hilfe?

Arturo hatte mich jetzt da, wo ich noch nicht sicher war, ob ich da auch hinwollte. Das seltsame Geschwür an meinem Penis beschäftigte mich Tag für Tag mehr, weil ich das Gefühl hatte, dass es allmählich größer wurde. Deshalb überwand ich mich und berichtete Arturo von meinen Beschwerden. Er sagte: Tja, dann sind deine Nächte bei Antonia doch nicht ganz folgenlos geblieben.

Wie meinst du das? fragte ich verständnislos.

Du hast dir Syphilis geholt. Daran kannst du sterben oder aber auch verblöden. Die positive Nachricht: Dein Verfall schreitet ganz langsam voran, es dauert eine Ewigkeit, bis du total meschugge bist.

Von Syphilis hatte ich noch nie gehört. 17 Jahre alt und noch nie von der Geschlechtskrankheit gehört, die ganz Paraguay zerfrisst. Und obwohl ich mir ziemlich sicher war, dass Arturo mich, was das Krankheitsbild anbelangte, auf den Arm nahm, wurde mir doch ganz heiß bei dem Gedanken, dass ich von einer unheilbaren Krankheit befallen war.

Was gibt es dagegen? fragte ich, und ich ärgerte mich darüber, dass meine Stimme so ängstlich klang.

Du kannst die Curandera aufsuchen und dir von ihr einen Palosanto-Sud kochen lassen. Soll tatsächlich helfen. Oder die wirkliche Alternative: Du lässt dir Penicillin in die Hinterbacken spritzen. Dafür musst du die Enfermera, die Krankenschwester María Delgado aufsuchen. Sie wohnt in Guachalla, direkt neben der Kirche.

Und das ist alles?

Hängt davon ab, in welchem Stadium die Krankheit ist.

Du scheinst dich ja gut auszukennen.

Viele Menschen leiden an Syphilis. Die meisten wissen noch nicht mal davon. Die Scheiße ist, dass keiner mit Kondom ficken will. Frag meine Schwester.

Seine Schwester Marta hatte die Tiere auf dem Hof besorgt und kam vorbei, um sich einen Tereré abzuholen. Sie hatte nicht gehört, dass Arturo von ihr gesprochen hatte. Sie sprach auch Plautdietsch und fragte nach einem mennonitischen Mädchen aus Neuland, mit dem sie befreundet war. Aber sie ging gleich wieder, was wohl daran lag, dass zwischen ihr und Arturo nicht alles im Lot war.

Sie hat sich schwängern lassen, sagte Arturo, Leider will sie das Kind behalten, das ihr Esteban „Loco" Quintana gemacht hat. Wie kann man sich auch mit einem einlassen, der den Spitznamen *Loco* hat!

Seine Stimme kletterte immer höher, auch daran merkte ich, dass er eine ziemliche Wut auf den Loco hatte.

Und jetzt lässt er sie alleine. Erst das Vergnügen, und dann macht er sich von den Socken.

Arturo zog seine Pistole, hielt sie mir demonstrativ hin, drehte sie in der Hand und während er mit hasserfüllter Miene auf den nahe stehenden Flaschenbaum zielte, sagte er zischend: Den schieß ich in Stücke.

Dann drückte er ab. Der Knall breitete sich wabernd aus und hallte von allen Enden des Buschrandes wieder. Die Hühner gackerten erschrocken, der Truthahn lief rot an und die Charatas weit entfernt in den Bäumen krakeelten aufgeregt.

Marta kam schwungvoll um die Ecke und sagte vorwurfsvoll: Arturo!

Auch sein Vater kam aus dem Haus, der Schuss hatte ihn in seiner Siesta gestört. Er drückte in einer Art Gymnastikübung gegen den Querbalken der Veranda, dehnte sich gähnend und kam dann herüber, um einen Tereré in Empfang zu nehmen. Dann verließ er uns und ging zu seinen Pferden im Corral.

Arturo erkundigte sich nach meinem Leben am Fluss.

Ein tolles Leben, sagte ich, die lauen Nächte auf dem Catre, wenn ich durch die wurmstichigen Palmbretter in die Sterne blicke, die kühlen Morgen, wenn ich meinen Mate mit den Peones trinke und die ruhigen Spätnachmittage, wenn ich am Ufer sitze und Doradillos angele – das ist das Paradies.

Und wie sind die Nächte, wenn du auf Antonias Catre liegst?

Damit ist jetzt Schluss, sagte ich mir, aber auch ihm.

Du hast es gut. Du genießt die tollen Seiten des Lebens am Fluss. Und wenn du genug hast, haust du wieder ab, gehst nach Asunción oder nach Deutschland und kommst als gemachter Mann wieder zurück. Und was bleibt mir? Ich sterbe wahrscheinlich von Lepra zerfressen in meiner Hängematte.

Kannst du nicht zu deinen Großeltern in die Siedlung gehen und dort die Schule besuchen?

Nein, kann ich nicht. Das Leben unter lauter frommen und perfekten Menschen ertrage ich nicht.

***

Zurück bei Serafín, musste ich mir einen Tag frei nehmen, um zur Enfermera der Misión zu reiten. Serafín schnitt ein griesgrämiges Gesicht. Er machte mich darauf aufmerksam, dass er alleine auf Lucho angewiesen sei, diesen Faulpelz. Er wolle noch vor Weihnachten ein paar Ochsen verkaufen und um den Verkauf zu organisieren, sei noch einiges zu tun. Noch weniger angetan war Serafín davon, dass er mir eine Stange Geld leihen sollte: Alle pumpt ihr mich an. Taní wegen seiner kranken Gattin, Lucho, weil er sich etwas Unnützes kaufen will, du wegen deiner Frauen.

Aber dafür kassierst du ja auch einen satten Aufschlag, entgegnete ich. 20 Prozent Zinsen strich er ein bei seinen Krediten an die Mitarbeiter.

Von wegen, wehrte er ab, gerade mal die Inflation decke ich damit ab.

Jetzt reichte es, es war nun an der Zeit, dass ich mich über meinen Lohn beschwerte. Und über den Lohn von Taní und Lucho: Du bist der Estanciero, der am wenigsten in Paraguay bezahlt. Eigentlich müssten wir einen doppelten Lohn kassieren, weil wir hier am Arsch der Welt sind und das Geld in deinem Laden ausgeben müssen.

Dann geht zurück in die Siedlung, da wird doch der gesetzlich vorgeschriebene Mindestlohn gezahlt, fauchte er mich an, Und wenn du noch ein Wort sagst, erhöhe ich die Zinsen.

Da hielt ich lieber die Klappe und dackelte ab.

In drei Tagen wollte ich runter zur Misión. Als Taní davon hörte, kam er an mit seinem leidenden Gesicht und bat mich, Medizin für seine Frau mitzubringen.

Aber gegen welche Krankheit? fragte ich ihn.

Fieber, antwortete er.

Die Ursache für das Fieber muss bekämpft werden, erklärte ich ihm, und daher muss die Enfermera feststellen, woran deine Frau erkrankt ist. Entweder muss die Krankenschwester herkommen oder du bringst deine Frau zur Misión.

Sie übersteht die Reise nie.

Er weinte.

Am besten wäre, sie würde ins Hospital in Neuland transportiert, überlegte ich, obwohl mir klar war, dass der Viehtransporter Serafíns als Krankenwagen der sichere Tod für eine Frau im Delirium war – bei einer Fahrt von sechs Stunden bei schlimmsten Wegverhältnissen. Das nächste Auto am Pilcomayo war der Geländewagen des Generals. Doch auch diese Fahrt würde immer noch fünf Stunden dauern – bei den gleichen Wegverhältnissen.

Oder das Flugzeug.

Ich frage den General, ob er Amalia mit seinem Avión nach Neuland fliegt, versprach ich Taní.

Mit diesem Satz hatte ich mich in die Bredouille geritten. Nun hatte ich Hoffnungen geweckt, die, wenn ich sie nicht erfüllen würde, in eine unvergleichliche Enttäuschung umschlagen würden. Selbst wenn sich der General darauf einlassen würde, stellte sich die Frage, wer für die Flugkosten aufkommt. Wenn aber Amalia endlich im Hospital liegt, wer übernimmt die Krankenkosten? Ich hatte keine Ahnung, wie das in der Siedlung geregelt war. Aber in Neuland waren meine Eltern in Reichweite. Und sie galten nicht als arme Leute und würden bestimmt einspringen.

Als erstes musste ich mit dem General reden. Und zwar so schnell wie möglich, denn ich wollte nicht daran schuld sein, wenn Amalia das Zeitliche segnete. Also musste ich noch einen Tag frei nehmen. Serafín blieb diesmal gelassen. Er lobte mich sogar und sagte: Schön, dass du dich auch für Paraguayos einsetzt.

Die Zeit drängte, denn jeden Tag bauten sich höhere Wolkenburgen am Himmel auf. Der große Landregen konnte jeden Tag kommen und die Flussaue und das tiefer gelegene Land überschwemmen. Also gab ich Lucho beim Mate am nächsten Morgen Bescheid und sattelte mein Pferd. Lucho war nicht angetan von der Exkursion, wie er es nannte, denn heute musste er zur Abwechslung mal wieder in die Hände spucken.

Nach einem Zwei-Stunden-Ritt erreichte ich die Estancia *Surubí*, benannt nach dem gigantischen Fisch, den ich im Pilcomayo wohl nie fangen werde. Der Name nebst Fisch schmückte einen Torbogen am Eingang des Anwesens. Vor dem Tor stand ein Soldat und schob Wache. Über seinem Kopf kreiste ein Schwarm kleiner Fliegen, die er zu verscheuchen suchte, indem er zwischen den Lippen Luft nach oben blies. Der Uniformierte befahl mir abzusteigen und zu warten, bis er mir die Erlaubnis zum Passieren geben würde. Ich wunderte mich über dieses mittelalterliche Gebaren, aber vielleicht demonstrierte der General damit, dass er nicht irgendjemand war. Das Warten steigerte dennoch meine Nervosität. Irgendwo startete ein Flugzeug, ein einmotoriges. Es musste die Cessna des Generals sein. Der Soldat vergaß die Fliegen, wurde noch steifer und warf verstohlene Blicke auf die von üppigen Laubbäumen umgebenen Anlagen der Estancia hinter sich. Die Cessna tauchte über den Baumwipfeln auf, gewann langsam an Höhe, drehte eine Kurve, überflog noch einmal die Wohnanlage, wackelte mit den Flügeln und verschwand schnell hinter dem Horizont. Ich hatte das Gefühl, dass mein General dort entfleuchte.

Ist der Patrón auch im Flugzeug? fragte ich.

Ich darf keine solche Auskunft geben, äußerte sich der Soldat.

Sehr freundlich, bedankte ich mich.

Am Fahnenmast wehte die National-Flagge. Die Estancia-Flagge mit dem Surubí-Fisch wurde in diesem Augenblick hochgezogen. Es wäre mir nicht aufgefallen, wenn der Soldat nicht so hektische Blicke nach hinten geworfen hätte.

Puedes pasar, sagte der Soldat jetzt entspannt.

Das Aufziehen der Fahne war also tatsächlich das Zeichen gewesen, mich hereinzulassen. Oder eher umgekehrt: Solange die Estancia-Fahne nicht aufgezogen war, durfte kein Fremder die Estancia betreten. Ich setzte mich auf Mariscal und ritt meinem Ziel entgegen. Die Stallungen und Corrales lagen zur rechten Hand, weshalb ich mein Pferd in diese Richtung lenkte. Zwischen den Bäumen öffnete sich der Blick auf die Wohngebäude, die in typischer L-Form angelegt waren. Die überdachte Veranda wurde nach außen und zur Hofseite von weißen Säulen im Kolonialstil getragen.

Ein Peón kam und signalisierte, dass er mein Pferd betreuen würde. Ich blickte auf meine Junghans. Es war 9:30 Uhr. Rabatten mit Blumen, Kakteen und jungen Flaschenbäumen zeigten mir den Weg zum Eingang. Ich klatschte in die Hände. Ein Hausmädchen erschien am Durchgang zum Hof. Ich erklärte ihr, dass ich den General sprechen wolle.

Sie wirkte verlegen, als sie sagte, ich käme sehr ungelegen.

Welche Chance ich denn hätte, fragte ich.

Sie zuckte mit den Schultern und antwortete, dass sie gleich wiederkommen würde. Sie verschwand auf dem Patio, auf dem ich jetzt ein Schwimmbecken erkannte. Eine junge Frau stieg aus dem Wasser. Sie wechselte ein paar Worte mit dem Hausmädchen und warf einen Blick in meine Richtung. Dann winkte sie mich zu sich und angelte sich einen Bademantel, der über einer Stuhllehne hing.

Wir begrüßten uns mit Besitos, obwohl ich nach meinem eineinhalbstündigen Ritt wohl mehr nach Pferd und Schweiß roch als nach Kölnisch Wasser. Raquel roch wie Frauen riechen, wenn sie lange im Wasser gewesen sind – auch ein wenig nach Chlor.

Una cerveza? fragte sie.

Ich nickte. Das würde gut tun. Sie gab meinen Wunsch an das Hausmädchen weiter.

Hast du schon Kontakt zu deinen Eltern? fragte sie.

Sie wissen, wo ich bin, antwortete ich.

Mann, hast du keine Gefühle, das klingt nach einem Eisbrocken in deiner Brust statt eines Herzens. Es sind deine Eltern!

Manchmal muss man warten können, sagte ich, Vielleicht besuchen sie mich Weihnachten.

Das Hausmädchen stellte mir ein Bier hin. Bremen Chopp, meine bevorzugte Marke. Ich hob die Flasche und prostete Raquel zu: *Salud y Dinero!*

Sie sagte, sie würde kurz verschwinden, um sich etwas anzuziehen.

Spring doch in der Zwischenzeit in den Pool! bot sie mir an. Dachte sie vielleicht, ich hätte zu meinem Ritt Badehosen mitgebracht?

Ich hatte Zeit, das Bier schnell auszutrinken und mir Gedanken darüber zu machen, wie ich mein Anliegen vorbringe. Jetzt, wo ich hier auf diesem Patio stand, der von Wohlstand und Zugehörigkeit zur herrschenden Klasse zeugte, rutschte mir mein so eiskaltes Herz in die Hose.

Raquel kam wieder zurück. Sie war in Jeans-Shorts und in ein T-Shirt geschlüpft. Ihre Haare waren noch nass. Wir setzten uns auf die Veranda. Auf dem spiegelglatten kühlen Fliesenboden hätte ich mich räkeln können, wie ich es als Kind auf unserer Veranda getan hatte.

Ohne große Umschweife erzählte ich von meinem Anliegen. Sie sagte, es sei sehr nobel von mir, aber so ein Flug koste viel Geld, das Flugzeug sei gerade jetzt vor Weihnachten ausgelastet und überhaupt, wenn man einem Campesino einen Gefallen täte, stünden morgen zehn vor der Tür. Ihre Familie habe auch eine soziale Ader, sie würde viel Gutes tun, aber irgendwann müsse man eine Grenze ziehen.

Gute Rede, sagte ich einen Deut zu ironisch. Gut, dass ich mich so im Zaum hatte, dass ich nicht auch noch Beifall klatschte. Die Ironie kommt erst ganz zum Schluss, hatte mein Onkel Abram gesagt. Und deshalb bleibst du bis ganz zum Schluss freundlich.

Die Tochter des Generals errötete.

Frechheiten von alten Männern bin ich gewohnt, mir fehlt aber komplett die Erfahrung mit Frechheiten von jungen Gringos, sagte sie und stand auf, um ihren Viejo zu sprechen.

Während Ruben dort ein wenig konsterniert auf dem Gartenstuhl in dem vornehmen Herrenhaus mitten in der Wildnis saß und unkonzentriert auf die spiegelglatten Fliesen schaute, war er nicht ganz allein auf dem Hof. Mehrere Soldaditos in ihren grünen paraguayischen Uniformen und mit raspelkurz rasierten Köpfen flitzten herum, kümmerten sich um Pferde, fegten den Hof oder jäteten Unkraut. Für Ruben war das, was er sah, so klar wie Brühe: Ein General hatte Soldaten. Ob ein General seine Soldaten auch privat einsetzen durfte, darüber machte er sich keine Gedanken. Für die weißen Siedler waren Herrschende immer diejenigen, die sich alles rausnehmen durften und dies auch taten. Es war die Macht, die ihnen die Möglichkeit gegeben hatte, hier zu siedeln. Diese Macht, die aus einem Präsidenten und zahlreichen militärischen Würdenträgern bestand, würden sie erst in Frage stellen, wenn ihre ureigenen Prinzipien in Frage gestellt wurden. Wer eine Uniform trug, war Autoritätsperson.

Als der General um die Ecke bog, mit seinen beiden Fila Brasileiro im Schlepptau, wäre es Ruben nie in den Sinn gekommen, den reichen Militärmann als Ausbeuter zu sehen, obwohl er streng genommen einer war, indem er die Kriegsdienstleistenden, die jungen Soldaten, privat für sich schuften ließ. Vielmehr sah er in ihm einen Vertreter der Macht, der sehr freundlich ihm gegenüber war.

Hola Ruben, sagte der General, so schnell sieht man sich wieder. Du bittest mich um Hilfe, worauf ich sehr stolz bin. Doch ich bin niemand, der einfach so schenkt, es sei denn wir haben Heilige Drei Könige. Deshalb biete ich dir folgendes an: Wir bezahlen den Flug zu dritt. Du, ich, der Peón. Und vielleicht beteiligt sich auch das Hospital in Neuland.

Tut mir leid, winkte Ruben ab, Ich habe so gut wie kein Geld.

Der General lachte: Das Geld, das mir zusteht, knöpfe ich deinem Vater ab.

Ruben überlegte einen Augenblick, dann sagte er sich, dass dies wohl das einfachste wäre.

Deinen Vater kenne ich, fügte der General hinzu, er ist hier als Macatero am Pilcomayo rumgereist.

Ruben erinnerte sich, dass sein Vater davon berichtet hatte, dass er als 18-Jähriger mit einem alten Ford-Lastwagen durch den Chaco tuckerte, um Mercaderías an den Mann zu bringen. Er war also auch *nach Süden* gefahren und dem General begegnet.

Ich hoffe, Sie hatten nur gute Erfahrungen mit meinem Alten, sagte Ruben.

Natürlich, sagte der General grinsend, so dass Ruben sich fragte, was den Mann so freute, Deinen Vater habe ich seitdem nie wieder gesehen. Aber ich habe gehört, dass er es zu etwas gebracht hat.

Ruben wollte etwas erwidern, aber als ihm auffiel, dass der General auf seine Uhr blickte, hielt er lieber den Mund. Und tatsächlich wurde der General jetzt betriebsam: Morgen um sieben würde er mit Neuland Kontakt aufnehmen und einen Krankenwagen zum Flughafen bestellen. Danach würden sein Pilot und sein Mitarbeiter Alfonso auf der Uferfläche in der Nähe des Peón-Hauses landen. Die Kranke müsse reisefertig sein, damit sie sofort abfliegen könnten. Ihr Mann dürfe sie begleiten. In Neuland würde dann ein Krankenwagen am Flughafen warten.

Aufzeichnung Rubens

Unter dem Algarrobo-Strauch lag ein toter Fisch, über den sich schon die Maden hergemacht hatten. Die ekligen Tiere wühlten sich durch eine senffarbene Soße. Riesige grünschimmernde Brummfliegen summten um den Kadaver. Alle Yacarés des Pilcomayo schienen sich auf der Sandbank zu sonnen. Ich zog meine Pistole und ballerte wild drauf los. Kein Tier getroffen.

Stetig zieht die braune Wassermasse von links nach rechts an mir vorbei. Manchmal schwimmen große Äste mit. Hoch über mir schwebt der Aasgeier.

Weihnachten. Zu Hause stehen sie vor dem Eisenbaum, den sie als europäischen Weihnachtsbaum drapiert haben. Bruder Ernesto wird schon das Holz für den Fest-Asado schichten. Meine Mutter wird an mich denken. Wird sie sich fragen: Was wohl Ruben macht? Die Penicillin-Spritze zeigt Wirkung. Nie mehr werde ich mich mehr mit dieser Krankheit anstecken. Ich bin gesund. Gesund, aber leer. Ich beneide alle Menschen, die glauben können. An den in einem Stall geborenen Menschensohn. Kann man glauben wollen oder glaubt man nicht, weil man nicht glauben will? Hat Gott vorherbestimmt, dass ich den vorwitzigen Yacaré erschieße, der ein paar Mal wild mit seinem Schwanz auf das flache Wasser schlägt und dann seinen Geist aufgibt? Der Aasgeier hat konzentriert beobachtet, was hier unten geschah. Wie einst Gott, als ich noch ein kleiner Junge war. Er muss nur noch warten, bis der Verfaulungsprozess anhebt. Er wird sich schon den genauen Termin in seinem Kalender angekreuzt haben.

Mein Leben ist wieder in Ordnung. Was ich ausrichten konnte, habe ich getan. Amalie liegt noch im Krankenhaus und verbringt dort die schönsten Tage ihres Lebens. Dengue-Fieber hat man bei ihr festgestellt. Gegen Dengue gibt es keine Medizin. Man muss nur abwarten, bis es vorbei ist.

Na siehst du, hat Serafín gesagt, alles Geld zum Fenster rausgeworfen. Amalia wäre von allein gesund geworden.

Quien sabe, habe ich gesagt, *quien sabe*. – Wer weiß, wer weiß.

Ihr Mann ist glücklich. Das Geld, das er schuldet, tut ihm nicht weh. Was werden sie schon mit ihm anstellen, wenn er nicht zahlt.

Der lange Atem der Welt hatte mich gestreift. In Streifen geschnitten und gegrillt. Langsam komme ich aus dem Jammertal heraus. Honigfliegen schwirren um meinen Kopf. Aus meinem Herzen ertönt falsche Musik. Krass. Kantige Wellen umspülen meinen Kopf. Von einem Trauerflor umgeben, läuft eine gekrönte Vision an mir vorbei.

Der letzte Tag

Ruben über seine Erlebnisse am Pilcomayo

Wäre Arturo an diesem Tag ein paar Stunden später eingetroffen, wäre er heute kein Gejagter. Schon um 1 Uhr mittags hörte ich die Honda 90. Auf dem Sozius saß Schwester Marta, die schon ein rundes Bäuchlein vor sich her trug. Die Gauchos schleppten alle Accessoires für den Tereré herbei, aber Arturo winkte ab und verlangte Stärkeres, also Caña in einem Mix mit Eisstücken, Limonensaft und Zucker.

Dann zeigte er mir sein Weihnachtsgeschenk. Der neue Revolver glänzte silbern in der Mittagssonne.

Was sagst du dazu? fragte er und blickte mich mit erwartungsvollen Augen an, die nur Bewunderung für seine Knarre erwarteten, Was sagst du?

Ein toller Revolver, sagte ich, glänzt toll in der Sonne.

Nicht wahr? sagte er, Der liegt so schön in meiner Hand, wie ein kleines Baby.

Unwillkürlich musste ich auf Marta blicken. Dann nahm er sein Baby und begann, es um seinen Finger zu drehen, dass mir Angst und Bange wurde.

Was ist es für ein Revolver? fragte ich.

Ein 29er von Smith and Wesson, Kaliber 44. Willst du mal probieren?

119

Ich heuchelte Interesse. Nahm ihn in die Hand, wunderte mich, dass er so schwer war, richtete den Lauf auf den Pilcomayo und zielte auf einen Yacaré, den ich von hier knapp sehen konnte.

Drück ab, drück, setzte Arturo mich unter Druck. Ich tat ihm den Gefallen. Der Schuss schlug etwa zehn Zentimeter neben dem Reptil ein.

So konnte der Tag nicht weitergehen, das war mir klar. Silvester würde in einer Sauf- und Schießorgie enden. Als das Conjunto eintraf, nutzte Serafín die Ablenkung und gab Lucho einen Wink, das scharfe Zeug aus dem Verkehr zu ziehen.

Das Conjunto war die Band, die heute Abend spielen sollte. Wie sich herausstellte, handelte es sich um *Oscar Ynsfrán y los Asuncenos*, eine Gruppe, die paraguayische Musik in der ganzen Welt bekannt gemacht hatte. Nun, die *Asuncenos* hatten die erfolgreichsten Tage hinter sich, was nicht nur an ihrer abgewetzten Folklore-Tracht erkennbar war, sondern auch an ihrem Auftrittsort. Wer bei Serafín spielte, der konnte allenfalls ein abgehalfterter Star sein. Die ursprüngliche Gruppe war mit Oscars Bruder Ananías Ynsfrán berühmt geworden, doch als Ananías in einem Londoner Bordell einem Herzinfarkt erlag, zehrte die Band nur noch von ihrem großen Namen. Meine Bewunderung war der Gruppe sicher: Noch nie hatte ich berühmte Menschen gesehen und allein die Vorstellung, dass sie ihre Musik Millionen auf der Welt dargeboten hatten, genügte, um sie zu verehren, wie abgehalftert sie auch immer sein mochten. Selbstverständlich war aber Serafín immer noch nicht in der finanziellen Situation, die *Asuncenos* allein mit der Höhe der Gage in den hintersten Winkel Paraguays zu locken. Da gab es mit Sicherheit noch ganz andere Abhängigkeiten oder Gründe für Dankbarkeit. Und ich hatte das Gefühl, den Mann hinter den Kulissen, den wahren Veranstalter dieser Silvesterfeier zu kennen.

So beobachteten wir, wie der alte grauhaarige Ynsfrán seine verstaubten Instrumentenkoffer vom Wagen lud und sie unter dem Dach abstellte. Neben Ynsfrán gehörten noch drei weitere Musiker dazu, die alle unter 30 waren, also wohl nach dem Herzinfarkt dazu gestoßen waren, während sich die Original-Asuncenos abgesetzt hatten und unter einem anderen Namen neuen Erfolgen hinterherjagten. Einer von ihnen spielte die paraguayische Harfe, einer das Akkordeon und zwei die Gitarre. In dieser Besetzung konnten sie alles spielen, von der Polca über den Chamamé bis zur Cumbia, um die drei Rhythmen zu nennen, die hier am populärsten waren.

Währenddessen hatte Serafín nicht nur seine Alkoholvorräte vorübergehend in Sicherheit gebracht, auch die Schar der Gäste hatte sich erhöht. Wie zwei Verliebte kamen Esteban „Loco" Quintana und Antonia angeturtelt. Und wenn ich es nicht gewusst hätte – hier hätte ich es schwarz auf weiß erfahren, warum Esteban *el Loco* genannt wurde. Schleppt zu einer Party eine Frau an, von der am ganzen Pilcomayo bekannt ist, dass sie für Geld mit jedem ins Bett steigt. Kommt mit einer Prostituierten zu einer Fête, an der auch eine Frau teilnimmt, die er geschwängert hat, die sich von ihm zuerst geliebt und dann betrogen fühlte.

Für Marta wie für Arturo musste das Verhalten Locos der blanke Hohn sein, es war für sie wie ein Stich ins Herz. Arturos paraguayische Seite geriet ins Wallen, das Gefühl der verletzten Ehre brach sich Bahn. Jeder paraguayische Macho hatte neben seiner Ehefrau diverse Geliebte. Und ebenfalls gehörte es zur Selbstverständlichkeit, dass er nie lange bei einer Frau blieb. Den Nektar abgezapft und auf zur nächsten Blüte. Aber die Frauen trugen das Konzept der Monogamie in ihren Herzen. Selbst wenn sie nichts anderes kannten als den herumschwirrenden Schmetterling, wünschten sie sich einen, der für immer bei ihnen blieb. In Nächten, wenn der Caña floss, die Chamamé-Rhythmen den Herzschlag bestimmten, wurden diese tief verborgenen Werte vergessen, dann ließen sie sich von ihren Gefühlen treiben und öffneten dem schwirrenden Kolibri ihren Kelch.

Für Arturo war es nicht akzeptabel, wie der Loco seine Schwester benutzt und sich danach aus dem Staub gemacht hatte. Ein echter Siedlerbursche hätte den Ärger, die Verletzung der Ehre unterdrückt, in sich hinein gefressen, aber in Arturo kam jetzt das

121

paraguayische Erbe zum Tragen, das durch den Genuss des Zucker-rohrschnapses verstärkt wurde.

Die Gastgeber hatten die gefährliche Konstellation schon er-kannt. Serafín übertrug mir die Aufgabe, ein direktes Aufeinander-treffen der Ratzlaff-Kinder mit Esteban zu verhindern und, wenn möglich, Arturo zu überreden, den Revolver abzugeben. Marta und Arturo auf die Seite ziehend, schob ich sie auf die Rückseite des Ranchos, wo der Rauch des Asadofeuers aufstieg. Mit Hilfe einiger Klein-Rancheros hatte Lucho am frühen Morgen einen Ochsen ge-schlachtet. Das Fleisch wurde nur ein paar Stunden abgehängt. Wenn die Glut das optimale Stadium erreicht hatte, würden die Fi-lets, Lenden und Koteletts auf den riesigen Flächen der Roste lan-den.

Arturo deckte mich mit einem Wortschwall ein. Immer wieder sagte er *este hijo de puta*, es sei doch unglaublich, wie der Huren-sohn sich aufführe, er werde ihm das Lebenslicht ausblasen. In der Gegenrede versuchte ich ihn zu überzeugen, dass er sich mit dem Hurensohn entweder vertragen oder das Arschloch ignorie-ren müsse, solange er Gast dieses Hauses sei. Zänkische Wortge-fechte, eine Prügelei oder gar ein Revolverduell seien ein Affront gegenüber Gastgeber Serafín, den dieser nicht dulden werde. Mit Hilfe von Martas Überredungskünsten gelang es mir schließlich, Arturo von seinem Weihnachtsgeschenk, dem Revolver, zu tren-nen. Dann konnte ich mich ein wenig entspannen. Ich war außer-dem froh, dem Dunstkreis der Prostituierten Antonia entkommen zu sein. Sie hatte mich zwar keines Blickes gewürdigt, weil sie mit ihrem Loco schäkerte, aber ich war mir nicht sicher, ob sie mich nicht doch noch abfangen würde.

Die Feier kann ja heiter werden, dachte ich, denn das Eintreffen neuer Gäste führte zu weiteren Überraschungen. Der General mit Tochter, Fahrer und Diener fuhren vor, was allerdings keine Über-raschung, doch für den Ablauf so etwas wie der protokollarische Startschuss war: Die wichtigsten Gäste sind da, jetzt kann es losge-hen. Da ich mich mit Arturo, Marta und den Asadores hinter dem

Rancho-Gebäude befand, erhaschte ich nur zufällig einen Blick auf den durch die Auffahrt einfahrenden Geländewagen des Generals und konnte aus den Gesprächsfetzen des Begrüßungsrituals schließen, wer dem Wagen entstiegen war. Die Ankunft des nächsten Wagens verpasste ich aber, weil ich möglicherweise gerade mit dem abgetörnten Arturo schwätzte. Doch ich hörte ein Motorengeräusch, das mir irgendwie bekannt vorkam, dachte aber nicht weiter darüber nach. Bei der Begrüßungszeremonie horchte ich auf, denn die Stimmen konnte ich zuordnen: Sie gehörten meinen Eltern. Mama und Papa am Pilcomayo, ein Ding der Unmöglichkeit. Und doch: Ein Blick um die Ecke bestätigte mir: Sie waren gekommen.

Es sollte eine Überraschung sein. Zum ersten Mal hatte ich dieses Gefühl: Der Pilcomayo ist mir Heimat geworden und meine Eltern sind Fremde, die in meine vertraute Welt einbrechen und zerstören werden, was ich mir an Beziehungen aufgebaut habe. Antonia, die Hure, werden sie nur als Hure sehen, als das primitivste Geschöpf auf Erden. Syphilis ist für sie die Strafe Gottes für den krassesten Fehltritt. Die Peones, meine Kollegen, sind faul, sie fluchen und huren rum, aber letzteres sagt man mir auch nach. Nun musste ich mich mit meinen frommen und fehlerlosen Eltern inmitten dieser Welt der Degenerierten amüsieren.

Komm Ruben, komm, ich habe eine Überraschung für dich, rief Serafín. Noch mal weglaufen konnte ich nicht. Dafür fehlte mir meine Kawasaki. Gequält lächelnd spazierte ich um die Ecke und lief meinen Eltern in die ausgebreiteten Arme. Meine Mutter weinte, mein Vater lachte, und ich zeigte wenigstens ein Gefühl, das Ehrlichkeit widerspiegelte, meine Überraschung, dass sie sich so aufrichtig freuten.

Hier lebst du also, sagte meine Mutter und warf zögernd einen Blick um sich, ein wenig ängstlich wohl auch, weil sie erwartete, dass sie verlotterte Verhältnisse vorfinden würde.

Ja, sagte ich, dort hinten in der Hütte ist meine Schlafstelle, dort übernachte ich mit den Peones.

Schön, dass du dieses Leben kennenlernst, meinte mein Vater, Es erinnert mich ein wenig an mein Leben, als ich noch jung war.

Aber du warst damals arm und konntest dir nichts anderes leisten, wandte meine Mutter ein, wobei diese Unterhaltung auf Plautdietsch geführt wurde und der daneben stehende Serafín nur ahnen konnte, worum es ging. Er entschuldigte sich für die primitive Unterkunft, worauf ich sagte: Don Serafín, Sie haben so viel für mich getan, dass Sie sich nicht rechtfertigen müssen. Ich bin Ihnen zu großem Dank verpflichtet. Nur das Gehalt könnte besser sein.

Beim letzten Satz zwinkerte ich ihm zu.

Meine Dankbarkeit rührte ihn, denn ich hatte bisher mit keinem Wort erkennen lassen, wie ich mich hier am Pilcomayo fühlte. Ausgerechnet jetzt pirschte sich Antonia heran, nachdem sie mich bisher – zu meinem Wohlgefallen – ignoriert hatte.

Ruben, stell mich doch mal deinen Eltern vor, sagte sie in einem leicht affektierten Tonfall.

Nichts lieber als das, sagte ich, Antonia Brugada, eine gute Bekannte, und ihr Novio Esteban Quintana.

Das *Loco* konnte ich mir gerade noch verkneifen. Schön, dass der angetrunkene Esteban gleich hinterher getrottet kam, so konnte ich hier die mir am ehesten geeignet erscheinende Zuordnung in den Köpfen meiner Eltern verankern.

Nein, nein, protestierte Antonia, er ist nur ein guter Freund.

Was nicht ist, kann ja noch werden, fügte mein Vater ein Bonmot hinzu und zwinkerte Antonia zu. Er ahnte wohl, dass Antonia jetzt lieber eine gute Freundin seines Sohnes als die Novia des beschwipsten Quintana sein wollte.

Meine Eltern begannen ein Gespräch mit dem General und seiner Tochter Raquel. Als der General erklärte, dass er der arme Solís sei, mit dem mein Vater damals am Pilcomayo Handel getrieben hatte, schloss ihn mein Vater lachend in die Arme und sagte *Herminio!* Gute 20 Jahre hatten sie sich nicht gesehen.

Als ich wieder um die Ecke verschwinden und mich um Arturo und Marta kümmern wollte, kam Raquel hinterher und sagte: Du hast nette Eltern.

Das stimmt, sagte ich. Aber kannst du mir vielleicht sagen, warum ich nicht *feliz* bin, dass sie jetzt hier auftauchen?

Jetzt sei mal nicht so. Du bist doch aus der Pubertät heraus. Ich freue mich, dass wir auch ein paar anständige Gäste haben, die nicht mit Wut im Bauch herum laufen und nur auf den günstigsten Moment warten, um ihre Pistole zu ziehen. Ich werde mir deine Mutter schnappen und mich mit ihr unterhalten.

Pass auf. Sie wird dich als potentielle Schwiegertochter überprüfen.

Vielleicht befürchtet sie, dass du eine Paraguayerin als Schwiegertochter anschleppst.

Wenn die Schwiegertochter vermögend ist, kann sie auch gerne Paraguayerin sein. So tolerant ist meine Mutter.

Findest du, wir sollten unsere Verlobung heute noch bekannt geben?

Als sie dies gesagt hatte, konnte ich nicht widerstehen. Ich umarmte sie und küsste sie, nicht allerdings, ohne mich vorher zu vergewissern, dass wir in einem toten Winkel zwischen Ranchorückseite und einem Espinillo-Strauch standen. Der tote Winkel wurde dann sehr lebendig, als Lucho, vollbeladen mit Asado-Besteck, hinter der Ecke hervorkam. Da ich die tapsenden Schritte hörte, hatte ich Raquel schon weggeschoben, so dass er uns nicht mehr in der Umarmung sah.

Ja, sagte ich atemlos, geben wir die Verlobung heute Abend noch bekannt.

Das Conjunto formierte sich und spielte die erste Polca. Der General hielt eine kurze Rede und damit war die Party eröffnet. Das Fleisch brutzelte auf den Rosten, der Geruch von Knoblauch und Pfeffer stieg in unsere Nasen und beflügelte unseren Appetit. Ich holte mir eine gekühlte Guaraná und versuchte mich zu entspannen. Jedes Mal, wenn ich meine Mutter mit einem Blick streifte, sah ich, wie sie mich mit ihren Augen verfolgte.

Der Nordsturm, der den ganzen Tag Sandwolken in den Pilcomayo geweht hatte und den Asado mit den Sandkörnern würzte, aber auch die Glut noch weiter entfachte, so dass das Fleisch schnell gar wurde, legte sich auf einen Schlag. Der Himmel verfärbte sich in ein dunkles Blau, das sich vor die untergehende Sonne schob. Schon als am frühen Morgen ein starker Luftstrom durchzog, der, mürbe geworden durch die lange Reise vom Amazonas über das brasilianische Hochland bis zum Paraguayfluss, nervös an den Ästen, den Büschen und an den Wellblechen des Galpóns rüttelte, hatten die Peones schimpfend gesagt: Scheiß Nordwind. Aber immer noch besser als Regen.

Wir steckten mitten in der Regenzeit, allerdings ließ der Regen vorerst auf sich warten. Der Nordwind würde die Trockenzeit noch um ein paar Tage verlängern, dachten wir. Aber als sich jetzt mit der Dunkelheit gespenstische Windstille ausbreitete, schauten die Menschen sorgenvoll in den Himmel. Auch mein Vater legte die Hand in die Stirn und stierte nach Westen, wo sich aus dem Dunst, der die untergehende Sonne überlagert hatte, erkennbare Wolkenstrukturen gebildet hatten.

Ein saftiges Stück Rabadilla lachte mich an. Ich angelte mir das Rumpsteak vom Rost. Lucho lachte und sagte, jetzt, wo ich schon so lange unter ihrer Fuchtel lebte, würde ich allmählich kapieren, welches die schmackhaftesten Fleischstücke seien. Dann begann er fluchend, nach seinem Messer zu suchen, es sei sein bestes. Ein Messer, das praktisch von alleine anfängt zu schneiden, wenn man es ans Fleisch legt, sagte er. Die Suche nach dem verschwundenen Messer gestaltete sich ziemlich schwierig, weil es mittlerweile dunkel geworden war. Die Kraft des kleinen Generators reichte gerade aus, um die Tanzfläche und die darum gruppierten Tische und Bänke zu beleuchten. Als zusätzliche Leuchthilfen konnte Lucho nur auf eine Kerosinlaterne und auf Taschenlampen zurückgreifen. Wenn es ein so sensationelles Messer war, dann war es durchaus auch möglich, dass jemand es sich angeeignet hatte. Denn für gute Messer gab es im Chaco immer Interessenten.

Als ich mich an einen noch freien Holztisch setzte, kamen meine Eltern dazu, nahmen neben mir Platz und stellten ihre mit Fleisch und Mandioka beladenen Teller ab. Sie blickten zuerst sich an und dann mich und falteten ihre Hände zum Tischgebet, wobei ihre Blicke sich noch mal auf mich hefteten mit der stillen Aufforderung, es ihnen gleichzutun. Meinem Glauben hatte ich abgeschworen, aber ich wollte meine Eltern nicht auch noch mit meinem Heidentum belasten. Also faltete ich die Hände. Ich hatte das Gefühl, dass uns alle anstarrten.

Meinen Eltern lag mit Sicherheit die Frage auf der Zunge, ob ich mich über ihr Kommen freue. Aber sie verzichteten darauf sie zu stellen. Sie nahmen aber immerhin die Gelegenheit wahr, um mich auf den neuesten Stand zu bringen. Cornelio hatte mit Bravour das Bachillerato bestanden. Immerhin ersparten sie mir den Zusatz *und du nicht*. Er habe den nächsten Flug nach Deutschland genommen und bemühe sich dort um einen Studienplatz. Was er studieren wolle, habe er nicht geäußert, aber doch wohl ein Fach, mit dem er hier im Chaco etwas anfangen könne. Ja, dachte ich, immer geht es um den Nutzen für die Siedlung.

Claudia sei nach meinem Verschwinden noch frommer geworden, so fromm, dass sie meinen Eltern aus dem Weg gehe. Da mir der ablehnende Gesichtsausdruck von Mama und Papa bekannt war, konnte ich mir lebhaft vorstellen, dass Claudia nicht den Mut aufgebracht hatte, sie anzusprechen. Dafür habe sich Daniel aufmerksam um die junge Frau gekümmert, aber es habe sich noch nicht rumgesprochen, ob die beiden ein Paar seien. Daniels Mutter habe meiner Mutter gegenüber Gründe der Pietät angeführt, die so lange gelten würden, bis Claudia die große Enttäuschung überwunden habe. Außerdem sei auch Daniel drauf und dran, die Siedlung zu verlassen, er strebe ein theologisches Studium in der Schweiz an. Er würde als eine der kommenden Führungskräfte in Neuland gehandelt.

Dies alles berichteten sie mit einem Augenaufschlag und in einer Tonlage, die zwei in sich widersprüchliche Elemente enthielten: Zum einem den Ansatz der Verachtung, die sie gegenüber Claudia hegten, zum anderen auch die Enttäuschung, die ich ihnen mit

127

dem sexuellen Vergehen, mit dem Abbruch der Schule kurz vor der Ziellinie und mit meiner heimlichen Flucht bereitet hatte. Wobei mein sexuelles Vergehen unbestätigt im Raum schwebte. Was Claudia ihrer Gemeinde gebeichtet hatte, war allenfalls gerüchteweise bis zu meinen Eltern vergedrungen. Der Vorwurf schwebte in der Luft, wurde aber nicht angesprochen.

Sie fragten nach meinen Zukunftsplänen. Der Rabadilla blieb mir im Hals stecken. Während meiner Zeit am Pilcomayo hatte ich das Gefühl größter Freiheit gehabt, obwohl ich von Serafín eigentlich wie ein Sklave behandelt wurde, obwohl ich hart gearbeitet hatte, obwohl ich Vieharbeit immer gehasst hatte, obwohl ich die Freuden der Sexualität mit einer scheußlichen Krankheit bezahlt hatte. Gleichzeitig hatte ich Verantwortungsbewusstsein gezeigt, als ich mich um Tanís kranke Frau gekümmert hatte. Ich war ein sozial handelnder Mensch geworden, mehr noch als je in Neuland, ich lebte in großer Abhängigkeit von einem nicht gerade generösen Arbeitgeber, aber dennoch atmete ich die Luft der Freiheit. Ich war eine Monade geworden, ein Begriff, der mich schon im Philosophie-Unterricht fasziniert hatte.

Und jetzt machten meine Eltern wieder Anstalten, auf meine Lebensplanung einzuwirken. Zukunftspläne, sagte ich, habe ich noch keine gefasst: Ich führe das harte Leben eines Peóns. Und harte Arbeit hat doch noch keinem Menschen geschadet.

Mein Vater gab mir Recht. Er sagte, er sei stolz auf mich, aber ich solle doch auch die Chancen wahrnehmen, die sich meinem Leben böten. Mir fehle nur eine Fingerbreite, um das Bachillerato zu erwerben, und: Im Alter von 30 Jahren ist es ungleich schwieriger, die Hochschulreife zu bekommen.

In die Siedlungen will ich nicht zurück, sagte ich. Mit diesem Satz ließ ich mich gleichsam auf Verhandlungen ein, denn er besagte auch: Sucht einen anderen Ort für mich, an den Pilcomayo bin ich nicht fest gebunden. Und in diese Richtung gingen später auch ihre Beeinflussungsversuche. Doch jetzt war das Gespräch erst einmal beendet, denn der General und Raquel setzten sich zu uns.

Der General interessierte sich für die Viehzucht meines Vaters und Raquel versuchte, mit meiner Mutter zu kommunizieren, die nur radebrechend Spanisch sprach.

Serafín fand sich ein und klopfte mir auf die Schulter.

Na, fragte er, Überraschung geklappt?

Du hast es also eingefädelt, antwortete ich, Du hast mir die Silvesterfeier verdorben.

Diese Art von Humor würde kein Paraguayer verstehen. Wenn die Familie anreist, dann ist das ein Grund für pure Freude. Nur Alemanes, die keinen Sinn für Humor hatten, zeigten solche Marotten. Nur sie würden mit Sarkasmus andeuten, dass sie ihre Familie verachteten.

Gleich nach dem Essen wechselten die ersten Paare auf die Tanzfläche, unter ihnen auch Antonia und ihr bekloppter Esteban. Raquel machte mir ein Zeichen, dass sie gerne mit mir absteppen würde. Ihr Vater zog eine verächtliche Miene, denn die Tochter eines Generals hatte es nicht nötig, einen Mann auf die Tanzfläche zu schleppen. Nach langem Hin und Her ließ ich mich überreden. Es war der zweite Tanz meines Lebens. Den ersten Tanz, und daran erinnerte ich mich jetzt, hatte ich mit elf auf unserem legendären Ausflug im Schöntaler Busch hingelegt.

Im Licht des ersten, noch weit entfernten Wetterleuchtens verließ ich die Tanzfläche, um nach Arturo und seiner Schwester Marta zu sehen. Sie saßen in der Nähe der glühenden Kohlenflächen auf kleinen Hockern. Wüsste man nicht, dass die normale Lufttemperatur über 30 Grad betrug, könnte man glauben, sie würden sich wärmen. Arturo war weggetreten, schuld daran war der übermäßige Genuss von Caña. Serafín hatte seinen Peones zwar signalisiert, dass diesem Mann nicht mehr von diesem teuflischen Getränk zu verabreichen sei, aber diese Verordnung hatte nur eine kurzzeitige Wirkung gehabt. Marta hatte rot verweinte Augen und schluchzte immer noch.

Ich setzte mich neben sie hin und legte meinen Arm um sie.

Schau Marta, sagte ich, tu dir und deinem Kind etwas Gutes und bringe es im schönen hellen Krankenhaus von Neuland zur Welt.

Und dann tu noch einmal was Richtiges und bleib in dieser verqueren und seltsamen, aber dennoch heilen Mennonitenwelt, bis dein Kind groß ist.

Die Menós schauen doch auf mich herab, für sie bin ich eine Sünderin, eine Gefallene. Wahrscheinlich nennen sie mich Hure.

Na und? Ertrage die Häme, die hinter deinem Rücken geäußert wird. Nutze ihr soziales System aus. Wenn du stark bist, wirst du ihre Anerkennung erhalten. Und wenn du dich bekehrst, bist du ihre Vorzeigechristin.

Sie schluchzte noch einmal tief und lachte dann.

Jetzt regte sich Arturo.

Du hast gut reden, sagte er, Du hast gut reden. Du hast meinen Revolver geklaut, meinen Liebling. Wo ist er? Damit erschieße ich den Loco, auf 100 Meter Entfernung. Millimetergenau.

Lass den Loco in Ruhe! Der ist doch *blottdomm*. Sei froh, dass er keine Verantwortung übernimmt. Würde er deine Schwester heiraten, würde er sie doch in ein noch größeres Unglück stürzen.

Er soll meine Schwester auch nicht heiraten. Vielleicht kriegt sie ja einen Menó ab, wenn sie tut, was du ihr ins Ohr geblasen hast. Glaubst du, es findet sich ein abgetakelter Menó, der eine Mestiza mit Kind heiratet?

Deine Schwester sieht gut aus, sie ist nett, intelligent und fleißig. Es wird wahrscheinlich schwierig. Aber sie wird es schaffen.

Bisher waren die beiden Streithähne nicht aneinandergeraten, aber just in diesem Augenblick tauchte Esteban im Schein des Lagerfeuers auf. Arturo stemmte sich in seiner Betrunkenheit hoch und stürzte sich mit der ihm noch verbliebenen Kraft auf den Ex-Liebhaber seiner Schwester. Aber Lucho, der immer ein waches Auge für die Situation rund um das Lagerfeuer hatte, schob sich dazwischen und schickte Esteban zurück auf die Tanzfläche.

Vielleicht hätten wir den Abend gemeistert. Aber fatal war, dass Esteban noch diesen einen Satz ausstieß: Misslungenes Pack, diese Ratzlaffs! Aber so ist es: Entweder du bist Paraguayo oder Menó. Entweder oder. Beides gleichzeitig ist Scheiße.

Diese Beleidigung wollte Arturo nicht hinnehmen, er stieß einen krächzenden Schrei aus und wenn Lucho ihn nicht abermals zurückgehalten hätte, wäre er erneut auf Esteban losgegangen. Aber so blieb ihm keine andere Möglichkeit, als ihm diese Drohung hinterherzuschicken: Ich ersteche dich! Ich ersteche dich!

Esteban winkte ab und war hinter der weißen Ranchwand verschwunden.

Auf dem nochmaligen Weg zur Tanzfläche stieß ich auf meine Mutter, die ebenfalls nicht gut drauf war. Es störte sie, dass mein Vater zu tief ins Glas geschaut hatte, aber sein Getränk war nicht Caña, sondern Cerveza Paraguaya. Jetzt bat sie mich, ich solle doch versuchen meinen Vater zu bremsen. Mein Alter trank nur selten Alkohol. Er hatte sich das Trinken quasi abgewöhnt, weil es in der Siedlung kritisch beäugt wurde. Nicht aus einer falsch verstandenen Unterwürfigkeit, nein, es machte ihm einfach keinen Spaß, an seinem Bierchen zu nuckeln, wenn der Prediger in der Nachbarschaft eine missmutige Miene zog. Vielleicht war es auch meine Mutter gewesen, die ihm das Trinken vermiest hatte. Jetzt stand er auf der Tanzfläche und wippte leicht taumelnd – wirklich nur ganz leicht, nur wer genau hinschaute, konnte das leichte Schlingern bemerken – mit Antonia. Eigentlich hätte ich in ein Gelächter ausbrechen müssen, so kurios war die Situation. Aber das Lachen blieb mir im Hals stecken, denn mein Vater hatte seine Würde verloren. Angetrunken tanzte er mit einer Prostituierten, von der er zwar nicht wusste, dass sie eine solche war, aber worauf es ankam: Ich wusste es. Und das war für mich schier unerträglich, dass mein Vater tänzelnd eine Dirne geil anlächelte, mit der sein Sohn sich im Bett gewälzt hatte.

Meine Mutter und ich, wir müssen ihn fassungslos angesehen haben, denn als er uns dort so stehen sah, meine Mutter, die sich bestürzt die Hand vors Gesicht hielt, und mich, der nicht glauben konnte, was er sah, da verließ er überstürzt die Tanzfläche.

Mein Vater muss diesen Tanz mit der hübschen Antonia genossen haben – bis wir auftauchten. Nie habe ich auch nur einen Gedanken daran verschwendet, dass mein Vater sich für Frauen interessierte. Er liebte nur meine Mutter, das war uns Kindern klar. Nie ist uns aufgefallen, dass er mal einer Schönen einen Blick nachgeworfen hat, dass er mal Komplimente verteilte, dass er anders reagierte, wenn eine attraktive Frau in der Nähe war. Und genauso haben wir auch die anderen Väter eingeschätzt. Die seriösen Väter. Fast alle meine Freunde hatten seriöse Väter. Bis auf den alten Krahn, der Alkoholiker war und ein katastrophales Vaterbild abgab. Bis auf Hans Giesbrecht, der häufig nach *Süden* fuhr, um dort seine Artikel zu verkaufen und seine Liebschaften zu pflegen. Das waren eigentlich keine Väter. Meinten wir. Aber unsere Väter, die waren anders. Richtige Männer und Väter.

Mein alter Herr schien wirklich glücklich zu sein, weil er mit einer temperamentvollen Frau geschwoft hatte. Wobei er uns gegenüber so tat, als sei es ihm peinlich. Meine Mutter beruhigte sich allmählich, weil sie froh war, dass sie ihren Gatten wieder zurück hatte. War ja nichts passiert. Ihr Mann hatte mit einer jungen Paraguayerin getanzt. Und kein Menó hatte es gesehen. Nichts gesehen, nichts passiert. Meine Mutter war zwar verärgert und beleidigt, aber ein wenig gönnte sie es ihrem Mann. Weil sie mehr über ihn wusste als ich. Später, als ich schon in Asunción war, hat sie es mir erzählt.

Dein Vater, sagte sie, leidet unter Depressionen.

Das war eine niederschmetternde Nachricht gewesen. Denn ich hatte meinen Vater immer agil und aktiv gesehen. Dass er Stunden hatte, in denen er verzweifelte, habe ich nie geahnt. So ein tatkräftiger Mann, nee, das darf nicht sein. Aber hier am Pilcomayo war nicht der richtige Augenblick, um mir solche intimen Geständnisse zu machen.

Die Wolkenbank war immer näher gerückt. Blitze zuckten im Sekundentakt und das Donnergrollen wurde immer lauter. Es war noch eine gute Stunde bis Neujahr. Und dieses neue Jahr würden wir wahrscheinlich nicht hier auf dem Hof erleben, denn dafür gab es zu wenig Schutz gegen das Unwetter.

Der General trat jetzt in Aktion und erläuterte die Lage in einer Rede vor allen Gästen: Wir haben gegessen, getrunken und getanzt.

Wir haben ein tolles Fest erlebt, aber jetzt sollten wir uns so schnell wie möglich vor dem Unwetter schützen.

Wer Raketen und Knallzeug mitgebracht hatte, solle es jetzt abfeuern. Und dann würden alle Gäste beim Aufräumen helfen. Dann sollten alle, die in der Nähe wohnten, nach Hause gehen, reiten, fahren und Gäste mitnehmen, die weiter entfernt wohnten. Er und seine Tochter zum Beispiel würden die Familie Löwen beherbergen und das Conjunto.

Einige murrten enttäuscht, aber dann wurden sie durch das rapide Näherkommen der Wolkenwand überzeugt. Sie schossen ihre Cohetes und ihre Bombitas ab, wobei sich die Feuerspiele kaum merklich von den Blitzen und dem Krachen des nahenden Gewitters abhoben.

Als es ans Aufräumen ging, suchte Antonia ihren Esteban. Ich war versucht zu sagen, Du weißt doch, dass er nicht zu den Treuesten gehört, doch ich verzichtete angesichts der allgemeinen Lage auf eine solch geistreiche Bemerkung. Lucho sagte ihr, dass er gesehen habe, wie Esteban zum Fluss gelaufen sei, um dort sein Geschäft zu machen. Antonia lieh sich eine Taschenlampe aus und verschwand zwischen den Büschen, die das Ufer säumten. Als der erste kühle Windstoß aus dem Süden kam und die ersten Gäste schon ihre Autos starteten, kam Antonia schreiend vom Ufer zurück.

Aus dem Wortsalat, der aus ihrem keifenden Mund kam, konnte ich nur den Namen *Arturo* entschlüsseln, aber schon allein dieser Name in Verbindung mit dem gesuchten Esteban bewirkte, dass die aufbrechenden Gäste für einen Moment in ihren Vorbereitungen innehielten. Sofort eilte ich hinter den Rancho, wo Marta noch immer wie ein Häufchen Elend auf ihrem Plastikstuhl saß.

Arturo? *Dee ess pische*, sagte sie in lupenreinem Plautdietsch, die zwei Kontrahenten hatten also zur gleichen Zeit volle Blasen. Wie das gemeinsame Urinieren ausgefallen war, konnte man sich denken.

Schnell lief ich zurück zu Antonia, um die sich schon ein Ring von Neugierigen gebildet hatte. Mittlerweile hatte sie sich gefangen, sie sprach deutlicher und wiederholte die wichtigste Aussage jedem, der dazu kam:

Arturo hat Esteban ermordet!

Lucho war schon mit einigen Helfern mit der Taschenlampe zu den Büschen gelaufen, aber er kam unverrichteter Dinge zurück.

Aber er saß am Fluss und hielt ein blutiges Messer in der Hand! beteuerte Antonia.

Wer? fragten alle durcheinander.

Na, Arturo!

Lucho bat sie, mal mitzukommen. Die Gäste, die es nun nicht mehr so eilig hatten, nach Hause zu kommen, folgten ihr im Pulk. Ein Detektiv hätte seine helle Freude gehabt, denn alle Spuren am Ufer wurden von hunderten Fußabdrücken verwischt.

Dort saß er, auf jenem Baumstumpf, und hielt ein blutiges Messer in der Hand, behauptete Antonia. In der Tat waren an besagtem Baumstumpf, eigentlich zerfasertes Wurzelwerk, das der Pilcomayo an Land gespült hatte, Abdrücke von Fußstapfen zu erkennen. Aber von Arturo war nichts zu sehen. Auch Esteban schien sich in Luft aufgelöst zu haben. Angeführt von Lucho, verlegte sich das Publikum aufs Rufen. Doch eine Antwort blieb aus. Lucho und seine Compañeros liefen am Ufer flussauf- und -abwärts, ohne jedoch Anhaltspunkte zu finden.

Aus dem Windstoß war ein anhaltender Wind geworden. Die ersten Regentropfen peitschten in die entsetzten bis ratlosen Gesichter. Resolut mahnte der General zum Aufbruch. Muss er nicht einschreiten? dachte ich. Der Chaco wurde militärisch regiert, eine reguläre Polizei existierte nicht. Also war doch der General gefordert. Offensichtlich war ein Mord passiert. Nein, der General war nicht zuständig, denn er war hier doch als Privatier, seine Garnison war doch ganz woanders – wo, wusste ich nicht.

Sollten wir nicht weitersuchen? fragte ich ihn. Der Blitz schlug in einen Algarrobo ein und entfachte ein Feuer, das aber gleich vom strömenden Regen gelöscht wurde.

Weitersuchen? Was glaubst du, wo ich jetzt wäre, wenn ich nach jeder Party das untersuchen würde, was die Streithähne angerichtet haben? Nein, hier muss ich nicht aktiv werden. Und jetzt komm schon mit!

Blitz folgte auf Blitz, Donner auf Donner.

Er meinte, ich solle mitkommen. Auch meine Eltern waren der Meinung, dass ich dieses Angebot annehmen sollte. Dadurch wurde ein weiterer Übernachtungsplatz bei Serafín frei.

Der General bot sein Haus auch Marta an, doch die wollte davon nichts wissen. Sie werde bis zum Morgen bei Serafín bleiben.

Nur drei Minuten brauchte ich, um meine Klamotten zu packen. Dann verabschiedete ich mich von Serafín und Lucho, von Antonia und den anderen, vielleicht mit einem Hauch zu viel Endgültigkeit, denn sie glaubten alle, ich würde vielleicht morgen zurückkommen. Doch sie irrten sich.

Sechs Minuten vor Mitternacht verließ der Doble-tracción die Serafín-Ranch. Es schüttete wie verrückt. Der Vierradantrieb funktionierte aber prächtig. Wir kamen gut voran.

Der Diktator

Ruben über sein erstes Jahr in Asunción

Asunción ist ein schmutziges Loch, sagte Sven Ostwald, ein abgehalfterter Journalist, der ein halbes Leben lang durch Lateinamerika getourt war, ohne je einen Artikel zu veröffentlichen. In Berlin lief er mir über den Weg und machte mir mein schöngefärbtes Bild von der Hauptstadt Paraguays kaputt. Doch im Grunde hatte er genauso Recht wie ich. Asunción war eine packende Offenbarung, die von Westeuropäern diametral anders wahrgenommen wurde als von Paraguayos.

Dieser spezielle tropische Asunciónèr Duft, der sich besonders bei hoher Luftfeuchtigkeit ausbreitete, wenn sich die Auspuffgase der rumpelnden Busse mit den Aromen der rosafarben blühenden Lapachos, der Bougainvillea, Curupay, Chivato, Ivapoí, Jacarandá, Carova und Quiranday vermischten, konnte eine depressive Stimmung innerhalb weniger Minuten komplett überlagern.

Zweirädrige Karren, die von ausgemergelten Pferden gezogen werden. Auf Hochglanz gewienerte Oldtimer aus den 20ern. Klapprige Taxis im ehemaligen amerikanischen Straßenkreuzerformat. Minderjährige Soldaten in olivgrünen Uniformen und mit raspelkurz geschnittenem Haar. Gut geformte Chicas in engen weißen durchscheinenden Blusen. Keifende Marktfrauen mit Paperossi in den Mundwinkeln. Millionen honigsüßer Mangos, die unter den ausladenden Kronen der Mangobäume langsam verfaulen. Die Prachtstraße Mariscal López mit ihren exzentrischen Villen und Kolonialhäusern, auf der die teuersten Straßenkreuzer verkehren. Hohe Fenstertüren in den großen, mit Friesen geschmückten Sälen der Kolonialhäuser. Bretterbuden im Armenviertel an der Flussbucht, gleich hinter dem Regierungspalast. Moskitonetze aus Gaze, die sich weit über spanisch bezogene Betten schwingen. Cucarachas. Moskitos. Kleine, harmlos scheinende Skorpione. Knutschende Pärchen im Sonntagsstaat, die auf der Plaza vor dem Kongress flanieren. Mamas und Papas, die mit ihren herausgeputzten Kindern spazieren gehen. Geschäftigkeit am Asuncióner Hafen. Die ausgefeilte Putz-Technik der Schuhputzer im Kindesalter. Sandwich verschlingen in der Bar Estrella. Zwinkert die Wache vor dem Panteón de los Héroes wirklich nicht mit den Augen? Der Zwerg in der Bar Ochsi – als Kinder glaubten wir wirklich, er gehöre der aussterbenden Art der Märchenzwerge an.

Täglich genieße ich dieses Asunción, mein neues Zuhause. Raus aus dem verstaubten Chaco, rein in die quirlige Weltstadt. Weltstadt, für mich schon. Obwohl ich merke, dass dieses Asunción der 80er schon lange nicht mehr das Asunción der ersten Hälfte der 70er ist, das ich als Kind so bewunderte. Wenn ich, ein Glas Sekt in der Hand, aus der hohen, geriffelten Fenstertür schaue, sehe ich unten die Militärwache, die vor diesem Kolonialhaus patrouilliert, um diese Party zu beschützen. In der Ferne ragt das Hotel Guaraní zwischen anderen Wolkenkratzern empor, einst Sinnbild der Moderne, das erste Hochhaus der Stadt, oft dem brasilianischen Stararchitekten Oscar Niemeyer zugeschrieben. Das einstige Vorzeigeobjekt ist jetzt heruntergekommen und verschlampt.

General Solís steht neben mir. Seine Tochter Raquel hat sich zu ihren Freundinnen gesellt, nach den abenteuerlichen Ferien am Pilcomayo hat sie ihnen viel zu berichten. Und sie erzählt auch von mir, wie ich an den Blicken merke, die zu mir herüber geworfen werden.

Dann trifft Er ein. Der Único Líder.

Der Excelentísimo Presidente de la República del Paraguay, Comandante en Jefe de las Fuerzas Armadas de la Nación, General de Ejército, Don Alfredo Stroessner.

Man merkt es an der Geräuschkulisse, die für kurze Zeit verstummt und anschließend umso lauter wird, aber mit dem Unterschied, dass die lachenden und fröhlichen Laute ganz verschwinden. Nach ihm kommen die Epigonen. Einige wenige kenne ich. Sabino Augusto Montanaro, der ewige Innenminister. Mario Abdo Benítez, der Privatsekretär. An der Tür, durch die er kommt, bildet sich eine Menschentraube. Die Schleimer, Trittbrettfahrer und Nachbeter stürzen sich alle auf den Machthaber. Sicherheitskräfte bilden einen Kordon und halten die Menge ab. Nur einzeln werden Männer und Frauen vorgelassen, um ihre Ehrerbietung anzubringen.

Wir warten, sagt General Solís. Die Aufgeregtheit legt sich nach ein paar Minuten, auch vom anderen Ende des Saals aus hat man die Möglichkeit, auf den Excelentísimo zu blicken, der sich heute Abend seine weiße Paradeuniform mit den Epauletten und vielen Abzeichen angelegt hat. Der Primer Mandatario lässt seine Blicke aus seinen kleinen Augen schweifen, setzt seinen Sektkelch ab und startet seinerseits eine Begrüßungsrunde. Mir fällt auf, dass er fast ausschließlich bei Militärs stehen bleibt und sie anspricht. Händeschütteln ist nicht erlaubt, warum, darüber spekuliert das Volk. Die Theorie, dass er an der rechten Hand große Schmerzen hat, ist am glaubwürdigsten, aber sie erklärt nicht, an welcher Krankheit er leiden könnte.

Dann bleibt er bei General Solís stehen, bemerkt das agua mineral in seinem Glas und sagt grinsend mit seiner nasalen Stimme: Ich dachte, Sie seien des Wassers überdrüssig?

Er spielt wohl auf die Überschwemmung am Pilcomayo an, die Solís aus seinem Urlaubsquartier vertrieb.

Das Wasser im Glas schaue ich genauso an, wie ich den Pilcomayo angeschaut habe, mí General, antwortet Solís.

Hinter dem scheinbar sinnlosen Wortgeplänkel steckt mehr. Der Gastgeber, wer immer es sein mag, serviert nämlich die Mineralwasser-Marke Acuático, obwohl man doch weiß, dass Stroessner die Marke Salud favorisiert, weil er die Aktienmehrheit an der Firma besitzt.

Dann sprechen Stroessner und Solís über eine Militär-Versammlung, die am nächsten Wochenende stattfinden soll, und ich habe die Gelegenheit, mir den Staatschef näher anzusehen. Müdigkeit spricht aus seinen Augen und seine Bewegungen, sein Gesichtsausdruck und seine Mimik sind leer und nichtssagend. Die fleischigen Lippen unterstreichen die Lethargie. Ein Karikaturist täte sich schwer ihn zu zeichnen, wenn nicht noch diese unbeschreibliche Hässlichkeit sein mit Sommersprossen gesprenkeltes Gesicht überschatten würde. In der Garnisonsstadt des Chaco, Mariscal, hielt er einmal eine endlose Rede, die selbst mir, dem kleinen Jungen, klar machte, dass er über kein rhetorisches Talent verfügte. Die Partido Colorado hatte ein Dutzend Laster gemietet, die Menschen aus Filadelfia herbeikarren sollten, und ich war auch auf die Ladefläche gesprungen. Über eine Stunde hatte er gesprochen und jedes Wort vom Blatt abgelesen. Hätte es nicht die gut orchestrierten und einpeitschenden Zwischenrufe gegeben und die Hurras des Publikums, wären der eine und andere Zuschauer wohl eingeschlafen.

Eingefallene Wangen, rötlich-brauner Teint, der abstoßende Oberlippenbart, die vergrößerte Oberlippe. Bei diesen südamerikanischen Diktatoren, Videla, Pinochet, Somoza entsprechen sich Charakter und Aussehen. Warum kommen immer nur die Hässlichen nach oben. Gilt auch für Europa, denkt man an Hitler, Franco und Mussolini.

Dann höre ich, wie Solís meinen Namen nennt: Ruben Lo-ewen. Stroessner blickt mich an, und ich entdecke ein Leuchten in seinem Blick.

Un alemán? fragt er lakonisch.

Un alemán-paraguayo del Chaco, mí general, antworte ich schüchtern.

Stroessner und Solís lachen. Sie wissen, nur wer in der paraguayischen Armee gedient hat, darf ihn *mi general* nennen.

Dann fragt Stroessner: *De que Colonia?*

Als ich sage, dass ich aus Neuland komme, lächelt er ansatzweise. Und ich weiß auch, weshalb. Er sieht den Chaco-Busch vor sich, die dornigen Caraguatá und Säulenkakteen, die Espinillo und Quebracho blanco, die Algarrobo und Quebracho, dieses undurchdringliche Geflecht, hinter dem die Bolivianer in Schützengräben sitzen, während ihnen die Kugeln um die Ohren pfeifen. Boquerón, die Mutter aller Schlachten. Und der 20-jährige Alfredo, Kadett der Escuela Militar, ist auf der anderen Seite und schwitzt vor Angst und jeder Tropfen Schweiß, der seinen Körper verlässt, verstärkt seinen Durst und die Camiones von Isla-Poí mit den Wasserfässern sind immer noch nicht eingetroffen, doch, da kommen sie, in der Ferne ein Motorengeräusch, nein, es sind die Doppeldecker der Bolivianer, Leute, schmeißt euch auf den Boden. Auf dem Weg nach Boquerón haben sie die Wassertanks der Camiones und selbstverständlich auch die Camiones selbst zerschossen, jetzt fliegen die Flugzeuge auch Boquerón an, wo 600 Bolivianer von 18 000 Paraguayern eingeschlossen werden, und bombardieren die Feinde. Die Bomben verfehlen das Ziel, denn der 20-jährige Alfredo, Kadett der Militärschule im 4. Jahr, und seine Kameraden haben die Geschütze gut hinter den Ästen und Blättern ihres Chaco Boreal versteckt.

Kaum zu glauben, dass nicht weit von hier zwei mennonitische Siedlungen liegen mit ihren weiß gekalkten Häuschen, ihren blonden Mädchen und deren strengen Vätern. Idylle pur, nur zehn Kilometer entfernt von der Hölle. Das Regiment ist durch ihre Dörfer marschiert. Gekämpft wird um die Siedlungen herum, Paraguayer und Bolivianer verschonen die Dörfer. Damit den blonden Mädchen auch ja nichts passiert.

Stroessner, der kurz weggetreten schien, ist wieder voll da und setzt seine Begrüßungsrunde fort. Bald danach kommt Raquel und sagt, dass sie jetzt nach Hause fahren wolle, ob sie mich mitnehmen solle. Ich nicke.

Die Familie Solís lässt mir ihre Gastfreundschaft angedeihen. Dem General habe ich es zu verdanken, dass ich jetzt Asunciór bin. Und natürlich auch Raquel, die meine feste Freundin ist. Zumindest habe ich manchmal den Eindruck, dass sie meine feste Freundin ist: Ich umarme sie, ich küsse sie, wir unternehmen vieles gemeinsam. Aber dann gibt es auch immer wieder Tage, an denen sie für mich nicht da ist, von der Bildfläche verschwunden, entschwunden.

Mein Vater ist glücklich, dass er in Solís einen Förderer seines Sohnes gefunden hat. Natürlich beruht das Geschäft auf Gegenseitigkeit. Auch mein Vater, mittlerweile einer der erfolgreichsten Estancieros im Chaco, wird dem General von Nutzen sein. Vielleicht zahlt er dem General auch was, damit der sich um mich kümmert. Aber das glaube ich noch nicht mal. Ich bin sicher, dass es dem General den größten Spaß bereitet, mich als seinen Quasi-Adoptivsohn in die Gesellschaft einzuführen. Auch ich genieße meinen neuen Status. Seinen Verbindungen habe ich es zu verdanken, dass ich Romerito die Hand schütteln konnte, Paraguays Fußballstar, der mit Pelé und Beckenbauer bei Cosmos New York spielte.

***

Als wir am Pilcomayo nach dem großen Regen im Haus des Generals erwachten, merkten wir, dass wir auf einer Insel lebten, denn der gesamte Gebäudekomplex war von Wasser umgeben. Ein Jahrhundertregen war niedergegangen, wie die Auswertung der Regendaten ergab. Die tapferen Peones des Generals hatten Boote sichergestellt, so dass wir durch die überfluteten Landschaften rudern konnten. Von den Hütten der in der Nähe kampierenden Indianer schauten nur noch die Spitzen aus dem Wasser. Auch die Ranchos, die am Ufer standen oder besser, die am ehemaligen Ufer standen, waren bis zum Giebel unter Wasser. Aber Mensch und Tier hatten sich gerettet. Überall, wo kleine trockene Inseln aus dem gigantischen See ragten, hatten sich Rinder versammelt und manchmal auch Menschen.

Die durch Verwesung entstellte Leiche von Esteban „Loco" Quintana wurde, nachdem das Wasser sich zurückgezogen hatte, viele Kilometer flussabwärts gefunden. Es gab nur einen Verdächtigen. Arturo Ratzlaff, wer sonst. Aber der war und blieb verschwunden.

Die Rancheros sprachen von den vielen Messerstichen in der Leiche, aber General Solís widersprach: Quatsch, sagte er, der Kadaver sei schon so verwest gewesen, dass ein Laie nicht feststellen könne, woran der arme Mann gestorben sei. Wahrscheinlich betrunken in den Pilcomayo gefallen, mutmaßte der General.

Marta, hochschwanger, hielt es bei ihrem Vater nicht mehr aus und kehrte nach Neuland zurück, wo sie von ihren plautdietschen Verwandten aufgenommen wurde und auf die Geburt ihres Kindes wartete. Falls jemand über sie herzog oder lästerte, erfuhr sie es nicht.

Für mich in Asunción stellte sich die Frage nach meiner beruflichen Zukunft. Meine Eltern sowie Solís und Raquel drangen darauf, dass ich das Bachillerato nachholte. Damit war ich auch einverstanden, aber eine Arbeitsbeschaffungsmaßnahme Stroessners durchkreuzte zunächst meine Pläne. Der Secretario Privado, Mario Abdo Benítez, suchte einen Mitarbeiter für den Palacio de Gobierno. Ein Mädchen für alles, die Aufgaben waren nicht präzise umrissen. Solís selbst brachte mich ins Spiel.

Du wirst viel mit Stroessner zu tun haben, sagte er begeistert, Aber du musst sicher sein, dass du den Präsidenten verehrst. Die Seguridad wird dich auf den Kopf stellen. Und wenn du nicht wirklich ein Stroessner-Fan bist, kriegst du nicht nur den Job nicht, du kommst wahrscheinlich auch noch ins Calabozo, ins Verlies, zu den eingesperrten Kommunisten. Also: Bist du sicher, dass dein Stroessner-Bild keinen schmutzigen Fleck hat?

Natürlich war ich sicher. Wahrscheinlich würden sie herausfinden, dass ich Stroessner für hässlich hielt. Wenn das mein Fallstrick sein sollte, dann gut. Vielleicht würden sie auch herausfinden, dass ich ihn beim Pinkeln beobachtet habe, damals bei der Neuländer Jubiläumsfeier.

Der Diktator kam gern, wenn die Siedler was zu feiern hatten. Wie damals, als Neuland 25 wurde. Da war viel los in unserem Dorf. Bürgersteige und Hecken wurden akkurat getrimmt. Schon früh am Morgen patrouillierten Soldaten auf der Hauptstraße. Ich wollte unbedingt sehen, wie das Flugzeug mit dem Präsidenten landete. In dem ganzen Durcheinander bemerkte niemand den Vierjährigen, der sich auf einen langen Weg machte.

Auf dem kleinen Flughafen, der aus einer Landepiste und einer Hütte bestand, wimmelt es von wichtigen Menschen in schwarzen Anzügen. Mehr noch faszinierten mich die Militäranzüge mit den bunten Bändern, Kreuzen, Epauletten. Die Wachen der Militärpolizei ließen mich anstandslos durch. Von so einem Zwerg war wohl kein Anschlag zu befürchten. Das Präsidentenflugzeug landete. Als der Flieger beidrehte, wirbelten die Propeller Staubfontänen auf. Die vielen vornehmen Männer hielten ihre Hüte fest oder ihre akkurat gekämmten Frisuren. Da stieg er aus, der Chef des Landes Paraguay. Heute trug er keine Schmuckuniform. Zu einer frommen Siedlung kam er natürlich in Zivil. Einen Präsidenten hatte ich mir anders vorgestellt, energischer, dynamischer. Dieser hatte schütteres, rötliches Haar, sein rötliches Gesicht war unauffällig, beinahe bäuerlich, in einer normalen Kleidung würde ich den Mann nicht wiedererkennen.

Ich sah, wie der Präsident etwas hilflos nach rechts und dann nach links schaute und dann mit dem Oberschulzen redete. Doch der schüttelte den Kopf und zeigte auf den Zaun. Der Präsident ging bis zu einem Zaunpfosten und stellte sich breitbeinig in Positur. Und dann sah ich eine zaghafte Fontäne aus seinem Hosenlatz steigen. Ein Präsident, der an einen Zaunpfosten pinkelte. Und würde ich drei Meter nach vorn gehen und ein wenig um die Ecke linsen, würde ich auch den präsidialen Pimmel sehen. Für mich gehörten Präsidenten wie Könige und Prinzessinnen in die Welt der Märchen. Aber in meinen Märchen war nie die Rede davon, dass Könige auch pinkeln müssen.

Zurück zu meiner Persönlichkeitsvisitation, zur detaillierten Überprüfung meines Lebenshintergrundes durch die *Geheimen*.

Ich konnte, so meine ich, gleich zu Anfang punkten. Die erste Frage, die mir die Staatssicherheit stellte, hieß: Wann wurde Stroessner für Sie zum Begriff? Und dann erzählte ich von meiner ersten Begegnung mit dem Staatsoberhaupt. An ihrer Reaktion merkte ich, dass sie unsicher mit der Bewertung meiner ausführlichen Darlegung waren. Sie beschlossen wohl, später ausführlicher darüber nachzudenken.

Nach vielen irrelevanten Fragen wie: Warum möchten Sie für Stroessner arbeiten?, die ich mit links bestand, hatten sie auch Fallstricke eingebaut wie: Kennen Sie Menschen, die Stroessner kritisieren?

Auch darauf antwortete ich: Ja, ich habe einmal im Hotel Mennonita in Asunción ein Gespräch zwischen einem deutsch-argentinischen Baptistenpastor und meinem Vater belauscht. Der Pastor aus dem großen Nachbarland behauptete, Stroessner sei ein Diktator, worauf mein Vater entgegnete, das könne nicht sein, schließlich fänden alle fünf Jahre freie Wahlen statt, an denen sich auch Oppositionsparteien beteiligten, und wenn 90 Prozent der Bevölkerung von Stroessner begeistert seien, dann müsse auch das Ausland das mal akzeptieren.

Sie erkundigten sich nach dem Namen des Baptistenpastors, den ich ihnen freiwillig mitteilte. Dann fragten sie, warum ich Stroessner bewundere. Nun, sagte ich, Paraguay hat eigene Ozeandampfer, eine eigene Luftflotte, einen florierenden Hafen, eine Reihe von asphaltierten Straßen, nicht zuletzt eine asphaltierte Ruta Transchaco – und Frieden im Land. Dies alles habe es vor 33 Jahren nicht gegeben. Im Gegenteil: Vor Stroessner folgte ein Putsch dem nächsten.

Ob ich schon von politischen Gefangenen gehört habe, wollten sie wissen.

Natürlich, sagte ich. Wer mit Mitteln der Gewalt die vom Volk gewählte Regierung stürzen wolle, der habe das Gefängnis verdient. Bedingt durch die Erfahrungen, die meine Eltern mit den Kommunisten gemacht hätten, würde ich den strikten antikommunistischen Kurs des Präsidenten ohne Wenn und Aber akzeptieren.

Was ich machen würde, wenn mir in der Ausübung meines Amtes unerfreuliche Tatsachen zu Ohren kämen?

Nun, sagte ich, schwarze Schafe gibt es immer und überall. Wenn es innerhalb des Regierungsbereichs zu gesetzlosen Aktivitäten käme, würde ich es Stroessner melden und meinem unmittelbaren Vorgesetzten. Und niemandem sonst.

Damit war ich Mitarbeiter im Regierungspalast – dem prächtigsten Hause Asuncións, ein blütenweißes, in U-Form angelegtes Protzgebäude im italienischen Klassikstil, errichtet Ende des 19. Jahrhunderts vom englischen Architekt Alonso Taylor für den Nationalhelden Francisco Solano López.

Das Asuncióner Geschäftsleben begann um sieben Uhr, aber mein Arbeitstag wie der aller Mitarbeiter der Casa de Gobierno schon um 6:30 Uhr, damit alle parat standen, wenn Seine Ankunft zelebriert wurde: die des Excelentísimo, des querido General und Señor Presidente Alfredo Stroessner.

Für den ersten Arbeitstag sollte ich mich am Westflügel melden. Es war noch dunkel, als ich die Straße El Paraguayo Independiente hochkam und vor mir das hell erleuchtete, blendend weiße Gebäude sah. Die Galerie mit den doppelten Bogengängen und die Loggia in der Mitte ließen alles sehr leicht erscheinen. Mit meinen Eltern war ich hin und wieder an diesem märchenhaften Palast vorbeigegangen, wobei Fußgänger auf die gegenüberliegende Straßenseite verbannt wurden. Und wenn ich stehen blieb, um das tolle Schloss zu bestaunen, blies der Militärpolizist in seine Trillerpfeife und rief uns genervt zu: Weiter! Weiter! Bürgerfreundlichkeit war ein Fremdwort. Und jetzt durfte ich das Haus sogar betreten, in dem dieser mächtige Mann residierte, dem so viel Respekt entgegengebracht wurde, dass man auf der gegenüberliegenden Straßenseite nicht stehen bleiben durfte.

Ich unterschrieb meinen Arbeitsvertrag, erhielt mein Carnet ausgehändigt, das mich als Mitarbeiter der Casa de Gobierno auswies, und bekam einen Platz an einem Arbeitstisch zugewiesen, der im Grunde im Korridor stand. Aber ich arbeitete hier nicht einsam und verlassen, neben mir stand der Schreibtisch meines unmittelbaren Vorgesetzten, des Büroleiters Almidio Rolón. Das Ressort wurde von Mario Abdo Benítez, dem Privatsekretär Stroessners, geführt. Über Abdo Benítez sagte man, er sei von schlichtem Gemüt, über ihn kursierten viele Witze. Ich war gespannt, ihn kennenzulernen.

Kurz vor sieben merkte ich plötzlich, wie die Fensterläden zuschlugen und es noch dunkler wurde in dem ohnehin wenig lichtdurchfluteten Palast. Schon bei meinem ersten Gang durch das historische Gebäude war mein erster Gedanke: Man müsste alle Türen und Fenster aufreißen und ein wenig lüften! Von innen wirkte die Casa de Gobierno so ganz anders als von außen. Finster, muffig und ungemütlich. Aber das war eben die Anordnung: Wenn der Präsident kommt, müssen alle Fenster geschlossen sein, keiner darf sich um den Palast herum blicken lassen.

Rolón berichtete mir, dass Stroessner an einem Tag mal verspätet eingetroffen war. Einer der Mitarbeiter führte einen renommierten französischen Journalisten durch das Gebäude und hielt sich gerade auf einem Balkon auf, als die Ankunft des Staatsoberhauptes angekündigt wurde. Der langjährige Mitarbeiter war möglicherweise von dem Gast aus Europa so fasziniert, dass er alle Zeichen missachtete und auf dem Balkon stehen blieb.

Der Trottel hat an dem Tag den López-Palast zum letzten Mal von innen gesehen, beendete Rolón die Anekdote.

Rolón, mein unmittelbarer Vorgesetzter, war ein gutaussehender Mann Anfang 40, der sein gegeltes Haar streng nach hinten gekämmt hatte. Obwohl er immer frisch rasiert war, färbte der dichte Bartwuchs seine Wangenpartien dunkel.

Ein in die Jahre gekommener, aber nicht minder imposanter schwarzer Achtzylinder fuhr vor dem Ost-Flügel vor, begleitet von den Guardaespaldas und der Escolta. Empfangen wurde Stroessner draußen von der diensthabenden Wache und vom Palast-Intendenten, der die Tür des Chevrolets öffnete.

Über einen roten, etwa 20 Meter langen Teppich schritt er zu seinem Arbeitszimmer. Es war ein feierlicher Akt. Alle höheren

Ränge und die neuen Mitarbeiter stellten sich in seinem Arbeitszimmer auf, wo das Staatsoberhaupt sie alle musterte, auch mich. Auf seinem antiken französischen Schreibtisch stand ein frischer Strauß roter Rosen. Doña Rosanna Lara füllte die Vase jeden Morgen mit neuen Blumen, später hörte ich, das sei auch ihre einzige Aufgabe.

Es herrschte eine steife Atmosphäre, die allerdings ein wenig gelockert wurde, als Rolón mich vorstellte und Stroessner darauf antwortete: Wir hatten schon oft Siedler hier im Palast, aber du bist der erste Siedler, der hier auch arbeitet.

Die Leute in seiner unmittelbaren Umgebung lachten leise, fast verlegen.

Es ist eine große Ehre, Señor Presidente, sagte ich und merkte, dass ich den richtigen Ton getroffen hatte. Mein Vorgesetzter Rolón sagte später, mir sei eine Hochschätzung widerfahren, dass der Präsident mich angesprochen habe.

Zu meinem Aufgabengebiet hatte ich keine Informationen erhalten, aber ich stellte schnell fest, wo ich gebraucht wurde. Stroessner legte aus unterschiedlichen Gründen großen Wert auf gute Beziehungen zu den deutschen Einwanderern. Er hatte selbst deutsche Wurzeln, und er fühlte, dass die deutschen Siedler besonders in Zeiten der Krise fest zu ihm stehen würden. Rolón, der eine journalistische Ausbildung hatte, betraute mich schon am zweiten Tag mit einem Job, der mir zeigte, wo es langgehen sollte.

Ruben, sagte er, du bist doch ein Bürger Neulands und sprichst die Sprache der Siedler ausgezeichnet. Ich hätte da was für dich.

In der kommenden Woche sollte Stroessner eine Fleischverarbeitungsfabrik der Siedlungen einweihen. Für diesen Anlass hatte der Regierungsbeauftragte der Siedlungen, Cornelio Busch, einen Termin mit Stroessner, um ihn über das Projekt zu informieren. Busch, auch ein Chacomennonit, hatte seine langjährige Position als Kontaktperson zur Regierung für berufliche Zwecke genutzt. Umweht von der Magie des Regierungspalastes, wuchs und gedieh seine Supermarktkette *Boquerón*.

Bei diesem Termin betrat ich in Begleitung Rolóns zum ersten Mal nach meiner Einführung Stroessners *Despacho*. Wir nickten dem Presidente zu. Hand geben war bekanntlich tabu, da er an einer Krankheit seiner Extremitäten litt. Dann wurde Busch eingelassen. Er beachtete mich zunächst nicht. Aber als ihn Stroessner nach einem kurzen Gedankenaustausch an Rolón und mich weiterreichte mit dem Hinweis, ein Glaubensgenosse würde sich um ihn kümmern, machte Busch große Augen. Er kannte mich nicht, konnte sich aber aufgrund meines Namens, den Stroessner ihm genannt hatte, vorstellen, wer ich war. Wir gingen in Rolóns Büro, in dem wir den Ablauf der Feierlichkeiten besprachen und Busch die Fakten über die moderne Fleischverarbeitungsanlage ausbreitete. Was Busch mir sagte, schrieb ich fleißig auf, als Materialsammlung für den Redenschreiber.

Busch fühlte sich sichtlich unwohl in seiner Haut, und ich wusste auch warum. Bisher war er der Siedler mit dem direktesten Draht zu Stroessner, was er auch gnadenlos ausgenutzt hatte. Jetzt gab es einen, der noch näher dran war, der direkt an der Quelle saß. Und das konnte er nicht gut finden, obwohl er wahrscheinlich nicht genau wusste, was meine Aufgaben waren. Busch blieb während des gesamten Gesprächs sehr förmlich, es kam ihm nie in den Sinn, mich zu fragen, wie ich ins *Weiße Haus* gekommen war und welches meine Aufgaben waren, Fragen, die eigentlich nahe lagen.

Auch gegenüber den mennonitischen Glaubensgenossen erwähnte Busch meinen Namen nicht. Umso überraschter waren die Vertreter der Siedlungen, als sie mich bei der Einweihung im blauen Anzug herumstolzieren sahen. Selbst mein Vater war erstaunt, mich dort zu treffen. Voller Stolz musterte er mich, in einem Anzug hatte er seinen Sohn noch nie gesehen. Ich hatte ihn bei Stroessners Schneider handfertigen lassen, da meine Größe in Asunción nicht zu bekommen war.

In den Wochen danach erfuhr ich, was mein Job wert war: Jeder Siedler, dem ich in Asunción begegnete, behandelte mich mit großem Respekt, als ob ich eine wichtige Person sei. Meine Anstellung öffnete mir auch die Türen zur Asunciónеr Gesellschaft. Die Gründe dafür waren mein Zugang zum Excelentísimo und mein kultureller Hintergrund. Jetzt verstand ich General Solís, der mir gesagt hatte: Was du in der Casa de Gobierno verdienst, zählt nicht, viel wichtiger ist, was du nebenher verdienen kannst.

Bei den Damen hatte ich Chancen, will ich mal sagen. Ich war für sie nicht der romantische Verführertyp, sondern eher der nette Gringo, der, so empfanden sie, aus dem Dornenwald des Chaco kam, in einen blauen Anzug gesteckt wurde und hier zum ersten Mal Zivilisationsluft schnupperte. Europäische Kultur aus dem Busch. Raquel warnte davor, mich von den Umsäuselungen der Damen betören zu lassen.

Wenn du einen Fehler machst, bist du für immer weg vom Fenster, sagte sie.

Welchen Fehler meinst du denn?

Ein Fehler ist, wenn du dich mit der falschen Frau einlässt und ein Mann sich dadurch beleidigt fühlt. Dann ist es mit Asunción ganz schnell vorbei.

Aber genau das passierte. Ich ließ mich mit der falschen Frau ein. Sie hieß Eva Viccini, war, wie der Name suggeriert, italienischer Abstammung und hatte ein herb geschnittenes Gesicht. Sie stammte aus dem Norden, aus der Nähe von Bologna. Obwohl sie keine ausgesprochene Schönheit war, fand ich sie faszinierend. Sie war der Typ nett aussehende Intellektuelle. Ich war von ihr beeindruckt, weil sie die erste Künstlerin meines Lebens war.

Was ich bis dahin an Kunst gesehen hatte? Eher Kunsthandwerk. Tausende Flaschenbäume, Abenduntergänge auf Palmensavannen und Rinderherden auf Büffelgrasweiden, immer und immer wieder die gleichen Motive, glänzende Postkarten, kitschige Aquarelle, Brandzeichnungen auf Holz. Das verstanden die Pädagogen in Filadelfia unter Kunst. An diesem Abend der Ausstellung begann sich bei mir ein Gefühl dafür auszubilden, dass Kunst etwas mehr bedeutete als unsere bunten Folklore-Motive.

Bei Eva wuchs dieses Gefühl zu Verständnis aus. Sie hatte an dem Empfang der Mujeres de la Democracia teilgenommen, der

Frauen für die Demokratie. Hauptgast war der US-amerikanische Botschafter Clyde Taylor, der auf bisher unübliche Weise die Opposition unterstützte und damit den Zorn des Líder único auf sich zog. Vor dem Haus bildete sich ein Pulk von Regimegegnern, vor allem viele junge Leute, die regierungsfeindliche Parolen schrien und den amerikanischen Botschafter hochleben ließen.

Die spannungsgeladene Lage eskalierte, als die offensichtlich aufgehetzte Polizei Tränengasgranaten in den Patio warf, in dem sich etwa 100 Besucher aufhielten. Eine dieser Granaten explodierte vor den Füßen von Frau Taylor, die auf diese Aktion hin die Marines aus der amerikanischen Botschaft zur Hilfe rief. Die jedoch mussten nicht eingesetzt werden, die Polizisten zogen sich freiwillig zurück.

Niemandem geschah etwas Schlimmes. Eva Viccini litt nur ein paar Tage unter tränenden Augen. Aber für den Regierungspalast war der amerikanische Botschafter nun persona non grata. Vielleicht mag Stroessner zum ersten Mal geahnt haben, dass seine Zeit zu Ende ging, dass die Verachtung, die ihm Taylor zeigte, nicht nur ein Ausdruck persönlicher Abneigung war, sondern ein Hinweis darauf, dass der Große Bruder in Washington ihn fallengelassen hatte.

Ich kann mich noch an jenen Dienstag erinnern, als Don Mario, Stroessners Privatsekretär, wie eine Furie durch den López-Palast hetzte und in einem fort schrie: Dieses amerikanische Gringo-Schwein! *Comunista ateo, Hijo de puta!*

In diesen Wochen nahm ich an vielen Partys und anderen Veranstaltungen teil, manchmal gezwungenermaßen, weil Raquel mich mitschleppte. Dabei lernte ich die politischen und gesellschaftlichen Milieus kennen. Genauso unsicher wie ich auf den politischen Fluren wandelte, so ungelenk tapste ich auch auf dem gesellschaftlichen Parkett daher. Ich hatte schon mitbekommen, dass es mehrere Gruppen gab, die sich den Rang streitig machten, die wirklich wichtigsten Menschen zu sein. Da waren einmal jene Schaumschläger und Sprücheklopfer, die sich furchtbar wichtig nahmen, weil eines ihrer Familienmitglieder und manchmal auch sie selbst einen hohen Posten bekleideten. Sie mischten sich gerne mit jenen

Cliquen, die vor allem durch Schmuggel und Betrug hochgekommen waren, ohne jedoch direkt an der Regierung beteiligt zu sein. Eine perfekte Mischung von ihnen war Humberto Dominguez Dibb, kurz HDD genannt.

Bei der Vernissage von Eva Viccini, an der ich mit Raquel teilnahm, liefen er und viele andere mir über den Weg. Eva war in existenzialistisches Schwarz gekleidet. Sie hatte etwas Schroffes und Abwehrendes an sich, das sich in manchen Situationen – wie ich erfuhr, als ich sie schon zu meinen Freunden zählte – unerwartet schnell in freundliche, aufnahmebereite Empathie wandeln konnte. Sie erinnerte mich an ein Chamäleon, das nicht nur andauernd seine Farben wechselt, sondern auch sein Verhalten. So wie Künstler nun mal sind. Mit einer dünnen Haut ausgestattet, wollen sie verehrt werden und dürfen es sich nicht eingestehen.

Mich fesselte ein Ölbild, das Eva, wie übrigens ihre anderen ausgestellten Arbeiten auch, in einem XXL-Querformat angelegt hatte. Es hieß *Paisaje I*. Ich sah eine aufgerissene, eiternde Fleischwunde eines enthäuteten Wesens. Die Muskeln zerschnitten, es trat ein Schwall von Blut und Eiter aus. Erst bei näherem Hinsehen entdeckte ich den Zauber, der ebenfalls in dem Werk steckte. Es stellte eine typische paraguayische Landschaft dar mit den unausweichlichen Attributen: die Hütte, die Kokospalmen, der Ochsenkarren, der Sonnenuntergang.

Warum haben Sie das so gemacht? fragte ich einen Ton zu laut, so dass ihre schwarz gekleideten Freunde sich entsetzt nach mir umdrehten, zumal ich noch nicht mal den Eröffnungsvortrag des Künstlers abgewartet hatte.

Warum habe ich was gemacht? herrschte sie mich an, so dass mir der Mut verging, die Frage zu wiederholen.

Die Antwort gab sie dann auch so: Nach dem Warum fragen Sie am besten die Kunsthistoriker. Am besten fragen Sie überhaupt nicht. Hören Sie einfach nur zu.

Leider konnte ich den Kunsthistoriker nicht verstehen. Zum einem nuschelte er unerträglich, zum anderen gab er ein mit wis-

151

senschaftlichen Begriffen gespicktes absurdes Zeug von sich, so dass ich mich bald auf andere Dinge konzentrierte.

Das Publikum klatschte Beifall, der Referent trat erleichtert ab. Alle stürzten sich auf Eva, so dass mir nichts anderes übrig blieb, als mich Raquel zuzuwenden.

Hast du bemerkt, wie alle dich anstarren? fragte sie, leicht indigniert.

Ja schon. Weil ich zur falschen Zeit eine Frage gestellt habe und mich dadurch als naiver Menó oute?

Natürlich nicht. Aber sie wissen, dass du im Palacio de Gobierno arbeitest.

Du meinst, sie haben Respekt vor mir?

Schön wärs. Nein umgekehrt, diese Leute hassen Stroessner.

Ich erschrak. Was hatte ich schon alles über Menschen gehört, die Gott, Vaterland und das Staatsoberhaupt so verachten, dass sie schlimme Taten begehen. Wer die allabendlich ausgestrahlte Radio-Sendung der Regierungspartei *La Voz del Coloradismo* hörte, wusste, dass zu diesen Menschen vorwiegend Studenten, Kommunisten, Anarchisten, Gottlose und Vaterlandsverräter zählten. Und hier war ich jetzt mitten unter ihnen, ein Vertreter des verhassten Systems.

Vielleicht sollten wir hier so schnell wie möglich verschwinden, schlug ich vor.

Quatsch. Das ist keine politische Versammlung, sondern die Ausstellungseröffnung einer der besten Künstlerinnen Paraguays. Natürlich sind hier auch ein paar Pyragues, ein paar Spitzel. Die beobachten, was passiert. Aber von dir und mir nehmen sie an, dass wir uns nur für die Ausstellung interessieren. Sie wissen, dass ich Eva kenne. Sie wissen, dass Eva zur Opposition gehört. Aber mich haben sie bisher noch bei keiner oppositionellen Veranstaltung gesehen. Die glauben einfach, wir sind kunstinteressiert.

Wir nahmen noch ein paar Getränke zu uns und standen dann auf, um die Party zu verlassen. Beim Abschiedsküsschen sagte Eva überraschend: Ich hoffe, wir treffen uns bald wieder.

Aus Distanz war Nähe geworden, das Chamäleon hatte seine Farben gewechselt. Als ich verlegen grinste, merkte ich, wie Raquel und Eva sich Blicke zuwarfen. Keine Ahnung, was das zu bedeuten hatte. An Evas Oberarm prangte ein dunkler Fleck. Als ich danach fragte, antwortete sie: Ein Souvenir vom Taylor-Empfang.

Zwei Tage später las ich die Kritiken, die voll des Lobes waren für Evas Bilder, die so gar nicht dem paraguayischen Mainstream und dem allgemeinen nationalen Pathos entsprachen. Die Kritiker bescheinigten ihr eine unverwechselbare Handschrift und eine große Zukunft.

Schon am Montag rief Eva mich im Palacio de Gobierno an. In Absprache mit Raquel, die in den nächsten Tagen nach Buenos Aires fahren wollte, schlug sie mir vor, den Sonntag in San Bernardino, einem Städtchen deutschen Ursprungs am Lago Ypacaraí zu verbringen. Natürlich sagte ich sofort zu. An dem See hatte ich wunderbare Stunden mit meiner Familie verbracht, allerdings abseits des Jet-Set-Treibens an einem abgelegenen Strand, der während der Woche leer und am Wochenende mit Bewohnern aus den umliegenden Dörfern bevölkert war. Ich kann mich noch an die wunderschöne Frau erinnern, die in ihrem schwarzen Sonntagskleid bis zu den Knien ins Wasser stieg und sich dort eine gigantische Zigarre ansteckte. Oder an die Paare, die sich stundenlang im Wasser vergnügten, sich küssten, sich drückten und aneinander rieben, für einen Jungen wie mich, der aus dem prüden Siedlerland stammte, ein berauschender Anblick. Es war immer wieder vor allem die Schönheit der Frauen, die mich fesselte.

Von diesem ursprünglichen Flair hatte der Hauptstrand wenig zu bieten. Schöne Frauen waren allerdings auch massenhaft vertreten. Wer auf sich hielt, flitzte im Jet-Ski über den See, um mit vollendeten Kurven zu beeindrucken. Da konnte ich nicht mithalten, ich hatte nur meine blaue Badehose mit. Eigentlich konnte ich noch nicht mal schwimmen. Eva tauchte aus der Umkleidekabine in einem olivgrünen Bikini auf, im Arm zwei Handtücher. Nachdem wir uns hingefläzt hatten, bat sie mich, noch mal aufzustehen und aus ihrem Auto die Thermostasche zu holen. Darin lagen eine Whiskyflasche, mehrere Flaschen Cola und ein Kübel mit zerstoßenem Eis.

Ich hatte auch Raquels Kofferradio mit, das ich einschaltete. Radio Cáritas brachte einen Uraltschlager von Manolo Galván, pequeño gorrión, ein kitschig-trauriges Lied von einem kleinen Spatz, der aus dem Nest gefallen ist.

> Este canto es para ti, pequeño gorrión, sin nido
> Dieses Lied widme ich dir, kleiner Spatz ohne Nest.

Nach dem zweiten Whisky begann sie über die Landschaften zu reden, die sie noch auf die Leinwand bringen wollte. Sie sprach von dem geschundenen Menschen, der sich in seinen Schmerzen windet und doch so viel Würde ausstrahlt. Zwischendurch gingen wir ins Wasser, um uns abzukühlen. Während sie von zerklüfteten Seelen und tiefen dunklen Tälern sprach, starrte ich auf ihren braunen Rücken, an dem die letzten Wasserperlen langsam in der heißen Sonne verdunsteten. Als sich eine der Wasserperlen auf ihrem Genick langsam zu lösen begann und das Rückgrat hinunter rutschte, musste mein Zeigefinger einfach aufs Rückgrat und den Weg dieses Tropfens verfolgen. Eva zuckte zusammen, als sie meinen kalten Zeigefinger fühlte, drehte sich zu mir um und schaute mich mit einem zugekniffenen Auge an, weil die Sonne ihr direkt ins Gesicht schien. Ich beugte mich zu ihr nieder, um sie zu küssen, aber bevor unsere Lippen sich trafen, bewegte sie sich ein wenig und meine Lippen landeten auf ihrer Wange.

Entschuldigung, sagte sie.

Tut mir leid, antwortete ich.

Da gerade ein Kibon-Eisverkäufer seinen Wagen an uns vorbeischob, hielt ich ihn an und kaufte für sie und mich ein rotgefärbtes Eis am Stiel.

Nimmst du wenigstens ein Eis an? fragte ich und reichte es ihr.

Als sie es entgegennahm, fragte sie: Was läuft zwischen dir und Raquel?

Ich habe sie sehr gern, antwortete ich, den bitteren Geschmack des Ertappten in meinem Mund fühlend.

Mehr nicht?

Manchmal auch mehr.

Sie drückte ihre Wangen an meine. Mit ihrer linken Hand streichelte sie meinen Hinterkopf, während sie ihren Arm um mein Genick schlang. Das Eis in ihrer rechten Hand löste sich allmählich auf und tropfte auf meinen Rücken.

Dann, ziemlich unvermittelt: Was hältst du vom Alten?

Meinst du Raquels Vater? Ein sehr freundlicher Mann. Er hat mich aus dem Chaco rausgeholt und mir hier eine ganz gute Stelle verschafft.

Und wie zahlst du es ihm zurück?

Zurückzahlen muss ich nichts. Oder glaubst du, dass er erwartet, dass ich Raquel heirate? Raquel, glaube ich, macht da nicht mit.

Du kleines Dummerchen, sagte sie belustigt, Du meinst doch nicht etwa, Don Solís macht es aus Nächstenliebe und Altruismus.

Nach einer kurzen Pause fügte sie hinzu: Nun, vielleicht doch. Wahrscheinlich ist er der Meinung, er habe dich im Regierungspalast gut platziert.

Natürlich hat er mich dort gut platziert. Dafür bin ich ihm dankbar. Und wenn ich ihm einen Gefallen tun kann – sehr gerne.

Woher hat wohl Don Solís seinen Reichtum? Das weißt du nicht, was? Du warst doch auf seiner wundervollen Estancia mit dem Herrschaftshaus, den klassizistischen Säulen. Du hast die Landebahn gesehen.

Natürlich habe ich die Landebahn gesehen. Ich habe sogar mitbekommen, dass alle Schotten dicht gemacht wurden, als ein Flugzeug von dieser ominösen Landebahn aus startete.

Solís gehört zum Konsortium des Generals Rodríguez, dem größten Rauschgifthändler Paraguays. Seine Flugzeuge laden das Kokain, das aus dem nahen Bolivien gebracht wird, und bringen es in den Norden, wo es schließlich in Miami oder sonst wo landet. Den honorigen Bürger, der es durch Fleiß und Anstand zu großem

Wohlstand gebracht hat, gibt es in unserem Land nicht. Wer ein dickes Konto hat, der hat Schmu getrieben.

Beschämt schaute ich sie an.

Mach dir nichts draus, sagte sie, mit dem Kokain schaden sie dem Land doch nicht. Lass die Wohlstandskinder aus Manhattan oder Frankfurt am Main doch daran krepieren.

***

Am nächsten Tag nahm sich Büroleiter Almidio Rolón meiner an. Er wollte eine mennonitische Yoghurtfabrik in Campo 9 besuchen, die in der nächsten Woche vom Staatspräsidenten eröffnet werden sollte. In Campo 9 brauchte er nur eine Stunde, um sich bei den Altmennoniten zu informieren. Er dachte noch nicht mal daran, mich vorzustellen. Als ich beim Abschied *Opp Wadaseehne* sagte, machten die Ohms, die bärtigen Führer der Glaubens- und Molkereigenossenschaft, große Augen. Und dann sagte einer: *Best du dee, waut biem Präsident oabeit?* – Bist du derjenige, der beim Präsidenten arbeitet?

Jo! antwortete ich, und ich merkte, wie sie sich zunickten. Na also, jetzt hat es einer, der Plautdietsch spricht, bis ganz nach oben geschafft.

Auf dem Rückweg verließ Rolón die Hauptstraße und fuhr auf schlechten Rumpelwegen durch die Campaña, das Hinterland. Die eisenhaltige Erde wurde rot und röter und färbte alles mit einem Roststich ein, die Ochsenkarren, die Campesinos mit ihren Strohhüten, Reiter, die kleine Herden trieben, Fußball spielende Kinder, ausgemergelte bellende Hunde.

In Höhe des Ortes Eligio Ayala bogen wir in Richtung Pirebebuy ab, und ich hatte den Eindruck, dass Rolón etwas mit mir vorhatte. Schließlich landeten wir bei Chololó, einem paradiesischen Ort: Ein flacher Bach floss über glattgeschliffenen Felsenboden und fiel dann in zierlichen Wasserfällen etwa drei Meter hinab. Etwa 50 Meter von dem Bach entfernt erhob sich ein im Stil der 60er Jahre erbautes Hotel.

Rolón lud mich zum Essen ein. Die Wahl fiel auf indisches Hähnchen in Curry. Als wir auch noch zwischen scharf, mittel und halbsüß wählen konnten, entschieden wir uns für scharf, was uns beim Essen zum Verhängnis wurde, denn zum Schluss mussten wir häufig Pilsen Paraguaya nachgießen, um den brennenden Mund zu kühlen. Die Geschmacksnerven schienen völlig abgetötet. Und wir wurden immer betrunkener.

Angeschickert setzten wir uns auf den Rasen und sahen dem fallenden Wasser zu. Schon während der Fahrt hatte Rolón mich gefragt, wie ich das Wochenende verbracht hatte, und ich hatte mich nicht gescheut, über die netten Stunden mit Eva am Ypacaraí zu sprechen, natürlich ohne Details zu nennen.

Und haben Sie mit ihr geschlafen?

Darüber pflege ich nicht Auskunft zu geben, machte ich ihm meine Position unmissverständlich deutlich.

Ich wette, Sie haben nicht.

Wie Sie wissen, habe ich eine feste Freundin. Und die heißt nicht Eva.

Natürlich haben Sie nicht mit Eva geschlafen.

Wenn Sie es so genau wissen, warum fragen Sie dann?

Na ja, Eva mag Sie vielleicht. Aber die Liebe zu Ihnen ist nur platonisch. Sie ist lesbisch.

Sie ist was?

Lesbisch.

Ich weiß nicht, was das ist.

Rolón lachte.

Eva liebt nur Frauen. Sex mit Männern kommt bei ihr nicht in die Tüte.

Natürlich musste ich schlucken. Der naive Menó hatte eine neue Form der sexuellen Ausrichtung kennengelernt. Zum anderen war ich auch enttäuscht, dass ich mich in meinen Gefühlen so getäuscht hatte. Deshalb beschloss ich, skeptisch zu bleiben.

Woher wollen Sie es wissen? Wahrscheinlich ist es nur üble Nachrede.

Weil es in der Szene, in der sie verkehrt, allgemein bekannt ist. Jeder weiß es dort. Und weil es jeder weiß, weiß es natürlich auch Pastór Coronel.

Pastór Coronel war der gefürchtete Polizeipräsident, dessen verleumderische Dossiers die sensationslüsternen Mitarbeiter im Regierungspalast problemlos abrufen konnten. Und solche pikanten Details rief man natürlich besonders gerne ab.

Trotzdem finde ich sie weiterhin nett.

Überleg doch mal, warum sie dich hinters Licht geführt hat.

Sie hat mich nicht hinters Licht geführt.

Ich glaube, doch. Sie benutzt dich. Bedenke, dass du für die Regierung arbeitest. Bedenke, dass du in der Nähe Stroessners bist. Und die Szene, in der sich Eva bewegt, ist nicht sauber. Da gibt es zu viele Leute, die gegen uns sind. Skrupellose Menschen, die möglicherweise terroristische Aktionen planen und daher Infos aus dem Regierungspalast brauchen. Personen aus der Nähe des Excelentísimo wären natürlich hervorragende Quellen. Vor allem, wenn sie so arglos sind wie Sie.

Ich wollte ihm nun beweisen, dass ich weniger arglos war, als er dachte: Terroristische Aktionen? Das ich nicht lache. Da besteht keine Gefahr. Warum auch. Es sind doch keine Terroristen.

Disqualifizieren Sie sich nicht durch Ihr Gerede. Denken Sie stets daran: Unsere Feinde sollten auch Ihre Feinde sein. Eva selbst steht noch nicht im Fokus der politischen Polizei. Aber viele ihrer Freunde und Freundinnen werden beobachtet.

Was ist denn mit Raquel? Wird sie auch beobachtet?

Raquel ist die Tochter eines loyalen Generals. Stroessner kennt sie seit ihrer Kindheit. Er weiß, dass sie sich gerne in der Künstlerszene rumtreibt. Aber er weiß auch, dass sie nie das Lager wechseln wird. Und Pastór Coronel ist auch dieser Meinung.

Soll ich mich also nicht mehr mit Eva treffen?

Wir können dir das nicht verbieten, die Zeiten des Verbietens sind längst vorbei. Wenn du dich allerdings der Szene anschließt, bist du für uns suspekt. Pass auf, dass andere nicht ein Auge auf dich werfen, die dich nicht so gut einschätzen können wie ich. Aber ich will nur warnen. Wir könnten doch auch den Spieß umdrehen. Vielleicht ist es ja ganz gut, dass wir mit Ihnen jemanden in der Szene haben, einen Undercover-Agenten. So nah dran hatten wir noch keinen Beobachter.

Ich war konfus. Eva hatte mich getäuscht, das schien klar. So klar aber auch nicht, denn was wusste ich schon von der Mentalität, vom Denken und Fühlen einer Künstlerin. Als Raquels mehr oder weniger fester Novio dürfte ich kein Interesse an ihr haben. Man weiß, dass die paraguayischen Machos die Grenzen von festen Liebschaften nicht so genau ziehen, aber für mich galten wohl andere Regeln: Rubén es un Menó. Ich war ein Siedler, von mir erwartete man eine gewisse Frömmigkeit und moralische Integrität. Vielleicht wollte Eva mit dem Feuer spielen, mit meinem Feuer spielen, um festzustellen, ob sie die festen Prinzipien des Siedlersohnes zum Wackeln bringen könnte. Eva hatte keinen Grund, mich über ihre sexuelle Ausrichtung zu informieren. So dicke waren wir auch nicht. Sie fand mich einfach nur nett und wollte mit mir, dem Novio ihrer Busenfreundin, einen Tag am See verbringen. Und dennoch: Sie hätte es mir sagen können.

Für die Wasserfälle des Chololó und die wunderbare Natur hatte ich kein Auge mehr. Als wir wieder ins Auto stiegen, sagte Rolón noch: Am besten ist, du hältst dich von diesen Leuten fern.

Jetzt duzte er mich wieder: Sie haben keine Werte. Und glauben nicht an Gott. Sie sind Kommunisten und Atheisten.

Natürlich hatte ich eine passende Antwort parat. Natürlich dachte ich an die Werte, die unsere Regierung praktizierte. Ich hätte ihm auch sagen können: Besser keine Werte als korrupt zu sein. Oder: An Gott glaube ich doch auch nicht. Aber warum sollte ich es sagen?

Gerade bin ich dabei, das paraguayische Bachillerato anerkennen zu lassen. Du weißt nicht, wie unglaublich bürokratisch dieses Land ist. Man hat den Eindruck, die Deutschen wollen es einem unmöglich machen, hier zu studieren. Der Amtsschimmel wiehert an jeder Ecke.

Helmut Kohl wurde bei der Bundestagswahl als Kanzler bestätigt, wie du bestimmt aus den Nachrichten weißt. Ein behäbiger Mensch. Euch da im Chaco hätte der Gegenkandidat Johannes Rau besser gefallen, er ist der bibelfeste Bruder Johannes. Wollte er allerdings im Chaco Karriere machen, müsste er sich das Rauchen abgewöhnen.

Aus gut informierten Quellen höre ich, dass Daniel sich Claudia geschnappt hat. Wahrscheinlich hat er so lange auf sie eingewirkt, bis sie schwach wurde. Steter Tropfen höhlt den Stein. Na ja, somit hat sie auf eine Karriere im Mennonitenland an der Seite ihres Mannes gesetzt.

Als kleines Kind hielt ich mich mit meinen Eltern gerne auf der Plaza am Hafen auf, gesäumt von der Flussbucht, dem Slumviertel, dem repräsentativen Kongressgebäude, der Kathedrale, dem Polizeipräsidium und der alten Offiziersschule. Mit neugierigen Kinderaugen beobachtete ich die Liebespaare, die auf dem schwarz-weiß gefliesten Platz flanierten, beobachtete mit heißem Herzen, wie der Mann seinen Arm auf die Schulter der Frau legte, die Frau die Hand ihres Liebsten ergriff, wie Hände sanft über Rücken und Hintern glitten, wie ihre Lippen sich für den Hauch einer Sekunde trafen, wie sic das ganze Repertoire des Turtelns abwickelten.

An einem Sonntagnachmittag promenierte ich mit Raquel auf eben diesem Platz und war stolz, dass wir so ein Bild abgaben. Nachdem ich meiner Novia ein Stockeis von Kibon gekauft hatte, setzten wir unseren Paseo Richtung Nordosten fort, vorbei an den Slums, am Regierungspalast und am Hafen, bis wir schließlich in einem Teil der Altstadt landeten, der früher mal ein Kneipen- und Rotlichtviertel war. Doch die einstigen gut geführten Bars hatten ihre beste Zeit hinter sich. Raquel genoss die Szenerie und wiederholte mehrmals, wie sehr Eva solch abgewrackte Bezirke liebte und dass sie unbedingt mit ihr mal hier vorbeikommen müsse.

Mein Blick fiel auf einen jungen Mann, der auf der gegenüberliegenden Straßenseite einen schnellen Gang einlegte. Er ging schneller als wir, überholte uns und war kurz danach schon zehn Meter vor uns. Der junge Mann war ein Morocho mit tiefdunkler Hautfarbe und krausen Haaren. Er drehte sich um, beachtete uns aber nicht, sondern wollte sich wohl vergewissern, ob er verfolgt werde. Sein sonst ebenmäßiges Gesicht entstellte eine zehn Zentimeter lange Narbe, die sich an seiner rechten Gesichtshälfte über die Wangenknochen hinzog. Sofort wusste ich, dass ich einen guten Bekannten vor mir hatte. Obwohl ich dem Dieb meiner schönen grünen Kawasaki nur eine Minute gegenübergestanden hatte, würde ich sein markantes Gesicht nie vergessen. Abrupt verabschiedete ich mich von Raquel. Ich müsse den Mann verfolgen, erklärte ich, warum, würde ich ihr später verraten. Beleidigt schüttelte Raquel den Kopf, blieb verdutzt stehen, um dann auf dem Absatz kehrtzumachen. Etwa 50 Meter folgte ich dem Dieb, dann öffnete er ein Törchen und betrat ein kleines Grundstück mit Haus, das von einer Mauer umgeben war. Glück hatte ich insofern, als dass gegenüber dem Haus eine Bar war, die ich nun betrat. Bar El Palacio nannte sich die Kaschemme in Anspielung auf den Regierungspalast in der Nähe. An einem hellblauen Tisch, der wie alles andere in diesem Raum vielfache Abnutzungserscheinungen aufwies, nahm ich Platz. Von hier aus hatte ich das Haus im Blick. Die Bedienung schien es nicht eilig zu haben. So wie ich hier angestarrt wurde, passte ich wohl nicht in diese Gaststätte. Schließlich kam ein etwa 12-jähriges Mädchen und fragte, was ich wünsche. Ich bestellte ein Bier. Bier sei ausgegangen. Dann eine Guaraná. Sei ebenfalls ausgegangen. Schließlich fragte ich nach, was sie mir denn bringen könne. Eine Cola. Na gut.

Ich blickte nach draußen. Dich kriege ich, dachte ich voller Hass. Jetzt bin ich am Drücker. Du blödes Arschloch wirst leiden.

Die minderjährige Kellnerin schleppte eine Zweiliterflasche Cola an. Sofort zückte ich mein Portemonnaie, um zu bezahlen, denn schließlich musste ich hinterher, wenn meine Zielperson das Haus gegenüber verließ. Als ich mir das Gesöff einschenkte, entdeckte ich, dass ein großer Eisbrocken in der Plastikflasche schwamm. Aber was sollte ich mich beschweren, schließlich hatte ich einen Spottpreis bezahlt. Aber der Eisbrocken hatte meinen Verfolgungswahn abgekühlt. Keine Lust mehr. Gerade wollte ich die Kneipe verlassen, als ein kleiner Schuhputzer hereinkam und mich so flehend anblickte, dass ich nicht Nein sagen konnte. Gekonnt wirbelte er Bürste und Putzlappen. Während seiner engagierten Arbeit kamen wir ins Gespräch. Ramiro, so war sein Name, erzählte mir, dass dieses Gebiet sein Stammrevier sei. Als die Schuhe in neuem Glanz erstrahlten, packte er seinen Kasten. Gleichzeitig mit ihm verließ ich die Kneipe. Draußen unterbreitete ich dem Kleinen

einen Vorschlag. Wir schlossen einen Vertrag, der beinhaltete, dass er für einen beachtlichen Lohn das besagte Grundstück beobachten und mir täglich mittags Bericht erstatten würde – der Regierungspalast war ja nicht weit.

***

Am hell erleuchteten Gebäude des Club Centenario, die feinste Adresse für ausgefallene Empfänge, fuhr eine Limousine nach der anderen vor. Zwischen den Luxuskarossen schlängelte sich ein Escarabajo, ein VW-Käfer made in Brasil, ein aufgemotzter zwar, aber eben nur ein Käfer. Am Steuer saß Raquel, daneben Eva und auf dem Rücksitz ich. Als ein Mann im Smoking uns öffnete, schlüpften wir aus dem Auto und standen auf dem roten Teppich. Raquel und Eva hakten sich rechts und links bei mir ein und so schritten wir, begleitet von einem Blitzlichtgewitter, die Treppe hoch. Raquels Kleid war umwerfend einfach, aber eben umwerfend. Eva hatte etwas an, das nur Künstler tragen dürfen, und ich hatte meinen dunkelblauen Büroanzug an, den einzigen Anzug, den ich mein eigen nannte und auf den ich ziemlich stolz war.

Der Glamour und die Pracht, die sich im Foyer und auf der Terrasse vor den 100-jährigen Mangobäumen entfalteten, übertrafen alle meine bisherigen Erfahrungen mit der Darbietung von herrschaftlichem Pomp. Im Centenario spielte die Oberschicht auf, und zwar eine Hautevolee, die unabhängig von Stroessner und seiner Herrschaftsclique Elite war. Sicher, auch diese gediegenen Männer und Frauen huldigten dem schnauzbärtigen Diktator, aber nur bei entsprechender Gelegenheit und nur in dezenter Form.

Mittlerweile war ein heftiges Gewitter aufgezogen, begleitet von einem starken Sturm. Die Gäste hatten die offene Terrasse verlassen und waren in den großen Saal geströmt. Ein guter Platz war Mangelware. An diesem Abend hatte ich die Chance, die Struktur der Asuncióner Oberschicht kennenzulernen. Mir fiel ein Vier-Sterne-General mit Allerweltsgesicht auf. Wie kam so einer zu vier Sternen? Vier Sterne hatten nur Stroessner und sein Consuegro General

Rodríguez. Also musste es wohl Rodríguez sein. Rodríguez' Tochter Martha hatte einen Stroessner-Sohn geehelicht. Durch geschickte Einheiratungspolitik hatte der Diktator die wichtigsten Player auf dem politischen, militärischen und wirtschaftlichen Parkett an sich gebunden. Aber das Band sollte nur noch wenige Monate halten. Und Rodríguez selbst würde den Schwiegervater seiner Tochter von der Platte fegen.

Viele Gesichter erkannte ich wieder, denn angesichts grassierender Lektüreknappheit im Chaco hatte ich als Heranwachsender jede Zeitung, die mir in die Hand fiel, eingehend studiert und mir die formidablen Personen gemerkt, die in Farbe in der Rubrik *abc en sociedad* abgebildet wurden. Jetzt fiel mein Blick aber auf einen, der mir seinen Rücken zudrehte. Sein Anzug musste ausgeliehen sein, so schlecht saß er. Unverkennbar waren seine dicken, strähnigen Wildschwein-Haare. Bei einer solch steifen Frisur konnte es sich nur um Martin Giesbrecht handeln, meinen alten Schulfreund, der sich an unserem Ausflug in den Schöntaler Busch beteiligt hatte und mit dem ich verbotenerweise so manche Zigarette geraucht hatte. Martin war gerade dabei, seine günstige Position vor dem Büfett zu verlassen. Ich ließ Raquel und Eva stehen, flitzte Martin hinterher und bekam ihn an der Schulter zu packen. Martin drehte sich um und verschluckte vor Schrecken oder Überraschung das Palmito-Stängchen.

Doch, er habe von mir gehört, so gesehen sei er eigentlich nicht überrascht, mich hier zu treffen.

Mensch, du Schlangenfänger! sagte er.

Mensch, du Frauenheld! entgegnete ich.

Dann zitierte er meinen Opa mit einem Spruch, für den er legendär geworden war: Der Satan ist wie eine Korallenschlange, er kommt daher in einer bunten Verkleidung und will uns mit falschem Schein verführen.

Wir lachten beide.

Du hast es geschafft! sagte Martin begeistert, Alle reden von dir. Du bist der große Held für die Chaco-Leute. Alles ist vergessen – die

Sache mit der Korallenschlange, die Scheinschwangerschaft Claudias, deine Gottlosigkeit.

Hoffentlich merkt keiner, dass ich nur der Pförtner im Regierungspalast bin.

Hauptsache, du bist im Regierungspalast. Drin zu sein ist das Wichtigste.

Martin entriss einer Kellnerin zwei Sektkelche, reichte mir einen und stieß mit mir an.

Jetzt war ich an der Reihe, das Lob zu erwidern: Du musst es auch geschafft haben. Immerhin bist du im Centenario!

Ich habe den Pförtner bestochen, das ist alles. Aber ich kann mich nicht beklagen. Manchmal läuft es wirklich gut. Manchmal habe ich eine Pechsträhne. So wie augenblicklich.

Du spielst?

Das auch. Aber nur nebenberuflich. Nein, ich verkaufe Autos. Brauchst du eines?

Klar brauche ich ein Auto. Aber ich habe kein Geld. Im Regierungspalast hat man vielleicht viele Beziehungen, aber solange man ehrlich ist, bleibt man arm.

Ehrlichkeit. Damit kann man in Paraguay nichts werden. Jeder Kaufmann hat eine doppelte Buchführung, eine für sich, eine für das Finanzamt. Ich biete dir einen fast neuen Ford Corcel für 2000 Dollar an.

Der Preis war verführerisch, doch ich kannte Martin zu gut. Wahrscheinlich hatte er kein Problem damit, einen guten Freund übers Ohr zu hauen. An dem Sonderangebot musste etwas faul sein.

Verfügt das Auto über legale Dokumente?

Dokumente? Wenn du meinst, du brauchst als Stroessners zweitbester Freund auch Dokumente, nun gut, dann kann ich sie dir beschaffen. Die Nationalisierung kostet aber auch noch eine Handvoll.

Damit hatte Martin die Art seiner beruflichen Betätigung genügend erläutert. Er handelte mit *Coches mau*, wie man hier sagte, mit geklauten Autos aus Brasilien. Paraguayische Polizisten drückten gern ein Auge zu, wenn ihnen bei einer Kontrolle die richtige Menge Geld in die Hand gedrückt wurde. Aber mit ein wenig Geld konnte man das geklaute Auto beim Ministerium nationalisieren, sich also einen Fahrzeugschein auf seinen Namen ausstellen lassen.

Ich winkte ab, doch Martin schien diese Geste nicht als Desinteresse zu interpretieren, sondern als ein Zeichen, dass er seinen Preis noch ein wenig senken sollte. Was er umgehend auch machte.

Kein Problem. Du kannst das Auto auch gratis haben. Wenn du mir einen Gefallen tust.

Natürlich wusste ich, um welche Form des Gefallens es sich handelte. Anstatt etwas zu erwidern, zog ich fragend meine Augenbrauen hoch.

Ich bin in einer Zwangslage, erklärte Martin, Es gibt da einen hochrangigen Offizier, der immer abkassieren will. Dadurch wird meine Gewinnmarge immer geringer.

Ich schüttelte den Kopf: Du verkennst meinen Einfluss. Noch bin ich eine kleine Nummer. Und ich will mit solchen Geschäften nichts am Hut haben.

Martin grinste ironisch: Du bleibst der einzige im López-Palast, der keinen Vorteil daraus zieht. Dir ist nicht zu helfen.

Damit drehte er sich um und verschwand in der Menge.

Kurz nach eins verließen wir die Party im Escarabajo. Das Gewitter hatte sich verzogen, über den Mangobäumen leuchteten wieder die Sterne. Unser Plan war, zuerst Eva an ihrer Wohnung abzusetzen. Sie wohnte in der Calle Palma gegenüber dem Panteón de los Héroes. Anschließend wollten Raquel und ich zu meiner Wohnung fahren, die in der Colón in der Nähe des Hafens lag.

Nur wenige hundert Meter vor Evas Haus tauchte eine merkwürdig zerzauste Gestalt zwischen den am Straßenrand parkenden Autos auf und schickte sich an, die Straße zu überqueren. Die Frauen schrien auf, Eva trat kräftig auf die Bremse, der Käfer kam nur wenige Zentimeter vor der gespenstischen Erscheinung zum Stehen. Hinter uns wäre es beinahe zum Auffahrunfall gekommen, aber der Fahrer des blauen Chevrolets war geistesgegenwärtig. Als er sah, dass er trotz Bremsens unweigerlich auf unserer Stoßstange landen würde, wich er hastig nach links auf die Gegenspur aus. Von vorne kam uns in diesem Augenblick ein Toyota entgegen. Kaltblütig zwängte der Chevroletfahrer sich zwischen unseren Käfer und den entgegenkommenden Wagen, gab Gas und verschwand mit quietschenden Reifen.

Vor unserer Stoßstange stand ein kleinwüchsiger, in Lumpen gehüllter Mann, der offensichtlich angetrunken war, darauf ließen seine gestikulierenden Arme und sein feixendes Gesicht schließen. Als er sich nach vorne beugte und die Scheinwerfer sein Gesicht beleuchteten, erkannte ich es wieder. Es war El Enano, der Zwerg, ein Bettler, der seit vielen Jahren durchs Zentrum wanderte und von den Passanten sowie von den Angestellten der Restaurants und Bars mit Nahrungsmitteln versorgt wurde. Als Kind dachte ich, er wäre der Märchenwelt entstiegen.

Als wir vor Evas Wohnung anhielten, von der Beinahe-Kollision noch ganz benommen, sagte Raquel: Als wir vom Centenario auf die Mariscal López einbogen, stand da nicht der blaue Chevrolet am Straßenrand?

Warum sollte ich mich daran erinnern? Da standen doch jede Menge Autos, erwiderte Eva, warf uns ein Kusshändchen zu, knallte die Tür zu und verschwand.

Die Zimmer, die ich an der Colón bewohnte, waren nur einfach ausgestattet. Was ich an meiner Wohnung liebte, waren der koloniale Zuschnitt, die hohen Räume, ein paar Friese an der Decke, zwei hohe Fenster, die bis an die Decke führten und die dazugehörigen hohen Jalousie-Laden. An den Fenstern waren winzige Balkone angebracht und mit einem weiß gestrichenen, schmiedeeisernen Geländer gesichert. Wenn unten auf der Straße ein romantischer Geliebter eine Serenata zur Gitarre spielte, konnte die Dame des Hauses auf den kleinen Balkon treten und den sentimentalen Klängen lauschen.

Aus dem Kühlschrank holte ich drei Eisschalen und füllte die Eiswürfel in einen Eimer, in den ich zwei Flaschen Undurraga stellte, guten chilenischen Rotwein, den paraguayischen konnte man nicht trinken, er schmeckte nach Essig.

Meinst du wirklich, wir wurden beobachtet? fragte ich Raquel, die auf den kleinen Balkon getreten war und das Treiben am Hafen beobachtete.

Warum nicht? Hier beobachtet jeder jeden. Fast wie hinter dem Eisernen Vorhang.

Aber wir sind doch unbedeutend.

Ich habe einen nicht ganz unbedeutenden Vater, Eva hat freche Freunde und du bist in der Nähe des único Líder.

Ich bin da einfach zu naiv. Sollte ich etwas beachten?

Lebe dein Leben, damit du, wenn du im Calabozo landest, dein Leben gelebt hast.

Wie groß ist denn die Chance, im Kerker zu landen?

Etwa so groß wie die Chance, im Lotto zu gewinnen. Es sei denn, du legst es darauf an. Dann ist es das genaue Gegenteil von Lotto.

Raquel war irgendwie seltsam drauf. Vielleicht wirkten die Cocktails aus dem Centenario noch nach. Deshalb schaltete ich jetzt das Radio ein, suchte eine UKW-Station mit Endlos-Musik, schenkte Wein ein und reichte ihr das Glas.

Fito Páez sang über die Stadt der armen Herzen: *En esta puta ciudad todo se incendia y se va.* – In dieser Scheißstadt verbrennt alles und vergeht.

Auf uns! sagte ich.

Auf dich und mich und Eva, sagte sie.

Eva gehört auf jeden Fall dazu, sagte ich James-Bond-mäßig und zog mein weißes Hemd aus.

Wen liebst du mehr, sie oder mich? fragte Raquel. Klar, sie war betrunken.

Natürlich liebe ich nur dich, sagte ich, weil ich keinen Streit wollte.

Habt ihr euch in San Bernardino gut amüsiert?

Ich dachte, dass ich jetzt brennende Eifersucht stillen müsse und sagte: Eva ist doch lesbisch.

Ich gebe zu, ein wenig hoffte ich, Raquel würde fragen: Was ist lesbisch? Aber sie schien noch nicht mal überrascht.

Ach so, du wolltest am Lago Ypacaraí mit ihr zärtlich sein und da hat sie dir das gesagt?

Natürlich nicht, antwortete ich und merkte, wie ich rot wurde.

Raquel fuhr fort: Weißt du, ich hatte ein Verhältnis mit Eva. Es war meine Schuld, dass es zerbrach.

Ich behielt die Fassung. Manchmal hatte ich ein schlechtes Gewissen gehabt, dass ich Raquel nicht wirklich liebte, höchstens wie eine Freundin. In meiner Naivität hatte ich nicht gemerkt, dass sie mir auch nicht das volle Maß an Liebe einschenkte, das einem Amante zukommt. Eigentlich war ich der Gehörnte. Aber einer, der gut davonkam, denn eigentlich liebte ich nur Claudia wirklich, Claudia aus Nummer Zwei.

Das einzige, was ich zu diesem Thema noch wissen wollte, war: Bist du auch lesbisch?

Ihre Antwort war Raquel-like: Eigentlich bin ich nichts, allenfalls ein bisschen bi.

Auch von der sexuellen Orientierung *bi*, muss ich gestehen, hatte ich noch nie gehört. Auch in romantischen Stunden konnte man noch dazulernen.

Am nächsten Tag, einem Sonntag, wachte ich durch die lauten Rufe eines Canillita auf. *Diario Hoy* schrie der Zeitungsbote alle 20 Sekunden und mit jedem Ruf kam er näher. Ich ging auf den kleinen Balkon, warf dem kleinen dunkelhäutigen Jungen das Geld zu, und er rollte die Zeitung zusammen, legte eine Gummiflitsche um und warf sie hoch, so dass ich sie fangen konnte. Zunächst nahm ich die Suplementos raus, dann begann ich, die Zeitung von hinten zu lesen, eine alte Gewohnheit von mir, denn die paraguayische Presse machte auf der letzten Seite mit Sport auf. Doch auf den Sportseiten hielt ich mich nicht lange auf, denn Sol de América und Olimpia hatten in der Copa Libertadores gegen die Ekuadorianer verloren, was eine Schande war. Die Ekuadorianer konnten nicht wirklich Fußball spielen. Schon jetzt deutete sich an, was sich immer klarer zeigen würde: 1987 würde wieder mal ein Jahr der Enttäuschungen im Fußball werden.

Die Rubrik *Hoy en sociedad* überschlug ich sonst immer, aber heute starrten mich sechs bekannte Augen an und zwei davon gehörten mir. Das Foto zeigte mich, flankiert von Eva und Raquel, und der Text dazu ging ungefähr so: Amüsierten sich prächtig beim großartigen Empfang im Club Centenario: Asuncións berühmteste Künstlerin Eva Viccini, der smarte Assistent aus der Casa de Gobierno, Ruben Löwen, und die Tochter des Generals, Raquel Solís.

Natürlich riss ich das Blatt schnell heraus, denn wenn Raquel lesen würde, dass sie als Tochter des Generals apostrophiert wurde, würde sie wutschnaubend meine Wohnung verlassen und einen Angriff auf das Verlagshaus der *Hoy* unternehmen. Jemand würde sie auf den Zeitungsausschnitt aufmerksam machen, aber ich wollte nicht der Überbringer der Nachricht sein.

***

Almidio Rolón, mein Chef, war am nächsten Tag stinkig. Vor ihm auf dem Tisch lag die *Hoy* von gestern, aufgeschlagen auf der Sociedad-Seite. Der Neid stand ihm ins Gesicht geschrieben. Añamechu, rief er erstaunt auf Guaraní aus, wie ich zu der Einladung im Centenario gekommen sei! Wen ich bestochen hätte, um in die Zeitung zu kommen. Und so weiter.

Alles sei purer Zufall, sagte ich, das Glück sei mir hold.

Ein Menó als Frauenheld, das ist ganz was Neues. Ein Menó-Lover. Plötzlich wollte Rolón sich schief lachen.

Ein erster Warnschuss. Im Palacio de Gobierno war ich eigentlich nur Hilfsarbeiter. Aber der Menó gab sich damit nicht zufrieden. Mit aller Macht drängte er sich nach vorne und in die Zeitungsspalten. So schien Rolón zu denken. Sah er in mir schon einen Konkurrenten? Wahrscheinlich wollte er mein langsam wachsendes Selbstbewusstsein im Keim ersticken, so dass ich erst gar nicht auf die Idee käme, an ihm vorbei Karriere zu machen.

Zeit, um darüber nachzudenken, hatte ich nicht lange, denn der Secretario Privado Mario Abdo Benítez deckte uns mit neuen Aufgaben ein. Spaßvögel nannten Mario Abdo auch schon mal *Febrerista*, weil er angeblich aus einer Familie kam, die Febreristas wählte. In der Umgebung Stroessners war Febrerista ein gefährliches Schimpfwort. Mit peinlichem Servilismus, blinder Nachfolge und vorauseilendem Gehorsam schien Mario Abdo den único Líder davon überzeugen zu wollen, dass an ihm auch nicht der Hauch eines Zweifels gerechtfertigt war. Nach oben schleimen, nach unten treten. In seinem Büro standen mehrere Telefonapparate, die alle Augenblicke klingelten und die zumeist von einer Sekretärin oder von Rolón bedient wurden. Aber wenn das schwarze Telefon klingelte, durfte nur Mario Abdo den Hörer abheben. Und dann meldete er sich liebedienerisch in seinem rudimentären Spanisch mit *ordene mí general*, zu Diensten, mein General. Und nach jedem Satz von Stroessner sagte er: *Ordene, mí general.*

Das Volk lachte über ihn als einen, der das Duckertum vollkommen verkörperte.

Als gelernter Buchhalter konnte Mario Abdo mit Zahlen gut umgehen, vor allem, wenn sie Geld ausdrückten, mit den Wörtern jedoch stand er auf Kriegsfuß. Was er zusammen stotterte, wenn er kein vorbereitetes Manuskript hatte, war ein gefundenes Fressen für die wenigen Kabarettisten.

Tiene ojos ojerosos, sagte Raquel, er habe einen Blick, der Verschlagenheit mit Feigheit mixe. In seinem Bestreben, Chef der Colorado-Partei und damit der wichtigste Mann nach Stroessner zu werden, wurde er mächtig unterschätzt. Während sich alle über seine intellektuelle Beschränktheit, seine Tapsigkeit und seine Frauengeschichten lustig machten, bereitete er gekonnt den Weg zu seinem Aufstieg vor. Er war der Anführer der Militantes, der Stronistas auf Leben und Tod. So nannte man die Bewunderer Stroessners, eigentlich Stroessneristas, eine Wortbildung, die für spanischsprachige Zungen jedoch unaussprechbar ist.

Die Militantes standen in Opposition zu den Tradicionalistas, die immer schon die Colorado-Partei regiert hatten und nicht daran dachten, das Ruder mal zur Abwechslung anderen zu übergeben, schon gar nicht den primitiven Militantes.

Almidio Rolón wird innerlich seine Augen verdreht haben, als an diesem Tag auch noch Mario Abdo an meinen Schreibtisch kam und mich per Handschlag begrüßte. An meinem ersten Arbeitstag hatte er mich willkommen geheißen und sonst nie mehr beachtet. Jetzt plötzlich war ich mehr für ihn als eine Nummer. Und das alles nur, weil ich in *Hoy en la sociedad* in der richtigen Begleitung erschienen war. Zwei Stunden später rief Mario Abdo mich herein und fragte mich, ob ich Mitglied der Colorado-Partei werden wolle. Na ja, dachte ich, kann nicht schaden. Und ich sagte: *Con mucho gusto, sería un gran honor*, es wäre mir eine große Ehre, obwohl ich in Wirklichkeit keine große Lust hatte, rote Fahnen zu schwenken.

Aber für Mario Abdo spielte es keine Rolle, wie sehr mein Herz für die Partei schlug. Er wollte sich nur versichern, ob er mich mit einem delikaten Auftrag losschicken konnte. Nie ist jemand mit einem Antragsformular bei mir angerückt oder hat mir gar ein Parteibuch in die Hand gedrückt. Deshalb kann ich reinen Herzens behaupten: Ich war nie Colorado. Mario Abdo brauchte mich – wie viele andere – für den 1. August. Denn auf diesem Parteitag musste alles reibungslos und nach seinen Vorstellungen verlaufen.

***

Mit dem Schuhputzer hatte ich einen Volltreffer gelandet. In jeder Mittagspause lungerte ich im Hafenviertel rum und hatte die Hoffnung schon aufgegeben, auf den Jungen zu treffen. Aber an einem Mittwoch wartete Ramiro schon vor der Bar El Palacio.

Das Narbengesicht kommt jeden Tag am späten Nachmittag in dieses Haus. Ich glaube, er wohnt dort.

Gracias, Ramiro. Mit strahlenden Augen nahm der Junge die Extraprämie entgegen. Narbengesicht, schöner Name für den Kriminellen. Da hatte ich doch mal einen Film über einen Gangsterboss gesehen, mit Al Pacino in der Hauptrolle. Scarface – Toni, das Narbengesicht.

Dann beging ich einen eklatanten Fehler. Ich erzählte Rolón von dem Fall und bat ihn um einen Rat. Was sich daraus ergab, würde mich bis nach Deutschland verfolgen.

Geh doch zur Polizei, sagte er.

Ja schon, antwortete ich, aber über Ihre Kontakte könnte alles schneller gehen.

Unwillig schüttelte er den Kopf, nannte mir aber den Namen eines Beamten des Departamento de Investigaciones, der Ermittlungsabteilung der Polizei. Zu der Zeit wusste ich nicht, dass Investigaciones die Folterkammer des Regimes war. Als ich den Polizeibeamten aufsuchte, redete der nicht lange um den heißen Brei herum.

Was sind Sie bereit zu bezahlen? fragte er ohne Umwege.

Aber ist es nicht Ihre Aufgabe, Kriminelle festzunehmen? entgegnete ich.

Wenn es um eine Anzeige gegen einen normalen Verbrecher geht, müssen Sie die zuständige Comisaría aufsuchen. Aber selbst da brauchen die Polizeibeamten eine Motivation, um tätig zu werden.

Ich kenne mich in den Zuständigkeiten nicht aus. Señor Rolón hat mir Ihren Namen genannt, deshalb spreche ich hier vor.

Nachdem der Name Rolón gefallen war, wurde der Beamte zugänglicher und bewilligte mir einen Abschlag, so dass ich preisgünstig davonkam.

Und was die Zuständigkeit anbelangt, fügte er hinzu, sollte mich nicht wundern, wenn der Mann ein politisches Vorstrafenregister hat. Wie viele der erbärmlichen Kreaturen, die sich im Dornenbusch des Chaco versteckt halten.

Zwischen allen Stühlen

Aufzeichnungen Rubens über die Jahre 1987-1988

Alle Kampagnen, Versammlungen und Machenschaften waren auf den 1. August 1987 ausgerichtet, auf den Parteitag der Colorados, die Convención. Zwei Tage vorher rief mich Mario Abdo zu sich herein und übergab mir eine ominöse Liste.

Das sind die Namen der Delegierten der Convención, sagte er. Deine Aufgabe ist es, die Akkreditierung für sie drucken zu lassen.

Als er mein verwirrtes Gesicht sah, zeigte er mir verwitterte Zettel aus grünem Papier.

Das sind die Credenciales aus dem Vorjahr. Genauso sollen auch die aktuellen aussehen, sie müssen allerdings auf weißem Papier gedruckt werden. Auf weißem, damit sie sich unterscheiden.

Er nannte mir eine Druckerei, die für den Druck und für das Verschweißen mit Plastikfolie sorgen würde.

Und, sagte er grinsend, das ist selbstverständlich ein Staatsgeheimnis. Und denk dran: weißes Papier!

***

Der 1. August war ein typischer Wintertag. Ein kalter Pampero blies die tief hängenden grauen Wolken in den Norden. Wie damals beim illegalen Schulausflug auf dem Schöntaler Weg. Für die Convención selbst war ich von allen Aufgaben entbunden worden, worüber ich mich natürlich freute, denn ich wollte endlich mal wieder meinen Bruder besuchen. Und abends war ein Treffen in der Kneipe Cero angesagt. Natürlich fragte ich mich, weshalb ich bei der Convención nicht mithelfen sollte, nachdem Mario Abdo tagelang durch die Flure des López-Palastes gehechelt war und jeden um Unterstützung gebeten hatte. Vielleicht war ja die Herstellung der Credenciales Unterstützung genug gewesen.

Am Vormittag besuchte ich Ernesto, der an der Straße República Argentina wohnte.

Ernesto und seine Frau hatten sich ein Haus aus der Jahrhundertwende, der Zeit des Wiederaufbaus, gemietet. Den kleinen, mit schwarz-weißem Fliesenmuster ausgelegten Patio umgab ein Säulengang. In der Mitte des Hofes sprudelte eine Quelle. Die Säulen bildeten eine kleine Veranda, auf der wir saßen. An einem kleinen Außenkamin bereitete Ernesto Mate-Tee zu. Seine hochschwangere Frau Auna werkelte im Haus rum, es war Samstag und somit Hausaufräumzeit. Die dreijährige Nora war mit der Babysitterin verschwunden.

Ernestos Hippiefrisur war der Schere zum Opfer gefallen, statt Bart lächelte mir ein glatt rasiertes Gesicht entgegen. Mein Bruder sah eher nach einem Rothschild aus als nach einem Revolutionär. Adios, Che Guevara. Nach seinem Wirtschaftsstudium hatte er es zum Geschäftsführer der *Ferretería Berlin* gebracht, die Aaron Görzen gehörte, einem mennonitischen Unternehmer, der in den 60er Jahren Einkäufer von Neuland gewesen war und sich dann zum Vertreter der Chacosiedlungen hochdiente. Seine exponierte Position – er hatte jederzeit Zugang zu Stroessner – nutzte Görzen für seine privatwirtschaftlichen Vorhaben. Mit der *Ferretería* fing er an, anschließend stieg er auch in andere Branchen ein, zum Beispiel in den Handel mit Drogerieartikeln. Das große Geld machte er aber mit *MennoMon*, einem Wechselhaus und Reisebüro. Görzen wurde reich, indem er die naiven Siedler mit überzogenen Krediten übers Ohr haute. Auswanderungswillige konnten ausländische Devisen zum Vorzugspreis einkaufen, was die wenigsten Siedler wussten. Der skrupellose Unternehmer strich die Differenz ein und wurde immer reicher und gleichzeitig dicker.

In der Asunciónér Mennonitengemeinde war Görzen ein geachteter Mann, weil er eine Orgel und die gesamte Übertragungsanlage gespendet hatte. In direkter Konkurrenz stand er zu Cornelio Busch, dem aktuellen Siedlungsvertreter für Stroessner, dessen Bekanntschaft ich vor kurzem geschlossen hatte. Ernesto, der alte Che, hatte seine Aversionen gegen mennonitische Kapitalisten wie Ballast abgeworfen und empfand keine Skrupel, für diesen Mann zu arbeiten.

Nun aber offenbarte Ernesto mir, dass er sich selbstständig machen wolle. Er plane, ein Geschäft mit Haushaltsartikeln vom Fön bis zur Waschmaschine zu eröffnen. Dabei habe er sich auf zwei Marken spezialisiert, zum einen auf die brasilianische Marke Espisa, zum anderen auf die deutsche Miele. In beiden Fällen werde er deren Generalvertreter in Asunción werden.

Aber, sagte er, willst du ein florierendes Unternehmen, brauchst du den Segen des Höchsten.

Wobei er, der zwar jeden Sonntag mit Auna den Gottesdienst besuchte, sich aber sonst jeder religiösen Betätigung enthielt, mit dem Höchsten keineswegs Gott meinte.

Sprich weiter, sagte ich, ahnend, was folgen würde.

Da du den direkten Draht zu Stroessner hast, dachte ich, du könntest ein gutes Wort für mich einlegen. Als Dank dafür gebe ich dir einen 50-prozentigen Anteil.

Bei diesem Gespräch erfuhr ich zum ersten Mal, was so ein direkter Draht zum Supremo wert war. Ernesto stellte mir 50 Prozent in Aussicht und dabei ließ er sich wahrscheinlich nicht nur von brüderlichen Gefühlen leiten. Wahrscheinlich sah er für mich eine blühende Karriere voraus und war der Meinung, wenn unter seinem Geschäft auch mein Name stehen würde, wäre die Begierde von allen Möchtegern-Teilhabern, die für ihr Wohlverhalten geschmiert werden wollten, erst mal gebremst.

Der Supremo, sagte ich, gibt nur Audienzen, die mit Mario Abdo Benítez und meinem Vorgesetzten Almidio Rolón abgesprochen sind. Noch nie habe ich privat ein Wort mit Stroessner gewechselt.

Dann wirkst du eben auf Rolón ein.

Im Moment ist er nicht gut auf mich zu sprechen. Er verkraftet es nicht, dass ich in der Asunciónfor Gesellschaft herumgereicht werde.

Dann musst du ihn eben für dich gewinnen. Lade ihn zu einer Party im Centenario ein.

So langsam dämmerte mir, was alles auf mich zukommen könnte. Ernesto war nach Martin der zweite, der meinen Beistand erhoffte. Und noch war ich eher Laufbursche als Mitarbeiter im Regierungspalast. Was erwartete mich erst, wenn ich irgendwann mal befördert würde?

Natürlich sagte ich zu. Ich werde mein Möglichstes tun, versicherte ich ihm. Aber er müsse sich gedulden, ein geeigneter Augenblick müsse abgewartet werden.

Im Kamin kochte das Matewasser, und wir wärmten uns an dem herrlich warmen Getränk. Auf die Idee, uns ins Wohnzimmer zu setzen, kamen wir nicht. Hätte auch nicht viel gebracht, denn dort waren weder ein Kamin noch eine Heizung.

Für den Abend hatte ich mich mit Raquel und Eva im Kaminski verabredet. In einem rauchgeschwängerten Hinterzimmer saßen oder standen rund 20 junge Frauen und Männer, die laut über Politik debattierten. Drei bis vier Personen erkannte ich wieder, ich hatte sie bei Evas Ausstellungseröffnung gesehen. Als wir herein kamen, blickten sie auf und begrüßten Raquel und Eva mit Küsschen. Ich wurde denjenigen, die ich nicht kannte, nur mit meinem Namen vorgestellt, wofür ich auch dankbar war, denn ich hatte sofort gemerkt, dass hier Schmähreden gegen Stroessner geführt wurden. Überall lagen Ausgaben des *Pueblo* herum. Diese Zeitschrift des Partido Revolucionario Febrerista war der Ersatz für das geschlossene *abc color*, denn *Hoy* war nicht wirklich regierungskritisch, allenfalls Militanten-kritisch. Keine andere

Zeitschrift wagte es, so frech gegen das Stroessner-Regime zu schreiben wie *Pueblo*. Aber noch gewagter als die Artikel waren die großformatigen Karikaturen, die sogar Stroessner aufs Korn nahmen, das „langsame Ableben des Tyrannosaurus" beschrieben und sich über die Epigonen lustig machten, die seine Nachfolger werden wollten. Und wie ich schnell feststellte, waren viele der jungen Leute im Lokal Febreristas, Mitglieder oder Bewunderer des Partido Revolucionario Febrerista. Hätten sie mich erkannt, wäre ich wohl hochkant rausgeflogen.

Diese Leute stießen mich so ab wie sie mich faszinierten. Sie waren für mich Revolutionäre, die Stroessners Ende auch mit Gewalt wollten. Andererseits waren sie einfach modern, intellektuell, ihr Politjargon war für mich eigentlich eine Fremdsprache, die mich jedoch wiederum faszinierte.

Einer von ihnen versorgte uns mit neuesten Informationen über die Convención Colorada: Etwas Unglaubliches ist passiert. Die Polizei mit Britez Borges an der Spitze hat den Eingang zum Colorado-Haus blockiert und nur Delegierte hereingelassen, die eine weiße Akkreditierungskarte vorzeigen konnten. Die weißen Karten sind wohl kurz vor der Convención an ausgesuchte Militantes versandt worden. Wer bei der Wahl mit 99,9 Prozent gewonnen hat, ist wohl klar. Ja, und die Zeitungen sind jetzt auf der Suche nach dem Menschen, der die Akkreditierungskarten in Auftrag gegeben hat. Der Druckereibesitzer hat von einem jungen Kerl gesprochen, der noch keine 20 Jahre alt gewesen sei.

Alle sahen mich an, zumindest hatte ich dieses Gefühl. Sie werden mich hoffentlich nicht lynchen, wenn sie mich erkennen, dachte ich.

Jeder hatte eine andere Meinung zu den Vorfällen: Stroessner lacht sich ins Fäustchen, weil die Colorados sich zerfleischen. Oder: *Lippe* hat die Angelegenheit nicht im Griff, was natürlich Evas Meinung war, da sie immer nur von *Lippe* sprach, so nannte ihn das Volk in Anspielung an seine ausgeprägte Oberlippe.

Die jungen Leute überboten sich mit eloquenten Reden.

Die Tage des Tyrannosaurus sind gezählt, sagte ein junger Mann. Jede Sekunde unseres Lebens kommen wir dem Tag näher, an dem Paraguay ohne Stroessner aufwachen wird.

Applaus.

Unsere gemeinsamen Aktionen gegen die Unterdrücker unseres Vaterlandes haben uns zusammengeschmiedet. Was haben sie uns verfolgt, und haben doch nichts erreicht.

Was ich hier im Kaminski hörte und erlebte, konnte meine Sicht der Dinge noch nicht wesentlich beeinflussen. Mit diesen ganzen obskuren und clownesken *mañas y artimañas*, diesen Intrigen, brachte ich Stroessner nie direkt in Verbindung und ich war eher der Meinung, dass der Alte immer noch ein Guter war, nur eben schon zu alt, um die Auswüchse zu kontrollieren. Natürlich war mein Weltbild jetzt flexibler geworden, schließlich mochte ich auch Menschen, die Regimegegner waren. Sie machten auf mich einen avantgardistischen Eindruck, weil sie zumeist intellektuell, gut ge-kleidet und modern waren. Im Grunde meines Herzens wollte ich so sein wie sie – doch ohne ihre politischen Ansichten.

Alkohol, Zigarettenqualm und die wilden Reden machten mich kirre, die Decke schien sich zu drehen und drohte auf mich zu fallen. Als Raquel meinen labilen Zustand bemerkte, packte sie meinen Arm und schleppte mich zu ihrem Escarabajo. Die kühle Luft aus dem Süden tat mir gut. In einer Hausecke hatte sich ein ausgemergelter Hund zusammengerollt. Als der Köter uns be-merkte, hob er den Kopf und wedelte mit dem Schwanz. Hundert Meter hinter dem Escarabajo saß jemand im Auto und rauchte eine Zigarette, was an der Glut zu erkennen war, die beim Inhalieren aufleuchtete. Raquel startete den Käfer und fuhr von der Bord-steinkante. Das Auto hinter uns rumpelte ebenfalls auf die Straße.

Wenn der Typ uns beschattet, dann macht er es nicht besonders geschickt, sagte ich.

Wahrscheinlich ist es dem *Pyrague* völlig egal, ob wir ihn be-merken oder nicht, meine Raquel. Vielleicht legt er es sogar darauf an, dass wir ihn bemerken.

Auf den Straßen herrschte zu dieser Stunde kaum Verkehr. Auf der Estrella konnte Raquel richtig aufs Gaspedal drücken. Der Verfolger musste denken, dass wir ihm entkommen wollten, was seinen Jagdtrieb herausforderte, er wollte sich auf keinen Fall abschütteln lassen. Da ich nicht wusste, was Raquel vorhatte, war ich überrascht, als sie schrie: Merk dir das Kennzeichen! und dabei gleichzeitig mit voller Wucht auf die Bremse trat, an den Fahrbahnrand auswich und kurz vor einem parkenden Auto zum Stehen kam. Der Verfolger konnte nicht so schnell abstoppen, weshalb er gasgebend nach links lenkte, überholte und zusah, dass er Abstand gewann. Sein Kennzeichen konnte ich leider nicht in Gänze erkennen, aber die letzten vier Nummern blieben haften: 0268, sie bezeichneten den Monat und das Jahr meiner Geburt.

Zu Hause angekommen, notierte Raquel die Ziffern, die Farbe (blau) und den Typ (Chevrolet Impala).

Montag rufe ich einen Bekannten beim Verkehrsministerium an. Was mich interessiert: Spionieren die mir nach oder dir? Sind die von der Polizei, vom Militär oder privat engagiert?

Gibt es denn jemanden, der etwas über dich erfahren will? fragte ich.

Gibt es jemanden, der etwas über dich erfahren will? konterte sie und an ihrer Stimme merkte ich, dass ihre Laune dahin war. Sie verabschiedete sich schnell von mir und ließ mich alleine in meinem vom Pampero abgekühlten Zimmer schlafen. Wenigstens war es jetzt still – nach den Erlebnissen im Debattierclub und der Verfolgungsjagd. Keine sich ereifernden Redner, kein Qualm, kein Geruch nach billigen Zigaretten, keine quietschenden Bremsen.

Am nächsten Tag hing eine tiefe Wolkendecke über der Stadt. Der Winter machte sich breit. Die Menschen blieben in ihren Betten und machten Sex oder starrten an die Decke. Auch die Generäle hatten in diesem Winter viel Zeit. Der letzte Krieg lag bald 60 Jahre zurück, die Beute aus dem Kokain-Schmuggel war verteilt, an den Hierarchien durfte nur einer schrauben. Blieb für die alten Männer also viel Zeit für Tratsch und Klatsch über die unsäglichen Kapriolen der alten Männer, die Stroessners Nachfolger werden wollten. Die Zeit zwischen den Tiraden überbrückten sie mit Kartenspielen, Reden und Tennis. Wenn sie dem weißen Sport huldigten, spannten sich ihre T-Shirts noch fester als im Sommer über die Schmerbäuche und saurer Schweiß lief in Strömen über die feisten Gesichter.

Jeden Donnerstag im Winter trafen sich die mächtigen Militärmänner zur Generala, einer Art Kniffel, das Ähnlichkeiten mit Poker aufweist. Bei einem dieser Treffen verabredete sich der mächtige Vier-Sterne-General Andrés Rodríguez und Chef des 1. Armeekorps mit General Humberto Garcete, dem Chef der 4. Infanteriedivision aus dem Chaco.

Garcete stottert herum, wird aber von Rodríguez aufgefordert, aufs Protokoll und auf Floskeln zu verzichten.

Sie wissen ja, hebt Garcete an, wie viel wir Stroessner zu verdanken haben, unsere Karriere, unseren wirtschaftlichen Erfolg. Er hat uns immer unterstützt.

Wohl nicht die erste Verschwörungsrede, die mit einer Lobrede auf den Machthaber beginnt.

***

Montagvormittag feierte Mario Abdo seinen Sieg. Er lachte sich krumm, wenn er auf den Trick mit den Akkreditierungskarten zu sprechen kam. Als jemand danach fragte, wer denn den Druck realisiert habe, ließ er mich rufen und zeigte mit dem Finger auf mich. Alle lachten und klatschten und beglückwünschten mich zu der Aktion und ich hatte nicht den Hauch einer Chance, die Sache geradezurücken.

Meine Mutter hatte geschrieben. Sie und Vater wollten mich demnächst besuchen. Dann hatte ich auch noch einen Brief von Cornelio bekommen. Er besuchte mittlerweile in Hamburg ein Studienkolleg zur Anerkennung der Hochschulreife.

Brief Cornelios

Als ich mich in der ersten Unterrichtstunde vorstellte, fragte der Lehrer: Sag mal, in Paraguay herrscht doch eine Diktatur? Nein, entgegnete ich, Paraguay ist eine Republik, alle fünf Jahre wird gewählt, es gibt ein Parlament und eine Opposition. Alle lachten. Blas Santana, ein Argentinier, sagte gehässig: In Paraguay herrscht doch ein schreckliches Regime, und Stroessner ist ein brutaler Diktator, der seine Gegner bestenfalls ins Exil jagt, im schlimmsten Fall aber auch zu Tode foltert. Als ich schockiert einzuwenden wagte: Ja, aber, die meisten haben es auch verdient, erfolgte ein Aufschrei in der Klasse, worauf ich verstummte und überhaupt nichts mehr sagte.

Der Brief sprach etwas aus, was ich insgeheim wusste, aber nicht wahrhaben wollte. Weil ich ein Teil des Regimes war – aber auch, weil ich an den Mythos *por un Paraguay grande, próspero y feliz* glaubte, den Slogan der Regierungspartei, der Paraguay eine große, reiche und glückliche Zukunft verhieß. Und noch etwas scheuerte in meiner Seele. Diese Art von Briefen wollte ich nicht erhalten. Was war, wenn sie jemand öffnete und las? Aber dann sagte ich mir: Sei nicht so ängstlich und trage es mit Fassung. Ich steckte den Brief in meine Hosentasche und fuhr zurück in den Regierungspalast.

***

Rolón empfing mich mit den Worten, der Mann aus der Abteilung Investigaciones habe angerufen. Heute solle die Aktion *Narbengesicht* laufen. Ich solle mich in der Kaschemme El Palacio bereithalten. Als ich da ankam, erfuhr ich von einem Polizisten in Zivil, dass Ramiro, der Schuhputzer, gemeldet habe, Narbengesicht sei zu Hause.

Anscheinend arbeitete Ramiro nicht nur für mich als Informant. Oder hatten die Bullen ihn einfach übernommen, nachdem ich ihn auf die Zielperson angesetzt hatte?

Was, ihr benutzt Schuhputzer als Informanten? fragte ich deshalb.

Der Polizist lachte: Natürlich. Vor allem dann, wenn sie in so einem delikaten Bereich wie dem Regierungsviertel Schuhe auf Hochglanz bringen. Die Muchachos sind unsere besten Spione. Vor allem Ramiro ist äußerst zuverlässig.

Ich schluckte. Dass Ramiro nicht nur professionell Schuhe putzte, sondern auch als V-Junge ein Profi war, hätte ich nie geahnt.

Von meinem Barhocker aus beobachtete ich, wie drei Beamte aus dem Haus kamen und Scarface in Handschellen abführten. Plötzlich tauchte ein Fotograf auf und lichtete Verbrecher und Polizisten ab.

Am nächsten Tag erschien ein für mein Empfinden unangemessen großes Bild in der *Hoy* mit einem Bericht, der den Fall meiner Meinung nach viel zu sehr aufbauschte. Die Rede war von der Verhaftung eines notorischen Kriminellen, der viele Verbrechen auf dem Kerbholz habe und Zuflucht in der grünen Hölle Chaco gesucht habe, wo er unter den frommen Siedlern Angst und Schrecken verbreitet habe. Ich fragte mich, welchen Stein ich ins Rollen gebracht hatte. Immerhin gut, dass die Journalisten meine Rolle nicht beleuchteten. Eigentlich erstaunlich, dass mein Name noch nicht mal erwähnt wurde, obwohl doch eigentlich ich für die Verhaftung gesorgt hatte.

***

Im Regierungspalast war die überschwängliche Euphorie über den überwältigenden Sieg beim Parteitag einem kreischenden Ärger gewichen. Mario Abdo Benítez spielte zur Abwechslung den Choleriker. Der Anlass seines Gefühlsausbruchs war die neue Ausgabe des *Pueblo*, des beliebten Medienorgans der Febreristas. Die großformatigen Karikaturen der Titelseite machten sich über das Schmierentheater der Convención lustig und spotteten über die Hanswurste an der Spitze der Partei.

Ruf Brites an, ordnete Benítez im Kommandoton Rolón an.

Der wagte zu widersprechen: Aber Don Mario, sollten wir nicht vorher den Präsidenten konsultieren?

Nichts da, nichts da, die Schmierfinken haben jetzt mit ihren Schmähungen überzogen. Ruf den Polizeipräsidenten an!

Rolón tat wie ihm befohlen und nach einigen Minuten hatte er den Polizeipräsidenten Brites am Draht. Mario Abdo Benítez ließ sich den Hörer reichen, erklärte dem Polizeichef die Situation und schloss seine Ausführungen mit der Forderung: Die Kanalratten müssen weg! Schließ die Postille!

Wahrscheinlich empfahl auch Brites dem Privatsekretär, zuerst den Präsidenten zu fragen, doch Abdo Benítez ließ nicht mit sich reden: Die Febreristas haben mich angegriffen und nicht den Präsidenten. Also muss ich die Maßnahme ergreifen.

Der Polizeichef gab schließlich nach. Dass er sich den Anordnungen des Privatsekretärs beugte, zeigte selbst mir den Machtzuwachs Don Marios an. Wahrscheinlich regierte er jetzt das Land, während Stroessner lethargisch zuschaute.

In diesem Moment landete bei Rolón ein Anruf für mich.

Deine Freundin Raquel, sagte Rolón.

Raquel wollte sich mit mir an der Plaza Juan de Zalazar vor dem Kongressgebäude treffen. Ganz dringend! Mir war nicht wohl bei dem Gedanken, gerade jetzt den Palast zu verlassen, denn ich stand unter dem Gewissenskonflikt in Bezug auf die Schließung des *Pueblo*. Wenn Raquel erfuhr, dass der *Pueblo* geschlossen werden sollte, würde sie sofort Eva und ihre Freunde von den Febreristas alarmieren. Und wenn die dann vor dem Redaktionsgebäude des *Pueblo* ihre Fahnen schwenkten und gegen die bevorstehende Schließung protestierten, würde vielleicht jemand auf den Gedanken kommen, dass ein Maulwurf gute, aber nicht perfekte Arbeit geleistet hatte.

Als ich mich bei Rolón abmeldete, schaute er mich misstrauisch an. Schließlich nahm ich mir nach dem Scarface-Einsatz schon zum zweiten Mal frei. Aber dann sagte er unwirsch: Hau ab! Hier geht eh alles den Bach runter.

In fünf Minuten hatte ich das Kongressgebäude erreicht und sah Raquel vor einer Palme stehen.

Ich muss dir eine wichtige Mitteilung machen, sprudelte es aus ihr heraus, Ich habe bei einem Bekannten im Verkehrsministerium angerufen. Natürlich gibt es mehrere Kennzeichen, die auf 0268 enden. Als ich dann aber die Automarke und das Modell durchgab, blieb nur ein Besitzer übrig. Zugelassen ist der Impala auf Julio Cesar Robledo, wohnhaft in Luque. Mein Vater hat mir den Gefallen getan und im Departamento de Identificaciones angerufen, bei der Passbehörde. Dort sagte man, dass Robledo bei Antelco arbeitet.

Als ich darauf nicht reagierte, sagte sie: Antelco. Telefon. Klingeling. Abhören. Wanzen!

Jetzt klingelte es in meinem Gehirn. Und fast gleichzeitig gingen die Sirenen der Einsatzautos im gegenüberliegenden Gebäude des Polizeipräsidiums los. Irgendwo musste ein Verbrechen passiert sein. Oder war dies schon der Einsatz zum Redaktionsgebäude des *Pueblo*?

Dort drüben steht ein Münzfernsprecher. Lass uns bei Antelco anrufen, schlug Raquel vor.

Hast du die Nummer von Robledo?

Nein, aber die von Antelco.

Was soll das denn bringen? wandte ich ein, Wenn Robledo sich entdeckt fühlt, wird ein anderer Spitzel die Beschattung übernehmen. Ich finde es gut, dass wir jetzt mit ziemlicher Sicherheit wissen, dass man uns nachspioniert, sagte ich, Und ich finde es gut, dass die Schnüffler noch nicht wissen, dass wir sie entlarvt haben.

Raquel fand natürlich ein Gegenargument und so ging es hin und her und bei alledem bekam ich es tatsächlich hin, mich nach 40 Minuten zu verabschieden, ohne vom geplanten Übergriff auf den *Pueblo* zu erzählen. Zurück in der Casa de Gobierno, rüffelte mich Rolón natürlich für die zehn Minuten Zeitüberschreitung. Er nahm jede Gelegenheit wahr, mir einen überzubraten, aber da ich mich generell dadurch auszeichnete, dass ich bei meinem Dienst nicht auf die Uhr schaute, konnte er mir nichts anhaben.

Nach Feierabend wartete Raquel ganz aufgewühlt in meiner Wohnung auf mich. Sie hatte mittlerweile von der Schließung erfahren. Auf die Idee, dass ich eingeweiht war, kam sie nicht, wahrscheinlich hielt sie mich für einen Tereré-Mozo im Regierungspalast, der nur die Guampa füllte und weitergab und sich sonst die Zeit damit vertrieb, schönen Mädchen nachzuschauen. Aber zu ihrer Entlastung sei gesagt: Für Raquel war es eine Aktion, die vom Polizeipräsidenten Brites gesteuert wurde. Noch nicht mal sie kam auf die Idee, dass alles, ja buchstäblich alles seine Quelle im Weißen Haus hatte.

Wir müssen sofort zur Calle Manduvirá, sagte sie.

Calle Manduvirá? Was gibt es denn da?

Dort ist die Redaktion des *Pueblo*. Dort wird demonstriert.

Du kannst nicht im Ernst von einem Mitarbeiter aus dem Regierungspalast verlangen, dass er sich auf die Seite von diesen Linken schlägt und öffentlich demonstriert und nachher noch frech behauptet, das sei sein gutes demokratisches Recht.

Genau das kann ich. Im Ernst, Polizeipräsident Brites und sein Folterknecht Pastór Coronel stehen im Fokus. Noch geht es nicht um Stroessner. Am besten ist, du kommst als Beobachter mit.

Vor dem Parteihaus der Febreristas, in dem auch die *Pueblo*-Redaktion untergebracht war, hatten sich schon etwa 50 Demonstranten versammelt. Noch lief alles sehr unorganisiert ab. Es hatten sich einige Gruppen gebildet. Junge Frauen und Männer standen lose beisammen. Die eine oder andere Parole nach dem Motto *El Pueblo unido jamás será vencido* wurde skandiert. Dann wiederum wurden Schlachtrufe ausgestoßen, die als Scherze verstanden wurden, denn sie wurden mit allgemeinem Gelächter beantwortet. Einige der Losungen galten als Provokationen für die noch abwesende Polizei. Ich stand auf der gegenüberliegenden Straßenseite und bildete mit vielen anderen das Publikum, das neugierig der Dinge harrte, die sich ankündigten. Die Straße bildete eine klare Trennungslinie, die auch jeder so verstand. Wer sich auf der gegenüberliegenden Seite aufhielt, gehörte zu den Demonstranten, wer auf dieser Seite stand, wollte allenfalls Zeuge sein. Als die Polizei mit Sirene und Blaulicht heranrückte, schien es, als ob sich die Dinge rasch entwickeln würden. Innerhalb der demonstrierenden Gruppe entstand eine rasche Bewegung, die als Fluchtreflex begriffen werden konnte, die aber rasch zum Stillstand kam. Die mit Schlagstöcken, Helmen und Pistolen bewaffneten Polizisten näherten sich nur langsam.

Das Publikum auf meiner Straßenseite verflüchtigte sich, einige überquerten die Straße, um sich den Demonstranten anzuschließen, andere suchten das Weite. Auch mich packte das Bedürfnis, schnell und unauffällig diesen Ort zu verlassen, an dem sich eine heftige Prügelei ankündigte. Aber schon wurde ich von einem Polizisten in Zivil angesprochen, der meine Dokumente verlangte.

Da machte ich einen Fehler. Ich zeigte meinen Casa de Gobierno-Ausweis und spekulierte darauf, dass die Karte genügend Respekt verbreiten würde. Aber nichts da. Damit hatte ich erst recht das Interesse des Polizisten geweckt, er verlangte meine Papiere und ging zu seinem Streifenwagen. Danach gab er mir die Dokumente aber entspannt zurück und sagte: Sie können gehen. Oder auch bleiben.

Ich entschied mich fürs Gehen. Da beobachtete ich, dass sich die Polizei mit ihren Schildern zu einer Mauer formiert hatte, die langsam in Richtung der Demonstranten vorrückte. Die Demonstranten ihrerseits hatten sich auch formiert und bildeten eine Mauer mit ihren Leibern. Ich sah, dass einige Personen Gegenstände in der Hand hielten und befürchtete, sie würden damit werfen. Zwischen den jetzt einheitlich skandierenden Menschen entdeckte ich Raquel, die in der vordersten Linie stand. Etwas versetzt dahinter war Eva. Da erwachte mein sonst ziemlich unterentwickelter Beschützerinstinkt. Ich griff meinen Polizisten am Arm und schrie: Warten Sie einen Augenblick! Da drüben ist meine Bekannte! Ich muss sie da rausholen! Warten Sie so lange mit dem Krieg!

Der Mann verstand mein Anliegen und befahl der Schildermauer umgehend, stehen zu bleiben. Beim Überqueren der Front, also der Straße, hörte ich Applaus und Jubel. Die Leute vor mir waren der Meinung, ich würde die Seite wechseln, was sie angesichts der massiven Polizeipräsenz als mutig empfanden. Ich packte Raquel am Arm und schrie ihr zu: Komm raus, hier geht es gleich ziemlich brutal zu!

Sie wehrte mich ab und entgegnete: Lass mich in Ruhe! Was willst du eigentlich? Du gehörst auf die andere Seite!

Kein Reden, kein Schreien half, sie blieb bei ihrer Meinung, worauf ich enttäuscht von ihr abließ und kehrtmachte, nicht ohne einen verächtlichen Blick Evas einzufangen. Aus dem Applaus und dem Jubel wurden Pfiffe und Buhrufe. Und sie galten mir allein, weil ich jetzt als Feigling galt, der abhauen wollte. Plötzlich spürte ich einen leichten Schlag am Hinterkopf und hörte das Gelächter aus Hunderten von Kehlen. Selbst in den Gesichtern einiger noch unbehelmter Polizisten war ein Grinsen wahrzunehmen. Mit der Linken fasste ich in den Nacken, griff in eine eklige, klebrige Masse und bekam eine zerplatzte Schale zu fassen. Sie hatten mich mit einem Ei beworfen. Mich, den rechtschaffenen Menschen, der doch nur seine Freundin vor den Aggressionen der Polizisten bewahren wollte!

Mein Gesicht brannte vor Scham. Ich wünschte mich an einen weit entfernten, menschenverlassenen Ort. Der Polizist, der mich kontrolliert hatte, kam mit einem Tuch, wischte die Reste ab und tröstete mich mit dem Satz: Ärgern Sie sich nicht. Wer zuletzt lacht, lacht am besten. Die da, und er zeigte auf die andere Straßenseite, werden gleich Härteres zu spüren bekommen.

Während ich mich entfernte, formierten sich die Polizisten erneut und rückten langsam, aber unaufhaltsam vor, mit ihren Schlagstöcken im Takt provokativ auf ihre Schilder schlagend. Als die ersten Schlagstöcke nicht mehr auf Plastik trafen, sondern auf rohes, lebendes Menschenfleisch, wurde aus dem Johlen der Demonstranten ein Kreischen und Jammern. Ich begann zu laufen, von dieser kaputten Welt wollte ich nichts mehr mitkriegen. Völlig außer Atem kam ich zu Hause an, warf mich aufs Bett, rollte mich zusammen, schloss die Augen ...

... und fiel durch eine Turbulenz in einem Schlauch, in dem mich die Luft durcheinander wirbelte ...

... hindurch in ein Hirsefeld, das sich bis zum Horizont ausbreitete und aus vertrockneten, raschelnden Hirsestauden bestand. Ich laufe durch die Reihen, die Stauden schlagen raschelnd wie Gummiknüppel gegen mein Gesicht und mein Herz zerreißt beinahe vor Angst, dass ich aus dem Labyrinth nicht mehr herausfinde.

Ein matschiges Ei rauscht gegen den Hinterkopf. Der Hieb gegen den Kopf, der das Schamzentrum aktiviert. Eine schallende Ohrfeige, die ein brennendes Verlangen nach Revanche aufkommen lässt. Scham, Schande. Claudia aus Nummer Zwei, die in ihrer Bankreihe aufsteht und nach vorne geht. Sie sagt ... Ja, was hat sie gesagt? Hat sie gesagt, sie lebe in einer schändlichen Beziehung? Hat das Gefühl der Sünde gesiegt über ihre Liebe und ihre Lust? Indem sie aufsteht und nach vorne geht, stellt sie mich bloß. Ich fühle mich so gedemütigt, dass ich nicht anders kann als meinen Heimatort zu verlassen. Ich, der Schlangenverfolger, einer, der als mutig, wenn nicht gar als dreist gilt. Schallend haben sie gelacht, die Tausenden, als das Ei an der Schädeldecke zerbarst. Das Ei: Schutzraum und Nahrungsquelle für ein sich entwickelndes Lebewesen. Ungeborenes Leben. Das Leben schlüpft aus dem Schutzraum. Nach dem Aufprall zerplatzt die dünne Schutzwand, Eiweiß und Dotter zerfetzen und klatschen gegen die unzerbrechliche Schädeldecke. Ungeborenes Leben klatscht gegen die dicke Schädeldecke. Die Demonstranten lachen. Die Polizisten schlagen auf lebendes Fleisch. Aber sie, die Schutzmacht, verspürt auch ein wenig Schadenfreude, wenn der Menó öffentlich gedemütigt wird. Geschieht ihm recht, dem Gringo. Platsch – das Ei zerschellt an der Schädeldecke.

Mit meinem Schlaf ist es vorbei. Das Platsch! habe ich nicht nur in meinem fiebernden Traum gehört. Ich öffne die Augen. Vor mir sehe ich nur die Dunkelheit des Kleiderschranks. Da, eine Bewegung, hervorgerufen durch einen hellen Lichtreflex! Eigentlich müsste ich senkrecht im Bett stehen, aber meine Muskeln verkrampfen sich. So erstarre ich wie das Kaninchen vor der Schlange. Noch einmal eine Bewegung in der Finsternis. Ich habe also richtig gesehen. Sind die Spione schon so frech, dass sie sogar in mein Schlafzimmer eindringen? Oder ist es nur ein einfacher Verbrecher, auf der Suche nach Wertgegenständen? Wer hat etwas gegen mich? Wem ist meine Nähe zum Excelentísimo ein Dorn im Auge? Rolón, der Büroleiter, musste bisher noch keinen Assistenten ertragen, der mehr war als nur ein Koffer- und Aktenträger. Wenn der Excelentísimo jemandem mehr Vertrauen schenkt, dann bekommt ein anderer weniger. Platziert hat mich General Solís, der ebenfalls seine Vorteile daraus ziehen mag, dass er über mich einen direkten Draht zu Stroessner hat. In seinem milliardenschweren Drogenreich ist Solís wahrscheinlich nicht der unumschränkte Herrscher, er wird genügend wild entschlossene Konkurrenten haben, die seine Position schwächen und die eigene direkte Verbindung in den Regierungspalast stärken wollen. Sie wären schon einen Schritt weiter, wenn ihnen meine Diskreditierung gelänge. Noch einfacher wäre es, wenn sie mich gleich beseitigten. In diesem Land reichen manchmal läppische Gründe, um einen Menschen in den Tod zu befördern. Aber wahrscheinlich steht vor mir am Kleiderschrank nur ein unbedeutender Einbrecher, der meine Wohnung nach Wertgegenständen absucht. Am besten, ich stelle mich schlafend, dann passiert mir nichts. Denn wenn ich jetzt Licht mache, zieht der unbedeutende Kriminelle seine bedeutende Knarre und knallt mich ab. Also spiele ich den toten Mann. Wenn ich aus dieser Sache lebendig heraus komme, verschwinde ich auf Nimmerwiedersehen im Dickicht des Dornenwaldes.

Jemand macht sich an der Haustür zu schaffen. Die Tür wird geöffnet, was am entnervenden Knarren festzustellen ist. Jemand kommt den Flur hoch. Noch ein Einbrecher? Ist heute die Nacht der Einbrecher? Oder ist das jetzt der Späher, der mich beobachtet? Trippelnde Schritte, sie gehören eher einer Frau als einem Mann. Eine Hand ergreift die Klinke der Wohnungstür. Doch die habe ich abgeschlossen. Ein Schlüssel wird ins Schlüsselloch gesteckt und umgedreht. Wer zum Teufel hat einen Schlüssel für mein Haus? Raquel! Meine Freundin besucht mich zu später Stunde, was jedoch nicht ungewöhnlich ist. Nach der Demonstration werden sie noch zusammen gehockt haben, die aufmüpfigen Studenten, und ihre Wunden geleckt haben. Was passiert, wenn Raquel jetzt den Lichtschalter betätigt und im hell erleuchteten Schlafzimmer vor dem Verbrecher steht?

Raquel! schreie ich, was meine Lungen hergeben, um den Blick des Einbrechers auf mich zu lenken. Meine Muskeln sind nun zur Zusammenarbeit bereit. Blitzschnell rolle ich mich aus dem Bett, lande in der Hocke, aus der ich emporschnellen will, um mich auf den Feind zu stürzen. Das Licht geht an, an der Schlafzimmertür steht Raquel und schaut mich an wie einen entflohenen Psychiatrie-Patienten. Kein Einbrecher weit und breit. Wo ich den Eindringling gesehen habe, ist die Spiegeltür des Kleiderschranks. Die Reflexe, die ich beobachtet habe, waren Spiegelungen von draußen auf der Straße. Raquels Haare sind nass, es muss geregnet haben. Das erklärt die Geräusche, die ich gehört habe, die sich im Traum in das Platschen des aufplatzenden Eies verwandelt haben. Wortreich versuche ich zu erklären, was ich erlebt habe, aber Raquel unterbricht meinen Redeschwall, denn sie hat ein dringenderes Anliegen.

Sie haben Eva und Manuel verhaftet und du musst dafür sorgen, dass sie wieder freikommen.

Ich schaue auf meine Uhr. Es ist vier. Ein paar Sekunden brauche ich noch, um zu überlegen, was sie mir gesagt hat.

Ich soll dafür sorgen, dass sie wieder freikommen? Wer bin ich? Superman? Jesus Christus? Nein, ich bin nicht mehr als ein Türsteher im Regierungspalast.

Und genau deshalb, weil du an der Tür zu Stroessner stehst, wirst du diese Tür öffnen und den Supremo ansprechen. Du wirst ihn anflehen, das Leben deiner Freunde zu schonen.

Freunde? Ich weiß noch nicht mal, wer Manuel ist. Und warum bist du nicht verhaftet worden?

Als ich den Bullen erklärte, wessen Tochter ich bin, ließen sie mich frei.

Wir stritten bis zum Morgengrauen. Als der erste Canillita vorbeikam, der Zeitungsverkäufer, ging Raquel herunter, um sich eine Zeitung zu kaufen, während ich den Mate zubereitete. Das Radio hatte ich auf Chamamé eingestellt, eine Gaucho-Musik, die Raquel hasste, die ich aber immer hörte, wenn ich Trost brauchte.

Die Zeitung musste lustig sein, denn Raquel vergaß beim Lesen ihre Sorgen und begann schallend zu lachen. Auf der Seite, die sie mir hinhielt, prangte ein großformatiges Foto von der gestrigen Demo. In der Mitte des Bildes war ich abgebildet, halb von hinten fotografiert. Auf meinem Hinterkopf klebte ein großer Teil des Hühnereis, der Rest aus Dotter und Eiweiß suchte sich in einer Schleimspur den Weg nach unten. Die Bildzeile begann mit dem Satz: *Un huevón cambia el lado* – ein Eierkopf wechselt die Seite.

Mit Raquels Spott konnte ich leben. Aber wenn ich daran dachte, wie Rolón und seine Spießgesellen sich jetzt kugelig lachen würden, kam mir der Mate hoch.

Dir bleibt nichts anderes übrig, als dich durch eine Heldentat bei Freunden und Feinden zu rehabilitieren, schloss Raquel, und bei diesem Argument gab ich nach.

Nach einem kleinen Frühstück stürzte ich mich in eine weitere Herausforderung meines Lebens. Der wackelige Bus war brechend voll. Aber stehen war ich gewohnt. Wie immer musste ich meinen Rücken um etwa 30 Grad beugen, ein Problem, das die meisten Paraguayer wegen ihrer geringen Körpergröße nicht hatten: Für sie war die Busdecke hoch genug. Doch meine gekrümmte Haltung hatte heute einen Vorteil, denn ich beugte mich – gezwungenermaßen – zu einem hübschen Gesicht nieder, das zu einem noch netteren Mädchen gehörte, dem es offensichtlich nicht unangenehm war, dass ich mich zu ihr niederließ. Dass ich noch vor ein paar Stunden in den Dornenwald flüchten wollte, war längst vergessen.

In der Casa Mennonita stieg ich aus und holte meine Post ab. Der Brief Cornelios heiterte mich auch nicht gerade auf.

Brief Cornelios

Gestern bin ich zu einem Vortrag einer Paraguayerin gegangen, der von Amnesty International organisiert wurde. Juana Antonia Vazquez schilderte, wie sie in Asunción gefoltert wurde. Sie war gewerkschaftlich tätig und war eines Tages an ihrer Arbeitsstelle verhaftet worden. Die Einzelheiten der Foltermethoden erspare ich dir lieber. Natürlich ließ sie kein gutes Haar an Stroessner. Meine Gefühle waren gegensätzlicher Natur. Zum einem war ich verärgert, weil sie mein Land so negativ darstellte. Wer arbeitete und den Mund hielt, hatte doch ein Auskommen. Zum anderen hatte ich Mitleid mit der Frau. Wenn es so war, wie sie berichtete, muss sie Schreckliches erlebt haben.

Aufzeichnungen Rubens (Vorfälle 1987)

Nachdem ich den Brief gelesen hatte, zerriss ich ihn in tausend Stücke und deponierte die Schnipsel nacheinander in verschiedenen Papierbehältern. Dann ging ich zu meiner Arbeitsstelle. Der Spießrutenlauf begann schon vor dem Regierungspalast. Die Wachen, die mich kontrollierten, konnten sich ein Grinsen nicht verkneifen, obwohl es sonst zu ihrem Job gehörte, keine Miene zu verziehen. Auf meinem Gang zu Stroessners Despacho musste ich am Schreibtisch Rolóns vorbei, der sich auf das Treffen mit mir schon vorbereitet hatte, denn er hielt die Zeitungsseite mit dem Demonstrations-Bericht aufgeschlagen und lästerte wohl über mich, denn die Sekretärinnen und Praktikantinnen kicherten laut. Kurz grüßend ging ich an Rolón vorbei zu meinem Arbeitsbereich.

Drüben im Konferenzzimmer warten zwei Herren aus dem Polizeipräsidium auf dich, rief Rolón hämisch hinterher, zwecks Verifikation.

Die Polizisten von gestern wollten es wohl genau wissen, mit wem sie es bei mir zu tun hatten. Und unter *Verifikation* verstand ich, dass sie wohl Fotos oder Videoaufnahmen mitgebracht hatten und ich ihnen dabei helfen sollte, die Demonstranten zu identifizieren. Ich war opportunistisch und hatte vielleicht ein Rückgrat aus Gummi, aber da würde ich nicht mitmachen. Mir blieb nichts anderes übrig, als den Auftrag Raquels sofort in die Tat umzusetzen. Vor Aufregung schnürte sich meine Kehle zusammen.

Ist gut, antwortete ich Rolón mit angstheiserer Stimme, aber vorher darf ich doch wohl noch auf die Toilette.

Aber spül bitte keine Beweise von gestern herunter, schickte mir Rolón lachend hinterher, Oder noch schlimmer: Komm nicht auf die Idee, dir das Leben zu nehmen. Du bist noch so jung – und deine Karriere so vielversprechend.

Sollte ich bisher noch ein wenig Sympathie für Rolón verspürt haben, jetzt war der letzte Rest endgültig dahin.

Als ich aus der Toilette kam, schritt ich kommentarlos an Rolón und seinen Weibern vorbei und ging schnellen Schrittes zum

Stroessner-Despacho. Die ersten beiden Wachen hielten mich nicht auf, weil sie mich ja mittlerweile kannten und ich ja auch in die Casa de Gobierno gehörte. Das zweite Wächterpaar durfte mich erst nach einem Augenkontakt mit Rolón hereinlassen, doch ich öffnete schnell die Tür und stellte sie vor vollendete Tatsachen. Von hinten rief Rolón den Wächtern zu: Haltet den Deutschen fest! Lasst ihn nicht herein!

Stroessner saß an seinem Schreibtisch und las ebenfalls die Zeitung. Die Wachen kamen hereingerannt, zerrten an meinem Ärmel und wollten mich herausziehen, wobei sie sich bei Stroessner entschuldigten. Stroessner erkannte mich und sagte: *Ah, el huevón!* Der Eierkopf! und begann laut zu lachen. Dann fragte er mich, während die Wachen mich noch im Clinch hielten, ob das ein Putsch sei.

Nein, sagte ich, ich bitte um Gnade.

Um Gnade? Was haben Sie denn verbrochen?

Wissen Sie, sagte ich, ich liebe ein nettes Mädchen. Ihretwillen spreche ich vor.

Wie heißt das Mädchen?

Natürlich wusste ich, dass er Raquel gut kannte. Aus diesem Grunde zäumte ich das Gespräch auf diese Weise auf.

Raquel Solís. Sie ist sehr nett und patriotisch und liebt das Vaterland über alles. Aber sie ist in eine Clique von rebellischen jungen Leuten hineingeraten, die zwar keine Revolution anzetteln wollen, aber gerne Rabatz machen.

Stroessner schwieg. Dann ordnete er die Wachen an, mich zu durchsuchen. Da sie nichts fanden, schickte er sie hinaus.

Raquel kannte ich schon als kleines Mädchen. Sie hat auf meinem Schoß gesessen. Aber sie hatte kein Sitzfleisch, sie war wie der Wirbelwind.

Wieder legte er eine kurze Pause ein, beobachtete wie selbstvergessen eine Fliege, die um seinen Kopf schwirrte. Unruhig trat ich von einem Bein aufs andere.

Dann fing Stroessner an zu schreien: Was zum Teufel macht Raquel bei diesen Kommunisten und Vaterlandsverrätern?

Sie hätten sich nicht so verhalten sollen, sagte ich, Sie werden es auch nicht wieder tun.

Es klang wie die Abbitte eines kleinen Kindes, aber ich glaubte, wenn ich den Naiven spielte, klang ich am glaubwürdigsten. Denn Stroessner wusste, dass ich aus einem mennonitischen Elternhaus stammte, wo Weltpolitik verabscheut wurde.

Sie wollen also für 300 Demonstranten die Hand ins Feuer legen?

Ich bitte nur für drei. Für Raquel Solís, Eva Viccini und Manuel DelValle. Für sie lege ich die Hand ins Feuer.

Meine Courage und mein Schneid schienen Wirkung zu zeigen: Gut, Sie können gehen. Aber lassen Sie sich ja nicht wieder ein Ei an den Kopf werfen.

Lachend griff er wieder zur Zeitung, um seine Morgenlektüre fortzusetzen.

Ich blieb noch stehen und räusperte mich. Stroessner blickte auf: Noch was?

In einem der Konferenzräume warten zwei Polizisten. Sie wollen mich zwecks Verificación sprechen.

Stroessner schüttelte den Kopf, als könne er nicht verstehen, dass ich mich dafür nicht zur Verfügung stellen wolle. Dann sagte er: Schick sie zu Brites zurück!

Jawohl, mí General, salutierte ich und verschwand hastig.

Vor der Tür wartete Rolón und fauchte mich an, wie ich es denn wagen könne, ohne Erlaubnis das Despacho des Supremo zu öffnen. Als er mein entspanntes, ja geradezu freundliches Gesicht sah, kam er ins Grübeln.

Schicken Sie die Polizisten weg, raunzte ich ihm zu. Auf Befehl des Präsidenten!

Die Polizisten soll ich nach Hause schicken? Das würde allen erkennungsdienstlichen Prinzipien widersprechen.

Aber wenn der Excelentísimo es so will, sollten wir nicht widersprechen.

Natürlich würde Rolón nie beim Excelentísimo nachfragen. Er musste mir jetzt glauben. Und ich musste darauf hoffen, dass der

Generalísimo unser Gespräch nicht schon wieder vergessen hatte, denn er galt schon als etwas verkalkt. Doch ich wie Rolón wurden von allen Zweifeln befreit, als eine Sekretärin aus Stroessners Despacho trat und Rolón zum Gespräch bat.

Die Welt, die vor ein paar Stunden noch so bedrohlich aussah, hatte sich komplett gewandelt. Der Angsthase war zum Helden geworden. Durch entschlossenes Auftreten hatte ich auch die Welt meiner Freunde wieder in Ordnung gebracht.

***

Zu Hause empfing mich eine kalte, verlassene und nach Rauch stinkende Wohnung. Ich benutze mein vor kurzem erworbenes Telefon und rief Raquel zu Hause an. Ein Bediensteter antwortete und richtete mir aus, der Herr wolle mich sprechen. Solís ließ sich den Hörer geben und sagte, er wolle sich für meinen Einsatz bedanken und mich zum Abendessen in sein Haus einladen. Er schicke ein Auto vorbei.

Solís hatte den Tisch direkt an der Parilla decken lassen, neben dem Grill, wo es angenehm warm war. Enttäuscht bemerkte ich, dass nur für zwei Personen gedeckt war. Raquel würde nicht dabei sein. Aber sie hatte abends auch immer viel vor.

Der Kellner in weißer Livree rief mich zur Parilla und bat mich, das Stück auszusuchen. Meine Wahl fiel auf ein zartes Filet, an dem keine Spur von Fett zu entdecken war.

Fleisch aus dem Chaco, sagte der General.

Natürlich, wer auf sich hielt, servierte Fleisch aus den Schlachthäusern des Chaco.

Solís ließ mich schildern, wie mein Vormittag abgelaufen war. Und zwischen Steak, Salat und Maniokknolle sagte er beiläufig: Es hätte auch schlimmer ausgehen können, ein Satz, der mich nachdenklich stimmte. Seine Dankbarkeit mir gegenüber war uneingeschränkt, aber warum machte er dann diese Bemerkung. Es war doch prima gelaufen. Ich hatte die Kohlen aus dem Feuer geholt.

Ruben, sagt Solís, nachdem er lange Zeit still dagesessen hatte, du darfst dem Excelentísimo nie zeigen, dass du an ihm zweifelst. Jede Veränderung in deiner Mimik wird er wahrnehmen. Aber du musst merken, wann die Stunde der Wahrheit gekommen ist. Und dann musst du dich absetzen.

Nach diesem kryptischen Ratschlag fing er an, unruhig auf dem Stuhl hin- und herzurutschen. Deshalb stand ich auf, um mich zu verabschieden. Gerade wollte ich nach Raquel fragen, um auch ihr Adios zu sagen, als er sagte: Rubén, eine Mitteilung muss ich dir noch machen. Was ich dir jetzt sage, ist eigentlich keine Hiobsbotschaft, denn alle jungen Menschen wollen mal hinaus in die weite Welt.

Will Raquel auswandern? fragte ich erstaunt.

Ja, in der Tat, so kann man es auch sagen. Aber nicht so ganz aus freien Stücken. Dem Excelentísimo hat es gefallen, Raquel ins Exil zu schicken. Sie fliegt schon morgen mit einer Maschine der LAP nach Madrid.

Ja, aber warum?

Natürlich wegen ihres politischen Engagements, das noch umfangreicher ist, als du dir vorstellen kannst.

Der Abschied fiel kurz aus. Raquel kam weinend aus dem Wohnzimmer, umarmte mich und bedankte sich, dass ich mich für Eva und Manuel DelValle eingesetzt hatte.

Kurz und schmerzlos, befal der General mit fester Stimme. Und was ein General befiehlt, wird in Paraguay auch getan.

Ich war natürlich von den Socken, fühlte mich wie betrunken und wankte zur Einfahrt.

Warte kurz, rief der General hinterher, Eva Viccini und Manuel DelValle befinden sich bereits im Exil. Sie wurden direkt aus der Haftzelle ins Flugzeug gesetzt und nach Clorinda geflogen. Mit der Auflage, sich fürs Erste nicht in Paraguay blicken zu lassen. Sie haben Glück gehabt, denn sie wurden nicht gefoltert.

Ich ließ die Worte auf mich einwirken. Als ich sie verstanden hatte, verließ ich das Anwesen. Der General rief noch hinterher, er würde seinen Fahrer schicken oder nach einem Taxi rufen, was weiß ich, was er schrie.

Eine mächtige Traurigkeit wischte meine Rationalität von der Kante des Bürgersteigs. Ich fiel in ein großes Loch aus Selbstmitleid, Trauer und Depression, setzte einen Fuß vor den anderen, folgte nicht den ausgetretenen Pfaden der großen Avenidas, die mich wie von selbst ins Zentrum geführt hätten, sondern lavierte mich in dunkle Gassen, die mich in den Moloch der Hölle reißen konnten.

Der rauchige Geschmack des Mate-Tees war in meinem Hals hängen geblieben, so dass der Schleim daran gehindert wurde, abzufließen. Ein widerspenstiger Schleimknoten dehnte sich in der Luftröhre aus und wollte sich selbst dann nicht lösen, als ich mich kräftig räusperte. Wo war ich gelandet? Jetzt hatte ich schon das zweite Mädchen verloren. Von meinem ungeliebten Glauben, den ich abgeworfen hatte wie nutzlosen Ballast, gar nicht zu sprechen.

Bis zum Morgen waren mir nur noch wenige Stunden vergönnt. Nach der Aufregung des Tages fiel ich in einen kurzen, aber tiefen Schlaf. Um fünf Uhr war ich wieder hellwach. Ich stand auf und bereitete einen Mate-Tee zu. Ich fühlte mich einsam und verlassen. Zwar gab es unzählige Menschen, auf die ich zählen konnte, angefangen mit meinem Bruder Ernesto in Asunción und endend mit meinen Eltern im Chaco. Aber mit den beiden Frauen verband mich eine Seelenverwandtschaft, die ich nicht ersetzen konnte. Wie würde ich die Tage im Regierungspalast ohne den Beistand Raquels bewältigen? Vor allem jetzt, wo sich ein paar alte Männer daran machten, den Diktator zu beseitigen.

Nach einem kleinen Frühstück mit Kaffee und Milch und einer Trinchera sowie Mennoniten-Käse und Guaven-Marmelade startete ich am nächsten Morgen zum Palast und hoffte, meine Geschichte würde sich dort auch schon verbreitet haben. Denn das hatte ich schon mitbekommen, viele verspürten hier den Auftrag, ihre Mitbürger auszuspionieren und ihre Erkenntnisse dem Staat zuzutragen. Aber selbst wenn die Polizisten nicht von sich aus im Palast angerufen hatten, war die Chance ziemlich groß, dass der Pressedienst der Polizei die Geschichte ausschlachten würde.

Doch im Palacio war Stress angesagt. Rolón, der sichtlich angepisst war, herrschte mich an, ich solle mich sofort bei Don Mario melden und wieso ich es mir überhaupt herausnehme, so spät zu erscheinen. Die Erklärung für Rolóns schlechte Laune bekam ich anschließend geliefert. Don Mario eröffnete mir, dass ich ab morgen früh der persönliche Referent Stroessners sei, was vor allem bedeute, dass ich ihn bei allen offiziellen Terminen begleiten würde. Ich müsse seine Reden bei mir tragen und den Terminkalender auswendig kennen. Mit einem Augenzwinkern gab er mir zu verstehen, dass ich nicht mehr ganz so viel zu tun hätte, da Stroessner aufgrund seines Alters nur wenige Termine wahrnehme. Es sei natürlich eine absolut vertrauenswürdige Aufgabe. Deshalb müsse er mich fragen, wie ich zu Stroessner stehe.

Natürlich bewundere ich ihn, sagte ich, er hat schließlich unser Land aufgebaut.

Gut, gut, sagte er, ich könnte Sie jetzt noch löchern, will ich aber nicht. Der Präsident hat entschieden und so soll es sein. Ich glaube, er vertraut Ihnen, weil Sie ein Kind frommer Siedler sind.

Wenn du wüsstest, dachte ich, aber klar, ich fühlte mich geehrt und war jetzt schon aufgeregt, was mir der morgige Tag bringen würde. Don Mario drückte mir eine Mappe in die Hand und schickte mich in ein Zimmer nebenan.

Ergreifen Sie nie von sich aus das Wort!

Warten Sie immer, bis er Sie anspricht!

Verhindern Sie, dass jemand seine rechte Hand drückt!

Die Empfehlungen häuften sich. Jeder im Palast musste mir einen Ratschlag mit auf den Weg geben. Die Mitarbeiter und die Entourage gratulierten mir. Sie sagten: Du hast es gut.

In diesem Land ist man schon glücklich, wenn man von Ihm gemaßregelt wird. Denn das bedeutet: Er hat mich beachtet, Er hat nicht über mich hinweggesehen. Er hat mich zwar gedemütigt, aber immerhin existiere ich für Ihn. So gesehen war ich ein echter Glückskerl.

Am nächsten Tag stand die Eröffnung einer neuen Abfüllanlage des Getränkes Guaraná in einer Ortschaft in der Nähe von Asunción auf dem Plan. Die Getränkefirma Braso war, wie der Name schon andeutete, brasilianischer Herkunft. Das bedeutete: Lieblingstermin für Stroessner, denn die Brasilianer waren seine Favoriten. In Brasilien hatte er sich als Militär weiterbilden lassen, mit den östlichen Nachbarn konnte er gut.

Gut vorbereitet und in meinen einzigen Anzug gekleidet, setzte ich mich an seine rechte Seite. Der Chauffeur startete den betagten Sechszylinder und los ging die Fahrt im Konvoi des Begleitschutzes. Stroessner trug heute Sonnenbrille, was ein Hinweis darauf sein sollte, dass er schlecht drauf war. Er nahm mich mit keiner Geste wahr. Deshalb schwieg auch ich und ging in Gedanken die einzelnen Punkte der Einweihung durch.

Plötzlich sagte er einen Satz in Guaraní.

Señor Presidente, tut mir leid, aber ich spreche kein Guaraní.

Unwillig krächzte er: Wieso setzt man mir einen Menschen an die Seite, der kein Guaraní spricht?

Ich lief rot an und dachte, das war es dann wohl mit meiner Karriere.

Stroessner nahm seine schwarze Brille ab, räusperte sich und sagte mit einer viel angenehmeren Stimme: Sag schon, wo fahren wir hin?

Ich erklärte ihm, was heute anstand und meine anfangs unsichere Stimme wurde fester.

Vor dem Fabrikgebäude warteten nicht nur die Vertreter von Braso, sondern rund ein halbes Dutzend Minister und mehrere hochrangige Militärs. Als ich aus dem Chevy stieg, musterten sie mich eingehend. Der Grund war nicht nur: Ah, ein neues Gesicht. Sondern: Schaut mal an, ein Ziviler als Adjudant. Oder auch: Guck mal an, ein Chaqueño, ein blonder Gringo. Aber natürlich wurde ich von ihnen sehr höflich behandelt. Dieser erste Termin diente dazu, mich zu positionieren. In welcher Entfernung zu Stroessner musste ich gehen? Wo war mein Platz auf der Tribüne? Und so weiter.

Als die Veranstaltung zu Ende war, folgte ich Stroessner zu seiner Limousine, aber sein Chauffeur bedeutete mir, nicht einzusteigen.

Das offizielle Programm war abgearbeitet, somit war ich für den heutigen Tag entlassen. Ich musste jetzt auf eigene Faust zurück nach Asunción kommen, was aber kein Problem war, denn die meisten Gäste waren aus der Hauptstadt. Als ich am späten Nachmittag vor meiner Wohnung ankam, stand ein Militärposten vor dem Eingang. Schon aus einer Entfernung von etwa 100 Metern nahm ich den MP-Helm wahr. Ich stoppte meinen Schritt und überlegte, was das zu bedeuten habe. Stand jetzt eine Verhaftung bevor? Was hatte ich ausgefressen? Allen Mut zusammennehmend, näherte ich mich der Wache. Als der Polizist mich sah, salutierte er. Warum er denn hier stehe? fragte ich ihn. Das Haus hatte auch andere Mieter, so dass die Präsenz eines Militärpolizisten auch einer anderen Person gelten könnte. Personenschutz für Sie, sagte er, die Presidencia habe angeordnet, mich rund um die Uhr zu schützen. So was! Spätestens jetzt war ich zu einer wichtigen Person geworden.

Aber es kam noch besser. In den nächsten Tagen erfuhr ich, dass die Verwaltung des Regierungspalastes mir eine neue Wohnung angemietet hatte: Wohnzimmer, Küche, Diele, Schlafzimmer, Gästezimmer, kleine Terrasse nach hinten, kleiner Hof mit Parilla und Minipool. Auch mein Gehalt stieg etwas an, aber nicht viel. Trotzdem trafen immer wieder Einmalzahlungen auf meinem Konto ein, die mit dem Betreff *Erschwerniszulage* versehen waren. So allmählich konnte ich mich strecken und überlegen, mir ein eigenes Auto zuzulegen.

Meine Eltern besuchten mich. Sie staunten nicht schlecht, als sie am Eingang zur Wohnungsanlage von einem Posten nach ihren Dokumenten gefragt wurden.

Langsam und außer Atem kamen sie die Treppe hoch, die zu meiner Terrasse führte. Steif umarmten sie mich, dann blieben wir versteinert voreinander stehen und schauten uns ungläubig an, nach Merkmalen des Wiedererkennens Ausschau haltend. Ich fühlte mich schon kaum mehr als ihr Sohn. Die Familie war Geschichte, ich hatte mich losgelöst, war nur noch ich, mit einigen Personen als Anknüpfungspunkten, aber ohne Verlangen, eine Rolle in einem familiären Kontext zu spielen.

Mein Vater lachte verlegen und schaute beinahe ehrfürchtig zu mir hoch, bei meiner Mutter war schon eher ein Zeichen der leisen Wehmut zu erkennen, einer Traurigkeit, dass ich nicht mehr ihr Junge war.

Ich zeigte ihnen meine Wohnung, meine Mutter fragte, ob keine Gardinen vor die Fenster kämen, mein Vater sagte immer nur: Kaum zu fassen! Kaum zu fassen!

Dann setzten wir uns unter das Verandadach der Parilla, schlürften einen Tereré und warteten, dass der Muchacho den Asado serviere. Mein Vater ließ sich genau darüber informieren, wie mein Berufsleben aussah, meine Mutter wollte wissen, was ich mit der übrigen Zeit anstelle. Ob ich eine feste Freundin habe, wollte sie wissen. Ich konnte sie beruhigen, weder eine feste noch sonst eine. Was denn mit Raquel Solís sei, sie habe am Pilcomayo das Gefühl gehabt, es entwickle sich was zwischen uns. Wir seien sehr gute Freunde. Raquel habe das Land verlassen, um in Europa zu studieren. Unmerkliches Aufatmen. Gehst du auch manchmal zum Gottesdienst, mein Junge? Ja, selbstverständlich gehe ich manchmal zum Gottesdienst. Aber nicht oft? Nein, oft nicht, da sei ich zu sehr in meine Arbeit eingebunden. Ja, sagte sie, sie habe nichts gegen Stroessner, aber Mennoniten und Politik, das sei nicht richtig. Du musst dir keine Sorgen machen, ich bin doch gar kein Mennonit. Nicht? Ja, ob mir unsere Gemeinschaft noch was wert sei? Ja, *cómo no, cómo no.* Ob Jesus Christus in meinem Leben noch eine Rolle spiele. Ach Mutter, lass uns über etwas anderes reden. Ja, sogar Cornelio habe sich taufen lassen, alle meine Freunde im Chaco seien in der Gemeinde. Finde ich gut, aber ich glaube, der Asado ist fertig. Und Weihnachten musst du nach Hause kommen. Alle werden da sein.

Stimmengewirr auf der Straße und das Keuchen eines Menschen, der die Treppe hochkam. Wer mochte das sein? Besuch erwartete ich nicht. Kein Geringerer als Alfredo Stroessner tauchte auf, gekleidet in einen marinefarbenen Zweireiher und mit rot-gestreifter Krawatte. Er hatte vor ein paar Tagen nach meinen Eltern gefragt, eine dieser floskelhaften Fragen, die er manchmal während der Fahrten stellte. Sie kommen mich besuchen, erzählte ich ihm. Und jetzt war er hier, um sie zu begrüßen, denn keinen anderen Grund für seinen Besuch konnte ich mir vorstellen, und es gab auch keinen anderen.

Tienen un hijo muy bueno – Sie haben einen netten Sohn, sagte er nach der Begrüßung. Das war dann auch alles, was er über mich sagte. Meinen Eltern reichte dies. Er wollte sich über den Chaco unterhalten und über seine blutreichen Schlachten. Kennen Sie Boquerón? fragte der Chacokriegsveteran meinen Vater. Selbstver-ständlich, antwortete mein Vater, das legendäre Schlachtfeld liegt ja in Neuland. Und schon ging das Anekdotenerzählen los.

Als der Muchacho das Essen servierte, verabschiedete sich der Präsident und ließ zwei völlig entzückte Eltern zurück, die sich die zwei Stunden, die sie noch bei mir waren, ausschließlich über Ihn unterhielten, was mich aber nicht weiter störte, enthob es mich doch dem Zwang, Konversation zu betreiben.

***

Unter normalen Umständen hätte ich Scarface nie vergessen. Aber die Ereignisse überschlugen sich. Zuerst hatte ich jeden Tag auf den Anruf der Polizei gewartet, aber nach den Vorfällen um den *Pueblo* vergaß ich die Inhaftierung komplett. Aber dann erhielt ich einen Anruf von Investigaciones. Der Beamte teilte mir mit, dass der Verhaftete Pablo Noruega heiße, 26 Jahre alt sei und eine Reihe von Raubüberfällen in seinem Strafregister führe. Noruega sei geständig, ich solle mich mit ihm in Verbindung setzen. Vorher sei aber die Zahlung der Restsumme fällig, weshalb er meinen Besuch erwarte.

Die Zahlung des Bestechungsgeldes tat mir nicht weh, zumal mir der Beamte von Investigaciones einen Rabatt gewährte, weil ich Rolón als Kontakt angegeben hatte. Aber den Besuch bei Scarface konnte ich erst hinter mich bringen, nachdem ich meinen inneren Schweinehund überwunden hatte, zumal ich erfuhr, dass Noruega in derselben Zelle interniert war wie zuvor 25 Jahre lang Napoleón Ortigoza, der älteste politische Gefangene Paraguays.

Die Zelle wurde frei, sagte der Beamte, also mussten wir sie wieder belegen.

Mit Hilfe der Bescheinigung von Investigaciones bekam ich Zutritt zur Guardia de Seguridad. Ein Polizist begleitete mich in ein dunkles Verlies mit mehreren Zellen. In dem beinahe unbeleuchteten Raum konnte ich nur schemenhaft Gefangene wahrnehmen. Dann blieb der Polizist stehen und zeigte auf einen kargen Raum, vielleicht 1,50 Meter breit und drei Meter lang. In der hintersten Ecke auf dem Bett saß ein Mensch.

Noruega, komm nach vorne ans Gitter, rief der Polizist.

Die Gestalt regte sich und kam mit tappenden Schritten nach vorne. Er bewegte sich vorwärts wie ein Greis mit mehrfachem Bandscheibenvorfall. Das rechte Auge war blutunterlaufen, an seinen Armen entdeckte ich blaue Flecken und Schürfwunden. Oh Gott, so misshandelt man doch nicht einen Menschen für einen Motorrad-Diebstahl.

Tut mir leid, sagte ich, das wollte ich nicht.

Wer sind Sie? fragte Noruega nuschelnd, so als ob auch seine Zunge angeschwollen sei.

Ich bin derjenige, der Sie ins Gefängnis gebracht hat, sagte ich.

Bringen Sie mich raus, flehte er mich an, ich werde Ihnen mein Leben lang ohne Entgelt dienen.

Ich werde mich bemühen, antwortete ich. Der Schweiß floss in Strömen, mir wurde speiübel. Ich bedeutete meinem Begleiter, dass ich das Verlies verlassen wolle.

So leicht war ich zu einem Teil des Unterdrückungsapparates geworden. Nein, ich war es schon lange – aber an diesem Beispiel zeigte es sich ganz deutlich. Schon wieder musste ich darum bitten, dass ein Gefangener freigelassen wird. Rolón war nicht gut auf mich zu sprechen, auch Mario Abdo war der falsche Ansprechpartner. Und wie Stroessners Antwort ausfallen würde, konnte ich mir lebhaft vorstellen: Wenn Sie so weiter machen, Rubén, dann sind Paraguays Gefängnisse bald leer und alle Gangster sind frei. Ha, ha, ha, ha!

Raquel stand nicht mehr zur Verfügung. Aber ihr Vater. Ich nahm mir vor, vor Solís auf die Knie zu fallen und inständig um die Freiheit von Pablo Noruega zu bitten.

***

Im November und Dezember des Jahres 1987 standen zahlreiche Schulabschlüsse an, an denen Stroessner teilnahm, um den Bachilleres die Abschlusszeugnisse zu überreichen und die netten Mädchen, wie es allgemein üblich war, auf beide Wangen zu küssen und schon mal Ausschau nach neuen Geliebten zu halten. Wenn ich in sein Maniok-Gesicht sah und auf seine runzeligen Hände, wenn ich seine näselnde Stimme hörte und seine philosophischen Banalitäten über mich ergehen lassen musste, dann verspürte ich Widerwillen. Trotzdem zollte ich ihm Respekt, schon um mich selbst zu schützen. Er hatte die Macht über Leben und Tod, wie der große Manitu, aber viel präsenter.

Ich blickte in den Spiegel und sah einen anderen. Wer war ich geworden? In einer religiösen bäuerlichen Familie aufgewachsen und jetzt hier mitten in der weltlichen Teufelsbrut gelandet. Hätte ich auch Nein sagen können? Wie hätte er reagiert? Wann hatte zum letzten Mal jemand in seiner Gegenwart Nein gesagt?

Seine Sentenzen erlangten die Bedeutung von Einmaligkeit und Originalität. Er sagte Sätze wie: Probleme sind da, um sie zu lösen. Alle seine philosophischen Ausflüsse waren abgegriffen, keiner war wirklich eine Stroessner-Schöpfung: *Vanamente se afana aquel que a todos quiere agradar* – Allen Menschen recht getan ist eine Kunst, die niemand kann. Der beste Freund eines Colorado ist ein anderer Colorado. Die Demokratie kann nicht durch eine schwache Regierung verteidigt werden.

Im Regierungspalast ging es zu wie in einer patriarchalischen Familie. Der allmächtige Vater bestimmte die Gesprächsthemen, saß an der Stirnseite des Tisches und durfte den ersten Witz erzählen. Er nahm sich das größte und das letzte Stück. Er war mal gönnerhaft und großzügig, dann wiederum rüffelte er, gab kluge Ratschläge und war überhaupt der Allwissende, der nicht nur immer die besten Tipps parat hatte, sondern auch der klügste Experte in allen Fachgebieten war. Standen wir in Loma Plata in einem Weizenfeld, legte er die Geschichte des Weizenanbaus dar. Besuchten wir die Textilfabrik von Pilar, schilderte er die historische Entwicklung der Textilherstellung, wurde ein Denkmal des Nationalhelden López enthüllt, gerierte er sich als der erste Historiker Paraguays. Er konnte behaupten, wonach ihm der Sinn stand, denn niemand widersprach ihm.

Im Gegensatz zu vielen anderen seiner Zunft umgab er sich nicht mit Luxus. Seine Staatskarosse war wahrscheinlich der älteste Achtzylinder der Welt. Um vorzugreifen: Nachdem er durch den Putsch seine Macht verloren hatte, stürmten die Massen das Präsidenten-Wohnhaus, um sich einen Eindruck von seinem ausschweifenden Leben zu machen. Die Massen wurden enttäuscht: Es gab nicht viel zu entdecken. Die Klimaanlage in seinem Schlafzimmer funktionierte seit Jahren nicht mehr.

Stroessner sah in mir wohl vor allem einen Sprössling deutschmennonitischer Einwanderer. Er war sich nicht immer ganz sicher, wie sie zu ihm standen: Wenn man den Mennoniten nicht alle Wünsche erfüllt, drohen sie schnell damit, auszuwandern, sagte er bei einer längeren Fahrt zu einem Termin.

Nur wenn sie ihren Pazifismus bedroht sehen, antwortete ich.

Was muss aber tatsächlich passieren, damit sie wirklich die Koffer packen?

Paraguay wird kommunistisch, antwortete ich mutig.

Ausgeschlossen, sagte er.

Der Viehdiebstahl nimmt extreme Ausmaße an.

Ausgeschlossen.

Bürgerkrieg.

Ausgeschlossen.

Mehr fällt mir nicht ein, sagte ich.

Zufrieden grinsend lehnte er sich in seinem Autositz zurück.

***

Die Scheiben waren heruntergekurbelt, damit die warme Chacoluft durch unsere Haare streichen konnte. Schnell fahren konnte man auf dieser jetzt in der vollen Länge asphaltierten Trans-Chaco-Ruta eh nicht, denn trotz der neuen Fahrbahn holperte Ernestos Toyota Doble Cabina dauernd durch Schlaglöcher. Die korrupten Straßenbauer hatten einen Teil der Zahlungen abgezweigt und deshalb hatte es nur für eine dünne Decke gereicht.

Maria, Ernestos Zwillingsschwester, trällerte ein christliches Liedchen: *No hay Dios tan grande …* Ihre missionarische Frömmigkeit dämpfte die Stimmung. Auch Auna, Ernestos Frau, war nicht gerade eine charismatische Person. Sie saß neben Ernesto und säugte den kleinen David. Hinten, zwischen mir und Maria, quietschte die dreijährige Nora, die ihrer Puppe das Sprechen beibrachte. Auna und ihre Schwägerin Maria waren absolut konträre Personen und dennoch beide komplett in der mennonitischen Welt aufgehoben. Die eine, Auna, war eine wasserstoffblonde Schönheit, wie es sie nur in Menno geben konnte, aber seit sie sich Ernesto geangelt hatte, war sie nur noch für eines da: für ihre Familie. Ihre Schönheit welkte – schlicht gesagt – langsam dahin. Auch Maria war Hingebung pur, diese galt aber ausschließlich Gott, dem sie in Freude dienen wollte. Auf Gottes Ruf hatte sie geachtet und Gott hatte sie nach Ecuador gerufen, wo sie bei der *Stimme der Anden* tätig war, einem Evangeliumssender, der in die ganze Welt ausstrahlte.

Als ich sie am Flughafen abholte, schaute sie mich mit traurigen Augen an, ein Blick, der besagte, wie sehr ich ihr leid tat und wie tief ich schon gefallen war, um mir dann zu erzählen, dass sie demnächst die wilden Aucas im Amazonas-Dschungel bekehren wolle, sie verspüre Gottes Auftrag tief in sich. Ich wollte sie nicht beleidigen, sonst hätte ich gesagt: Um Gottes Willen, wenn dich die Aucas sehen, dann laufen sie davon und kommen nie wieder.

Bei der Raststätte Pirahú, der gefühlten Mitte des Weges, gab es *bife a caballo*, Rinderfilet mit zwei Spiegeleiern – wie die Besitzer immer noch stolz versicherten, den besten *bife* im gesamten Chaco Boreal. Als wir wieder ins Auto stiegen, stand die Sonne genau im Zenit, wir fühlten uns unserer Schatten beraubt. Ernesto ordnete an, die Fensterscheiben hoch zu kurbeln, weil er die Klimaanlage einschalten wolle. Die Straße war so schmal, dass die entgegenkommenden Autos in uns hinein zu donnern schienen.

Um 16 Uhr verließen wir den Asphalt und drehten auf einen Siedlungsweg ab. Von weitem sahen wir das gigantische Schild: Bienvenidos a la Colonia Neuland. Rechts ging der Schöntaler Weg ab, der eine wichtige Station auf meinem Lebensweg war. Wir fuhren natürlich geradeaus weiter, vorbei an Shell-Peters, der Tankstelle, die Cornelios Vater gehörte. Sie war geschlossen, wahrscheinlich schon seit vier Stunden. Auch vor dem Rempel-Laden gähnende Leere. Ebenfalls kein Leben vor Kooperative und Molkerei. Die Menschen bereiteten sich auf den Heiligabend vor. Unsere Eltern begrüßten uns mit lautem Hallo, auch Tyrass III. kam hechelnd angestürmt.

Der Borschtsch stehe schon dampfend auf dem Tisch, sagte Mama. Durch zahlreiche blühende Sträucher und Blumenbeete hindurch führte sie uns zur Veranda, auf der ein langer Tisch gedeckt war.

Setzt euch und esst, ich kümmere mich um die Engelchen, sagte sie.

Es wurde viel durcheinander und kreuz und quer geredet. Maria musste von ihrem Sender erzählen, ich von meinen Erlebnissen im Regierungspalast, Ernesto von den Erfolgen mit seinem boomenden Elektronik-Geschäft und Auna von der Erziehung ihrer Kinder. Meine Eltern hörten mit stolzgeschwellter Brust zu. Ihre Kinder schienen sich im Leben zu behaupten. Vor einem Jahr war alles noch ganz anders gewesen. Da gab es den verlorenen Sohn, der am Pilcomayo die Kühe hütete. Heute wurde meine Pilcomayo-Eskapade mit keinem Wort erwähnt, umso mehr mein außergewöhnliches Standing in Asunción, obwohl das eine die Konsequenz aus dem anderen war.

Mit einsetzender Dämmerung gingen wir zur Kirche. Auf dem Funkturm glitzerte ein großer Weihnachtsstern, der über ganz Neuland strahlte. Die Kinder des Dorfes sangen die bekannten Lieder und spielten die Weihnachtsgeschichte. Danach bekamen sie bunte Tüten mit Süßigkeiten. Die Erwachsenen begrüßten einander überschwänglich. Nicht nur wir waren wieder heimgekehrt, auch viele andere. Jakob Regehr, der Sohn des Dorfschullehrers, war immer noch dürr wie eine Bohnenstange. Speck hatte er während des Studiums im Lehrerseminar jedenfalls nicht angesetzt. Etwas pummeliger aber war Miriam Cornies geworden, die ein freiwilliges Jahr im Lepra-Hospital ableistete. Sie drückte mir fest die Hand und schaute mir tief in die Augen, was so viel bedeutete wie: Denkst du noch an den Schöntaler Busch?

Wieder zurück, stellten wir die Teller unter den Weihnachtsbaum, denn Bescherung gab es erst am ersten Weihnachtstag. Dann setzten wir uns in die Liegestühle, die auf dem Hof standen, machten das Licht aus und schwelgten in unseren Erlebnissen. Vater öffnete eine gekühlte Cidre-Flasche der bekannten Marke La Farruca und füllte jedem ein Glas ein. Ab und zu hörte man ein Klatschen, da hatte dann jemand mit der flachen Hand eine Mücke ins Mücken-Jenseits befördert.

Zum Schlafen blieb Ernestos Familie im Haus meiner Eltern. Maria und ich sollten bei Susanna, einer Freundin, übernachten. Susanna hatte sich preisgünstig eines dieser immer und immer wieder umgebauten Adobe-Häuser aus der Siedlungszeit gekauft. Am schönsten daran war die Veranda. Ich legte mich in eine Hängematte, die zwischen zwei Pfosten pendelte. Maria zog aus der Zisterne einen Eimer Wasser hoch, schüttete zwei Schalen Würfel-Eis hinein und servierte einen eiskalten Tereré. Jetzt erzählten wir uns die Geschichten, die wir in Gegenwart der Eltern unerwähnt gelassen hatten. Maria legte ihre Frömmigkeit ab und war wieder eine normale Schwester. Keiner schien die Schoten der anderen besonders wichtig zu nehmen, es war weder langweilig noch kurzweilig, aber immerhin ein guter Zeitvertreib gegen die schiere Unmöglichkeit, bei der trägen Nachthitze wenigstens in einen leichten Schlaf zu fallen. Gegen zwei Uhr hörten wir eine Schar Heiligabend-Sänger die Straße hochkommen. Wir verhielten uns mucksmäuschenstill, die Sänger postierten sich vor dem Schlafzimmerfenster und sangen Stille Nacht. Als wir nach dem Ende des Liedes laut Danke! sagten, erschraken sie, denn sie hatten uns auf der Veranda nicht bemerkt.

Am nächsten Morgen fuhren Maria und ich schon im Morgengrauen zu unseren Eltern, wo es die Bescherung gab. Die dreijährige Nora war ganz aufgedreht wegen der vielen Geschenke, sie wusste nicht, womit anfangen. Sinnierend trank ich den heißen Mate-Tee und dachte: Schade, das Schönste an Weihnachten ist wieder vorbei. Gegen zehn fuhren wir zu einem Picknick aufs Land, aber die Zeiten, als es uns großen Spaß gemacht hatte, auf den Algarrobobäumen herumzuklettern, waren vorbei. Außerdem herrschte eine unglaubliche Hitze.

Es waren schöne Tage im Chaco. Aber ich war froh, als ich wieder in meiner Wohnung in Asunción war. Ich hatte auch Sehnsucht nach Raquel, aber ich würde sie nicht antreffen. Eine flotte 45-jährige Lehrerin, die ich bei einer der zahlreichen Colaciónes als Begleiter Stroessners kennengelernt hatte, besuchte mich alle paar Wochen und vertrieb mir meine Einsamkeit. Mehr wurde nicht daraus.

***

Anfang 1988, die Urlaubs-Hochsaison war angebrochen. Ganz Asunción amüsierte sich am Ypacaraí-See im Örtchen San Bernardino, das einst vom Deutschen Jakob Schaerer gegründet worden war. Wer in der heißen Jahreszeit nicht in SanBer aufschlägt, dem ist nicht zu helfen. Das Ypacaraí-Lied ist übrigens der in Südamerika bekannteste Musiktitel aus Paraguay. Das Stück beginnt mit dem Satz: In einer lauen Nacht trafen wir uns am blauen Wasser des Ypacaraí.

Blau ist das Wasser nachts eigentlich nicht – möglicherweise war es der Dichter, als er den Text verfasste. Doch an dem Widerspruch hat sich bisher niemand gestört. Schade nur, dass Julio Iglesias das Lied vor einiger Zeit in sein Repertoire aufnahm – seitdem will die Canción niemand mehr hören.

Eine Pool-Party löste die andere ab, aber ich nahm selten Einladungen an. Eigentlich führte ich ein gemächliches Leben, denn Stroessners präsidiale Tätigkeiten wurden noch weiter reduziert. Zunächst dachte ich, sein Alter mache ihm zu schaffen, aber wenn ich in sein umschattetes Gesicht sah, wusste ich, dass er litt. Nur woran, das war die Frage. Allmählich bekam ich mit, dass er sehr häufig seinen Lieblingsarzt Honorio Grau konsultierte.

Ging man nach der offiziellen Darstellung, erfreute sich Stroessner einer ewigen Gesundheit. Über eine Zeit danach durfte nicht spekuliert werden. Das würde dem Ewigkeits-Anspruch widersprechen. Aber seine Physis sprach eine andere Sprache: Müde Augen, die Schultern nach vorn gebeugt, der Oberkörper nicht mehr militärisch stramm, alles deutete auf den langsamen Abschied eines einst agilen Körpers hin. So wie es immer wieder Gerüchte über Putschversuche gab, so setzte die Flüsterpropaganda auch immer wieder Gerede über Krankheiten in Umlauf: von der monströsen Elefantitis sei er befallen, der Präsident verfaule von innen her oder gar, seine Genitalien müssten ihm wegen übermäßigen Gebrauchs amputiert werden. Und da die Verschwörungstheorien nie ganz aus der Luft gegriffen waren, hielt sich auch im Volk die Überzeugung, dass etwas dran sein müsse an dem Gerede über einen kranken Mann.

Dann musste sich der Diktator einer langwierigen Operation unterziehen. Nur seine engsten Mitarbeiter waren informiert. Da Sand im Getriebe war und der Propagandaapparat nicht mehr geschmiert lief, erhielt die Öffentlichkeit kontroverse Informationen. Wer gewöhnt ist, seinen Landesvater jeden Tag im Fernsehen und in der Tageszeitung zu sehen, der stellt sich natürlich Fragen, wenn er plötzlich nicht mehr auftaucht. Vor 20 Jahren hätte man ihn angelnd am Paraná gesehen oder bei der Inspektion eines abgelegenen Fortíns im Chaco. Nun, wo eine nachvollziehbare Erklärung fehlte, stellten viele Menschen Fragen. Ich eingeschlossen. Mit ziemlicher Sicherheit hatte eine Krankengeschichte mit seinem plötzlichen Verschwinden zu tun, schließlich hatte er sich jeden Tag mit größerer Unbeholfenheit in den Impala gequält. Meine Vorgesetzten, Rolón und Abdo Benítez eingeschlossen, hatten mir keinen Grund für die rätselhafte Abwesenheit genannt, obwohl sein Fernbleiben mich praktisch zur beruflichen Untätigkeit verdonnerte. Das Gemurmel im Regierungspalast wurde immer lauter und vernehmlicher und brachte auch meine Ohren zum Klingeln. Der Präsident habe sich an der Prostata operieren lassen, hieß es. Diese Erklärung klang plausibel und sie hatte auch garantiert mehr Wahrheitsgehalt als alle anderen Latrinenparolen, die im Land kursierten.

Am dritten Tag seiner Abwesenheit – in der Campaña begann man schon vom Ableben des Diktators zu sprechen – rief Er mich zu sich.

Nachdem ich den Kordon vielfacher Sicherheitsmaßnahmen sowie die Primera Dama Doña Eligia Mora de Stroessner und viele andere Familienangehörigen passiert hatte, stand ich vor seinem Krankenzimmer, vor dem sich nur noch sein Leibarzt Honorio Grau aufgepflanzt hatte. Der Arzt verbeugte sich leicht, öffnete die Tür und ließ mich herein. In der Mitte des Raumes stand das einzige Bett. Die Augen geschlossen, die Wangen eingefallen, die Haut bleich, so lag er da, toter aussehend als vor 16 Jahren mein Opa im Sarg, die ganze Aura der Macht von ihm abgefallen, nur ein harmloses Wesen, das gerade noch atmete.

Er schlug die Augen auf, und ich fühlte mich ertappt bei schlechten Gedanken.

Was sagt das Volk über mich? fragte er mit schwacher, verschleimter Stimme.

Es macht sich Sorgen um Sie, mein General.

Gut 30 Sekunden dachte er über meine Antwort nach.

Vielleicht ist mein Ende nah, keuchte er.

Jetzt brauchte ich 30 Sekunden. War es so schlimm um ihn bestellt? Und selbst wenn, was sollte ich antworten? Ich setzte auf die dreiste Variante: Noch sollten Sie nicht über Ihr Ende nachdenken. Dafür bleibt in den nächsten Jahren noch genügend Zeit.

Er schien meine Antwort nicht wahrgenommen zu haben: Manchmal überlege ich, was der Höchste von mir hält. Finde ich Gnade in seinen Augen?

Die Gnade des Herrn ist umfassend, sagte ich, während ich mich unsicher an meine Nase fasste.

Was müsste ich Ihrer Meinung und der Meinung Ihres Volkes nach tun, um selig zu werden?

Am möglichen Totenbett sollte man einem Menschen, der einen als Seelsorger in Anspruch nimmt, nicht durch Bekenntnisse wegstoßen, die fehl am Platz sind. Indem man gestehen würde, dass man selbst seinen Glauben schon längst verloren hat. Deshalb kramte ich mühsam in meinem religiösen Wissensschatz.

Sie müssen glauben, dass Jesus für Ihre Sünden gestorben ist. Und sich ganz zu ihm bekennen. Das ist alles.

Sünden? Welches sind denn meine Sünden? wollte Stroessner wissen.

Das fehlte noch. Ich nenne ihm seine Sünden und wenn er sich wieder aufrappelt, lässt er mich exekutieren, weil ich ihn kritisiert habe.

Jeder Mensch muss für sich eine eigene Erkenntnis seiner Sünden haben, antwortete ich.

Ja, aber ich brauche Anhaltspunkte.

Die zehn Gebote, sagte ich, sind gute Anhaltspunkte.

Gut, dass mir das noch eingefallen war. Eigentlich hätte ich Mord, Hurerei, Lüge sagen wollen.

Die zehn Gebote, murmelte er, Richtig: Du sollst nicht töten. Getötet habe ich, im Chaco-Krieg. Aber ich griff zum Gewehr, um mein Land zu verteidigen. Ist das eine Sünde?

Bei den Mennoniten schon. Bei den Katholiken nicht.

Gut, sagte er, ich bin gläubiger Katholik.

Nach einer Weile des Sinnierens fuhr er fort: Diese Hurensöhne von katholischen Priestern verunglimpfen meine Regierung, wo sie können. Als Seelsorger sind sie ganz unmöglich.

Stroessner hatte mich als Seelsorger ausgewählt, weil er mit der katholischen Kirche im Clinch lag, und das nicht erst seit dem Besuch des Papstes. Auch danach immer mehr. Seine Gedanken hatte ich nun auf die katholische Kirche umgelenkt, er schien sich jetzt mit dem Thema Kirche und Staat zu beschäftigen und für weitere Dialoge nicht mehr aufnahmefähig zu sein. Daher dachte ich, ich könne mich verabschieden. Meinen Aufbruch nahm er kaum wahr, er schien weggetreten oder so tief in seinen Gedanken verloren, dass er gar nicht merkte, wie ich mich von ihm entfernte. Aber als ich die Tür öffnen wollte, rief er mich wieder zurück.

Warum wollen Sie gehen? Wir sind die Gebote noch nicht durch.

Gut, sagte ich. Du sollst nicht ehebrechen.

Dona Eligia Mora de Stroessner. Sie ist meine erste Ehefrau und wird meine einzige bleiben, sagte er ohne jede Spur von Unsicherheit.

Was, Herr Stroessner, ist mit deinen vielen Geliebten, was mit deinem Renommee, dass du der größte Gockel im Lande bist, dass du dich von einer Puffmutter mit den Jungfrauen der Campaña beliefern lässt, dass du in aller Frühe schon die Asunciónér Rotlichtmilieus aufsuchst und überhaupt jede Menge Kinder von mehreren Frauen gezeugt hast und dir seit vielen Jahren eine Geliebte hältst, von der das ganze Land weiß? Für dich als Katholik kein Problem, oder?

Er wurde ungeduldig.

Weiter, weiter! trieb er mich an.

Du sollst nicht stehlen.

Ehrlichkeit war immer schon meine Zier, sagte er.

Und wie viel hast du dem Staat geklaut? fragte ich natürlich nicht.

Du sollst kein falsches Zeugnis geben.

Weiter!

Du sollst nicht begehren deines Nächsten Frau.

Weiter!

Du sollst nicht begehren deines Nächsten Frau. Und deines nächsten Haus.

Weiter! Weiter!

Das war es, mí General. Das war alles. Wie es aussieht, kommen Sie gut davon. Gott wird Sie mit offenen Armen empfangen ...

Weil ich gerade anfing, mich in eine kritische Richtung zu bewegen, ruderte ich wieder zurück.

Natürlich wird Gott Sie nicht heute empfangen, auch nicht morgen, sondern erst in vielen Jahren.

Er nickte. Er war erleichtert. Ich nahm es als eine Aufforderung, sein Krankenzimmer zu verlassen.

Als ich in den Flur trat, starrten die Angehörigen mich an, als ob ich ihm die letzte Ölung gegeben hätte.

Alles wird gut, sagte ich wie ein hochdekorierter Arzt, wie ein Halbgott in Weiß, wie ein Heilsbringer. Und sie atmeten auf, als ob ich ihnen damit die Versicherung gegeben hätte, dass sie ihr korruptes Leben noch ein paar Jahrzehnte weiterführen könnten.

Danach verlor ich alle Angst. Jede Person der Nomenklatur wusste, dass Stroessner mich an sein Bett gerufen hatte. Ich war wie Siegfried, so gut wie unverwundbar, und wo mein Lindblatt, meine Achillesferse war, wusste ich noch nicht einmal selbst. Wie auf einer Wolke schwebte ich selbsttrügerisch dahin, getragen von aufgewärmter aufsteigender Luft.

Der erste Stolperstein folgte prompt. An einem Abend schellte es dreimal, das Zeichen, das ich mit der Militärwache verabredet hatte. Unten hielt er einen jungen Mann am Schlafittchen. Der Mann schleiche seit mehreren Tagen hier herum und habe meine Wohnung beobachtet. Er hielt dessen Gesicht in das fahle Licht der Straßenlaterne. Allmählich kam das Erkennen. Arturo Ratzlaff, ein alter Bekannter vom Pilcomayo. An jenem unglückseligen Silvesterabend bei Don Serafín erschien er mit seiner schwangeren Schwester Marta. Und Esteban „Loco" Quintana, der Marta geschwängert hatte, machte mit der Prostituierten Antonia rum. An den Sticheleien schaukelten sich die Streithähne in dem Maße hoch, in dem der Alkohol-Pegel stieg. Dann zog kurz vor Mitternacht ein fatales Gewitter auf, das die Silvestergäste vertrieb. In der allgemeinen Aufbruchstimmung geschah ein Mord – Antonia hatte

Arturo am Ufer mit einem blutigen Messer gesehen und Esteban schien sich in Luft aufgelöst zu haben. Als alle an den Tatort liefen, war auch Arturo dort nicht mehr anzutreffen. Die von Messerstichen übersäte Leiche Estebans tauchte Wochen später flussabwärts auf. Arturo blieb bis auf den heutigen Tag verschollen. Aber nun war er da.

Arturo, *waut wellst du?*

Natürlich sprach ich Plautdietsch, damit der MP uns nicht verstand.

Du musst mir helfen! sagte Arturo mit Nachdruck.

Du meine Güte, auch das noch. Wie stellst du dir das vor?

Ich will raus aus diesem Land. Mit deiner Hilfe könnte ich das schaffen.

Gut, aber nicht hier. Wir treffen uns morgen in der Bar Estrella. Dort können wir alles besprechen.

Nein, das geht nicht. Lass mich ein paar Tage bei dir wohnen. Bitte! Bitte!

Mit gefalteten Händen flehte er mich an. Wie viel Dreck musste er am Stecken haben, um sich in diese demütigende Unterwerfungspose zu begeben. Ich gab nach. Zum einem tat er mir leid, zum anderen wollte ich mir beweisen, dass ich mittlerweile auch solche Fälle lösen konnte.

Gut, aber wenn wir noch länger hier stehen, sorgen wir für Aufsehen. Lass uns reingehen.

Im Wohnzimmer erzählte er mir dann, was geschehen war seit jener seltsamen Silvesternacht. Er habe Esteban am Ufer zur Rede stellen wollen. Dann wäre Esteban auf ihn losgegangen.

Ich habe mich nur gewehrt, unterstrich er, Esteban, betrunken wie er war, ist in den Fluss gefallen. Und weg war er.

Aber die Leiche wies zahlreiche Stiche auf. Messerstiche, sagte man.

Hat ein Experte festgestellt, dass es Messerstiche waren? Waren es überhaupt Stiche? Die Menschen behaupten so viel Unsinn. Sie denken sich ihren Teil und nachher soll es so passiert sein.

Arturo, entgegnete ich, du hast so aggressiv mit deiner neuen Pistole herumgefuchtelt, dass man sie dir abgenommen hat. Nachher fehlte ein teures und scharfes Messer. Da muss man doch nur eins und eins zusammenzählen. Du wolltest Loco eine Lektion erteilen, hast dir das Messer geschnappt und bist an den Fluss. Dort hast du ihn niedergestochen und den Toten in die Fluten geworfen. Antonia hat dich gesehen, wie du auf einem Baumstumpf gesessen und auf das blutige Messer gestarrt hast.

Das ist lächerlich. Es war finster. Selbst wenn sie eine Taschenlampe hatte oder ein Blitz die Nacht erhellt hat, kann sie das Blut am Messer nicht gesehen haben. Zum einem gab es kein Blut, zum anderen war sie viel zu weit entfernt.

Aber warum bist du denn abgehauen?

Weil ich wusste, dass man mich verfolgen würde. Die Polizei würde mich jagen und die Familienangehörigen von Esteban ebenfalls. Selbst heute könnte ich mich im Chaco nicht sehen lassen.

War seine Geschichte glaubhaft? Ich hatte meine Zweifel. Aber natürlich wollte ich noch wissen, was danach passiert war.

Er habe sich mit kleinen Überfällen durchgeschlagen. Dann sei er nach Stroessner-Stadt (heute: Ciudad del Este) an der Grenze zu Brasilien und Argentinien gelangt. Habe bei den Schmugglern im Dreiländereck einen Job bekommen und damit seinen Lebensunterhalt verdient.

Aber dann bin ich zwischen die Fronten geraten und musste abhauen. Jetzt bin ich hier.

Zwischen welche Fronten bist du geraten?

Zwischen die Fronten der Schmugglerbanden.

Es war eindeutig, dass er auswich.

Was genau ist passiert? wollte ich wissen.

Eine Gruppe von Schmugglern sollte liquidiert werden, weil sie Ware hinterzogen hatte. Unter den Todeskandidaten war ein Freund. Natürlich habe ich ihm einen Tipp gegeben. Die Leute erschienen nicht am verabredeten Ort und konnten ihre Haut retten. Aber dann sickerte durch, dass ich derjenige war, der geredet hatte. Also musste ich verschwinden.

Na, wunderbar! Jetzt hatte er auch noch die Drogenmafia am Hals. Ich musste ihn dringend loswerden.

Was hast du vor? fragte ich.

Ich muss dieses Land verlassen.

Bravo!

Dabei hatte ich an Mexico gedacht.

Mexico? Willst du deine Erfahrungen mit dem Drogenschmuggel einbringen?

Muss nicht unbedingt Mexico sein. *Uck Belize ess schmock* – Auch Belize ist hübsch. Ich will zu den Altmennoniten. Sie leben so abgelegen. Da wird mich keiner suchen. Und wenn ich schon mal da bin, will ich ein neues Leben beginnen.

Ein neues Leben, grandios! Dabei wollte ich ihn gerne unterstützen.

In den nächsten Tagen besuchte ich General Solís. Er schien unter großem Druck zu stehen – die Gründe dafür wurden mir nach dem 3. Februar klar. Aber er nahm sich Zeit für mich. Es ging darum, für Arturo einwandfreie Ausreisepapiere zu bekommen und ein Ticket. Um die Dokumente würde er sich kümmern, sagte der General, die Tickets müsse ich besorgen. Für ein One-Way-Ticket reichte das Geld, über das Arturo verfügte. Er musste über Buenos Aires nach Mexico-City fliegen und von dort einen Inlandflug nach Chihuahua nehmen. Überraschenderweise war Arturos Pass in Ordnung. Jetzt ging es nur darum, dass die Beamten von Migraciones keine Probleme machten. Man wusste nie, ob es irgendwo einen Eintrag gab. Am Abflugtag informierte Solís einen Bekannten am Flughafen. Und schon war Arturo in Mexico. Ich atmete auf.

Jetzt hing nur noch eine Altlast wie ein Klotz an meinem Bein: Scarface. Er musste schnellstmöglich entlassen werden. Nach Weihnachten würde ich mich um ihn kümmern.

***

Während die Sachen mit Scarface und Arturo passierten, stand das Leben nicht still. Im Abendunterricht holte ich an einem Colegio das Bachillerato nach. Jetzt konnte ich studieren. Aber nicht hier, sondern am besten in Deutschland, wo meine ganzen Freunde schon waren. Ich wollte mich auch freischwimmen, denn ich hatte das Gefühl, selbst schon bis zu den Ellenbogen im Sumpf der Korruption zu stecken. Und wenn ich da herauskommen wollte, musste ich einen Schnitt machen. Das Geld für einen Flug mit der LAP hatte ich längst zusammen, auf meinem Konto landeten immer mehr Guaranís, als ich eigentlich verdiente. Außerdem war ich ja Geschäftspartner von Ernesto. Allerdings hatten wir verabredet, dass er mir meinen Anteil erst in zwei Jahren zu Jahresbeginn auszahlen würde, denn der Investitionsanteil war noch sehr hoch.

Weihnachten 1988 verbrachte ich wieder zu Hause. Heiligabend traf ich Daniel Schellenberg in der Kirche, der zu einem Heimaturlaub aus der Schweiz gekommen war, wo er Theologie studierte. Eigentlich wollte ich mich drücken und um eine Begrüßung herumkommen, da er mit seiner neuen Freundin Claudia anrückte. Jawohl, Claudia aus Nummer Zwei, meine Verflossene, die schuld daran war, dass ich dieses unstete Leben führen musste. Sie war noch schöner geworden und Daniel verdiente sie noch weniger als zuvor. Als ich dem Paar die Hand gab und ein paar Sätze mit ihnen wechselte, dachte ich daran, dass ich mich von Claudia nie verabschiedet hatte. In der Kirche hatte sie ihr Bekenntnis abgelegt, womit sie mich brüskierte, weil ich davon nichts wusste. Mir ging vieles durch den Kopf, auch die Idee, dass ich sie umarmen und küssen könnte. Aber damit würde ich wohl viele Menschen unglücklich machen, mich eingeschlossen. Man sieht, wie geschäftsmäßig ich mittlerweile dachte, ich, Ruben Löwen, Referent des Excelentísimo Señor Presidente de la República del Paraguay, Don Alfredo Stroessner.

221

Es war schrecklich. Ganz schrecklich. Nicht im Entferntesten habe ich daran gedacht, Ruben hier anzutreffen. Heiligabend verbringe ich immer in meinem Dorf, in Nummer Zwei, Fernheim. Aber da Daniel aus der Schweiz gekommen war, wollte er gerne mit seinen Eltern und mit mir zusammen feiern und da kam nur Neuland in Frage. Auf den letzten Drücker kommen wir in die Kirche, ganz aus der Puste, wir setzen uns auf die Bank und wie ich aufschaue, sehe ich schräg mir gegenüber Ruben im weißen Hemd. Am liebsten wäre ich hinausgerannt. Aber nein, Mädchen, du wirst jetzt schön sitzen bleiben, die Darbietung der Kinder anschauen und danach gesittet an Daniels Hand aus der Kirche und zu Daniels Eltern gehen. Zu einer Begegnung wird es eh nicht kommen. Dafür ist Ruben zu stolz, von Monat zu Monat soll er arroganter geworden sein. *Hee meent sich*, sagt man auf Plautdietsch. Er muss wohl auch einen wichtigen Posten haben. Als Stroessner krank war, soll er ihn sogar an sein Bett gerufen haben.

Wenn ich es recht bedenke: Die Karriere hat er mir zu verdanken. Wenn ich nicht so kopflos reagiert hätte, wären wir vielleicht noch immer zusammen und er wäre genauso unbedeutend wie alle hier.

Von Ruben hörte man ganz schlimme Dinge. Er soll sich mit verwerflichen Frauen abgeben. Als ich eines Tages in einer Asunciónér Zeitung ein Bild von Ruben sah, wie er von zwei tollen Frauen umrahmt war im Club Centenario, erst da war mir klar, dass er für mich verloren war.

Beim Hinausgehen aus der Kirche sehe ich plötzlich, wie Ruben in unsere Richtung kommt. Er begrüßt uns, als ob nichts geschehen wäre, sagt zu Daniel: Willkommen in Paraguay, und zu mir: Schön, dich in Neuland zu sehen, so als ob nichts vorgefallen wäre. Er lächelt uns an und seine Augen sind eiskalt, so dass es mich anfängt zu gruseln.

Für unsere Gesellschaft ist der verloren, sage ich später zu Daniel, und Daniel antwortet: Das ist auch nicht schade.

Warum war ich nur enttäuscht von Daniels Antwort? Er tut mir doch leid, der Ruben. Und Daniel, der Theologe und überzeugte Christ, müsste doch auch so etwas wie Mitleid spüren ...

Brief Cornelio Peters', 1988

Berlin! Weltstadt! Du kannst dir nicht vorstellen, wie es ist, in einer Weltstadt zu leben. Hier will ich Ethnologie studieren. Ethnologen werden im Chaco gebraucht, bei dem multikulturellen Durcheinander. Ich war schon an der Mauer! Schrecklich! Aber unsere Hälfte von Berlin ist einfach wunderbar!

Die Nacht von San Blas

Aufzeichnungen Rubens über das Jahr 1989

Es war einer dieser seltsamen und seltenen Tage, an denen der Diktator mir zeigte, wie sehr er mich ins Herz geschlossen hatte. Als ich mich am späten Nachmittag nach einem offiziellen Termin in den Feierabend verabschieden wollte, lud er mich ein, mit seinen Freunden Karten zu spielen, eine Einladung, die ich nicht ausschlagen konnte. Obwohl man nicht wirklich von einer Einladung sprechen konnte. Es war nur so, dass der Fahrer mir sagte, dass ich dabei bin.

Abends wollte ich mich eigentlich mit jungen Leuten aus meinem Bachillerato-Kurs treffen, um San Blas, den Schutzpatron Paraguays, mit ein paar Flaschen Bier und Feuerwerk willkommen zu heißen.

Stroessner hatte sich von seinem operativen Eingriff noch nicht komplett erholt. Die strapaziösen 35 Jahre Diktatur forderten ihren Tribut. Offizielle Termine bestritt er kaum noch, so dass ich im Palacio de Gobierno häufig untätig herumsaß. Mein Job schien mir unerträglich, obwohl mich Stroessner immer mehr in seine Obhut nahm. Vielleicht vereinnahmte er mich auch zu stark und ich fühlte mich meiner Freiheit beraubt. Das Leben in diesem Milieu war vollkommen auf Betrug und Schein aufgebaut. Eines Tages ging ich zu

Canadá Viajes, einem mennonitischen Reisebüro in Asunción, und buchte bei Trudi Hiebert eine Reise für den 5. Februar. Niemand sonst erfuhr von meinem Fluchtvorhaben. Ich freute mich schon auf den Tag, an dem ich einen Jet besteigen und den Kontinent verlassen würde.

Das Telefon klingelte. Gustavo war am Apparat, der älteste Sohn Stroessners. Stroessner ließ sich den Hörer geben, sprach kurz angebunden mit seinem Sohn und beendete das Gespräch barsch mit dem Satz: Hör doch auf mit diesem Schwachsinn!

Aufzeichnungen des Generals Solís über 1989

Ganz Asunción sprach über den Putsch. Gustavo Stroessner lag seinem Vater damit dauernd in den Ohren: Andres Rodríguez, dein Consuegro, führt etwas im Schilde, versuchte er ihn von der drohenden Gefahr zu überzeugen.

Aber der Alte schüttelte nur sein greises Haupt und tat die Gerüchte mit *Macanas, disparates* (Humbug, Schwachsinn) ab. Rodríguez war der paraguayische Panzergeneral, der Chef der Kavallerie, und damit der Mann mit der größten militärischen Schlagkraft. Aber er war Stroessners Consuegro und Stroessner konnte sich nicht vorstellen, dass der Mann, dessen Tochter mit seinem Sohn verheiratet war, ihn vom Thron stürzen würde. Er rief Rodríguez sogar selbst an: Planst du einen Putsch gegen mich?

Natürlich nicht, versicherte Rodríguez.

Stroessner ließ Mitte Januar Militärleute versetzen oder pensionieren, die Rodríguez nahe standen. Diese Maßnahmen gaben den Ausschlag, um den *Golpe*, den Staatsstreich, ziemlich kurzfristig auf den 3. Februar zu legen, dem Feiertag zu Ehren von San Blas, dem Schutzpatron Paraguays.

Meinen Ziehsohn Ruben sah ich nie in einer gefährlichen Position, obwohl er häufig in der Nähe Stroessners war. Aber ich wusste, dass er abends ganz selten Regierungstermine hatte. Also konnte ihm eigentlich nichts passieren. Um 17 Uhr erhielt das OKW die Mitteilung, dass Stroessner im Hause seines Freundes Feliciano Manito Duarte Karten spiele. Die Meldung listete die Namen aller Teilnehmer auf. Als ich den Namen Ruben darin entdeckte, erschrak ich. Ich konnte mir nicht vorstellen, was er da machte, denn eines wusste ich mit Sicherheit: Karten spielen konnte er nicht. Was machte er also da?

Die verschlüsselte Botschaft des Generals Rodríguez lenkte meine Aufmerksamkeit auf ein anderes Feld: Der Enterich geht zu seiner Schlafstelle – um etwa 21:30 Uhr.

Leute von der Militär-Intelligenz, die auf unserer Seite waren, dekodierten die Botschaft schnell. Der Enterich, klar, das war

Stroessner, mit der Schlafstelle war das *Liebesnest* gemeint. Der Präsident plante also, seine ehemalige Geliebte Ñata Legal zu besuchen, mit der er mittlerweile zwei erwachsene Töchter hatte, eine davon war mit einem Amerikaner verheiratet.

Rodríguez traf eine schnelle Entscheidung. Er wollte den Diktator bei seiner Geliebten verhaften und hoffte, damit Blutvergießen zu verhindern. Sofort wurden zwei Offiziere damit beauftragt, zwei Pelotons der Kavallerie zu organisieren und mit ihnen zum Haus der Ñata Legal zu fahren. Doch der Überraschungscoup entwickelte sich zum heftigen Schusswechsel, dem viele junge Soldaten zum Opfer fielen. Aus dem Putsch drohte eine Niederlage zu werden, und das alles, weil ein großer Fehler gemacht worden war.

Die San-Blas-Party, die auf mich wartete, war nicht so wichtig, aber ich hatte auch keinen großen Bock zuzusehen, wie die alten Männer Karten spielten. Ohnehin hatte ich mich aus dem Kreis der Kartenspieler zurückgezogen, unterhielt mich mit den Wachleuten und las Zeitung. Um 18 Uhr gab Stroessner dann das Zeichen zum Aufbruch und winkte mich zu sich: Heute will ich dir meine Töchter vorstellen.

Ich war sofort im Bilde, denn schließlich hatten Solís und Raquel mir die Geschichte mit der langjährigen Geliebten erzählt. So, er wollte mir seine Töchter vorstellen. Energisch verdrängte ich meine Unlust und antwortet: Con mucho gusto, mí general. – Mit großem Vergnügen, mein General.

Aber wir hielten uns nur kurz im Haus von Frau Legal, Stroessners zweiter Frau, auf. Kurz nach acht gab es das Zeichen zum allgemeinen Aufbruch. Etwa neun Soldaten unserer Wachgarde blieben im Haus der Geliebten zurück. Der Alte war nervös. Wären komplett alle Soldaten abgezogen worden, hätte es auch kein Gemetzel geben können.

Gleich nach der Abfahrt hörten wir Kanonenschüsse und Stroessner und ich schauten uns fragend an. Da heute Abend aber San Blas war, konnte es sich nur um Feuerwerk handeln, das vor traditionellen religiösen Festen abgebrannt wird. Dann erhielt er aber einen Anruf, der alles veränderte. Ich kann mich nur an den einen Satz erinnern, den er in den Hörer schrie: Versteckt euch alle unter den Betten und wartet, bis Hilfe kommt!

Der Fahrer bekam jetzt die Anweisung, mit Vollgas zum Haus von Stroessners Sohn Freddy zu fahren, das gegenüber dem Präsidenten-Palais lag und in dem er sich nicht so gerne aufhielt, weil er dort Treppen steigen musste. Zur Erinnerung: Freddy war mit Marta verheiratet, der Tochter des Generals Rodríguez, der gerade dabei war, seinen Consuegro zu stürzen. Als wir durch die Auffahrt fuhren, wimmelte es dort vor Soldaten, die alle entschlossen wirkten und mit grimmigem Gesichtsausdruck auf den Angriff des Feindes warteten. Das also war der Beginn eines Putsches.

Ich hätte aussteigen müssen. Ich hätte mich aus dem Staub machen müssen. Die Flucht ergreifen. Weglaufen. Nie mehr zurückkommen. Doch ich blieb. Mir fehlte der Mut zur Feigheit. Angst hatte ich genug, soviel Angst, dass ich Mühe hatte, meine Blase zu kontrollieren. Wie ein Lamm seinem Herrn zur Schlachtbank folgt, so trottete ich hinterher. Bloß mit dem Unterschied, dass der Herr auf der Schlachtbank geopfert werden sollte und das Lamm möglicherweise nicht ungeschoren davon kommen würde. Mein Bruder Ernesto, der mir danach immer wieder berechnende Motive unterstellte, lag falsch. Er sagte: Du bist davon ausgegangen, dass der Putsch fehlschlägt. Und dann wärst du als Gewinner, als Held aus dem Schlamassel hervorgegangen. Zu jenem Zeitpunkt, sagte mein Bruder, habe die große Mehrheit noch am Erfolg der Putschisten gezweifelt. Es sei also pures Kalkül gewesen.

Nein, das stimmt nicht. Das menschliche Verhalten ist viel komplexer und komplizierter. Ich glaube eher, ich wollte solidarisch sein, obwohl ich die ganze Stroessner-Entourage nicht mochte und sich auch keiner einen Dreck um mich kümmerte außer Stroessner selbst. Aber einfach davonlaufen kam nicht in Frage, selbst für einen geborenen Pazifisten.

Nach einem heftigen Kampfgetümmel vor dem Haus und in dem Haus der Ñata, bei dem gut ein Dutzend Soldaten ums Leben kam, eroberten die Angreifer endlich die Wohnung und führten die Bewohner unverletzt ab. Die Verschwörer waren natürlich bitter enttäuscht darüber, dass der Enterich das Schlaflager schon verlassen hatte.

Einige Offiziere sprachen schon vom Scheitern. Das Präludium war so stümperhaft abgelaufen, dass sie sich nicht mehr vorstellen konnten, dass der Rest perfekt klappen würde. Sie rieten General Rodríguez, den Putsch abzublasen und ins Ausland zu fliehen. Auch ich selbst überlegte schon, ob ich mich zu meiner Garnison bringen lassen sollte, wo der Helikopter nach Argentinien wartete.

Aber der General blieb auf Kurs. Dies sei eine spontane, nicht geplante Aktion gewesen. Und nur aus diesem Grunde sei sie fehlgeschlagen.

Es war genau 21:30 Uhr, als der Einsatzbefehl geändert wurde. Aus drei Uhr nachts, wie zunächst geplant, wurde: Jetzt sofort! Embarcarse! Embarcarse! – An Bord! An Bord! ordnete der dynamische Coronel Oviedo seine Leute an. Die Soldaten befanden sich noch in ihren Schlafzimmern, wo sie sich für den gefährlichen Einsatz heute Nacht ausruhten. Oder sie standen noch unter der Dusche. Hastig und in großem Durcheinander verließen die Panzer die Kasernen.

Als die Aufständischen schließlich nach langer Fahrt durch die Stadt in der Nähe des Leibgarde-Regiments ankamen, hörten sie schon das Knattern der Maschinenpistolen. Die Dunkelheit verschluckte alles, denn ein abgeschossener Baum war über die Elektroleitung gefallen und hatte den ganzen Stadtteil in Dunkelheit versetzt.

Der Widerstand war gering. Einige sprachen von 700 Toten, aber es waren wohl nur etwa 150. Das Regimiento Escolta Presidencial, das Regiment der Leibgarde des Präsidenten, war mit 50 Unteroffizieren und 1040 Soldaten ausgestattet. Da die Leibgarde immer als Eliteeinheit angesehen wurde, hatten die rebellierenden Militärs viel Widerstand erwartet. Das Gegenteil war der Fall. Woran lag es? Obwohl Putschgerüchte en masse durch die Stadt schwirrten, existierte kein Verteidigungsplan für den Ernstfall. Zudem hatten die ausgebildeten Soldaten freibekommen, während die neuen Soldaten noch nicht ausgebildet waren. Außerdem waren einige Offiziere im Urlaub. Die Niederlage des Leibgarde-Regiments setzte sich in anderen Bereichen fort. Auch die Polizei und die Luftwaffe mussten aufgeben.

Aufzeichnungen Rubens über den Februar 1989

Die Regierung – mit mir im Schlepptau – hatte sich zunächst in der
Escolta-Kaserne verschanzt, aber dann riet man uns, im gegenüberliegenden Haus Zuflucht zu suchen. Stroessner hatte hier ein Arbeitszimmer, denn er war ja der Oberkommandierende. Aber dieses
Arbeitszimmer war verschlossen und niemand hatte einen Schlüssel, weshalb Stroessner in die dritte Etage ging, wo ein Büro offen
war. Alle kamen hinterher. Die Familie, viele Militärs – und ich. Ich
fiel unter den Angsthasen, die Blut schwitzten, überhaupt nicht auf.
Hyperaktiv gebärdete sich Gustavo Stroessner, der Luftwaffenoffi-
zier: Wiederholt rief er die Fuerza Aérea an, um Flugzeuge zu or-
dern. General Fretes Dávalos besaß ein technisches Gerät, das den
Funkverkehr der Rebellen empfing. Schnell identifizierten sie Andrés Rodríguez als den Anführer. Nur Stroessner wollte es immer
noch nicht glauben: Ihr müsst Rodríguez von den Putschisten be-
freien, sagte er.

Aber der Satz kam eher wie ein Glaubensbekenntnis rüber denn
als eine Anordnung, die sofort zu befolgen war. Niemand dachte
an eine strikte Umsetzung des blödsinnigen Befehls, denn ein
gewaltiger Knall schreckte uns hoch. Fenster zerbrachen, Mörtel
rieselte von der Decke und an einer Ecke klaffte ein breites Loch.
Die versammelte Entourage flüchtete aus dem Raum und suchte
einen anderen Raum auf, der den feuernden Panzern nicht so direkt ausgesetzt war. Die flüchtige Regierung, oder was von ihr noch
übrig war, verhielt sich ziemlich ruhig. Aber aus ihren Augen blickte
die nackte Angst. Ich hatte das Gefühl, um meine Brust wäre ein
enges Korsett aus Stahl gelegt. Hier kommst du nie mehr lebendig
raus, dachte ich. Da faltete der kleine Ruben seine feuchten Hände
und sandte ein Gebet an Gott, die außerirdische Macht, die es
mit ziemlicher Sicherheit nicht gab, aber die ihm, wenn es sie
gab, doch das Leben retten könnte. Ein General von der Militär-
Intelligenz hörte Radio, switchte zwischen den Frequenzen hin und
her und blieb schließlich bei Primero de Marzo hängen, dem be-

liebtesten Sender Asuncións. Eine bekannte Stimme erklang, es war die Stimme, die wir soeben aus dem abgehörten Funk identifiziert hatten. Sie sagte:

Wir haben unsere Kasernen verlassen, um die Ehre und die Würde der Streitkräfte zu verteidigen, um die Colorado-Partei in der Regierung zu einer Einheit zurückzuführen, um die Demokratisierung Paraguays zu beginnen, für die Achtung der Menschenrechte und zur Verteidigung der christlich-römisch-katholischen Religion.

Aus heutiger Sicht klingt die Proklamation des Generals Rodríguez merkwürdig. Als erstes scheint es ihm um die Würde des Heeres zu gehen. Aber immerhin fielen die Schlüsselworte Demokratisierung und Menschenrechte.

Stroessner schien bei dieser Botschaft zusammenzubrechen. Erst jetzt wusste er, dass sein Consuegro ihn und seine Familie vernichten wollte.

Ein Hilferuf bei der Polizei wurde vom Polizeichef persönlich beantwortet: Helfen? Wir sind noch nicht mal in der Lage, uns selbst zu helfen!

Ein Helikopter überflog unsere Gebäude. Der Pilot teilte per Funk einfühlsam mit: Ich werde ein paar Bonbons abwerfen.

Stroessner gab jetzt die Order, einen Unterhändler zu schicken. Nach einigem Hin und Her fand sich Fretes Dávalos bereit, den demütigenden Weg zum Herrn der Lage in der Kavallerie-Kaserne anzutreten.

Zwei Flugzeuge flogen über uns. Über den abgehörten Funk vernahmen wir die Stimme von Rodríguez: Pulverisiert die Escolta!

Bleich blickten alle zur Decke.

Zwanzig Minuten vor Mitternacht: Polizeichef Alcibíades Brítez Borges wird gefangengenommen.

Zehn Minuten vor Mitternacht: Pastór Coronel, Paraguays berüchtigter Folterknecht, wird verhaftet.

Einige Zeit später meldete sich General Fretes Dávalos, unser Unterhändler, von der Kavallerie aus. Zunächst wollte keiner der Unsrigen mit ihm reden, weil sie der Meinung waren, Rodríguez habe ihn schon umgestülpt. Aber schließlich nahm Gustavo Stroessner den Hörer.

Wie viel Zeit haben wir? fragte Gustavo.

Keine Minute, antwortete Fretes Dávalos.

Dann geben wir auf, sagte der Sohn des Präsidenten. Die schweren Stahlbänder fielen von meiner Brust. Einige Frauen weinten leise. Die Männer, einst Paraguays Größen, schauten betreten auf den Boden. Dann gingen wir hinaus in Richtung Einfahrt, um uns zu ergeben. An der Mauer lagen tote junge Soldaten. Ein paar Verwundete wurden behandelt.

Vor uns lief ein Coronel und schrie: Hört auf zu schießen! Hört auf zu schießen! Der Präsident kommt raus!

Die Schießerei wurde eingestellt. Der hässliche alte Mann trat nach vorne und sprach mit einem Offizier der siegreichen Seite.

Es waren gerade erst 40 Minuten des neuen Tages, des 3. Februars, verstrichen.

Nachdem der hässliche alte Mann sich in die Hände der Sieger begeben hatte, besetzte die Kavallerie die Escolta. Es gab viel zu tun: die Verwandten des Präsidenten und seine loyalen Generäle zu verhaften, die Verwundeten ins Krankenhaus zu bringen, die Toten zu bergen.

Ich wandte meinen Blick in den weiten Abendhimmel und fixierte einen großen glänzenden Stern, der weit hinten über dem Hafen stand. So ging ich steifen Schrittes durch die aufgeregte Menschenmenge – die einen hatten einen Tyrannen besiegt, die anderen hatten ihn verteidigt, manche schauten mich kurz erstaunt an, dann wichen sie mir aus. Niemand kam auf die Idee, mich nach meiner Identität zu fragen. Sie ließen mich einfach gehen.

Eigentlich war ich ja auch keiner von ihnen gewesen. Was hatte ich groß getan? Nie hatte ich gegen das Gesetz verstoßen oder war mir dessen zumindest nicht bewusst gewesen. Unterwegs stieß ich auf die ersten Gruppen, die den Sieg der Demokratie feierten. Es waren junge, fröhliche Menschen, denen die Zukunft gehörte. An einem Schaufenster vorbeigehend, sah ich mich im Spiegelbild, das weiße Hemd zerknittert und verdreckt, den Sakko über dem Arm tragend. Es war ein sehr langer Tag gewesen. Ein anstrengender Tag. Ich dachte immer nur: Was ist geschehen? Was ist geschehen? Ohne groß nachzudenken, war ich zu meinem Haus gegangen: Würde es heute Nacht bewacht werden? War es überhaupt noch mein Haus? Ein Gefühl der Unsicherheit gewann Oberhand, natürlich auch die Angst vor dem Alleinsein in dem Haus, das den abgedankten Machthabern gehört hatte. Deshalb wechselte ich die Richtung und ging zu meinem Bruder. Wie lange brauchte ich? Vielleicht eine Stunde. Ernesto stand im Vorgarten und trank einen Schluck aus der Farruca-Flasche.

Wir haben uns Sorgen gemacht, sagte er. Du warst nicht in deinem Haus wie sonst immer um diese Zeit.

Ich blieb stumm. Ernesto umarmte mich, klopfte mit seiner Linken auf meine Schulter, während er in seiner Rechten noch die Farruca-Flasche hielt.

Komm, leg dich noch ein wenig in die Hängematte, sagte er. Morgen lernen wir eine neue Welt kennen. Du fliegst sowieso am besten nach Deutschland, um alles zu vergessen.

Lino César Oviedo, der Coronel der Kavallerie, empfing ihn und salutierte wie vor einem Vorgesetzten: Mi General, ich habe den Auftrag, Sie zur Kavallerie zu bringen.

Dafür gibt es keinen Grund, antwortete Stroessner. Sagen Sie General Rodríguez, dass ich sehr müde bin. Ich schlafe in meinem Haus und morgen früh präsentiere ich mich.

Natürlich ging Rodríguez auf diesen lächerlichen Vorschlag nicht ein. Eigentlich war es nur der verzweifelte Versuch eines etwas senilen Herrn, sich der Zwangslage zu entziehen. Sein Gegenüber, Coronel Oviedo, gewann durch seine Rolle bei der Festnahme die Berühmtheit, die ihn viele Jahre später dazu verleitete, sich als legitimen Nachfolger des Generals Rodríguez zu sehen. Zuerst in der Kavallerie und dann in der Politik.

In das Auto stiegen Stroessner Senior und seine Gattin und Stroessner Junior sowie der resolute Präsidentenverhafter Coronel Oviedo. Ich ging mit meinem Adjudanten zu meinem Auto – ebenfalls mit dem Ziel, zur Kavallerie zur fahren. Bevor ich einstieg, sah ich, wie sich aus dem Pulk von Menschen, die vor dem Tor der Leibgarde-Kaserne versammelt waren, ein hochgewachsener junger Mann herausschälte. Seinen Sakko hatte er lässig über die Schulter gehängt, sein weißes Hemd war zerknittert und dreckig. Er ging wie in Trance, als ob er in einer anderen Dimension schwebte, blickte in die Ferne, als ob er da Erlösung erwartete und ließ sich von dem Lärm um ihn herum, den Panzer, Autos und Menschen produzierten, nicht eine Sekunde lang ablenken. Es war Ruben Löwen, der mir ans Herz gewachsen war. Ich hatte keine Ahnung, dass er ebenfalls bei der Escolta Schutz gesucht hatte, sonst hätte ich mir größere Sorgen gemacht. Da Ruben abends nie offizielle Termine hatte – die Zeit der Colaciones war längst vorbei –, habe ich keine Sekunde daran gedacht, dass er den Alten noch begleitete.

Ich rief ihn laut, einmal, zweimal. Aber meine Rufe konnten ihn nicht zurückholen in unsere Welt. Da ließ ich ihn gehen.

Mario Abdo Benítez wurde auch verhaftet. Über ihn kursierten jede Menge Witze. Seine Verhaftung wurde zur Quelle des letzten Witzes über ihn: Er feiert in der brasilianischen Grenzstadt Foz do Iguazú, die der paraguayischen Stroessner-Stadt (heute: Ciudad del Este) gegenüber liegt. Als er die Meldung über die erfolgreiche Revolte in Asunción erfährt, verlässt er sofort das Fest, passiert die Grenzbrücke und läuft in die Arme eines Hauptmanns, der ihn unverzüglich verhaftet. Auf die Frage, warum er sich so töricht verhalten habe und nicht lieber im sicheren Brasilien geblieben sei, antwortet er: Stroessner hat gesagt: Wenn Putsch ist, geh sofort über die Grenze.

Wie schnell doch Plakate abblättern können, wie schnell die Porträts mit dem hässlichen Schnurrbartträger aus den Amtsstuben, den Restaurants und den Friseursalons verschwinden ... Wie schnell Menschen von Stummheit auf Jubel umschwenken, Menschen, von denen man denkt, sie würden dem Machthaber bis in den Tod folgen.

So ist das, wenn man zu den Siegern gehören will. Auch ich wollte dazu gehören, als ich ins Microcentro ging um zu sehen, wie das Volk feierte. Auch ich wollte mich freuen, wollte meine Mütze in die Luft werfen, wollte Papierschnipsel streuen, Fremde umarmen und Frauen küssen. Aber ich war Verlierer, ein Repräsentant des alten Regimes. Keiner wollte wissen, dass ich erst kurze Zeit dabei gewesen war und ob ich vielleicht moralische Bedenken hatte oder ob mir vielleicht Skrupel gekommen seien. Das interessierte niemanden.

Aber der Feier zuzuschauen, das Recht nahm ich mir. Doch in meiner Rolle als Zuschauer wurde ich bald gestört. Eine Handvoll junger Frauen und Männer, alle in schwarzen Jeans und dunklen T-Shirts, tanzte und lachte, schenkte sich Caña und Pilsen Paraguaya ein. Sie schauten mich an und erkannten mich, und ich schaute sie an und erkannte sie. Sie und ich hielten gleichzeitig für Sekundenbruchteile in unseren Bewegungen inne und überlegten, mit wem wir es jeweils zu tun hatten. Klar, es waren die *Existenzialisten*, die mir bei Evas Ausstellung über den Weg gelaufen waren. Freundliche Leute, die mir schon damals mit Misstrauen begegnet waren, weil sie in mir einen Schnüffler witterten. Oder ganz einfach nur, weil ich ein Mitarbeiter der Regierung war. Ich hingegen fand diese Leute damals faszinierend, doch dieses Gefühl lag mir im Augenblick fern. Plötzlich schreit einer: Pyrague! Ein Spitzel!

Aller Augen richten sich auf mich. Sie stimmen ein in den Chor: Pyrague! Pyrague!

Voller Angst ergreife ich die Flucht. Alle jagen hinterher. Wie Hunde, die einen flüchtenden Hasen verfolgen. Die ersten Steine fliegen. Ich höre meine letzte Stunde schlagen. Dann eine weibliche Stimme: Ruben! Warte!

Ich drehe mich um, Eva läuft hinter mir her. Eva Viccini, die Künstlerin, die ich an einem heißen Nachmittag in San Bernardino geküsst habe. Sie wirft sich mir an die Brust und beschützt mich vor den anderen, die von uns ablassen und zurück zur Kreuzung gehen, um weiter zu feiern. Sie wollten mich nicht lynchen. Sie wollten nur spielen.

Während wir beide zu meiner Wohnung gingen, ich noch schlotternd vor Angst, erzählte sie mir, dass sie in der argentinischen Grenzstadt Clorinda lebt und sofort mit einem Boot übersetzte, als sie von den Geschehnissen hörte.

Meine Wohnung, die ich vor ein paar Stunden noch gemieden hatte, war unberührt. Allerdings hatte ich ein ungutes Gefühl. Sie, die Sieger, konnten jeden Augenblick auftauchen. In meiner Verfassung brachte ich aber nicht die Kraft auf, um zu Ernesto zu fahren. Ich wollte mich jetzt und sofort ins Bett fallen lassen und nichts mehr hören. Eva zeigte Verständnis dafür, sie versuchte mich zu beruhigen und zu trösten und ließ mich allein. Ich schlief ein und fiel in ein tiefes schwarzes Loch. Immer wieder tauchten Bilder von dem Feuerwechsel auf, Versatzstücke, Passagen, Sequenzen, Bilder von schreienden Existenzialisten, vom Caray Iguazú, der Befehle schreit, die keiner hört, von schießwütigen Militärs. Vernehme Einschläge, rieselnden Mörtel, Chaco Boreal, niños decid, das Knattern der Maschinengewehre, Mutter, Mutter, und einen stinkenden Piraña am Pilcomayo.

Der greise Diktator und seine Familie durften in der Wohnung von Rodríguez übernachten, die dieser in der Kavallerie hatte.

Zwischendurch unterhielt der alte Mann sich mit dem ihn bewachenden Hauptmann Aguilera Torres.

Warum habt ihr das getan? fragte er.

Weil das Volk unzufrieden war.

Aber das Volk liebt mich, antwortete der alte Mann.

General, beendete Aguilera das Gespräch, Sie haben jeden Kontakt zur Wirklichkeit verloren.

Die USA wollten keinen Ex-Diktator aufnehmen, auch Chile und Südafrika weigerten sich. Brasilien, der alte Bündnispartner, hatte ein Einsehen.

Am 5. Februar um 17 Uhr stieg der Diktator die Treppe zum Flugzeug der Líneas Aéreas Paraguayas hoch. Auf der Zuschauerterrasse hatte sich eine große Menge versammelt, um den Mann zu verabschieden, der 35 Jahre lang ihr *Excelentísimo* gewesen war. Aber der alte Mann drehte sich nicht ein einziges Mal um.

Cornelio über den März 1989 in Berlin

Als Ruben nach dem Putsch nach Deutschland kam, war er nicht mehr der verwegene Schlangenfänger früherer Tage. Seitdem wir uns zum letzten Mal gesehen hatten, kurz vor seiner Flucht an den Pilcomayo, war jeder seine eigenen Wege gegangen. Was das Leben mit ihm gemacht hatte, konnte ich nicht beurteilen, da ich seinen Weg nur vom Hörensagen kannte. Ruben wirkte in diesem Jahr 1989 fahrig, nicht mehr so gepflegt und bisweilen sogar unsicher. Der Sturz des Diktators hat seinen eigenen Absturz eingeleitet, dachte ich damals, und ich ahnte nicht, wie sehr ich Recht behalten sollte. Dabei wusste ich noch nicht einmal, dass er den Putsch aus nächster Nähe erlebt hatte. Diese Details sickerten erst später durch. Er selbst weigerte sich beharrlich, darüber zu sprechen.

Wir trafen uns am Münchener Hauptbahnhof. Nervös flogen seine Augen hin und her, sie schienen die vielen Sinneseindrücke nicht verarbeiten zu können. In der Stachus-Passage hatte er mich vollends vergessen. Er starrte auf das heruntergekommene Drogenvolk, deren bleiche, mit blauen Flecken übersäte Haut schon jahrelang keine Sonne gesehen hatte, seine Augen hingen an den Hasch-Freaks und den LSD-Junkies, die das Zeug spritzten, um von einer besseren Welt träumen zu können, er glotzte auf die delirierenden, verschmutzen, in ihrem eigenen Urin schwimmenden Tippelbrüder, für die das berühmte bayerische Bier gleichzeitig Lebensmittel und Todesdroge war, und er konnte vor entgeistertem Staunen den Mund nicht zukriegen.

Komm weiter, sagte ich, komm weiter.

Rubens Eltern hatten mir die Telefonnummer seiner Verwandten im Saarland gegeben. Er hatte wohl keine Sekunde daran gedacht, sich mit mir in Verbindung zu setzen. Nach dem Abschluss des Bachillerato war ich vor gut zwei Jahren nach Hamburg gekommen, um mich der *Nostrifizierungsprüfung* zu stellen, und hatte an der Freien Universität Berlin das Studium der Ethnologie begonnen. Wenn ich meinen Magister in der Tasche hätte, wollte ich die Alte Welt wieder verlassen und zurück in meine Heimat: Tus ess it aum Basten – Zuhause ist es am Besten.

Ich malte mir aus, wie ich als Ethnologe im Chaco wirkte, denn die verschiedenen Nationen – Mennoniten, Enlhet, Nivaclé, Ayoreos, Latinos und wie sie alle hießen – brauchten für ihr kompliziertes Zusammenleben wissenschaftliche Unterstützung. Mir winkte ein breites Betätigungsfeld. An den Gedanken, in Deutschland zu bleiben, habe ich keine Sekunde verschwendet.

Als ich Ruben schließlich ans Telefon bekam, fiel mir seine Zurückhaltung auf. Ich vermisste seine selbstsichere Pauss-oppnu-kom-etj-Mentalität. Als ich ihn nach Berlin einlud, erzählte er mir von seinem Job in den bayerischen Bergen. Da schlug ich ihm ein Treffen in München vor. Er willigte ein.

Als wir schließlich bei MacDonalds einkehrten – Ruben bestand auf Fast Food, mein Angebot, im Hofbräuhaus oder sonst wo Weißwurst oder Leberkäse zu verzehren, lehnte er ab –, bewegte ihn immer noch die grässliche Szenerie am Stachus.

Wie können Menschen so leben? schüttelte er den Kopf und biss in den BigMac.

Ich gebe zu, es ist schrecklich, sagte ich.

Deutschland ist ein so reiches Land. Da müsste doch für alle was da sein.

Auch in Paraguay wäre für alle was da, wenn der Reichtum gerecht verteilt würde.

Ja eben. Aber Paraguay ist nun mal kein Sozialstaat, der jedem Menschen, der nicht für sich selbst sorgen kann, eine Existenzgrundlage zusichert.

Alle diese Menschen können monatlich ihre Sozialhilfe vom Sozialamt abholen.

Eine Sozialhilfe, die wahrscheinlich höher ist, als der paraguayische Durchschnittslohn.

Die Menschen, die du am Stachus gesehen hast, sind Gescheiterte. Sozialhilfe ist keine wirkliche Hilfe. Der Staat kann aber solche Menschen nicht am Gängelband führen. Hilfe verordnen, das geht nur drüben.

Das Gespräch zog sich noch eine Weile so hin. Er schien über das Gesehene nicht hinwegzukommen. Diese nachdenkliche Seite hatte ich an ihm noch nicht erlebt. Ruben war immer ein netter Zeitgenosse gewesen, der auch für andere etwas übrig hatte, aber eine soziale Ader entdeckte ich erst jetzt an ihm. Für mich stand fest, dass der eigentliche Grund seiner Empörung eine Art Rechtfertigungsdruck war: Er kam eigentlich als ein politischer Flüchtling in dieses Land, aber im Gegensatz zu allen anderen Asylanten war er Mitarbeiter eines korrupten Regimes gewesen. Und das nagte an ihm. Die Fragen nach seinem Job beim Diktator setzten ihn unter Druck.

Bevor er in den Zug stieg, der ihn nach Schliersee bringen sollte, umarmten wir uns. Er versprach, mich in Berlin zu besuchen.

Ruben über ein Erlebnis am Spitzingsee 1989

In Spitzingsee in den Alpen jobbte ich ab März 1989 als Küchenbursche – mein erster Job in Deutschland. Freundschaftliche Bande knüpfte ich zu Norbert, dem Hoteldiener. Wenn wir beide frei hatten, wanderten wir. Dieses Mal, es muss Ende März gewesen sein, zur Unteren Firstalm, auf den Stümpfling und zum Rosskopf. Gegen Abend kehrten wir müde zurück. Die Sonne war schon längst hinter den Hängen verschwunden, aber Wolken, die verschlissenen Laken glichen, reflektierten das himbeerjoghurtgefärbte Licht und ließen eine eigentümliche Stimmung aufkommen. Den See bedeckte eine Eisdecke, die an einigen Stellen schon ganz dünn war, was man auch an den Wasserlachen erkannte, die sich auf dem Eis gebildet hatten.

Plötzlich veränderte sich die Szenerie. Über das Eis lief ein Mann. Er keuchte, japste nach Luft, drehte sich immer wieder um. Er schien in großer Not zu sein. Am Horizont waren die Umrisse eines Dorfes zu erkennen, dazu gehörten einige Häuser, eine Windmühle und die unausweichliche Kirchturmspitze. Der um sein Leben laufende Mann war im Stil des 16. Jahrhunderts gekleidet, hüftlanger Mantelrock, ein Wams, flacher Hut, Kniehosen, Kniestrümpfe und feste Schuhe. Vom rettenden Ufer war er nur noch wenige Meter entfernt, als sein Verfolger näher kam, ein armselig gekleideter Mann, der keine Chance hatte, den Verfolgten zu erreichen und jetzt auch noch das Pech hatte, krachend und klirrend im Eis einzubrechen. Drei Landknechte, die am anderen Ufer standen und den Verfolger angefeuert hatten, stießen Schreie des Entsetzens aus. Der Flüchtling hörte diese Laute, drehte sich hastig um und hielt kurz danach an, um nach seinem Verfolger zu suchen. Die Menschen am Ufer warteten bewegungslos, was nun geschehen würde. Der tapfere Mann überlegte keine Sekunde, er kehrte spontan um, stoppte nicht ein einziges Mal seinen Schritt, im Gegenteil, mit einer beeindruckenden Sicherheit ging er auf den laut um Hilfe schreienden Häscher zu und reichte ihm die Hand – obwohl er selbst jeden Augenblick hätte einbrechen können und obwohl die Rettung seines Verfolgers seinen Tod bedeutete. Genau diese Szene hatte der Künstler so eindrucksvoll eingefangen. Ein Mann, der vorsichtig mit einem langen Schritt sein Gewicht möglichst auf einer großen Fläche verteilt, sich nach vorne beugt, ein wenig in die Knie geht und seine beiden Hände ausstreckt, um den Ertrinkenden zu retten. Zwischen dessen Händen und seinem nahen Retter fehlt noch etwa ein halber Meter. Die drei Landknechte am Ufer gestikulieren und geben schreiend Ratschläge. Es liegt am Betrachter, wie er die Geschichte zu Ende denkt, die der holländische Kupferstecher und Dichter Jan Luyken auf eine faszinierende Weise festgehalten hat.

Der Anblick des gefrorenen Sees hatte dieses Bild, diesen Kupferstich, aus den Tiefen meines Unterbewusstseins empor gehoben. Nach kurzem Nachdenken fiel mir auch der furchtbare Schluss der Geschichte ein. Für normale Menschen ist es ein schlimmes Ende, für unser Volk eigentlich ein Happy End. Der Protagonist ist Dirk Willems, ein Märtyrer, dessen Schicksal wie kein anderes die Vorstellungskraft unseres Volkes beeinflusst hat. Willems war in seiner holländischen Heimatstadt eingekerkert und zum Tode verurteilt worden. Seine Straftat: Er hatte sich als Erwachsener taufen lassen und sich so als Anhänger der Taufgesinnten zu erkennen gegeben. Es gelang ihm, aus dem Gefängnisturm zu fliehen. Im Märtyrerspiegel, in dem die qualvollen Leiden unseres Volkes und der Christenheit aufgeführt sind, hatte ich schon als kleiner Junge im zweiten Schuljahr die grausamen Geschichten gelesen – verbotenerweise, muss man sagen. Meine Mutter hatte mir strengstens untersagt, in diesem Buch, in dem „das Böse der Welt" aufgezeichnet sei, zu blättern.

Heute, viele Jahre später, habe ich dieses Buch geerbt, ich hole es aus meinem Regal, in dem ich es so sorgfältig hüte wie meinen Augapfel, und lese: Im Jahre 1569 ist zu Asperen in Holland ein frommer getreuer Bruder und Nachfolger Jesu Christi, genannt Dirk Willemß, gefangen genommen worden, und hat von den römischen Päpstlich-Gesinnten schwere Tyrannei ertragen müssen … Von seiner Gefangennehmung haben glaubwürdige Leute folgenden Bericht abgestattet, dass er entflohen und von einem Büttel eilig verfolgt worden sei; weil es aber etwas gefroren hatte, so ist Dirk Willemß über das Eis gelaufen, und nicht ohne Gefahr hinübergekommen, der Büttel aber, welcher ihm folgte, ist, weil das Eis unter seinen Füßen gebrochen, ins Wasser gefallen. Als nun Dirk Willemß bemerkte, dass derselbe in Lebensgefahr war, ist er schnell wieder umgekehrt, hat diesem Büttel geholfen und sein Leben gerettet. Der Büttel wollte ihn nicht verhaften, aber der Bürgermeister hat ihm ernstlich zugerufen, dass er seinen Eid bedenken sollte; er ist daher von dem Büttel wieder gefangen genommen und am gemeldeten Orte nach einer schweren Gefangenschaft und großer Anfechtung von diesen blutdürstigen, zerreißenden Wölfen in großer Standhaftigkeit durch einen langwierigen Brand getötet worden …

Wie war es möglich, dass eine Geschichte, die ich als Kind gelesen, deren Illustration ich vielleicht zwölf Jahre vorher beeindruckt angeschaut habe, jetzt aus den Tiefen meines Unterbewusstseins auftauchte? Einer der Gründe liegt klar auf der Hand: Das Motiv des zugefrorenen Sees. So was sah ich am Spitzingsee zum ersten Mal in Natur. Ein weiterer Grund liegt tiefer verborgen, ist verklausulierter und hat mit dem Begriff des Verfolgens zu tun. Ich bin der Sohn einer religiösen Gemeinschaft, die sich, ohne mit der Wimper zu zucken, als verfolgtes Volk ansieht. Gleichzeitig habe ich einem Machthaber gedient, der Andersgläubige verfolgt hat und das ebenfalls, ohne mit der Wimper zu zucken. Der Verfolgte aus Tradition ist selbst zum Verfolger geworden.

Am nächsten Tag bekam ich einen Brief aus Paraguay. Meine Mutter hatte geschrieben, ich zitiere in Auszügen:

Welche Angst haben wir ausgestanden. In Asunción wird geschossen und du bist wie vom Erdboden verschwunden. Warum hast du dich nicht gemeldet? Wir dachten, du lebst nicht mehr. Und dann fliegst du nach Deutschland, ohne dich von deinen Eltern zu verabschieden.

Gegen jeden der beiden Vorwürfe kann ich mich verteidigen.

Zum ersten: In Asunción war ich nicht alleine, sondern auch ihr ältester Sohn Ernesto. Ein Anruf bei ihrem Kronprinzen hätte genügt, um zu erfahren, wie es um mich steht. Mit Sicherheit hatten sie auch Erkundigungen dieser Art eingezogen. Aber meine Mutter liebte es, wenn sie mich mit Vorwürfen sticheln konnte.

Zum zweiten: Verabschiedet habe ich mich von meinen Eltern, als am Pilcomayo der große Regen niederging. Und einmal Abschied nehmen reicht doch wohl.

So nach und nach sickerten die Informationen über Ruben durch. Martin erzählte mir, dass Ruben am Pilcomayo ein Verhältnis mit einer Prostituierten gehabt haben soll. Man erzählte sich eben viele ungute Dinge über ihn. Er sei Mittäter beim Mord an Loco Quintana gewesen. Es gab viele Versionen von den Vorfällen am Pilcomayo. Niemand wusste im Detail, was passiert war. Aber jetzt wurde alles wieder aufgewühlt. Nach dem Fall Stroessners konnte sich entfalten, was lange Zeit unterdrückt worden war. Man begann in den Siedlungen auch wieder damit, Ruben den Tod von Abram Krahn in die Schuhe zu schieben. Abrams Eltern und Geschwister rührten wieder in der Sache, formulierten schwere Vorwürfe gegen die ganze Familie Löwen und verströmten Gift und Galle. Alles hätte sich in Wohlgefallen aufgelöst, wäre Ruben bekehrt gewesen. Aber seine ablehnende Einstellung gegenüber dem Glauben verbaute ihm den Zugang zu den mennonitischen Herzen.

Solange der Alte im Regierungspalast das Heft in der Hand hatte, war Ruben für die Siedler der Schlüssel zum Zentrum der Macht. Jetzt konnten sie den Gottlosen endlich verstoßen, was umso leichter fiel, da er von alleine die Flucht ergriffen hatte. Das Getratsche über die Hure und die Geschlechtskrankheit glaubte ich nicht, auf dieses Level wäre er nie gefallen. Aus seinen Briefen, die er mir aus Asunción schickte, wusste ich, dass er dort eine Novia namens Raquel hatte. Sie sollen in wilder Ehe gelebt haben. Was das anbelangt – hier in Deutschland würde kein Hahn danach krähen.

Tellerwäscher sind das letzte. Diesem Job gehen hier in Spitzingsee nach: ein Staatenloser, ein älterer, sehr netter Türke, ein junger, triebgesteuerter Türke, ein schizophrener 50-jähriger Deutscher – und ich. Wobei meine Kollegen aus den höheren Ständen – Hoteldiener, Kellner, Empfangsangestellte – noch herausfinden wollen, welchen Dreck ich am Stecken habe. Nun gehöre ich also zu den Menschen, die ich zu Hause nur aus den Augenwinkeln wahrgenommen habe.

Wieder Post aus der Heimat. Der Brief von Raquel Solís elektrisiert mich und verleitet mich dazu, meine Planungen über Bord zu werfen:

Mein lieber Ruben,

Eva und ich sind in München gelandet. Eva wird hier an der Akademie der Bildenden Künste studieren, ich werde mich in der Chirurgie fortbilden. Wenn auch du dich noch zu uns gesellst, wird unser Glück komplett sein. Reipotáramo ehasami che rógarupi ko'ero – Wenn du willst, komm morgen schon bei uns vorbei. (Guaraní)

Die Zeit am Spitzingsee war damit für mich beendet. Am Hauptbahnhof in München deponierte ich meinen Koffer in einem Schließfach und behielt nur noch eine Umhängetasche. An einem Würstchenstand bestellte ich mir eine Weißwurst und eine Flasche Bier und ließ es mir munden. Dann verließ ich den Hauptbahnhof.

Über München hingen tiefe Wolken. Es nieselte. In einer Postfiliale kündigte ich ein langes Ferngespräch an und telephonierte mit meinem Bruder. In Asunción war es noch früh am Morgen, Ernesto und Auna saßen beim Matetee.

Nachdem er seine Überraschung ausgedrückt hatte und ich meine Freude, wieder seine Stimme zu hören, kam ich auf den Grund meines Anrufs zu sprechen:

Hast du … nicht einmal … ich meine, du hast doch mal davon gesprochen, dass ich einen Anteil an deinem Geschäft habe, stotterte ich.

Das war aber zu ganz anderen, vordemokratischen Zeiten, das zählt doch nicht mehr. Und schriftlich haben wir nichts abgemacht, antwortete mein Bruder rüde.

Dieser hinterhältige Blottkopp, erst helfe ich ihm bei einem sehr erfolgreichen Start und dann lässt er mich hier im Regen stehen. Vor Wut wollte ich den Hörer auf die Gabel knallen, als ich im Knattern der Fernleitung das Lachen meines Bruders hörte.

Du Iltjezoagel, blaffte ich ihn an. Na warte, du Pischtjieltje, wenn ich dich zwischen die Finger kriege.

Ach Ruben, bleib locker. So wie früher. Das war ne tolle Zeit mit dir in Asunción. Was deinen Anteil anbelangt, den verwalte ich sehr gewissenhaft. Ein Teil geht in die Investitionen, den anderen Teil wechsle ich in Dollar ein und deponiere ihn auf der Bank.

Könntest du mir etwas davon schicken?

Wie viel soll es denn sein?

4000 Dollar.

Kein Problem. Schicke ich dir. Hast du ein Bankkonto?

Das lege ich mir in den nächsten Tagen zu.

Dann machte ich mich langsam auf den Weg zur Jugendherberge, vorbei an Baustellen und demolierten Gehwegen. Das Nieselwetter war zu einem strömenden Regen ausgewachsen, es schüttete, als ich schließlich mein Ziel erreichte und in mein Zwanzig-Bett-Zimmer eincheckte. Die Reisetasche verstaute ich unter dem Bett, dann ließ ich mich auf die Matratze fallen und schloss die Augen mit dem festen Vorsatz, bis zum nächsten Morgen durchzupennen, um nichts von dem Gefurze der pickligen, pubertierenden Bettnässer mitzubekommen, mit denen ich mein Zimmer teilen musste.

Der nächste Tag begrüßte mich mit strahlendem Sonnenschein. Ohne ans Frühstück zu denken, verließ ich die Jugendherberge und steuerte das nächste Telefon an. Raquel war schier aus dem Häuschen, als sie meine Stimme hörte. Sofort hatte sie einen Plan, als ich sagte, ich hätte heute Zeit für sie. (In Wirklichkeit hatte ich ja wochenlang Zeit für sie.)

Lasst uns an die Isar gehen, das Wetter wird toll.

Isar, was ist das? Ach so, ein Fluss, tja, dann muss ich wohl noch zum Hauptbahnhof, um meine Shorts aus dem Koffer zu ziehen.

An der Rezeption der Jugendherberge ließ ich mir die U-Bahn erklären und fuhr das erste Mal in meinem Leben mit der Metro, in diesem Fall mit der U1 vom Rotkreuzplatz bis zum Hauptbahnhof. Vom hektischen Treiben auf den U-Bahnhöfen und am Hauptbahnhof flimmerten mir die Augen, und ich konnte nicht verstehen, dass manche sagten: Minga is a Dorf. Für mich war es eben die erste Millionenstadt. Dann fuhr ich Straßenbahn und ging das letzte Stück zu Fuß bis zur Sulzbacher Straße. Raquel wohnte in der dritten Etage eines Miethauses. Als sie mir öffnete, schrie sie vor Freude laut auf, umarmte mich, hängte sich an mich, küsste mich auf den Mund. Ich schaute sie an. Sie hatte etwas bleichere Haut als in Paraguay, was bei dem mitteleuropäischen Klima auch kein Wunder war. Ich schaute mich um. Im Flur hingen eine große Paraguay-Fahne sowie diverse abstrakte Paraguay-Motive, die wahrscheinlich von Eva stammten.

Wie gehts? fragte ich.

Serr, serr gut, Herr Löwen.

Das waren die einzigen Sätze, die wir an diesem Tag in Deutsch wechselten. Als ich vom Flur ins Wohnzimmer ging, schnellte eine Hand an meinen Hals und drohte mich zu erwürgen. Es war Eva. Überraschung! So, sie war also auch da. Jetzt setzte ein chaotischer Wortwechsel ein, jeder fragte und beantwortete gleichzeitig halbsatzweise Fragen. Aber viel wichtiger als das Wissen, wo es wen hin verschlagen hatte, war die Gewissheit, dass wir drei wieder zusammen waren.

Das Trio. Zusammengeschweißt von extremen Erlebnissen. Wir fragten uns, ob wir sofort einen Tereré zusammen trinken sollten – worauf ich sehr scharf war, denn seit meiner Ankunft in Deutschland hatte ich das Getränk, nach dem alle Paraguayer süchtig sind, nicht mehr genießen dürfen. Oder ob wir unsere Gelüste aufschieben und erst am späten Vormittag am weißen Strand der Isar den kühlen bitteren Geschmack der Ilex paraguayiensis genießen sollten. Alle drei waren für die Variante zwei. Das Warten würde uns noch schärfer auf den Tee machen.

Aber zuvor wollten mich die Paraguayerinnen ein wenig durchs *Dorf* führen. Wir fuhren mit der U-Bahn bis zum Königsplatz, an dem wir die Propyläen und die Glyptothek bewunderten und uns die Frage stellten, was die Menschen bewogen hatte, so zu bauen wie 2000 Jahre zuvor die Griechen. Zu Fuß machten wir auf meinen Wunsch hin einen Schwenker zu den drei Pinakotheken. Abgesehen hatte ich es auf die Alte Pinakothek, mit den Bildern von Rubens, Franz Hals, Botticelli und Dürer. Natürlich interessierte ich mich auch für die Impressionisten und die Expressionisten in der Neuen oder für Warhol, Moore oder Beuys in der Modernen, aber mein Faible für die Alten bezog sich auf Rembrandt, den holländischen Maler, der unserem Volk so nahe gestanden hatte, dass viele ihn für einen der Unseren halten. Als ich bekannt gab, dass ich morgen gerne in diese Häuser gehen würde, erklärte sich Eva sofort bereit, mit mir zu gehen, womit ich eine kundige Begleiterin hatte, die beste paraguayische Künstlerin und Kunsthistorikerin der Gegenwart und eine der besten in Südamerika. Natürlich kannte sie die renommierten Kunst-Sammlungen an der Theresienstraße schon auswendig, aber sie konnte sie, wie sie sagte, immer wieder genießen.

Hofgarten, Feldherrnhalle, Nationaltheater, Residenztheater, Marienplatz und Frauenkirche waren die nächsten Stationen, die wir von außen bewunderten, bevor wir uns in die U-Bahn setzten und zum Flaucher huschten. Die Nackerten irritierten mich, denn meine Frauen hatten mich darauf nicht vorbereitet. Menschen im Freien so zu sehen, wie Gott sie geschaffen hatte, war sehr ungewöhnlich. Wir fanden einen optimalen Platz in der Nähe des Gewässers in einem Areal, in dem mehr Sand als Kies war. Langsam begannen wir uns auszuziehen. Ich ließ mir nichts anmerken. Scheinbar gleichgültig, beinahe gelangweilt, musterte ich die Gegend, streifte das T-Shirt ab und meine Bermuda-Shorts, unter der die Badehosen zum Vorschein kamen. Dann griff ich zum Beutel, in dem das komplette Mate-Geschirr verstaut war, um den ersten Tereré seit vielen Wochen aufzustellen. Eine spezielle Bewegung von Eva irritierte mich denn nun doch. Sie hatte sich mittlerweile – wie Raquel – bis auf den Bikini ausgezogen und ihre Hände nestelten am Verschluss ihres Oberteils, das sie dann tatsächlich öffnete und ablegte. Als sie aufblickte, machte ich weiter mit meinem Tereré-Besteck, als sei nichts geschehen: Ich schüttete den Mate-Tee in die Guampa. Das Pulver wirbelte auf und bildete eine kleine Staubwolke. Als die Guampa dreiviertel gefüllt war, legte ich es in einem Winkel von 30 Grad auf die Seite und schüttelte sie sachte, so dass der Rand des Tees zum Guampa-Rand ebenfalls einen Winkel bildete. Wo sich der Winkel schloss, kam das Saugrohr, die Bombilla hinein. Vorsichtig ließ ich Wasser hinein. Das Wasser fixierte den Winkel. Erst viel später, wenn der Mate schon schwach war, durfte die Winkelanordnung verändert und der Tee durchgerührt werden, um ihm neue Power zu geben. Anfänger konnten häufig der Versuchung nicht widerstehen, die Bombilla zu rühren.

Das ist keine Gangschaltung, bekam der Unkundige dann oft zu hören. Die Ächtung der Mate-Tee-Runde war ihm sicher.

Mit der Zubereitung des Zaubertranks konnte ich für gut drei Minuten meine Verlegenheit überspielen. Auch Raquel entledigte sich in diesem Zeitraum ihrer Textilien. Währenddessen schlürfte ich die erste Guampa und genoss das aromatisierte Wasser, das eiskalt meine Kehle herunterlief. Auch ein zweites Horn schenkte ich mir ein.

Jetzt protestierten die nackerten Frauen hinter mir: Sauf nicht unser ganzes Wasser weg, schimpften sie, und weil ich alle Anstalten machte, auch das dritte und vierte Horn zu genießen, warfen sie sich beide auf mich, wobei sich bei der artistischen Einlage ihre Beine leicht öffneten. Ich konnte, wie man bei uns sagte, bis nach Jerusalem sehen. Durch den verrutschten Hechtsprung brach das Eis, meine Verlegenheit versank in der Isar.

Nach den attraktiven Paraguayerinnen drehten sich viele Passantinnen um. Nicht, weil sie nackert, sondern, weil sie ein optischer Leckerbissen waren. Die beiden Mädels forderten mich auf, doch endlich das letzte Kleidungsstück abzuwerfen. Doch ich wehrte mich dagegen, denn ich konnte mir nicht vorstellen, entspannt vor den Augen der Welt meine Hoden baumeln zu lassen.

Er ist verklemmt, spottete Raquel.

Un Menó, er könnte aus Loma Plata stammen, setzte Eva nach.

Ich weiß halt, was Anstand ist, konterte ich.

So ging es eine Weile hin und her, bis Eva schließlich sagte: Ich habe eine Medizin gegen deine Hemmungen.

Sie schauten sich vielsagend an und daraus entnahm ich, dass es etwas Grenzwertiges war. Eva kramte in ihrer Tasche und holte schließlich eine Drum-Packung heraus. Der Inhalt war kein konventioneller Tabak, sondern malvenartiges getrocknetes Kraut. Und so wie mich die beiden Frauen anschauten, konnte es nur eines sein: Marihuana. Gras. Hanf. Ein Zeug, das die Jugend ins Verderben stieß und genauso gefährlich war wie der Kommunismus.

Eva zerbröselte den Cannabis, streute ihn in ein Longpaper und drehte eine trichterförmige Zigarette, die sie schließlich anzündete. Genüsslich zog sie den Rauch in die Lungen und reichte den Joint an Raquel weiter. Raquel bediente sich und gab mir dann mit der größten Selbstverständlichkeit die Tüte. Die Passanten glotzten uns weiterhin an, aber jetzt war ich nicht ganz sicher, ob sie auf die Körper der Mädchen blickten oder auf den Joint. Auf jeden Fall kamen wir uns ganz cool vor. Ich war wahrscheinlich der erste Mennonit, der eine Tüte konsumierte. Hätten wir in Asunción vor einem Jahr so ungeniert Rauschgift geraucht, wären wir unweigerlich im Calabozo gelandet. Diese und viele Gedanken schwirrten in unseren

Köpfen und wir mussten plötzlich kichern. Eva zeigte auf einen unglaublich dürren, etwa zwei Meter langen Mann, der aufgestanden war, um aus einer weiter entfernt liegenden Tasche etwas zu holen. Als er sich bückte, drehte er uns seinen knochigen Hintern zu. Zwischen seinen Beinen baumelte ein extrem langer Hodensack, der zu schaukeln anfing, weil der Mann ruckartig an seiner Tasche zog, um das gesuchte Teil heraus zu bekommen. Der Versuch, die aufkommende Lachlust zu unterdrücken, misslang vollkommen. Wir lachten und lachten und lachten. Grotesk, sagte Eva, und zeigte auf den hässlichen Vogel. Grotesk, kicherte Raquel, und ich stimmte zu.

Wir sahen viel. Wir sahen riesige, ballonartige Hintern, ballenförmige, teigige Oberschenkel, faltige Busen, die wie schlappe Apatschenmedizinbeutel herunterhingen. Weißhäutige, Fleckige, Sommersprossige, Kurzbeinige, Spitznasige. Es breitete sich wahrhaft eine darwinistische Vielfalt der Humanoiden hier aus und alle protzten mit ihrer sonnenverbrannten Hässlichkeit oder, selten, mit gesunden Astralkörpern. Eine Frau mit einem zotteligen Fell vor dem Geschlecht legte stehend ihr Baby an die Brust, ein eitler Faun, der vollkommen glatt rasiert war, streichelte seinen zotteligen Neufundländer, ein tiefbraun gebrannter Luis-Trenker-Typ spielte mit seiner übergewichtigen Frau Federball, beide trugen nur Sneaker zu Tennissocken. Die einen zeigten ungeniert und demonstrativ ihre Geschlechtsteile, andere wiederum machten linkische Bewegungen, um die Tabustellen ihres Körpers zu verbergen. Da befand auch ich, noch mitten im Lachanfall steckend, dass es jetzt genug sei mit lästigen Klamotten, warf die Badehosen von mir und streckte mich aus im knirschenden Isarsand, was mir mein Po später mit einem rosaroten Anstrich danken würde.

Allmählich erschlafften unsere Lachmuskeln, wir wurden langsam müde und schlossen unsere Augen für ein Nickerchen. Und so ging der Tag dahin, zwischen dem einen und anderen Tereré, dem einen und anderen Gespräch, dem einen und anderen Nickerchen, dem einen oder anderen Joint. Als sich schließlich die Sonne anschickte, in einem beschaulichen Sonnenuntergangsszenario hinter dem Horizont zu verschwinden, packten wir unsere Siebensachen und gingen zur U-Bahn-Haltestelle.

Das war er also gewesen, der legendäre Einstieg. Und die Einstiegsdroge hieß Marihuana, wie es sich für einen Latino geziemte. Den Stoff zu rauchen, den schon die Vorfahren, Itzamná sei ihnen gnädig, sich reingezogen hatten, um die Aura des Göttlichen zu erblicken. Was hatte Raquel damals gesagt, als ich die Stirn runzelte, nachdem sie zugegeben hatte, dass ihr Vater ein Drogenhändler war? Bei uns im Land nimmt doch keiner das Gift. Wir Paraguayos sind immun dagegen. Wenn die fetten, übersättigten, psychopathischen Amis und Europeos daran sterben, soll uns das nicht kümmern.

So schnell waren wir drei von ihnen, drei Europeos. Wir wollten sein wie sie, cool, abgefuckt und lässig, nur just for fun rauchen, nur, um ein wenig hip zu sein, aber sich dennoch immer unter Kontrolle zu haben und ganz schnell wieder auszusteigen, wenns notwendig ist.

Ich war zugedröhnt, aber das Gras war nicht wirklich der Grund. Die ganze Zeit hatte die Sonne auf meine Rübe geknallt. Rasende Kopfschmerzen schossen in den Nacken, verzweigten sich und fuhren an beiden Seiten über die Schultern abwärts. In der Arschgegend und auf den Schultern zwickte und zwackte es. Vergeblich versuchte ich, die Sandkörner wegzustreichen, aber es nutzte nichts. Vielleicht war es auch ein kneifendes Untier, das über meine Schultern fuhr und mit dem anderen Untier in der Arschgegend kommunizierte. Was wirklich los war, wusste ich natürlich. Ich hatte mir einen heftigen Sonnenbrand geholt.

Als ich mich in Raquels Badezimmer auszog, glühten mir die hellroten, präzise markierten Stellen entgegen wie ein Sonnenuntergang, der das Herz erfreut. Das kalte Wasser aus der Dusche wirkte wie ein Schock, wie ein Schlag mit einem Eisknüppel auf rohes Fleisch. Doch als ich dann das Wasser abdrehte, fühlte ich Linderung. Als ich aus der Dusche stolperte, zeigte Raquel noch auf ein

Bett, wie ich später merkte, war es ihr Bett, ich fiel hinein und versank in einen tiefen Schlaf. Während ich in Morpheus Arme sank, hörte ich noch ein paar Worte über eine Party, die heute Abend steigen sollte.

Und mit Partymusik wachte ich wieder auf. Eigentlich zupfte nur jemand eine Chacarera, wahrscheinlich ein Argentinier, und dazu plauderten viele Leute. Der vermeintliche Argentinier begann jetzt auch noch zu singen, für kurze Zeit verstummten die Gäste, aber nach einer Minute fingen sie wieder an, sich zu unterhalten, zuerst noch dezent und zurückhaltend, dann immer lauter und temperamentvoller. Ich schaute auf die Uhr. Es war kurz vor elf. Mehrere Minuten blieb ich so liegen und überlegte, wo ich war, wer hier noch war und was passiert war. Aber dann hatte ich wieder alles zusammen. Ich stand auf, schaute in den Spiegel, schob meine Gesichtszüge wieder in eine vorteilhafte Position und verließ das Schlafzimmer. Vom Flur aus konnte ich ins Wohnzimmer schielen. Es war voller Gäste. Rechts neben mir, noch halb von der Tür verdeckt, stand ein Paar und knutschte. Die meisten bewegten sich langsam zu der live gespielten Gitarrenmusik. Der Typ schien wirklich ein Argentinier zu sein. Wahrscheinlich einer aus Buenos Aires. Ich durchquerte den Raum an ein paar Tänzern vorbei und gelangte auf den Balkon, wo ich die frische Luft einsog. Rechts neben mir stand ein weiteres Pärchen und schmuste. Moment mal, Eva mit einem Mann? Ich denk, die ist lesbisch. Und jetzt tut sie so hetero. Die Szene nervte mich. Noch so eine Szene, und ich haue hier ab. Und das nächste abgefuckte Bild wurde mir gleich danach geliefert. Das Paar, das ich schon beim Eintreten registriert hatte, rückte nun voll in meinen Blickwinkel. Die Frau war Raquel, die einen, na, ich schätze mal, Brasilianer abschleckte, und zwar voller Leidenschaft. So, das reichte. Bei Eva ließ sich die Sache noch halbwegs entschuldigen, obwohl sie nicht mit offenen Karten gespielt hatte. Aber mit Raquel und mir war die Liebesbeziehung nie offiziell beendet worden. Ich verlangte von ihr nicht, dass sie mir die ganze Zeit die Treue hielt. Aber jetzt so vor meinen Augen zu schäkern, das war dreist. Also ging ich ins Schlafzimmer, packte meine Siebensachen und verließ das Haus, wobei ich, als ich die Wohnungstür hinter mir zuschlug, noch meinen Namen rufen hörte. Ich rannte die Treppen herunter, bemühte mich auch nicht, mit meinen nietenbesetzten Schuhen leise aufzutreten, drückte die Haustür auf und war draußen.

Die kühle Brise tat meiner verbrannten Haut gut. Schlendernd und nachdenkend näherte ich mich dem Zentrum. In den Straßen wurde es immer lebhafter. Bis zum frühen Morgen trieb ich mich in der City herum. Dann fuhr ich zur Jugendherberge und holte die restlichen Sachen. Anschließend kaufte ich mir am Hauptbahnhof ein Ticket nach Berlin.

Cornelio Peters, Berlin, Sommer 1989

Ruben tauchte im Sommer des Jahres 1989 unangemeldet auf. Er stand vor meiner Tür und sagte: Hier bin ich!

Okay, er gehörte ja auch dazu. Er hatte sich nie gemeldet, hatte nie den Anschein gemacht, dass er sich für uns interessierte. Aber nun, da er da war, war es gut so. Miriam freute sich. Sie warf mir vor, ich könnte mich nicht so recht über die Wiedervereinigung der Freunde freuen.

Ich ließ ihn in meinem Zimmer übernachten, aber er fand schon am nächsten Tag eine kleine Wohnung in der Nähe, in die er mit wenigen Klamotten einzog. Mein Zimmernachbar wollte in einem Monat ausziehen und Ruben, das sprach ich mit dem Vermieter ab, würde dann dort einziehen.

Überraschend schnell machte Ruben einen Termin mit dem Senat aus, wo ihm erläutert wurde, wie er sich in einem einjährigen Kurs auf die Abiturprüfung vorbereiten könne. Sofort danach suchte er Kontakt zum Humboldtgymnasium, an dem er die Anerkennungsprüfung ablegen konnte. Er traf sich bald mit den zuständigen Lehrern, den Prüfern der Fächer Deutsch, Spanisch, Geschichte und Biologie, sprach mit ihnen die Themen ab, kaufte sich die empfohlene Literatur und begann zu büffeln. Zuerst wunderte ich mich, woher er das Geld hatte, um die neue Wohnung zu bezahlen, aber dann ließ er – zum ersten Mal – durchblicken, dass er Anteile an der Ferretería seines Bruders besaß. In meiner vorlesungsfreien Zeit waren wir viel unterwegs, um die Stadt und ihre bewegte Geschichte kennenzulernen. Auch Miriam schloss sich uns häufig an. Natürlich wollte er das Übliche sehen: die Mauer, das Brandenburger Tor, die Museen, den Zoo. Einmal überquerten wir auch die Grenze zum Bösen am Grenzübergang Friedrichstraße.

Ruben bekam Geschmack aufs Nachtleben. Mit Inbrunst beobachtete er, wie sich die Coolen am Ku'damm produzierten. Spät abends ging es dann ins Linientreu, wo er hoffte, auf Dave Gahan von Depeche Mode, auf Iggy oder David Bowie zu treffen. Die

Musik von Depeche Mode, Erasure oder Joy Division begann ihn zu prägen. Underground. Subkultur. Kälte. Entsprechend änderte er auch seine Frisur und seinen Stil. Nicht radikal, aber schon eindeutig sichtbar. Seine Haare wurden länger und zottelig, er färbte sie schwarz, hatte eine Vorliebe für schwarze Klamotten, Nieten-Applikationen und Tattoos, brachte seine Bundfaltenhosen in die Altkleidersammlung. Wobei er zur Abwechslung auch Hardrock, Heavy Metal und Punk konsumierte und dafür mit mir ins Ballhaus Spandau ging. Ich war ihm dankbar, dass ich durch ihn ein wenig Szeneluft schnuppern konnte. Was mich beunruhigte, war seine Passion für Drogen, zu den leichten natürlich wie Bier, bunte Getränke wie Blue Curaçao sowie zu Nikotin in Form seiner Players. Noch waren die Auswüchse nicht erkennbar. Vor dem Studententreffen habe ich ihn noch nie angetrunken erlebt. Nur seine Vorliebe dafür deutete sich bereits an.

Underground und Subkultur hatten einen hohen Stellenwert. Begeisterung zeigte er auch für die Malerei. Er hatte von Eva Viccini und ihren zerklüfteten Seelenlandschaften geschwärmt, aber ich konnte mich auch noch an unsere Kinderzeit erinnern, wie Ruben die Bilder in der Kinderbibel von Anne de Vries auf sich wirken ließ oder auch die Stiche im Märtyrerspiegel. Von Frau Regehr, einer gebildeten älteren Dame, die in der Nachbarschaft wohnte, bekam er zu Weihnachten den Band *1000 Meisterwerke* geschenkt. Daher war er jetzt erpicht darauf, den Meisterwerken persönlich gegenüberzustehen. Gemeinsam besuchten wir die Gemäldegalerie. Zielstrebig ging er durch die langgestreckte Wandelhalle auf den Raum zu, der ganz am hintersten Ende lag. Raum X. Holländische Malerei des 17. Jahrhunderts. Das markanteste Bild fiel wegen seiner Größe auf. Gut zweimal zwei Meter groß. Hätte es nicht diese enormen Ausmaße gehabt, wäre ich daran vorbeimarschiert, denn ich fand das Dargestellte selbst nicht aufregend. Es schien mir wie ein unterentwickeltes Riesenposter. Zu dunkel. Wenig Licht, viel Schatten. Doch Ruben blieb wie paralysiert davor stehen und bewunderte es schweigend. Aus der Raum-Beschilderung ging hervor, dass es ein Rembrandt war. Ja, richtig, der war auch in der Schule mal zur Sprache gekommen. Der Mann mit dem goldenen Helm. Die Nachtwache. Ein weltberühmter Maler. Aber um die Wahrheit zu sagen: Weit mehr hatte mir *Das Glas Wein* von Vermeer gefallen. Oder der *Jungbrunnen* von Lucas Cranach. Mein Favorit war *Die Ruhe auf der Flucht nach Ägypten,* ebenfalls von Cranach.

Auch durch die anderen Säle waren wir zuvor geschlendert, vorbei an Tizian, Dürer, Holbein. Aber Ruben schien es wieder zu diesem einen Bild zu ziehen. Jetzt war es an der Zeit, dass ich mir das Dargestellte genauer ansah: Wahrscheinlich ein Ehepaar, nicht gerade ärmlich gekleidet. Die Frau im sittsamen Häubchen hört bedächtig zu, was der Mann ihr aus einem dicken Buch vorliest. Wenn ich sage, dass ich bis jetzt noch nicht auf die Idee gekommen war, auf den Namen des Bildes zu linsen, dann wird niemand staunen. Ich bin nämlich kein Malerei-Liebhaber. Aber auch Ruben schaute erst jetzt auf das weiße Kärtchen mit der Inschrift. Wahrscheinlich war er so fasziniert von dem Gemälde, dass er bisher daran nicht gedacht hatte. Doch nun warf er ein Auge auf das Namensschildchen und schien seinem aufgeregten Blick nach zu urteilen eine Erscheinung zu haben. Der Titel lautete: *Der Mennonitenprediger Anslo und seine Frau.*

Bei der Ansiedlung waren eh alle gleich – gleich arm, muss man sagen. Der Tick mit der Ahnenforschung begann erst viel später und erfuhr einen Hype durch die Verbreitung des Internets. In *Grandma*, einem mennonitischen Stammbaum auf CD, konnten Tausende ihre Vorfahren zurückverfolgen. Einer meiner Bekannten namens Wiebe erfuhr, dass unter seinen vielen Vorfahren dieses Namens einer ziemlich berühmt gewesen war, nämlich Adam Wiebe, der bekannte Ingenieur aus Danzig und Erfinder der Seilbahn.

Unsere Familie hingegen brauchte weder Internet noch CDs, um ihre Wurzeln zu erforschen. Vielmehr gibt uns das Buch der Bücher, die Bibel selbst, Hinweise zu meinen Altvorderen. Der Begründer unserer Dynastie heißt Johann von Leuwen, der in den 50er Jahren des 16. Jahrhunderts in Löwen oder in Gent lebte. Dieses ist handschriftlich und auf Holländisch in unserer Familienbibel eingetragen – vermerkt in einem kurzen Satz. Sein Bruder Wilhelm von Leuwen, heißt es da kurz und lapidar, sei als Märtyrer gestorben. Und in der Tat ist Wilhelms Tod auch im Märtyrerspiegel aufgeführt:

Im Jahre 1554 ist zu Gent in Flandern um des Zeugnisses der Wahrheit willen ein frommer Zeuge Gottes, Wilhelm von Leuwen genannt, getötet worden. Dieser hat nicht wegen irgendeiner Übeltat oder Ketzerei, sondern allein um des Zeugnisses der Wahrheit willen in einem guten Gewissen gelitten, denn er hat der babylonischen Hure mit allen ihren Buhlern und falschem Gottesdienste entsagt und hatte sich wieder mit Christo vereinigt, welchem er von ganzem Herzen in der Wiedergeburt nachgefolgt ist, und hat also diese Welt und alles, was darin ist, durch den Glauben überwunden; daher hat er endlich das Ende des Glaubens, das ist, die ewige Seligkeit, durch Christum Jesum aus Gnaden erlangt.

Die Verfolgung durch Staat und Kirche ließ die Familie von Leuwen Flandern verlassen und sich ein Zuhause im Rheinland suchen. Vornehm kürzten sie ihren Namen ab, aus von Leuwen, das einfach nur der Hinweis auf die Heimat war, wurde Leeuw. Ameldonck Leeuw war Ältester in Köln. Später zog die Familie nach Amsterdam, wo Ameldonck ein erfolgreicher Geschäftsmann und Kunstsammler wurde. Ameldoncks Sohn David hat als seinen Erbanteil 18 Gemälde und Zeichnungen, unter ihnen drei Rembrandts, bekommen. Die Leeuws als Kunstsammler und Mäzene waren natürlich mit vielen Malern Amsterdams befreundet. Einer von ihnen war Govaert Flinck (1615–1660), geboren in Kleve, der bei Rembrandt in die Lehre ging. Er entwickelte sich zu einem gewandten Kopierer von Rembrandts Stil, so dass beide Meister nicht immer auseinandergehalten werden können.

Flinck malte Historienbilder: *Isaak segnet Jacob* (Amsterdam); *Abraham, die Hagar verstoßend* (Berlin); *Der Engel, den Hirten die Geburt Christi verkündend* (Paris) und Genrebilder, wie *Die Wachtstube* (München).

Hauptsächlich widmete er sich der Porträtmalerei. 1640 malte Flinck den kleinen David Leeuw, meinen Ur-ur-ur-ur-na-was-auch-immer. Der erwachsene David Leeuw wiederum wurde von Abraham Jacobsz von den Tempel im Kreis seiner musizierenden Familie auf Leinwand gebannt. Seine Frau Cornelia Hoft wiegt die zweijährige Tochter Suzanna auf ihrem Schoß. Neben ihr steht Cornelia, die Noten in der Hand hält. Zu Füßen ihr Schoßhündchen. Weyntje (12) spielt auf dem Cembalo, Maria (18) singt und Pieter (14) übt sich mit der Viola da Gamba. 1701 feierte die Familie die Goldene Hochzeit der Eltern, was wegen der geringeren Lebenserwartung damals sehr selten vorkam.

Über die Künstler, Kunsthändler und Kunstsammler dieser Ära ist viel bekannt, denn es herrschte das Goldene Zeitalter, in dem Holland und mit ihm die Literatur aufblühte. Viele der hinterlassenen Informationen beziehen sich auf unsere Vorfahren, aber dass sie unsere Ahnen sind, wissen wir nur aus der Familienbibel. Kein Geringerer als Rembrandt schenkte dieses wertvolle Buch meinem Vorfahren Ameldonck Leeuw, meinem Urururururgroßvater. Rembrandt hat auf Niederländisch eine Widmung eingetragen: *God zal u uw weg*, Möge Gott dir deinen Weg weisen. Am Ende der Bibel sind zahlreiche leere Seiten, die den alleinigen Zweck haben, dass die Namen der Familie von Generation zu Generation eingetragen werden können. Ameldonck, der Kunstmäzen, hat nicht nur sich selbst dort verewigt, sondern auch Johan von Leuwen, den Bruder des Märtyrers. Über 300 Jahre Familiengeschichte, das sind gut zwölf Generationen, zwölf Unterschriften, mal schwungvoll, mal ungelenk und krakelig, mal voller Selbstvertrauen, dann wieder voller Angst vor dem Morgen, mal flandrisch, dann friesisch, in den letzten Jahrhunderten in Deutsch mit zunächst preußischem, dann russischem Einschlag. Gemäß den Sitten war es immer der älteste Sohn der Familie, der die Familienbibel als Erbe bekam. In zwei Fällen musste der Erbe passen, weil er keinen direkten Nachkommen hatte, weshalb er sie einem jüngeren Bruder übertrug.

Viele Nachkommen schlossen Ehen mit Sprösslingen wohlhabender mennonitischer Familien, wie Bosch, Block, de Flines, Rutgers, van Lennep, van der Heyden und van Heyst.

Als der erste Leeuw nach Westpreußen auswanderte, ändert sich sein Name zunächst in Leuwen und dann in Löwen. Im 19. Jahrhundert gehört der Name Löwen zu den häufigsten mennonitischen Namen, doch sind nicht alle Löwens unsere Verwandten, die meisten von ihnen stammen lediglich aus der Stadt Löwen.

Als Junge habe ich keinen Wert auf die wertvollen Eintragungen gelegt. Meine Mutter las häufig in der zerlesenen Bibel, dann blickte sie auf, klappte das Buch zu, streichelte liebevoll den ledernen Einband und ihr Blick schweifte gedankenvoll in die Ferne. Vielleicht dachte sie an die schlimmen Zeiten: Auf der Flucht mussten sie alles hinter sich lassen, Haus, Hof, Wagen, Kleidungsstücke, Nahrungsmittel – die Bibel wurde nie zurückgelassen.

Deutsche Einheit

Aufzeichnungen Cornelios über den 7.11.89

Miriam Cornies, die ebenfalls in Berlin studierte, und ich hatten ein Studententreffen organisiert. Daniel Schellenberg würde aus Basel anreisen, wo er an der Bibelschule Bienenberg studierte, und er würde Claudia im Schlepptau haben, die frisch aus dem Chaco angereist war, um Freunde in Deutschland und natürlich Daniel zu besuchen. Zugesagt hatten zudem Martin Giesbrecht, der einer mir unbekannten, aber bestimmt dubiosen Tätigkeit nachging, Katharina Redekopp, die in Dortmund Journalistik studierte und der dünne Jakob Regehr, der in Detmold in Musik immatrikuliert war, sowie Heinrich Derksen aus Filadelfia, der an der Uni Kiel studierte. Wir würden also eine Menge Leute sein, die endlich mal wieder ihrer Lieblingsbeschäftigung nachgehen konnten: Plautdietsch rede, Sot knacke en Mate drintje – Plautdietsch reden, Sonnenblumenkerne knacken und Mate trinken. Als Gast hatten wir zudem Matthias Landis, den jungen Pastor der Mennonitengemeinde in Berlin, eingeladen.

Der 7. November war der erste Tag des Studententreffens. Früh stand ich auf, holte Brötchen und kochte Kaffee, um mit Ruben zusammen zu frühstücken und gleichzeitig ein paar Dinge zu besprechen, die noch erledigt werden mussten. Als ich an seiner Wohnungstür klopfte, war er schon wach, aber noch keineswegs ansprechbar. Er saß vor seinem Atari, den er sich von dem Geld seines Bruders gekauft hatte, und spielte Vermeer. Er baute sich Farmen auf in Brasilien, Ecuador, in Australien und Indien, machte großes Geld und verlor es gleich wieder. Das Ziel war, die wertvollen Vermeer-Gemälde zurück zu ersteigern, die dem Großvater geraubt worden waren. Mich hatte er ein paar Mal zum Mitmachen verführt, eine Stunde lang hatte ich wirklich Spaß daran gehabt, aber dann war es nur noch öde, weil sich alles wiederholte: der rasche Reichtum, der obligatorische Einbruch der Aktienwerte und der fatale Crash des Computerprogramms. Aber Ruben blieb dran, er fluchte, bis er puterrot war, wenn das Spiel abstürzte – und er geiferte vor Gier, wenn er hohe Geldwerte einsammelte. So war er auch an diesem Tag früh auf den Beinen, um seine Farm in Brasilien zu erweitern. Vielleicht hatte er auch die Nacht durchgemacht, was ich nicht hoffte, denn heute war Ausdauer gefragt. Meine und seine Wohnung bildeten die Zentrale des Studententreffens. Dort sollte häufiger mal gespeist, viel geplappert und literweise Mate getrunken werden. Für heute wollte ich in meiner Dachowka den Asado aus argentinischen Steaks vorbereiten und Miriam wollte Kartoffelsalat mitbringen. Miriam würde Katharina Redekopp, die in Dortmund Journalistik studierte, bei sich aufnehmen, bei mir würden Daniel Schellenberg und Claudia aus Nummer Zwei pennen. Jakob Regehr, der in Detmold Musik studierte, wollte im Heim der Mennonitengemeinde übernachten, weil er Mattias Landis, den Pastor, gut kannte. Ruben würde Heinrich Derksen eine Nachtstätte bieten.

Ruben ließ mich bei meinen Vorbereitungen im Stich, was mich störte, aber nicht zur Verzweiflung brachte. Ich hatte alles im Griff. Und ich freute mich auf jeden Gast. Zur Verdeutlichung füge ich eine Liste der Gäste und Gastgeber hinzu:

Paraguayer-Treffen in Berlin
Cornelio Peters, Ethnologie, Berlin. Gastgeber von:
Daniel Schellenberg, Theologie auf dem Bienenberg, Basel, und
Claudia Brandt, Lehrerseminar, kommt zu Besuch.
Ruben Löwen, will Veterinärmedizin studieren, Gastgeber von:
Heinrich Derksen, Kiel, sowie von
Martin Giesbrecht, macht Geschäfte mit Polen.
Miriam Cornies, studiert Medizin in Berlin, Gastgeberin von:
Katharina Redekopp, studiert Journalistik in Dortmund.
Matthias Landis, Pastor in Berlin, Gastgeber von:
Jakob Regehr, studiert Musik in Detmold.
Zum Schluss trafen unangemeldet ein:
Raquel Solís, studiert Medizin in München;
Eva Viccini, studiert Kunst in München.

Kurz nach zwölf traf Martin Giesbrecht ein. Er war mit seinem Toyota-Cabrio angereist und gab sich als erfolgreicher Geschäftsmann, wobei seine Aufmachung, seine Klamotten und Frisur tendenziell an einen Zuhälter erinnerten: Trainingsanzug aus Ballonseide, halblange Haare, die immer noch aussahen, als ob sie mit zwei Liter Haarfestiger festgesprayt worden waren, und ein phänomenaler Schnauzer, der als Transplantation seines Haupthaares durchgehen konnte. Von Bekannten hatte er meine Telefonnummer erfahren und sich selbst eingeladen. Dass er ein Gewinn sein würde, glaubte ich nicht. Meine Ressentiments gegen ihn gingen allerdings nicht so weit, dass ich von Antipathie oder Abscheu sprechen würde, aber große freundschaftliche Gefühle hegte ich für ihn nicht.

Wir waren alle über 20 und erwachsen. Die Zeit der Jugend, in der das Experimentieren erlaubt ist, war so gut wie abgeschlossen. Daher erwartete ich von einem wie Martin ein wenig mehr Seriosität. Aber er brachte sofort seine tollen Jokes an, stellte sich mir und Ruben mit dem Gruß *Stroessner lebt!* vor, eine blasphemische Abwandlung des Ostergrußes der Christen. Mit großem Trallafitti präsentierte er sein Gastgeschenk, eine Flasche Aristócrata. Wenn er in Rubens Wohnung Aris trinken wollte, dann hatte ich nichts dagegen, aber eigentlich sollten unsere beiden Wohnungen bis zum 10. November Tage der offenen Tür und somit für alle offen sein. Es gab aber einige, die eine Aversion gegen dieses primitive Getränk hegten, das eine Metapher war für den dumpfen Trinker, den maßlosen Alkoholiker, den krakeelenden Saufbold, der erst aufhört, wenn er im Koma liegt. Wenn Martin und Ruben für sich alleine den Fusel in sich hinein schütten wollten, kein Problem. Wären wir zu dritt gewesen, hätte ich mir ebenfalls einen einschenken lassen, allerdings nur einen Kurzen, aber im Plenum sollte der Alkohol tunlichst fernbleiben.

Ruben freute sich sichtlich über das hochprozentige Geschenk. Weniger angetan war er von Martins Anspielungen auf das Stroessner-Regime. Geflissentlich überhörte er Martins Fragen nach seinen letzten Tagen in Paraguay. Das Weghören war so demonstrativ, dass im Gegenzug Martin sich nicht traute, von seiner Flucht zu erzählen, und das sollte schon was heißen. Da ich nicht gerade überschwänglich Martins Geschenk in Empfang genommen hatte, zogen sich Ruben und Martin sauertöpfisch in Rubens Reich zurück und ich blieb erst mal allein mit den Vorbereitungen.

Der nächste Gast war Heinrich Derksen, Lehramtsstudent in Kiel und Bürger Filadelfias, der Kleinstadt, in der wir Neuländer im Internat gelebt hatten. Derksen, groß und schlaksig, lockige Haare, im Nero-Stil nach vorne gekämmt, hatte sich schon als 16-Jähriger als Atheist geoutet, so die allgemeine Meinung. Derksen selbst behauptet noch heute, er habe nur den Wahrheitsgehalt der Schöpfungsgeschichte angezweifelt. Er hatte eine klare Bassstimme und ein schallendes Lachen, was dazu beitrug, dass man ihn für einen Spötter hielt. Dieses Bild, das man vom ihm als Agnostiker hatte, führte dazu, dass er nach den zwei Jahren Lehrerseminar in den christlichen Siedlungen keine Anstellung als Lehrer fand und daher nach Kiel auswanderte, wo einige Paraguayfans hockten, um dort weiter zu studieren.

269

Natürlich hat Cornelio uns auflaufen lassen, er hat uns *domm je-leht*, auf gut Plautdietsch gesagt. Weder Daniel noch ich hatten einen blassen Schimmer, dass wir Ruben hier antreffen würden. Als Student am Bibelseminar in Bienenberg in der Schweiz hatte Daniel keinen unmittelbaren Zugang zum mennonitischen Nachrichtensystem in Deutschland. Möglicherweise hat Cornelio tatsächlich gedacht, wir wüssten Bescheid. Hätte uns jemand gefragt: Wisst ihr, wo Ruben abgeblieben ist, hätten wir vielleicht sogar geantwortet: Ist er nicht nach Deutschland geflüchtet? Vielleicht hätten wir nach längeren Überlegungen auch darauf schließen können, dass er sich in Berlin aufhält, na klar, bei seinem besten Freund, wo sonst? Aber wir hatten Ruben aus unserem Gedächtnis gestrichen. Natürlich hatte ich ihn nicht vollends vergessen, das geht nicht. Aber ich hatte ihn einfach nicht mehr im Blick.

Wir kamen also in Cornelius' Bude an, die Stimmung für 18 Uhr schon ganz schön aufgekratzt, der Ghettoblaster dröhnte über alle Etagen Chamamés in voller Lautstärke, was aber niemanden im Haus zu stören schien. Chamamés. Ich weiß noch, wie Cornelio und Ruben über Chamamés gelästert haben, absoluter Kitsch, sagten sie, so schmalzig wie Tweeback mit Griebenschmalz. Und jetzt volle Power auf Chamamés. Während ich Miriam und Katharina zur Begrüßung umarmte und Cornelio ein Besito gab, sah ich ihn am Fenster stehen und mit Martin eine Zigarette rauchen.

Ich erschrak, denn es war Ruben, er sah aber nicht wie Ruben aus. Seine pechschwarz gefärbten Haare, seine Tattoos, seine schwarzen Klamotten … ein Fremder. Aber dann, natürlich, das war der Mann, dem ich nicht begegnen wollte. Am liebsten hätte ich auf dem Absatz kehrtgemacht. Aber so schnell ergreifen wir Bauerntöchter aus Nummer Zwei nicht die Flucht. In seiner Traurigkeit, in seinem Delirium, in seinem Verlorensein war er noch schöner als sonst. Ich blickte zu Daniel hoch, der mir zunickte, wir gaben uns einen Ruck und marschierten auf die verlorenen Söhne los, um sie zu begrüßen.

Na, das ist aber eine Überraschung, sagte ich, wer hätte Weihnachten gedacht, dass wir uns in Berlin wiedersehen.

Aus einer Ecke klang Gitarrengeklimper. Dort saß der musikalische Jakob auf dem Sofa und sang: Enn Berlin, enn Berlin, mett dem lohme Jaunze.

Ruben schwieg. Er taxierte mich staunend mit seinen großen blauen Augen, aber ich hatte das Gefühl, dass er vollkommen abwesend war. Im Verlauf des Abends erfuhr ich dann den Grund für seinen glasigen Blick, aber zunächst konnte ich mir keinen anderen Reim darauf machen, als dass ihn die Überraschung stumm gemacht hatte, wenn auch zum ersten Mal in seinem Leben.

Nach dem Essen platzierten wir uns auf Sesseln und Matratzen, berichteten, was jeder erfahren hatte, lachten viel und diskutierten. Das heißt, beim Diskutieren hielt ich mich zurück; politisieren, das konnte ich noch nie. Außerdem fühlte ich mich den *deutschen* Studenten gegenüber rhetorisch unterlegen.

Meine Welt war bisher immer nur der Chaco gewesen. Das traf auch auf die meisten unserer Leute zu. Natürlich gab es eine Gruppe von Dauer-Auswanderern, die immer nur auf der anderen Seite des Ozeans das Paradies sahen. Mit dem deutschen Pass in der Tasche war es ja auch einfach, mal eben über den Ozean zu jetten.

Übersee war für mich nicht erstrebenswert. Hinfahren, gucken, mal schaun, was unsere Leute hier machen, das schon, wie jetzt, da ich die neue Welt meines Freundes Daniel in mich aufsog und meinen vielen Verwandten einen Besuch abstattete.

Warum kommst du im November? fragte mich Katharina, die Journalistik-Studentin, Deutschland im November ist schrecklich. Und du willst doch das Land kennenlernen mit all seinen Schönheiten – und doch nicht etwa von Verwandten-Couch zu Verwandten-Couch hüpfen?

Doch, liebe Katharina, genau das habe ich vor. Mehr nicht. Freunde und Verwandte treffen, mehr nicht. Der Chaco ist das Zentrum meines Lebens. In der Großstadt Asunción war ich erst wenige Male, mal mit den Eltern, mal mit der Klasse. Wir schlenderten durch die Calle Palma, warfen einen Blick in das Pantheon und umkreisten den Regierungspalast. Im Kino haben wir uns einen Film angesehen, nur um das Kino wegen peinlicher Sexszenen noch vor dem Vorführungsende zu verlassen, hatten auch mal im Ypacaraí gebadet und über die grandiose Schönheit der Yguazú-Fälle gestaunt. Jetzt war ich hier in Berlin, einer Welthauptstadt. Ich verstand die Sprache der Menschen zwar, aber ich wusste nicht, was sie dachten, was sie meinten, was sie von Landeiern wie mir hielten. Ich konnte mich mit einem normalen Deutschen nicht unterhalten. Noch nicht mal über das Wetter. Sagte er *Scheißwetter*, zuckte ich bei dem Wort *Scheiß* zusammen. Sechs Grad Celsius sind doch okay. Angenehme sechs Grad. Und es regnet sogar ein wenig. Sie sollten mal in den Chaco kommen und Hitze und Trockenheit erleben. Sagte ich natürlich nicht, denn ich war zurückhaltend und still.

Hier bei Cornelio in der Sonderburger Straße fühlte ich mich jedoch sicherer. Mir war vieles vertraut. Die Studenten kamen sich sehr wichtig vor, aber das war zu ertragen, selbst die Gegenwart Rubens war zu ertragen. Von ihm dachte ich: Obwohl er als letzter in Deutschland eingetroffen ist, wirkt er noch am meisten als Großstadtmensch. Er ist tatsächlich einer von ihnen geworden, trägt die schicksten Klamotten, sieht aus wie ein Künstler mit unechtem Schauspielerlächeln. Nur sein Akzent ist noch sehr ausgeprägt, er rollt das *R* noch genau wie wir.

In unserer Schülerclique in Neuland war Ruben der Dreh- und Angelpunkt. Er hat uns immer in Schwung gehalten mit seinen lustigen und teilweise irren Einfällen. Und dennoch wahrte ich immer Distanz zu ihm. Seine Welt und meine Welt waren wie zwei Fixsterne in unterschiedlichen Sternensystemen. Schon in Filadelfia sonderte ich mich von ihm ab, weil es dort auch andere Cliquen gab, die meinen Interessen weit mehr entsprachen. Dass wir uns in die gleiche Frau verliebten, war eine Katastrophe. Von Anfang an stand für mich fest: Kurzfristig hatte Ruben die besseren Chancen, seinem Charme konnte ja noch nicht mal ich widerstehen. Wenn es aber um den längeren Atem, um die wahre Liebe, um die Langstrecke ging, war ich der Favorit. Und genau so ist es eingetroffen. Leider um den Preis einer tiefen Verletzung bei Claudia, von der sie sich nicht so schnell erholen wird. Gut, dass Ruben abhaute, gut, dass er bei Stroessner aufs Podest gehievt wurde, schlecht, dass Stroessner gestürzt wurde, denn jetzt hockt er hier und stört unsere Kreise. Ich habe den Schrecken in Claudias Augen gesehen, als sie ihren gedopten Ex sah. Für sie war er jetzt ein Kandidat für die Hölle. Aber ich habe auch gesehen, dass in ihren Augen mehr war als nur Schrecken oder Mitleid. Möge Gott geben, dass dieses Treffen gut ausgeht.

Nachdem die beiden Kriminalbeamten sich verabschiedet hatten, schien der Tag gelaufen. Nicht nur Ruben war beeindruckt, wir alle waren es. Die Kleinen hängt man, die Großen lässt man laufen. Das schien sich hier wieder zu bewahrheiten. Abgesehen von den juristischen Argumenten: Diese beiden Kommissare hatten in unserer Kindheit gewühlt, sie hatten Dinge hervorgeholt, die wir schon längst verdrängt hatten. Wir alle erkannten die Tragweite dieses Besuchs: Der Schöntaler Busch würde nie abgehakt sein.

Für einige Stunden konnten wir das ungute Gefühl zur Seite schieben. Der Abend wurde sogar noch mal richtig nett. Prediger Landis von der Berliner Mennonitengemeinde kam noch dazu. Zuerst aßen wir Guiso, den Katharina gekocht hatte, dann wurde diskutiert. Natürlich dauerte es, bis Heinrich Derksen aus Rubens Zimmer kam. Auch Martin gesellte sich zu uns, wobei er immer wieder nervös aufstand und in Rubens Zimmer etwas erledigen musste. Ruben selbst konnte sich von seinem Atari nicht trennen und Gott weiß, wovon sonst nicht.

Wie wir uns hier in Berlin sehen würden, wollte der Pastor wissen, ein noch jugendlich wirkender Mann, der etwa 40 Jahre alt war: als Auslanddeutsche, als Paraguayer, als Mennoniten oder gar als Deutsche?

Wenn ich mich als Auslandsdeutsche oder Deutsche ausgebe, vermuten die Menschen meist, dass meine Eltern oder Großeltern Nazis sind. Also sage ich, dass meine Eltern aus Glaubensgründen aus Europa ausgewandert sind, sagte Katharina.

Ich verkaufe mich immer als Paraguayerin mit deutschen Wurzeln. Der Naziverdacht interessiert mich nicht. Und meine Gesprächspartner auch nicht, sagte Miriam.

Katharina fühlte sich angegriffen: Du studierst auch nicht Journalistik. Meine Kommilitonen haben eine andere Brille auf. Die sind unerbittlicher.

Katharina, wissen deine Freunde nicht, dass du Mennonitin bist? wollte Daniel wissen.

Nein, antwortete Katharina, ich interessiere mich auch nicht dafür, in welcher Kirche meine Freunde sind.

Aber du bist Mennonitin, punto final, sagte ausgerechnet Heinrich, der einzige bekennende Agnostiker im Raum. Das Mennonitentum ist Teil deiner Identität. Und keine zufällige Konfession.

Ich zeigte jetzt, dass ich ins Ethnologie-Studium mehr als nur einen Fuß gesteckt hatte: Wir müssen klar unterscheiden zwischen Ethnie und Religion. Wenn wir von mennonitischem Käse, mennonitischem Fleisch und mennonitischer Disziplin sprechen, dann meinen wir die plautdietschsprachigen Menschen, die über Russland und Kanada nach Paraguay gekommen sind. Viele Einheimische, Indigene, Latinos, haben sich taufen lassen, nicht weil sie so gerne mennonitischen Käse essen, sondern weil wir sie missioniert haben. Nun haben diese Menschen Schwierigkeiten, sich Mennoniten zu nennen. Weil sie die Religion und nicht den Käse meinen.

Martin, der in Rubens Zimmer Mate-Tee zubereitet hatte, kam mit Guampa und Wasserkanne dazu und schenkte sich den ersten, noch bitteren Tee ein. Er hatte wohl noch die letzten Worte mitbekommen, denn er klinkte sich in die Diskussion ein: Mennoniten, das ist doch eine Sekte. Genau diesen Satz hat mir hier in Deutschland jemand ins Gesicht geklatscht. Ich hatte das Gefühl, ich bin ein Perverser, sagte Martin.

Katharina antwortete: Das Anhängsel -iten klingt extrem sektiererisch. Wenn wir hingegen darauf verweisen, dass wir die historisch erste Friedenskirche der Welt sind, kommen wir gut an. Friedenskirche, das klingt einfach gut.

Jakob Regehr, der Musikstudent aus Detmold: In den USA und in Kanada käme niemand auf die Idee, uns als Sekte zu bezeichnen. Die Mennoniten sind amerikanische Pioniere und ihre geschichtliche Rolle wird respektiert.

Und hier in Deutschland wurden wir immer schon verfolgt, sagte Ruben, der eben hereingekommen war und noch derangiert aussah, mit zerknittertem Gesicht, strubbeligem Haar und aus der Hose hängenden Hemdzipfeln: 5000 von unseren Vorfahren haben sie gefoltert und getötet. 5000!

Jakob Regehr, der Musikstudent aus Detmold, präsentierte ein weiteres historisches Beispiel: Heinrich Schröder aus Menno, ein richtiger Plautfret, studiert in Münster. Er lud mich ein zu einem Stadtrundgang. Schon aus der Ferne bemerkte ich drei Eisenkäfige, die zu einem Dreieck angeordnet vom Turm der Lambertikirche hingen. Was ist das? fragte ich. Heinrich Schröder antwortete: In den drei Körben wurden im Jahre 1536 die drei getöteten Führer der Täufer – sie hießen van Leiden, Krechting und Knipperdolling – ausgestellt. Nachdem die Henkersknechte sie zuvor auf dem Prinzipalmarkt mit Zangen in Stücke gerissen und zum Schluss erdolcht hatten.

Jakob hielt in seinem Monolog inne, worauf er mit Fragen bombardiert wurde: Was hatten die drei denn Schreckliches getan? und: Täufer – sind das die Vorfahren der Mennoniten, also unsere Vorfahren?

Jetzt zahlte sich aus, das Landis dabei war: Die Täufer hatten sich in eine radikale und in eine pazifistische Gruppe gespalten. Menno Simons wetterte schon früh gegen die extreme Bewegung, die von Melchior Hoffmann angeführt wurde. In Münster allerdings rangen auch die evangelische und die katholische Seite miteinander. Die Reformation, also die evangelische Seite unter der Führung von Bernd Rothmann, gewann immer mehr an Einfluss und beherrschte zum Schluss die Stadt. Zugleich radikalisierte Rothmann sich und trat zu den Täufern über. Er forderte die Erwachsenentaufe und verursachte damit eine Spaltung der reformierten Bewegung. Jan Mathys, der wichtigste Prophet der niederländischen Täufer, kam darauf nach Münster und setzte sich an die Spitze der Bewegung. Im Februar 1534 siegten die Täufer bei der Ratswahl und begannen damit, die Gesellschaft zu ändern. Wer sich den Täufern nicht anschloss, musste die Stadt verlassen. Sie führten die Gütertrennung ein, waren also die ersten Kommunisten. Ihre Endzeitvisionen waren abstrus: Für Ostern 1534 kündigte Mathys das Kommen Christi an. Münster galt als das Neue Jerusalem. Als Christus ausblieb, zog Mathys mit seinen Getreuen vor die

Stadt und wurde dort von den Truppen des Bischofs Franz von Waldeck getötet. Mathys Nachfolger war Jan von Leiden, ebenfalls ein niederländischer Täuferführer. Er war noch radikaler. Viele Todesurteile vollstreckte er selbst. Wegen des hohen Frauenüberschusses führte er die Vielweiberei ein. Er soll 13 Frauen gehabt haben.

Ein tolles Jerusalem, sagte Martin begeistert und vollkommen frei von Ironie.

Als Jan von Leiden einen Sturm der Belagerer abwehren konnte, fuhr Landis fort, wurde er noch größenwahnsinniger und ließ sich zum König Johannes I. krönen. Die Belagerung führte aber zur Hungersnot. Es war nur eine Frage der Zeit, bis die bischöflichen Truppen eindringen würden. Im Juni 1535 wurde die Stadt eingenommen. Die Soldaten des Bischofs wüteten schrecklich und töteten über 600 Bürger. Und was mit den drei Anführern geschah, habt ihr vorhin gehört. Das Reich der Täufer hat den Mennoniten sehr geschadet. Danach wurden sie umso heftiger verfolgt, obwohl sie mit den Gewalttätigen aus dem Neuen Jerusalem nichts zu tun hatten. Aber Münster hing ihnen immer noch an.

Jetzt erzählte Jakob sein Erlebnis weiter: Wir nahmen in Münster an einer Führung mit einem katholischen Priester teil, der uns die Geschichte auch ungefähr so darlegte wie Prediger Landis. Mein Freund Schröder hatte ein paar Fragen auf dem Herzen, die er dem Paí nun stellte: Warum hängen die Körbe immer noch an dem Turm? fragte er mit einer lauten und provozierenden Stimme, so dass ihn alle erstaunt ansahen. Nun, als Erinnerung an die damaligen Zeiten und als Warnung, antwortete der Geistliche. Als Warnung – vor wem? insistierte Schröder. Als Warnung an alle, die sich anmaßen, im Auftrag von Christus ihre eigenen Machtphantasien zu verwirklichen, sagte der Geistliche. Wissen Sie, sagte Heinrich, ich bin ein Nachkomme dieser Täufer. Ich bedaure, was diese Menschen vor 500 Jahren hier gemacht haben. Aber Sie wissen doch genau, wie Ihre Kirche diese armen Menschen verfolgt hat, schon vor Münster. Wer sich als Erwachsener hatte taufen lassen, der wurde grausam hingerichtet. 5000 unschuldige Täufer hat Ihre Kirche umgebracht. Und ich empfinde diese Eisenkörbe als einen furchtbaren Affront gegen mich und meine Glaubensbrüder. Ich verlange, dass sie abgehängt werden.

Das forderte Heinrich? fragte ich ungläubig.

Jakob nickte: Ja, und er blieb hartnäckig, rückte dem Pfaffen auf die Pelle, solange, bis es zu einem Eklat kam und der Pfaffe ihm Hausverbot erteilte.

Wie steht denn die katholische Kirche heute zu der Tötung von 5000 Täufern? fragte Miriam Cornies.

Von der evangelischen Kirche sind Worte der Entschuldigung gekommen, lautete Jakobs Antwort. Die Katholiken haben sich bis heute nicht gerührt.

Martin Giesbrecht war, nachdem Jakob seine Münsteraner Moritaten dargelegt hatte, so aufgebracht, dass er gerne kurzfristig eine Revolution angezettelt hätte: Wir müssen ein Zeichen setzen. Warum fahren wir nicht nach Münster? Wir alle gemeinsam. Wenn wir gleich losfahren, sind wir morgen früh da.

Und was willst du erreichen?

Ich möchten diesen Menschen in den selbstgerechten Talaren das Herz aus ihrem Brustkorb reißen.

Dann fügt er, ein wenig gedämpfter, hinzu: Nein, natürlich nicht. Aber eine Demonstration wäre doch angebracht.

Daniel Schellenberg, der angehende Prediger, sagte verächtlich: Eine Demonstration mit einem halben Dutzend Menschen, die noch nicht mal eine Legitimation haben.

Jetzt mischte ich mich ein: Selbstverständlich haben wir das Recht, auf Unrecht hinzuweisen, auch wenn es fünfhundert Jahre zurück liegt.

Durch meinen Beistand beflügelt, war Martin wieder Feuer und Flamme: Wir fahren nach Münster und klemmen die Eisenkäfige ab. Das wird für Aufmerksamkeit sorgen.

Daniel und Claudia schauten sich an und schüttelten die Köpfe vor so viel fehlgeleiteter Begeisterung und solchen abwegigen

Ideen. Doch ich merkte, dass einige durchaus für ausgefallene Höhenflüge bereit waren. Deshalb schlug ich vor, um das Feuer am Glimmen zu halten: Nein, Münster liegt zu weit von unserer Lebensrealität entfernt. Das ist finsteres Mittelalter. Lasst uns etwas machen – aber etwas, das mit unserem Leben zu tun hat.

Jakob nickte: Ja, wir sollten etwas tun, das mit unseren Siedlungen, mit dem Chaco zu tun hat.

Martin verzagte: Aber was, bitte schön? Dias zeigen, im Park predigen, mit Transparenten durch die Fußgängerzonen laufen?

Nein, sagte ich, wir müssen nicht unbedingt etwas tun, was Aufmerksamkeit erregt. Wir könnten uns persönlich ein Ziel setzen, um etwas für unsere Heimat zu tun.

Das Menno-Heim in der Promenadenstraße überraschte uns durch seine großzügige Anlage. Es war ein großes, freistehendes Backsteinhaus, umgeben von viel Grün. Landis lud uns in den Wintergarten ein, von dem wir einen Ausblick auf eine weitläufige Grünfläche hatten, die ebenfalls zum Mennoheim gehörte. Die Gemeinde sei erst 1887 gegründet worden, so Landis. Zu ihren Mitgliedern zählten so honorige Personen wie Willy Molenaar aus der Bankdynastie der Molenaar in Krefeld, verheiratet mit Maria aus dem Hause von Beckerath, ebenfalls eine angesehene Bankiersfamilie. Margarete Ebert, geboren ten Doornkaat aus der Spirituosen-Dynastie. Rudolf Goerke, ein bedeutender Möbelfabrikant, der bekannte Arabist Ernst Harder, der Kunstsammler Franz-Adolf von Beckerath, der Chemiker Hermann Friedrich Wiebe, der Bakteriologe und Präsident des Robert-Koch-Instituts Fred Neufeld, der Chemiker und Schriftsteller Emil Jacobsen, der Botaniker Hugo Conwentz, der als Begründer des deutschen und europäischen Naturschutzes gilt, sowie Admiral Alfred Breusing. Diese großbürgerliche Gemeinde setzt doch einen deutlichen Kontrapunkt zu den südamerikanischen Altmennoniten mit ihren Latzhosen und beweist, wie groß die Bandbreite unserer mennonitischen Kirchen ist. Und zwischen den Kontrapunkten stehen wir, ganz normale kleinbürgerliche Menschen.

Aber haben diese Bankiers, Wissenschaftler und Künstler am Ende des 19. Jahrhunderts für unsere Religion etwas bewirkt? fragte Katharina, die in unserer Runde die eifrigste war.

Nein, leider nicht, musste Landis zugeben.

Im Gegenteil, sie sind so in der deutschen Gesellschaft aufgegangen, dass sie keine eigenen Prinzipien mehr haben, fügte Daniel hinzu. Kein deutscher Mennonit in Deutschland hat im Ersten oder Zweiten Weltkrieg den Dienst an der Waffe verweigert im Gegensatz zu den amerikanischen. Und kaum einer hat sich gegen Hitler gestellt.

Es war Landis anzusehen, dass er etwas pikiert war: Ja, gab er zu, die deutschen Mennoniten haben sich im Dritten Reich nicht mit Ruhm bekleckert.

Vielleicht sollten wir Chaqueños nicht mit dem Finger auf die deutschen Mennoniten zeigen, sondern auch uns fragen, ob wir Schuld mit uns rumtragen, warf Miriam ein. Als Katharina die Große die Danziger Mennoniten nach Russland einlud, hatte sie die Kosaken, die das Land am Dnjepr bewohnten, vorher restriktiv umgesiedelt. Unsere Leute ließen sich auf einem Territorium nieder, das zuvor leergeräumt worden war. Von dem Unrecht, das geschehen war, erfuhren sie nichts. Im Chaco war es 130 Jahre später sogar noch extremer: Dort lebten noch Völker auf dem Land, auf dem sie sich niederließen.

Ich bemühte mich, die Diskussion in weniger emotionale Bahnen zu lenken: Unsere Eltern waren unschuldig, sie wussten nicht, dass sie jemandem das Land wegnahmen. Die Auswanderungswilligen hatten ein Siedlungsunternehmen beauftragt, das in Paraguay Land kaufen und urbar machen sollte. Und der Staat Paraguay segnete diesen Deal ab. Juristisch war alles klar. Den Landtitel besaß die Casado Company. Die Eingeborenen vom Stamme Enlhet konnten kein Dokument vorweisen. Obwohl sie seit Generationen dort lebten.

Martin, der hier im Menno-Heim gezwungen war, mal nicht zu telefonieren und obskure Geschäfte abzuschließen, glaubte, einen Pfeil für die Siedler brechen zu müssen: Die Indianer, oder die Indigenen, wie man jetzt politisch korrekt sagt, haben sich das Land nie angeeignet. Sie sind von Savanne zu Savanne gezogen. Ein dauerhaftes Zuhause in unserem Sinne hatten sie nicht. Die 600 Männer, Frauen und Kinder, die immer Nomaden waren, konnten doch auch nicht behaupten, das Land gehöre ihnen.

Tun sie auch nicht, korrigierte Daniel. Sie haben das Land noch nie für sich selbst reklamiert. Das tun ein paar gut meinende Europäer, die vorgeben, im Namen der Enlhet zu sprechen.

Martin hob die Hände, wie jemand, der sich ergeben will: Na gut, dann geben wir den Enlhet das Land zurück und kehren wieder nach Kanada und Deutschland zurück! Dann werden wir ja sehen, was mit den Indios passiert.

Jetzt meldete sich zum ersten Mal Ruben zu Wort. Er schien heute hellwach zu sein: Genau so dürfen wir nicht denken. Wir haben eine Verantwortung für die Ureinwohner. Wir haben ihnen nichts geklaut. Aber wir sind mit dafür verantwortlich, dass sie ihr altes Leben aufgeben mussten und noch nicht in der neuen Welt gelandet sind.

Moment, sprichst du von den 600 Enlhet, die das Siedlerland damals bewohnten? fragte Martin provozierend. Oder meinst du die 20 000 Indianer, die heute in und rund um die Siedlungen leben? Sprichst du auch von den Nivaclé, den Ayoreos und den anderen Stämmen, die herkamen, weil sie hier bessere Möglichkeiten fanden, um zu überleben?

Ich spreche von den 20 000 Indianern, die auf uns setzen, sagte Ruben ernst.

Ich musste daran denken, dass er in seiner Kindheit von den Enlhet als eine Art Heiliger angesehen wurde, weil er mit einer Schlange gefochten hatte. Als kleiner Junge hatte er einen guten Draht zu Sooplhengaam und seinen Leuten, was auch daran lag, dass der Häuptling bei seinem Vater während der Ernte arbeitete. Aber dann hatte der alte Löwen auf Viehzucht umgestellt und Sooplhengaam und seinem Clan blieb nichts anderes übrig, als endgültig auf ihr Land zurückzukehren, das man ihnen im Rahmen eines Siedlungsprojektes zugewiesen hatte.

Prediger Landis warf ein: Vor einiger Zeit lernte ich sehr nette Menschen kennen, die in sogenannten Bruderhöfen leben und ihr gesamtes Hab und Gut miteinander teilen. Nach ihrem Führer nannte man sie die Arnold-Leute. Sie wurden im Dritten Reich aus Deutschland vertrieben. Auch in England wollte man sie nicht haben, weil man sie für deutsche Spione hielt. Deshalb flohen sie nach Paraguay, wo sie einige Zeit lebten, um sich dann wieder in alle Winde zu zerstreuen. Heute gibt es unter den Arnold-Leuten einige, die sagen: Zwischen unserer Kultur und der Kultur der Indigenen gibt es erstaunliche Parallelen. Seit vielen Generationen leben die Ureinwohner in Gemeinschaftseigentum, so wie wir. Ihre Achtung vor der Natur und ihr Widerstand gegen den Materialismus sind zwei weitere Eigenarten, die sie mit uns teilen. Wir glauben, dass sie uns mehr zu lehren haben, als wir ihnen bieten können. Tief beeindruckt war ich von dieser Sichtweise, und ich habe mir gesagt: Diese Bruderhöfer haben der Welt von heute noch was zu sagen.

Ich dachte, wenn nicht jetzt, wann dann? Also setzte ich an, die Ideen in festere Formen zu gießen: Leute, sagte ich, das ist doch einfach eine gute Geschichte. Sie liefert uns das Material zu unserem Manifest.

Unserem Manifest? echoten sie.

Ich kann es in einem Satz sagen: Wir verpflichten uns, nach unserer Rückkehr nach Paraguay mit den Indianern ein Gemeinschaftswerk zu errichten.

Die Begeisterung hielt sich bei einigen wie bei Daniel und Claudia in Grenzen, während andere wie Heinrich und Martin geradezu überwältigt waren. Aber keiner scherte aus, alle blieben dabei. Über Details wollten wir am Nachmittag in meiner Wohnung reden. Ich wurde beauftragt, ein Manifest zu formulieren, das noch keine konkreten Pläne festlegte, aber von jedem von uns großes Engagement forderte.

Eva und ich hatten keine Ahnung, dass Ruben und sein Freund full house hatten, casa repleta. Auch ohne von diesem Fest zu wissen, waren wir nicht ganz sicher, ob wir willkommen waren. Schließlich war Ruben kein paraguayo puro, der wenigstens so tut, als ob er sich wahnsinnig über seine Gäste freut. Außerdem hatte Ruben in München beleidigt die Flucht ergriffen, als er uns beim Flirt mit zwei Latinos überrascht hatte. Dabei war doch klar: Das Liebesverhältnis existierte nicht mehr. Wir hatten uns zwar nicht offiziell getrennt, aber jeder von uns ging seine eigenen Wege. Er wusste das auch genau.

Am Vormittag dieses grauen 9. November standen wir in der Sonderburger Straße zunächst vor verschlossenen Türen. Die Reise nach Berlin war eine spontane Idee gewesen. Seine Adresse hatte ich von Ernesto, dem Bruder Rubens, erhalten. Eva wollte in die Stadt der Künste wegen – und ich wollte mich wieder mit Ruben verstehen.

An Rubens Tür ließen wir einen Zettel zurück, bei dem netten Wirt der Kneipe nebenan deponierten wir unsere Taschen. Und dann fuhren wir mit der U-Bahn zum Ku'damm.

Am späten Nachmittag trafen wir erneut bei Ruben und Cornelio ein. Uns öffnete ein Freund Rubens, der sich später als Enrique (Heinrich) vorstellte. Ruben lag auf der Couch. Martin saß an einem Computer und spielte Ballerspiele. Der Fernseher lief. Ruben setzte sich auf und brauchte einige Sekunden, bis er uns fixiert hatte. Eva und ich sahen sofort, dass er nicht gut drauf war. Ob eine Grippe im Anzug war, ob er sich übermäßig Shit reinzog, ob er gestresst von seinen Gästen war oder genervt von unserem Erscheinen, konnten wir nicht feststellen. Über seinem Pullover trug er eine dicke Jacke, obwohl die Heizung für mein Empfinden zu hoch eingestellt war. Langsam stand er auf, kam uns entgegen, umarmte uns und sagte, wie sehr er sich freue, uns zu sehen. Dann stellte er uns seinen Freunden vor. Es waren alles nette Leute, die sich jetzt bemühten, Spanisch mit uns zu sprechen. Allerdings fielen sie immer wieder ins Plautdietsche, wenn sie untereinander kommunizierten. Für uns war es sehr spannend, die Menschen kennenzulernen, die vor vielen Jahren Rubens Wegbegleiter gewesen waren. Sie waren eher zurückhaltend, nette Leute vom Dorf, die es aufgrund ihrer Aufgeschlossenheit geschafft hatten, mal an der großen Welt zu schnuppern.

Der Abend schien langweilig zu werden. Etwas Undefinierbares lag in der Luft. Aus Gesprächsfetzen entnahmen wir, dass es gestern Besuch von der Kripo gegeben hatte. Die Polizisten hatten unbequeme Fragen gestellt.

Ich zog mich in Rubens Zimmer zurück und lümmelte mich auf einer Matratze, als auch Ruben wieder von Cornelio zurückkam, sich neben mich auf die Matratze fläzte und seinen Kopf in meinen Schoß legte. Ruben als Schmusekätzchen, dieser Charakterzug war neu. Da merkte ich, dass er am ganzen Körper zitterte. Er schien Fieber zu haben. Der Fernseher lief, bisweilen verführten mich die flimmernden Bilder zum Hinschauen. Um kurz vor sieben kam auch Enrique in den Raum. Im Fernsehen wurde eine Pressekonferenz übertragen.

Das Studententreffen verlief ganz nach meinem Gusto, obwohl es ja – von Claudia Brandt und mir abgesehen – alles Neuländer waren. Gott sei Dank lief hier nicht alles nach frommem Muster ab, was am Gastgeber Cornelio lag, der die Zusammenkunft organisiert hatte.

Das Manifest konnte ich mit vollem Herzen unterstützen. Aber was genauso wichtig für mich persönlich war: Ich konnte Augenzeuge eines historischen Ereignisses werden. Als ich kurz vor sieben in Rubens überheiztes Zimmer kam, ließ Ruben sich gerade von Raquel lausen. Ich wollte ein Fenster öffnen um zu lüften, aber Ruben protestierte, so dass ich es ließ. Der Fernseher lief und fesselte auch sogleich mein Interesse, so dass ich blieb. Übertragen wurde live eine Pressekonferenz mit Günter Schabowski, einem Parteibonzen der DDR. Jemand mit ausländischem Akzent stellte die Frage, ob das neue Reisegesetz der DDR nicht ein Fehler sei. Schabowski antwortete darauf sehr ausschweifend, aber zum Schluss sagte er etwas, das einen Sinn ergab: Wir haben uns dazu entschlossen, heute eine Regelung zu treffen, die es jedem Bürger der DDR möglich macht auszureisen.

Ein Journalist fragte, wann die Regelung in Kraft trete. Schabowski schien nicht im Bilde, er ließ sich ein Schreiben geben, las etwas Umständliches vor, das sich danach anhörte, als könnten die DDR-Menschen sofort ausreisen, worauf ein Journalist noch mal nachhakte: Wann tritt das in Kraft?

Dann sagte Schabowski seinen am häufigsten zitierten Satz: Das tritt nach meiner Kenntnis ... ist das sofort, unverzüglich. Um dann noch hinzuzufügen: Die ständige Ausreise kann über alle Grenzübergangsstellen der DDR zur BRD bzw. nach Berlin-West erfolgen.

Das war natürlich der Hammer. Aber die ganze Dimension haben wir erst ein paar Stunden später begriffen. Ich lief sofort in Cornelios Wohnung nach nebenan, um die Neuigkeiten zu verbreiten. Ich will nicht sagen, dass die Leute bei Cornelio für die Nachricht null Interesse zeigten, sie wandten sich aber umwendend wieder ihrem Lieblingsthema zu, dem Chaco. Da habe ich gedacht: Ihr mit eurem Scheiß-Chaco. Als ob es nichts Wichtigeres auf der Welt gibt. Bald danach kam Raquel Solís aus Rubens Zimmer. Ruben sei nicht hundertprozentig fit, deshalb habe sie ihn allein gelassen.

Familie Krahn kam nicht zur Ruhe. Jetzt versuchten sie es auf Biegen und Brechen, den Tod ihres geliebten Sohnes doch noch zu sühnen. Sie wollten mich und meine Familie leiden sehen. Oder wollten sie einfach nur noch mehr Kapital draus schlagen? Eine funktionierende Gerichtsbarkeit im Jahre 1979 hätte mich und meine Familie freigesprochen und reingewaschen, da war ich sicher. Nur weil damals ein Diktator herrschte, musste ich heute zittern. Und da gab es ja nicht nur den toten Abram, sondern auch noch den sehr lebendigen Scarface.

Nicht nur in meinem Leben ging alles drunter und drüber. Zum zweiten Mal innerhalb kurzer Zeit kippte eine Diktatur vor meinen Augen, ich war Betroffener und Augenzeuge. Die beiden rabiaten Regimes, die im Abstand von neun Monaten zerbrachen, waren grundverschieden und doch so ähnlich. Beide hatten ihre Standfestigkeit verloren, nachdem eine Großmacht – einmal die USA, einmal die UdSSR – ihre einstigen Satrapen fallen gelassen hatte. Der Kalte Krieg war zu Ende, Statthalter wurden nicht mehr gebraucht. Und noch eine weitere Parallele: Die Bewachung ihrer Bürger hatten sie bis zur Perfektion ausgebaut. Sie waren Bürger-Bewacher par excellence gewesen.

Den Fall des südamerikanischen Caudillo mit bayerischen Wurzeln hatte ich aus nächster Nähe erlebt. Der Sturz des preußischen Kommunistenführers saarländischer Abstammung spielte sich gerade in mehreren Hunderten Metern Luftlinie Entfernung beinahe vor meinen Augen ab. Von meinem Fenster in der Sonderburger Straße hatte ich den Grenzübergang Bornholmer Straße im Blick mit der Bösebrücke und der toten S-Bahnstation. Immer, wenn ich *Vermeer* spielte und überlegte, ob ich in Brasilien noch eine Plantage kaufen und Kaffee anbauen sollte – es war nicht ohne Risiko, ein lukratives Zeitgeschäft konnte einbrechen, die Aktien fallen oder, noch schlimmer, der Computer könnte wieder abstürzen –, ging mein Blick für ein paar Sekunden aus dem Fenster und blieb an den Aufbauten der Bösebrücke hängen, die dort auch schon 1947 stand, als meine Mutter in dieser Stadt eingeschlossen war und auf die Erlösung wartete. Der einzige Trost: Meine Mutter wartete nicht allein. Neben ihr saßen am ganzen Leib zitternd ihre Mutter und gleich daneben eine andere Frau mit ihren Kindern. Mehrere Mennoniten kamen hier zusammen, ich konnte mich nur darüber wundern, wie sie sich in dieser Stadt der Katastrophen gefunden hatten. Es war, als ob sie sich aus großer Entfernung rochen, sie fanden sich immer wieder, ein paar Brocken Plautdietsch aufgeschnappt, dieser typische mennonitische Blick: Unschuld gemischt mit Angst und ein wenig von diesem verklemmten Landei-Blick. Einer nach dem anderen tauchte auf, bis es schließlich über 100 Menschen waren in diesem kalten, abweisenden Haus am Viktoria-Luise-Platz. Sie warteten auf ein Wunder. Die Haustür knarrte, Schritte näherten sich, die Tür, die in den großen Raum führte, wurde aufgestoßen. Da stand ein Mann in einem langen Mantel. Ein Sowjet-Kommissar? Die kamen immer in langen Mänteln. Ein GI? Auch den Amerikanern war nicht zu trauen, die lieferten ohne mit der Wimper zu zucken Russlanddeutsche an die Sowjets aus. Die Mutter zog das kleine Mädchen schützend zu sich heran, auch die anderen Menschen rückten näher zusammen.

Da sagte der Mann: Woo jeiht it junt? – Wie geht es euch?

Wer es auch sein mochte, es war ein Plautdietscher, ein Mennist, also ein Freund. Alle atmeten auf und entspannten sich.

Wannanan, dieser verrückte Zauberer, der Gwydion in seiner Burg festhält, taucht hingegen immer im falschen Moment auf. Bis man endlich mal kapiert, dass er genau 25 Minuten wegbleibt. Open door. Feed Chicken. Look Table. Die richtigen Befehle eingegeben und schon ist man weiter. Was richtig Spaß macht: Die lästige Katze zu ergreifen (catch cat) und ihr ein Haar auszureißen.

> Oh winged spirits set me free
> of earthly bindings just like thee
> in this essence behold the might
> to grant the precious gift of flight.

Endlich kann ich den Bergpfad herunter gehen. Millimeter für Millimeter. Zwischendurch immer mal abspeichern. Was unendlich lange dauert, aber nicht so lange, wie wenn man die Schlucht hinunterfällt. Dann muss man das Spiel (Kings Quest III) nämlich neu starten.

Der Mann an der Tür war Peter Dyck vom Mennonite Central Comitee. MCC, die mennonitischen Brüder aus den USA. Em-Ce-Ce, dieses Akronym wurde für uns zum Inbegriff der Hilfe. Jetzt konnte doch nichts mehr schief gehen. Dyck packte seine Hühnerfleischbüchsen aus und alle durften sich richtig satt essen. Oberst Stinson, den Dyck am nächsten Tag kontaktierte, versprach, die ängstlichen Flüchtlinge nicht an die Russen auszuliefern. Im Gegenzug sollte Dyck für eine Möglichkeit sorgen, die hilflosen Menschen aus Berlin zu schaffen. Leichter gesagt als getan.

Gerade kommt Martin herein und will mich in Cornelios Zimmer zerren. Die anderen sitzen so schön zusammen. Jakob spielt Gitarre. Jakob, das Musikgenie, Musikhochschule Detmold.

Nopo. Geht nicht. Ich fühle mich nicht gut. Kalte Füße, Kopfschmerzen, Schluckbeschwerden. Außerdem kommen jetzt noch Bauchschmerzen dazu. Gerade habe ich den Bergpfad geschafft, jetzt geht es einfacher. Lieber zünde ich mir jetzt eine Zigarette an, oder noch besser eine Tüte, ziehe mir einen Mate-Tee rein, das garantiert die schönste Fahrt, eine Drum, ich bin jetzt auf Selbstgedrehte umgestiegen, garantiert ein besseres Aroma, und einen Mate, der so heiß ist, dass er gerade nicht die Zunge verbrüht. Diese Wüste könnte auch der Chaco sein, weiter nördlich zur bolivianischen Grenze hin. Diese Scheiß Medusa lässt mich zu Stein werden, ich halte ihr den Spiegel vor, look medusa in mirror, nur nicht hinschauen, klappt, die Medusa ist zu Stein geworden, steingewordene Medusa. Diewel, was kommt da von links angeschlängelt? Ich stehe kurz vor dem Herzstillstand ... tatsächlich eine lebendige Schlange, nachdem ich gerade eben die Haut einer Schlange gefunden und sie eingesteckt habe. Take skin. Meine Verdauungsorgane melden sich wieder. Plötzlich pressiert es. So schnell wie möglich laufe ich auf die Toilette. Der Durchfall ist eklig wässrig.

Neun Monate später saßen die Flüchtlinge immer noch in Berlin, mittlerweile waren es 1000 geworden, sie füllten zehn Häuser in der Ringstraße in Berlin-Lichterfelde. Da kam Dyck vom MCC und verkündete die schlimme Botschaft: In Bremerhaven wartet die Volendam, das Schiff, das euch nach Paraguay bringen soll, halb gefüllt mit Flüchtlingen, die es rechtzeitig über die Zonengrenze geschafft hatten. Aber ihr dürft leider nicht hinaus.

Einige Personen weinen, ein Mann steht auf und sagt: Wir haben gesündigt, weil wir gegen den Kommunismus nicht standhaft geblieben sind.

Ein anderer schildert seine Qualen in sibirischer Verbannung und sagt, wenn es denn Gottes Wille sei, dass er wieder die Fron der Lager ertragen solle, dann wolle er das Kreuz auf sich nehmen.

Spontan falteten sie die Hände zum Gebet, jeder betete für sich oder mit Vater und Mutter, Tochter und Sohn. Sie entschlossen sich zu glauben. Gott kann. Diese zwei Wörter hingen plötzlich im Raum, schwangen hin und her, wurden hin und her gestoßen und schwangen sich plötzlich auf wie Luftballons, die von einer frischen Brise ergriffen werden, und schwippten durch die Fenster und hoch in die Lüfte bis zum Himmelsthron.

Bei einem Blick aus dem Fenster fällt mir eine Ansammlung von Menschen an der Bornholmer Straße auf, nicht viele, aber mehr als sonst zu diesem Zeitpunkt. Noch denke ich mir nichts dabei, wende mich wieder meinem Computerspiel und meinen Gedanken zu.

Die Volendam macht sich bereit zum Ablegen. Ein Abschiedslied wird gesungen, ein Gebet gesprochen, die Schiffsirenen heulen. Da heißt es: Ferngespräch für Mister Dyck.

Mister Dyck ergreift den Hörer, hört die Stimme eines Amerikaners, die fragt: Hat das Schiff schon abgelegt?

Wir sind gerade dabei, antwortete Mister MCC-Dyck.

Dann stoppen Sie, sagte die Stimme, von der so viele Jahre später niemand weiß, aus welchem Büro sie kam, aber sie klang absolut glaubwürdig, als sie sagte: Die frommen Flüchtlinge können Berlin verlassen. Ein Zug steht bereit.

Elisabeth Dyck, ebenfalls MCC und Ehefrau von Peter Dyck, war währenddessen bei den Berlinern. Sie hatte das Vorrecht, den Menschen die frohe Botschaft zu überbringen. Meine Mutter erzählte diese Geschichte, als wir Besuch von einer deutschen Lehrerfamilie hatte, deshalb sprach sie Hochdeutsch, in diesem speziellen Menniste-Hochdeutsch: Dann kam Frau Dyck und stellte sich so in den Türrahmen, damit sie alle drei Essräume überschauen konnte. Dann sagte sie: Seid ganz ruhig und esst euch erst alle saat (Sie sagte tatsächlich *saat*, mit zwei *a*), um acht Uhr werden amerikanische Lastwagen kommen, die werden uns aufladen. Und dann dürfen wir fahren.

Dann brach sie jedes Mal in Tränen aus und fuhr weinend mit ihrer Erzählung fort: Dann bin ich heraus … Ich weiß nicht, ob da noch welche werden gegessen haben. Wir waren so schrecklich glücklich …

Genau so, in diesen Worten erzählte sie die Geschichte, und in dieser Version habe ich sie abgespeichert, obwohl ich sie vorher schon Tausende Mal in Plautdietsch gehört hatte, so oft, dass ich sie immer langweiliger fand. Aber in der Hochdeutsch-Variante habe ich mir Wort für Wort eingeprägt, wie ich jetzt merkte, und wenn ich sie jetzt in meinem Gedächtnis ablaufen lasse, wird mir ganz schummrig bei so viel Gefühl …

Noch mal wieder in die Nacht hinaus geschaut und gemerkt, dass die Menschenansammlung noch größer geworden war. Im Fernsehen wurde dauernd von der *offenen Mauer* gesprochen, vielleicht stand der Menschenauflauf damit im Zusammenhang.

Martin kam herein. Er müsse dringend einen Polen anrufen, mit dem er in Warschau einen Autohandel aufziehen wolle, ob er mein Telefon nutzen dürfe. Ich dachte an die Telefonrechnung, die er gestern schon in die Höhe getrieben hatte, aber ich nickte natürlich und dachte: Morgen ist er Gottseidank weg. Martin hatte seinen Partner in Polen auch schnell am Hörer, er sprach mit ihm im Pidgin-Deutsch: Du brauchen wie viele Autos? Zwanzig? No, no, keine Probleme. Ich kann liefern zwanzig. Aber nicht nur Mercedes, auch Volkswagen.

Dann sprach Martin unvermittelt mich an, noch während er den polnischen Gesprächspartner am Ohr hatte: Ruben, schau dir mal die gewaltige Menschenansammlung dort drüben an!

Ich war genervter als zuvor, wandte mich wieder *Space Quest* zu und vertiefte mich in die Abenteuer von Roger Wilco.

Martin knallte den Hörer auf die Gabel und ging eiligen Schrittes zu den Paraguayern in Cornelios Raum. Ich musste schon wieder auf die Toilette.

Martins hektischer Bericht über die Menschenmassen an der Bornholmer Straße veranlasste uns, die TV-Nachrichten genauer zu verfolgen. In der heute-Sendung sagte der smarte Sprecher Volker Jelaffke, dass DDR-Bürger ab sofort über alle Grenzübergänge ausreisen dürften. Dann sah man Politbüro-Mitglied Schabowski, der wirr und undeutlich genau das formulierte, was Jelaffke dem Nachrichtenpublikum erklärt hatte. Eigentlich ließ alles darauf schließen, dass die Situation an der Bornholmer Straße mit den Nachrichten über die *offene Mauer* zu tun hatte. In diesem Augenblick streifte uns der Atem der Geschichte zum ersten Mal. Erkennbar bannte sich eine Entwicklung an, die historisch werden könnte. Da entschlossen wir uns zu einem Spaziergang zum Grenzübergang.

Alle erkannten die Wichtigkeit des Augenblicks, mit Ausnahme Rubens, der Abgeschlagenheit vorschützte und sein Zimmer nicht verließ. So zumindest sahen wir es damals. Heute wissen wir, dass es wirklich ernst um ihn stand.

An der Bornholmer Straße standen Tausende und drängten gegen den Schlagbaum. Vopos in ihren engen Blechkisten knarzten Sicherheitsdurchsagen ins Megaphon: Liebe Bürger, ich bitte Sie im Interesse der Ordnung und Sicherheit, den Platz vor der Grenzübergangsstelle zu verlassen und sich an die zuständigen Meldestellen zu wenden. Es ist nicht möglich, Ihnen jetzt und hier die Ausreise zu ermöglichen.

Die *lieben Bürger* quengelten, einige hatten einen aggressiven Ton drauf: Massenverarschung ist dett hier. Da hätt ich auch zu Hause bleiben und pennen können. Dann wäre ich auch gar nicht hier. Das ist meine Meinung, ehrlich.

Andere wiederum versuchten die Grenzpolizisten zu überreden wie wir einst als Kinder unsere Mütter überredet hatten, wenn wir eine Tour unternehmen wollten: Alles, was wir wollen, ist zwei Stunden spazieren gehen und dann wieder zurückkehren.

Ja, wie wir unsere Mütter überzeugen wollten: Wir werden uns auch nicht schmutzig machen. Wir passen auch auf!

Einige werden durch die Einzelkontrolle durchgelassen. In ihren Pässen wird der Stempel über die Passfotos gedrückt, um die Pässe ungültig zu machen. Eine Ausreise ohne Rückkehr, soll das wohl heißen. Sobald sie bundesdeutschen Boden betreten, heben sie beide Arme hoch und jubeln: Endlich frei!

Manche zerreißen demonstrativ ihren Pass. Ein paar passieren die Grenze, doch als sie nach ein paar Minuten – Angst vor der eigenen Courage – wieder zurück wollen, dürfen sie nicht, sie fangen an zu weinen und dürfen doch wieder.

Am Schlagbaum wird das Gedränge immer dichter: Aufmachen! Aufmachen! Mauer auf! Mauer auf! Tor auf! schreien sie.

In einem Pulk scheint es Rangeleien zu geben, mit den Sicherheitskräften, mit wem auch immer: Keene Jewalt! Keene Jewalt! besänftigt eine sympathische Stimme.

Dann geschieht das Unglaubliche. Verwundert reiben wir uns die Augen. Die Grenzer öffnen den Schlagbaum. Es ist 23:30 Uhr. Ein Aufschrei der Erleichterung geht durch die Menge. Die Menge quillt in den Westen. Hände hochwerfen. Schreien! Tanzen! Kannste dir vorstellen, datt et so bleibt. Olé, olé, olé, Deutschland, Deutschland.

Martin umarmt alle Neuankömmlinge, vor allem junge Frauen liegen in seinen Armen, wobei er in seinem billigen Freizeitanzug aus Ballonseide ebenfalls wie einer wirkt, der von drüben kommt. Was wohl Ruben macht? denke ich. Ich drehe mich um und schaue in die Richtung unseres Miethauses. Ich sehe ein hell erleuchtetes Fenster, in dem Ruben im Profil zu sehen ist. Er wendet sich ab und verschwindet.

Unglaublich, was in deinem Land passiert! sagt Raquel Solís zu Jakob Regehr.

Wieso mein Land? fragt der.

Im Strom der fröhlichen Menschenmenge und im Gehupe des Autokorsos gehen wir wieder nach Hause. In den Kneipen wird gefeiert. Später hören wir, es habe überall Freibier gegeben.

Es war schon weit nach Mitternacht, als Cornelio an seinen Kühlschrank ging und kaltes Bier ausschenkte. An der Genugtuung, mit der Enrique und Martín das Getränk entgegennahmen und an dem verspannten Gesicht, mit dem Daniel, Claudia und Katharina das Bier ablehnten, merkte ich, dass der Genuss von Alkohol nicht selbstverständlich war. Als Ruben daran ging, Caipirinhas zu kredenzen, konnten auch Claudia und Katharina der Verlockung nicht widerstehen, wobei ich genau beobachtete, welche besorgten Blicke Daniel seiner Freundin Claudia zuwarf. Ich hatte ja keine Ahnung, dass Claudia Brandt Rubens große Liebe war, su primer amor, meine Vorgängerin sozusagen, und die Frau, die er nie aufgehört hatte zu lieben. Von der ins Fatale abgerutschten Beziehung hatte er mir erzählt, aber ich ahnte nicht, dass es jene Claudia war, die nun vor mir stand.

Natürlich wusste ich, dass die sehr frommen Siedler den Alkohol verabscheuen und den Tanz, aber nicht alle Siedler waren gleich fromm. Als Cornelio eine Kassette von Soda Estereo einlegte, begleitet von einem Gaucho-Juchzer von Martín, stach mich der Hafer, wobei ich sagen muss, dass ich zu jenem Zeitpunkt schon ein Bier und zwei Caipi intus hatte. Ich vollführte ekstatische Tanzbewegungen, und Eva tat es mir gleich. Ein bisschen glaube ich, erwarteten die Jungs das auch von uns beiden. Latinas, na klar, die wollen absteppen. Dann ging ich zu Ruben, der sich wieder aufgerafft hatte, zog ihn zu mir heran und tanzte mit ihm eng umschlungen. Er tat es nicht voller Inbrunst, wie früher mal in Asunción, eher etwas verträumt, eben wie ein Mann, der seine Melancholie noch nicht ganz überwunden hatte. Bald tanzten andere – alleine für sich, aber es bildeten sich auch Paare, die schüchternen Menós tauten langsam auf.

Ich ließ Ruben stehen, um mir eine Zigarette anzuzünden und mich mit Martín über seine geschäftlichen Verbindungen zu unterhalten, die er angeblich mit reichen Capos in Asunción pflegte.

Da fiel mir auf, wie Claudia Brandt, die am Rand der Tanzfläche gestanden und sich ein wenig nach der Musik bewegt hatte, zielstrebig auf Ruben zusteuerte und ihn zum Tanzen aufforderte. Ich sah, wie sich etwas in Rubens Gesicht änderte, und da wurde es mir schlagartig bewusst, dass mehr auf dem Spiel stand. Beiden war anzusehen, dass sie keine geübten Tänzer waren. Sie bewegten sich nicht im Gleichschritt. Aber dennoch bildeten sie eine beseelte Einheit, die Welt um sich vergessend. An Deutsche Einheit dachten die bestimmt nicht. Aber würden die beiden ihre Herzen öffnen, so wie die Deutschen ihre Mauern geöffnet hatten, würden die zwei Königskinder auch zueinander kommen können.

Aufzeichnungen Cornelio Peters', 10.11.89

Der 9. November war der Tag, an dem die Liebe zuschlug. Wenn man es genau nimmt, war es der 10. November, denn Mitternacht war längst vorbei. Von Martin abgesehen hatten wir ziemlich steif an der Mauer gestanden und hatten zugesehen, wie sich die Menschen aus Ost und West umarmten. Den Gruß *Willkommen im Westen!* konnten wir nicht über die Lippen bringen. Dafür waren wir noch zu sehr Fremde hier. Aber als wir dann in unser Basislager in der Sonderburger Straße kamen, da fielen auch unsere inneren Mauern allmählich ein. Wir tanzten! Es war die erste Chaco-Party, bei der getanzt wurde. Erst am nächsten Tag erzählte mir Miriam, dass Claudia Brandt sich Ruben gekrallt hatte, während Daniel doof daneben stand mit einem Glas Cola in der Hand. Aber dafür hatte ich keine Augen gehabt. Augen hatte ich nur für die eine, die ich schon am Schöntaler Weg ins Visier genommen hatte. Jetzt war sie endlich die meine. Während des Tanzens berührten wir wie unbeabsichtigt unsere Schultern, unsere Wangen, unsere Hände. Miriam streichelte meine Ohren, und ich wurde rot. Ich hatte mir meine Ohren bei einem Lepra-Chirurg im Chaco operieren lassen. Die Leute hatten mich dafür verspottet. Der Tjnals will schön ausehen, sagten sie. Aber jetzt sah ich tatsächlich gut aus.

Dann schauten wir uns minutenlang in die Augen. Und schließlich küssten wir uns. Vor den Augen all der anderen. Und wir wussten natürlich voneinander, dass das niemals ein One-Night-Stand sein würde. Wir tanzten immer noch, auch als Martin den Kassettenrekorder ausschaltete und die Gäste langsam ihre Matratzen aufrollten oder Rubens Wohnung aufsuchten. Wir setzten uns auf die Couch, umschlangen uns und nickten kurz ein, und dann war es auch schon Tag und Zeit, den Früh-Mate aufzusetzen.

Im Koma

Ruben über den 10.11.89

Schon um acht weckten sie mich zum Morgen-Mate: Oppstohne, du Fulpelz! Aber mir fehlte die Kraft dazu. Um neun wollten sie mich zum Frühstück schleppen, aber ich fühlte mich immer noch nicht in der Lage, das Bett zu verlassen, obwohl ich wusste, dass die Gäste sich danach verabschieden würden. Bleierne Schwere. Huntmeed, dee Tung henjt bitte Teeh – Hundemüde, die Zunge hängt mir bis zu den Zehen heraus. Als ob tausend Gewichte an meinen Körper hingen. Wenn ich aufstehe, dann muss ich zur Toilette laufen. Das Gefühl, dass man nicht richtig aufwachen kann.

Sie kamen und verabschiedeten sich, ich sagte Adios, sie reichten mir die Hand, nur Raquel Solís hauchte mir einen Kuss auf die verschwitzte Stirn. Als sie alle das Zimmer verlassen hatten, legte ich mich auf die Seite, doch da knackte die Tür wieder. Schritte näherten sich meinem Bett. Ein Schatten fiel über meinen bleiernen Körper. Unter Aufbietung meines ganzen Willens drehte ich meinen Kopf und schaute in die Augen Claudia Brandts, der Verlobten Daniels.

Sie sagte: Opp Wadaseehne, und: Woa wada jesunt – Werde wieder gesund! und blieb doch stehen, weil sie eine Antwort erwartete. Sie war gekommen, um sich ohne Zeugen von mir zu verabschieden.

Ich sagte: Weißt du, damals in Nummer Zwei ... heute würde ich anders reagieren.

Sie antwortete: Ich auch ...

In deinen Augen bin ich ein verkommener Mensch.

Ich weiß nicht, was du bist. Ich möchte nur, dass du gerettet wirst.

Dann sprachen wir beide lange Zeit nichts. Irgendwo sang Bobby McFerrin: Don't Worry, Be Happy. Zum Zeichen dafür, dass sie jetzt gehen würde, streichelte sie meine Narbe an der Unterlippe, die mir unser Hund Tyrass als kleines Kind beigefügt hatte. Aus meinem Munde hörte ich den Satz: Etj sie blooss die goot – Ich liebe nur dich. Ich dachte, sie würde die Flucht ergreifen oder mir zumindest eine herbe Antwort um die Ohren schlagen. Doch sie antwortete: Aber ich denke, du liebst Raquel. Ich habe doch gesehen, wie ihr euch geküsst habt.

Sie hat mich geküsst, entgegnete ich.

Aber du hast dich nicht gewehrt.

Liebe Claudia, in der Welt außerhalb des Chacos sind Küsse nicht unbedingt Liebesbezeugungen.

Schritte waren zu hören, die Tür wurde geöffnet. Im Türrahmen stand Daniel und sagte: Komm jetzt, Claudia, wir dürfen den Zug nicht verpassen.

Und weg war sie, für immer für mich verloren. Solange sie noch nicht unter dem Schleier war, hatte ich noch Chancen, wenn auch nur geringe. Als Daniels angetraute Frau war sie für mich verloren. Scheidung kam bei Claudia und ihresgleichen nicht in Frage. Aber Daniel und Claudia würden ein blendendes Paar abgeben, da war ich mir sicher, auch wenn die Ehe nur eine Zweckehe sein würde.

Claudia liebte mich, davon war ich überzeugt. Wie sie sich über mein Bett beugte und traurig lächelte, das sagte alles. Die Heizung bollerte. Es war viel zu heiß im Zimmer.

Claudia. Sie trug wallende Gewänder, ihr zartes Gesicht umrahmte ein Spitzenhäubchen. Sie schien aus einem der Bücher entsprungen, die meine Mutter in ihrem Bücherschrank gehütet hatte. Ein heftiger Sturm zerrte an ihren weiten Kleidern. Der Spaziergang am Deich entlang war meine Idee gewesen, denn wo sonst hatte ich in Amsterdam noch Gelegenheit, mit Claudia allein zu sein.

Hier ist es wie zu Hause, sagte sie, das flache Meer, die Windmühlen, das schwarzbunte Vieh.

Und die gleiche Sprache, fügte ich hinzu, denn in Danzig, wo Claudia zu Hause war, wurde holländisch gesprochen. Meine Glaubensgenossen, die Doopsgezinde, die vor hundert Jahren in die Weichselniederung geflüchtet waren, hatten ihre Sprache beibehalten, sie waren als die Holländer bekannt, wurden geschätzt für ihre Kunst im Deichbau, für ihre städtebauliche Kenntnisse und von den Gilden gehasst für ihren wirtschaftlichen Erfolg.

Claudia, Tochter eines Wasserbau-Ingenieurs aus Danzig, war nach Amsterdam gekommen, um Haushaltsführung de luxe zu lernen. Junge Frauen, vor allem aber Männer aus dem Danziger Gebiet kamen in die Generalstaaten, um sich das Wissen ihrer reichen Verwandten anzueignen. Oder auch um sich taufen zu lassen. Das Missionieren war in Preußen verboten. Wenn sich einer der Ortsansässigen für den Glauben der Immigranten entschied, musste er nach Amsterdam reisen, um zu konvertieren.

Vor uns in einer Entfernung von einem Kilometer kämpfte eine stattliche Fleute gegen die hohen Wellen.

Schau, sagte ich, die Marie Dirksen, das Schiff meines Onkels, es fährt nach Ostindien, um Gewürze einzuholen.

Weiß ich doch, antwortete Claudia, die Marie Dirksen habe ich schon in Danzig vor Anker liegen sehen.

In meiner Krankheit kämpfte ich um Claudia. Und ich schwöre, dass sich diese Geschichte auf diese Weise in meinem Kopf abspielte. Die zahlreichen Details der hunderte Jahre alten Familienhistorie, die ich im Laufe der Zeit aufgesogen hatte, formten sich zu einem logischen Handlungsstrang, der schließlich zu einem wilden Parforce-Ritt durch die Jahrhunderte führte. Mit immer den gleichen Menschen zum jeweils passenden historischen Dekor. Aber

301

auch mit neuen Protagonisten, die tatsächlich zu ihrem Jahrhundert passten. So war für mich klar, dass Claudia während ihrer Ausbildung in Amsterdam bei Sybrand de Flines und Agnes Block wohnte, die beide im fortgeschrittenen Alter noch mal geheiratet hatten. Sybrand war ein erfolgreicher Seidenkaufmann in Amsterdam und Diakon bei den Doopsgezinden. Die großen botanischen Kenntnisse Agnes' waren weit und breit bekannt. Sie korrespondierte mit Gelehrten im In- und Ausland und baute selbst viele exotische Pflanzen an, darunter auch die erste niederländische Ananas. Viele vornehme Gäste besuchten ihre Natur- und Kunstsammlung auf dem 1670 erworbenen Got Vijverhof bei Loenen an der Vecht, im sogenannten Mennistenhimmel. Daneben malte und modellierte sie und war sehr bewandert in der Kunst des Scherenschnitts. Davon konnte Claudia nur profitieren.

Der Wind wurde immer stärker, die Wolken immer dunkler und in der Ferne formierte sich ein Schauer, der schnell näher kam. Sybrand de Flines, der Onkel Claudias, war mit seiner Kutsche im nahen Dorf geblieben, um Einkäufe zu erledigen. Schon peitschte die erste Bö in unseren Rücken. Der Schirm, den wir uns zur Sicherheit mitgenommen hatten, wurde von einem scharfen Windstoß zerfetzt. Die Flügel der zahlreichen Windmühlen, die am Deich entlang standen, drehten sich wie verrückt im Wind und drohten zu zerbrechen. Wir nahmen eine Mühle in der Nähe ins Visier, deren Flügel sich nicht bewegten. Sie schien außer Betrieb zu sein. Wir kletterten die Treppe zur Galerie hoch und klopften an die Tür. Doch es öffnete niemand. Auch nach heftigerem Klopfen war keine Reaktion zu vernehmen. Das Rütteln am Klinkenknauf war erfolgreicher, die Tür ließ sich tatsächlich öffnen. In dem engen Raum standen ein Holztisch und zwei Bänke. Wir setzten uns nebeneinander hin. Claudia zitterte, der Schauer hatte ihre Kleider durchweicht. Welcher Kavalier wird in einem solchen Falle nicht seinen wärmenden Körper anbieten. Und so lag Claudias Köpfchen auch bald an meiner Brust und meine Hände schlangen sich um ihre Schultern. Uns beiden war klar, dass der innige Körperkontakt zwischen uns beiden mit einem Tabu brach. Mit unserem innigen Beisammensein würden wir einen Aufschrei der Gemeinde verursachen – falls jemand diese Szene beobachten und für Verbreitung sorgen würde.

Meine Familie gehörte zu den Lammisten, die offener und liberaler waren als die Sonnisten. Vor gut zehn Jahren hatten sich die Doopsgezinde, wie die Mennoniten sich in Holland nannten, in Amsterdam und schließlich im ganzen Land zerstritten und getrennt. Streit und Trennungen würden zum Merkmal unserer Geschichte werden.

Der fundamentalistische Samuel Apostool traf sich mit seinen Anhängern in einem Haus, dessen Emblem eine Sonne war, weshalb sie die Sonnisten genannt wurden. Der tolerante Galenus Abrahamsz blieb mit seinen Leuten in der Singelkerk, die neben der Brauerei Zum Lamm lag, weshalb sie als die Lammisten apostrophiert wurden. Die Auseinandersetzung ging ein in die Geschichte als der Lämmerkrieg.

Meine Eltern, die Leeuws, waren Lammisten, natürlich, sie waren aufgeschlossene Stadtbürger, den Künsten gegenüber empfänglich, eben offenherzige Menschen. Aber auch die rationalen Lammisten übten Kirchenzucht. Die Position, in der wir in der Mühle zunächst verharrten, hätte uns eine Vermahnung eingebracht, sonst nichts. Aber dabei blieb es nicht. Wir hatten uns in den Wochen davor verliebt, ohne es uns einzugestehen. Jetzt brachen sich die Gefühle Bahn, nicht von einer Sekunde auf die andere, sondern Schritt für Schritt. Ich begann, ihre Schulter zu streicheln. Claudia erwiderte die Zärtlichkeit, indem sie mit ihrer Rechten mein Gesicht tätschelte und dabei vor allem mit Zeigefinger und Daumen die Narbe erkundete, die mir Tyrass zugefügt hatte. Mit Details will ich nicht aufwarten, das verbietet mein Schamgefühl. Nur so viel: Wir hatten damit begonnen, einzelne Kleiderteile aufzuknöpfen, als die Tür aufging und Sybrand de Flines die Mühle betrat – das Wetter hatte seiner modischen Lockenfrisur im Französenstil übel mitgespielt –, zur Salzsäule erstarrte, sich umdrehte und die Tür heftig hinter sich zuschlug.

Claudia musste noch am nächsten Tag abreisen. In Danzig angekommen, schlug ihr große Entrüstung über ihr sittliches Fehlverhalten entgegen.

Auch die Amsterdamer mussten etwas unternehmen. Ich wurde in der Singelkerk vor die Ältesten und Diakone zitiert. Unter der Leitung von Galenus Abrahamsz de Haan saßen die würdigen Herren in ihren Perücken auf dem Podest und blickten mich ernst und streng an. Unter ihnen war auch Sybrand. Chef Galenus Abrahamsz trug den Fall vor und sagte, dass ich gegen die göttlichen Gesetze der Sittlichkeit verstoßen habe. Ich hätte mit meinem Verhalten die moralische Integrität der Jungfrau Claudia aus Danzig entehrt. Ob ich zu meiner Verteidigung etwas vorbringen wolle.

Der Fall habe sich wie vom Ältesten geschildert zugetragen, gestand ich. Der jämmerlichen Fleischeslust sei ich erlegen, gleichzeitig würde ich die Jungfrau mit ganzen Herzen lieben und hätte auch vor, mit ihr den heiligen Bund der Ehe zu schließen. Der Zusatz überraschte den Ältestenrat und meinen Vater gleichermaßen, damit stimmte ich, wie beabsichtigt, das Gremium positiver. Aber ich hatte aus meinem Herzen keine Räuberhöhle gemacht, denn meine Gefühle für Claudia waren echt.

Der Diakon Gerrit de Veer brachte vor, dass meine ehrbare Haltung eine gute Voraussetzung für Reue sei, die wiederum Kondition für eine Rückkehr zur Gemeinde sei. Was er damit ausdrückte, war uns allen klar: Reue wird von der Gemeinde nur nach einer längeren Zeit der Verbannung akzeptiert, so die gängige Lehre. Alle auf der Bank vor mir, die einem Richtertisch glich, nickten.

Doch da meldete sich mein Vater zu Wort: Verbannen können wir nur Gläubige, die den Gehorsamsschritt der Taufe vollzogen haben. Die Taufe aber ist ein Akt der freien Entscheidung und somit dem Erwachsenen vorbehalten. Was wir von der Kindertaufe halten, muss ich nicht ausführen. Mein Sohn aber ist gerade den Kinderschuhen entwachsen und ins Mannesalter eingetreten. Er war noch nicht reif, die Taufe zu vollziehen. Weil er aber nicht Glied im Bund der Gläubigen ist, können wir ihn auch nicht wie einen Gläubigen bestrafen, der einen Fehltritt begangen hat.

Stille auf der Richterbank. Dann setzte leises Gemurmel ein. Tuschelnd tauschten sie ihre Meinungen aus. De Veer, der als scharfer Hund bekannt war, verlor an Terrain, weshalb sich Verbitterung um seine Mundwinkel abzeichnete. Galenus ergriff das Wort und sagte, dass sich der Rat zurückziehen werde, um eine Entscheidung zu treffen.

Nach zehn Minuten riefen sie meinen Vater ins Nebenzimmer. Und mein Vater wiederum überbrachte mir das Votum. Ich solle ein Jahr lang auf einem Ostindienfahrer als Leichtmatrose dienen, dann werde ich wieder mit offenen Armen in der Singelkerk empfangen. Nun konnte ich nicht erkennen, wie sich das Kompromissangebot von einer regelrechten Verbannung unterschied, aber ich nahm es hin.

Die Danziger verfuhren mit Claudia, wie zu erwarten, noch schärfer. Sie habe die Reinheit der Gemeinde durch ihr unsittliches Verhalten in Frage gestellt und sei deshalb in den Bann getan. Das hieß: Auch ihre eigene Familie musste sich von ihr abwenden. Sie hatte deshalb ihre Koffer gepackt und eine Anstellung als Hausmädchen in einem Dorf im Weichselgebiet gesucht, um darauf zu warten, dass ihre Reue eines Tages von der Gemeinde wieder akzeptiert werde.

Das Jahr in Ostindien würde mein Studium als Wasserbauingenieur unterbrechen. Viel schlimmer wog: Im schlimmsten Liebeskummer hatte ich keine Möglichkeit, Claudia wiederzusehen.

Als ich zwei Tage später das Haus der Isebrechts besuchte, die Bortenmacher waren, um meinem Freund Martin von meiner bevorstehenden Expedition zu berichten, ließ er sich verleugnen. Ich dachte, der hat es nötig, denn sein Onkel Lieven Willemsz van Coppenol, vor vier Jahren gestorben, war in Amsterdam einschlägig bekannt. Als *Phoenix aller Federn* feierte er große literarische Erfolge, aber er führte ein ausschweifendes Leben und war häufiger bei den Huren als zu Hause anzutreffen. Der Großfamilie Isebrecht war danach sehr daran gelegen, ihren Namen reinzuwaschen. Sie unternahm alles, um nicht ins Zwielicht zu geraten. Und ich gehörte nun mal zu den Verfemten. Dass ich mich bei meinem anderen Freund, bei Daniel, schon gar nicht blicken lassen konnte, war klar. Er studierte Medizin, machte seine praktischen Erfahrungen bei Galenus Abrahamsz, der ein stadtbekannter Arzt war, und half ihm bei seiner Arbeit in der Singelkerk.

So langsam entwickelte ich ein Gefühl dafür, was es bedeutete, *abgesondert* zu sein. Eine Steigerung dieses Gefühls der Isolation erfuhr ich, als ich in der Sint-Anthonisbreestraat mein eigenes Zuhause betreten wollte und von meinem eigenen Hausdiener aufgehalten wurde, der mir sagte, meine Equipage werde per Boot zum Hafen gebracht, wo die Marie Dirksen vor Anker liege und auf mich warte. Da musste ich natürlich schlucken, das hatte ich nicht erwartet. Als ich hochblickte, sah ich, wie in einem Fenster ein Gesicht hinter den Gardinen verschwand. Wahrscheinlich meine Schwester. Bitter, bitter. Und ich dachte, ich sei gut davongekommen im Vergleich zu Claudia.

Sicher, ich konnte meiner Familie und meiner Kirche Adieu sagen, die Gemeinde verlassen und in eine andere eintreten. Ich konnte ebenfalls mit einer Verbannung reagieren, ich konnte die Gemeinde aus meinem Leben verbannen. Aber das bedeutete auch eine endgültige Trennung von allen Menschen, die mir lieb waren. Also übersteht man am besten die Zeit, die für das Ritual Reue vorgesehen ist, lässt den Grund der Trennung vergessen und verblassen und kehrt nach der Verbannung in den Kreis der Familie zurück – am besten ohne den Fall je wieder anzusprechen.

Wollen Sie die Wahrheit hören? Meine Familie war mir scheißegal. Ich dachte nur an Claudia. Sie wollte ich wiedersehen. Und wenn ein Jahr angeordnete Trennung die kürzeste Zeit war, dann wollte ich verdammt noch mal diese Zeit abreißen, ohne mir etwas zuschulden kommen zu lassen.

Am Hafen dümpelten die Leegwather und die Marie Dirksen nebeneinander. Die erste wurde gerade dafür fertig gemacht, um gen Danzig in See zu stechen. Die zweite hatte eine größere Reise vor sich, nämlich Indien. Für eine Sekunde überlegte ich, ob ich das Gepäck umladen sollte, um nach Danzig zu schippern, wo ich meine Claudia in die Arme nehmen konnte, aber nein, damit würde ich nicht nur mir, sondern auch Claudia das Leben unnötig schwer machen. Also entschied ich mich für 365 Tage Galeerensträfling und so fühlte ich mich auch, als ich in die für mich vorgesehene Ecke im Mannschaftsraum eingewiesen wurde. Unsere Ostindienfahrer waren spartanisch ausgestattet! Aber einer Tatsache konnte ich mir sicher sein: Gemobbt würde ich hier nicht werden, denn die Matrosen bekamen alle ein anständiges Gehalt und mussten sich zu einem christlichen Lebenswandel verpflichten.

Miriam über den November 1989

Ruben, aufwachen! Ruben!

Wir schüttelten ihn unsanft, um den Kranken aus dem Schlaf zu reißen. Aber er hielt die Augen geschlossen, wand sich winselnd, drehte sich hin und her, als ob er Schutz suche, verkroch sich unter der Decke, zog sich in eine embryonale Stellung zurück, wischte sich mit der Hand den Fieberschweiß von der Stirn und war definitiv nicht ansprechbar. Kälte! Er war nicht nur in einem tiefen Traum gefangen, er litt unter Fieberphantasien. Noch schätzte ich die Situation nicht als dramatisch ein. Eigentlich müsste man einen Hausarzt bitten, mal vorbeizukommen. Wenn sich die Lage verschlechterte, musste auf jeden Fall was geschehen. Allerdings konnte ich hier nicht sitzen und warten, ich hatte Dienst im Krankenhaus.

Ich muss jetzt in die Charité, rief ich Cornelio zu. Wenn es nicht besser wird, rufst du den Notarzt! befahl ich ihm, gab ihm ein Küsschen und ging.

In all den Jahren hatte ich nie einen Sturm dieser Stärke erlebt, obwohl ich die Weltmeere Dutzende Male gekreuzt hatte und jetzt in der Ostsee in einem eher flachen Gewässer schipperte. Es war, als ob die See mich nicht hergeben wolle. Durch die Abfolge riesiger Wellenberge und Wellentäler wurde das Schiff hochkatapultiert und in die tiefsten Tiefen gesaugt. Tonnenweise ergoss sich Wasser in unser Schiff und alle Mann waren an den Wasserpumpen und an der Takelage tätig. Als ich mich schon darauf vorbereitete, mein Sterbegebet zu sprechen, sah der Smutje das Leuchtfeuer des Danziger Hafens. Schreiend teilte er uns die frohe Botschaft mit und wir atmeten tief durch. Während wir ins Haff einfuhren, wurden die Wellen wie auf Kommando flacher. Der Kapitän ordnete an, den Anker in dem flachen Gewässer zu werfen, was die Matrosen mürrisch befolgten, denn sie hatten sich schon darauf gefreut, den Abend in einem warmen Gasthaus in Danzig zu verbringen. Doch der Kapitän hielt es nicht für vernünftig, zu so später Stunde in den Hafen einzulaufen, da bei diesem Wetter die Gefahr einer Kollision mit einem anderen Schiff oder einem anderen aus dem Wasser herausragenden Hindernis drohte. Dies war die letzte Nacht, die ich auf der Marie Dirksen verbringen sollte. Das Schiff, so fühlte ich, hatte mir einen Teil meines Lebens geraubt. Ich lag in der Kajüte und las fromme Verse, wobei ich in der Dunkelheit kaum was sehen konnte. Ein Licht konnte ich mir nicht machen bei den ständigen Windböen. Da war es von Vorteil, dass ich die Verse eh fast alle auswendig konnte.

Am nächsten Tag war das schlimme Wetter weitergezogen und wir konnten einlaufen. Während wir uns dem Hafen näherten, rückte das Land immer näher. Gesprenkelt waren die grünen Wiesen mit Hunderten von Windmühlen, deren Flügel sich in der kühlen Brise schnell drehten. Ihre blendend weißen Leinwandsegel leuchteten weit in der hellen Sonne über Äcker und Wiesen, auf denen schwarzbuntes Vieh weidete. Kapitän Willem Pieters trat an meine Seite und sagte voller Stolz: Das alles haben die Holländer geschaffen!

Als die Anker gefallen und das Schiff vertäut war, gab mir der Kapitän seinen Segen und händigte mir ein Schriftstück mit Unterschrift und Siegel mit der Bestätigung aus, dass ich meinen Vertrag und meine Aufgaben erfüllt habe. Die Besatzung wünschte mir Gottes Beistand und ich verließ für immer – wie ich hoffte – die Planken eines Schiffes.

Wer wie ich in einer Stadt wie Amsterdam aufgewachsen ist und die weite Welt gesehen hat, nimmt das Erscheinungsbild Danzigs mit Fassung und fern jeder Begeisterung auf. Eher machte sich ein Gefühl der Enttäuschung breit, hatte ich doch inbrünstig gehofft, die Nachricht von der Ankunft der Marie Dirksen hätte sich bei den hier ansässigen Holländern herumgesprochen. Schien es aber nicht zu haben, denn ich sah keine in schwarzem Samt gekleidete Gestalt am Kai stehen und nach einem Ankömmling aus Holland Ausschau halten. Ich hatte einen renommierten Onkel, der in Danzig lebte, den Bankier Dirksen, aber ihn wollte ich noch nicht mit meinen Problemen behelligen, erst später, wenn ich alles geregelt hatte, würde ich an seiner Tür klingeln.

So stand ich mutterseelenallein am Hafen und überlegte, was ich tun könnte. Dann allerdings wehte der Wind ein paar holländische Brocken herüber. Ein Mann, der aussah wie der Hafenmeister, unterhielt sich mit einem Untergebenen. Ich sprach ihn in meiner Heimatsprache an und sagte, dass ich die holländische Gemeinde suche. Der Hafenmeister, ich hatte richtig gemutmaßt, musterte mich von oben bis unten und pfiff dann einen Dienstboten herbei, dem er den Auftrag erteilte, mich zu einem Prediger namens Martin Gisebrecht zu bringen. Bei dem Namen fiel mir mein alter Freund Martin ein, aber die Namensgleichheit musste ein Zufall sein.

War es aber nicht. Als Gisebrecht mich empfing, war die Überraschung groß, denn es handelte sich tatsächlich um meinen alten Freund aus Kindertagen. Als ich ihn vor Freude umarmen wollte, wich er einen Schritt zurück. Bin ich für dich, alter Ganove, etwa nicht rein genug? fragte ich mich. Martin blieb distanziert, lud mich aber immerhin in sein nach Amsterdamer Vorbild errichtetes Giebelhaus ein, das er mit seiner Frau und vielen kleinen Kindern bewohnte. Der Pfaffe, der nicht zugab, mein alter Freund Martin Gisebrecht zu sein, wies mir eine kleine Kammer zu, in der er mich aufsuchte, nachdem er mir etwas Zeit gelassen hatte, um zu mir zu kommen.

Mit keinem Wort ging er auf den wahren Grund meiner Weltreise ein, aber er fragte mich, ob die Seefahrt meinen Glauben an Gott gestärkt habe.

Ich bin der Hydra und der Scylla begegnet und bin vor Angst beinahe gestorben, antwortete ich. Die Irrfahrt überstanden habe ich nur, weil der Höchste an meiner Seite war.

Immerhin lächelte er jetzt ein wenig.

Nicht lange hielt ich mit der Frage hinter dem Berg, wo ich Claudia treffen könne. Der Prediger wurde ganz wuselig, nervös knetete er seine Hände, griff nach seiner Bibel und sagte dann: Dem Herrn hat es gefallen, unsere Herde mit einer Sturmkatastrophe zu bestrafen. Gerade haben wir Pest und Kriegsplagen überstanden, da trifft uns dieses unselige Unwetter.

Und Claudia, was ist mit Claudia? fragte ich, Schlimmes ahnend.

Unbeirrt fuhr der Pfaffe fort, über Unglück und Katastrophen zu schwätzen. Überall habe die Kriegsfurie schlimm gehaust, überall vor der Stadt hätten die Schweden die Bauernhäuser in Flammen aufgehen lassen: Im Dorf Beyershorst, wo fast ausschließlich unsere Leute lebten, blieb nur ein Hof verschont. Die Hälfte der Dorfbewohner ist tot. Wer soll die Deiche instand halten, da sie nun alle tot sind? Immer wieder brechen die Deiche durch und keiner ist da, der sie repariert.

Gisebrechts Redefluss war nicht aufzuhalten. Aus dem ganzen Wirrwarr seines Redens konstruierte ich mir folgendes Bild von den Ereignissen: Im südlichen Galizien waren Schneeschmelze und Eisgang auf der Weichsel schon im vollen Gange, während die Eisdecke hier im Norden auf Weichsel, Nogat und Haff noch intakt war. Vom

Süden kamen die Wassermassen, sie stauten sich an den Eismassen auf und flossen schließlich über die Kronen der Deiche. Obwohl die Überlebenden Dielen, Rammböcke, Spitzpfähle und Strauchbündel an den Deich geschafft hatten, wurde die Wasserwache der Lage nicht Herr. Im März riss die Nogat aus. Der Durchbruch im Damm war etwa 100 Meter breit. Ganz besonders schlimm war es im Dorf Schönhorst, wo Claudia bei der Familie Epp diente. Die Menschen flohen in Richtung Elbing. Das Vieh trieben sie vor sich her. Das ganze Land war überflutet. Alles war ein riesiger See. Von den Häusern sah man nur die Dächer hervorragen. Not und Elend waren unbeschreiblich. 1000 Rinder ertranken. Die Kadaver trieben überall umher. Der Rat von Elbing bot sogleich so viele Kähne auf, wie zu erhalten waren, um den Unglücklichen zu Hilfe zu kommen. Aber es war nicht möglich, alle zu retten, obwohl sie Tag und Nacht hin- und herfuhren.

Während der dramatischen Schilderung der Ereignisse liefen Martin die Tränen. Ich hielt es nicht mehr aus. So sag mir, lieber Martin, ist Claudia unter den Geretteten?

Ob sie sich retten konnte, wissen wir nicht. Unter den Schönhorstern, die ein Lebenszeichen gesandt haben, war sie nicht. Aber es kommen jeden Tag Nachrichten aus Elbing und jeden Tag sind Namen unserer Brüder und Schwestern dabei, die mit Gottes Hilfe die rettende Stadt erreicht haben.

Wir dachten, er wälzt sich in fieberhaftem Schlaf. Unruhig drehte er sich hin und her, brabbelte Verständnisloses, krümmte sich, schien vor Kälte zu zittern, nur um wenig später, nachdem ich mehrere Decken auf ihn gelegt hatte, in Schweiß auszubrechen.

Das Treffen war vorüber. Alle Gäste hatten sich verabschiedet, auch Miriam, meine Liebste, war gegangen. Die Nacht verbrachte ich bei Ruben, in seinem Appartement, wo ich mich auf eine Matratze legte. Aber ich konnte kein Auge zutun, denn der Kranke stöhnte, gab seltsame Laute von sich und bewegte sich ständig. Außerdem ließ mich der Gedanke nicht einschlafen, dass ich den notärztlichen Dienst oder zumindest Miriam alarmieren sollte.

Wenn ich vom Zustand des Hauses und des Predigers Martin Gisebrecht auf den Zustand der Gemeinde in Danzig schließen wollte, dann stand es traurig um die holländische Kirche in Preußen. Durch die Ritzen pfiff der Wind, der Ofen war ausgegangen, was dem Prediger aber nichts auszumachen schien, denn er saß im offenen Hausmantel vor mir, während ich mir alle Kleider, die in meiner Seekiste lagen, übergestreift hatte. Deshalb sagte ich auch mit großer Passion dem *Machandel mit Pflaume* zu, einem Wacholderbranntwein, der in Tiegenhof von Glaubensbruder Peter Stobbe gebrannt wurde und eine wunderbare Hitze in Brust und Magen erzeugte.

Seit 1543 haben wir im Danziger Werder die Deiche und Kanäle wieder hergestellt, sagte der Pfaffe. So wie er *wir* sagte, schien es, als ob er persönlich Hand angelegt hätte, obwohl er mit seinem schwindsüchtigen Gesicht und rachitischen Körper und seiner angeborenen Faulheit wahrscheinlich keinen Handschlag getan hatte. Er fingerte die Pflaume aus dem Machandelglas und schob sie in den Mund, kaute und goss den Wacholderbranntwein hinterher.

Moderne Pumpmühlen mit Schaufelrädern haben Äcker und Weiden entwässert. Der Ingenieur Adam Wiebe hat ... na gut, der hat nicht so gut zu uns gepasst. Mit seinen Befestigungsanlagen für die Stadt Danzig hat er die Friedenspflicht unseres Volkes verletzt. Die Anlage ist dann auch geschleift worden. Überall ist Wohlstand eingekehrt, durch unseren Fleiß und unser Können. Unsere 150 Holländerdörfer dominieren große Teile des Danziger Werders und des Großen Werders. Unsere Architekten bauen die besten Gebäude zwischen Danzig, Königsberg und Elbing. Und trotzdem machen sie uns immer wieder das Leben schwer. Der König, die Kirchen, die Zünfte, sie erpressen immer wieder Geld von uns. Wenn unser Geldbeutel nicht locker sitzt, dann drohen sie uns mit der Vertreibung. Wären wir nicht reich geworden, man könnte hier in Preußen nicht leben vor so viel Schikanen.

Wenn unsere Leute reich geworden waren, dann schien Gisebrecht, der Wildschweinhaarige, eine Ausnahme zu sein. Aber ich wollte mir keine Gedanken über den Zustand meines Gegenübers machen, ich wollte einzig und allein mehr über Claudia erfahren. Und während ich an sie dachte, durchzog mich ein kalter Schauder, und ich entschloss mich, es Gisebrecht gleichzutun. Mit dem Stäbchen hob ich die Pflaume aus meinem Glas und goss das scharfe Zeug hinterher, so dass eine Hitzewelle durch meinen Körper schoss. Einen Augenblick lang fühlte ich mich wohlig gut.

Als Gisebrecht sah, wie ich das Glas fast gierig leerte, genehmigte er sich das zweite Glas, das er schon längst nachgeschüttet hatte.

Als Beispiel nenne ich mal den Kulmer Bischof, sagte er. Das katholische Kirchenoberhaupt machte immer mal wieder böse Anspielungen, schilderte unseren Predigern, was alles passieren könnte, wenn wir nicht zahlten. Schließlich boten ihm unsere Gemeindehäuptlinge 4000 Gulden an. Darauf antwortete der Bischof, es sei ihm nicht ums Geld, sondern um unsere Seelen zu tun.

Grotesk. Ich musste lachen. Während ich mich vor Lachen schüttelte, schenkte Gisebrecht, weil ich mich nicht wehren konnte, nach, obwohl ich – prustend – ablehnte. Was der Bischof ausdrücken wollte, lag auf der Hand: Wenn 4000 Gulden nicht reichten, um das Seelenheil der Holländer zu garantieren, dann musste der Bischof mit noch mehr Geld geschmiert werden.

Und dieser verrückte Friedrich Wilhelm I., Gott habe ihn selig, hatte die wahnwitzige Idee mit der Riesengarde. Seine Werber, tausendmal schlimmer als die heutigen Versicherungsvertreter, wandten alle möglichen gemeinen Tricks an, um die stattlichsten und größten Männer aus unserer Gemeinde gewaltsam in seine Riesengarde zu pressen. Und wir hatten nun mal viele stattliche Männer. Denn wer hart arbeitet, wird stark. Die königlichen Werber überfielen einige Familien, ja, so kann man es durchaus beschreiben, sie entführten mehrere unserer großen Jungs und brachten sie unter derben Scherzen weg. Was hatte der König denn für einen Tick? Das war Menschenraub. Unsere Leute beschwerten sich bei

Friedrich Wilhelm und beriefen sich auf ihre Privilegien. Und sie deuteten an, dass sie das Land verlassen würden, wenn die Befreiung vom Kriegsdienst nicht für alle gelte. Als der Soldatenkönig keine Einsicht zeigte, verzogen sich einige Familien in die Weichselgegend, wo der Polenkönig das Sagen hatte. Jetzt war der preußische König genervt. 1724 befahl er, unverzüglich die Tilsiter Niederung zu räumen. *Ich will solche Schelmnation nicht haben, die nicht Soldaten werden können,* soll er gesagt haben. Bei seinem Sohn hatten wir es dann besser. Friedrich der Große, für seine Aufgeklärtheit und Toleranz bekannt geworden, verfügte 1740, dass *die Mennonisten denen übrigen Bürgern und Einwohnern gleich tractiret* werden sollten. Das gab unseren Leuten Sicherheit. Aber der Alte Fritz verfügte auch, dass, wer auch immer den Wehrdienst verweigerte, kein Land von Wehrdienstleistern kaufen durfte. Das bedeutete, dass das mennonitische Territorium nicht vergrößert werden konnte. Weil unsere Familien, wie du weißt, kinderreich sind, war der Landhunger unserer Leute immens. Vielen gefiel auch die bürokratische Art nicht, wie der Alte Fritz in unser Leben hineinregierte. Als dann die Zarin Katharina II. das großzügige Angebot machte, konnten viele nicht widerstehen. Der große Treck wird sich bald in Marsch setzen. Prost!

Du meinst, viele wollen nach Russland auswandern?

Ja, in die Ukraine. Direkt an den Dnjepr.

Der Hochprozentige tat seine Wirkung. Die Wärme, die meinen Körper durchzog, hatte einen entspannenden Effekt, so dass mich endlich, nach langer Zeit, große Müdigkeit überfiel. Als ich also schwächelte und vor Gisebrechts Trinkfestigkeit kapitulieren musste, stellte mir der Prediger die erste persönliche Frage: Was denn mit meiner Verbannung sei? Ich machte ihm deutlich, dass ich meine Buße getan habe. Er könne mich als vollwertiges Mitglied der Gemeinde behandeln.

Nein, nein, damit ist es nicht getan, insistierte Gisebrecht, und ich dachte: So weit ist es nun gekommen, dass Gisebrecht mir moralische Ratschläge gibt oder vielleicht sogar weitere Auflagen erteilt.

Du musst offiziell Abbitte leisten und das Versprechen abgeben, dass du dich in deinem Lebenslauf ändern wirst.

Das gab mir den Rest und ich fragte nach einer Schlafstätte, auf der ich meinen zitternden Körper betten wollte, um mich morgen erholt auf die Suche nach Claudia zu machen. Aber Gisebrecht blieb hartnäckig und sagte: Sieh dich vor! Wenn du hier bleiben willst, ein Mitglied unserer Gemeinde werden willst, musst du dich gut stellen. Frage nach bei Eva Wiszyni, deiner alten Freundin.

Überall traf man hier auf Verwandte, Bekannte, Freunde. Von Eva Wiszyni hatte ich sehr lange nichts gehört. Niemand konnte Landschaften so exzellent mit psychologischen Eigenschaften ausstatten wie sie. Das letzte, was ich von ihr gehört hatte, war, dass sie sich auf einer Europa-Reise befand, um die europäischen Kunstschulen zu studieren.

Eva ist hier? fragte ich, wieder hellwach.

Der Pfaffe grinste: Habe ich mir doch gedacht, dass dich das interessiert. Ihren Aufenthaltsort darf ich dir aber nicht nennen, denn du musst Acht geben, auf welchen Frauen du dich einlässt.

Als ich eine wegwerfende Geste machte, lachte er und lenkte ein, um nicht weiter mit mir diskutieren zu müssen: Sie hält sich bei einem Maler auf, um von ihm zu lernen. Eine Frau, die Künstlerin sein will, das hat die Welt noch nicht gesehen! Aber wir sind tolerant. Frage nach beim König, dem alten Piepenfritz.

Nachdem ich ihn insistierend anblickte, sagte er mir zu: Morgen bringe ich dich zu Eva.

Am nächsten Morgen war ich schon früh wach, wobei ich beim Aufstehen und beim Herrichten meiner Haare und Physiognomie viel Krach machte, um den Hausherrn auf mich aufmerksam zu machen. Doch der schien noch in den Federn zu liegen. Als ich die Tür in die Küche öffnete, schlug mir ein noch größerer Lärm entgegen als der, den ich selbst verursacht hatte. Frau Gisebrecht war dabei, ihr Dutzend Kinder startklar für die Schule zu machen, wobei sie von einer Ecke in die andere wuselte, hier einen Kleinen zur Ordnung rief und dort einem Schlingel durch die Haare fuhr. Ich setzte mich an den Tisch und bot mich an, die zweijährige, schreiende Maria mit Brei zu füttern, was Frau Gisebrecht dankbar annahm. Allmählich wurden die Kleinen ruhiger, der Ranzen wurde geschnürt und dann verließen die schulpflichtigen Kinder das Haus.

Ich sei also Pieter Ruben Leeuw, fragte Frau Gisebrecht. Dem sei so, bestätigte ich. Ja, sagte sie, die Leeuws seien auch in Danzig zahlreich vertreten, sie würden hier aber Löwen genannt: Dann bin ich für Sie also Peter Ruben Löwen, antwortete ich.

Sie lächelte: Ihre Familie ist mir ein Begriff. Ameldonck Leeuw – ist das nicht Ihr Großvater, der große Kunstsammler in Amsterdam?

In meinem Volk weiß man schnell, wen man vor sich hat. *Nachfädeln* heißt die Suche nach gemeinsamen Bekannten und Verwandten. Deshalb war es selbstverständlich, dass sie meine Vorgeschichte kannte, und ich nickte ihr zu, ihre Frage bejahend.

Wenn einer von unseren Leuten in der Stadt ist, spricht sich das schnell herum. Sogar von Ihren zwei Narben weiß ich. Der Austausch mit Danzig ist heutzutage wirklich einmalig. Schiffe kommen und gehen ohne Unterbrechung.

Meine Hand glitt zur Narbe an meiner Lippe. Das mennonitische Spiel hatte begonnen. Wer bist du, aus welcher Familie stammst du? Bist du vielleicht mit mir verwandt?

Bei dem Spiel machte ich gerne mit, zumal ich den vagen Eindruck hatte, dass ich sie tatsächlich kannte. Daher fragte ich, aus welchem Nest sie gefallen sei.

Aus welchem Nest? Sie lachte über die Redewendung. Natürlich dürfe ich das wissen.

Vielleicht sollte ich mich vorstellen. Mein Name ist Miriam. Miriam Cornies. Mein Vater hat ein Landgut in der Nähe von Elbing.

Das konnte, das durfte nicht sein. Martin Gisebrecht heiratet Miriam Cornies, das Mädchen, um das die Jungs aus meinem Freundeskreis sich wie Planeten um einen Fixstern gedreht hatten. Dass Gisebrecht am Schluss den Stich machen würde, hätte ich nie erwartet. Und wäre ich nicht auf der Suche nach Claudia gewesen, wäre ich auch ein wenig neidisch auf diesen drittklassigen Prediger gewesen, der immer noch in seinem Bett schnarchte, während seine erstklassige Frau die krakeelende Kinderschar bändigen musste. Natürlich nicht neidisch, weil seine Frau ihn schonte, sondern weil er eine tolle Gattin hatte. Manchmal schlug das Schicksal eben seltsame Kapriolen. Die beiden passten nicht zusammen. Martin, das alte Pekari-Schwein, war doch im Grunde ein Nichtsnutz, während ich mir Miriam als eine feine Frau vorstellte, die unter Martins Knute verhärmt und überlastet wirkte. Allerdings kam auch Martin Gisebrecht, der Schweinehaarige, aus guten Kreisen, er entstammte einer vornehmen Bortenwirker-Familie aus Amsterdam. Das renommierte Handwerk hatte Martin von seinem Vater gelernt, so dass es kaum verständlich war, weshalb er in Danzig den Prediger spielte, es sei denn, er fühlte sich von Gott an diesen Platz gestellt. Aber von Gott berufen zu werden, das passte nicht zu Martin.

Miriam, seine Frau, schien meine Gedanken zu erraten: Sie fragen sich sicher, warum Martin hier als Prediger wirkt, hineingestellt in eine Berufung, die unter unseren Leuten noch nicht mal als Beruf gesehen wird, sondern als Nebentätigkeit. Martin hatte Schwierigkeiten mit den Zünften. Sie können sich nicht vorstellen, was die Danziger Bürger sich alles haben einfallen lassen, nur um uns aus dem Verkehr zu ziehen. So haben sie vor kurzem ein Edikt erlassen, das sich ausschließlich gegen die Mennoniten richtet. Unsere Bortenwirker, Branntweinbrenner, Färber, Leinenweber dürfen ihre Erzeugnisse nicht mehr verkaufen. Meinem Mann haben sie einfach den Laden geschlossen.

Ihr kamen die Tränen: Danzigs Machtstellung ist dahin. Jetzt glauben die Handwerker und Krämer, ihre eigene Lage dadurch retten zu können, dass sie uns ausschalten.

Solches kannte ich auch aus Amsterdam. Nicht aus eigener Erfahrung, sondern aus den Erzählungen meiner Eltern und Großeltern. Als die religiöse Toleranz gesiegt hatte, versuchten die Konkurrenten in Handel und Gewerbe, unseren Menschen auf wirtschaftlichem Gebiet zu schaden. Immer wieder legten Krämer und Handwerker ihnen Knüppel in den Weg, um sie am Vorwärtskommen zu hindern.

Die Tür zum Schlafzimmer knarrte. Ein unfrisierter Gisebrecht kam heraus, die graumelierten Haare wirr, das Gesicht zerknittert. Jetzt hoffte ich, dass er schnell sein Frühstück einnehmen würde, um mich wie versprochen zu jenem Maler zu führen, bei dem Eva lernte.

Martin führte mich durch die Breit-Gasse, vorbei am legendären *Lachs.* Die Likörfabrik mit angeschlossenem Gasthaus war von Ambrosius Vermöllen gegründet worden, einem unserer Holländer. Das Haus war, wie früher allgemein üblich, mit einem Tierbild statt mit einer Hausnummer markiert, einem Lachs. Ich hatte das Gefühl, dass der mich begleitende Pfaffe dem Haus gerne einen Besuch abgestattet hätte, um mir das Danziger Goldwasser vorzustellen. Durch das würzige und protzige Getränk war das Haus weit über die Stadtgrenzen hinaus bekannt geworden. Ich konnte es nicht glauben, aber Martin blieb dabei: In dem Likör schwammen tatsächlich Goldstückchen. Den Beweis konnte er allerdings nicht erbringen, denn die Gaststätte war noch geschlossen.

Der Maler Enoch Seemann wohnte eine Straße weiter in der Heilig-Geist-Gasse. Ein Diener öffnete uns und führte uns direkt ins Atelier, einen großen, lichtdurchfluteten Raum, in dem mehrere unterschiedlich große Staffeleien standen. Das Atelier wirkte chaotisch, als ob der Maler sich in einer Experimentierphase befände. In einer Ecke türmten sich eine Menge zerrissener Bilder und zerstörter Rahmen. Der Maler stand am Fenster, den Oberkörper nach vorne gebeugt, die Ellenbogen auf das Sims gestützt, so als ob er immer noch auf die Straße blickte, um Ausschau nach dem Klingler zu halten. Eva in einem schwarzen Reifrock beugte sich über die Bilderfetzen wie über ein Puzzlespiel. Es schien, als ob sie die Puzzleteile einander zuordnen wolle. Als sie mich erkannte, ließ sie die Leinwandstreifen fallen, lächelte, raffte ihren Rock und eilte mir entgegen, um mich freudig zu umarmen. Seemann, etwa 50 Jahre alt, schaute uns griesgrämig an und machte keine Anstalten, uns zu begrüßen.

Dann werde ich mal gehen, sagte Gisebrecht umständlich, da er wohl das Gefühl hatte, hier nicht willkommen zu sein. Er schaute mich fragend an, weil er wohl wissen wollte, ob er mich später abholen solle.

Ich werde dein Haus wiederfinden, sagte ich, worauf Gisebrecht die Hand zum Abschied hob und ging.

Trotz des grimmigen Malers Seemann war ich guter Laune und ließ mir meine Stimmung nicht verderben.

Eva – die Frau, die es der Welt beweisen muss, dass auch eine Frau den Pinsel zu führen weiß! rief ich pathetisch und umarmte sie noch einmal.

Das muss man heute niemandem beweisen. Seit ich in Holland gewesen bin und Judith Leyster kennengelernt habe, weiß ich, was starke Frauen können.

Ich kannte Judith Leyster noch aus Amsterdam, wo sie mit ihrem Mann Jan Miense Molenaer gewohnt hatte, bevor sie nach Heemstede gezogen war. Ihr Werk umfasste Portraits, Stillleben und Allegorien. Auf vielen ihrer Bilder tauchte sie selbst auf, ein rundes Gesicht, das Haar streng zurückgekämmt, während eine Halskrause oder ein großer Kragen Dekolleté und Hals züchtig bedeckten und ein Schleierchen oder Tüchlein keck in die hintere Haarpartie gesteckt war.

Familie und Beruf hat sie fabelhaft in Einklang gebracht, wie ich meine. Sie hat gemalt, ein eigenes Atelier mit eigenen Schülern gehalten, fünf Kinder geboren und sogar ihren Mann in seiner Malertätigkeit unterstützt.

Diese Sätze sagte ich nicht ohne hintersinnige Absicht. Eva stand allein im Leben, einem Mann hatte sie noch nicht ihr Herz geöffnet. Sie hatte meine Anspielung verstanden, wie ich ihrer Antwort entnahm:

Als sie ihren Liebsten heiratete und Kinder kriegte, war es mit dem Künstlerdasein aber so gut wie vorbei.

Du hast also Judith Leyster in Heemstede besucht und hast dich nicht bei mir blicken lassen? fragte ich.

Ich war auch in Amsterdam und habe dort Rembrandt, Govaert Flinck und Jan Luyken über die Schulter geblickt. Selbst dich wollte ich treffen, doch man sagte mir, dass du freiwillig auf hoher See bist.

Freiwillig? fragte ich. Ich konnte mich frei entscheiden, ob ich ein Leben mit meinem Volk führen oder wie ein herdenloses Schaf durch die Welt geistern wollte.

Freiwillig hast du die Bürde auf dich genommen!

Sie lachte in hohen Tönen und schaute auf Seemann, für den ich bis zu diesem Augenblick Luft gewesen war, der mich jetzt aber wahrzunehmen schien.

Freiwillig, lachte Eva gehässig, wie Enoch Seemann, der auch die Freiheit der Wahl hatte: Entweder die Gemeinde zu verlassen oder seine Werke zu vernichten?

Seemann winkte ab und wandte sich einer Staffelei zu, auf der eine aufgespannte Leinwand schon die Grundzüge eines neuen Gemäldes erkennen ließ.

Enoch muss jetzt Stillleben malen! fuhr Eva fort. Mit ihrer Rede machte sie den Künstler fuchsig, der mit einem *Ach!* den Pinsel in eine Ecke warf und den Raum verließ.

Eva erläuterte mir nun den Vorfall. Seemann gehörte der flämischen, sehr konservativen Richtung der Gemeinde an, den Flamingern, die das Aktzeichnen und das Malen von Porträts als gottlos verwarfen und ihren berühmten Maler vor die Wahl gestellt hatten, entweder seine komplette Sammlung von Frauen- und Männerbildern zu vernichten oder in Bann zu gehen. Letztlich hatte er sich gebeugt, aber er konnte sich, so deutete ich seine abweisende Geste, nicht mit diesem Schritt abfinden.

Aber worauf berufen sich denn die Flaminger, wenn sie Porträts für sündig halten? wollte ich wissen.

Im Worte Gottes müsstest du dich doch besser auskennen. Die Bibel strotzt doch von Passagen, in denen es heißt, man solle sich kein Bild machen. Sie wenden sich gegen die Gefahr der Vergötzung des Dargestellten. Der bekannteste Spruch ist ein Bestandteil der Zehn Gebote: Du sollst dir kein Bildnis, noch irgendein Gleichnis machen. Im fünften Buch Moses taucht dieses Gebot auf: Dass ihr euch nicht versündigt und euch irgendein Bildnis macht, das gleich sei einem Mann oder einer Frau. 5. Mose 4 Vers 16.

Die theologische Begründung konnte ich nicht nachvollziehen, sehr viel besser verstand ich aber den theologischen und historischen Hintergrund, vor dem sich diese ideologische Auseinandersetzung abspielte. Die Täufer waren in ihrem Herzen immer schon Bilderstürmer gewesen. Aus unseren Kirchen waren Bilder komplett verbannt. Daraus aber ein Bilderverbot auch für das einzelne Gemeindemitglied abzuleiten, war hanebüchen. Trotz aller Zwänge, trotz aller Berufsverbote, Erpressungen und Hemmnisse von Seiten des Königs und der Einheimischen: Sie hatten nun mit Preußen eine Region der relativen Toleranz gefunden und konnten sich trotzdem nicht für die Großzügigkeit entscheiden, einem der großen Künstler in ihrer Mitte künstlerische Freiheit zu gewähren?

In ihrer Mitte waren kein Mann, keine Frau, die dem Treiben des Verbannens und des Hinauswerfens ein Ende machten. Bis jetzt machten alle blind mit. Ich fügte mich der unerbittlichen Strafe, Claudia tat, was man ihr sagte, und selbst der überragende Enoch Seemann akzeptierte die drakonische Repressalie und zerstörte sein eigenes Lebenswerk. Die verstoßenen Sünder waren geradezu erpicht, wieder in den Schoß der Gemeinde zurückzukehren. Diesen Schritt vollzog ich in diesem Moment, indem ich mich der Kirche anschließen wollte. Nicht aber, bevor ich meine Geliebte wiedergefunden hatte: Seemann hat alles getan, um nicht ausgegrenzt zu werden. Ich habe Buße getan, bin zur See gefahren, um wieder aufgenommen zu werden. Meine liebe Claudia musste ebenfalls harte Entbehrungen erdulden. Wir sind getrennt worden, ich suche sie. Kannst du mir vielleicht einen Wink geben?

Euer Verhängnis ist mir bekannt. In künstlerischen Kreisen, die den Täufern gegenüber skeptisch sind, hat man über euer Schicksal gelästert. Ihr trefft euch bei Regen und Wind in einer abgewrackten Mühle, werdet beim gegenseitigen Abtrocknen und Wärmen erwischt und müsst 365 Tage lang Buße tun? Ist das nicht herb überzogen?

Bisher hatte ich mich immer unter Menschen bewegt, die Entscheidungen der Gemeindeältesten nicht in Frage stellten. Umso angenehmer empfand ich nun, auf einen Menschen zu treffen, der dieses Tun als lächerlich empfand. Weniger gefallen wollte mir der Gedanke, dass sie mich vielleicht verachtete, weil ich mich mit dem Urteil der Geistlichen abfand. Bevor ich mir jedoch selbst leidtun konnte, beantwortete Eva meine Frage im Detail.

Deine Claudia lebt übrigens, sagte sie. Sie war in Diensten der Familie Epp in Schönhorst, die bei der großen Überschwemmung Hab und Gut verloren hat. Nun hat sie eine Anstellung bei der Familie Schellenberg in Tiegenhagen. Bei einem Gottesdienst, zu dem Cornelio Peters mich eingeladen hatte, sah ich auch deine Claudia. Sie sagte, dass sie dem Ruf Katharinas der Großen folgen will.

Sie will auswandern? fragte ich.

Von der großen Bereitschaft zu emigrieren hatte ich gehört. Zumeist waren es Landlose, die der Verlockung der Zarin nicht widerstehen konnten. Beim Alten Fritz gab es für Wehrlose kein Land mehr. Der Erstgeborene übernahm die Landwirtschaft, alle anderen Söhne standen vor einer ungewissen Zukunft, denn das Gut durfte nicht aufgeteilt werden.

Sie will auswandern, antwortete Eva. Die ganze Situation ist sehr undurchsichtig. Zu den Auswanderungswilligen zählen in erster Linie arme oder junge Familien, oft auch Handwerker, alles Menschen, die kein Land erwerben können. Natürlich kam mir Claudias Vorhaben seltsam vor. Was will eine junge Frau alleine in Russland, zumal ihre Verbannung in diesen Tagen endet? Aber ich gehöre nicht zu der Kirche. Auf mein Nachfragen bekam ich keine Antworten.

Dann muss ich besser heute als morgen nach Tiegenhagen, sagte ich. Um sie von ihrem Vorhaben abzubringen.

Dann solltest du den Gottesdienst in Tiegenhagen aufsuchen, riet mir Eva. Dort wirst du deine Angebetete treffen.

Während ich in Gedanken schon bei der Vorbereitung meiner Reise nach Tiegenhagen war, sah ich, wie ein vielleicht zwölfjähriger Junge das Atelier betrat und sich, ohne uns eines Blickes zu würdigen, an eine Staffelei stellte, an der er schwungvoll den Pinsel führte. Zu sehen waren die Umrisse eines Portraits. Junge, dachte ich, lass die Hände von Menschenabbildungen, du weißt von deinem Vater, was passieren kann, wenn du das Falsche malst. Aber wer war ich, die Kinder anderer zu erziehen? Eva hatte es mir zugeflüstert: Das da ist Enoch Seemann jr. Von ihm würde die Welt noch hören.

Wir beschlossen, ins Kaffeehaus Momber zu gehen, in dem die ganze Danziger Welt, Mennoniten und Preußen, Polacken und Moskowiter, bei Kaffee oder Tee zusammen saß. Wir setzten uns in eine Ecke und beobachteten das Treiben. Meine Augen gingen mir über, als ich auf einem Tisch einen Stapel Zeitungen liegen sah, nicht nur die heimischen, sondern auch solche aus Harlem, Den Haag und dann natürlich auch aus Amsterdam.

Neben uns plauderten ältere Menschen, die ihren Ruhestand genossen und sich über die Welt, die von Tag zu Tag sündiger wurde, echauffierten. Das konkrete Objekt ihrer Krittelei war ein neues Buch, das vor kurzem erschienen war, der Verfasser war ein Schriftsteller aus Frankfurt, ein Herr Goethe. Der neue Schinken hieß *Die Leiden des jungen Werthers*. Es handelte von einem Mann namens Werther, der sich Hals über Kopf in eine Frau namens Lotte verliebte, die aber ihrerseits mit einem Mann namens Albert liiert war und ihn auch heiratete. Am Ende des Buches kommt es zur Katastrophe. Als der liebestolle Werther seine verehrte Lotte zu küssen versucht, flieht sie in ein Nebenzimmer. Der schmachtende Werther weiß keinen anderen Ausweg, als sich das Leben zu nehmen.

Schlimm, sagte eine weißhaarige Dame am Nebentisch, unverantwortlich, ein sehr schlechtes Vorbild für die jungen Menschen.

Ihre Gesprächspartnerin nickte: Ja, eine schlimme Tat – und der Goethe stellt sie auch noch heroisch dar.

Werther avancierte bei den jungen Leuten zum Vorbild. Selbst hier bei Momber sah man Männer in blauem Frack und gelber Weste, der Lieblingsbekleidung des Protagonisten.

Dann war es Zeit mich zu verabschieden. Ich fragte Eva, welches das nächste Ziel ihrer Europareise sei. Paris, antwortete sie, das mondäne Paris. Sehr mutig, dachte ich, sehr mutig. Und dennoch verständlich: Für Künstler und auch für Künstlerinnen spielte die Musik in Frankreich.

Dann kaufte ich mir Goethes Buch und danach einen blauen Frack nebst gelber Weste.

Auch Enoch Seemann Senior war wohl zu diesem Zeitpunkt schon in Gedanken auf der Reise zu einer der größten Hauptstädte des alten Kontinents. Einige Wochen später machte er sich tatsächlich auf den Weg in die Stadt der Engländer. Mit ihm reiste sein talentierter Sohn, dem er ein Schicksal wie sein eigenes ersparen wollte, weshalb er ihn nach London brachte, wo der Junior sich auch als anerkannter Maler etablierte und sogar für die Königsfamilie arbeitete. So porträtierte der Filius George I. und ein paar Jahre später George II. Auch ein Bildnis von Isaac Newton wird ihm zugeschrieben.

Zum Besuch des Gottesdienstes in Tiegenhagen kam es nicht. Das Auswanderungsvorhaben war schon sehr viel weiter fortgeschritten, als ich ahnen konnte. Ein russischer Abgesandter deutscher Herkunft namens Georg von Trappe hatte mit Inbrunst geworben, so voller mitreißender Begeisterung, dass es sogar der Zarin übertrieben schien. Sie musste ihren Emissär bremsen, zumal der Türkenkrieg auch die Ländereien bedrohte, die für die Einwanderer vorgesehen waren. Aber die Bewegung, einmal in Schwung gekommen, war nicht zu bremsen, soviel Dynamik konnte nicht gestoppt werden. Auch die Schikanen durch die preußische Regierung bei der Ausgabe der Reisepässe konnten die Freude am Auswandern nicht dämpfen.

Du wirst die Russlandreisenden in Bohnsack treffen, sagte man mir an mehreren Stellen, und zwar am 22. März. So versuchte ich dann auch, das Dorf zu erreichen, was gar nicht so einfach war, denn das Tauwetter hatte die Wege schlammig gemacht. Auf den letzten Drücker gelangte ich an diesem 22. März, einem Ostermorgen, um 8 Uhr früh auf den Dorfplatz nach Bohnsack, wobei ich meine Pferdedroschke schon ein paar Straßen vorher abstellen musste. Die Expeditionswagen waren kreisförmig auf dem Dorfplatz geparkt, so dass in der Mitte ein großer Kreis ausgespart war, in dem sich die Auswanderer sammelten. Sechs Familien wollten heute starten, etwa 50 Leute. Aber über 200 Familien wollten in den nächsten Wochen folgen. Auch die Nachzügler waren da, um zu sehen, wie die ersten Familien das Land verließen. Ein Prediger sprach Worte des Abschieds.

Christus ist auferstanden, sagte er.

Ja, er ist wahrhaftig auferstanden, murmelten die Zuschauer.

Er ermahnte zu Gottesfurcht und Nächstenliebe. Während der Redner mit seiner Moralpredigt fortfuhr, ließ ich meinen Blick schweifen, konnte aber in der Menge kein bekanntes Gesicht erkennen. Ich fragte einen Kutscher, der abseits stand, weil er sich um die unruhigen Pferde kümmern musste. Claudia Brandt kenne er nicht. Als ich ihm erklärte, dass sie bei einer Familie im Huckepack mitfahren wolle, sagte er: Ich kenne mehrere Familien, die einen Knecht oder eine Magd mitnehmen. Von der Familie Dyck weiß ich, dass eine alleinstehende Frau mitfährt, die sie als Magd ausgeben. Diese Frau wollte partout mitreisen, aber sie konnte es nicht allein, sondern nur, wenn sie sich als Magd ausgab.

Er führte mich zur Familie Dyck – aber natürlich nur so weit, dass er mit der Hand auf sie zeigen konnte. Ich sah einen Mann, eine Frau, mehrere Kinder – und ein wenig abseits eine Frau, die sich mit einem kleinen Kind befasste. Das war sie, meine Claudia. Es war ein großes Ziehen in mir, wie von einer außerirdischen Kraft, es könnte der Böse sein, der mich zum Falschen anstiften wollte. Aber mitten im Gottesdienst konnte ich in diese familiäre Szene nicht hineinplatzen. Daher blieb mir nichts anderes übrig als sie zu beobachten. Sie schien um mehr als ein Jahr gealtert. Die

Strafarbeit war ihr nicht gut bekommen. Das etwa dreijährige Mädchen, um das sie sich kümmerte, wand sich mit ein paar Bewegungen aus ihrer Umklammerung und wollte sich aus dem Staub machen. Die Ansammlung von Menschen und Fuhrwerken konnte ein Kind eben einschüchtern. Das Mädchen rannte in meine Richtung, so dass ich es auffangen und wieder zurückgeben konnte. Claudia wollte sich bei mir bedanken. Doch als sie mich erkannte, schaute sie erschreckt und verschämt zugleich zu Boden, peinlich berührt, verschüchtert, schamhaft. Ohne ein Wort zu sagen, eilte sie mit dem Kind zur Familie zurück und vermied jeden weiteren Blickkontakt mit mir. Dachte sie jetzt an unser jäh unterbrochenes Rendezvous in der Mühle in dem Wissen, dass hundert Augenpaare uns in diesem Augenblick beobachteten und dass alle ebenfalls an jene für Claudia so schändliche Szene erinnert wurden? Die Buße war getan, wir hatten jetzt das Recht, uns wieder zu treffen. Gut, für sie wäre es vielleicht wichtiger, wenn die Kirche uns auch den offiziellen Segen erteilen würde.

Unternehmen konnte ich nichts, denn die Versammelten neigten ihr Haupt und falteten ihre Hände zum Gebet. Der Prediger sprach den Segen für die Reisewilligen: Bleibt dem Herrn immer treu, betete er, dann wird auch Er euch treu bleiben. Danach sangen sie ein Lied und der Gottesdienst war beendet. Alle strebten ihren Wagen zu, wodurch ein Durcheinander entstand und ich mich nur mit Mühe zur Familie Dyck durchwinden konnte. Doch bevor ich Herrn Dyck die Hand geben konnte, hörte ich einen Ruf.

Ruben, du hier? Welche Überraschung!

Man muss immer damit rechnen, einem unserer Leute über den Weg zu laufen. Immer und überall. Und hier in Bohnsack waren sehr viele unserer Leute zusammen, da hätte es schon ein grandioser Zufall sein müssen, wenn man ungeschoren davon gekommen wäre. Aber ihn wollte ich am wenigsten sehen. Das Gefühl, das mir zusetzte, war nur ein ungefähres: Ein Gefühl der Antipathie, der Ablehnung, der Aversion. Dabei war ich wohl voreingenommen. Denn was hatte Daniel Schellenberg mir angetan?

Suchte er mich in meinen Träumen heim? War er wie der Igel, der immer schon da war? Spielte er etwa in einem anderen Leben eine unrühmliche Rolle? Mein Problem war einfach nur, dass es mich störte, wenn andauernd Konkurrenten meinen Lebensweg kreuzten. In der kurzen Zeit, die mir verblieb, von seinem Ruf *Ruben, du hier? Welche Überraschung!* bis hin zu dem Augenblick, in dem er die Entfernung bis zu mir zurückgelegt hatte, zermarterte ich mir den Kopf, warum er hier an diesem Ort erschien. Aber mir wollte kein Grund einfallen.

Daniel wollte von mir und ich von ihm wissen, ob er ebenfalls in die russische Weite ziehen wollte. Für Daniel hoffte ich, dass er nur Winke, Winke machen wolle, nur Auf Wiedersehen sagen, aber er verneinte dies.

Ich bin nicht Erstgeborener, sagte er. Ich erbe kein Land und muss und will daher in den sauren Apfel beißen. Russland ist für uns ein neuer Anfang.

Uns? fragte ich ungeziemend direkt, fährt denn noch jemand mit?

Einer unserer Knechte begleitet mich. Spätestens in Russland wird er die längste Zeit Knecht gewesen sein, denn dann wird er seinen eigenen Hof aufbauen. Aber wir fahren zusammen hin.

Und Claudia?

Claudia Brandt? Sie wird die Familie Dyck begleiten. Als deren Magd wird sie aber nur so lange arbeiten, bis sie sich einen eigenen Hausstand leisten kann.

Natürlich. Eine Frau konnte sich nur dann einen eigenen Hausstand leisten, wenn sie einen Mann hatte. Sie wollte der Familie Dyck so lange zu Diensten sein, den Hintern der Kinder putzen, Suppe kochen, Weizen ernten, bis sie den Mann fürs Leben kennen lernte. Und Daniel würde für seinen Hof eine Frau suchen. War klar, wie der Hase lief. Man musste aber die Form wahren. Nichts sagen, alles andeuten.

Gottes Segen für deinen weiteren Lebensweg, sagte Daniel, ich muss mich um meinen Wagen kümmern.

Auch ich wünschte ihm alles Gute. Dann umarmten wir uns. Daniel ging aber nicht zu seinem Wagen, sondern zum Wagen der Dycks. Dort war ein mittelaltes Ehepaar in feiner Stadtkleidung eingetroffen. Die vornehme Frau umarmte Claudia, wobei sie in Tränen ausbrach, auch der Mann umarmte Claudia, aber er wahrte die Fassung, wie es sich für einen Mann geziemte. Bei den Neuen handelte es sich mit Sicherheit um die Eltern Claudias. Sie wohnten in Danzig und waren in dieses Dorf gekommen, um ihrer Tochter Lebewohl zu sagen. Ich fühlte mich fehl am Platze. Wie hatte ich ein ganzes Jahr lang annehmen können, dass Claudia ihre Gefühle für mich über so eine lange Zeit hinweg konservieren würde. Bei der kniffligen Verhandlung mit dem Amsterdamer Kirchenrat, mit den verzopften Herrschaften Sybrand de Flines, Galenus Abrahamsz und Gerrit de Veer, hatte ich unterstrichen, dass ich Claudia heiraten würde. Mit diesem Hinweis hatte ich meine eigene Position gestärkt, denn mit einem Mädchen zu fummeln, das eines Tages meine Ehefrau sein würde, war nicht annähernd so schlimm, wie mit einem Mädchen rumzumachen, mit dem man keine ernsten Absichten hatte. Mit Claudia hatte ich seit unserem Rendezvous in der Mühle mangels Gelegenheit kein Wort gewechselt. Wie denn auch? Ich befand mich auf hoher See, sie diente als Magd in der Gegend von Danzig. Aber ich war von den doch wie in Bronze gegossenen Konventionen ausgegangen, vom ungeschriebenen Gesetz, von einer Abmachung, die weder schriftlich fixiert noch per Handschlag besiegelt wurde. So wäre es üblich gewesen. Es hätte bis zu Claudias Eltern durchdringen müssen, dass ich ihre Tochter ehelichen wollte. Aber da hatte sich wohl ein anderer Heiratskandidat gemeldet, ihm wurde der Vorrang eingeräumt, er schien der Favorit zu sein, ein Zweitgeborener, der kein eigenes Gehöft in Preußen aufbauen konnte, der den schweren Weg eines Pioniers gehen wollte. Und so einem wollte sich Claudia anschließen?

Mit knirschenden Rädern setzten sich die Wagen in Bewegung. Die Kutscher schnalzten mit den Zungen, schrien: Schneller, Hinnerk! Rechts rum, Johann!, ließen die Peitschen knallen und die Zügel schnackeln, die Pferde reagierten ungestüm, während die Zurückbleibenden zum Abschied winkten, die Frauen in Tränen ausbrechend und ihr Gesicht in ihren Armen verbergend.

Wieder zurück in Danzig, besuchte ich endlich meinen Onkel, den Bankier Abraham Dirksen. Ihn hatte ich erst aufsuchen wollen, wenn ich meine Probleme geregelt hatte. Aber jetzt musste er mir ein wenig unter die Arme greifen. In der Erwartung eines hochherrschaftlichen Hauses war ich überrascht, wie schlicht Dirksens lebten. So schlicht wie die Unsrigen in Danzig und Amsterdam nicht mehr lebten. Der Onkel kam erst spät abends nach getaner Arbeit ins Wohnzimmer, wo er sich mit mir entspannt über meine Erlebnisse sowie über Sinn und Unsinn des Banns unterhielt.

Hier in Danzig sind unsere Leute offener, sagte er, aber in den Dörfern, da sind sie beschränkt und penibel. Da wird radikal Buße verlangt.

Lieber Onkel, entgegnete ich, Claudia wohnt doch auch in Danzig. Und auch sie musste sich dem ehernen Gesetz beugen.

Nicht in Danzig direkt wohnt sie, sondern in Stolzenburg. In der Vorstadt. Da sind sie wie in den Dörfern.

Dann erzählte ich von der Begegnung mit Enoch Seemann, um ihm vor Augen zu führen, dass seine Danziger auch nicht super tolerant waren. Der alte Herr fühlte sich ertappt und begann schallend zu lachen.

Hast recht, Jehaun, er nannte mich Johann in Plautdietsch, wie mein Vater, wir sind noch nicht alle offen genug für diese Welt.

Später kam Marie Dirksen, seine Frau, dazu. Nach ihr hatte er das Schiff benannt, das ich häufig im Amsterdamer Hafen gesehen hatte. Geschickt lenkte sie das Gespräch wieder auf Claudia und wollte von mir wissen, wie es um sie stehe. Offen berichtete ich von meiner hartnäckigen Suche und dem desaströsen Ergebnis.

Schau, sagte sie tröstend, dieser Daniel Schellenberg war doch schon immer hinter ihr her.

Also doch. Volltreffer. Ich hatte die Vorahnung, dass Daniel schon häufiger versucht hatte Claudia zu kriegen.

Diesmal ist er aber so gut wie am Ziel, sagte ich.

Stimmt, sagte die resolute Marie, so nah dran war er noch nie.

Der Bankier erhob sich und wünschte mir eine gute Nachtruhe. Sein Haus stehe mir immer offen so wie das Haus meiner Eltern auch seiner Familie immer offen gestanden habe.

Bevor ich mich ins Bett legte, schrieb ich einen langen Brief an meine Eltern, in dem ich meine baldige Rückkehr ankündigte. Aber es sollte anders kommen.

In den nächsten Tagen – die Sonne schien, der Schnee taute weg – lernte ich Danzig besser kennen. Der Bankier versorgte mich mit den neuesten Nachrichten von den Auswanderern. Immer wieder wurden sie mit Schwierigkeiten konfrontiert. Bei einem dieser Gespräche sagte ich unverblümt: Onkel Abraham, ich kann nicht einfach so nach Amsterdam zurückkehren. Ich bleibe hier, bis ich Claudia sicher am Ziel weiß.

Es gibt immer noch Nachzügler, die sich auf den Weg nach Russland machen. Warum schließt du dich ihnen nicht an? schlug der Onkel vor, mit einer kleinen Provokation in der Stimme, worauf ihn seine Frau ermahnend ansah. Dann aber trug er einen ernst gemeinten Vorschlag vor: Du kannst gerne bei uns im Haus wohnen, bis alle am Dnjepr gelandet sind. Aber dann musst du dir das Hotel Dirksen verdienen. Was hältst du davon, wenn du in meinem Geschäft einsteigst?

Natürlich willigte ich ein. In der Bank saß ich dann auch wirklich an der Quelle, denn sobald Nachrichten über die Auswanderer eintrafen, gab der Onkel sie mir zu lesen. So erfuhr ich, dass sie in der fünften Woche in Riga ankamen. Ungeduldig wartete ich darauf, dass es wieder weiter ging. Aber nein, die Pferde hatten unter den Strapazen sehr gelitten, sie mussten sich erholen. Aber dann, nach vier Wochen, ging es weiter, immer an der Düna entlang. Am 24. Juni kamen sie in Dubrowna an, wo sie Quartier bekamen. Dieser Ort liegt in Weißrussland und schon am Dnjepr.

Eines Tages sagte Dirksen, wir müssen beten, damit das Kolonisationsprojekt gelingt. Natürlich wollte ich wissen, weshalb?

Nun, zwischen dem Osmanischen Reich und Russland ist wieder Krieg ausgebrochen. Die Osmanen wollen ihre verlorenen Gebiete zurück. Und weil sie die Unterstützung von Schweden, England und Preußen haben, könnte ihr Unternehmen gelingen. Und dann kann man die Kolonisation vergessen.

Und tatsächlich kam der Tross zum Stillstand. Sehr schnell wurde klar, dass Dubrowna zum Winterquartier werden würde. Die Wagenburg wurde immer größer. Immer mehr Auswanderer trafen ein, so dass es nach und nach 228 Familien waren, die im Dorf lagerten. Trotz der Aussicht auf einen langen Zwischenstopp blieb die Stimmung entspannt. Alle sind ein Herz und eine Seele, schrieb einer der Mitreisenden.

Dann verfassten die Reisenden ein Schreiben an die Gemeinden in Preußen und Danzig. Der Brief beunruhigte unsere Leute nur oberflächlich. Ich reagierte ganz anders, ich war alarmiert.

Die Siedler waren ohne Prediger und ohne Älteste abgereist, ein Umstand, der gerade jetzt schwer wog, da sie nichts zu tun hatten, nicht ihrer Arbeit nachgehen konnten, da sie genügend Zeit hatten, sich Gedanken zu machen und die junge Leute, und nicht nur diese, auf dumme Gedanken kommen konnten. Sie baten um geistlichen Nachschub. Sie forderten Prediger an, oder Lehrer, wie sie hier sagen, die hinterher reisen und ihnen das Wort Gottes bringen sollten. Nicht nur die religiöse Erbauung war ihnen wichtig, sondern auch die Tatsache, dass die beachtliche Anzahl von mittlerweile zwölf Paaren kirchlich getraut werden wollte. Die jungen Leute hatten ungewohnt viel Freizeit, konnten aber nicht viel anderes unternehmen, als sich mit sich selbst zu beschäftigen, und das hatten viele Paare offensichtlich getan. Dabei hatten sie wohl Spaß gehabt und wollten nun den nächsten Schritt gehen. Klar, nichts zu tun, keine Arbeit, nur Müßiggang, das ist eine gute Voraussetzung für das Paarungsverhalten. Man fürchtete um das sittliche Wohl der paarungsbereiten Frauen und Männer.

Und deshalb war ich alarmiert. Auch mir lag das sittliche Wohl sehr am Herzen, vor allem das meiner geliebten Claudia Brandt, die sich mit Sicherheit, daran zweifelte ich keinen Augenblick, auch zur Heirat entschlossen hatte. Obwohl das Schreiben die Namen der Hochzeitskandidaten nicht aufführte, war ich überzeugt, dass dieser ewige Schellenberg mit ihr in den Hafen der Ehe einfahren wollte.

Onkel Abraham, sagte ich deshalb am Abend des Tages, als ich von dem Brief erfahren hatte, nun muss ich Euch verlassen. Die Pflicht ruft. Ich mache mich auf den Weg nach Südrussland.

Onkel Abraham und Tante Marie schauten mich mit großen Augen an. Resolut fügte ich hinzu: Und ich werde nicht den Landweg nach Riga nehmen, sondern eine Schiffspassage buchen.

Der Schiffsweg war nicht ungefährlich, weshalb ihn die Reisegruppe gemieden hatte. Mit etwas Glück, dachte ich, komme ich durch. Zumal es für einen Einzelnen leichter ist zu entwischen, als für 228 Familien. Onkel Abraham blinzelte mit den Augen und dann legte sich ein Grinsen auf seine Lippen.

Jehaun, sagte er, so gefällst du mir, immer wagemutig und vorneweg. Worauf er in sein Schlafzimmer ging, wo er wohl sein Geld aufbewahrte, denn als er zurückkehrte, übergab er mir 20 Gulden.

Für die Reisekasse, sagte er. Grüß deine Braut und die russische Matrjoschka.

So geschah es denn, dass ich mich auf den Weg nach Russland machte. Schnee und Eis waren ganz verschwunden, so dass ich schnell weiterkam und schon nach acht Tagen auf einer Treidel-Barke die Düna hoch segelte. In Dubrowna angekommen, war ich erstaunt, keine Wagenburg aus 228 Wagen vorzufinden. Die Siedler waren auf einzelnen Gehöften untergebracht, während eine große Scheune auf dem größten Gehöft als Versammlungsort für organisatorische und religiöse Zwecke diente. Wenn jemand von der *Schien* sprach, war der Versammlungsort gemeint. An dieser Scheune waren Bartsch und Höppner anzutreffen, die beiden Reiseleiter. Sie blickten mich scheel an, aber als ich ihnen sagte, ich sei ein Neffe von Abraham Dirksen, entspannten sich ihre Züge und sie hießen mich willkommen. Die Sache mit Claudia und ihrem Bräutigam konnte ich langsam angehen, denn die Hochzeit sollte in drei Wochen stattfinden, so dass ich Zeit hatte, mir eine Strategie zu überlegen.

Zunächst quartierte ich mich in einem örtlichen Gasthaus ein. Diesen Luxus konnte ich mir dank der Großzügigkeit meines Onkels ohne weiteres leisten. Bei einem Glas Bier ging ich in mich und überlegte, was eigentlich mein Ziel sei. Wollte ich mit meinem persönlichen Erscheinen Claudia verunsichern? War eigentlich nicht möglich, denn wenn eine Frau Ja zur Hochzeit gesagt hatte, konnte sie nur unter großem Ansehensverlust zurück. Mein Vorhaben war, das gestand ich mir jetzt ein, ziemlich illusorisch.

Ein Agrar-Kaufmann machte im Lokal seine Runde und versuchte, den Bauern landwirtschaftliche Dinge anzudrehen, von Saatgut bis zu Erntemaschinen. Sehr erfolgreich war er mit seiner Verkaufsstrategie nicht, nur bei mir wurde er etwas los. Die Ukraine sei das Land der Sonnenblumen, sagte er. Sieht gut aus, die Pflanze. Ist anspruchslos. Den Samen, die Semetschki, verkaufst du mit hohem Gewinn. Warum nicht, dachte ich mir, und bestellte ihn für morgen.

Während ich so in mich selbst versunken war, meine Gedanken durch die Welt segeln ließ und ein Bier nach dem anderen kippte, betraten ein paar junge Auswanderer die Kneipe. Ich sah sie anfangs nur im Gegenlicht, als sie mich mit 'n Owent, Leewe begrüßten. Abram Krahn. Der Zombie. Totgesagte leben länger. Sein schmieriges strohblondes Haar warf eine hohe Welle. Seine Zähne glänzten im Butza-Look.

Bling, bling, bling – das akustische Zeichen der medizinischen Geräte schlug in einer immer höheren Frequenz an, der Blutdruck schoss in die Höhe. Ruben, der bislang reglos gelegen hatte, nur seine Augenlider flackerten, begann um sich zu schlagen, er richtete sich halb auf, es schien, als wolle er das Bett verlassen, mit den ganzen Infusionsschläuchen an seinen Armen. Seine leeren Augen bestätigten mir, dass er nicht Herr seiner Sinne war. Was sollte ich jetzt tun? Ruben festhalten oder die Ärzte rufen? Doch die Mediziner waren durch die Alarmsignale aufgescheucht, sie kamen wie im Flug und versuchten mit Gewalt, Ruben zurück aufs Bett zu drücken. Der Kranke stammelte: Fuck, Mann, sagte er, Fuck, Mann.

Natürlich schämte ich mich für diese Worte, aber die Ärzte schienen sie gar nicht wahrzunehmen, sie waren vielmehr damit beschäftigt, Ruben mit Hand- und Hüftfesseln ans Bett zu fixieren. Sie drehten an den Infusionsflaschen und stellten die medizinischen Geräte ein, verabreichten dem Patienten schließlich eine Spritze, worauf er sich merklich beruhigte und in eine längere Bewusstlosigkeit fiel. Das einzige Lebenszeichen waren die flache Atmung und das Flattern der Augenlider.

Ich hatte es nicht mehr ausgehalten. Ich hatte den Notarzt gerufen. Als der schließlich eingetroffen war, hatte ich befürchtet, er würde mir vorwerfen, dass ich wegen einer Kleinigkeit seine wertvolle Zeit verschwende. Aber nichts dergleichen. Im Gegenteil, der Arzt warf mir vor, dass ich so lange gewartet hatte. Ich antwortete nicht auf den Vorwurf, aber er nagte lange Zeit an mir. Der Krankenwagen lieferte ihn direkt in die Charité am Charitéplatz, wo man Ruben von der Aufnahme aus nach einer kurzen ersten Untersuchung direkt auf eine Intensivstation verlegte. Als ich die Batterie an technischen Apparaten sah, wurde mir ganz mulmig zumute, und ich hatte das Gefühl, dass Rubens letzte Stunde geschlagen hatte. Ein Ärzteteam kam zur Untersuchung und ich wurde gebeten, das Zimmer zu verlassen. Draußen auf dem Flur überlegte ich in meiner Verzweiflung, dass ich dringend mit Miriam sprechen müsste.

Eine der vorbeihuschenden Krankenschwestern fragte ich nach Miriam Cornies.

Sie sagte: Kenne ich nicht, wo ist sie denn tätig?

Hier. An der Charité. Sie macht ihr Praktisches Jahr.

Wissen Sie, die Charité besteht aus 130 Kliniken, die teilweise im ganzen Stadtgebiet zerstreut sind, sagte sie, offensichtlich unter Zeitdruck stehend und ziemlich unfreundlich.

Die Ärzte kamen aus der Intensivstation. Sie fragten mich nach den Angehörigen Rubens. In Deutschland gäbe es keine, sagte ich. Ich sei sein bester Freund und wohne mit ihm in einer Wohngemeinschaft. Ruben leide an einem deliranten Syndrom, an einem F15.4, also an psychischen und Verhaltensstörungen durch verschiedene Stimulanzien. Man habe in seinem Blut Drogenanteile gefunden, unter anderem von Marihuana. Es handele sich um eine Bewusstseinstrübung im Stadium des Sopors. Der Patient befinde sich in einem schlafähnlichen Zustand, ein volles Wecken sei nicht möglich. Was man tue: Es gehe darum, die Herz-Kreislauffunktion sowie die Atmung sicherzustellen und Erregungszustände, wie soeben erlebt, zu behandeln.

Ob Ruben mit dem Leben kämpfe, wollte ich von den Ärzten wissen. Ruben sei ein akuter medizinischer Notfall, antworteten sie. Nicht ganz zufrieden mit ihrer Antwort, verabschiedete ich mich und wollte die Station gerade verlassen, als Miriam mir über den Weg lief. Schluchzend fiel ich ihr in die Arme.

Je später der Abend, desto schöner die Gäste, oder so, begrüßte ich Abram Krahn.

Dich hier zu treffen, ein wahres Glück, ich dachte, du bist immer noch auf dem Ostindienfahrer unterwegs, weil du eine Frau angefasst hast. Die Hand an den Titten hat jetzt ein anderer. Ein ganz religiöser. Der lässt sich nicht erwischen.

Man merkt, dass du fern ab vom Einfluss der Ohms bist. Deine Ausdrucksweise hat arg gelitten. Geh mir aus dem Weg.

Ich stellte mein Glas ab, um die Kneipe zu verlassen. Doch da stellten sich mir Abram Krahn und seine Begleiter in den Weg. Sie dachten, dass ich den Weg zur Eingangstür gehen würde, doch ich wohnte in einem Gästezimmer der 1. Etage. Ich machte einen technisch sauberen Ausfallschritt und rannte schnell die Treppe hoch. So war ich den hässlichen Handgreiflichkeiten entkommen, konnte mich aber nicht gegen die Darstellung von Krahn wehren, der seinen Landsleuten klarmachte, dass ich vor ihm das Weite gesucht hatte, weil ich ein Feigling sei. Die Information, dass ich in der Stadt war, machte die Runde und auf kuriose Weise war sie mit dem Zusatz geschmückt, ich sei gekommen, um Claudias Hochzeit nicht zu verpassen.

Die Prediger-Kandidaten Jakob Wiens, Gerhard Neufeld, Bernhard Penner und David Giesbrecht hatten mittlerweile den postalischen Segen der Gemeinde in Preußen erhalten. Sie konnten sich mit dem Status *Prediger* schmücken und durften auch Paare verheiraten, was in den nächsten Wochen eine ihrer Hauptbeschäftigungen sein würde. Eine Hochzeit nach der anderen stand an. Gefeiert wurde am Freitag, am Samstag und am Sonntag und manchmal auch mitten in der Woche, denn die Leute hatten sonst nichts zu tun. Die frommen und zumeist älteren Leute sahen mit Verdruss, dass sich die jungen Menschen in der Schänke bedienten, im angetrunkenen Zustand zur Hochzeit zurückkehrten und dort Schwierigkeiten machten. Ich wartete nur auf eine bestimmte

Hochzeit. Aber die kam nicht. Claudia heiratete ihren frommen Daniel Schellenberg nicht. Bei den vielen anderen Hochzeiten fiel es nicht auf. Man sprach nicht darüber. Der Winter kam, der Frühling kam, der Tag der Weiterreise näherte sich, aber von Claudias Brautschleier weit und breit keine Spur.

Und dann kehrten Hoeppner und der Voraustrupp aus dem Herzen der Ukraine zurück. Was sie uns mitzuteilen hatten, wollte manchem nicht schmecken: Reichsfürst Potjomkin hatte kurzerhand den für die Ansiedlung vorgesehenen Ort geändert. Nicht Berislaw sollte es sein, sondern schon 160 km vorher eine Gegend am Dnjepr am Flüsschen Chortitza. Berislaw, hatte Potjomkin gesagt, sei ihm wegen des Türkenkrieges nicht sicher. Am Rande hatte Hoeppner erfahren, dass das Landstück an der Chortitza, das er jetzt den Siedlern übertragen wollte, dem Fürsten selbst gehörte. So würde er wohl noch mal abkassieren können. Bei einigen kam Missmut auf und es gab nicht wenige, die Hoeppner Unfähigkeit bescheinigten, die Siedler-Interessen durchzusetzen.

Hoeppner hatte mir erklärt, diese Menschen seien nicht einfach zu handhaben, sie gehörten zum mennonitischen Prekariat, seien die Armen der Gesellschaft, der Kaffeesatz, die Verlierer, nicht aus eigener Schuld, sondern weil sie als Zweitgeborene das Recht verloren hatten, eine Wirtschaft zu erwerben. Sie waren weniger diszipliniert als ihre älteren Brüder und Schwestern, ließen sich schneller emotionalisieren, anstacheln, kurz, sie waren schwieriger zu führen und rationalen Argumenten gegenüber nicht besonders aufgeschlossen. Davon hatte ich noch wenig gemerkt, mal abgesehen von Krahn und seinen Leuten. Aber jetzt hörte ich zum ersten Mal das Grummeln.

Gleichzeitig wurde auch das Gefühl des Aufbruchs verbreitet, jetzt gehts los, auf zu unserer neuen Heimat. Wer ein eigenes Fahrzeug hatte, nahm für Frachtgeld eine oder zwei Familien im Wagen mit. Ich machte es wie viele andere Fahrzeuglose, ich stieg auf eine Barke und war froh, dass die Krahns unser Schiff nicht rechtzeitig erreichten. Zunächst ging es nach Krementschug und von dort nach Jekaterinoslaw.

Nach vielen abwechslungsreichen Wochen kamen wir an. Vor uns dehnte sich eine unendliche savannenähnliche Fläche, auf der nur vereinzelt Sträucher wuchsen. Das Ufer des Dnjeprs bestand aus schroffen Felsformationen, nackten Wänden und steilen Klippen, von denen man tief hinunterfallen konnte. Für unsere nörgelnden Flachland-Friesen erhob sich vor ihnen eine Art Himalaja, ein gefährlich wirkendes Gebirge. Nach Westen hin, wo nichts den Blick versperrte, hätten sie eine Parallele zu ihrer Heimat in Preußen finden können. Also: Einfach nur dem Gebirge den Rücken zukehren. Aber sie waren angepisst. Einige gruben ihre Hand in den Mutterboden und hielten schwarze Erdklumpen hoch. Schwarze Erde. Nicht so gut für Flachs, nee, auch nicht für Weizen, schwarze Erde, nee, das muss vom Teufel sein.

Die einen waren ängstlich und zogen sich zurück, verloren den Mut, andere motzten herum, verurteilten die Führer und legten sich auf die faule Haut.

Die Unzufriedenheit hatte auch ihre Berechtigung. Viele hatten ihr bisschen Vermögen in Kisten verpackt und in Danzig aufgegeben. Von Riga aus wurden die Kisten auf russischen Wagen nach Dubrowna gebracht und von da auf Barken bis nach Jekaterinoslaw geschifft. Nur wenig davon kam unbeschädigt an. Die Kisten waren unterwegs von skrupellosen Menschen gewaltsam geöffnet worden, der Inhalt entwendet und stattdessen Steine hineingelegt worden, damit die Kisten wieder ihr ursprüngliches Gewicht erlangten.

Außerdem: Es regnete viel, überall tiefer Schlamm. Der Winter nahte, man hatte keine Winterkleidung und keine Decken. Jede Nacht verschwanden Pferde, von unsichtbaren Räubern geklaut.

Aber dann, als sie des Murrens überdrüssig waren, schlangen sie den letzten Löffel Haferbrei herunter wie jeden Tag, erhoben sich, wischten sich die Essensreste von der Hose oder dem Schaltuch und machten sich an die Arbeit. Überall fingen sie an, Hütten oder Erdhütten zu bauen. Mehrere Familien, die sich einig waren, taten sich zusammen, zogen ein Stück nach Westen und gründeten das Dorf Neuendorf, oder nach Osten und gründeten das Dorf Einlage oder nach Südwesten und gründeten das Dorf Rosental.

Und ich hatte meinen Sonnenblumen-Samen. Ich engagierte ein paar Landarbeiter, ließ von ihnen den Boden zubereiten und Samen ausstreuen.

Doch der Unmut löste sich nicht von einen Tag auf den andern vollkommen in Wohlgefallen auf. Die Unzufriedenen um Abram Krahn saßen dumm rum und legten keine Hand an. Warum sollen wir auf einem Stück Land rackern, wenn wir im nächsten Frühjahr nach Berislaw ziehen? Sie waren überzeugt davon, sich das Recht auf das ihnen ursprünglich zugedachte Land erkämpfen zu können. Die Zarin hat uns das Land in der Nähe von Berislaw versprochen, und das muss sie uns geben. Darauf bestehen wir. Als der Winter anbrach, wurden sie in der nahen Festung Alexandrowsk sehr gastfreundlich untergebracht. Die hohen russischen Beamten, die für unsere Siedlung zuständig waren, dachten wohl, wenn wir die Unzufriedenen weiter ihren Unmut äußern lassen, gefährden sie noch das gesamte Siedlungsunternehmen, indem sie die anderen anstecken. Abram Krahn und seine Leute sahen darin aber keineswegs eine Geste der Gastfreundschaft, im Gegenteil, sie sahen sich darin bestätigt, dass ihr Protest endlich Gehör fand und sie nahe dran waren, ihr Ziel zu erreichen.

Ich baute mir eine primitive, aber sehr nützliche Erdhütte. Mit dem Dirksen-Geld hätte ich mir auch eines der verlassenen Häuschen krallen können, deren Besitzer von der Zarin vertrieben worden waren. Aber ich fand die Erdhütten einfach wärmer. Der kalte Wind, mochte er auch noch so kalt wehen, konnte durch keine Lücken schießen, denn die Hütte war komplett dicht. Ich hortete Hafer und Kartoffeln, Zuckerrüben und Obst. Des Weiteren stapelte ich in einer Ecke jede Menge Kleinholz sowie Kuhmist und Kameldung, der noch aus Nomadentagen hier herumlag. Für Wasser musste ich nicht sorgen, es würde ja in Form von Schnee vom Himmel fallen.

Dann wickelte ich mich in den Zobelmantel, den ich Wander-Kaufleuten abgekauft hatte, legte mich auf mein Schlaflager, das ich mir mit Heu, Stroh, Moosen und Blättern ausgepolstert hatte, und während die anderen noch darüber jammerten, wie sie den Winter überstehen würden, nahm ich Die Leiden des Jungen Werthers in die Hand und begann zu lesen, ohne zwischendurch aufzuhören. Meine Augen fielen zu, bibbernd sackte ich in den Winterschlaf. Die Atmung wurde immer flacher, eine erdrückende Kälte senkte meine Körpertemperatur, der Herzschlag verlangsamte sich stark. Aber ich wusste ja nicht, dass ich beinahe nicht mehr am Leben war.

Die Körpertemperatur sank von Minute zu Minute. Als sie kritische Werte erreichte, schlugen die Geräte an und Dr. Mayrhofer kam und gab dem Patienten blutdrucksteigernde Infusionen.

Das ständige Steigen und Fallen der Körpertemperatur kann doch kein Symptom eines Deliriums sein, sagte ich dem Arzt.

Nein, erwiderte Mayrhofer, die Symptome sind typisch für Krankheiten, die das Delirium hervorrufen können.

Ich denke, der Konsum von Drogen ist die Ursache für das Delirium, entgegnete ich.

Da bin ich nicht mehr sicher, antwortete der Arzt. Die Drogenrückstände in seinem Blut waren äußerst gering, wir haben auf sie als Verursacher getippt, weil kein anderes Krankenbild vorlag.

Mayrhofer ging, ich blieb mit meinen Sorgen. Ruben kämpfte mit dem Leben, soviel war sicher. Gar nicht sicher war ich, ob er diesen Kampf gewinnen würde. Seine Eltern und Geschwister waren zwar im Telefongespräch informiert worden. Jetzt musste ich ihnen sagen, dass es um ihren Sohn viel schlimmer stand als angenommen.

Ich weiß nicht, wie viele Tage am Stück ich schlief, aber nach einiger Zeit meldeten sich einige Körperfunktionen zurück. Ich befand mich in einer schlafähnlichen Situation zwischen wilden Träumen, aus der ich allmählich erwachte, mit Mühe die Augen öffnete, dann wieder in den Traum zurückfiel, wieder in das Leben zurückkehrte, um das Erwachen kämpfte. Schließlich erhob ich mich kraftlos und keuchend von meinem Lager, machte mir ein Feuerchen, kochte mir einen Haferschleim und taute ein wenig Schnee auf, warf einen Blick nach draußen, sah jedoch nichts, sank danach wieder in Morpheus Arme und tauchte für Tage weg. Als der Schnee metertief meine Erdhütte bedeckte und nur noch eine Schornstein-Öffnung den Kontakt zur Außenwelt hielt, dehnte sich eine so wohlige Wärme in meinen vier Wänden aus, dass es mollig wurde und mir die Augen sofort wieder zufielen.

Alle 656 Muskeln begannen zu zittern und zwar so stark, dass ich davon aufwachte. Als ich voll wieder da war, hörte das Zittern auf. Draußen waren Geräusche zu hören. Ich trat zum Eingang und sah, wie es überall tropfte. Der Schnee war geschmolzen und Vögel zwitscherten. Ich musste lächeln. Geschafft! Die letzten Holzscheite legte ich nun auf den Feuerplatz und entzündete ein Feuer. Eine graue Rauchwolke wirbelte durch die Schornsteinöffnung und stieg auf in den blauen Himmel.

Ruben, du lebst! sagte eine Stimme, die mir sehr bekannt vorkam und genau zur richtigen Zeit am rechten Platz war.

Was willst du, Peters? rief ich von unten aus meiner Erdhütte, während er von oben von der Rasennarbe aus nach unten blickte.

Ich komme, um dich zu holen, antwortete Cornelio.

Wie lange war er mir nicht mehr über den Weg gelaufen, nachdem wir zuvor so viel Zeit miteinander verbracht hatten? War er im Bilde, was ich hier machte? Warum war er überhaupt hier?

Ich kann sie nicht alleine hier lassen, antwortete ich.

Komm mit mir nach Amsterdam und lasse sie hier ohne dich glücklich werden. Mit dir wird sie hier nicht glücklich.

Ich schwang mich an die Erdoberfläche. Die Erde war grün vor Gras. Eine goldene Frühjahrssonne fiel auf Cornelio Peters' Fuchspelz.

Stell dir vor, Cornelio, sie wollte diesen Daniel schon heiraten. Dann hat sie die Trauung aufgeschoben, weil ich aufgetaucht bin.

Cornelio lachte mitleidig: Typische Fehleinschätzung eines Verliebten. Sie hat nicht deswegen nicht geheiratet, um auf dich zu warten, sondern weil du sie in ihrem Glück gestört hast.

Ich werde mit ihr sprechen. Dann werde ich entweder bleiben oder fahren.

Ich umarmte meinen Freund, der sehr kräftig geworden war. Ein Vollbart zierte sein Gesicht.

Ich warte so lange, bis du mit ihr gesprochen hast. Zusammen fahren wir dann zurück ins heimatliche Amsterdam, wo du wieder in der Kirche bei Galenusz sitzen und dem Wort Gottes lauschen kannst, bis eine holländische Maid dich erhört. Aber jetzt begießen wir erstmal unser Zusammentreffen.

Seine Naivität war erstaunlich.

Soll ich dir Danziger Goldwasser oder einen Machandel servieren?

Er begriff, was ich sagen wollte. Hier gab es weder Bier noch Schnaps noch Danziger Goldwasser.

Er erwiderte: Du bist nicht auf dem Laufenden in Chortitza.

Chortitza?

Siehst du, du weißt nicht mal, dass eure Kolonie Chortitza heißt.

Nach dem kleinen Bach, der ...

Richtig, nach dem kleinen Bach, der in den Dnjepr fließt. Du hast einiges aufzuholen, Kumpel. Lass uns nach Kronsgarten fahren, dort gibt es eine Kneipe.

Auch den Namen Kronsgarten hatte ich noch nie gehört, aber natürlich gab ich es nicht zu. Was hatte ich sonst noch verschlafen? Ich fuhr durch meine lange Mähne, rückte meine Kleidung zurecht und zog meinen Zobel über. Dann blickte ich mich um, weil Cornelio nicht mehr an der Rasenkante stand. Dafür stand hinter einem Busch eine Kutsche, in der er auf mich wartete.

Die Pferde griffen tapfer aus, trotz des tiefen Schlamms, der die Tauperiode begleitete. Cornelio musste von Europa erzählen, von den Menschen, denen er begegnet war und so kam ziemlich schnell die Rede auf meine anderen Lieben, auf Raquel Solís und auf Eva Viccini.

In Paris geht gerade die Welt unter, sagte er, geheimnisvoll munkelnd.

Zu viel Sünde? fragte ich zurück.

Die göttliche Ordnung wird über Bord geworfen. Alle sollen plötzlich gleich sein, Bürger und Adelige.

So wie in unserer Gemeinschaft schon lange.

Ja, aber wenn der König nicht mehr gottgegeben ist, sondern nur die Spitze eines unterdrückerischen Systems … wenn die unteren Klassen sich gegen das Herrschaftssystem auflehnen, dann wird Gottes Schöpfung doch umgestoßen. Von ihrer Geburt an sind und bleiben die Menschen frei und an Rechten einander gleich, heißt es in der Proklamation.

Das hat doch schon Jesus gesagt.

Französische Revolution, ja natürlich, wie konnte ich das vergessen. Wir hatten uns rechtzeitig aus dem Schussfeld gebracht.

Eva und Raquel haben sich den Poissarden angeschlossen. Zu Tausenden sind sie nach Versailles gezogen und haben die Königsfamilie gezwungen, mit ihnen zusammen nach Paris zurückzukehren.

Das fand ich schon wieder lustig. Wenn sich in ihrer Nähe eine Revolte entzündete, waren die Mädels immer schnell dabei und mittendrin. Die beiden Revolutionärinnen würde ich wieder sehen, dessen war ich ganz gewiss.

In der Kneipe lungerten schräge Gestalten und gescheiterte Existenzen. Die Murrer. Warum die frommen Siedler den Betrieb dieser Schänke erlaubten, entzog sich unserer Kenntnis. Ehrbare Bürger waren hier nicht anzutreffen, mit Ausnahme von uns, denn wer nach so langer Abstinenz so nah an einer Gerstensaftquelle landet, muss zulangen. Also ließen wir die dunklen Proleten stehen und kippten ein paar Gläser und ließen es uns gut gehen, was aber bald ein Ende fand, denn ein paar widerwärtige Gäste traten ein, die mir jegliche Freude verdarben. Es waren Abram Krahn und seine Leute, die mir schon in Dubrowna zugesetzt hatten, Heinz Käthler, Edgar Löwen, Franz Schmidt. Sie gehörten ebenfalls zu den Unzufriedenen, die in Alexandrowsk überwinterten.

Zunächst übersahen sie uns geflissentlich, aber nachdem sie die zweite Runde in sich hineingeschüttet hatten, rülpste Krahn laut und vernehmlich, wischte sich den Schaum von den Lippen und sagte: Na, Löwen, haste jetzt den Peters aus Danzig zur Hilfe geholt, damit der dir dabei hilft, Claudia zu verschleppen?

Entschieden, aber korrekt antwortete ich: Ein solcher Gesprächsstoff gehört nicht an diesen Ort, Krahn. Und auch an keinem anderen Ort der Welt bin ich bereit, mit dir darüber zu sprechen.

Krahn lachte: Du musst wohl oder übel. Denn heute entkommst du uns nicht wie einst in Dubrowna. Zwischen dir und der Tür sitzen wir.

Demonstrativ schaute ich weg, um ihn nicht mehr zu sehen, aber seine Reden und die seiner Freunde wurden immer unflätiger, zusammenhängende Sätze nahm ich vor Wut und Scham schon gar nicht mehr wahr, sondern nur einzelne Begriffe wie Titten, Fotze, Schwanz. Und nach jedem Satz von Krahn, Schmidt oder Käthler ein röchelndes Grölen.

Cornelio fragte mich, ob wir die Flucht ergreifen oder uns dem Pack stellen sollten.

Wir versuchen es zuerst mit Anstand, sagte ich und bezahlte die Rechnung. Als wir zur Tür gingen, wollten wir durch sie hindurchsehen. Aber sie stellten sich uns entgegen und verhöhnten uns als Dommbiedels, Heltablesse und Zoagellutschasch. Da platzte mir der Kragen. Ich stand Stirn an Stirn mit Abram Krahn. Der Showdown begann, das begriffen alle Gäste des Lokals. Meine Hand schoss nach vorne und schubste ihn, so dass er rückwärts taumelte und schließlich mit dem Rücken auf einem Tisch zu liegen kam. Jetzt, so dachten wir, ist der Durchgang frei, aber Krahn raffte sich auf und stürzte sich auf mich. Ich täuschte nach links an und ließ den Fuß stehen, worauf er der Länge nach auf den Fußboden stürzte. Auf den Fußboden wollte ich ihn festnageln, wollte seine Nase in die Steinplatte drücken, doch als ich mich bückte, hatte er sich schon wieder umgedreht. Statt wie beabsichtigt am Hinterkopf, bekam ich ihn jetzt an der Gurgel zu packen, drückte ihn mit voller Kraft nach unten und schrie: Das war das letzte Mal! Das war das letzte Mal!

Er gurgelte und röchelte und schnappte nach Luft. Ein wenig ließ ich ihn noch zappeln. Leider verpasste ich den richtigen Augenblick und drückte zu lange zu, so dass er urplötzlich ganz aufhörte sich zu bewegen. Entsetzt ließ ich von ihm ab und sagte: Um Gottes Willen, was habe ich jetzt getan?

Miriam Cornies, November 1989, Berlin

Mittlerweile war ich Tag und Nacht auf der Station. Dank des Vertrauens, dass mir Dr. Mayrhofer schenkte, konnte ich auf der Station auch schlafen, den ganz normalen PJ-Dienst ableisten und mich danach und manchmal auch dazwischen um Ruben kümmern. Cornelio hatte Rubens Eltern und Geschwister angerufen. Herr und Frau Löwen, Ernesto und Maria, waren auf dem Weg nach Deutschland. Natürlich habe ich auch alle seine Freunde informiert.

Seine Kumpane bemühten sich, ihn wieder aus der Bewusstlosigkeit ins Leben zurück zu holen, aber es half nichts. Krahn tat keinen Mucks. Und ich war der Mörder. Alle schauten mich vorwurfsvoll an. Keiner sagte ein Wort, noch nicht einmal eines des Vorwurfs. Schließlich löste sich einer aus der Starre und sagte: Einen Arzt! Wir brauchen einen Arzt!

Grimmig sagte der Wirt: Ärzte gibt es hier weit und breit nicht. Aber holt die Hebamme. Und bringt gleich Prediger Bernhard Penner mit.

Hilfsbereit stürzten einige heraus, während Krahns Kumpanen sich redlich bemühten, ihren Mitstreiter wiederzubeleben. Auch die Hebamme konnte nichts ausrichten, als nur noch den Tod festzustellen. Dann überlegten die Versammelten gemeinsam, ob sie mich in Gewahrsam nehmen und den Behörden übergeben sollten.

Wir könnten ihn gleich nach Alexandrowsk mitnehmen, boten sich die trauernden Kumpane an. Wie sie auf dem Weg nach Alexandrowsk mit mir umgehen würden, war leicht auszudenken.

Protest dagegen legte zuerst Cornelio ein.

Ruben ist kein Mörder, legte er Partei für mich ein. Zuerst wurde er provoziert, indem er von Krahn, Gott sei ihm selig, und seinen Freunden auf das Übelste beschimpft und verspottet wurde. Ruben blieb ruhig und wollte mit mir zusammen das Lokal verlassen. Aber er wurde behindert und festgehalten. Erst danach wehrte er sich. Aus einer Rangelei wurde mehr, der Tod ist ein Unfall ...

Unfall? krähte Käthler, einer von ihnen. Das ist doch kein Unfall, wenn Ruben dem die Kehle zudrückt!

Prediger Penner meldete sich zu Wort. Er war einer der Neugewählten, die wenig Autorität unter dem Volk besaßen, aber was er hier von sich gab, zeugte von großer Seriosität: Unser Volk geht nicht zu den Richtern. Das haben wir in Preußen nie gemacht und hier werden wir mit dem Unsinn nicht anfangen. Eine menschliche Gerechtigkeit gibt es nicht, Gerechtigkeit ist nur im Himmel. Eine Gerichtsversammlung ist doch nur ein Geschacher um die besten Pfründe. Deshalb bleibt dieser Tod unter uns. Und auch ihr Alexandrowsker werdet darüber Schweigen bewahren. Damit nicht in unseren Kreisen ein Gerede von Einseitigkeit entsteht, werden wir uns Hilfe von Danzig erbeten. Wir werden einen Bruder von drüben anfordern, der uns zur Seite stehen wird. Und so lange, Ruben, wirst du das Siedlungsland nicht verlassen. Denke daran, du kannst dich nirgendwo verstecken, weder in diesem Land, noch in Preußen, noch in Holland!

Ich nickte zum Zeichen, dass ich damit einverstanden war.

Und bis dahin wird es keinen Verkehr zwischen der Krahn-Partei und Löwen geben. Sie sollen sich meiden wie die Pest! Gott stoh ons bie!

Gott stoh ons bie!

Mit diesem Ruf wurde die kleine Versammlung geschlossen. Cornelio nahm mich am Arm und führte mich zur Kutsche. Der schlimmste Gedanke war für mich, dass ich mein Leben lang immer diese Butza-Fresse von Krahn vor meinem Gesicht haben würde, dieses blau angelaufene, um Luft ringende Gesicht, zur Fratze verzerrt, obwohl es schon immer Fratze war. Cornelio bot sich an, bei mir in der Erdhütte zu hausen, bis der Abgesandte aus Danzig eintreffen würde. Ich wollte ihn von dieser Idee abbringen, aber er blieb hartnäckig. Während ich auf meinem Lager dahin gestreckt lag, immer an diese Fratze denkend, sorgte er für mein leibliches und geistiges Wohl. Er las mir aus den lustigen Abenteuern des Freiherrn von Münchhausen vor. Das Buch war neu, Cornelio hatte es sich als Reiselektüre mitgebracht. Er lachte sich schief über die lustigen Streiche und obwohl ich noch nicht so locker wie er sein konnte, tat es mir doch sehr gut, das Gewieher meines Freundes zu hören.

Mein Bedarf nach Wärme nahm zu. Die Außentemperaturen kletterten von Tag zu Tag, aber meine Körpertemperatur fiel immer mehr ab, so dass ich Cornelio immer hartnäckiger damit nervte, mehr Brennholz herbei zu schleppen und das Feuer am Brennen zu halten. Für Cornelio bedeutete mein Wunsch eine Herausforderung, denn Holz war hier in der Steppe rar. Trotz seines Bemühens packte Schüttelfrost meinen Körper und ich war tagelang nicht in der Lage, mich zu regen.

Eines Nachts hörte ich draußen Stimmen. Der Mond schien durchs Erdhüttenfenster, so dass ich Schatten erkennen konnte.

Löwen, komm raus, damit wir dich erschlagen können! rief jemand, der wohl zur Krahn-Truppe gehörte.

Wenn du nicht kommst, dann kommen wir! warnte eine zweite Stimme.

Wenn ich bis dahin am ganzen Körper gezittert hatte, so zerrte jetzt ein Orkan an meinen Gliedern, ich hatte das Gefühl, meine Arme und Beine würden gleich durch die Luft fliegen. Eine kalte Hand legte sich auf meine schweißnasse Stirn. Sie waren drinnen und würden mich mitnehmen.

Ruben! Ruben! schrie Cornelio besorgt. Er gab noch mehr Kraft in seine Stimme: Ruben!

Ich riss die Augen auf und fuhr von meinem Lager hoch.

Ganz ruhig, du träumst! Es muss ein schlimmer Traum gewesen sein!

Ja, sage ich erschöpft, sehr schlimm, fasste seine Hand und schlief ermattet ein.

Zwei Tage später hatte ich schon wieder so viel Kraft gewonnen, dass Cornelio mich aus meinem Lager trieb. Schwerfällig erhob ich mich und ging nach draußen. Als ich mich mit Cornelios Hilfe an die Oberfläche der Erde gehievt hatte, blieb ich staunend stehen. Ein blauer Himmel überspannte die sichtbare Welt. Die Himmelskuppel umschloss ein Sonnenblumenfeld in voller Blüte soweit das Auge reichte. Das leuchtende Sonnengelb und der brillierende blaue Himmel mussten eine magische Wirkung auf jeden Menschen ausüben, wie viel größer war der Effekt für jemanden, der seit vielen Wochen die Sonne nicht mehr gesehen hatte.

Das soll unser hässliches Chortitza sein? fragte ich.

Und du hast deinen Beitrag abgeliefert, dass dein Chortitza so aussieht, antwortete Cornelio.

Er wartete darauf, dass es bei mir Klick machte.

Klick. Natürlich. Ich selbst hatte in den letzten Herbsttagen den Samen, den ich mir in Dubrowna gekauft hatte, ausgestreut, nachdem Landarbeiter den Boden vorbereitet hatten.

In einer Diagonalen schlängelte sich durch das weite Feld eine dunkle Linie, sie entstand durch die Lücke, die ein Weg durch das Feld schnitt. Auf dieser dunklen Linie zeichneten sich zwei Punkte ab, die sich langsam bewegten. Es mussten Fußgänger sein. Allmählich wurden sie größer und bald erkannte ich sie: Es waren Claudia Brandt und ihre Pflegemutter Dyck. Sie hatten einen weiten Fußweg auf sich genommen. Um mir einen Besuch abzustatten?

Miriam Cornies, November 1989, Berlin

Claudia und Daniel waren nach Cornelio die ersten Freunde, die an Rubens Bett kamen. Claudia brach in Tränen aus, als sie den sonst so vitalen Ruben so leblos liegen sah, umgeben von zahlreichen Monitoren und Apparaturen. Während Daniel steif daneben stand, beugte sich Claudia über Ruben und strich ihm die Haare aus dem Gesicht, während Tränen auf die Bettdecke fielen.

Ruben, sagte sie, wir beten für dich. Wenn du es willst, wird Gott dich führen.

Dann trat sie einen Meter zurück, während Ruben von einem heftigen Husten- und Brechkrampf geschüttelt wurde. Eine herbeigerufene Krankenschwester legte eine Brechschale unter Rubens Gesicht. Zunächst trat eine gallertartige Masse aus seinem Mund, anschließend floss dunkles Blut heraus. Das war ein neuer Aspekt in Rubens Krankheit. Ein Arzt kam und kümmerte sich um den Patienten. Claudia und Daniel wurden gebeten, den Raum zu verlassen. Ich ging mit ihnen. Natürlich war ich auch aufgelöst. Meine Zuversicht, dass Ruben vielleicht doch noch eine Überlebenschance hatte, schien dahin. Claudia, die in zwei Tagen die Rückreise nach Paraguay antreten sollte, sagte, dass sie Berlin nicht verlassen könne, solange es mit Ruben so stehe. Daniel wollte ihr davon abraten: Du kannst ihm ja doch nicht helfen.

Aber Claudia blieb standhaft.

Sie reichten uns die Hände zum Gruß.

Ruben, sagte Claudia, es war das erste Mal seit langem, dass sie mich mit Vornamen ansprach. Ruben, du hast das schönste Stück Russlands geschaffen. So was Schönes wie dein Sonnenblumenfeld gibt es in ganz Chortitza nicht.

Danke, antwortete ich.

Die Konversation verlief zähflüssig. Nach dem konventionellen Teil musste Claudia zum Wesentlichen kommen.

Ruben, sagte sie, wir beten für dich. Wenn du es willst, wird Gott dich führen.

Bist du gekommen, um mir das zu sagen? fragte ich sie vorsichtig.

Um dir meinen Beistand zu geben. Menschen wie Krahn und seine Familie dürfen nie die Oberhand gewinnen. Statt sich an die eigene Brust zu schlagen, geben sie anderen die Schuld. Sie wollen dich hart bestraft sehen. Aber mittlerweile haben selbst die Behörden die Geduld mit den Unruhestiftern verloren. Käthler, ein Freund vom verstorbenen Abram, ist im Karzer gelandet. Jetzt haben sie es anscheinend kapiert, denn sie sind alle auf das Siedlungsland gezogen, das ihnen zugewiesen wurde.

Sie war gekommen, um mir ihre Solidarität zu beweisen. Das rechnete ich ihr hoch an. Ich war ihr wichtig. Sie wollte in dieser weitläufigen Welt zu mir Kontakt halten. Und dabei hatte sie sich doch für Daniel entschieden, wollte heiraten, als sie nicht wussten, wie sie die Zeit in Dubrowna totschlagen sollten.

Man hat gehört, du willst heiraten?

Im Beisein der anderen hätte ich diese zutiefst private Aussage nicht machen dürfen. Sie errötete, auch Cornelio und Frau Dyck fixierten verschämt irgendwelche Sonnenblumen.

Meine Hochzeit habe ich auf unbestimmte Zeit verschoben, sagte sie.

Aber du und Daniel, ihr werdet heiraten?

Nun wurde es Cornelio zu bunt: Ich denke, Frau Dyck und ich machen einen kleinen Spaziergang, während ihr eure Hochzeitstermine klärt.

Nun gut. Sie konnten ja einmal um meine Erdhütte gehen. Und quer durch das Sonnenblumenfeld und zurück.

Liebst du Daniel? fragte ich.

Liebe? Wenn Mann und Frau sich zusammentun, geht es doch auch um wichtigere Dinge. Wenn sie sich gefunden haben und Gott der Ehe seinen Segen gegeben hat, dann kommt die Liebe von selbst.

Wirst du Daniel selbst dann heiraten, wenn ich dir gesagt habe, dass ich dich liebe?

Claudia blickte auf den Boden. Obwohl sie sich immer traditionalistischer kleidete, sah sie sehr schön aus.

Bist du wegen mir nach Russland gekommen? fragte sie.

Natürlich. Weißt du, ich habe ein ganzes Jahr lang auf dich gewartet. Als Verbannter auf einem Schiff.

Ruben, die Sache in der Windmühle war ein großer Fehler. Eine große Sünde.

Vielleicht haben wir uns dort nicht vorbildlich verhalten. Aber die Sehnsucht nach dem anderen war doch nicht gespielt.

Sinneslust und Leidenschaft – das war nicht recht. Das versuche ich abzuschütteln.

Claudia, du warst ein offener Mensch, selbstbewusst und frei heraus. Was ist aus dir geworden?

Du und ich, wir sind zwei Menschen, die unterschiedlicher nicht sein könnten.

Claudia war ein Teil der Täufer geworden, hielt eine symbiotische Verbindung zu ihnen aufrecht. Ich hatte die Ostindien-Seefahrt nur mitgemacht, um nicht aus der Gemeinschaft herauskatapultiert zu werden und um Claudia nicht zu verlieren. Sie aber hatte nicht nur das erotische Abenteuer in der Windmühle als blamable Verfehlung verinnerlicht, sondern sah – so wie die Gemeinde es sah – in mir einen Menschen, der eine Strafe akzeptiert, den

Wandel aber nicht vollzogen hat. Das bedeutete: Ich musste mich ändern, um eine Chance zu bekommen. Ich musste ein anderer Mensch werden. Ein frommer Mennist.

... sie konnten zusammen nicht kommen, das Wasser war viel zu tief, zitierte ich ein altes Lied. Aber sie hatte jetzt kein Faible für weltliche Gedichte und sah sich nach ihrer Bäuerin um.

Wir sind fertig, rief ich so laut, dass man es hinter dem Hügel hören konnte. Mein Nachmittagsbesuch verabschiedete sich. Ich wusste nun, dass Claudia in der Totschlagangelegenheit hinter mir stand, aber in der Liebesangelegenheit sehr weit von mir entfernt war. Mit diesem Wissen konnte ich nun getrost nach Preußen zurück und von dort zu meiner Familie nach Amsterdam heimkehren. Aber ich wollte bleiben und ich musste bleiben. Denn solange die Causa Krahn nicht geklärt war, stand ich praktisch unter Hausarrest.

So wie ich Claudia und Frau Dyck wie zwei dunkle Punkte auf dem Weg durch das Sonnenblumenfeld wahrgenommen hatte, so sah ich wenige Tage später einen sich bewegenden dunklen Punkt auf der sich schlängelnden Linie, aber viel zu schnell, um ein Fußgänger zu sein. Es waren Pferde, die eine Kutsche zogen. Und in der Kutsche saß mit ziemlicher Sicherheit der Abgesandte aus der preußischen Gemeinde, der Vermittler im Todesfall. Als die Kutsche hielt, entstieg ihr ein schwarz gekleideter Mann in einem eleganten Mantel und einem breitrandigen Hut. Der Mann war Abraham Dirksen. Sie hatten den Bankier geschickt. Einen engen Verwandten. Aber über Vetternwirtschaft macht sich in einer Gesellschaft, in der die Menschen in großer Nähe zueinander und im gemeinsamen Glauben miteinander leben, wohl keiner Gedanken.

Onkel Abram befragte mich nach meiner Version des Vorfalls. Mit Prediger Wiens, der Hebamme sowie den Expeditionsleitern Bartsch und Höppner hatte er schon gesprochen. Niemand hatte Interesse daran, mir einen Mord anzuhängen. Man wollte den Vorfall aus der Welt schaffen, vergessen machen.

Den Russen will man den Fall nicht übergeben, sagte Onkel Abraham, und über ein eigenes Gerichtswesen verfügen die Siedler nicht. Also habe ich ihnen unter die Arme gegriffen und habe meinen Beitrag geleistet, um die Sache vergessen zu machen.

Wie er vorgegangen sei, fragte ich ihn.

Ganz einfach, sagte er, ich mache das, was ich am besten kann: Ich überzeuge Menschen mit Geld. Und die Krahns waren mit Geld leicht zu überzeugen.

Die Methode stellte ich mir sehr wirksam vor.

Dann befragte mich Onkel Abraham nach meinen Vorstellungen für die Zukunft.

Ich werde bleiben, sagte ich.

Welche Existenz ich mir aufbauen wolle, wollte er wissen.

Ich pflanze Sonnenblumen, antwortete ich.

Eine prima Sache, lobte er mich und schaute sich um. Sieht vor allem gut aus. Reich wird man damit aber nur langsam.

Vielleicht will ich nicht reich werden, entgegnete ich.

Um ein wenig schneller reich zu werden als die anderen, so wie es sich für einen Löwen geziemt, muss man nicht schneller und mehr, sondern mit Köpfchen arbeiten. Deine Sonnenblumenplantage findet meine Achtung. Aber die Zukunft Chortitzas liegt im Weizen. Wenn du machst, was deine Vorfahren am besten konnten, dann wirst du großen Fortschritt erleben.

Die haben aber doch nicht Weizen gepflanzt, sagte ich.

Nein, aber sie waren Windmühlen-Experten. Dein Cousin vierten Grades, Jan Adriaansz Leeghwater, hat die moderne Holländermühle entwickelt. Wenn du investierst, wirst du Erfolg haben. Du wirst der erste sein, der in der Kolonie eine Windmühle besitzt, denn noch verfügt niemand über Kapital, um eine solche Anschaffung zu tätigen. Die einzigen Mühlen in der Nähe sind in russischer Hand. Die Mennoniten werden mit ihrem Weizen doch eher zu dir kommen als zu einem Russen. Es wird sie Überwindung kosten, sicher, weil sie erst ihre Abscheu vor einem Totschläger überwinden müssen. Aber ich sage dir: Ein Verbrecher vom eigenen Fleisch und Blut ist ihnen lieber als ein fremder Russe.

Onkel Abraham drückte mir einen Umschlag in die Hand, der das Geld enthielt.

Ich zahle dir alles zurück, rief ich ihm hinterher, als er in die Kutsche stieg.

Ja, ja, antwortete er lachend.

Polternd verschwand der Wagen im Sonnenblumenfeld. Mit ihm verließ mich auch Cornelio, der sich kurzerhand entschlossen hatte, die Mitfahrgelegenheit wahrzunehmen.

Das Bauvorhaben nahm viel Zeit ein. Es war nicht einfach, in dieser baumlosen Steppe an Holz zu kommen. Nicht so schwierig war es, Tischler und Zimmerer zu engagieren. Unter den Siedlern waren viele dieses Berufs. In Preußen waren sie Handwerker geworden, weil der ältere Bruder den Hof geerbt hatte. Jetzt waren sie glücklich, sich ein wenig Geld dazu zu verdienen, da alle darben mussten. Natürlich arbeitete auch Klempner Dyck bei mir, der Arbeitgeber Claudias.

Zuerst ließ ich einen Hügel aufschütten, auf dem die Mühle stehen sollte. Auf dem Hügel platzierte ich einen Liegestuhl, legte mich hinein und genoss das sommerliche Wetter, während ich die Baupläne wälzte und die Handwerker nacheinander zu mir rief, um ihnen fachmännische Anweisungen zu erteilen. Ich ließ mir die Sonne ins Gesicht scheinen. Nach mehreren Wochen bekam ich einen dunklen Teint, so dass man mich für einen Tataren oder Kosaken halten konnte. Anfang Herbst feierten wir Richtfest, in den letzten herbstlichen Tagen konnte der Bau eingeweiht werden. Der Bauleiter gab die Flügel frei, der Wind griff in die Sprossen und langsam, ganz langsam begannen sie sich zu drehen, um dann immer schneller zu werden. Alle applaudierten.

Den Winter verbrachte ich in der Erdhütte, frierend und am ganzen Leib zitternd. Aber als der Frühling sich bemerkbar machte, war ich draußen und nahm auf dem Hügel in meinem Liegestuhl Platz. Jetzt musste ich nur noch warten. Im Hochsommer ernteten die Bauern den Weizen, den sie im Herbst gesät hatten. Würden sie kommen? Wann würden sie kommen? Ich blickte auf das Sonnenblumenfeld und auf die geschlängelte Linie, die den Weg anzeigte. Die flimmernde Luft malte seltsame Figuren in den blauen Himmel. Dort, eine Bewegung. Mit der Hand schirmte ich das Gesicht ab, um schärfer sehen zu können. Ein Wagen, der sich langsam bewegte. Als er näher kam, sah ich, weshalb er sich so langsam bewegte: Er war hoch beladen mit vollen Säcken, die, da war ich sicher, mit Weizen gefüllt waren. Es dauerte noch gut 20 Minuten, bis ich erkennen konnte, dass es sich um den Bauern Niebuhr handelte. Schneckenhaft langsam quälte sich der Wagen den kleinen Hügel hoch. Dann war es endlich soweit. Ich begrüßte Niebuhr und ließ die Säcke entladen. Schon eine halbe Stunde später war das surrende Klappern der Windmühlenflügel über der ganzen Steppe zu hören.

Am nächsten Tag kamen zwei Wagen, am dritten Tag luden schon ein Dutzend Bauern ihre Ernte bei mir ab. Und zum Ende der Woche standen die Wagen Schlange. Die Löwen-Mühle war ein voller Erfolg.

Im dritten Jahr ließ ich mir ein feines Haus bauen. Aber immer, wenn die Sonne schien, saß ich in meinem Liegestuhl und schaute ins Land und beobachtete, wie sich die Siedlungen entwickelten. In Chortitza kamen noch viele Windmühlen dazu. Später ließ ich die erste Dampfmühle bauen – und blieb auch damit nicht lange der einzige. Aber ich war und blieb dafür bekannt, dass mein Mahlwerk immer auf dem letzten technologischen Stand war.

Zwischen 1803 und 1835 wanderten weitere 1 200 Familien aus Preußen ein. Sie siedelten an der Molotschna, einem kleinen linken Nebenfluss des Dnjepr, etwa 200 km südöstlich von der sogenannten Alten Kolonie.

In den 20er Jahren waren die Anfangsschwierigkeiten überwunden. Es summte und brummte, und von meinem Feldherrenhügel blickte ich dem bunten Treiben zu. Ich lernte den großen Johann Cornies kennen, mit einer seiner Nachkommen, Marianne Cornies, war ich sogar befreundet. Cornies war ein Allround-Master: Als Landhändler, Viehzüchter und Musterlandwirt erreichte er Ansehen und Einfluss. Er entwickelte Verbesserungen für die landwirtschaftliche Produktion und trieb die Entwicklung des Schulsystems weiter, so dass unsere Leute zum Ende des 19. Jahrhunderts nicht nur wohlhabend, sondern auch gebildet waren.

Aber dann geschah etwas, was ein Schlag für unsere Gemeinschaft war. Zar Alexander II. verfolgte eine Politik der Russifizierung. Russisch wurde Pflichtfach in allen Schulen. 1874 führte Russland die allgemeine Wehrpflicht ein.

Unser Grundprinzip war Wehrlosigkeit.

In Deutschland hatte einer der Unseren, der Bankier von Beckerath aus Krefeld, das Prinzip der Wehrlosigkeit verraten, als er als Abgeordneter der Frankfurter Nationalversammlung für die allgemeine Wehrpflicht eintrat. Kaum einer empörte sich dagegen. In Russland reagierten unsere Leute anders, unterschiedlich: Ein Drittel, etwa 18 000, zog die Konsequenz und wanderte nach Nordamerika aus und schenkte der Prärie den mennonitisch-ukrainischen Weizen. Aus heutiger Sicht war es das Beste, was sie machen konnten, denn die Zurückgebliebenen erwartete in Russland ein schlimmes Schicksal. Zunächst schien es, als ob sie aufs richtige Pferd gesetzt hätten, denn die russische Regierung lenkte angesichts der Auswanderungsbewegung ein und gewährte einen Ersatzdienst. Die jungen Männer wurden bei der Aufforstung der Steppe eingesetzt, weshalb der Einsatz *Forsteidienst* genannt wurde.

Aber dann war alles dahin. Die böse Welt hatte uns wieder in ihren Fängen, nachdem wir über 100 Jahre in unserem ureigenen ukrainischen Paradies gelebt hatten. Die russische Revolution leitete unseren Untergang ein. Wir waren die ausbeuterischen Kulaken. Für unseren Fleiß, unsere Ausdauer, unseren Ordnungssinn wurden wir bestraft. Wir waren die Sündenböcke.

Zuerst suchten die Weißen mich heim. Ihre Soldaten quartierten sich bei mir ein und ließen mir selbst keinen Platz, so dass ich mich wieder in meine Erdhütte zurückziehen musste. Immerhin zerstörten sie mein Haus nicht. Ganze Zerstörungsarbeit leisteten hingegen die Roten. Als Strafe dafür, dass ich die Weißen so köstlich bewirtet hatte. Mein Argument, ich habe keine Wahl gehabt, ließen sie nicht gelten. Als sie abzogen, hinterließen sie ein hellloderndes Feuer. Mein Haus brannte bis auf das Fundament nieder. Schließlich siegten die Roten, was hinlänglich bekannt ist. Doch bevor die neue Gesellschaftsordnung sich durchsetzen konnte, bildete sich in den Gebieten, die von Moskau weiter entfernt waren, ein explosives Machtvakuum.

In der Ukraine wüteten die Anarchisten mit einem brutalen Burschen namens Nestor Machno an der Spitze. Wenn die schwarz gekleideten Machnowzi mit ihren Tatschankas – leichten Pferdewagen, auf denen sie ein Maschinengewehr montiert hatten – in die Dörfer kamen, stockte den Bewohnern der Atem. Wer konnte, brachte sich in Sicherheit, wer zu spät kam, den bestrafte das Leben. Machno und seine Männer konfiszierten alles, was wir an Wertvollem besaßen, brannten unsere Scheunen und Wohnhäuser ab, vergewaltigten unsere Töchter und Frauen. Schlimmstes Beispiel ihrer Gemeinheit: Im Dorf Schönwiese überfiel Machno die Familie Klassen. Der Vater war in die Stadt gefahren, dafür trafen Machno und seine Verbrecher die Mutter und die sieben Kinder an. Was im Einzelnen passiert ist, entzieht sich der menschlichen Vorstellungskraft. Als der Vater und Ehemann am späten Abend nach Hause kam, ließ ihn die unheimliche Stille Schlimmes befürchten. Zitternd betrat er das Wohnzimmer, die Gute Stube. Und da lagen sie alle, auf der großen Kommode, fein säuberlich abgetrennt und aufgereiht nach ihrem Alter, die Köpfe seiner Frau Katharina, der Kinder Johann, Sauntje, Maria, Heinrich, Jakob, Franz und Auna.

Meine pazifistische Geduld war am Ende. Ich ging zu den jungen Leuten in Chortitza und machte ihnen klar, dass wir uns wehren müssten. Damit ließen wir ein hoch gehaltenes Postament fallen, die Wehrlosigkeit. Menno Simons würde sich im Grabe umdrehen, aber es ging um untragbare Zustände in unserer Welt, in der sich das vollendete Böse mit großer Hartnäckigkeit einnisten wollte.

Viele Burschen schlossen sich uns an. Die einen freuten sich, mal endlich auch austeilen zu können. Die anderen trieb der Hass, die Vergeltungssucht. Wieder andere motivierte das Gefühl der Verantwortung. Unsere Waffen waren Flinten, Äxte, Dreschflegel. *Selbstschutz* nannten wir unsere Bürgerinitiative. Näherte sich eine bewaffnete Gruppe unserem Dorf, verschanzten wir uns und empfingen die Marodeure mit Schüssen. Meistens zogen sie schnell ab. Eines Tages kam ein Hilferuf aus Einlage. Das Dorf lag etwa eine Stunde Fußmarsch von uns entfernt. Schon aus der Ferne sahen wir brennende Häuser und Ställe. Die Kriegsbande ergriff schnell die Flucht. Ein paar der Langsameren, die zu spät abrückten, weil sie ihre Gier noch nicht gestillt hatten, erwischten wir und spickten sie mit unseren Heugabeln auf. Als wir jede Scheune durchsuchten, jedes anscheinend verlassene Haus in Augenschein nahmen und hinter jeden Strauch blickten, hörten wir ein Winseln wie von einem jungen Hund. Meine Flinte im Anschlag, drückte ich die Äste des Gebüschs weg – und blickte in die ängstlichen Augen eines verwahrlosten, aber bildhübschen Mädchens. Es hatte aschblonde, glatte Haare und ebenmäßige Züge. Es sagte kein Wort, sondern wimmerte nur.

Komm her, sagte ich so sanft wie möglich und streckte meine Hand aus. Nach anfänglichem Zögern reichte es mir die Hand und ließ sich von mir aus dem Gebüsch führen.

Ich kümmere mich um sie, sagte ich zu meinen Kameraden, unter denen keiner war, der etwa eine zweideutige Bemerkung fallen ließ, eine abwertende Geste machte oder gar Protest erhob, dass ich die wehrlose Kleine einfach so einkassierte. Was sie dachten – nun, ich konnte nicht in ihr Herz schauen. Wenn sie dachten, ich würde sie mir als Sexsklavin halten, eine Minderjährige, dann haben sie nicht allzu viel Zeit mit diesem Gedanken gespielt, denn es war eine Zeit der Perversität, in der eine solche Abweichung von der Norm höchstens eine Randnotiz wert war.

Nie hat sie von sich erzählt. Über ihre Lippen kam nie ein russisches Wort. Nie habe ich erfahren, wo sie herkam und was man ihr angetan hatte. Sie übernahm von mir deutsche Worte und baute sich mit der Zeit, es waren mehrere Monate, ein ansehnliches Vokabular auf. Allein ihr russischer Akzent, mit dem sie die neu gelernten Worte aussprach, verriet ein wenig von ihrem Hintergrund. Ich nannte sie Nina, ein Name, den sie akzeptierte und schließlich sogar mochte. Wenn unsere Selbstschutz-Truppe keine Aufgaben zu erledigen hatte, lebten wir beide zusammen in der Erdhütte. Nachts kuschelte sie sich fest an mich, legte den Arm auf meine Brust und kraulte meinen Bart. Ihr Vertrauen zu mir war grenzenlos. Nie habe ich es missbraucht, aber ich habe versagt, was meine Schutzpflicht anbelangt.

Im Herbst dieses Jahres, die Sonnenblumen hatten ihre Farbe eingebüßt, waren strohig grau geworden, weil in diesen schlimmen Zeiten der Revolution niemand die Kraft gehabt hatte, sie abzuernten, saß ich mit Nina vor meiner Erdhütte. Die Rote Armee hatte die Machnowzi geschlagen, so hatte man uns versichert, der Selbstschutz hatte sich aufgelöst. Im braungrauen Dunkel eines vertrockneten Sonnenblumenfeldes zeichnete sich das Schwarz einer Tatschanka ab, eines Pferdewagens, wie sie unsere Leute fuhren, aber auch die Machnowzi, denn diese selbstdeklarierten Anarchisten hatten sie sich von einem unserer Großgrundbesitzer angeeignet und Maschinengewehre darauf montiert. Ein letztes Mal noch ging Nestor Machno auf Raubfang aus, ein letztes Mal, und dann hörte man nie mehr was von ihm in der Ukraine. Aber dieses letzte Mal kam er ausgerechnet zu mir, um sich für meinen Selbstschutz zu bedanken, denn es hatte sich herumgesprochen, dass ich die paramilitärische Truppe organisiert hatte. Die Flucht zu ergreifen war zu spät in dieser großen Ebene, in der ein Mensch aus großer Entfernung zu sehen war, wenn ihm nicht ein Sonnenblumenfeld die Möglichkeit bot, sich unsichtbar zu machen. Geh und versteck dich im hintersten Raum der Windmühle, befahl ich Nina, während ich schnell in die Ecke lief, in der ich mein Gewehr versteckt hatte. Der Aushub der Erdhütte gab mir eine gute Möglichkeit, mich zu verschanzen. Mein Hügel mit Erdhütte und Windmühle war eine gute Festung, sozusagen meine kleine Burg. Allerdings ist die Verteidigung einer Burg durch eine Person ein schwieriges Unterfangen. Ich schob eine Patrone in den Lauf, entsicherte die Flinte und gab einen Warnschuss ab. Die Machnogruppe, ungefähr 200 Meter entfernt, blieb einen Moment lang stehen, um sich zu beraten. Zu ihr gehörten drei Fuhrwerke und etwa 20 Reiter. Wenn sie keinen Verlust erleiden wollten, taten sie gut daran, abzuziehen. Aber so waren die Machnowzi nicht gestrickt. Wenn man ihnen eines nicht vorwerfen konnte, dann war es Feigheit vor dem Feind. Und von einem einzigen Verteidiger würden sie sich nicht aufhalten lassen. Mit dem Energieaufwand von Sprintern preschten sie vor, so als ob ein Wettkampfrichter den Startschuss abgegeben hätte, und donnerten mit der höchsten Kraftanstrengung den Hügel hoch. Den einen oder anderen Schuss hätte ich abgeben können, aber was hätte ich anderes ausgerichtet, als ihre furchtbare Wut noch zu steigern, wenn ich zwei, drei oder vier ihrer Genossen tötete. Das Gewehr ließ ich fallen, während ich mich aus meiner Verschanzung sprang. Dann hob ich die Hände, um mich zu ergeben. Mit großem Gerassel, Gepolter und Geschrei kam die ganze Horde vor mir zum Stehen. Nur der Wagen, der an zweiter Position gefahren war, rollte noch einige Schritte nach vorne und hielt an der Spitze des Zuges. Hinter dem Kutscher saß der gefürchtete Nestor Iwanowitsch Machno. Ein schmächtiger, eher unscheinbarer Mann, an dem nur das markant geschnittene Gesicht mit den wohlgeformten Lippen auffiel und das volle, schwarze Haupthaar, das in Locken nach hinten fiel. Würde er sich ein wenig mehr pflegen, ginge er in den Salons als italienischer Bohemien durch. Mit seinen schrecklichen Taten hatte dieser grazile Mann alles dafür getan, dass ihm kein Mensch der Ukraine Feingeistigkeit unterstellen würde. Und gleich würde er dafür sorgen, dass meine feindliche Stimmung in grenzenlosen Hass auflodern würde.

Der große mennonitische Heerführer, krähte er.

Der große anarchistische Marschall, erwiderte ich.

Das Grinsen verschwand aus seinem Gesicht, an seine Stelle trat ein Ausdruck des Ärgers.

Weißt du, dass ich bei euch Kulaken die Schafe gehütet habe? fragte er.

Keine unehrenhafte Sache, sagte ich. Unsere Leute sind nicht wohlhabend geworden, weil sie andere unterdrückt haben, sondern weil sie fleißig waren.

Leute wie euch werden wir ausmerzen, ihr gehört nicht zu uns, ihr seid Fremde und sprecht noch nicht mal Ukrainisch, obwohl ihr schon 100 Jahre hier lebt.

Machno erregte sich so, dass er einen Hustenanfall erlitt, der mehrere Minuten dauerte und mit einem Auswurf aus Eiter und Blut endete. An meiner Antwort war ihm nicht gelegen.

Zündet die Mühle an! schrie er seine Mordgesellen an.

Nein, ehrenwerter politischer Führer, rief ich, wartet. In der Mühle sind noch Menschen.

Sieh an, sagte Machno, du glaubst, ich nehme Rücksicht auf Menschen?

Ohne zu antworten schrie ich: Nina, komm raus!

Als die Spießgesellen an dem Namen hörten, dass sich eine Frau in der Mühle versteckte, veranstalteten sie ein Wettrennen, um als erste in die Mühle zu kommen. Doch ein Wort ihres Führers reichte, damit sie in ihrem Lauf innehielten und zwei oder drei von ihnen die Tür öffneten und das Bauwerk durchsuchten. Nach ein paar Minuten kamen sie wieder zurück – mit Nina im Schlepptau.

Nein, schrie ich, gebt sie frei! Sie ist keine von uns!

So, keine von uns? Und wer ist sie?

Sie hat ihre Angehörigen im Krieg verloren und Zuflucht bei mir gesucht.

Zuflucht nennen es die frommen ehrenwerten Kulaken? Nennt man so eine nicht auch: Mädchen für alles, dienstbarer Geist, Gespielin?

Nein, es ist nicht so, wie Sie denken!

Machno wandte sich direkt an Nina. Aber wie ich es mir schon gedacht hatte, sagte sie kein einziges Wort, sondern schaute die

Männer nur ängstlich an. Da warf Machno seinen Gefährten das Mädchen zum Fraß hin. Schreiend wollte ich mich auf die dumpfgeilen Primitivlinge stürzen, doch Machnos Leibwächter hielten mich fest. Diese Neandertaler rissen Nina die Bekleidung vom Leib und drangen mit ihren unnatürlich langen Gliedern in sie ein, keine einzige Leibesöffnung ließen sie ungeschont. Nina wehrte sich nicht, sie ließ alles mit sich geschehen. Ihr Körper erschlaffte und sackte zusammen, doch die Männer ließen immer noch nicht ab. Mein Schatz, mein Heiligtum, mein Mädchen – was machten sie mit diesem unschuldigen Geschöpf? Lasst sie mir wenigstens am Leben, bat ich weinend, als mir schien, jetzt hatten sie sich alle so langsam an ihr abgearbeitet. Riesige Flammen schlugen aus der Mühle, da verlor ich ein weiteres Gut, nur noch die Erdhütte verblieb mir. Aber ich hörte, wie sie auch da wüteten, vielleicht auf der Suche nach Geld. Meine Kräfte versagten, ich fiel auf die Knie. Dann kippte ich vornüber, mein Gesicht fiel in den Sand. Ich hatte nicht die Energie, meine Nase aus dem Staub zu heben. Der Staub verwandelte sich auf meinem tränennassen Gesicht zu Schlamm. Mein verschlammtes Gesicht hob ich auf, als ich nur noch die Flammen rauschen hörte. Die Machnowzi zogen ab, das Mädchen hatten sie auf den leichten Federwagen neben das Maschinengewehr gesetzt. Der Wagen setzte sich in Bewegung, Machno warf noch einen Blick zurück, legte in diesen mörderischen Blick seinen ganzen Vorrat an Häme, als er mich elenden Wurm im schlammigen Staub sah.

Ich werde dich finden, Satan, und dich töten, rief ich hinterher. Meine Stimme klang röhrend, wie durch einen Schlauch gesprochen, aber Machno schien meinen Abschiedsschrei wahrgenommen zu haben.

Du willst mich töten, wehrloser Pazifist du?

Dann verschwand der Wagen in der untergehenden Sonne.

Tagebucheintragungen Miriams über den November 1989

Wie lange er da gelegen hat, ich weiß es nicht. Stunden, Tage, Wochen. Trostlos. Keine Aussicht auf Besserung. Wieder ein Krampfanfall. Seine Augen vibrieren, als ob er einen ewigen Traum träumt.

Wie lange ich da gelegen habe, weiß ich nicht. Stunden, Tage, Wochen. Eine alte Frau, eine echte Babuschka, weckte mich und brachte die unglückselige Erinnerung zurück. Sie sagte etwas in Russisch, Tatarisch, Mongolisch, keine Ahnung, schleppte mich in den winzigen Schatten einer Sonnenblume, die einzige, die übrig geblieben war und am Eingang meiner Erdhütte wachte. Der Brei, den sie mir einflößte, nicht nur an diesem Tag, sondern auch an den vielen folgenden, schmeckte fürchterlich, aber er hielt mich am Leben in den nächsten Jahren, die von einer unvorstellbaren Hungersnot geprägt waren. Allein die Zerstörung der freien Landwirtschaft durch die Enteignung der Bauern und die Einführung der Kolchose hatten schon schlechte Ernten verursacht. Noch schlimmer machte alles eine lang anhaltende Dürre. Von der Not auf dem Lande und in den Städten bekam ich nichts mit, nachher habe ich mir davon erzählen lassen. Woher meine Babuschka die Gerste für den fürchterlichen Brei bekam, wusste ich nicht und wollte ich auch nicht wissen. Genauso unerklärlich war mir überhaupt ihr Hiersein. Warum kümmerte sie sich um mich? Wo war ihre Familie? Diese zwei Fragen hat sie nie beantwortet, so wie wir auch nie über tiefgründigere Dinge sprachen, eigentlich war sie die einzige, die überhaupt sprach, in einem Idiom, das mir in großen Teilen unverständlich blieb, obwohl ich zuletzt, in den letzten Tagen meiner großen Depression, einige Brocken dechiffrierte und sie meine Sprache aus Zeichen und Wörtern richtig deutete. Bis dahin vegetierte ich auf meinem Lager, traute mich nicht aus der Dunkelheit zu kommen, ließ mir exotische Geschichten von fernen sonnendurchfluteten südamerikanischen Ländern durch den Kopf gehen. So träumte ich, ich liefe durch ein Hirsefeld hinter einer bunt gestreiften Schlange her. Als die Viper zum Greifen nah war, warf ich mich in einem Hechtsprung auf sie und bekam sie zu fassen. Die mit auffälligen Farben gestreifte Schlange wand sich kräftig, aber als sie keine Chance mehr sah, meinem Griff zu entkommen, attackierte sie mich, schlug ihre Zähne in meinen Ellbogen. Ein betäubender Schmerz durchfuhr mich, aus meinen Händen entwich die Kraft, die Schlange hatte das Glück zu entkommen, während ich in ein taumelndes Delirium fiel.

Mein Zustand besserte sich erst, als meine Babuschka plötzlich mit einigen Äpfeln und Pflaumen auftauchte und der Appetit mich unversehens packte, vielleicht, weil ich das anregende Obst als Zeichen für den Anbruch besserer Tage verstand. Deshalb nahm ich alle Kraft zusammen, um mich zu erheben, was jedoch nicht ohne die Unterstützung der Babuschka gelang. Zitternd und wackelnd, auf einem Stock gestützt und von den starken Armen der Alten gehalten, taperte ich aus der Erdhütte, ließ mir die ersten Sonnenstrahlen seit vielen Jahren mit der Wirkung eines Laserwaffenbombardements in die fast erblindeten Augen und auf die farblose, fahle Haut fallen, schaffte nur mit großer Mühe und der Hilfe meiner Mitbewohnerin den Aufstieg an die Erdoberfläche. Draußen breitete sich eine Mondlandschaft aus. Wo früher hektarweise die Sonnenblumen blühten, war jetzt wieder kahle Steppe, und wo mein Haus gestanden hatte, lagen noch ein paar angekohlte Balken und Latten und eingestürzte Mauern. Meine Mühle war bis auf die Grundfesten niedergebrannt. Ein trauriger Anblick.

Ab und zu kamen ein paar Leute aus meinem versprengten Volk vorbei, gebeugt, verhärmt, niedergeschlagen, ihre Namen will ich nicht nennen, sie baten darum, nicht verraten zu werden, vier Buchstaben flüsterten sie mir zu, NKWD, immer wieder NKWD, die russische Version der Gestapo, der mörderische Geheimdienst, Männer in langen Mänteln und in bulligen Autos, sie haben meinen Mann genommen, sagten die weinenden Frauen, sie haben meinen ältesten Sohn genommen, sie sagten immer *genommen*, ein Wort, das einen bis dahin unbekannten brutalen Beiklang bekam. Unsere Ältesten, Schulzen und Prediger haben sie uns genommen. Unsere Höfe haben sie uns genommen, sagten sie, unsere Schulen haben sie genommen, unsere Kirchen haben sie genommen und zu *Clubs* umgestaltet. 30 000 hatten Glück, sagten sie, sie entkamen nach Nordamerika und Paraguay. Wir mussten zurückbleiben, sagten sie. Zurückbleiben, höre ich die blecherne Lautsprecherstimme aus der Münchner U-Bahn. Zurückbleiben. Den Brutalos, Marodeuren, Opportunisten gehört jetzt unsere Welt. Und an der Spitze der Ober-Brutalo, ein Mann namens Josef Stalin. Väterchen Stalin, der väterlich lächelnde, der hämisch lächelnde, zynisch grinsende, Euch-habe-ich-alle-im-Sack-lächelnde, die Ausgeburt des Teufels auf der linken Seite Europas, sein diabolischer Zwillingsbruder machte sich gerade auf der rechten Seite auf den Weg.

Meine Babuschka hatte mich verlassen. So wie Vogeleltern ihre flüggen Jungen entlassen. Sie war verschwunden, wie sie gekommen war – still und unbemerkt. Vielleicht hatte sie in dem Augenblick den Abflug gemacht, als die schmale Frau sich den schlängelnden Weg hoch in unsere Richtung bewegte. Die einsame Fußgängerin war Claudia. Sie hatte von dem Besuch des Psychopathen Nestor erfahren und dass er ganze Arbeit geleistet hatte. Sie nahm mich mit ins Haus der Familie Dyck, das jetzt, nach Enteignung und Kollektivierung auch ihr, der Hausangestellten, gehörte. Die Dycks waren froh, dass es so gekommen war, dass sie das nun volkseigene Haus mit einer Person teilen konnten, die ihnen ans Herz gewachsen war. Für einen armen Zuzügler hatten sie noch ein freies Zimmer.

Sie brachten mir viel Sympathie entgegen, weil ich Herrn Dyck, den Klempner, in den Ansiedlungsjahren beim Bau meiner Mühle angestellt hatte. Weniger zu gefallen schien meine Unterbringung Daniel Schellenberg. Am liebsten hätte ich ihm gesagt, wenn er es bis jetzt nicht geschafft hatte, Claudia von einer Ehe zu überzeugen, wann dann? Aber ich musste vorsichtig sein, denn der fromme Daniel hatte seine Religion an den Nagel gehängt und war jetzt Parteimitglied. Die Partei könne nicht in sein Herz schauen, hatte er Herrn Dyck gesagt, womit er ausdrücken wollte, dass er in Wirklichkeit noch Christ sei. Mit der politischen Karriere schützte er zunächst sich selbst, dann konnte er unter Umständen auch Freunde, Bekannte, Verwandte schützen, aber nicht im Übermaß, um nicht in den Geruch der Patronage zu geraten. Alles konnte ein Grund sein, um ins Visier des NKWD zu geraten: Zuviel Patronage konnte ebenso ein Grund sein wie zu wenig. Das Dorf Chortitza hatte seinen Geist verloren, seine korrekte, scharfe Trimmung. Die Anfänge der Verwahrlosung traten deutlich in Erscheinung, schon auf der Straße. Die Bürgersteige waren nicht gesäubert. Die Höfe kannten keine harte Hand mehr. Der Schmutz trat an den Rändern hervor. Die Fassaden blätterten. Auf den Feldern konkurrierten die strohigen Weizenhalme mit wilden Grassorten.

Ich wurde aus meinen Gedanken gerissen. Bei den Dycks waren ein paar Schreiben von Raquel gelandet. Raquel Solís, die sich mit Eva immer noch in der aufgeschlossenen Modehauptstadt Paris aufhielt:

Rate mal, wer mir hier in Paris über den Weg läuft. Niemand anders als dieser Machno, der mir zunächst nur als Nestor bekannt war. Du hattest eine schreckliche Begegnung mit ihm, wie die Mennonitische Post berichtet. Anarchist zu sein ist hier in Paris in Mode. Die Avantgarde umgibt sich gerne mit Anarchisten. Und in den politischen Salons wirken sie auch eher niedlich. Was sollen wir mit ihm machen? Die politische Konstellation ist nicht so, dass wir ihn vor ein Gericht stellen könnten.

Als ich die letzte Zeile gelesen hatte, war für mich klar, was meine Pflicht war. Sobald ich körperlich fit war, würde ich nach Paris fahren und Nestor Machno umbringen. Das war ich meinem Volk und mir selbst schuldig. Jawohl, ich würde richten, ich würde alle pazifistischen Prinzipien über Bord werfen und einen Menschen, der im Grunde ein Monster war, in den Tod befördern. Von wegen die andere Wange hinhalten.

Die Sowjetunion zu verlassen war nicht einfach. Für Auswanderergruppen war es schlichtweg unmöglich. Einzelne hatten schon größere Chancen, wenn sie über das entsprechende Bargeld verfügten. Mit der Hilfe von Schellenberg, der glücklich war, dass ich eine Weile nicht mehr unter seinen Augen weilen würde, startete ich das Unternehmen *Brüderlicher Austausch mit Sozialisten* in Paris.

Weder Schellenberg noch die Behörden, mit denen ich verhandelte, informierte ich über den wahren Grund meines Besuches. Als mein Ziel gab ich an, sozialistische Künstlerinnen in Paris zu besuchen. Dazu gehörte dann auch, dass ich die Namen und Adressen von Raquel und Eva angab. Eine Ausreisegenehmigung mit Einweg-Fahrkarte hätte ich nie erhalten. Das Retour-Ticket, das aussagte, ich würde zurückkommen, war eine Selbstverständlichkeit. Wobei ich Schellenberg gegenüber jedoch andeutete, dass eine Rückkehr ausgeschlossen war. Diese Aussicht stimmte ihn nicht unbedingt unglücklich.

Vor Antritt meiner Reise versorgte ich mich mit einer Portion Arsen, in jedem Agrarhandel zu bekommen, weil unerlässlich für die Ausrottung der Ratten. Und für diese Zwecke würde ich es auch in Paris verwenden. So machte ich mich auf zu meiner größten Eisenbahnreise durch Europa. Über Kiew, Warschau und Berlin. Bunte Landschaften rauschten nur so an mir vorbei – gepflügte Äcker im satten Braun, Weizen im dunklen Grün, Raps im stechenden Gelb. Letzteres erinnerte mich auf traurig-schöne Art an mein Sonnenblumenfeld. In Berlin erhaschte ich einen Blick auf die Hauptstadt der Nazis und das rote Hakenkreuzfahnenmeer. Die deutschen Grenzbeamten kontrollierten meinen Pass und fragten mich, ob ich Jude sei, vielleicht schlossen sie von meinem Vornamen auf einen semitischen Hintergrund.

Während wir uns der französischen Hauptstadt näherten, sprachen die ausländischen Passagiere in meinem Abteil vom *Swinging Paris*, ein Ausdruck, der mir nichts bedeutete. Überhaupt würde ich zum ersten Mal im Leben eine Stadt von dieser Dimension kennenlernen, das Amsterdam und das Danzig des 18. Jahrhunderts waren im Vergleich dazu doch sehr überschaubare Gebilde. Am Gare du Nord holten mich Eva und Raquel ab, beide mondän gekleidet. In einem Taxi fuhren wir zu ihrem Heim im 15. Arrondissement, in der Nähe der Künstlerkolonie La Ruche.

Für den Abend hatten sie einen Cocktail-Empfang in ihrer Café-Galerie *Les Elephants de Monsieur Coco* organisiert. Wie sie auf den

Namen gekommen waren, weiß ich nicht mehr. An ihren Gemälden, die in einem großen Saal hingen, erkannte ich, dass die Welt auch hier dabei war, aus den Fugen zu geraten. Während sie mich herumführten, fielen Begriffe wie Kubismus, Surrealismus, Fauvismus, Begriffe, die mich vollends überforderten. Wie würde ich reagieren, wenn ich vor Machno stand? War es tatsächlich mein Machno, der jetzt Paris unsicher machte? Ich war gespannt.

Je später der Abend, desto mehr füllte sich der Salon. Namen von angeblich großen Künstlern fielen, Picasso, Chagall, Diego Rivera, mir sagten sie nichts, und weil ich eh nur an Machno dachte, weiß ich heute nicht mehr, wer von ihnen persönlich anwesend war und von wem nur gesprochen wurde. Die Gruppe der russischen Künstler wurde immer größer, ob sie alle, die da in einer Ecke standen, Künstler waren, weiß ich nicht, aber sie sprachen russisch, ließen die Cocktails stehen und griffen nur nach dem Wodka. Raquel stellte sich an meine Seite und sagte: Da kommt er, unser Held.

Ein kleines Grüppchen von Männern war laut redend hereingeplatzt. In dem Pulk stand einer im Mittelpunkt, der von allen gehegt wurde – weil er so sensibel war, weil er schon stark betrunken war oder weil er von einer tödlichen Krankheit heimgesucht wurde, was auch immer. Sein Gang war unsicher, unauffällig stützten seine Begleiter ihn, als er sich zu der großen Gruppe der russischen Künstler gesellte und dort mit einem *Priwet!* willkommen geheißen wurde. Die Augen tief eingefallen, die Haare kurz geschnitten, wirkte er wie ein 60-Jähriger. Alle paar Minuten attackierte ihn ein Hustenanfall. Er hielt sich ein Taschentuch vor den Mund, das mit blutigen Flecken gesprenkelt war. Der Mann sah derart derangiert aus, dass ich ihm nur eine geringe Lebenserwartung attestierte. Er würde demnächst abnippeln. So oder so. Weide dich an seiner Todesqual und reise ab, Ruben! Nur nicht schwach werden, du musst ausführen, was du deinem Volk schuldig bist.

Mal hörte ich hier, mal hörte ich dort zu. Die russische Revolution wurde von den meisten begeistert gefeiert. Auch Eva und Raquel hatten überschwänglich vom Bolschewismus gesprochen und zeigten kein Verständnis für meine Umschreibung des Begriffs als Staatsterrorismus. Bei einer kleinen Minderheit hatte sich die Begeisterung über die Revolution schon deutlich gelegt. Voller Enthusiasmus waren sie in den 20er Jahren nach Moskau gereist, traurig und enttäuscht kehrten sie wenig später nach Paris zurück, desillusioniert, misslaunig, manche von ihnen froh, mit dem bloßen Leben davongekommen zu sein. Chagall hatte sogar die Wirren live miterlebt, er hatte sich der Revolution zur Verfügung gestellt, nur um deprimiert festzustellen, dass die Revolution ihre Kinder fraß. So bildeten sich im Salon zwei Gruppen, die Enthusiasten, die immer noch die Veränderung der Welt erwarteten, und die Enttäuschten, die schon ihr Fett abgekriegt hatten. Auch mein Machno hatte die Flucht ergreifen müssen. Solange die Roten ihre Macht noch nicht gefestigt hatten, waren er und seine Schwarze Armee nützliche Idioten. Aber in dem Augenblick, als die Bolschewiki fest im Sattel saßen, fingen sie an, den unsicheren Kantonisten zu verfolgen.

Der Wodka floss in Strömen, die Unterhaltung wurde lockerer, ein Mann mit einer langen Mähne setzte sich ans Klavier und spielte ein Lied. Bald wurde er von mehreren Geigern begleitet. Frauen und Männer küssten sich beim Tanz ungeniert. Von manchen Frauen hatte ich den Eindruck, sie seien leichte Mädchen.

Au, es gibt Zoff, sagte Raquel, die sich jetzt an mich hielt, während Eva sich einer Freundin zuwandte. Die Männer, die dort hereinkommen, sind Volin und Arschinow.

Die beiden Männer zierten Glatzen, Volin hatte einen beeindruckenden Bart.

Sie sind mit Machno aneinandergeraten. Dabei geht es um die Organisation der Anarchie-Bewegung, sie sprechen immer von Plattformismus.

Das kleine anarchistische Orchester stimmte eine neue Melodie an, von der Raquel sagte, sie sei sehr populär in diesem Jahr und ermunterte mich, mit ihr das Tanzbein zu schwingen. Raquel tanzte so gut, dass sie mir das Gefühl gab, auch ich sei ein akzeptabler

Tänzer. Noch während wir uns schwungvoll, aber wenig elegant drehten, hörten wir, wie die Debatte in der russischen Ecke rabiater wurde. Es kam zum Geschubse mit dem Ergebnis, dass Volin und Arschinow das Feld räumten. Ich ließ die Russen nicht aus den Augen, weil ich befürchtete, Machno könnte uns verlassen, bevor ich ihm überhaupt entgegengetreten wäre.

Aber ich bekam meine Gelegenheit, wenn auch sehr spät. Die russische Ecke hatte sich um ein Uhr ziemlich geleert und neben Machno, der sich auf einem Sofa dahin gefläzt hatte, war ein Platz frei, den ich sofort in Beschlag nahm. Noch kam kein Gespräch zwischen uns beiden zustande, aber ich nutzte die Zeit, um das Trinkverhalten Machnos zu beobachten. Vor ihm stand immer ein leeres Glas. Füllte es jemand, griff er umgehend danach und trank auf ex. Seine Begleiter achteten aber darauf, dass nicht zu häufig nachgefüllt wurde.

Um etwa zwei Uhr waren in unserer Ecke nur noch einige wenige Gäste. Raquel kam und sprach Machno an: Nestorchen, ich habe heute einen guten Freund aus der Ukraine mitgebracht.

Sie deutete auf mich. Machno blickte mich an, aber natürlich erinnerte er sich nicht an mich. Ich war nur eine kurze unbedeutende Episode in seinem langen mörderischen Leben gewesen.

Viele Grüße an Nina, sagte ich.

Er glubschte immer noch, ohne zu begreifen. Der Alkohol zeigte deutliche Wirkung.

Wer ist Nina? fragte er.

Nina ist das russische Mädchen, das Sie und Ihre Männer brutal geschändet haben. An der Mühle in Chortitza.

Chortitza kenne ich, sagte Nestor Machno. Dort habe ich bei einem Kulaken als Schafhirte gearbeitet.

Haben Sie den Kulaken auch getötet? wollte ich wissen.

Die Kulaken, die meine Männer im Kampf getötet haben, habe ich nicht gezählt.

So viele Kulaken, wie Sie grausam ermordet haben, gab es gar nicht.

Alle, die im Krieg gegen mich gefallen sind, hatten es auch verdient.

Auch die Familie Klassen?

Wer ist die Familie Klassen?

Erinnern Sie sich nicht an die Mutter mit den sieben Kindern, die Sie enthauptet haben und deren Köpfe Sie dekorativ auf der Kommode platzierten, um den zurückkehrenden Vater gebührend zu empfangen?

Machno kicherte: Eure Wohnzimmer sind immer so langweilig. Das wollte ich ändern.

Das war sein Todesurteil. Keine Spur von Scham. Über seine grausigen Taten machte er sich auch noch lustig. Sofern er sich noch daran erinnerte. Nina war noch noch nicht mal eine Fußnote in seinem Leben gewesen.

Ich sah mich um, während er davon schwafelte, dass er bei den Mushiki, den armen Bauern, Rückhalt hatte, dass sie ihn unterstützt und mit ihm zusammen gekämpft hatten, dass er, wenn er Pferde und anderes akquiriert hatte, immer gerecht bezahlt hatte. Während er seine bekannte Heldengeschichte darbot, schritt ich zur Tat. Seine Begleiter waren abgelenkt, sie unterhielten sich mit Raquel. Rechts auf dem Boden neben mir stand eine Flasche Wodka. Ich ergriff ein Glas, schüttete Arsen hinein und füllte es mit Schnaps auf. Aus dem klaren Getränk war eine diffuse Brühe geworden, aber es war dunkel im Salon und Machno hatte sowieso nicht alle Sinne beisammen.

Trink, du Schwein. Möge das Arsen deinen Magen zerfetzen. Wenn aber der HERR ihnen Richter erweckte, so war der HERR mit dem Richter und half ihnen aus ihrer Feinde Hand, solange der Richter lebte. Denn es jammerte den HERRN ihr Wehklagen über die, so sie zwangen und drängten.

Das Orchester spielte wieder den Hit des Sommers.

Komm mit mir, sagte Raquel.

Mit ihrem dunklen Teint bezauberte sie mich, in Russland hatte ich mich an den Blonden ein wenig satt gesehen. Schwingend bewegten wir uns an den Rand der Tanzfläche, dann gerieten wir in die Nähe der Garderobe, wo wir unsere Jacken ergriffen und uns weiter drehend, fast schwindlig vor Glück, tanzten wir auf den Bürgersteig, jetzt lachend und glucksend und dumme Sprüche faselnd. In diesem beschwingten Zustand kamen wir in der Wohnung Raquels an. Taumelnd nach der Melodie des Sommerhits, die in unseren Köpfen immer noch weiter spielte, entledigten wir uns unserer Kleider, ich bewunderte ihren perfekten, kaffeebraunen Körper, sie hatte an meinem Körper, der sich noch nicht ganz von den Hungerjahren erholt hatte, nicht viel zu bewundern, aber ihr Verlangen nach mir wurde von anderen Attributen genährt, so dass wir, von großen Gefühlen der Leidenschaft getragen, in ihr Bett sanken und uns der Liebe hingaben. Nachher quälten mich wieder die bekannten puritanischen Gewissensbisse, aber sie sagte, lass es gut sein, wie es ist, ich erwarte nicht mehr von dir und du nichts von mir.

Etwa um die Mittagszeit erhielten wir die Nachricht vom Tode des Anarchisten Nestor Iwanowitsch Machno. Dahingerafft von der Tuberkulose, so hieß es später in den Zeitungen. Der übermäßige Genuss von Wodka habe ihm wohl den Rest gegeben. Raquel und Eva blickten mich vieldeutig an.

Nein, sagte ich, ich war es nicht. Allenfalls war es mein Wunsch, der so stark war, dass er seinem Leben ein Ende setzte.

Machnos Urne wurde auf dem Friedhof Père Lachaise beigesetzt. Dort befindet er sich nun in der Gesellschaft so berühmter Persönlichkeiten wie Honoré de Balzac, Sarah Bernhardt, Auguste Comte und Marcel Proust. 500 Menschen begleiteten den ukrainischen Anarchisten, der übrigens in seinem Leben kein Wort Ukrainisch sprach, auf seinem letzten Gang. Unter den Trauergästen war auch ich, doch ohne Trauer. Auch ohne Freude, ohne Häme. Einfach ohne Gefühle, wie es sich für einen Menschen gehörte, der in dieser Zeit lebte. Zuletzt, so erfuhr ich auf dem Friedhof, war Machno als Hilfsmechaniker bei Renault und als Bühnenarbeiter an der Oper tätig gewesen. Die Oper, so denke ich, wäre von Anfang an die bessere Bühne für sein spektakuläres und armseliges Leben gewesen. Seine Gräueltaten an unserem Volk bleiben in der nicht-mennonitischen Literatur unerwähnt. Sie seien noch nicht un-parteiisch erforscht worden. Als ob die Heldengeschichten Nestor Machnos nicht auch nur von seinen Bewunderern dargestellt und ebenso wenig unparteiisch erforscht wurden.

Jetzt ging es wieder zurück aus dem swingenden Paris in das Land des Schreckens, wo jeder jeden bespitzelte und keiner sicher war, nicht schon in der nächsten Stunde verhaftet zu werden. Die mondäne Raquel gegen die bäuerliche Claudia. Welt gegen Kleingeist. Bei der einen brauchte ich nur Stunden, um bei ihr zu landen, bei der anderen benötigte ich Jahre, um mich millimeter-weise anzunähern.

Zurück aus Paris, fragten sich meine Bekannten: Wie kann je-mand ungestraft in die französische Hauptstadt reisen und wieder unbestraft zurückkehren, es sei denn, er genießt die Protektion der Bolschewiki. Der also auch, dachten sie. Doch der heimlich geäußerte Verdacht klärte sich wie von selbst auf, das heißt, wie von selbst nicht, denn ich war mir sicher, dass Daniel seine Hände im Spiel hatte. Er war entsetzt, als ich auftauchte, weil er gehofft hatte, dass ich im Westen bleiben würde. Nun war ich wieder da, seiner Claudia wieder nah und ihm ein ständiger Dorn im Auge. Ob er der Denunziant war? Möglich. Auch als Kommunist stand er unter ständigem Druck, sich zu rechtfertigen. Bei irgendei-ner unwichtigen Versammlung wurden die Mitglieder aufgefordert, Verdächtiges zu melden. Und Daniel ist nichts Verdächtiges aufge-fallen? Was ist denn mit dem Neuen im Haus der Dycks? Der war doch für einige Zeit verschwunden? So lauteten in solchen Fällen die Fragen. Fragen, die wie Würmer unter die Haut krochen und den Menschen von innen verseuchten. Daniel selbst hatte alles dran gesetzt, dass ich nach Paris reiste. Jetzt, wo ich wieder da war, wollte er davon nichts mehr wissen und sah sich nach Möglichkeiten um, mich zu diskreditieren, um mich wieder los-zuwerden. Aber es gab neben Daniel viele andere, die als Denun-zianten in Frage kamen.

Sie kamen, wie immer, um drei Uhr nachts. Die dunklen Männer weckten die Familie Dyck nebst ihren Kindern und kassierten das Hausbuch, in dem jeder Haushaltsvorstand aufführen musste, wer gerade im Haus war, wer wann eingetroffen war, wer das Haus wann warum verlassen hatte. Nachdem sie dem Buch entnommen hatten, dass ich anwesend war, forderten sie den Hausherrn auf, mich zu wecken. Aufgeregt kam Dyck in mein Zimmer gestürmt und forderte mich auf, so viel wie möglich anzuziehen:

Das NKWD ist da. Wappne dich für die nächsten Jahre.

NKWD – das bedeutete im schlimmsten Fall wochenlange Gewaltmärsche in sibirische Lager. Gutes Schuhwerk war eine ratsame Bedingung, um die schrecklichen Belastungen zu bestehen. Ein Mantel und sonstige Winterkleidung waren wichtig, um dem Wetter zu trotzen.

Vaterländischen Verrat warfen mir die namenlosen Geheimdienstleute vor. In die lokale Filiale des NKWD in Saporoshje brachten sie mich. Die Geheimen warfen mich in eine Zelle im Keller des Hauses und sagten, morgen früh sei Vernehmung. In der Zelle nebenan lag ein Bekannter, na ja, ein Mann, der mir vor kurzem über den Weg gelaufen war, Arschinow, der Anarchist. Er sah grauenvoll aus, seine Haut hatte seit Tagen kein Wasser gesehen und aus allen seinen Poren waberte Gestank. Wenn er gefoltert worden war, so waren keine Spuren zu sehen.

Habe ich dich nicht vor ein paar Tagen in Paris gesehen? fragte ich.

Oh, Teufel, erhebe dich von mir. In Paris war ich schon lange nicht. Woher hätte ich denn das Geld dafür nehmen sollen, gehörte ich doch schon als kleines Kind dem Proletariat an.

Wer den Teufel akklamiert, kann auch kein Anarchist sein. Diese Leute sind bekanntlich gottlos. Und ebenso wenig glauben sie an den Gottseibeiuns.

Arschinow schwieg. Sein Schweigen legte ich als Verunsicherung aus.

Ob die Folter oder, wenn es keine Folter war, die brutale Behandlung seine grauen Zellen angegriffen hatten oder ob er mich verdächtigte, ein Eingeschleuster im Auftrag des NKWD zu sein, konnte ich nicht mit Gewissheit sagen. Der Rat, den er mir dann gab, klang durchaus logisch und hatte seine Berechtigung:

Gib alles zu, sagte er, sage Ja und Amen zu allem, was sie dir vorwerfen. Denn Vorwurf ist gleich Urteil.

Wenn sie mir etwas vorwerfen, dann haben sie schon geurteilt, dann haben sie mich schon verurteilt. Und ihr Urteil pendele nur zwischen Lebenslänglich und Erschießung. Daher solle mein Ziel sein, ein Lebenslänglich zu erreichen.

In zehn Jahren hat sich der Wind möglicherweise gedreht, sagte er, und dann bist du froh, überlebt zu haben.

Ich hätte ihn fragen können, warum er sich dann nicht an seine eigene Vorgabe halte, um den Quälgeistern zu entkommen. Er gab mir eine Antwort, ohne dass ich gefragt hätte: Man wirft mir vor, eine Untergrundorganisation aufzubauen. Meine Erschießung ist so gut wie sicher. Aber ich bin ein Mann der Geschichte, deshalb bleibe ich bei der Wahrheit, auch wenn ich gefedert und geteert werde. Meine geschichtliche Bedeutung ist wichtiger als mein Leben.

Hier begegnete ich einem Vollblut-Idealisten. Arschinow widerstand allen Versuchungen, sich selbst zu verleugnen, womit er sein eigenes Todesurteil unterschrieb.

Da meine geschichtliche Bedeutung sehr gering war, musste ich nur das Prinzip der Wahrheit verteidigen. Immer und überall bei der Wahrheit zu bleiben, koste es, was es wolle, dem Feind trotzen, du selbst bleiben, diese Grundsätze waren mir von Kindesbeinen an eingebläut worden. Wenn ich auf meine Prinzipien pfiff, kam ich wahrscheinlich mit dem Leben davon. Ich war bereit zu lügen. Was ich nicht wusste: Konnte ich überhaupt lügen?

Das Interview konnte beginnen.

Wir haben hier das Gästebuch. Daraus ersehen wir, dass Sie zwei Wochen nicht im Hause waren.

Für eine Antwort brauchen Sie nicht das Gästebuch. Ich bin mit Erlaubnis der Behörden ausgereist. Und die können Ihnen natürlich auch die Reise bestätigen.

Es ist aber immer gut, ein Beweismittel zu haben. Was meinen Sie, wie viel kooperativer unsere Gesprächspartner sind, wenn wir ihnen Beweise vorlegen.

Das mag sein. Aber eines weiß ich: Wenn Sie die Leute nur nach Beweisen verurteilen würden, wären die Straflager nicht so voll, antwortete ich forsch. Woher nahm ich die Kraft, so mutig zu sein?

Zu forsch. Iwan schrie mich an, ich sei ein arroganter Kulake und wies seinen Kollegen Bruno an, mich in die Folterkammer in den Keller zu bringen. In dem düsteren Raum, düster war hier alles, stand eine Badewanne gefüllt mit Wasser. Auf einem Tisch an der meergrünen Wand lagen diverse Folterinstrumente: Zangen, Hammer, Lanzen, Peitschen. Bruno entschied sich für die Peitsche. Er gefesselt mich und ließ den Riemen auf mich niedersausen. Nach jedem Hieb nahmen die Schmerzen zu, so dass ich dachte, ich würde irgendwann mal, nach dem zwanzigsten Hieb, vor Höllenqual explodieren. Doch so nach dem 12. Hieb war die Schmerzgrenze erreicht. Die Pein wurde nicht schlimmer, sondern nahm immer mehr ab. Die Haut war betäubt und fühlte sich dick an, so wie sich die Oberlippe nach der Betäubungsspritze beim Zahnarzt anfühlt. Gleichzeitig nahm mein Stehvermögen ab. Die Kraft, mich aufrecht zu halten, verließ mich. Wie ein halbleerer Sack Mehl fiel ich zusammen. Bruno ließ von mir ab. Er faltete die Peitsche zusammen und legte sie ordentlich auf den Tisch. Meine Kraft kehrte allmählich zurück. Als Bruno den Eindruck hatte, dass ich mit seiner Unterstützung wieder gehen konnte, zog er mich hoch und führte mich langsam und behutsam, so wie ein Sohn seinen alten Vater führt, die Treppen zum Vernehmungszimmer hoch.

Iwan hieß mich Platz zu nehmen: So, damit haben wir deinen Sinn für die Zusammenarbeit ein wenig geschärft. Was wolltest du denn in Paris?

Ich habe Freundinnen besucht.

Wie hat sich dieser Besuch abgespielt?

Wir haben uns unterhalten und sind am Abend in ihre Galerie gegangen. Meine Freundinnen sind Künstlerinnen. Fragen Sie in Paris nach, die Kunstinteressierten kennen sie.

Und dort hast du Bekannte getroffen?

Nein, antwortete ich, wohl wissend, dass ein Lügendetektor jetzt ausgeschlagen hätte. Ich log und log doch wieder nicht. War das Schwein Machno ein Bekannter?

An dem Abend waren viele russische Bürger in der Galerie. Und du hast keine Bekannten getroffen?

Natürlich habe ich mich unter die Gäste gemischt. Aber Eva und Raquel waren die einzigen, die ich kannte.

Was ist mit Arschinow, den du eben im Keller gesprochen hast?

Arschinow habe ich zum ersten Mal in der Galerie gesehen. Aber ich glaube nicht, dass ich ein Wort mit im gewechselt habe.

Arschinow behauptet was anderes.

Was denn?

Dass ihr ein Komplott geschmiedet hättet.

Das ist eine Lüge.

Du kanntest also niemand sonst?

Meine guten Vorsätze waren dahin. Ich wollte nicht noch einmal Schmerzen spüren und sagte deshalb: Machno. Nestor Machno kannte ich, aber ich glaube nicht, dass er mich kannte.

Zuerst wollen Sie niemanden gekannt haben und jetzt rücken Sie plötzlich mit Namen heraus.

Ich habe gesagt, dass ich in der Galerie keine weiteren Bekannten getroffen habe. Nestor Machno ist auch kein Bekannter. Ich weiß nur, wer er ist. Während des Bürgerkrieges habe ich eine unerfreuliche Begegnung mit ihm gehabt.

So, ihr habt also miteinander zu tun gehabt. Und jetzt kreuzen sich eure Wege ganz zufällig?

Machno hat mein Mädchen geschändet und meine Mühle abgebrannt. Und jetzt wollen Sie mir einreden, dass ich mit so einem Mann unter einer Decke stecke? Und außerdem: Wenn Arschinow ein Kumpan von Machno ist, dann halte ich mich lieber fern von ihm. Obwohl er in der Zelle einen vernünftigen Eindruck macht ...

Siehst du, je länger wir bei dir bohren, desto mehr kommt zum Vorschein. Die ganzen Konterrevolutionäre in Paris, egal wie sie heißen, sollte man alle in einen Sack stecken und in der Seine ertränken. Sie bringen Mütterchen Russland in Verruf. Was auch immer du in Paris getan hast, einen Tag nach der Galerie-Nacht war Machno tot. Und das riecht nach Verschwörung. Und wir sind absolut gegen Verschwörungen. Auch wenn Landesverräter die Opfer sind. Hast du etwas mit dem Tod Machnos zu tun?

Die Detektornadel hätte wieder weit ausgeschlagen.

Wissen Sie, Machno litt an Tuberkulose. Dafür muss man kein Arzt sein, um zu wissen, dass er Tbc im Endstadium hatte. Das stand auch in der Zeitung. Und dann hat er gesoffen wie ein Russe, Entschuldigung. Also: Ich muss sagen, ich wäre auch gestorben.

Weißt du, wir können dich nicht freilassen. Zu gefährlich. Zu groß ist die Wahrscheinlichkeit, dass du ein Briefträger bist, dass die Konterrevolutionäre in Paris dir eine Nachricht übergeben haben, die du den Aufständischen hier zukommen lassen willst. Du bist eine Gefahr für die politische Sicherheit. Und deshalb solltest du gestehen.

Mein Leben lang war ich politisch unbeteiligt.

Du warst politisch nicht aktiv, weil du kein Gewissen hattest. Du warst Kulake, den armen Bauern hast du wie ein Vampir das Blut aus den Adern gesogen.

Bruno und Iwan berieten sich. Dann schubste Bruno mich in Richtung Ausgang und sagte: Mach schon! Wir gehen wieder in den Keller!

Nun konnte Keller bedeuten, dass ich wieder in meine Zelle kam oder in die Folterkammer. Iwan schubste mich an meiner Zelle vorbei. Da packte mich unmenschliche Angst, weil ich mir nicht vorstellen konnte, dass ich die Schmerzen, die er mir jetzt zufügen wollte, ertragen konnte.

Bruno führte mich nun also in die Folterkammer, die ich erst vor ein paar Minuten, so kam es mir vor, kennengelernt hatte. Am Ende des Raumes war eine Tür, die ein Teil der Wand zu sein schien und nur an den Rändern als Tür zu erkennen war. Als Bruno sie öffnete, schlug mir ein fürchterlicher Gestank entgegen. Die ekligen Gerüche kamen aus einer Wanne, die offensichtlich mit Fäkalien, Blut, Eiter und Urin gefüllt war.

Miriam Cornies, Ende 1989, Berlin

Dann war sie da, die Familie aus Paraguay, darauf vorbereitet, dass ihr Sohn das Erdendasein verlassen würde. Nie werde ich vergessen, wie Frau Löwen am Bett Rubens stand und in einer Mischung aus großem Schmerz und Schüchternheit auf die Maschinen starrte, die um das Bett ihres lieben Ruben gruppiert waren. Die Angst um das Leben ihres Sohnes konnte ihre Befangenheit nicht überdecken. Aus der bäuerlichen Welt im Chaco herausgerissen, in einer technisierten fremden kalten Welt gelandet, in der ihr Sohn um das Leben kämpfte. Für sie war ich in diesem Moment der Leitstern in einem gigantischen Labyrinth namens Charité. Ähnlich zurückhaltend trat Herr Löwen auf. Ernesto, der Sohn und Bruder, erfolgreicher Unternehmer aus Asunción, versuchte krampfhaft, seine Haltung zu wahren und sich nicht hinter seine Fassade blicken zu lassen. Schwesterchen Maria war aus Indonesien herbeigeeilt, wo sie als Missionarin wirkte. Ihrem Ruf entsprechend trug sie eine Bibel bei sich und schlug vor, für Ruben zu beten, wobei sie das Gebet sprach.

Rubens Zustand war unverändert schlecht, wenn es überhaupt eine Veränderung gegeben hatte, dann hin zum Schlechten. Delirium, abwechselnd Fieber und rasanter Abfall der Körpertemperatur, Hämorrhagien mit dunklem Blut, Entzündung des Rachens. In den letzten Tagen war noch eine Entzündung des rechten Arms dazugekommen, die von einem Punkt im Unterarm auszugehen schien.

Genau an der Stelle wurde er von der Schlange gebissen, sagte seine Mutter. Und dieser Satz brachte mich auf die Idee, wie man Ruben helfen könnte.

Ein Bad in der Scheiße wirkt wie eine Wahrheitsdroge, sagte Bruno.

Von einem Brennen übermannt, das einem kräftigen Stromstoß glich, aber nichts anderes war als eine Adrenalinausschüttung der Angst, wollte ich schon herausschreien: Ich gestehe alles, was ich gestehen soll, da fügte Bruno wie nebenbei hinzu: Der Nachteil ist: Nachher müssen wir dich abspritzen. Und da muss ich immer würgen. Deshalb verzichte ich gerne darauf. Aber vielleicht ist es gut, wenn du es mal gesehen hast.

Als wir zurück im Vernehmungszimmer waren, begrüßte mich Iwan freundlich und bot mir einen Wodka an.

Ich trinke nicht, sagte ich.

Na, dann vielleicht eine Zigarette, fragte er jovial.

Ich rauche nicht, wies ich sein Angebot ab.

Wissen Sie, für Sie sieht es sehr gut aus, sagte Iwan. Jemand hat sich bereitgefunden, Sie zu entlasten.

Diese Mitteilung nahm ich mit einer Portion Erleichterung und mit einer Portion Misstrauen entgegen. Wenn eine Entlastung überhaupt eine Chance hatte, dann müssten sich Hunderte Menschen finden, die für mich aussagen würden. Kurz gesagt: Die positive Nachricht passte nicht ins Bild. Keine Sekunde lang ging es diesen Detektiven um ein faires Verfahren und deshalb war ihre Ankündigung eines Entlastungszeugen nichts anderes als eine Finte.

Die Tür dort hinten wird aufgehen, und der Zeuge wird eintreten, sagte Iwan. Kommen Sie aber bitte nicht auf den Gedanken, sich umzudrehen. Sie schauen mich unverwandt an und machen keinen Mucks, sondern hören sich nur an, was der Zeuge sagt. Haben Sie mich verstanden?

Ich nickte und jetzt war das letzte Fünkchen Hoffnung dahin. Mir war klar: Was jetzt folgte, konnte nur ein Trick sein.

Die Tür öffnete sich, ich hörte Schritte. Ich konnte erkennen, dass es sich um eine Frau handelte, noch bevor sie sprach, denn im Stalin-Bild, das hinter Iwan hing, spiegelte sich die Szene hinter meinem Rücken, allerdings sehr verschwommen. Als dann die Zeugin sprach, erkannte ich ihre Stimme sofort.

Bruno hatte sie gefragt, ob sie den Beschuldigten Ruben Löwen kenne. Worauf sie, es war Claudia, mit dünner Stimme antwortete, ja, sie kenne mich.

Ruben Löwen, sagte Bruno, sei verdächtig des Landesverrats. Ganz konkret gehe es darum, dass er Akteur einer Verschwörung sei. Die Anarchisten beabsichtigten, die noch junge Sowjetunion zu destabilisieren und ich spiele in diesem hässlichen Werk eine infame Rolle.

Mit Sicherheit hatte Claudia nichts von diesen Verschwörungstheorien verstanden, obwohl ihr wohl mit genau dieser Sicherheit klar sein dürfte, dass versucht wurde, ein linkes Spiel aufzuziehen, das mich belastete.

Ob sie von meinem Doppelleben wisse.

Nein, antwortete sie, ein Doppelleben führe der Herr Löwen bestimmt nicht, dafür kenne sie ihn zu gut.

Liebt er Sie denn? fragte Bruno.

Das gehört nicht hierher, antwortete Claudia im Brustton der Empörung.

Hier geht es um Leben und Tod, deshalb gehört alles Menschliche, das sich zwischen Leben und Tod bewegt, auch hierher, sagte Bruno. Also noch mal: Liebt er Sie?

Wir sind kein Liebespaar, blieb Claudia standhaft.

Aber hat er Ihnen nicht seine Liebe geschworen?

Fragen Sie ihn doch selbst.

Nehmen wir an, er hat Ihnen seine Liebe geschworen. Und dann fährt er nach Paris und trifft sich mit anderen Frauen?

Wir sind weder ein Ehe- noch ein Liebespaar. Also kann er sich mit allen Frauen dieser Welt treffen.

In Paris hatte Herr Löwen ein Verhältnis mit einer Frau namens Raquel.

Diese Mitteilung musste Claudia berühren. Einer aus ihrem Volk hat kein Verhältnis mit Frauen in Paris, und wenn vielleicht doch, dann bleibt er bei dieser Frau und ist ihr ein treuer Ehemann.

Claudia blieb stumm, so dass Bruno fortfuhr: Eigentlich interessiert uns nicht, mit wem Herr Löwen in Paris poussiert. Viel spannender ist für uns aber alles andere, was Herr Löwen in Paris unternahm. Er traf sich mit Anarchisten und bekam Informationen und Instruktionen, die er hier an die im Untergrund lebenden Anarchisten weitergab. Zuvor hat er einen weiteren Auftrag ausgeführt: Er ermordete Nestor Machno, den die lokalen Führer in Saporoshje beseitigen wollten, weil er ihre gemeinsame Linie verlassen hatte.

Ruben Löwen soll Nestor Machno ermordet haben?

Das war die erste Frage, die Claudia stellte – sie klang nach Fassungslosigkeit, Betroffenheit, Schock.

Er hat Machno ermordet, sagte Bruno. Nicht aus purer Lust am Töten. Nicht in Form der rationalen Ausführung eines Auftrags. Er hat ihn ermordet, weil er eine Rechnung mit Machno offen hatte.

Claudia antwortete wieder nicht. Sie schien zu überlegen, ob Bruno vielleicht sogar die Wahrheit sagte. Vielleicht dachte sie auch darüber nach, welche Rolle ihr in diesem Spiel zugedacht war.

Herr Löwen war der Überbringer von Botschaften. Dafür wird er verurteilt werden. Und Sie, liebe Frau, werden ebenfalls wegen Mitwisserschaft und Mittäterschaft verurteilt werden. Sie hängen dick mit drin. Allerdings können wir Sie zur Kronzeugin deklarieren. Wenn Sie sich als Zeugin hinstellen und unsere Aussagen umfassend bestätigen und zusätzlich belegen können, dass Sie nicht weiter beteiligt waren, dann winkt die Freiheit.

Jetzt waren sie am entscheidenden Punkt angekommen. Claudia konnte zwischen zwei Varianten von Statements wählen. Entweder sagte sie: Ja, so war es, Ruben ist schuldig, ich habe es mit eigenen Augen gesehen. Dann kam sie vielleicht frei. Oder sie sagte: Nein, er ist unschuldig, so wahr ich hier stehe. Dann war unser beider Schicksal besiegelt.

Wieder mal zeigte sich Claudia von einer neuen Seite. Sie sagte: Ruben ist unschuldig. Er war Überbringer von Botschaften, aber er wusste davon nichts. Wir ... haben sein Vertrauen missbraucht, wir ... sind schuldig ...

Eine Schwellung an der alten Schlangenbissstelle. Symptome, die den Merkmalen einer Vergiftung durch Korallenschlangenbisse ähneln. War das ein Zufall? Man hörte immer wieder von Menschen, die über Beschwerden nach lange zurückliegenden Schlangenbissen klagten. Häufig spürten sie an besonders heißen oder besonders kalten Tagen an den gleichen Stellen Schmerzen. Das Gift bleibt im Körper, hieß es. Spielte sich in Rubens Fall etwas Ähnliches ab, schlug das im Körper verbliebene Gift nach 16 Jahren noch einmal zu?

Solche Theorien hätte ich entschieden ins Reich der Legenden verbannt, aber wenn es extreme Krankheitssituationen gab, in denen kein Mittel anschlug, dann musste man extreme Wege gehen. Wenn es dasselbe Gift war wie vor 16 Jahren, dann wäre ein Arzt gut beraten, ein Anti-Serum zu spritzen. An das Gift, das sich ewig lange klammheimlich im Körper aufhält, um dann hinterfotzig zuzuschlagen, glaubte ich nicht. Zumindest nicht in dieser primitiven Form der Erklärung. Aber ein Gedanke machte mich schwindelig: Wenn die Symptome denjenigen gleichen, die Korallenschlangenbisse hervorrufen, dann konnte man sie doch auf jeden Fall mit dem entsprechenden Anti-Serum bekämpfen, ohne zu fragen, welche Ursache sie wirklich hatten.

Weiter kam Claudia nicht. Als sie mit ihrer dritten Variante losgelegt hatte, blickte ich gezwungenermaßen starr in die Augen Iwans, hin und wieder blinzelte ich aber auch in die Spiegelung des Stalin-Bildes, um zu erkennen, was sich hinter meinem Rücken abspielte. Als Claudia die Schuld auf sich lud, schrie ich laut: Nein, Claudia, mach das nicht!

Weil ich mich dem Schweigegebot und demjenigen, nur in die Augen Iwans zu blicken, widersetzt hatte, landete die Faust Iwans in meinem rechten Auge. Es spielte sich in dieser Reihenfolge ab: Ich schrie: Nein, Claudia, mach das nicht! Claudia drehte sich erschrocken zu mir um, entdeckte mich im Halbdunkel, sah vielleicht sogar, wie ich im hohen Bogen durch die Luft flog und auf dem Rücken landete, hörte vielleicht sogar, wie ich verzweifelt sagte: Ich war es, ich gestehe, ich unterschreibe alles!, bevor sie dann von Bruno unwirsch am Oberarm gepackt und abgeführt wurde.

Die Herren Folterer hatten ihr Ziel erreicht.

Löwen, Sie waren ein etwas schwierigerer Fall, sagten sie noch, bevor sie mich abführen ließen.

Ich landete im Karzer, in dem etwa dreißig malträtierte Männer Schulter an Schulter nebeneinander standen. Licht fiel durch ein Oberlicht, es fiel auf ihre Gesichter, ließ ihre Augenhöhlen noch dunkler aussehen, vom Schicksal und von der Folter gezeichnet, kraftlos und depressiv. Fliegen krochen über ihre Wangen. Schweiß floss in Strömen über die schmutzige Haut. An den Wangenknochen klebte Blut, das nicht trocknen konnte, weil immer wieder Schweiß darüber floss. Es roch nach Urin.

Dobry den', sagte ich auf Russisch. Keine Antwort. Schließlich ein Murmeln, das sich fortpflanzte.

G'n Dach, Leewe, sagte ein Mann hinten in der Ecke.

G'n Dach, antwortete ich.

Alle sagten G'n Dach. Sie waren alle aus meinem Volk. Johann Dueck, der vom Terek an die Molotschna und danach an die

Krim geflohen war. Isaak Reimer, 15 Jahre Haft. Isaak Rempel, 20 Jahre Haft. Jakob Regehr, Straflager in einem Goldbergwerk, Johann Neufeld, Bernhard Harder, Kornelius Martens, Heinrich Martens, Johann Schmidt. Viele andere.

Ihre Gegenwart war tröstlich. Die meisten könnten meine Väter sein, obwohl jahrelanges Leiden und Hungern sie viel älter aussehen ließ als sie wirklich waren. Wie einen Sohn nahmen sie mich in ihrer Mitte auf und fingen an, mich mit Bibelversen zu trösten. So fest an Gott glauben wie sie konnte ich nicht. Und wenn ich ihre Leidensgeschichten hörte, die sie als eine Vorbereitung auf ihre himmlische Einkehr empfanden, dann wurde die Flamme meines Lebensmutes noch kleiner, so dass zu befürchten war, dass sie eines Tages ganz ausgehen würde.

Eines Tages saßen wir in einem Zug, der uns nach Sibirien, in ein fernes Goldbergwerk, wo auch immer, bringen sollte. Von der Ausstattung her musste der Waggon, in dem wir saßen, als Viehtransporter gedient haben. Wenn das Stroh nicht so versifft, verpisst und beschissen gewesen wäre, hätte man sichs ein wenig gemütlich einrichten können. Als ich mir eine Ecke sauber machte, merkte ich beim Hin- und Herschieben des Strohs, dass zwischen zwei Brettern des Bodens große Lücken klafften. Durch die Lücke spähend sah ich, dass man sich, wenn man so athletisch war wie ich, durch den Spalt, wenn man ihn noch ein wenig erweiterte, durchlavieren und sich am Gestänge des Chassis festhalten konnte, um sich dann, wenn ein günstiger Moment kam, fallen zu lassen. Ich hatte eine Fluchtmöglichkeit entdeckt. Als ich sie bekannt gab, schüttelte Isaak Reimer den Kopf. Er habe davon gehört, dass viele bei der Flucht auf die gleiche erbärmliche Weise umgekommen seien, indem sie sich durch Lücken durchgequetscht hätten und sich, bei einer langsamen Fahrt des Zuges, manchmal kam er beinahe zum Stehen, hätten fallen lassen und dabei von der Mörderfalle zerfleischt wurden, einer Queranordnung von sichelartigen Messern auf der gesamten Breite des Waggons, angebracht am Chassis. Als ich diese schreckliche Darstellung von der Zerfleischung von Menschen hörte, verlor ich für kurze Zeit allen Mut. Aber dann überlegte ich mir, welche Möglichkeiten ich hatte zu überprüfen, ob tatsächlich eine Mörderfalle an unserem Waggon befestigt war. Man müsste einen Spiegel haben, den man durch die Lücke hält. Dann hätte man eine Sicht auf das Gestänge. Die Frage, ob jemand einen Spiegel besitze, erzeugte Heiterkeit, eine durchaus positive Regung für ein Dutzend Männer, die eine Zeit des Terrors hinter sich und eine ebensolche vor sich hatten. Schließlich meldete sich Hein Dueck, ihm war ein Stück Edelstahl zugefallen, ich weiß nicht, wo er es aufgefischt hatte, interessierte mich jetzt auch nicht. Ich hielt das Edelstahlblech durch den Spalt, drehte es hin und her und brauchte einige Sekunden, um überhaupt etwas zu identifizieren: die vorbeihuschenden Bahnschwellen, die sich drehenden Räder, die drei Achsen. Von einer Mörderfalle keine Spur. Was aber nicht heißen musste, dass die anderen Wagen dieses Zuges ebenfalls harmlos waren. Dieses Risiko musste ich eingehen. Lieber sterbe ich einen schnellen Tod bei einem Fluchtversuch, als einen langsamen im Archipel Gulag. Und überhaupt, Mörderfalle: Als ob die gequälten Männer in diesem Zug ein Wässerchen trüben könnten. Wenn man mit *Mörder* die Urheber dieses Zerfleischungsgerätes meinte, dann wurde natürlich ein Schuh draus. Wobei die Erfindung wohl dafür da war, um tatsächlich verurteilte Mörder an der Flucht zu hindern.

Die Mitreisenden erkannten, dass sie mich nicht abhalten könnten. Darauf richtete Isaak Reimer das Wort an mich und sagte: Ruben Löwen, tu, was du tun musst. Wir werden für dich beten.

Sie knieten alle nieder und Reimer betete. Dann sagte ich, dass ich einen günstigen Zeitpunkt abwarten wolle. Ein günstiger Zeitpunkt war, wenn der Zug seine Geschwindigkeit reduzierte. Dies passierte tatsächlich schon nach zehn Minuten. Ich verabschiedete mich mit einem *Der Herr möge euch beschützen* und zwängte mich durch die Lücke. Die Aktion verlangte ein paar akrobatische Einlagen, aber ich kam tatsächlich auf dem Gestänge zu liegen und betete zu Gott, dass der Zug die Geschwindigkeit noch weiter reduzieren möge. Erst dann wollte ich es wagen, mich fallen zu lassen. Das Wunder geschah. Fernes Donnergrollen war zu hören. Dann das Gequietsche des abbremsenden Zuges. Ich konzentrierte mich, um den Augenblick der langsamsten Geschwindigkeit nicht zu verpassen. Der Zug fuhr Schritttempo. Ungefähr so langsam, wie ein altes Mütterchen geht. Ich ließ mich vorsichtig auf die Bahnschwellen herunter, drehte mich zur Seite und rollte mich blitzschnell unter dem Wagen weg. Weil nichts passierte, schrie ich: Leute, nutzt die Chance und flieht! Ob meine Aufforderung wahrgenommen wurde, wusste ich nicht, denn es setzte ein ohrenbetäubendes Knallen und Donnern ein.

Ich besorgte mir Literatur über die Wirkung von Schlangengiften und verbrachte eine Nacht lang lesend auf der Station. Der Giftcocktail der Micrurus frontalis frontalis – unserer Korallenschlange – enthielt zwei Bestandteile: kleinmolekulare Toxine, also Gifte, und Enzyme. Während die Toxine die Übertragung an den Nervenenden blockieren und die Muskulatur, auch die Atemmuskulatur, lähmen, greifen die Enzyme bevorzugt in die Blutgerinnung ein und bewirken Ödeme, Hämorrhagien und Nekrosen.

Mein nächster Schritt bestand darin, Dr. Mayrhofer von meiner Theorie zu berichten.

Haben Sie die Schwellung an Rubens Arm gesehen? fragte ich.

Ja, eine voranschreitende Sepsis, antwortete er. Wie alle Ärzte war er nie um eine Antwort verlegen.

Ja, aber wissen Sie, dass er genau an dieser Stelle von einer Schlange gebissen wurde?

Von einer Schlange? Warum weiß ich das nicht?

Natürlich nicht jetzt.

Sondern wann?

Vor etwa 16 Jahren. Ich weiß, es klingt abstrus, aber dennoch ist was dran: Die Symptome gleichen denen nach einem Biss der Korallenschlange. Deshalb schlage ich vor, ein polyvalentes Anti-Serum anzuwenden, das häufig in Südamerika benutzt wird. Das wird Wirkung zeigen, weil es auch gegen unser Krankenbild hilft.

Mayrhofer konnte es nicht fassen: Sie wollen mich auf den Arm nehmen?

Ich fühlte mich als Quacksalberin und Kurpfuscherin, die einem angesehenen Internisten einen dubiosen Heiltrank andrehen wollte.

Nein, ich meine es ernst. So ernst wie nie in meinem Leben. Ruben wird sterben. Sollten wir nicht alle möglichen Heilmittel in Betracht ziehen? Beten zum Beispiel soll auch helfen.

Der Professor schüttelte den Kopf: So was habe ich noch nie gehört. Ich bin aber auch kein Toxikologe.

Bitte! Bitte! Setzen Sie sich mit einem Toxikologen in Verbindung.

Ich muss das Thema mit meinen Kollegen diskutieren, sagte Mayrhofer. Sie meinen also, wir sollten ihm Serum spritzen, weil er vor 16 Jahren von einer Schlange gebissen wurde?

Nein, natürlich nicht deshalb. Ich möchte ihm Serum verabreichen, weil er genauso leidet wie jemand, der von einer Schlange gebissen wurde.

Mayrhofer verabschiedete sich ziemlich unwirsch. Aber bevor er zu seinen Assistenzärzten ging, telefonierte er in seinem Büro. Vor lauter Stress hatte er die Tür offen gelassen. Ja! Er forderte eine Batterie an Ampullen des Gegengiftes. Danach kontaktierte er einen Toxikologen aus einer der zahlreichen Kliniken der Charité.

Bald darauf muss die Diskussion mit dem Toxikologen stattgefunden haben. Wie die Argumentation verlief, kann ich mir lebhaft vorstellen: PJ-lerin erstellt Diagnose und schlägt Therapie an einem komplizierten Krankheitsbild vor!

Wie unseriös! Wir sind doch hier nicht irgendein Urwaldhospital in der südamerikanischen Pampa!

Wie das Streitgespräch tatsächlich verlief, weiß ich nicht. Dr. Mayrhofer zitierte später mir gegenüber nur aus einer Passage der lebhaften Unterhaltung. Der Giftexperte habe angeführt, dass eines der wichtigsten Symptome der Vergiftung durch eine Coral snake eine Atemlähmung sei. Und litt der Patient an Atembeschwerden? Nicht offensichtlich.

Wie die Diskussion geendet hatte, weiß ich nicht. Vielleicht hatte sich am Ende Dr. Mayrhofer durchgesetzt, vielleicht der Toxiloge, vielleicht das halbe Dutzend der blasierten Experten und Spezialisten, die Mayrhofer zusammengerufen hatte. Aber zu einem Abschluss der Diskussion mit anschließender Entscheidung kam es nicht.

Die Entscheidung wurde den Ärzten quasi abgenommen. Auf der Intensivstation schlugen die Alarmsysteme an. Rubens Atmung setzte aus. Das medizinische Personal reagierte schnell und setzte künstliche Beatmung ein. Aber der Zustand des Patienten wurde zusehends schlimmer. Rubens Leben hing nur noch an einem seidenen Faden. Seine Mutter war in den letzten Tagen nicht von ihm gewichen. Wimmernd betete sie. Hinter ihr stand ihr Mann und legte seinen Arm auf ihre Schulter.

Dr. Mayrhofer und der Toxikologe betraten den Raum.

Bitte die Ampullen, sagte Mayrhofer, wir spritzen Anti-Serum.

Gelobt sei Jesus Christus.

Ich stand auf und lief adrenalinunterstützt querfeldein. Mehrere Male vernahm ich ein Zischen. Das waren Geschosse, die an mir vorbeisausten. Vor mir erstreckte sich ein kleiner Hügel, der mir Schutz bieten würde. Als ich oben ankam, wusste ich, woher die lauten Detonationen kamen: Hinter dem Hügel verschanzte sich Militär. Drei oder vier deutsche Soldaten richteten ihre Gewehre auf mich. An ihren Uniformen erkannte ich, dass es sich um Angehörige der Wehrmacht handeln musste, sie aber waren sich nicht sicher, wer ich war.

Die Deutschen hatten einen sowjetischen Zug unter Beschuss genommen, aus dem ein Mensch floh, der ziemlich derangiert aussah.

Du Russki? fragten sie.

Nein, antwortete ich in bestem Deutsch, ich bin Danziger und Russlanddeutscher.

Sie lachten und fragten mich, warum ich so abgerissen aussähe.

Strafgefangener, sagte ich.

Und was haste verbrochen?

Nichts, antwortete ich, aber das machte mich beim Sowjetregime ja gerade verdächtig. Eigentlich landen alle Russlanddeutschen im Gulag.

Währenddessen war der Beschuss weitergegangen. Die Lok war fahruntüchtig geschossen worden, so dass der gesamte Zug zum Stehen kam. Aus meinem Waggon kamen meine Männer zögerlich heraus. Sie schauten sich ängstlich um. Weil aus der Richtung des Hügels Geschützfeuer kam, wollten sie sich in die Gegenrichtung davonmachen. Ich stellte mich in Positur und schrie: Kommt her, Männer! Hier sind die Deutschen! und hoffte, dass sie mich über die Distanz von 300 Metern überhaupt hörten. Sie hörten mich, denn einer von ihnen schrie den anderen etwas zu und zeigte zum Hügel, dann änderten sie die Richtung.

Der Sträfling übernimmt das Kommando, sagte ein Feldwebel, worauf ich mich erschrocken zu ihm umdrehte, denn aus der Be-

sorgnis um meine Landsleute hatte ich mich um die anderen Gege-
benheiten nicht weiter gekümmert.

Sie geben ein tolles Ziel ab, sagte der Feldwebel, der wie die anderen Soldaten weiter unten stand, während ich mich auf dem Grat
des Hügels postiert hatte.

Das Zugpersonal ist zumeist bewaffnet und macht von den
Waffen auch Gebrauch, wenn es angegriffen wird, fügte er hinzu.
Blitzschnell ließ ich mich fallen, was auf die Soldaten wohl kurios
wirkte, denn sie brachen in ein lautes Gelächter aus. Weitere Vor-
sichtsmaßnahmen waren nicht notwendig, denn der Lokführer und
seine Mitarbeiter winkten mit weißen Tüchern und signalisierten
damit, dass sie aufgaben.

Alle Strafgefangenen entkamen unverletzt dem Zug. Mein Ak-
tionismus wäre vielleicht nicht notwendig gewesen, denn der Zug
wäre auf jeden Fall angegriffen und zum Stehen gebracht worden. Meine Flucht ergab in der Nachbetrachtung allerdings Sinn:
Hätte ich durch mein Davonlaufen nicht auf mich aufmerksam
gemacht, dann hätten die Deutschen vielleicht keine Rücksicht
auf die menschliche Fracht genommen und hätten auf alle Wagen
geballert, ohne Rücksicht auf Verluste.

Die Soldaten brachten uns nach Chortitza, wo man uns rasierte,
frisierte, entlauste, duschte und in neue Kleider steckte. Mein erster Gang führte mich, nein, nicht zu Claudia, sondern zu meinem
Hügel, auf dem einst die Windmühle gesurrt hatte. Nur das Fundament und ein paar verkohlte Reste waren übriggeblieben. Auch auf
mein Haus wiesen nur ein paar Spuren hin. Die Steppen-Flora hatte
sich über die Ruinen hergemacht und überwucherte die schwarzen
Brandstellen. Unverändert fand ich meine Erdhütte vor, in der mich
meine Babuschka gepflegt hatte. Dort ließ ich mich nieder, um den
Frühling abzuwarten.

Die Deutschen hatten die Ukraine erobert. In nur wenigen Wochen erholte sich in den Siedlungen das wirtschaftliche, das soziale
und das religiöse Leben. Die Leute kehrten zurück auf ihre Felder, in
ihre Geschäfte, Fabriken und Kirchen. Natürlich kehrten viele nicht

zurück. Die mit dem Leben bezahlt hatten und die Verbannten, die kehrten nicht zurück.

Das Töten wurde fortgesetzt, doch diesmal waren die Siedler nicht die Betroffenen. Tausende Juden wurden hingerichtet, Tausende Partisanen und sowjetische Kriegsverbrecher. Viel darüber kann ich nicht sagen, in meiner egozentrischen Art habe ich mich in diesen zwei Jahren nur darum gekümmert zu leben. Aber vielleicht kann Daniel Schellenberg was dazu sagen, ja, Daniel Schellenberg hatte wiederum die Metamorphose geschafft, er war SS-Mann geworden, eine Art Verbindungsoffizier, sogar eine Pistole durfte er tragen. Später behauptete er, er habe seine Kompetenzen genutzt, um viele Todgeweihte zu retten. Sicher, er durfte selektieren, aber ... fragen Sie lieber Schellenberg selbst. Er war in dieser Zeit wieder am Drücker.

Claudia lebte weiter auf dem Bauernhof der Familie Dyck. Herr Dyck war vom Geheimdienst *genommen* worden, seine Frau war eines Tages von ihrem Dienst als Hilfskrankenschwester nicht mehr zurückgekehrt. Niemand wusste, wo sie geblieben war. So führte nun Claudia das erneut in Privatbesitz übergegangene Landwirtschaftsunternehmen Dyck, tatkräftig unterstützt von den schon halbwegs erwachsenen Söhnen und Töchtern. Natürlich blieb es nicht aus, dass Schellenberg sich wieder in das Familienleben der Dycks einmischte. In seiner Position hielt er sich für unwiderstehlich. Er meinte, niemand könne ihm einen Wunsch abschlagen, schon gar nicht Claudia. Hätte er erst mal Claudia, würde er sich wohl auch ganz schnell in den Besitz des Dyckschen Anwesens bringen. Aber Claudia blieb in ihrer stillen Art standhaft, obwohl ihre Gegenwehr immer zaghafter wurde. Aber dann kam, sollte man sagen, Gott sei Dank wieder der Krieg dazwischen.

Die Deutschen waren auf dem Rückzug. Für unser Volk war klar, dass es Haus und Hof verlassen musste, denn das, was danach folgen würde, wäre schlimmer als das, was bisher geschehen war. Von den Russen war keine Barmherzigkeit zu erwarten. Also begann der Auszug. Die einen packten alles auf einen Wagen, die anderen nahmen nur mit, was in den Rucksack passte und setzten sich in den nächsten Zug nach Westen.

Ich stand auf dem Hügel und blickte auf meine Sonnenblumenfelder. Aus der Ferne war Kanonendonner zu hören. Sollte ich bleiben? Was würden die Sowjets mit einem flüchtigen Strafgefangenen machen? Nein, in diesem Land, das uns so unfreundlich behandelt hatte, wollte ich nicht mehr leben. Mit Claudia und den Dyck-Kindern traf ich mich am Bahnhof. Auch für sie kam ein Weiterleben in der Ukraine nicht mehr infrage.

Dies ist nicht mein Land, sagte sie.

Nach endlosen Fahrten in überfüllten Zügen kamen wir in Kulm an der Weichsel an, wo wir in einem Flüchtlingslager untergebracht wurden. Claudia und die Kinder erhielten einen Raum in einer Baracke für sich allein, während ich in einer Baracke für Alleinstehende lebte. Für ein paar Wochen arbeitete ich in einer Textilfabrik. Dann hieß es, ich solle in den Volkssturm eingezogen werden. Das gleiche sollte mit einigen anderen passieren. Peter Derksen, ein Elektriker aus Neuendorf in der Nähe von Chortitza, den es ebenfalls nach Kulm verschlagen hatte, sagte, er werde sich freiwillig bei der Wehrmacht melden.

Dann, so sagte er, müssen wir zuerst als Soldaten ausgebildet werden und wenn wir richtige Soldaten sind, ist der Krieg schon aus. Während wir im Volkssturm sogleich an die Front müssen.

Die spitzfindige Erklärung fand ich einleuchtend, deshalb schloss ich mich genauso wie andere Männer aus unserer Siedlung Derksen an, obwohl wir damit unsere pazifistischen Prinzipien über Bord warfen. Aber unser religiöses Leben lag seit gut 20 Jahren brach, wer in die christlichen Grundwahrheiten eingewiesen worden war, der hatte diese Einweisung nur von den Eltern erhalten. Religion war bekanntlich das Opium des Volkes, und dieses Opium konnte nur heimlich konsumiert werden.

So wurden wir Mennoniten-Söhne Soldaten der Wehrmacht. Menno Simons hat sich im Grabe umgedreht – und liegt wahrscheinlich heute noch auf dem Bauch. Mit dem Andenken Simons trieben unsere Brüder im Deutschen Reich noch weitaus mehr Schindluder. Seit über 100 Jahren hatten sie sich nicht mehr gegen den Dienst an der Waffe gewehrt. Im 1. und im 2. Weltkrieg gab es keinen einzigen Mennoniten im Reich, der Nein sagte, alle machten mit und waren bereit, für Gott, Kaiser und den Führer das Gewehr in die Hand zu nehmen.

Es kam, wie Derksen gemutmaßt hatte. Der Krieg war zu Ende, bevor wir an die Front geschickt wurden. Stationiert waren wir irgendwo in der Tschechoslowakei, als sich Deutschland ergab. Der Kommandant überreichte uns die Entlassungspapiere und wir verließen diesen Flecken fluchtartig, um aus dem Einflussgebiet der Russen zu kommen. Die Russen waren schneller und steckten uns in ein Gefangenenlager. Der clevere Peter Derksen, später wurde er Oberschulze der Kolonie Neuland, bekam einen Job als Dolmetscher. Wir beneideten ihn um das protzige Leben, das er führte. Molscha Dertjse nannten wir ihn, arbeitsscheuer Derksen. Aber eigentlich profitierten wir häufig von seiner Stellung. Wo er konnte, ließ er uns Essen zukommen. Oder er vermittelte uns eine bequemere Tätigkeit. Derksen begleitete das Ärzteteam, das die Arbeitsfähigkeit der Soldaten bewertete. Die Kategorien reichten von arbeitsuntüchtig über bedingt arbeitsfähig bis hin zu voll arbeitsfähig. Unser bevorteilter Kompagnon teilte uns eines Tages mit, dass er Zugang zu den Karteikarten des Lagers habe und vorhabe, sich als arbeitsuntüchtig zu bewerten. Er könne auch unsere Karten manipulieren. Wir stimmten zu, denn die Arbeitsuntüchtigen wurden einfach so entlassen. Zumeist waren es arme Hunde, die kurz vor dem Krepieren waren. Beim nächsten Appell, bei dem die Spreu vom Weizen getrennt werden sollte, stellten wir uns in die Reihe der Halbtoten und verhielten uns wie Halbtote. Die Aufseher gaben uns die Entlassungsscheine – und weg waren wir.

Es war nicht leicht, sich bis nach Deutschland durchzuschlagen. Als ehemalige deutsche Soldaten, und als solche würde man uns erkennen, konnten wir bei der einheimischen Bevölkerung mit keiner vorteilhaften Behandlung rechnen, selbst wenn wir den Entlassungsschein vorlegten.

Nach vielen Abenteuern schafften wir es. Mein Ziel war Berlin. In Berlin hatten Claudia und ich uns verabredet. Aber Berlin war tabu, da von den Russen umkreist. Also heftete ich mich an Derksens Spuren, während die anderen zu ihren eigenen Treffpunkten wanderten. Über Derksen erfuhr ich von dem Vorhaben des Mennonite Central Commitee (MCC), die Russlandflüchtlinge in Paraguay anzusiedeln. Der erste Dampfer war schon angeheuert worden, die Volendam. Das Schiff lag in Bremerhaven vor Anker. Es war halb gefüllt. Man wartete noch auf die Flüchtlinge, die in Berlin festsaßen. Es hieß, sie hätten schon die Zusage der Alliierten für den Transport durch die sowjetische Besatzungszone erhalten. Von der beruhigenden Wirkung dieser Nachricht beglückt, schnürte ich mein Ränzel und machte mich auf den Weg nach Bremerhaven. Das MCC-Personal, das mich an der Landungsbrücke in Empfang nahm, fragte ich sofort nach Claudia. Sie mussten erst lange in ihren Papieren blättern, bevor eine junge Frau auf die Idee kam mich zu fragen, ob mir der derzeitige Aufenthalt von Claudia Brandt bekannt sei. Berlin, antwortete ich, Berlin Lichterfelde. Als die Frauen und Männer sich vieldeutige Blicke zuwarfen und mich dann bedauernd ansahen, wusste ich Bescheid. Aber ich kann mich noch an den Satz der jungen Frau erinnern, die sagte: Die Russen weigern sich, Ihrer Frau und einer großen Gruppe von Mennoniten die Durchreise zu gewähren. Die Volendam wird heute Nachmittag ablegen. Aber das bedeutet nicht, dass …

Während sie es sagte, kippte ich um. Erinnern kann ich mich noch an die aufgeregten Stimmen, die sich kurze Hinweise zuriefen, wie man mich schultern solle, um mich an Bord zu hieven.

Das stetige untertönige Brummen der Schiffsmotoren, das leichte Vibrieren des Schiffsrumpfes, das sich auch auf die Koje übertrug, das bisweilige leichte Hüpfen, wenn es über Wellenhügel und -täler ging, eben das gesamte Repertoire der schiffstypischen Bewegungen holte mich ganz allmählich aus dem Tiefschlaf zurück, aus einem Schlaf, von dem ich noch nicht wusste, wie lange er gedauert hatte. Das frische weiße Kissen, auf das mein Kopf gebettet war, die noch nach dem letzten Waschgang riechende Decke, die über meinen Körper gebreitet war, die hellgrau gestrichenen Wände dieses Krankenzimmers beeindruckten mich umso mehr, als ich mich kaum erinnern konnte, je in einem so sauberen Raum geschlafen zu haben. Die Verfolgungs- und Kriegszeiten waren eine Orgie an Dreck, Ekel und Zerstörung gewesen. Und die Pionierzeiten in der Ukraine waren auch nicht gerade gekennzeichnet durch Sauberkeit. Nie hatte ich Fingernägel ohne schwarzen Dreckrand gehabt. Jetzt schon. Zum ersten Mal.

Vorsichtig richtete ich mich auf, befürchtend, dass Schwindelgefühle mich ins Bett zurück fallen lassen würden. Doch ich fühlte mich stabil, auch als ich auf beiden Füßen stand und mich vorsichtig aus dem Krankenzimmer bewegte. Draußen blendete mich das helle Licht, in das die grünen Planken und der farbige Himmel getaucht waren. Aus dem subtropischen Wetter, das mich empfing, schloss ich, dass mein Knock-out doch länger gedauert hatte. Die Farben des Himmels und des Meeres changierten, davon abhängig, wie ich meinen Kopf drehte und wendete. Ich schaute über die Reling. Erinnerungen an die Marie Dirksen. Weit draußen spielte ein Delfinpaar Fangen. Aus dem Bugwasser sprangen fliegende Fische. Der Himmel wechselte die Farben. Da diese schillernde Welt eindeutig keine wirkliche war, wusste ich, dass ich noch nicht ganz bei mir war, zumal ich auch seltsam nachhallende Stimmen aus dem Off hörte, die aus einer Kanalisation zu kommen schienen. Viele Stimmen hoben an zum Gesang. Sie sangen: Großer Gott, wir loben dich. Das Lied, das sie sangen, als die Berliner in den rettenden Hafen kamen. Als ich mich umdrehte, sah ich Claudia, die, meinen Namen rufend, auf mich zoomt, mit ihrem Gesicht so nah an meinem, dass es einer Fish-eye-Perspektive glich. Hatten die Russen doch die Durchfahrtsgenehmigung erteilt? Hatte Peter Dyck doch noch mit General Lucius Clay gesprochen?

Miriam Cornies, Ende 1989, Berlin

Wenn Rubens Leben an einem seidenen Faden hing, dann wurde dieser Faden jetzt strapaziert. Das Gegengift setzte unserem Chaco-Freund schwer zu. Dauerte es Minuten oder Stunden, bis die fiependen Monitore eine minimale Besserung der Werte andeuteten? Dauerte es Tage, bis eine deutliche Besserung eintrat? War es nach einer Ewigkeit, als Dr. Mayrhofer sagte: So, der Patient ist jetzt übern Berg?

Noch nie werden die Ärzte ein so dramatisches Begleitprogramm gehabt haben. Eine Mutter, die betet und weint, weint und betet. Eine Schwester, die kapitelweise Sprüche aus der Bibel zitiert. Ein Vater, der nach jedem Gebet laut Amen! sagt. Ein Bruder, der bleich daneben sitzt und komplett daneben zu sein scheint. Als der Arzt den Sieg gegen den Tod mit dem Satz *Der Patient ist jetzt übern Berg* umreißt, stimmt die Mutter in der klinisch weißen Intensivstation *Großer Gott, wir loben dich* an. Und alle fallen ein. Selbst Mayrhofer scheint seine Lippen zu bewegen. Und am Ende des Liedes sagt die Mutter: Das haben wir auf der Volendam gesungen – als die Berliner kamen.

Die Rückkehr

Aufzeichnungen Cornelios über 1998

Es war an einem späten Samstagnachmittag, im Jahr 1998. Ich bereitete mich für den kleinen Empfang vor, zu dem der frischgebackene Oberschulze der Siedlung eingeladen hatte. Die Quecksilbersäule des Thermometers, das ich vom Schlafzimmer aus durch das Fliegengitter sehen konnte, stand jetzt kurz nach 17 Uhr nur noch bei 28 Grad. Ein angenehmes, mildes Wetter. Sogar die Klimaanlage war auf Stand-by, was schon lange nicht mehr passiert war. Miriam stand im Schlafzimmer und schlüpfte in ihr helles Sommerkleid. María, das Kindermädchen, brachte im Kinderzimmer Ana Lena ins Bett, die vor ein paar Tagen ihren ersten Geburtstag gefeiert hatte. Im Vorgarten schwirrte ein Kolibri von Hyazinthe zu Hyazinthe und saugte begierig den Nektar. Die Palmen am Straßenrand warfen lange Schatten.

In Deutschland hatten wir alle diszipliniert studiert und das Studium innerhalb der Regelstudienzeit beendet. Ruben hatte wegen seiner Krankheit etwas länger gebraucht. Heute ernteten wir die Früchte unseres Fleißes und unseres Ehrgeizes. Jeder von uns hat ein vollklimatisiertes Haus, einen Geländewagen und eine Estancia, Ruben sogar einen Pool. Martin wiederum war gar nicht zurückgekehrt. Wo er sich rumtrieb – keiner wusste es. Die Gerüchte orteten ihn mal in Mexiko, dann in Spanien. Mal wohnte er bei den Altmennoniten, dann hatte er sich mit den Mafiosi verbündet.

Mal sehen, was der neu gewählte Oberschulze aufgefahren hatte. Mit Sicherheit keinen Sekt. Auch Wein oder gar Bier würden auf der Getränkeliste fehlen. In Europa hatte sich Daniel Schellenberg nicht unbedingt als ein Verächter der alkoholischen Getränke hervorgetan, aber hier musste er zurückhaltend sein. Von einem Pastor erwartete man insgeheim Enthaltsamkeit. Und Daniel war Prediger, bevor er zum Oberschulzen gewählt worden war. Einen Geistlichen als Bürgermeister hatte Neuland noch nie gesehen. Selbst in den frömmsten Tagen, als die Demut groß war und die Scheinheiligkeit noch größer, hatten die Bürger immer gesteigerten Wert darauf gelegt, dass ein Wirtschafts-Experte die Verwaltungsgeschäfte führte. Einer, der wusste, wie man mit Geld umgeht, der hart sein und durchgreifen konnte, der – und dies hörte man gerade jetzt sehr häufig – die Fähigkeiten eines Managers, also eines modernen Wirtschaftsführers besaß.

Bei der Oberschulzenwahl war Daniel gegen einen Unternehmer angetreten, der studierter Informatiker war und in den Boomzeiten der Computerisierung in Asunción erfolgreich Firmen gegründet, geleitet und mit Profit abgestoßen hatte. Der Unternehmer war so siegessicher, dass er es verpasste, sich gegen Daniel zu positionieren. Und Daniel gewann, weil er ein brillanter Rhetoriker war, aber er konnte nicht nur gute Reden halten, er konnte Menschen überzeugen, Menschen in Gruppen und Menschen in Einzelgesprächen. Daniel war der erste Geistliche, der ausdrückte: Geld ist für den Einzug in den Himmel nicht hinderlich. Er war der erste smarte Boy auf der Kanzel und der erste geistliche Verführer an der Siedlungsspitze. Seine Qualifikation war unbestritten: Als Geistlicher brachte er den Abschluss einer konservativen Bibelschule aus der Schweiz mit und den Doktortitel der Theologie der Freien Universität Berlin. Als Wirtschaftsfachmann bewies er sich, indem er seine von den Eltern geerbte Estancia auf EU-Norm brachte. Die Menschen hatten das Gefühl: Unter diesem

Oberschulzen sind Bibel und Pflug, Religion und Wirtschaft, nicht zwei unterschiedliche Dinge. Sie gehören zusammen.

Lässig gekleidet, in Blue Jeans und einem taillierten weißen Hemd, begrüßte er die Gäste. Bei der Begrüßung assistierte Claudia aus Nummer Zwei, seine Frau, die sommerlich elegant gekleidet war. Sie war die perfekte Oberschulzenfrau, das perfekte Beiwerk.

Gut, dass sie nicht Ruben genommen hat. Sie passt doch viel besser zu Daniel, sagten die Leute.

Die Leute rümpften nicht die Nase über Ruben, er machte gutes Geld, er war, obwohl man es ihm am liebsten nicht zutraute, ein sehr guter Unternehmer. Aus Deutschland brachte er einen Veterinärarzt-Titel mit. Seine Eltern übergaben ihm sofort die Estancia. Vater und Mutter Löwen hatten den umfangreichen Besitz zu gleichen Teilen an ihre Kinder übergeben. Der Vater erkrankte an Nierenzysten. Sein Leben hing an einem seidenen Faden.

Ruben besaß, wie bekannt ist, Anteile an dem Geschäft seines Bruders Ernesto in Asunción, der mittlerweile Millionär war. Seinen Haushaltsgeräte- und Elektroladen hatte Ernesto zu einem für paraguayische Verhältnisse riesigen Multimedia-Markt mit Filialen in Ciudad del Este, Concepción und Encarnación ausgebaut. Nun verrechnete Ruben seinen Anteil am Supermarkt mit Ernestos Erbanteil an der Estancia und zahlte mit dem Überschuss seine Schwester aus. Auf seiner Estancia züchtete Ruben Rinder für Europa, er machte das so überzeugend, dass viele – auch Daniel – von ihm abschauten und ebenfalls anfingen, den europäischen Markt ins Visier zu nehmen. Zudem war er offizieller Tierarzt der Kooperative Neuland und nahm seine Aufsichtspflichten so ernst, dass die europäischen Kontrolleure nie einen Grund zu Beanstandungen hatten. Nach kurzer Zeit hatte er eine Reihe Veterinär-Mitarbeiter unter Vertrag, die nach seinen Vorgaben die Rinderherden der Kooperative und der Viehzüchter kontrollierten. Er ließ seine Hiwis die harte Arbeit machen und schritt nur in komplizierten Fällen ein. Da er viel Zeit hatte, verbrachte er die Wochenenden und die Sommerferien in Asunción, wo er sich mit Eva und Raquel traf. Man dichtete ihm ein Liebesverhältnis mit Raquel Solís an, aber er versicherte, da wäre nichts dran. Nicht, dass er nicht auch Probleme hatte. Seine Vergangenheit wurde ihm immer wieder vorgehalten. Staatsanwälte tauchten auf und befragten ihn. In der Zeitung *abc color* wurde sein Name im Zusammenhang mit der Stroessner-Ära genannt. Verfasser anonymer Briefe drohten, ihn an den Pranger zu stellen. Mit der Hilfe eines versierten Rechtsanwalts und zahlreicher Schmiergelder ließ er diese bösen Stimmen immer wieder verstummen.

Sein Todesschlaf in der Charité hatte ihm einige Blessuren eingebracht. Die Spuren der Ödeme und kleinen Nekrosen mussten wegoperiert werden und hinterließen mausgroße Narben. Ruben pflegte seine Narben gerne zu zeigen, man sagte, vor allem netten Frauen im ausgezogenen Zustand.

Tyrass, Schlange, Schlange, sagte er und zeigte auf die Narbe des Hundebisses, auf die Nekrosen und auf seinen Mund, wobei diese Geste als Aufforderung zum Küssen gedacht war.

Als er nach seinem Delirium aufgewacht war, brauchte er einige Zeit, um sich zu orientieren. Die Art und Weise, wie er das Bewusstsein zurück erlangte, war ein besonderes Erlebnis. Die Augen hatte er auch während seiner Umnachtung häufig geöffnet, aber sie blieben umschleiert und waren unfokussiert in eine unbekannte Ferne gerichtet. Jetzt konnte man miterleben, wie seine Augen allmählich klar wurden, wie nach dem dumpfen Starren wieder Leben in die Pupillen kam, die begierig eine neue Wirklichkeit einscannten. Wie er *Claudia* hauchte, als Miriam sich über ihn beugte, um in seine Pupillen zu schauen, weil sie seine heimliche Rückkehr ins Leben entdeckt hatte. Wie überrascht er war, als Miriam sich zurückbeugte und damit den Blick auf einen hell erleuchteten Raum freigab mit vielen technischen Geräten, um die herum seine Eltern, sein Bruder, seine Schwester und seine Freunde wie fehl am Platze standen.

Warum liege ich hier? fragte er.

Er konnte sich keinen Reim auf seine seltsame Umgebung machen. Er sah auf sich herunter und fragte: Hatte ich einen Unfall?

Er hob seine Decke hoch, sah, dass er angeschnallt war, sah die dunklen Flecke auf seinem Unterarm.

Oder war es etwas anderes?

Weiter kam er nicht, weil seine Mutter ihrer Freude mit einem Jauchzer Ausdruck gab, sich auf ihren verloren geglaubten Sohn stürzte, so dass Miriam sie zurückhalten musste, weil sie befürchtete, die Frau könne die plötzliche Rekonvaleszenz behindern und ihrem Sohn den Brustkorb eindrücken. Dann gab es ein großes Reden und Gestikulieren, so dass Miriam um Ruhe bitten musste. Schließlich setzte sich die Mutter durch, indem sie ihr *Großer Gott, wir loben dich* anstimmte, das auf der Station schon notorisch war.

Die Genesung verlief ohne Rückschläge. Ungewöhnlich schnell war der Junge wieder auf den Beinen. Seine Familie aus Paraguay blieb noch ein paar Wochen da. Ob Ruben sich darüber freute, bleibt dahingestellt, gefragt wurde er nicht.

Wenn ich schon einmal im Dezember in Deutschland bin, dann will ich auch weiße Weihnachten feiern, sagte die Mutter und ließ Sohn Ernesto die Rückflüge verschieben. Mit weißen Weihnachten war nichts. Neun Grad Celsius in Berlin. Aber Frau Löwen ließ sich die Freude nicht nehmen. Fasziniert blickte sie auf die adventliche Weihnachtsbeleuchtung, ging zu jeder kirchlichen Adventsveranstaltung, ob miserabel oder hochkonzertant, und war selig, dass sie uns alle um sich scharen konnte. Heiligabend verbrachten wir in Rubens und meiner Wohnung. Um elf Uhr abends, als der Mate-Tee schon würz- und geistlos war, klingelte schrill das Telefon. Daniel Schellenberg rief aus der Schweiz an, um uns frohe Weihnachten zu wünschen. Er wolle uns mitteilen, dass er sich virtuell über den Ozean mit Claudia Brandt verlobt habe. Er sei so glücklich und wolle uns sein Glück mitteilen. Na super! Gut, dass ich ans Telefon gegangen war. Na gut, ich war ja auch der Hausherr. Die schönen Grüße von Daniel richtete ich aus. Von der Verlobung sagte ich noch nichts. Erst nachdem die Familie wieder abgereist war, nahm ich mir ein Herz und überbrachte die Schreckensnachricht.

Ach, sagte Ruben erstaunlich gefasst, nach so vielen Ansätzen hat er es endlich geschafft, der Stalinist.

Stalinist? schaute ich Ruben verwundert an.

Klar ist er ein Stalinist, sagte er. Dann fiel ihm wohl auf, dass er eine Wirklichkeitsebene abgegriffen hatte, die mir fremd war.

Davon weißt du nichts, sagte er.

Nee, davon wusste ich nichts. Von seinem wochenlangen Traum, in dem er die Geschichte seines Volkes im Schnelldurchlauf miterlebte, hatte er noch nicht erzählt.

Ruben blieb erstaunlich stabil. Ein gelungenes Comeback, kann man sagen. Der Wiedereinstieg ins Veterinärstudium klappte reibungslos – bei Verlust eines Semesters, bedingt durch die Krankheit. Er beteiligte sich an den Studentenfeten, oft in Begleitung von Raquel und Eva, er trank sein Bierchen und rauchte seine Zigarette, aber der Partymensch war er nicht mehr. Er wirkte nachdenklicher und in diese Gemütsverfassung passte dann auch sein Entschluss, sich taufen zu lassen. Zu Prediger Landis pflegte er seit jeher ein gutes Verhältnis, jetzt hatte er sich entschieden, auch den letzten Glaubensschritt zu vollziehen. Der Taufgottesdienst wurde im Mennohaus an der Promenaden-Straße zelebriert, die Zeremonie der Taufe durch Untertauchen fand im Wannsee statt. Neben Ruben hatten sich noch drei Jugendliche unter 20 Jahren gemeldet. Dort erzählte er von seinem Tiefschlaf, dem Delirium, das ihn an den Rand des Todes gebracht und ihn zur Reue bewogen habe. Das kam an, er hatte die Herzen getroffen.

Die Taufe am Wannsee war eine beeindruckende Angelegenheit. Bei sommerlichen Temperaturen versammelte sich die Gemeinde am Ufer des Gewässers. Links und rechts tummelten sich Tausende Badegäste. Als Landis, wie die Täuflinge ganz in Weiß gekleidet, ins Wasser stieg, staunten die Sommerfrischler nicht schlecht. Der christliche Ritus fand viel Aufmerksamkeit, viele Neugierige gesellten sich dazu, die einen folgten andächtig dem Akt, die anderen ließen die eine oder andere spöttische Bemerkung fallen.

Rubens Leben nahm danach die Formen des Erwachsenenwerdens an, geprägt durch Disziplin, Rationalität und Großzügigkeit.

Nur einmal noch gab er sich die Kante. Das war, als Daniel heiratete. Am einfachsten wäre gewesen, wenn Daniel in den Chaco gereist wäre, dort seine Claudia geehelicht hätte und mit seiner frischgebackenen Frau wieder zurückgekehrt wäre. Aber Daniel wollte keine einfache Lösung. Er wollte eine deutsche, eine Berliner Hochzeit, die für ihn eine höhere gesellschaftliche Bedeutung hatte.

Vor allem will er den Triumph genießen, dass er der Gewinner im Match um Claudia Brandt ist, war Jakob Regehrs Meinung. Miriam pflichtete ihm bei.

So denken Männer, sagte sie. Er heiratet die Frau, die Ruben liebt – und das in Berlin, direkt vor seiner Nase.

Die Braut kam mit Familienanhang aus dem Chaco angereist. Ihr bestechendes Aussehen und ihr Charme mussten Ruben einen Stich versetzen, ganz klar. Aber das musste er doch abkönnen, der Macho. Ich an seiner Stelle wäre mit einer aufgebretzelten Raquel Solís aufgetreten, die in Sachen Schönheit durchaus mit Claudia aus Nummer Zwei konkurrieren konnte, dabei aber viel weltgewandter wirkte. Aber nein, er musste den gekränkten Einzelgänger spielen.

Nach der Trauung begab sich die gesamte Festversammlung per U-Bahn zum Brandenburger Tor, wo die wichtigen Fotos geschossen werden sollten. Von allen unbemerkt, besorgte Ruben sich von einem Dealer Gras. Das heißt: Einigen fiel natürlich auf, dass Ruben sich tuschelnd mit einem Mann in schmutzigem Trenchcoat unterhielt, der aussah, als sei er der Berliner Unterwelt entstiegen. Bei der anschließenden Garten-Party im Menno-Heim sprach Ruben auffällig dem Rotwein zu. Dann war er plötzlich verschwunden. Miriam und ich dachten: Ist vielleicht auch besser so. Als wir am frühen Morgen von der Hochzeit heimkehrten, klingelte und klopfte ich an Rubens Tür, ohne eine Antwort zu bekommen. Mit einem Ersatzschlüssel, den mir Ruben anvertraut hatte, verschaffte ich mir Zugang. Nichts, niemand zu Hause. Natürlich waren wir besorgt. Aber was sollten wir tun? Bei der Polizei anrufen und melden, dass mein Wohnungsnachbar noch immer nicht zurück gekehrt war – an einem sommerlichen frühen Sonntagmorgen, an dem ein Drittel der Berliner Bevölkerung noch nicht in den Betten ist? Hätten wir natürlich machen können. Wir hätten sogar, wie wir später erfuhren, eine Auskunft bekommen. So aber warteten wir noch einen halben Tag und erkundigten uns dann um elf Uhr bei der Polizei. Sie gab uns den Tipp, wo wir uns noch informieren könnten, bei den Krankenhäusern und bei der notärztlichen Einsatzzentrale. Letztere gab uns dann die Auskunft: Ein Ruben Löwen sei in die Charité eingeliefert worden und liege dort auf der Intensivstation. Diagnose: Alkoholdelirium. Sofort waren die Ereignisse aus dem Jahr 1989 wieder präsent. Um Gottes Willen, nicht schon wieder. Als wir nach Rubens Zustand fragten, sagte die Krankenschwester unfreundlich, da müssten wir schon selbst vorbeikommen, sie dürfe am Telefon nichts sagen. Als wir in die Intensivstation kamen, lag Ruben da mit klaren Augen und grinste uns an.

Was mache ich hier? fragte er, nun doch mit einem Anflug von Schuldbewusstsein.

Das wissen wir nicht so genau, antworteten wir.

Ich kann mich nur noch erinnern, dass ich vom Menno-Heim noch mal zum Brandenburger Tor gefahren bin. Und dann ... totaler Blackout ... Es tut mir so leid, dass ich euch schon wieder in Angst und Schrecken versetzt habe.

Das war – bis heute – Rubens letzter exzessiver Rauschzustand.

***

In Neuland hatte Ruben schon zahlreiche Veranstaltungen überstanden, auf denen Claudia Brandt sich als schöne Oberschulzenfrau präsentierte. Dabei hatte Claudia nicht nur als Ehefrau Karriere gemacht. Sie war Primarschullehrerin – und eine gute dazu. Wie sie Miriam anvertraut hatte, wollte sie in Asunción aufs ISE gehen, um sich für den Unterricht an der Sekundarschule zu qualifizieren, aber Daniel war dagegen.

Du musst das machen, was du willst, sagte Miriam, ganz die emanzipierte Frau. Meine Gattin konnte es nicht nachvollziehen, dass eine Frau sich zurücknahm, nur weil es der Karriere des Mannes dienlich war.

Sie selbst, Miriam, hatte ihr Studium mit Auszeichnung bestanden und hätte in Deutschland eine sichere Mediziner-Karriere machen können. Aber sie wollte unbedingt zurück in den Chaco, vielleicht auch, weil wir es uns bei der beschriebenen Studentenparty geschworen hatten.

Zurück wollte natürlich auch ich, der ich Ethnologie studiert hatte. Für meine Qualifikation war der Chaco mit seinen unterschiedlichen Ethnien das beste Betätigungsfeld. Von unseren Berufen aus gesehen waren Ruben, Daniel und ich die einzigen, die im Chaco wirklich ihr Karriereziel verwirklichten, während die Journalistin Katharina und meine Frau Miriam vielleicht in Europa besser aufgehoben gewesen wären. Deshalb sagte Jakob Regehr, der Musik studiert hatte und jetzt an der Sekundarschule und am Lehrerseminar unterrichtete und ehrenamtlich als Kirchenmusiker tätig war: Miriam ist zurückgekommen, weil sie mit dir zurückkommen wollte.

Diese Feststellung freute mich, aber ich war mir nicht ganz sicher, ob sie zutraf. Ich hatte immer das Gefühl, dass ich für Miriam zweite Wahl war. Nachdem Ruben aus der Charité entlassen war, hatte sich zwischen ihnen eine enge Beziehung entwickelt. Vielleicht hatte es auch ein Techtelmechtel gegeben. Aber danach hatte sie fest zu mir gestanden und wenn Jakob jetzt meinte, sie habe mir zuliebe das harte Los auf sich genommen, dann stimmte das wohl auch.

Miriam und ich waren stolze Eltern eines Mädchens und wir gaben zurzeit unser Bestes, um ein zweites Kind zu bekommen. Bei den Schellenbergs hingegen war der Nachwuchs ausgeblieben. Bisher, muss man hinzufügen, denn Claudia war noch nicht mal 30 Jahre alt, für Frauen aus der Siedlung zwar ein fortgeschrittenes Alter, aber noch hatte sie genügend Zeit, um ihre Familie zu vergrößern. Hätte sie nun mit einem Studium in Asunción angefangen, während Daniel in Neuland den Oberschulzen spielte, dann, ja dann wäre die Neuländer Welt nicht mehr in Ordnung gewesen.

Der Asado war fertig, Daniel sprach ein Gebet und gab das Essen frei. Während die Gäste am Rost anstanden, um sich vom Asador ein Stück Fleisch ihrer Wahl abschneiden zu lassen, hielt Daniel eine kleine Rede, die speziell auf die Produktion des Fleisches abgestellt war. Im Resümee hörte sich das so an: In Deutschland kommt das Fleisch nicht von den Rindern, sondern aus dem Supermarkt. Das machen die Eltern ihren Kindern weis, die schon in den Kindertagesstätten den Ekel vor dem Verzehr toter Lebewesen eingeimpft bekommen. Deshalb wird der Import von Fleisch aus dem Chaco ansteigen. Damit die Deutschen ganz vergessen, dass es von den Tieren kommt. Es wird saftig sein, weil es saftig ist. Es wird rot sein, weil es rot ist. Und kein Fleisch wird so rot und so saftig sein wie unseres.

Wer seine Hände frei hatte, applaudierte, wer gerade seine Teller balancierte, sagte zumindest: Bueno, bueno.

Mittlerweile war es dunkel geworden, denn für die Zubereitung hatte der Asador sich viel Zeit genommen, was durchaus im Interesse Daniels war.

Neuländer Fleisch braucht Zeit, pflegte Daniel neuerdings zu sagen, präzise: seitdem er Oberschulze war. Eine eher dezente Beleuchtung durch alte Kerosinlaternen, wie sie die Pioniere bei der Ansiedlung genutzt hatten, ließ den Sternenhimmel zur Geltung kommen, der die letzten Sonnenstrahlen zusehends verdrängte. Weil gut 80 Menschen zu dem Empfang gekommen waren, bewegten sich einige außerhalb des Lichtkegels der Kerosinlampen, so wie jener Mann, der noch mal mit einem Applaus ansetzte, nachdem alle anderen schon aufgehört hatten, und *Lindo! Lindo!* rief, nachdem sich die anderen Gäste schon einem anderen Thema zugewandt oder wieder ins Steak gebissen hatten.

Das Herz des Menschen hängt an der Fleischeslust! sagte er betont laut.

Seine Stimme verriet ihn. Es war Martin Giesbrecht, den wir vom Erdboden verschluckt glaubten. Wo mochte er sich herumgetrieben haben? Die Gerüchte wussten, dass er eher kriminellen Tätigkeiten nachging.

Diese Klugscheißer, die Herren und Frauen Doktoren, die Besserwisser und Großmäuler, ja, ich meine euch: Dr. theol. Schellenberg, Dr. med. Miriam Peters-Cornies, Dr. med. vet. Ruben Löwen, Ethnologe Cornelio Peters, Lehrerin Claudia Schellenberg-Brandt, Musiklehrer Jakob Regehr, Deutschlehrer Heinrich Derksen, ihr alle, die ich aufgezählt habe, ja, euch meine ich, glotzt nicht so belämmert ...

Einer von Daniels Erfüllungsgehilfen unterbrach die Rede: Herr Giesbrecht, was Sie zu sagen haben, ist vielleicht interessant und wichtig. Aber Sie sind hier Gast. Veranstalten Sie doch eine eigene Party und dann halten Sie Reden, wie Ihnen der Schnabel gewachsen ist ...

Daniel schaltete sich ein: Nee, lass nur, Peter! Martin, herzlich willkommen! Du warst nicht eingeladen, was aber nur daran lag, dass ich nicht wusste, dass du wieder heiligen Chacoboden betreten hast. Aber jetzt freuen wir uns über deine Gegenwart. Sag, was du auf dem Herzen hast. Aber mach es kurz.

Danke, Daniel, du bist ein wahrer Freund! Was mir auf dem Herzen lag, ja ...

Daniel hatte durch seine freundliche Einladung den Schwung aus Martins Auslassungen genommen, die Wut war dahin, die Luft raus. Was ihn nicht davon abhielt, sein Anliegen vorzubringen: Ich muss immer wieder, wenn ich eure Karrieren vor Augen habe, an jenen speziellen Abend in Berlin denken. Es war vor dem Mauerfall. Wir trafen uns bei Cornelio und Ruben. Und wir waren so voller Begeisterung, Idealismus und Elan (Ruben stand an meiner Seite, er flüsterte mir zu: Wusste nicht, dass er die Worte Idealismus und Elan überhaupt kennt.) und haben ein Manifest formuliert. Wenn wir wieder zurück sind im Chaco, dann wollen wir etwas Großes schaffen, etwas, das für unsere Kirche gut ist, für unsere Gesellschaft, für die Indianer und Latinos ... Was ist daraus geworden? Wenn ihr etwas Großes geschafft habt, dann nur große Zahlen auf dem Konto. Steht euer Sinn nur nach dem großen Geld?

Alle schwiegen betreten. Natürlich hätte man jetzt ironisch einwenden können: Und du, Martin, wo warst du bis heute? Hast du dir Mühe gegeben, etwas Großes zu schaffen? Aber darum ging es jetzt nicht, es ging nicht darum, Schuld zu verteilen oder gar Gegenargumente zu formulieren. Es ging darum, dass wir uns wohl alle ertappt fühlten. Während wir uns an die Spitze der kleinen Neuländer Gesellschaft schraubten, hatten wir nie diesen Berliner Tag vergessen, das Gewissen hatte uns immer geplagt. Aber erst Martin sprach aus, was wir unterdrückt hatten.

Aber natürlich war jetzt nicht der Augenblick darüber zu reden.

Gut, dass du uns daran erinnerst, Martin. Wir müssen reden. Wenn du ein paar Tage in Neuland bleibst, dann könnten wir – die ehemaligen Berliner Studenten – uns treffen, um das Thema zu besprechen.

Sehr diplomatisch, der junge Oberschulze, besser konnte man es nicht machen. Martin kam ins Kerosinlampenlicht und begrüßte uns nacheinander.

Bist du auch dafür, dass wir uns treffen? fragte er jeden aus unserem Freundeskreis und niemand sagte Nein.

Die anderen Besucher fragten sich wohl, was das zu bedeuten hatte. Allerdings werden sie dahinter keine kryptische Bedeutung gesehen haben. Wenn man jung ist, dann schmiedet man eben Pläne, werden sie gedacht haben. Eher werden sie innerlich über Martin den Kopf geschüttelt haben.

Die Party, wenn man sie so nennen will, hing durch, was häufig passiert. Daniel wies seinen DJ an, flottere Musik aufzulegen, denn bis jetzt schrammelte leise Big-Band-Musik durch die Lautsprecher. Der DJ, ich weiß nicht mehr, wer diese Rolle spielte, klickte in seinem Media Player auf paraguayische Polcas, was sofort zu einer Reaktion führte: Ruben tanzte ganz für sich, unauffällig, unmusikalisch. Aber wir erinnern uns: Auch Tanzen ist in Mennoland mit einem Tabu belegt. Leute, die kirchlich nicht aktiv sind, tanzen manchmal. Leute, die am Rande der Gesellschaft leben, tanzen manchmal. Jugendliche tanzen manchmal, wenn sie noch nicht getauft sind. Aber Menschen, die sich ganz vorne eingereiht haben in diesem Zug der Seligen, die tanzen niemals. Dass

Ruben sich rhythmisch bewegte, war nicht dramatisch, denn er war kein aktiver Kirchgänger. Ruben hatte im Chaco Bewunderer und Kritiker. Manche mochten ihn, weil sie in ihm einen ehemaligen Diener Stroessners sahen, andere wiederum hassten ihn deswegen. Den Frommen war er zu heidnisch, den Heiden zu fromm.

Der DJ klickte in seinem Media Player eine neue Polca an. Paloma blanca, ein populäres Lied, besonders im Chaco. Gut, den jungen Leuten graust es, aber die Etablierten, die Huren und die Grundschulkinder mögen es.

Amanota de quebranto
guyrami jaulape guaicha
Porque nda rekoi consuelo ...
mi linda paloma blanca.

Wie die Charatas krächzten, damals im Busch bei Schöntal. Sie wollten gar nicht mehr aufhören mit ihren Schreien. Porque nda rekoi consuelo ... mi linda paloma blanca. Ob Ruben auf Daniels Oberschulzen-Fete daran gedacht hat? Ich bezweifle es. Ich glaube einfach, dieses schwungvolle und dennoch sentimentale Lied von dem Täuberich, der an der Untreue der weißen Taube leidet, war der passende Schlüssel zu seinen Gefühlen. Da war Claudia, die, wie es sich gehörte, neben ihrem Ehemann stand, an einem Glas Grapefruitsaft nippte und aufmerksam zuhörte, was ihr Mann, der große Siedlungspolitiker, für Neuland vorhatte. Ruben schaute in den Sternenhimmel, lächelte, ging sicheren Schrittes auf Claudia zu und forderte sie zum Tanz auf. Claudia erstarrte eine Sekunde lang. Hatte sie überhaupt schon mal in ihrem Leben getanzt? Doch, damals in Berlin. Aber dann gab sie Daniel ihr Grapefruit-Glas und folgte kichernd Ruben, der sich auf die gedachte Tanzfläche begab. Die Polca ist schwungvoll zu tanzen. Ruben und Claudia bewegten sich hingegen im Wiegeschritt. Sie unterhielten sich dabei, das habe ich deutlich gesehen. Claudia lachte sogar. Was sie gesprochen haben, wissen nur sie selbst.

417

Nach der Party hat Daniel nicht mehr oft mit mir gesprochen. Ich kann mich überhaupt nur an ein einziges Mal erinnern. Er sagte gehässig: Wenn du auftauchst, musst du dich in Szene setzen. Und danach ist irgendwas kaputt.

Daniel hatte natürlich Recht. Meine Auftritte sind nicht massenkompatibel. Mal spiele ich den Präsidentenfreund, mal den toten Mann. Und immer müssen sich alle Sorgen um mich machen.

Also: Der Tanz mit Claudia war ein Affront. Aber wäre es dabei geblieben, würde sich die Welt in Neuland auch heute noch rechtsrum drehen. Was ich Claudia ins Ohr hauchte, war ebenfalls eine Frechheit. Aber es hörte ja nur Claudia, und sie hätte es für sich behalten können.

Der Abend war unglaublich. Zuerst der grandiose Auftritt von Martin, dann die Paloma blanca – es juckte mir in den Gliedern. Spontan ging ich zu Claudia und bat sie um ein Tänzchen.

Auch dieser Satz, den ich in ihr Ohr hauchte, war spontan, nie hätte ich mir ausgemalt, dass er solche Konsequenzen haben würde.

Heirate mich, sagte ich.

Claudia kicherte: Ich bin verheiratet.

Du weißt doch, dass ich dich liebe. Lass dich scheiden.

Scheiden? Wir sind in Neuland, nicht in Berlin.

Na gut, dann ziehen wir nach Berlin.

Was willst du denn als Tierarzt in Berlin? Kranke Kanarienvögel heilen?

Dann ziehen wir zu den Nivaclé an den Pilcomayo.

Das würdest du für mich tun?

Für dich, für mich, für die Indianer.

Dann war das Lied zu Ende und der DJ klickte etwas Belangloses an. Ich begleitete Claudia zu ihrem Mann und sagte: So, deine Frau zurück.

Darum will ich auch gebeten haben, sagte er süß-sauer.

Das kurze Gespräch zwischen Claudia und mir war von einer unglaublichen Irrelevanz geprägt. Sätze im Konversationsstil. Ein südamerikanischer Charmeur spricht, und alles was er sagt, könnte einen doppelten Sinn haben. Eine Frau mit Stil möchte sich gut unterhalten und pariert den Flirtversuch des Charmeurs mit Eleganz. Natürlich war mein Herz erfüllt von Claudia.

Jede Sekunde auf meinem Heimweg dachte ich an sie. Aber ich unterlag nicht der Versuchung, an irgendeine Wirkung, wie klein und belanglos sie auch sei, zu glauben. Und an eine große Wirkung schon gar nicht.

Aber der Abend war noch nicht zu Ende.

Auf meinem Nachhauseweg ging ich am Sportplatz vorbei, den Flutlicht hell erleuchtete. Dort trainierten die Fußballer des Deportivo Boquerón, also der Neuländer Jugend. Oder besser: Sie hatten soeben trainiert, denn mehrere Spieler verließen gerade den Platz, schon in Straßenkleidung und wohl genauso auf dem Heimweg wie ich. Mit ihren Enduros knatterten sie an mir vorbei. Zwei junge Männer kamen zu Fuß den schmalen Weg hoch, der von Algarrobobäumen gesäumt und überdeckt war. Als sie mich passierten, grüßten sie freundlich und verschwanden im Lichtschatten der Straßenlaterne. Moment mal ... Der Weltenlauf blieb für einige Sekunden stehen. Das war doch ... Fettiges, strohblondes Haar, dicke Lippen, gelbliche Zähne, ein sicheres Gespür für unmoderne Kleidung ... Abram Krahn ... 25 Jahre nach seinem Tod, der immer noch mir in die Schuhe geschoben wird, kommt er rotzfrech aus dem Algarrobowäldchen. Wo er doch so lange unter der Erde lag und längst vermodert sein sollte. Ich wusste, dass es nicht sein konnte – und dennoch hatte der Anblick seines Ebenbildes mich geschockt. Auch dem Ebenbild schien gerade klar geworden zu sein, wem er begegnet war.

Löwen, du Arsch, du hast meinen Onkel umgebracht. Wieso darf ein Mörder frei herum laufen? schrie er aus der Dunkelheit.

Mir lagen einige schlimme Sätze auf der Zunge, aber dann verzichtete ich auf eine Widerrede.

Mit dem Gefühl des Angeschlagenseins hastete ich nach Hause. Vorbei an der alten Grundschule, die jetzt ein Heimatmuseum war, vollgestopft mit altem Krempel der Pioniere von der Teekanne bis zur Waschmaschine. Wo ich Fußball gespielt hatte, stand jetzt eine ausrangierte Wegbaumaschine. An der nächsten Querstraße bog ich nach rechts ab. Vor mir stand der alte Flaschenbaum mitten auf der Straße. Noch hatte kein Fahrer gefordert, den Baum zu fällen, obwohl er doch mitten im Weg stand und den Verkehr behinderte. Aber er kränkelte an einigen Narben, die man ihm zugefügt hatte, vielleicht durch unvorsichtige Autofahrer, vielleicht durch pubertierende Jungs, die ihr neues Taschenmesser ausprobieren wollten. Auf der linken Seite erstreckte sich der große Schulkomplex, vorneweg die Aula, die vor 30 Jahren noch allgemeiner Veranstaltungsraum war – Kinosaal und Schultheatersaal in einem. Filme waren damals Mangelware, heute gab es Filme zuhauf, aber die Menschen trafen sich nicht mehr an einem zentralen Ort, sie glotzen alleine und zuhause auf dem DVD-Player. Schulfeiern und öffentliche Veranstaltungen wurden in einer neuen Multifunktionshalle auf der anderen Seite des Schulhofes präsentiert – zwischen den aktuellen Grundschulen, die anno dazumal Internat für die Kinder aus den entlegenen Dörfern gewesen waren. Heute kommen die Schüler jeden Tag mit dem Schulbus angereist.

Während ich nach Hause ging, arbeitete mein Gehirn auf drei Etagen: Auf der obersten Ebene nahm ich die Veränderungen war, die in meinem Dorf geschehen waren. Auf der mittleren musste ich die Erscheinung Abram Krahns verdauen. Und auf der dritten Etage dachte ich an das heitere Rendezvous auf der Tanzfläche mit Claudia. Als ich durch die kleine Pforte mein Anwesen betreten wollte, kam mir der Gedanke: Wie wäre es, wenn du den alten Krahn, den untröstlichen und verbitterten Vater Abrams, der von meinem Vater mit Trost- und Schweigegeld überschüttet worden war, wie wäre es, wenn du ihn besuchst, um ihn um Verzeihung zu bitten. Und zwar nicht morgen früh, sondern jetzt gleich. Ich schaute auf die Uhr. Es war 12 Uhr, Mitternacht. Der Mond, fast voll, stand im Zenit und bestrahlte das Dorf mit seinem grauen Licht.

Ich schwang mich aufs Motorrad und ratterte nach Rosenort. Der alte Krahn würde staunen, wenn ich ihn aus dem Bett schmiss. Wahrscheinlich würde er mich in seinem Hass vom Hof schicken und mir hinterherschreien, mich hier nie mehr blicken zu lassen.

Auf dem Hof herrschte vollkommene Dunkelheit. Das Licht des hell scheinenden Mondes wurde von den Paraíso-Bäumen geschluckt. Ein Sirren, wie wenn Eisen auf Eisen kratzt, dann ein explodierendes grunzendes knallendes Bellen. Der Haushund schoss auf mich zu, sehen konnte ich ihn nicht, nur aufgrund des sich nähernden Bellens schloss ich darauf, dass er seine Fänge gleich in mein Genick schlagen würde. Doch dann wurde die Bestie abrupt abgebremst. Mit seiner Kette war er wohl – wie hier üblich – an einer Wäscheleine befestigt, die ihn nun stoppte. Ich hatte schon längst das Hasenpanier ergriffen und stoppte erst in sicherer Entfernung. Die Hofbeleuchtung ging an. An der Tür stand ein alter Mann in einem schlabberigen weißen Unterhemd.

Barry, lidje gohne!

Die Bestie gehorchte aufs Wort und zog sich in ihre Behausung zurück. Barry, klar, das war doch der liebliche Bernhardiner, der mit einem Fass Wein um den Hals durch die Alpen stapfte und Schnee- und Bergopfer rettete. Ein schöner Name für ein solches Ungeheuer, das mich am liebsten verschlungen hätte.

Wer bist du? fragte der Alte.

Ruben Löwen.

Warum weckst du mich mitten in der Nacht?

Weil ich mit Ihnen reden muss.

Reden? Hat das nicht Zeit bis morgen?

Morgen will ich vielleicht nicht mehr reden.

Na gut, dann komm!

Der Alte knipste ein weiteres Licht an der Giebelseite des Hauses an. Dort standen ein paar alte Gartenstühle aus Holz im Kreis. Mit einer Handbewegung forderte Heinrich Krahn mich auf, Platz zu nehmen. Dann setzte er sich ebenfalls.

Seit damals – 1978 – hatte ich ihn nicht mehr gesehen. Seine Haare waren immer noch nicht weiß, sondern hatten die Farbe von verblichenem Stroh angenommen. Sein Körper war von der schweren Arbeit auf dem Feld gezeichnet. Aber nicht nur sein von Falten zerfurchtes Gesicht oder seine schwieligen Hände machten ihn zum Greis, sondern auch die Anzeichen der Vernachlässigung. Die unbearbeiteten Bartstoppel-Felder, die Flecken auf seinem Unterhemd, sein Körpergeruch waren ein Hinweis, dass er auf das irdische Leben nicht mehr viel gab. Wahrscheinlich hatte er ein Alkoholproblem, das er an seine Nachkommen weitervererbt hatte. Er saß in seinem Gartenstuhl, umschwirrt von einer Menge Insekten, und starrte mich an, der Dinge harrend, die da kommen würden. Auf das umständliche Umkreisen des Themengebietes konnte ich verzichten, soviel kannte ich die alten Menschen in unserer Siedlung.

Daher sagte ich: Zwischen uns steht immer noch der Tod deines Sohnes Abram.

Erschrocken erwiderte er: Darüber willst du reden?

Als ich nickte, fuhr er fort: Nein, dann rege ich mich zu sehr auf und liege bis morgen früh hellwach.

Aber vielleicht kannst du dann in den folgenden Nächten gut schlafen.

Krahn überlegte kurz und sagte dann, mit einem schroffen Unterton: Dann schieß man los!

Du weißt von meinem Vater, wie dein Sohn ums Leben gekommen ist. Aber dennoch hegst du immer noch einen Groll gegen mich.

Weil es deinem Vater immer darum ging, dich reinzuwaschen.

Eines darfst du nicht vergessen: Dein Abram und ich waren Kinder. Kinder, die sich zankten. Wir hatten Streit – und das Ende vom Lied war der Tod Abrams, der dein Leben aus den Fugen geraten ließ.

Ich unterließ es zu erwähnen, dass mein Vater durch seine Zahlungsbereitschaft, durch sein Einverständnis, Schmiergelder an den alten Krahn zu zahlen, die leidige Angelegenheit noch in die Länge gezogen hatte. Und dass Krahn den Wechsel des Landes zur Demokratie und die damit zusammenhängenden Umbrüche genutzt hatte, um den Tod seines Sohnes noch mal auf die Tagesordnung zu bringen. Und mein Vater hatte wohl noch mal gezahlt – gesprochen hatten wir darüber nie. Damit musste jetzt Schluss sein. Es wurde nie Gerechtigkeit herbeigeführt.

Onkel Krahn, wer soll sagen, wie viel Schuld ich auf mich geladen habe? Ein Richter, der nach Gesetz und Ordnung richtet, wird mich nicht verurteilen können, weil ich ein Kind war. Aber ich bekenne mich dazu, dass ich dir viel Gram und Schmerz bereitet habe. Und das tut mir Leid, sonst stünde ich heute, nach so vielen Jahren und zu vorgerückter Stunde, nicht vor deiner Tür.

Der Alte lachte spöttisch: Reden kannst du, das muss man dir lassen. Wahrscheinlich drehst du mich mit deinem Reden so um, dass ich dich gleich um Verzeihung bitte.

Nein, sagte ich, ich bitte darum, dass du mir verzeihst.

Jetzt war der Alte perplex: Ich soll dir verzeihen?

Ja, antwortete ich, so wie Jesus die schlimmsten Sünden der Menschen verzeiht.

Mit Jesus kannst du mich nicht vergleichen.

Natürlich hätte ich mich noch endlos mit ihm streiten können. Aber ich wollte, dass er seine Christenpflicht wahrnimmt und mir verzeiht. Dass er einem Menschen verzeiht, der nicht mehr länger in Unfrieden leben will.

Onkel Krahn, sagte ich, kannst du mir um Jesu Willen verzeihen?

Der Alte dachte nach. Dann sagte er: Gib mir noch einen Tag.

Gut, sagte ich, die Zeit hast du. Ich will dich nicht länger stören. Ich wünsche dir eine gute Nacht.

Ich stand auf und reichte ihm die Hand zum Abschied. Er zögerte, dann schlug er ein und sagte: Nein, es soll gut sein. Ich verzeihe dir. Was hältst du davon, wenn ich einen Tereré aufstelle?

Nach dem Genuss des anregenden Mate-Tees würde ich die Nachtruhe vergessen können. Aber ich konnte auch mal eine Nacht ohne Schlaf auskommen. Also sagte ich: Cómo no.

Nach etwa 20 Minuten kam der Alte mit einem Eimer Wasser zurück, in dem ein paar schon beinahe zerschmolzene Eiswürfel schwammen. Ich habe schon mal einen erfrischenderen Tee getrunken, aber das war nicht wichtig in dieser Nacht, in der mir Onkel Krahn von seinem Leben in Russland erzählte, von Verfolgung, Unterdrückung, Tod und Verderben – und wie er sich in seine Frau Käthe verliebt hatte. Käthe, sagte er, war der Stern auf meinem Weg.

Käthe war vor einem Jahr gestorben. Und jetzt erzählte er mir von seinem gemeinsamen Weg mit Käthe. Und ich hörte gerne zu.

Krahn erwähnte nachher auch Nick und Levi Walde, die Freunde seines Sohnes Abram, die zu den Ausflüglern gehörten. Sie waren mit ihren Eltern ins Gelobte Land nach Deutschland ausgewandert und verbrachten dort ein freudloses Leben. Miese Hauptschuljahre. Miese Hilfsarbeiterjobs. Miese Frauen. Danach die Geburt ihrer Kinder und die Scheidung. Und mit den Kleinen begann der Kreislauf mieser Lebensläufe erneut.

Miriam Cornies de Peters, Chaco, 1998

Wer etwas gewinnen will, muss zuvor etwas abgeben. Diese Erkenntnis, formuliert zu einer Binsenweisheit, trieb uns alle um, die in Berlin das Manifest verfasst hatten. Der Kern unserer Gruppe hatte am Schöntaler Ausflug teilgenommen und fühlte sich – nach 30 Jahren immer noch – schuldig, aber die wenigsten erkannten ihr Schuldgefühl. Ich selbst bin ganz erschrocken, wenn ich die Selbsterkenntnis so offen formuliere. Am Anfang hofften wir, ohne große Verluste aus der Sache herauszukommen. Wir befürchteten jedoch, dass unsere Verluste nicht nebensächlich, sondern substantiell sein würden.

Cornelio und ich hatten auf unsere kleine Estancia eingeladen. Jeder wurde aufgefordert, seine Kühlgefäße mit Eis gefüllt mitzubringen, denn Elektrizität gab es auf unserem Landgut noch nicht und dementsprechend auch keinen Kühlschrank. Während der Peón mit behutsamen Bewegungen das Fleisch für den Asado schnitt, saßen wir unter der Veranda und genossen den eiskalten Tereré. Anfangs war Martin Giesbrecht der Wortführer. Weil sein brüsker Auftritt uns in Zugzwang gesetzt hatte, saßen wir nun hier im Kreis und fragten uns, wie wir unser Versprechen erfüllen sollten. Aber Martin hat den Prozess nur beschleunigt, der ohnehin in Gang gekommen wäre, vielleicht aber zu spät.

Groß reden und dann die Hände in den Schoß legen, das geht nicht, dröhnte Martin.

Seit dem Oberschulzen-Empfang hatte er Oberwasser.

Du hast ja Recht, deshalb sind wir da, antwortete Heinrich. Ich schlage vor, dass jeder sich in eine stille Ecke verzieht und auf seinem Zettel Vorschläge notiert. Wenn der Asado gar ist, treffen wir uns zum Essen. Während des Essens können wir dann mit der Diskussion beginnen.

Nach dem Essen öffnete Heinrich die Zettel. Wie verabredet, hatte niemand seinen Namen auf seiner Liste eingetragen. Heinrich erkannte die Autorenschaft möglicherweise an der Schrift, verriet aber nichts.

Der Begriff *gemeinsam*, der in vielen Vorschlägen vorkommt, bezieht sich auf die Gemeinsamkeit von Siedlern und Ureinwohnern, denn darauf zielte unser Vorhaben ab. Ich liste die Themen auf:

— Gründung einer gemeinsamen Stiftung
— Gründung einer gemeinsamen Kooperative
— Projekt Siedlungsgemeinschaft
— Jeden Samstag Treffen des Freundeskreises, um über brennende Themen, die Ureinwohner und Siedler betreffen, zu diskutieren.
— Sozialprojekt Wasserleitung für die Indianersiedlung
— Sozialprojekt Arbeitsplätze schaffen
— Sozialprojekt Ausbau der Schulbildung bei den Ureinwohnern
— Sozial- und Schulprojekt *Patenschaften übernehmen*: Jeder von uns fördert Indianerkinder bis zum Universitätsabschluss.
— Gründung einer gemeinsamen Siedlung außerhalb von Neuland.

Bei der Mehrheit der Vorschläge würden wir den Ureinwohnern mehr Zeit widmen, unser altes Leben aber fortführen. Das Projekt Siedlungsgemeinschaft hingegen ging weiter: Gemeint war hier, die Indianersiedlung nicht mehr als Enklave zu behandeln. Der Status Quo war, dass sie in eigenen Siedlungen innerhalb der mennonitischen Siedlungsgemeinschaft lebten, dort aber ein Fremdkörper waren und weder der kirchlichen noch der wirtschaftlichen Gemeinschaft angehörten. Der Vorschlag forderte nun, dass die Indigenen vollberechtigte Bürger Neulands würden – Mitglieder der Kooperative, der Zivilgesellschaft und der Kirchen. Die Aussichten, dieses Vorhaben zu realisieren, waren im Augenblick gleich Null, denn dafür benötigten wir die Stimmenmehrheit der Siedler und der Indianer. Wie auch immer die Indianer darüber dachten, die Bürger Neulands würden mit großer Mehrheit ablehnen.

Viel radikaler, aber durchaus praktikabel (wenn der Freundeskreis es wirklich wollte) war der Vorschlag, eine neue Siedlung zu gründen, in der Indianer und Weiße gemeinsam lebten. In diesem Fall brauchten wir nur uns selbst, ein paar weitere Menschen, die ebenso willig waren wie wir, und Indianerfamilien, die mitmachen würden.

Cornelio, Ruben und ich unterstützten dieses Vorhaben mit Nachdruck und Enthusiasmus. Cornelio hielt ein richtiges Plädoyer, deshalb glaubten alle, er habe das Projekt vorgeschlagen. Er sagte: Unser Volk hat in seiner jahrhundertelangen Geschichte bewiesen, dass es Haus und Hof verlassen kann, um einer Idee zu folgen. Die Gemeinschaft im Herrn ist das wichtigste Gut, das wir vor uns hertragen. Wenn wir unsere indianischen Brüder und Schwestern verächtlich am Rand stehen lassen, quasi eine Rassentrennung praktizieren (Proteste von Daniel!), dann leben wir in Sünde. Also sollten wir uns Land besorgen und dort mit den Indianern neu anfangen.

Für dich ist es einfach, entgegnete Daniel, der Oberschulze, der von Anfang an auf Konfrontationskurs ging, du bist Ethnologe, du musst von Berufs wegen unter den Indianern leben. Aber was sagt deine Frau dazu, die müsste ihren einträglichen Beruf als Ärztin aufgeben.

Dann frag sie doch. Sie ist anwesend.

Daniel blickte mich an, gespannt auf meine Antwort.

Warum sollte ich meinen Beruf aufgeben? Ärzte werden in unserer neuen Siedlung ganz dringend gebraucht. Mal abgesehen davon, dass auch die Umgebung der Siedlung von medizinischem Sachverstand profitieren könnte.

Cornelio: Bildung ist das höchste Gut. Jeder von uns kann in seinem Beruf arbeiten, ich als Ethnologe, Ruben als Veterinär, du als Prediger, Miriam als Ärztin, Heinrich als Lehrer, Jakob als Musiker. Selbst wenn das Projekt nach zehn Jahren scheitert, bekommt jeder von uns neue Jobs, da bin ich sicher.

Aber woher wollt ihr das Geld kriegen – für den Landkauf, für den Bau der Wohnhäuser und sozialen Einrichtungen und so weiter?

Ich verkaufe meine Estancia und stelle das Geld zur Verfügung, sagte Ruben.

Er war auch diesmal derjenige, der für die größte Überraschung sorgte.

Daniel konnte seinen Ärger kaum zügeln: Das glaube ich erst, wenn ich es sehe.

Es gab noch ein langes Hin und Her, auch die anderen Vorschläge wurden der Gerechtigkeit halber erwogen, aber für zu leicht befunden. Noch musste sich keiner entscheiden, aber für die Gruppe war klar, dass die Gründung einer bi- oder gar multiethnischen Siedlung unser Projekt war. Womit Daniel sich von uns verabschiedete:

Für Eure Höhenflüge wünsche ich euch viel Erfolg, sagte er leicht ironisch. Wo es möglich ist, will ich euch auch unterstützen. Aber eines muss deutlich sein: Als Oberschulze muss ich der ganzen Siedlung dienen – und das fünf Jahre lang. Wenn der Lotse jetzt schon von Bord ginge, wäre das fatal.

Nicht, wenn es noch andere Lotsen gibt, sagte Ruben.

Aber die Bürger haben in mich das größte Vertrauen gesetzt, blieb Daniel fest.

Was Claudia darüber dachte, wollte keiner wissen. Sie verzog keine Miene und meldete sich während der ganzen Zeit nicht zu Wort. Warum sie so zurückhaltend war, konnte ich nicht verstehen. Aber alles zu seiner Zeit, heißt es ja schon in der Bibel, und sie hat ja dann auch ihren Weg gefunden.

Cornelio sprach in Asunción mit der nationalen Indianer-Agentur, einer Regierungsbehörde. Die Berufs-Indianer waren Feuer und Flamme für unsere Ideen, aber als es ums Materielle ging, wurden sie zurückhaltender. Sie boten dennoch Staats-Ländereien an, jedoch lehnte Cornelio nach Rücksprache mit dem Freundeskreis ab. Dann ließ die Behörde verlauten: Wenn wir uns zum Kauf von Land entschlössen, würde die Regierung ihren Obolus entrichten.

Immerhin. Allerdings ebnete die Behörde auch den Weg zu internationalen Organisationen, denen Cornelio seine Ideen bald schriftlich mitteilte.

Auf einem internationalen Anthropologen-Kongress in Barbados sollte er sprechen. Dazu existierte ein spannender historischer Rückverweis. Im Jahre 1971 trafen sich auf der gleichen Insel schon einmal Anthropologen. Sie würden das Weltbild der weißen Siedler im Chaco erschüttern. Die Wissenschaftler waren vom marxistischen Zeitgeist infiziert und übten scharfe Kritik an der Arbeit der christlichen Kirchen. Der Mission wurde das Verbrechen des Ethnozids (Ausrottung anderer Kulturen) vorgeworfen und Beihilfe zum Genozid (Völkermord an den indianischen Stämmen). Die in der Indianerarbeit Tätigen fühlten sich schwer getroffen, weil fast die gesamte Arbeit auf der Missionstätigkeit basierte. Der junge paraguayische Anthropologe Miguel Chase-Sardi, der in Barbados die Erklärung unterschrieben hatte, kam in den Chaco und sorgte mit wucherndem Rebellenbart und revolutionären Theorien für Unruhe. Die einheimischen Prediger, Missionare und Oberschulzen reagierten verunsichert. Aber dann besannen sich die Leute darauf, dass ein junger Mann aus ihrer Mitte in Nordamerika Anthropologie studierte. Und der junge Mann, Wilmar Stahl, bekam ein Stellenangebot, das er annahm, obwohl er sich nicht vorstellen konnte, wie er mit seiner Wissenschaft in die religiöse Gesellschaft passen würde. Die Siedlungen brauchten jemanden, der mit einem wie Chase-Sardi auf Augenhöhe diskutierte und trotzdem weiterhin christliche Positionen vertrat. Einer wie Stahl, im Grunde der Vorgänger Cornelios, sollte ein wenig den Advocatus Diaboli spielen, zwischen Himmel und Hölle navigieren, auf die Argumente der Gegner eingehen und trotzdem auf Kurs bleiben.

Wenn Cornelio jetzt in Barbados für unser Projekt werben würde, dann wusste er, dass er dies in einer Runde machen würde, die mittlerweile ihr ideologisches Mäntelchen abgelegt hatte.

Namhafte Fachzeitschriften sagten zu, dass sie einen Beitrag abdrucken würden. Zudem schrieb Cornelio an Katharina, die beim

WDR in Köln arbeitete. Auch sie war begeistert und versprach, alle Hebel in Bewegung zu setzen, wenn unser Projekt konkrete Formen annehmen würde – soll heißen, ein TV-Team würde anrücken, um über uns zu berichten.

Mit sehr guten Nachrichten kehrte Ruben aus Asunción zurück. Der General, Vater von Raquel Solís, hatte sich in den Ruhestand begeben und seiner Tochter sein Erbe übergeben. Raquel war hin- und hergerissen. Sollte sie die riesige Estancia Surubí am Pilcomayo übernehmen und in Eigenregie führen oder sie an einen Fremden verkaufen? Zusammen mit Ruben heckte Raquel Solís nun aus, dass die Estancia in eine Stiftung übergehen und dem Siedlungsprojekt zur Verfügung gestellt werden sollte. Dabei würde Raquel Solís nicht leer ausgehen, denn der General hatte ihr auch ein Konto mit vielen Millionen Guaranís hinterlassen, vieles davon Geld, das er auf dunklen Wegen erwirtschaftet hatte. Die Siedlung, so Raquels Wunsch, könne das gesamte Areal inklusive herrschaftlichem Wohnhaus, Angestelltenhaus, Stallanlagen, Corrales, 10 Leguas Viehweiden und 10 000 Rindern für einen sehr günstigen Preis übernehmen.

Leben am Pilcomayo! Damit ging nicht nur für Ruben ein Traum in Erfüllung. Fast jeder von uns verband mit dem eigenwilligen Fluss besondere Erlebnisse, war er doch das Ziel von Dutzenden von Schulausflügen gewesen. Zudem war er Heimat der Nivaclé-Indianer.

Jetzt galt es, Nägel mit Köpfen zu machen. Cornelio und Ruben besuchten zunächst die Enlhet in Campo Largo und dann die Nivaclé in Cayin o Clim. In jedem der beiden Dörfer sprachen sie mit dem Führer eines Clans, in beiden Fällen Personen, die sie kannten. In Campo Largo war es der unverwüstliche Sooplhengaam, der doch gewiss die 100 überschritten haben musste und auch so aussah. Sein Körper schien nur noch aus Falten und Hautlappen zu bestehen. Aber geistig war er fit. Der Alte verfüge noch über genügend geistige Flexibilität, um seinen Clan zu dirigieren. Bei den Nivaclé drängte sich Alberto Santacruz als Ansprechpartner auf.

Er hatte seine Kindheit am Pilcomayo verbracht, wie viele seiner Stammesgenossen, und war dort von katholischen Padres erzogen worden. Er beherrschte alle Finessen der westlichen Argumentationskunst. Beide, Sooplhengaam und Santacruz, zeigten sich von unseren Plänen sehr angetan, Sooplhengaam sogar so sehr, dass er sofort erklärte, er selbst werde auch mitkommen. Cornelio und Ruben erklärten ihnen, dass bis zu zehn Familien aus jedem Volk – Enlhet, Nivaclé und Mennoniten – ihren angestammte Raum verlassen sollten, um eine neue Heimat am Pilcomayo zu gründen. Viel Zeit verbrachten sie damit, ihnen die Idee der Gemeinschaft zu erklären und die Regeln für das Funktionieren der Kooperative darzulegen. Obwohl sie darum baten, so diskret wie möglich vorzugehen, um eine große Aufregung zu vermeiden, gab es genau dieses, die Emotionen kochten hoch und es gab größere Auseinandersetzungen.

Ein einsamer Flamingo kam von irgendwoher und flog nach irgendwohin, wahrscheinlich den Schnabel voller Nahrung für die Brut. Auf den Mandarinenbäumen, die den Zaun zum Bürgersteig säumten, zirpten die Zikaden. Die kleinen Zikaden zirpten jeh-jeh-jeh-jiiiiiiiiiiii. Die großen Brummer dröhnten Ok-ok-ok-ok-ok und dann langgezogen oooookooook.

Ich dachte an meine Kindheit, als wir Zikaden in Marmeladegläsern sammelten und sagten: Den dicken Brummer muss ich haben.

Der Flamingo hatte in diesem Augenblick Neuland erreicht, als ihn ein tierisches Bedürfnis quälte. Er drückte kurz ab und kaum eine Sekunde später platschte es auf meinem Kopf.

Oh, schrie ich auf, was war das?

Ruben schaute mich an und fing an zu lachen: Du hast den Kopf voller Scheiße.

Ich verzichtete darauf, in meinen Haaren zu wühlen um nachzufühlen, und sagte stattdessen: Scheiße! Was machen wir jetzt?

Komm schnell! Ruben ergriff meine Hand und rannte mit mir zurück zu seinem Haus. Im Badezimmer drückte er meinen Oberkörper in die Badewanne, nahm den Duschkopf und brauste meine Haare ab.

Meine ganze Frisur ist hinüber, jammerte ich. Erst heute Nachmittag war ich bei der Friseurin.

Sei froh, tröstete Ruben mich, während er mich föhnte, deine Haare sehen gleich viel besser aus als nach der schrecklichen Behandlung bei dieser Friseurin.

Die Pilcomayo-Leute hatten sich zur Besprechung auf dem großen Schulhof an der Multiplex-Sporthalle versammelt. Wir kamen zu spät, der Flamingo hatte uns einige Minuten gekostet.

Tut mir leid, wir waren verhindert. Ein Flamingo hat mir aufs Haar gekackt, sagte ich.

Verwundert schauten sie mich an.

Ist schon gut, erkläre ich später, fügte ich schnell hinzu, da Ruben keine Anstalten machte, mir Flankenschutz zu geben. Wie sie sich gegenseitig vielsagend anschauten! Dass der Oberschulze nicht kommen würde, hatte sich rumgesprochen. Der Oberschulze war gegen Pilcomayo. Und jetzt taucht seine Frau hier auf, zusammen mit dem Löwen, dem Hallodri.

Tut mir den Gefallen und diskutiert weiter.

Mein Gemütszustand wechselte von unbehaglich auf sehr unbehaglich. Miriam hatte ihr Püppchen mitgebracht, Anna Lena. Anne, Jakob Regehrs Frau, stillte ihren Säugling.

Sie sprachen über political correctness. Die Indianer sind so und so und nicht anders. Die Siedler sind so und so und nicht anders. Die Indianer sind gerne faul. Nein, sie sind nicht faul, sondern weniger leistungsorientiert. Wer Indianer sagt, diskriminiert sie, man sagt heute Indigene. Oder Ureinwohner. Einheimische geht gerade noch. Wer Stamm sagt, diskriminiert sie, man sagt heute Volk. Das Volk der Enlhet. Nicht Lengua, diese Bezeichnung haben die Weißen erfunden. Nicht Lengua, sondern Enlhet. Oder das Volk der Nivaclé, Chulupí ist falsch, Nivaclé ist richtig. Noch richtiger ist Ashushlay.

Diese Besserwisser, schrecklich. Gut, dass unter den Siedlungswilligen nicht nur Lehrer, Ethnologen und Ärzte sind, auch ein paar handfeste Arbeiter, die hart anpacken können. Wir müssen auch Landwirte und Estancieros aus Fleisch und Blut mitnehmen. Sonst wird es ein akademisches Versagen wie damals bei den Arnoldleuten. Die Arnoldleute, die während der Nazizeit aus Deutschland vertrieben wurden, gründeten in Paraguay Bruderhöfe. Alles gehörte allen. Leider scheiterte das Unternehmen, weil unter ihnen zu viele Akademiker und zu wenig Bauern waren.

Diesen Fehler wollen wir vermeiden. Mit großer Überzeugungskraft konnte ich Landwirte und Estancieros für die Idee gewinnen und begeistern.

Inzwischen war man von dem verrückten Vorsatz abgerückt, Bruderhöfe zu gründen. Unser Volk habe mit dem Kollektiv zu viele schlechte Erfahrungen gemacht, waren sich fast alle einig.

Die Kooperative sei die geeignetste Organisationsform. Die Weißen konnten sich in der klassischen Familie organisieren, die Indigenen in großen Familienverbänden. Ein Teil Privatbesitz, ein großer Anteil Allgemeinbesitz. Da durch Sponsoring weit mehr Geld als erwartet zusammenkam, war es auch nicht mehr notwendig, dass wir unser Privat-Guthaben komplett verscherbelten. Jeder, der dazu finanziell in der Lage war, sollte sich nun sein Privat-Landstück am Pilcomayo kaufen und einrichten (lassen). Die Minderbemittelten, und dazu zählten vor allem die Indigenen, sollten jeweils ein Landstück für die private Nutzung zur Verfügung gestellt bekommen. Eine Riesen-Estancia und große Soja- und Erdnussplantagen sollten jedoch dem Kollektiv gehören, ebenso wie die kirchlichen und sozialen Einrichtungen – Kirche, Schule, Krankenhaus, Sporthalle.

Martin Giesbrecht machte Stunk. Er wollte partout Bruderhöfe gründen, Privateigentum sollte nicht erlaubt sein, alles sollte allen gehören. Sehr naheliegend, dass Martin so dachte: Er hatte kein Privateigentum, also würde er auch nichts verlieren. Wahrscheinlich dachte er auch: Jede Frau gehört dann jedem Mann.

Sie redeten sich die Köpfe heiß. Hatte Martin am Anfang noch einige Sympathisanten, so verlor er am Ende durch seine Unnachgiebigkeit auch seinen letzten Anhänger. Fuchtelnd erhob er sich und sagte wütend: Ditt Projatjt jeiht moashenn – Dieses Projekt ist fürn Arsch.

Er verschwand aus dem Licht der Neonröhre. Mittlerweile war es dunkel geworden. Nach dem Verschwinden Martins herrschte Einigkeit. Aus den meisten Pilcomayo-Interessierten waren Überzeugungstäter geworden. Zufrieden mit dem Abend verabschiedeten sie sich, so dass am Schluss nur noch der innere Kreis blieb. Miriam und Cornelio, Jakob, Anne und Heinrich.

Jetzt ist es Zeit, dachte ich, jetzt muss ich mal Klartext reden.

Freundinnen und Freunde, begann ich, ich habe euch etwas mitzuteilen.

Miriam Cornies de Peters, Chaco, 1998

Schissjat, das war ein Abend. Ein ganz schöner Wirrwarr. Vielleicht doch keine so gute Idee, das Baby mitzunehmen. Ein hartnäckiger Kerl, dieser Martin. Mit seinem entschiedenen und bravourösen Auftritt beim Oberschulzen hatte er dafür gesorgt, dass wir zügig zu Potte kamen. Aber jetzt wollte er sich auch noch an die Spitze der Bewegung setzen. Nein, dafür kennen wir ihn zu gut. Organisieren kann er nicht. Dafür ist er zu wankelmütig.

Dennoch wäre es schade, wenn wir ihn auf ewig verlieren würden. Nachdem auch Daniel nicht dabei ist, was ich allerdings gut verstehen kann. Der Oberschulze muss seine Kräfte ganz in den Dienst der Kolonie Neuland stellen, wie er sagt. Klar, muss er.

Immerhin scheinen wir heute eine Siedlerin dazugewonnen zu haben. Mitmachen wollen viele, zu viele für unser Projekt. Wir müssen aussieben. Mit der Siedlerin, die wir gewonnen haben, meine ich Claudia, die Frau des Oberschulzen.

Ich habe nie gesagt, dass ich nicht mitmache, flüsterte sie mir zu, als ich sie in der Hitze des Gefechts mal kurz auf die Seite nahm und fragte, warum sie hier plötzlich mitmische. Nein, klar, sie hatte nie gesagt, dass sie nicht mitmacht. Aber, liebe Claudia, wir wissen doch, wie der Hase läuft. Keiner Frau käme es in den Sinn, gegen ihren Mann Stellung zu beziehen. Bei einer normalen Frau würde man vielleicht ein Auge zudrücken, wenn sie eine andere Meinung vertreten würde. So weit sind wir heute schon. Aber bei der Frau eines Oberschulzen, nein, das geht hier nicht. Außerdem ist ihr Verhalten illoyal. Claudia stellt ihrem Mann ein Bein, konterkariert seine Siedlungspolitik. Die einen lachen sich kaputt, die anderen lästern, die dritten schütteln den Kopf.

Wie sollte das auch funktionieren? Daniel regiert Neuland und Claudia siedelt am Pilcomayo an? Nun, sie hat sich ja dann erklärt.

Als alle gegangen waren und nur noch der Freundeskreis bei einem Mate beisammen saß, rückte sie mit der Sprache heraus. Da sagte sie frei heraus: Ruben und ich, wir werden unser zukünftiges Leben gemeinsam verbringen.

Wie ein billiges Flittchen kam sie mir vor und deshalb konnte ich mir nicht verkneifen, Folgendes zu sagen: Aber das hast du doch schon deinem Mann versprochen.

Vor dem Traualtar hatte sie Daniel das Ja-Wort gegeben. Ein Leben lang.

Man macht manchmal Fehler im Leben, antwortete sie.

Welchen Fehler meinst du? erwiderte ich.

Dass ich Daniel geheiratet habe.

Du willst dich tatsächlich von ihm trennen? Weißt du, was du damit in Gang setzt?

Das weiß ich. Aber Ruben wird mich schützen.

Was ist mit Ruben?

Wir lieben uns. Und wir werden heiraten, sobald die Scheidung rechtskräftig ist.

Das war bittere Medizin. Das würde ein Skandal werden.

Und was, fragte ich, hat das mit dem Flamingo auf sich?

Ruben Löwen, Chaco, 1998

Ganz schön spitzzüngig. So war sie schon immer. Claudia und Miriam waren nie innige Freundinnen. Claudia war in Nummer Zwei groß geworden, einem Dorf in der Nachbarsiedlung. Zu unserem Freundeskreis war Claudia eigentlich erst während ihres Aufenthalts in Deutschland gestoßen. Und sie schloss sich uns nicht unbedingt aus freundschaftlichen Gründen an, sondern nur, weil sie Daniels Freundin war. Wobei die Liaison mit Daniel immer sehr brüchig gewesen war. Schon damals hatte ich den Eindruck, dass sie eigentlich mich liebte. Aber ihre Auffassung vom Leben eines Christenmenschen war nicht mit ihren wahren Gefühlen in Einklang zu bringen. Wenn ihre Familie die Stirn krauste, der Prediger schief lächelte, die Leute in Nummer Zwei gehässig tratschten und die Gemeinde missbilligend den Kopf schüttelte, dann konnte sie mit der gesellschaftlichen Ablehnung weniger gut leben als mit mir.

Als Claudia in Berlin heiratete, dachte ich, jetzt ist alles vorbei, sie ist auf immer für mich verloren. Eine Frau wie Claudia wird ihrem Mann immer treu bleiben. Zumal ihr Mann auch noch ein Ausbund an Frömmigkeit ist. Einer, der sich mit den Krümeln unter dem Tisch nicht abfindet, sondern hoch hinaus will. Nur der Leiter einer Kirche zu sein, nein, das wäre ihm zu wenig gewesen. Er würde eine wichtige Rolle in der Vorbereitung der Mennonitischen Weltkonferenz spielen, die hier in Paraguay stattfinden sollte. Wenn seine Haare grau sind, wird er der Chef der Weltmennoniten sein, malte ich mir aus. Und Claudia wird die Frau des Chefs sein.

Dass sie glücklich mit Daniel war, nahm ich nicht an. Mit *unglücklich* kann man ihren Zustand aber auch nicht beschreiben. Vielleicht so: Eigentlich wäre ich jetzt lieber mit Ruben zusammen, aber weil es nun mal nicht geht, lass ich mich von Daniel besteigen. Das würde sie in ganz seltenen Momenten denken. Ganz selten, denn so zu denken, war ja auch verwerflich.

Also ergab ich mich meinem Schicksal. Ob ich je eine andere Frau geheiratet hätte? Keine Ahnung. Vielleicht wäre es mal einer gelungen, hinterfotzig mein Herz zu erobern.

Aber dann kam der mondhelle Abend bei Daniel. Claudia ließ sich auf die Tanzfläche locken und flirtete mit mir. War alles im grünen Bereich. Daniel war nicht gerade erfreut darüber, Miriam glotzte sich die Augen aus dem Kopf, die anderen grübelten: Na ja, so ist er, der Ruben, aber von Claudia hätten wir das nicht gedacht.

Mein Heiratsantrag war eine Frechheit und dennoch ernst gemeint. Dass Claudia ja sagen würde, hatte ich nicht erwartet.

An einem der seltenen Regentage kam sie zu mir, vollkommen durchnässt, zitternd, derangiert. Ich dachte mir nichts dabei. Sie wird wohl auf ihrem Gang nach irgendwohin vom Regen überrascht worden sein.

Um Himmels Willen, was ist denn los? Komm rein! sagte ich.

Sie warf sich mir heulend an die Brust, nur mit Mühe konnte ich die Verandatür schließen, um nicht noch nasser zu werden. Irgendwas Schlimmes ist passiert, dachte ich. Mit dem Auto im Graben gelandet. Von einem tollwütigen Hund angegriffen. Vor einem Vergewaltiger geflohen.

Ich bin gerade dabei, etwas von einer Tragweite zu tun, dass es mein Leben zerstören könnte, sagte sie, immer noch weinend.

Was es auch immer ist, komm in die gute Stube und setz dich.

Sie ließ sich in den Sessel fallen. Das große Handtuch, das ich ihr reichte, beachtete sie nicht. Deshalb frottierte ich ihre klatschnassen Haare, trocknete ihr Gesicht und holte aus meinem Zimmer eine dünne Decke, die ich um ihre Schultern legte. Mit beinahe schon psychopathischem Blick fixierte sie eines der Bilder, die an der Wand hingen. Es war eine zerknitterte, vergilbte Titelseite im Berliner Format vom Martín Fierro, eine Ausgabe aus den 20er Jahren, die ich auf dem Berliner Trödelmarkt ergattert hatte. Mit Zeichenstift und Aquarell hatte der Künstler Juan C. Castagnino ein expressives, wildes Gesicht des Gauchoführers Fierro gemalt. Fierro, ein Mann, in dessen Gesicht sich wilde Entschlossenheit gegraben hatte.

Sie schaute durch das Bild hindurch. Aber dann sagte sie: So hat Daniel mich angeschaut, als ich ihn verlassen habe: entsetzt, wütend, verletzt.

Dass sie *verlassen* sagte, fiel mir erst später auf. Wahrscheinlich verstand ich das Verb im Sinne von: Als ich Daniel verließ, um zur Apotheke (oder sonst wohin) zu fahren, schaute er mich entsetzt, wütend und verletzt an.

Natürlich hinkte der Vergleich, denn es musste schon einen triftigen Grund für Daniels gefühlsbewegtes Gesicht gegeben haben.

Welchen Grund hatte Daniel, dich so anzuglotzen?

Sie wandte ihren Blick vom Bild ab und schaute auf die Straße, wo sich gerade ein PKW durch den nach allen Seiten spritzenden Schlamm quälte.

Zuerst wollte er es nicht glauben, dann hätte er mich am liebsten verprügelt und am Ende war er kurz vorm Nervenzusammenbruch.

Ja, das habe ich verstanden, dass Daniel sehr bewegt war. Aber warum hat er so reagiert?

Ich habe ihm gesagt, dass ich ihn verlassen werde. Und dass ich dich heiraten werde, sofern du damit einverstanden bist, schniefte sie. Daniel sagte: Glaube ich nicht, dass Ruben dich jetzt noch nimmt, wo doch ich, sein größter Feind, mit dir geschlafen habe. Ist das nicht fies?

Und sie fiel in ein wimmerndes Weinen und schaute weiter zum Fenster heraus.

Ganz schön fies. Aber du hast etwas getan, das dich nicht zerstören, sondern glücklich machen wird.

Heißt das, dass …

Natürlich heißt das das.

Ich nahm sie in die Arme und wir küssten uns mehrere Minuten lang. Als Mann fängt man ja irgendwann doch damit an, die Tabuzonen in Angriff zu nehmen und die Bekleidung an strategischen Stellen aufzuknöpfen. Leider kam ich damit nicht weit.

Tut mir leid. Sex ist erst in der Ehe. Nur unter dieser Bedingung heirate ich dich.

Dann müssen wir natürlich so schnell wie möglich heiraten, sagte ich.

Und so geschah es auch. Von einer schnellen Heirat konnte nicht die Rede sein, denn wir mussten das Prozedere der Scheidung abwarten, die Karenzzeit überbrücken, Häme, Tratschsucht und Gemeindeausschluss überstehen – um dann endlich …

Claudia zog zunächst zu ihren Eltern nach Nummer Zwei.

Über meine zukünftige Frau sagte meine Mutter drei Sätze:

Die war doch so schön fromm.

Dass man seinen Mann verlässt, das geht gar nicht.

Wenn das Emanzipation sein soll …

Claudia Brandt, Chaco, 1998

Die Bibel und die Gemeinde gaben meinem Leben Richtung und Ziel. Meine putzige und dennoch leidenschaftliche Teenagerliebe zu Ruben hatte keine Chance. Aber den Mann des ersten Kusses vergisst man nie. Die Gewissensbisse, die mich quälten, weil es eben nicht beim ersten Kuss geblieben war, brachten mich dazu, nach vorne zu gehen, um meine Sünden zu bekennen. Ruben empfand das Nach-vorne-gehen als ein brutales Verstoßen. Aber ich merkte, wie mir eine Last von den Schultern genommen wurde. Dennoch blieben meine Gedanken bei Ruben, wo auch immer ich ihn vermutete. Erst allmählich lösten sich meine Gefühle auf, zumindest bildete ich es mir ein. Oder sie verblassten, weil ein anderes Gefühl geboren wurde. Ein Phantomgefühl, jawoll, das war es, als Ersatz für das Verlorene. Als Ruben sich in Berlin taufen ließ, ich erfuhr es in Paraguay, keimte ein paar Tage lang Hoffnung auf, die Daniel mit all der Allmacht seiner rhetorischen Finessen zerschlug. Während meines zweiten Berlin-Aufenthaltes, der Grund war unsere Hochzeit, hatte Ruben einen alkoholischen Ausrutscher, Daniel nannte es Rückfall. Das ist Rubens Christentum, sagte Daniel. Schau ihn dir gut an. Der Hohn, den Daniel für seinen Freund übrig hatte, war mir von Anfang an zuwider. Nun habe ich Gewissheit: Natürlich wollte Daniel vor den Augen seines Erzfeindes heiraten und deshalb wählte er Berlin. Natürlich war er selbst davon überzeugt, dass seine eigene Motivation eine andere war: Berlin, das ist doch etwas Besonderes. Das hat was. Daran werden wir ein Leben lang zurückdenken. Und nur deshalb heirate ich in Berlin.

Somit stand unsere Ehe von Anfang an unter keinem guten Stern und ich wusste, dass das Glück nicht auf unserer Seite sein würde. Nein, nach der Hochzeitsnacht wusste ich mit Gewissheit, dass ich den Prediger nur oberflächlich liebte und nie wirklich tief lieben würde. Aber eine Frau muss ihr Schicksal tragen, hatte man mir immer eingebläut. Was Gott zusammengefügt hat, das soll der Mensch nicht scheiden.

441

Wie kam es, dass ich nun innerhalb weniger Minuten mein Weltbild umstieß und beschloss, glücklich zu werden? Wie kam es, dass ich nun Gewissheit habe, dass Gott mich immer noch nicht verlassen hat? Es war diese Leichtigkeit, vergleichbar mit einem schwebenden Blatt, einer aufgewirbelten Feder, den samtenen Pollen, die durch die Luft getragen werden, diese Leichtigkeit, mit der wir miteinander umgingen, der Leichtigkeit des Tons, der Konversation, wie wir miteinander lachten. Ich weiß, ich höre mich an wie eine pubertierende Schülerin, aber es war umwerfend, betörend. Es war, und jetzt gebrauche ich ein Wort, das ich bei Cornelio zum ersten Mal gehört habe, metaphysische Kommunikation. Der Athlet, der federnden Schrittes ein Zielband zerreißt. Ein Donnerschlag der Romantik. Als ob ein guter Geist über uns schwebte. Wie die Düsenflieger, die wir in der Kindheit im Bausatzformat am Himmel entlang schweben sahen, schwerelos, gleitend, beschwingt, spielerisch.

Wir tanzten auf Daniels Party. Sie glotzten uns mit offenem Mund an.

Waut ess daut fe eene burrsche Kooh? – Was ist das für eine brünstige Kuh? soll der rustikale Wiens gefragt haben. Sie hätten ein schönes Thema zum Tratschen gehabt. Ich hätte für immer den Stempel einer Schlampe aufgedrückt bekommen. Aber sonst hätte sich nichts geändert.

Ruben führte mich vom Tanzplatz zurück zu Daniel und sagte: Hier hast du deine Frau zurück. Daniel antwortete: Darum möchte ich auch gebeten haben. So sind sie, unsere Männer, die Frau ist ein persönlicher Besitz, den man mal hierhin, mal dorthin stellt, mal in die Küche, dann ins Bett, dann mal wieder als Begleiterin bei politischen Veranstaltungen. Daniel und Ruben waren weit emanzipierter als das Gros der am Tanzplatz versammelten Männer, aber diese Idee des Besitzens schwirrte immer noch unauslöschlich in ihren Köpfen. Als wir an diesem Abend nach Hause kamen, legte ich mich auf die Couch im Wohnzimmer und kehrte hinfort auch nie mehr ins Schlafzimmer zurück. Das war für Daniel, der mich *be-*

saß, eine kaum zu ertragende Situation. Aber er versuchte es weder mit Gewalt noch mit Druck, wie es viele andere seiner Artgenossen versucht hätten.

Kein Verständnis für mich hatte Miriam: Was ist aus dir geworden? Du warst doch so ein anhängliches Mädchen.

Meine Antwort lautete: Vielleicht war ich schüchtern, unsicher, hatte meine Persönlichkeit noch nicht gefunden.

Worauf Miriam sich abwandte und sagte: Dann bin ich ja mal gespannt, wie deine Persönlichkeit im Endstadium aussieht.

Von Miriam, das wusste ich, würde ich keine Unterstützung erhalten. Tatsächlich aber machte ich mir in diesem Stadium meines Lebens keine große Gedanken, wer auf meiner Seite stand und wer nicht.

Keine Sekunde zweifelte ich daran, dass die scheinbar belanglose Konversation Wort für Wort ernst gemeint war. Als Ruben scheinbar belustigt sagte: Ich liebe dich, meinte er es tatsächlich so. Und als er sagte: Dann ziehen wir zu den Chulupís an den Pilcomayo, meinte er es tatsächlich so. Und deshalb entschloss ich mich, zu Ruben zu gehen und ihm zu sagen: Ich liebe dich und möchte mit dir an den Pilcomayo ziehen. Ja, das machte ich. Ich, Claudia Brandt aus Nummer Zwei.

In der Siedlung löste die Trennung von Daniel und die Hinwendung zu Ruben ein mittleres Erdbeben aus. Später einmal würde man die Scheidung in eine Reihe mit Ergebnissen stellen, die Neuland erschüttert hatten: die Testament-Affäre, die Scheck-Affäre, die Scheidung der Oberschulzenfrau, der Doppelmord. Und man würde hinzufügen: Heute ist es bei uns schon genauso wie anderswo in der Welt.

Ich persönlich musste eine Reihe von Diskriminierungen auf mich nehmen. Da ich bei Ruben erst nach der Hochzeit leben wollte, musste ich mir eine Zuflucht suchen. Miriam wandte sich von mir ab. Also blieb mir nur noch meine Familie in Nummer Zwei, der Heimathof, der noch von meinen Eltern bewohnt wurde. Die Äcker waren längst in die Hände meiner Brüder übergegangen. Mama und Papa waren zu meinem Glück längst in das Stadium der Altersmilde eingetreten. Als ich den beiden schon etwas hinfälligen Menschen meine Geschichte erzählte, sagte meine Mutter: Tjint, waut stallst du aun? – Kind, was stellst du an?, um mich dann aber zu umarmen, während mein Vater knurrend einen Kommentar abgab: Ich wollte von Anfang an nicht der Schwiegervater eines Oberschulzen sein.

Der Wegzug an den Fluss war zu diesem Zeitpunkt noch nicht akut, aber als es dann so weit war, konnten meine Eltern über so was nur den Kopf schütteln. Doch ein böses Wort kam nie über ihre Lippen. Meine Eltern begleiteten mich auf dem dornigen Weg zur Kirche. In der Gemeindestunde, die nur getauften Mitgliedern vorbehalten war, stand die Scheidung auf der Tagesordnung. Doch als ich aufgefordert wurde, meine Beweggründe detailliert zu schildern, verzichtete ich auf eine Stellungnahme, worauf ich ausgeschlossen wurde.

An allen sozialen Orten, an denen ich auftauchte, versuchten die Menschen, mir aus dem Weg zu gehen. Wenn sie mich sahen, wechselten sie schnell die Richtung. Kreuzten sie aber mal meinen Weg, dann grüßten sie kurz und herzlos. Tauchte ich in der Nähe einer Ansammlung auf, so verstummten die Gespräche. Wenn ich mich dann wieder entfernte, sagte einer etwas, und alle lachten in meinem Rücken. Was ich am allermeisten befürchtete, trat nicht ein: Dass jemand mich in aller Öffentlichkeit als Hure beschimpfte. So sahen sie mich ja wohl, als Hure. Aber zumindest sagten sie es nicht.

Tonaufnahmen Pablo Noruegas, 1998

Bei der Folterung kann Schmerz mir nichts anhaben. Gegen Schmerz bin ich immun. Schmerz zu empfinden hat mir mein Stiefvater abgewöhnt. Ich verliebte mich in die Frau, die seine Geliebte war.

Frage: Wie alt warst du damals?

Weiß nicht. Ich habe meine Jahre nicht gezählt. Ein junger Mann war ich. Ein Karaí, in der Lage, mit einer Frau zu schlafen. Mein Stiefvater, das Arschloch, erwischte mich. Mit seiner Machete erwischte er mich im Gesicht. Und als Folge davon habe ich diese Narbe. Die Qualen, die ich erduldete, brannten alle anderen weniger schlimmen Gefühle der Pein aus. Alles was weniger schmerzt, fühle ich seitdem nicht. So wie man ein Geschwür ausbrennt. Deshalb habe ich auch die Folter nicht wirklich gespürt. Etwas anderes brannte in mir, ganz tief in meiner Brust, es war die Demütigung, die man mir zufügte. Für diese Menschen war ich viel weniger wert als ein Tier. Deshalb werde ich sie ein Leben lang hassen.

Nach dem Putsch gegen Stroessner kam ein Journalist von abc color in meine Zelle. Ich war ja ein Krimineller, der in einer Zelle für politische Gefangene einsaß. Der Journalist war der erste, der mich befragte. Der Bericht erschien in der Zeitung. Dann meldete sich ein Anwalt, der mich vor Gericht vertreten wollte. Er hatte eine Liste von Personen, die für meine Inhaftierung und für meine Folterung verantwortlich waren. Ein Menó aus der Colonia Neuland, der für Estroner arbeitete, sei Schuld, sagte man. Nur weil ich seine Kawasaki geklaut hatte, habe er mich foltern lassen. Jetzt lebe er in Deutschland. Der Advokat wandte sich an die Polizei in Deutschland. Aber alles verlief im Sand. Die Deutschen wollten den Menó nicht ausliefern, weil sie wohl denken, dass alle Paraguayer Halunken sind. Und die ehemaligen Folterpolizisten drohten mir. Nicht mit Worten. Nicht von Angesicht zu Angesicht.

Frage: Sondern wie?

Sie drohten mit Zeichen. Mit toten Tieren, die sie im Hof aufhängten. Zuletzt mit dem Hündchen meiner Oma. Deshalb vergaß ich die Sache.

Frage: Aber nicht für immer …

Nein, nicht für immer. Eines Tages, Jahre später, segelte ein Zeitungsblatt durch den Wind und landete vor meinen Füßen. Ich hob es auf und schaute auf ein Foto von einem mir sehr bekannten Mann. Señor Ruben. Ich lief zu Don Pedro, dem Kioskbesitzer an der Ecke und ließ mir sagen, was in der Zeitung über Señor Ruben stand. Ja, und da wurde über die Sache mit dem Pilcomayo berichtet. Señor Ruben Löwen aus Colonia Neuland, stand da, will eine neue Siedlung am Pilcomayo gründen. Da wusste ich, der ist wieder zurück aus Deutschland. Und ich wusste auch, dass ich wieder in meinen geliebten Chaco zurückkehren musste. Und das tat ich dann ja auch.

Der Chaco war nicht mehr so schön wie früher. Damals, als ich ein junger Gott war, herrschte dort mehr Freiheit. Wenn man etwas zu regeln hatte und dabei verlor dann einer sein Leben, dann war das eben Pech. Alle akzeptierten sie das Auf und Ab des Schicksals. Heute wird alles verfolgt. Die Menós lassen auch nichts durchgehen. Selbst ihre eigenen Leute können sich nichts mehr erlauben.

Ich hatte mich lange nicht mehr blicken lassen. Wer sollte sich noch an mich erinnern? Allenfalls Ruben, hijo de puta. Und der hat hoffentlich noch ein gutes Gedächtnis.

Der Tukan

Aufzeichnungen Cornelios über den 8. März

Die Sonne stand schon schräg über dem Horizont. Das Licht spiegelte sich im Fluss wie in einem riesigen glitzernden Panzerkleid aus Edelstahl. Der Feierabend war eingeläutet. Die Kinder spielten am Ufersand oder badeten im Fluss. Auch die meisten Erwachsenen hatten ihr Tagewerk beendet und entspannten sich jetzt, indem sie eine Angel ins Wasser baumeln ließen oder eine Runde schwimmen gingen.

Miriam und ich saßen ein wenig zurückgezogen unter den Algarrobobäumen, tranken einen Tereré und beobachteten, wie Sarah und Ana Lena, unsere beiden Kinder, drei und sechs Jahre alt, Sandburgen bauten. Nur selten kam es vor, dass wir uns schon am späten Nachmittag sahen, aber heute war Samstag und es war unsere Abmachung, dass in der Colonia Surubí, wie wir sie nannten, ab 12 Uhr alle Tätigkeiten ruhen sollten. Bei einer Ärztin wie Miriam kam es häufig vor, dass sie auch am Wochenende zu einem Notfall gerufen wurde, aber heute war alles ruhig.

Vor uns, etwa 50 Meter von uns entfernt, räkelten sich Claudia und Ruben auf einer Sandbank. Angeblich ist es die gleiche Sandbank, auf der Ruben das Kaiman-Erlebnis hatte. Er war dort aufgewacht und sah sich unvermittelt von Yacarés umringt. Als er sich aufrichtete um zu fliehen, krachte er mit dem Kopf gegen einen Bettpfosten. Die Yacarés waren bloße Schimären eines bösen Traumes, aber die Sandbank war real.

Wahrscheinlich sonnte er sich jetzt auf genau dieser Sandbank, die es also auch viele Jahre später noch gab. Würde bedeuten, dass der Pilcomayo seine Route nicht verlegt hatte. Claudia trug einen roten Bikini, weshalb man auch deutlich, wenigstens aus meiner Perspektive, ihr gerundetes Bäuchlein sah. In wenigen Wochen würden Claudia und Ruben Eltern werden. Das Glück stand ihnen ins Gesicht geschrieben. Mittlerweile hatten sich Claudia und Miriam versöhnt. Auch meine Frau konnte sich darüber freuen, dass dem Paar Kinderglück vergönnt war.

Das grüne Stöckchen, das an uns vorbei schaukelt und plötzlich in den gefährlichen Strudel vor der Sandbank gerät – es hat die Form eines Ypsilons – welche Reise hat es wohl hinter sich? Gut möglich, dass es ein bolivianisches Stöckchen ist. Aber es fragt nicht nach Nationalitäten, genauso wenig, wie der Fluss selbst nach Nationalitäten fragt, wenn er aus den bolivianischen Anden kommt, wo er im Frühjahr anschwillt, wenn die Eisflächen schmelzen.

Hier, wo wir leben, hat er schon eine Reise von über 1 000 km hinter sich. Noch jungfräulich, wenn er der Quelle in den Ausläufern der Anden-Kordillere entspringt, auf 3 900 Metern Höhe in Chiurokho Pampa, kristallklares Wasser führend, wird er schrecklich vergewaltigt, auf der Höhe von Potosí, wenn aus den bolivianischen Bergbaubetrieben des Hochlandes hochgiftige Metalle wie Silber, Arsen, Kadmium und Zink ins Gewässer geleitet werden. Und wenn er bei Villamontes stolz durch beeindruckende Cañons fließt, stockt den seltenen Touristen der Atem vor so viel Naturschönheit, wenn sie an den S-Kurven eine Bucht gefunden haben, um ihr Auto zu parken, nicht ahnend, welche tödliche Fracht der belastete Pilcomayo mit sich führt.

Wenn so ein ungestümer Fluss plötzlich abgebremst wird, auf ein weiches Bett trifft, dann gräbt er sich tief ein, bis er auf festen Boden trifft, fließt stolz schnurgerade dahin, von Steilufern gesäumt, bis ein Stöckchen an einem Vorsprung hängen bleibt und sich der nachfolgende Kram an ihm festklammert, Äste, Holz, Blätter, Sandmassen, Lehmklumpen, und allmählich bildet sich ein Hindernis, eine Barriere, eine Blockade, und der Fluss sucht sich einen Umweg. Der wabbelige Untergrund macht es dem Pilcomayo leicht, einen anderen Weg zu nehmen, so dass er schon mal zwischen Abend und Morgen sein Bett verlegt und die Menschen am nächsten Tag aufwachen, aus dem Fenster schauen und feststellen: Verdammt, der Fluss ist weg. Auf seinem neuen Kurs stehen ausgewachsene Bäume, Sträucher, Unebenheiten im Weg, aber der Pilcomayo legt diese Hindernisse um, fließt um sie herum, an ihnen vorbei, über sie hinweg, reißt sie mit sich weg, bis alles wiederum an einer engen Kurve hängen bleibt und die Suche nach einem Weg von Neuem beginnt. Oder aber der Pilcomayo breitet sich aus in der Tiefebene, bildet Seen, Sümpfe und Schilfdickichte, versickert, versteckt sich, scheint auf Nimmerwiedersehen verloren, tritt 20 Kilometer weiter wieder in Erscheinung, ein ganz neuer Fluss, ohne Gifte, die im Verlauf abgelagert wurden, gespeist mit frischem Wasser. Hier in Surubí ist er gesund, bestätigen uns die Messungen, denen wir gerne glauben wollen.

Eine Gruppe unserer Nivaclé-Brüder kommt mit ihren Fischfanggeräten und sucht sich weiter flussabwärts eine geeignete Stelle. Vier von ihnen stellen sich der Breite des Flusses nach auf, halten ihren selbst gefertigten Kescher bereit, der aus zwei etwa meterlangen Knüppeln besteht, die mit einem sackartigen Netz verbunden sind. 50 Meter flussaufwärts steht ein Mann mitten im Fluss und drischt mit einem Knüppel aufs Wasser. Damit vertreibt er die Fische, die erschreckt flussabwärts ihrem Verderben entgegen schwimmen. Die Fänger tauchen ihre Großkescher unter, ziehen sie wieder hoch und haben schwupps einen oder zwei Sábalos gefangen. Diese Prozedur wiederholen sie einige Male, dann haben sie genug erbeutet und ziehen wieder ab. Genauso haben die Nivaclé es schon vor 100 Jahren gemacht.

Fleiß, Frömmigkeit, Selbstständigkeit, Disziplin rangieren bei den weißen Siedlern ganz weit oben. Bei den Ureinwohnern steht die soziale Harmonie an erster Stelle. Jemand, der kritisiert, der nörgelt, der laut spricht, ist ein schlechter Mensch. Die Siedler hingegen schreiben Unabhängigkeit groß. Schon den Kindern wird auf den Weg gegeben: Selbst ist der Mann. Die Indianer sehen Abhängigkeit als einen positiven Wert. Abhängigkeit ist schön. Jemanden um etwas zu bitten, ist eine Freundschaftserklärung. Diese Art von kulturellen Missverständnissen fordert das Verhältnis oft heraus. Weiße und Indigene verständigen sich in einem Kauderwelsch aus Spanisch, Deutsch, Indianisch. Alles, was dahinter noch gedacht, gefühlt und kommuniziert worden ist, hat der andere nicht verstanden. Weiße nehmen sich auch nicht die Zeit, um die Indianer wirklich zu verstehen. Ein Indianer benötigt Zeit für die Verständigung. Und Zeit ist für die Weißen kostbar, die möchten sie nicht hergeben.

Oft unterhalte ich mich mit den Alten. Sie kennen die alte Welt noch, und sei es aus den Erzählungen ihrer Eltern, die von zwei Einbrüchen überrumpelt wurden. Von der Zivilisation der weißen Siedler und vom Chaco-Krieg. Die Alten erzählen: Unsere Waffen konnten nichts gegen ihre Waffen ausrichten, unsere Schamanen nichts gegen ihre Krankheiten.

Etwa 200 Meter von hier entfernt, auf einer höheren Ebene gelegen, schlägt das Herz der Siedlung. Der Mittelpunkt ist ein großer Sportplatz mit Feldern für Fußball und Volleyball. Daneben stehen Kirche und Schule. Während die Kirche immer voll ist, schwänzen die Enlhet- und Nivaclé-Kinder gerne die Schule. Die Eltern werden ihre Kinder nie mit Gewalt in die Schule schicken, davon können Heinrich Derksen, Jakob Regehr und ihre Kollegen, die Nivaclé- und Enlhetlehrer, ein Liedchen singen. Aber wenn wir nach dem Unterricht eine Fußballschule anbieten, dann kommen sie. Dann kommen sie auch in die reguläre Schule.

Sonntags ist gleich nach dem Gottesdienst Fußball. Dann reisen Vereine aus Cayin o Clim, Yalve Sange und Filadelfia an, um sich mit dem Club Surubí zu messen. Am nächsten Sonntag fahren sie dann alle nach Filadelfia. Mit dem Ball können sie alles. Spielerbeobachter aus Asunción öffnen dann ihr Scheckbuch und locken die besten Jungs zu den Profivereinen in die Hauptstadt. Auch Surubí hatte jüngst einen Artisten, der im Strafraum alle schwindlig spielte. Horacio Quiroga ist sein Name. Ein Spielervermittler vom Rekordverein Olimpia versprach ihm ein gutes Monatseinkommen und ein Apartment. Genau zwei Wochen lang hielt Horacio es in seinem Apartment aus. Dann war er wieder zurück. Ohne seine Großfamilie konnte und wollte er nicht leben.

30 Familien bilden die Siedlung Surubí: ein Drittel weiße Siedler, ein Drittel Nivaclé, ein Drittel Enlhet. Viele, die sich gemeldet haben, kennen uns aus einem Arbeitsverhältnis heraus – wie Pegro Löwen Itschiswaja, der damals bei der Familie Löwen das Ende der Baumwollzeit miterlebt hatte. Insgesamt 130 Menschen wohnen in der Siedlung.

Die Weißen haben sich alle ein Einfamilienhaus gebaut, mit Walmdach und weiter Veranda. Die Nivaclé und Enlhet hingegen haben größere Häuser gebaut, in denen zwei bis drei Familien Platz finden. Also haben wir insgesamt 19 Wohnhäuser in Surubí, eine Kirche, eine sechssprachige Gesamtschule (Spanisch, Deutsch, Nivaclé, Enlhet, Englisch, Guaraní), ein Hospital, einen Laden, eine moderne Groß-Estancia mit allen notwendigen Anlagen, eine Gemeinschaftsplantage, auf der Erdnüsse, Baumwolle und Soja angepflanzt werden. Die Gemeinschaftsgüter umfassen eine Fläche von etwa 60 Leguas, dann besitzt jede Familie ebenfalls noch landwirtschaftliche Flächen von etwa 100 Hektar. Diese relativ kleinen Flächen kann jeder bearbeiten, wie es ihm beliebt. In der Praxis zeigte sich, dass niemand auf private Rinderzucht setzte, sondern die Zucht der Gemeinschaft überließ.

Schon in den ersten Jahren waren die Erlöse überraschend hoch. Allerdings übertrafen die Gewinne aus der Rinderzucht die aus den Plantagen bei weitem. Wir legen viel Wert auf moderne Estancia- und Plantagenführung – das heißt, mit so wenig Personaleinsatz wie möglich. Bei Bedarf werden Peones aus der Nachbarschaft eingesetzt. Damit erreichen wir, dass die Bewohner so viel Zeit wie möglich für ihre sozialen Beziehungen haben, für ihre Kinder, Verwandten und Freunde, und auch für ihre Lieblingsbeschäftigungen. Die modernsten Technikanlagen sorgen dafür, dass ein paar große Satellitenanlagen Hunderte von TV-Kanälen reinholen. Die Jugendlichen schauen zumeist nur Fußball. Auch Internet steht zur Verfügung. Und jeder hat sein Handy.

Weil wir die Arbeitszeitkonten für die Gemeinschaftsanlage so niedrig wie möglich halten, gibt es kaum Streit über den Arbeitseinsatz. Unser Problem ist die ungleiche Verteilung von Bildung. Natürlich sollte eine Ärztin vornehmlich in der Praxis arbeiten und ein Lehrer in der Schule. Während viele der Weißen akademische Berufe haben, verfügen die Ureinwohner zumeist über Cowboykenntnisse, können Traktor fahren, das Vieh eintreiben, Baumwolle pflanzen und ernten. Das heißt, sie leisten vornehmlich Hilfsdienste. Um hier dem Sozial- und Bildungsneid vorzubeugen, muss jeder, auch eine Ärztin oder ein Lehrer, ganz einfache Arbeiten im Dienste der Gemeinschaft verrichten.

Größere Schwierigkeiten haben wir mit den Besuchern unserer Siedlung. Die Verwandten aus dem Stamme der Nivaclé und Enlhet rücken scharenweise an und lassen sich bei ihren Verwandten in Surubí häuslich nieder, wobei sie doch eigentlich nur *spazieren* wollen, wie die Mennoniten ihre Verwandtenbesuche umschreiben. Deshalb müssen wir leider die Besuchszeiten beschneiden, was schon zu Missmut geführt hat.

Eine große Unterstützung fanden wir in Katharina, die uns mit einem Fernseh-Team besuchte und einen Film über uns drehte. Wir waren clever genug, vor der Ausstrahlung des Films im deutschen Fernsehen eine Stiftung zu gründen. Und prompt war die Resonanz so gigantisch, dass wir unsere Gemeinschaftskassen auffüllen konnten. Zudem waren wir nicht gezwungen, unsere Privathäuser in Neuland zu verkaufen, so dass den Neuländern am Pilcomayo ihre Heimat geblieben ist.

Aufgrund der TV-Sendung brachen Touristenströme aus aller Welt, vornehmlich aus Deutschland, über uns herein. Sie werden in unserem Gästehaus untergebracht, das in der Nähe des Strandes steht. Häufig kommen auch Besucher aus Neuland. Vor allem junge Leute sind neugierig auf unsere besondere Gemeinschaft. Alles in allem ist das Verhältnis zwischen Surubí und Neuland sehr viel entspannter geworden. Am Anfang giftete man uns nur an, jetzt werden uns Sympathien entgegengebracht. Selbst Daniel hat sich gezeigt. Er kandidiert für das Amt des Gobernadors und hat hier Wahlwerbung betrieben, was natürlich auch gut für uns ist. Daniel hat auch die vielen Enttäuschten gesammelt, die bei uns kein Unterkommen fanden, und hat die Gründung einer Siedlung vorangetrieben, die nach ähnlichen Prinzipien wie Surubí betrieben werden soll. Natürlich hat der künftige Gobernador – es gilt als sicher, dass er die Wahl gewinnen wird – willige und kompetente Leute mit der Einrichtung der neuen multikulturellen Kooperative beauftragt, denn er selbst bleibt in Neuland, von wo aus er seine Amtsgeschäfte als Gobernador führen wird.

Wir haben unser Glück gefunden. Das friedliche Bild, das sich am Ufer des Pilcomayo bietet, steht stellvertretend für den Frieden, der über unsere Siedlung gekommen ist. Nun gut, die Kleine quengelt gerade. Sie wird von Fliegen belästigt. Aber alle anderen scheinen glücklich zu sein. Einer der Buben am Ufer hat einen kuriosen Bauchplatscher gelandet. Die schwangere Claudia muss ihr Bäuchlein halten, so sehr wird sie von einem Lachkrampf geschüttelt.

Gerade schiebt sich eine dunkle Wolke vor die Sonne. Selbstverständlich schauen alle für einen Moment hoch, wenn es plötzlich dunkel wird. Niemand wird überlegt haben: Wieso hängt da plötzlich eine so riesige Wolke vor der Sonne. Gewöhnlich bilden sich doch am Horizont kleine, noch diffuse Schäfchenwölkchen, die allmählich zu großen Quellwolken heranwachsen. Daher wird diese dunkle Wolke keinem aufgefallen sein. Auch mir nicht. Erst jetzt, ein paar Monate später, denke ich darüber nach. Die Wolke verdunkelte jedenfalls die Sonne, und als die Sonne wieder zum Vorschein kam, was nur etwa eine Minute später der Fall war – die Wolke muss wohl nur am Rand an der Sonne vorbei gesegelt sein – als es also wieder wie gewohnt hell wurde, war alles wie vorher. Zumindest fiel keinem auf, dass sich etwas verändert hatte.

Einige Minuten später suchten meine Augen Claudia und Ruben. Sie waren verschwunden. Wenn sie den Strand verlassen hätten, hätten sie eigentlich an uns vorbei gemusst. Aber gut, dann haben wir sie halt übersehen. Trotzdem stand ich beunruhigt auf und suchte den Strand ab und blickte dann in den Himmel, um festzustellen, wo die Wolke geblieben war. Sie hatte sich schon fast wieder aufgelöst.

Aus der Buschinsel, die bis an den Strand heranreichte, bewachsen mit Bromelien, Kakteen und vielen Dornsträuchern, traten zwei braun gebrannte gut aussehende Männer in weißen Leinenhosen, über denen sie weite weiße Hemden trugen. Ihre Köpfe bedeckte jeweils ein Panamahut. Die beiden weiß gekleideten Fremden blieben einige Zeit am Buschrand stehen, wohl unschlüssig, was zu tun sei. Es könnten Zwillinge gewesen sein. Die Kinder starrten sie kurz an, dann wandten sie sich wieder ihren Planschereien zu. Die zwei Männer sahen aus wie Touristen. Deren Anwesenheit war hier durchaus üblich, aber wenn sie im Gästehaus wohnten, hätte ich sie kennen müssen, da ich jeden Gast persönlich begrüßte. Seltsam auch, dass sie aus dem Bromelienbusch kamen. Später habe ich mir aber die Stelle genauer angesehen und habe einen schmalen, etwa 20 cm breiten Pfad entdeckt, der von Tieren ausgetreten war, die an den Fluss kamen, um zu trinken.

Die Männer hatten sich jetzt entschlossen, mich anzusprechen. Sie kamen auf mich zu, und einer sagte: Was stehen Sie da und sehen zum Himmel? Der Mann, den ihr sucht, wird wiederkommen so wie er verschwunden ist.

Der Satz kam mir seltsam fremd für unsere Zeit vor. Er hörte sich so biblisch an.

Dann gingen sie am Ufer des Flusses hinunter. Die beiden müssen am Rancho von Serafín vorbei gekommen sein. Aber Serafín, der zu dieser Stunde vor seiner Hütte saß, hat sie nicht gesehen, wie er mir versicherte.

Ruben und Claudia blieben verschwunden. Nicht nur für ein paar Tage, sondern für immer. Es versteht sich von selbst, dass ich am gleichen Tag noch keine Suchaktion startete. Selbst als ich sie am Abend nicht zu Hause antraf. Sie waren erwachsene Menschen und konnten überall sein, ohne uns zu informieren. Wir waren schließlich keine Sekte, die ihre Mitglieder überwachte. Aber unheimlich war es schon.

Am nächsten Nachmittag lief die Suchaktion allmählich an und mündete schließlich in eine polizeiliche Fahndung, die sich auch über die Grenzen Paraguays hinaus erstreckte, denn ans Ufer des Pilcomayo grenzen bekanntlich Argentinien und Bolivien. Aber ohne Ergebnis. Manche glaubten, sie seien ins Wasser gestiegen und von einem Strudel erfasst worden, als es kurze Zeit dunkel wurde und keiner auf das Treiben im Fluss achtete. Das wäre noch nicht mal außergewöhnlich gewesen, da es hier gefährliche Strömungen und Wirbel gibt. Aber irgendwo hätte der Fluss doch ihre Körper angeschwemmt. So wie damals auch die Leiche von Esteban Loco Quintana ans Ufer gespült wurde. Arturo Ratzlaff allerdings blieb bis heute verschwunden. Aber er soll wohl unter den Lebenden weilen. Jemand will ihn bei den Altmennoniten in Mexiko gesehen haben.

Ein paar Spuren hinterließen Ruben und Claudia. In Tarija und später in La Paz wurde von ihrem Konto Geld abgehoben. Aber waren es auch Lebenszeichen?

Dann fand man die Tasche.

An einem schwülen Nachmittag erreichte mich in Surubí am Río Pilcomayo ein Anruf auf dem Handy. In der Leitung war ein spanischsprachiger Polizist der Comisaría Neuland. Er sagte, er habe Post für mich. Also setzte ich mich in meinen Montero und legte die etwa dreistündige Strecke zur Colonia Neuland zurück. In der Comisaría übergab mir der Mann, mit dem ich am Telefon gesprochen hatte, eine Textil-Tasche, die ein Päckchen enthielt. Das Päckchen in Buchformat war schon einmal geöffnet worden, von der Polizei, wie ich sogleich richtig vermutete. Auf dem braunen Packpapier stand in schwungvollen Lettern: An Cornelio Peters. Colonia Neuland. Paraguay. Vertraulich. Auf dem Absender-Feld war der Name meines Freundes eingetragen.

Diese Tasche hing an der Türklinke einer Polizeistation in Tarija, im bolivianischen Hochland, sagte der Mann. Er fügte hinzu: Weil wir damals mit ihrer Unterstützung eine weite Suchaktion eingeleitet hatten, war der bolivianischen Polizei der Name des Absenders ein Begriff.

Die Bolivianer hatten das Paket geöffnet, dann aber wieder verschlossen, weil die darin enthaltenen Unterlagen sie nicht weiter interessierten. Sie sandten es an ihre Kollegen in Neuland.

Der Inhalt scheint uns wirr, sagte der Polizist. Wir können damit nichts anfangen.

Ich übergab das Trinkgeld und trat mit dem Paket die Rückreise an.

Man hat mir häufiger gesagt, ich würde übertrieben auf optische Reize reagieren. In den Worten der Siedler hieß es dann in Anspielung auf mein frühkindliches Erlebnis mit der Korallenschlange: Wenn etwas Farbiges über den Weg kriecht, läuft Ruben hinterher. Daran musste ich denken, als ich an der Waldzunge einen extrem gelben Tukan entdeckte. Das war seltsam, denn Tukane kommen im Chaco gewöhnlich nicht vor und außerdem sind sie nicht komplett gelb.

Schau mal, Claudia, sagte ich, siehst du den Tukan dort?

Claudia, die neben mir auf der Sandbank saß, um mit mir und den hundert anderen Leuten den herannahenden Abend zu genießen, antwortete, bevor sie den Vogel sah: Ein Tukan? Der muss entflohen sein.

Auch sie war der Meinung, dass diese Vogelart am Pilcomayo nicht sein natürliches Zuhause hat. Dann brach Claudia, als sie den grellgelben Vogel ebenfalls entdeckt hatte, in ein erstauntes Oh! aus. Beide gleichzeitig standen wir auf, ich vergaß aber nicht, meine Tasche umzuhängen, die ich an den Strand mitgenommen hatte, um meine persönliche Dokumentation zu vervollständigen. Als wir an die Buschinsel kamen, flog der Vogel von Ast zu Ast. Der Tukan floh nicht, aber er ließ uns auch nicht näher an sich heran. Gingen wir zwei Schritte vorwärts, hüpfte er zwei Äste weiter in den Wald hinein. Der Busch war an dieser Stelle sehr dicht und ich bin mir sicher, es wurden schon Überlegungen angestellt, wie man ihn roden könnte. Doch zwischen den stacheligen Bromelien schlängelte sich ein winziger Pfad, ausgetreten von den Wildtieren, wenn sie an ihre Tränke am Pilcomayo kommen. Vorsichtig stiegen wir in diesen Weg ein, um nicht von den Dornen der Ananasgewächse zerrissen zu werden. Währenddessen wurde es plötzlich dunkel, weil sich eine Wolke vor die Sonne schob. Ich erwähne es nur, weil es die zweite kuriose Fügung nach dem bunten Vogel an diesem Tag war. Fünf Minuten vorher war es garantiert wolkenlos und jetzt hängt da diese dunkle Wand mitten am Himmel. Die Kuriositäten nahmen aber auch weiter ihren Lauf: Zwei in weißes Leinen gekleidete und auch sonst ganz gleich aussehende schnauzbärtige Männer, die uns unverhofft entgegenkamen, lüfteten ganz vornehm ihre Panamahüte und gaben uns den schmalen Weg frei.

Schließlich gelangten wir auf eine Wiese, die von einem Dutzend Menschen bevölkert war. Zunächst will ich auf die Wiese eingehen, die in saftigem Grün stand, einem Grün, dass ich in dieser Saftigkeit nur in Deutschland gesehen hatte und zwar in Form eines neu verlegten Rollrasens. Die Menschen, die sich auf der Wiese tummelten, überzeugten mich dann komplett davon, dass ich mich in einer Phantasmagorie bewegte. Oder wir waren im Himmel.

Der mennonitische Himmel ist ein Dorf. Und Gott genehmigt sich einen, hat der mennonitische Autor Jack Thiessen einmal gesagt.

Unter den Versammelten befand sich mein Opa, typisch, der glattrasierte Kopf und die *Taste* auf seiner Glatze.

Junge, sagte er, hier ist es sehr schön, aber ich hätte doch lieber einen zweischarigen Pflug unter meinem Hintern – und vor mir die Pferde, wie hießen sie noch, Orlik, Toni und Queen.

An seiner Seite stand Antonia, die erste wirkliche Frau in meinem Leben, auch wenn sie es nur für zwei Stunden gewesen war. Sie formte ihre Finger zu einer obszönen Geste als Aufforderung mit mir zu schlafen. War es vielleicht doch die Hölle? Neben ihr lag Tyrass, der meine Oberlippe zerfetzt hatte, als ich noch ein kleines Kind war.

Als Claudia und ich uns zum ersten Mal liebten, ertasteten ihre Finger meinen Körper. Die Finger blieben zuerst an meiner Unterlippe hängen, an der immer noch eine Narbe zu erfühlen war.

Was hast du da? fragte sie.

Hat mir Tyrass beigefügt, antwortete ich.

Dann gingen ihre Hände weiter nach unten. Dort verwies eine Einkerbung immer noch auf die Attacke der Korallenschlange.

Und was hast du da? fragte sie.

Das war die Korallenschlange, antwortete ich.

Dann gaben wir uns hin.

Auf einem Podest stand ein alter Mann. Stroessner. Ein rotes Tuch um den Nacken gebunden, wirkte er viel vitaler als zuletzt. Er schien damit befasst, eine Rede halten zu wollen, denn er hob an zu sprechen, aber seine Stimme kam nicht durch. Ungeduldig klopfte er aufs Mikrofon, doch anscheinend hatte man ihm den Saft abgedreht. Ein dunkelhäutiger Junge fiel mir auf, über seinem Gesicht verlief diagonal eine Narbe. Pablo Noruega. Haltet den Dieb. Er hat meine grüne Kawasaki geklaut, damals im tiefen Busch, als ich weder ein noch aus wusste. Nein, Gott, lass ihn laufen, er hat seine Strafe verbüßt. Aber vertreib ihn aus dem Paradies, er hat es nicht verdient.

Eines Tages tauchte er in Surubí auf. Er wollte sich an mir rächen. Du hast mich foltern lassen, behauptete er mit einer unvorstellbaren Dreistigkeit. Derselbe unsägliche Vorwurf, den ich schon von den Berliner Kommissaren kannte. Junge, ich habe dich nicht gefoltert. Verklage diejenigen, die Hand an dich gelegt haben. Die wirklichen Folterknechte haben sich über ihn totgelacht. Ich war der einzige, der erreichbar war. Mit Geld wollte ich nicht mehr vergelten, die Lehre hatte ich aus meiner Geschichte mit Abram gezogen.

Was sollte ich mit ihm machen? Es war, als ob an meinen Taten stets etwas Negatives haftete. An vielen meiner Handlungen klebte Dreck. Das böse Gift der Korallenschlange pochte immer noch in mir.

Arturo Ratzlaff wippt in einem Schaukelstuhl auf und ab. In seiner Hand hält er seine geliebte glänzende 29er Smith&Wesson. Mit meiner Hilfe hatte er sich dem Zugriff der Justiz entzogen und war nach Mexiko geflüchtet. Dort hält er sich bei den Altmennoniten auf. Vor einigen Wochen las ich eine Meldung im Internet, die mich nachdenklich stimmte (von Google Alert werde ich täglich alarmiert, wenn das Stichwort *Mennoniten* auftaucht). Sechs jugendliche Altmennoniten im mexikanischen Nuevo Durango waren beim Drogenschmuggel gefasst und zu mehreren Jahren Gefängnis verurteilt worden. Ich konnte mir vorstellen, wie ihre Eltern litten, weil sie mit teuflischem Zeug gehandelt hatten. Natürlich verhielten sich die jungen Männer im Gefängnis vorbildlich. Mit großem Engagement packten sie in der Gefängnis-Schreinerei an. Aber eines Tages waren es nur noch fünf. Einer von ihnen, ein gewisser Arturo R., war spurlos verschwunden. Die Gefängniswärter schenkten nun der Tätigkeit der fleißigen Häftlinge besondere Aufmerksamkeit und kamen ihnen auf die Schliche, als sie einen der von den Jungs gezimmerten Schränke unter die Lupe nahmen, als er den Knast verlassen sollte, um in den Verkauf zu gehen. Sie öffneten das verdächtig schwere Möbelstück. Und wer saß drin? Ein altmennonitischer Knastbruder. Ja, beim Drogenschmuggel hatten sie eine große Kreativität im Erfinden von Verstecken entwickelt.

Eine Geschichte, die zum Schmunzeln anregt. Bei Arturo R. aber, der wohl in einem Schrank in die Freiheit transportiert wurde, musste es sich, da war ich mir sicher, um meinen Arturo Ratzlaff handeln. Ich konnte ihn ja fragen. Dort saß er in seinem Schaukelstuhl und grinste mich an.

Und jetzt? fragte ich. Und jetzt, wohin jetzt?

Ins nächste Plautdietsch-Paradies. Soll ja ganz in der Nähe liegen. Nach Belize.

Er lachte.

Auf einem purpurfarbenen nostalgischen Sofa ruhten meine Eltern. Das Bild stimmte mich traurig. Mein Vater war gestorben, nachdem Zysten seine Nieren aufgefressen hatten. Nur kurz danach folgte ihm meine Mutter. Mein Vater war erfolgreich in den Wahlkampf gestartet, dann musste er ihn kurz unterbrechen, um nach seinem Sohn zu sehen, der in Berlin im Koma lag. Als er dann zurückkam, lief es nicht mehr so gut. Die Nieren meldeten sich. Bald nach unserem Umzug an den Pilcomayo verstarben meine lieben Eltern.

Ich begann, meine Rolle in dieser Geschichte zu verstehen. Hastig drehte ich mich um, tatsächlich, da stand sie noch, Claudia, sie starrte entsetzt auf die Menschen, die auf der Wiese versammelt waren. Gut, dass sie an meiner Seite war.

Mir fiel ein, dass in der Tasche, die ich umgehängt hatte, mein Tagebuch steckte. Ich hatte heute am Strand meine persönlichen Aufzeichnungen vervollständigen wollen. Das würde ich jetzt nachholen. Ich will mein Leben aufschreiben, das mir immer rätselhaft blieb. In der Hoffnung, dass meine Freunde das eine oder andere Erwähnenswerte hinzufügen. Und dass sie vielleicht Erklärungen finden für die vielen Rätsel. Dann werde ich die Tasche irgendwo hinterlassen und mit Claudia meine Wanderschaft fortsetzen.

Ruben war wie eine Katze, die immer auf die Beine fällt. Ich meine: Was hat er in seinem abwechslungsreichen Leben schon für Unfälle gebaut, wie viel Kummer hat er bereitet. Und dennoch rappelt er sich immer auf, bewundert, gehasst, abgelehnt und dennoch erfolgreich.

Schon als Vierjähriger macht er sich einen Namen, als er über eine Schlange herfällt. Er tötet einen Schulkameraden mit einer Schlange – ohne Absicht, klar, aber Krahn stirbt als Folge einer Auseinandersetzung mit Ruben. Er konkurriert mit Daniel, dem Ritter ohne Furcht und Tadel, um die schönste Braut aus Fernheim – und geht zunächst als Sieger aus dem Ritterspiel hervor. Statt die Dame seines Herzens zu hegen und zu pflegen, sie zu behandeln wie einen Rohdiamanten, sie vor allen Gefahren zu schützen, statt sie wie seinen Augapfel zu hüten, benimmt er sich daneben, so dass sie sich von ihm abwendet. Er wirft alles über den Haufen, lässt das Abi sausen und zieht sich zurück ans Ende der Welt. Mit Prostituierten, Halsabschneidern und Rauschgifthändlern lässt er sich ein – und gewinnt einen zwar nominell bedeutungslosen, aber in Wahrheit heiß begehrten Posten beim Diktator. Er spielt das gefährliche Spiel auf beiden Seiten, ist mit den Machthabern genauso per Du wie mit deren Gegnern. Weil Vorsicht nie seine Stärke war, gerät er in den Fleischwolf des Regimewechsels. In Deutschland gibt er sich den Freuden des sorglosen Lebens hin, um in den Orkus der mennonitischen Zeitmaschine zu fallen, aus der er geläutert aufersteht, um von allen Frauen wie ein Messias verehrt zu werden. Er erobert die Frau zurück, deren Würde er mit Füßen getreten hat und verscherzt sich den Respekt eines langjährigen Freundes. Noch immer gibt es viele, die so tun, als ob Ruben der Erfinder von Surubí wäre. Aber das stimmt nun mal nicht. Wir alle zusammen haben das Werk geschaffen.

Seine Dokumentation, die er uns in seiner Tasche hinterlassen hat, ist ein Zeugnis seiner Sicht der Dinge. Und das gilt auch für seine hoffentlich letzte Geschichte, die Story mit der grünen Wiese und den vielen Menschen, die sich alle in Walhalla wiedertreffen. Seine sentimentale Himmelsvision ist ein abstruses Fake, selbst tief religiöse Menschen sehen es so. Seine Absicht bleibt unklar, aber eines ist sicher: Er will manipulieren. Was mir zu denken gibt, ist sein Hinweis auf Pablo Noruega, den er ebenfalls in der anderen Dimension entdeckt. Der Mann mit der auffälligen Narbe war mir ein paar Mal in der Siedlung aufgefallen. Nach Erhalt und Lesen des Dokumentationsbüchleins fragte ich nach und erhielt vom Estancia-Vorarbeiter die Auskunft, ein Pablo Noruega habe als Peón angeheuert, sei aber vor allem durch Unzuverlässigkeit aufgefallen. Eines Tages sei er von der Bildfläche verschwunden, niemand habe ihn vermisst.

Natürlich wollte ich jetzt wissen, an welchem Tag genau Noruega verschwunden sei. Und der Vorarbeiter bestätigte meine Vorahnung. Es war der Tag, an dem Ruben und Claudia dem Tukan folgten. Die Spekulationen wollten kein Ende nehmen. Was konnte da passiert sein? fragten sich die Menschen. Noruega – oder Scarface, wie Ruben ihn nannte – hat sich gerächt, meinen manche. Klar, er hätte die Tasche auftauchen lassen können. Da gibt es viele Möglichkeiten. Aber diese Leute wissen nicht, dass Ruben in seinem Schreiben angekündigt hat, die Tasche zu hinterlassen. Auch die Geschichte mit Walhalla passt nicht zu Noruega.

Ich glaube, dass Ruben sich abgesetzt hat, so wie er sich damals abgesetzt hat. Nur, dass er Claudia diesmal mitgenommen hat. Noruega ist verschwunden, als Ruben verschwand, weil er nur wegen Ruben da war. Weil er gekommen war, um ihm was heimzuzahlen. Und als Ruben verschwand, hatte er ebenfalls keinen Grund mehr in der Siedlung der Gutgläubigen zu bleiben.

Und wieder waren diejenigen erwacht, die in Rubens Vergangenheit wühlten. Der Neffe Abram Krahns hatte überall herumerzählt, der Staat wolle den ganzen Fall Ruben Löwen aufrollen: die Ermordung seines Onkels Abram, die Ermordung von Loco Quintana am Pilcomayo, die Folterung von Noruega, die Tätigkeit für den Diktator. Da käme schon einiges zusammen. Wenn an diesen Behauptungen was dran ist, dann kann ich mir gut vorstellen, dass Ruben die Reißleine gezogen hat.

Bin ich froh, dass er weg ist? Ich weiß es nicht. Er fehlt mir nicht. Er hat mich manchmal tief verletzt. Nicht so, dass es auffiel, eher schleichend. Immer hatte ich das Gefühl, dass Miriam mich nur genommen hat, weil Ruben vergeben war. Zwischen ihm und Miriam, da lief, glaub ich, mal was. Miriam hält große Stücke auf ihn. Ich bin mir sicher, wenn er sie zum Tanzen auffordern würde, wie er das bei Claudia tat, ich müsste mir ernste Gedanken machen. So sicher ich mir meiner Frau in allem bin, so unsicher bin ich mir ihrer Festigkeit ihm gegenüber. Daher ist es vielleicht ganz gut, dass er weg ist. Jetzt steht er mir nicht mehr im Weg.

Epilog

Miriam im Flugzeug auf dem Rückflug nach Paraguay

Ich habe ihn gesehen. Oder besser: Ich habe sie gesehen, Ruben, Claudia und ihre kleine Tochter, vielleicht acht Jahre alt, deren Namen ich leider nicht weiß. Das heißt: Meine umfangreichen Recherchen haben mich ans Ziel geführt.

Wenn Menschen, wie man sagt, spurlos verschwinden, so hinterlassen sie dennoch eine ganze Menge an Spuren. Wenn sie sich aus freien Stücken verflüchtigen, so müssen sie nach einem festen Plan vorgegangen sein. Sie müssen einen Fahrer anheuern oder zumindest ein Auto bereitstellen, um von hier fortzukommen. Sie müssen sich Bargeld besorgen, Lebensmittel, Kleidung, Nahrung und vieles mehr. Allerdings habe ich keinen Hinweis gefunden, wie sie sich abgesetzt haben. Auffällig war die Abhebung einer größeren Summe mehrere Wochen vor ihrem Verschwinden, eine Bankbewegung, die auch der Polizei nicht aufgefallen war, weil sie nur die letzten zwei, drei Tage der beiden durchleuchtet hatte.

Natürlich gab es zahlreiche Hinweise auf Verkehrsmittel, die sie hätten benutzen können, auf Tätigkeiten in den letzten Tagen, die im Zusammenhang mit ihrer Flucht Fragen aufwarfen. Fragen, denen ich nachgegangen wäre, wenn ich nicht auf einem anderen Gebiet fündig geworden wäre.

Nachdem die Polizei das Haus der Löwens ohne Erfolg durchsucht hatte, lag es verlassen da. Um Katzen und Hunde kümmerten sich unsere Leute. Die Schlüssel hatte Cornelio an sich genommen, um sie treuhänderisch zu verwahren. Auf diese Weise war es für mich kein Problem mir Zugang zu verschaffen. Selbst wer mich dabei beobachtete, hätte keine Fragen gestellt. Es war doch selbstverständlich, wenn die Nachbarin mal nach dem Rechten sah.

Nach einiger Zeit des Stöberns legte ich zwei Schriftstücke auf die Seite, um sie mir näher anzusehen. Beim ersten Werk handelte es sich um ein Büchlein mit dem Titel *Die entsiegelte Weissagung des Propheten Daniel und die Deutung der Offenbarung Johannis*, verfasst von Claas Epp jr. Mitte des 19. Jahrhunderts. Beim anderen Schriftstück ging es um eine Ausgabe der *Plautdietsch FRIND*, einer Zeitschrift, die in Deutschland in der Sprache der plautdietschen Mennoniten herausgegeben wird. Das eine war ein altertümliches, das andere ein aktuelles Werk. In beiden Publikationen fand ich auffällige rote Edding-Markierungen, die wohl von Ruben stammten.

Ich nahm das Büchlein und blätterte es durch. Der Autor Claas Epp zitierte einen Vers aus Offenbarung 3,8: Siehe, ich habe vor dir eine offene Tür gegeben, und niemand kann sie zuschließen; denn du hast eine kleine Kraft und hast mein Wort bewahrt und hast meinen Namen nicht verleugnet.

Der zweite von Epp angeführte Bibelvers stammte aus Offenbarung 12,14: Und es wurden der Frau zwei Flügel des großen Adlers gegeben, damit sie in die Wüste flöge an ihren Ort, wo sie eine Zeit und zwei Zeiten und eine halbe Zeit ernährt würde, abseits vom Blickfeld der Schlange.

Zwei Begriffe aus diesen beiden Sprüchen wurden zur fixen Idee von Claas Epp: die *offene Tür* und die *Wüste*. Epp, der in einer Mennonitensiedlung an der Wolga lebte, war überzeugt von der baldigen Wiederkunft Christi. Für die wahrhaft Gläubigen, die *mein Wort bewahrt haben*, wie es in der Schrift hieß, gäbe es einen Zufluchtsort in der Wüste, wo sich die Tür öffnen würde, so stand es doch in der Offenbarung. Also suchte er die offene Tür in der Wüste.

Bei vielen Glaubensschwestern und -brüdern fielen diese Worte auf fruchtbaren Boden. Die Siedler waren besorgt, weil sich das politische Klima in Russland verändert hatte. Der Zar hatte die allgemeine Wehrpflicht und eine besondere Ersatzdienstpflicht eingeführt und damit das Versprechen gebrochen, das Katharina die Große den pazifistischen Siedlern bei der Einwanderung gegeben hatte. Tausende verließen Russland in Richtung Amerika.

Claas Epp sah das Heil aber in der Gegenrichtung, im Osten. Mit vielen Anhängern sammelte er einen Großen Treck, der mit unendlichen Strapazen verbunden durch die lebensfeindlichen Wüsten Turkestans zog, bis er schließlich in einer Oase nahe der Stadt Chiwa Halt machte. Dort wollte Epp zusammen mit seinen Anhängern durch die offene Tür gehen. Die göttliche Macht hatte auch ein konkretes Datum mitgeteilt, den 8.3.1889. Ich will niemanden auf die Folter spannen: Der Herr hat ihn nicht entrückt, auch zwei Jahre später kam keine Heimholung von oben, nachdem Claas Epp korrigierend die himmlische Kontaktaufnahme auf 1891 verlegt hatte. Seinen Irrtum gestand er sich nicht ein, im Gegenteil, in seinem Wahn behauptete er später sogar, er sei der leibliche Sohn Christi.

Was hat nun diese historische Episode mit Ruben Löwen zu tun? Ruben hat die Geschichte unserer Ahnen in sich aufgesogen, das wissen wir nicht erst, seitdem er in seinem komatösen Zustand die Historie seines Volkes aufgearbeitet hat. Ich gehe fest davon aus, dass er sich nicht auf den psychopathischen Denkpfaden Claas Epps verirrt hat, sondern, dass er im Gegenteil die Idee der Entrückung so faszinierend fand, dass er sie aufnahm und verwendete, um seinen eigenen Abgang – wohin auch immer – zu inszenieren. Er wollte uns *dumm lehren*, wie man auf Plautdietsch sagt, auf gut Deutsch also: *verarschen*. Zu diesem Schluss komme ich auch aufgrund des Datums seiner mystischen Abreise: Es war ein 8. März, das gleiche Datum, das auch Claas Epp gewählt hatte.

Mir fiel eine Passage in Rubens Schreiben ein, das er uns in der Tasche hinterlassen hatte. Unter den Mitbewohnern seines Paradieses sei auch Arturo Ratzlaff, schreibt er, sein Kumpel aus Pilcomayo-Zeiten. Und die Zeilen lauteten:

467

Dort saß Arturo Ratzlaff in seinem Schaukelstuhl und grinste mich an.

Und jetzt? fragte ich. Und jetzt, wohin jetzt?

Ins nächste Plautdietsch-Paradies. Soll ja ganz in der Nähe liegen. Nach Belize.

Er lachte.

Entrückung und Paradies, das passte. Da hatte Ruben einen Hinweis geliefert, das schien mir klar, vor allem, wenn ich mir das andere Werk vornehme und die markierten Stellen in der Zeitschrift *Plautdietsch FRIND* sehe. In seinem Editorial schreibt der Redaktionsleiter über das *Mennonite Paradise*: Wann daut opp onse Ed uck een *Mennonite Paradise* jefft, dann mott daut enn Belize senne: Daut baste Wada, jrasslicha Straund en aule meajliche Sorte von Menniste. Uck soone, von den maun docht, dee sent aul lenjst utjestorwe. Deswejens wudd etj Belize uck tom mennischen Weltkulturerbe ertjleare welle, tom Jurassic Park fe Plautdietsche. – Wenn es auf unserer Erde auch ein *Mennonite Paradise* gibt [Anmerkung: Der Autor bezieht sich auf ein *Amish Paradise*, das in einem Popsong besungen wird], dann muss es in Belize zu finden sein: Das beste Wetter, ein toller Strand und zahlreiche Arten von Mennoniten. Auch solche, von denen man dachte, sie seien längst ausgestorben. Deshalb möchte ich Belize zum mennonitischen Weltkulturerbe erklären, zum Jurassic Park für Plautdietsche.

Belize also, dieser lateinamerikanische Mini-Staat am unteren Zipfel von Mexiko. Und plötzlich ergibt alles einen Sinn. Ruben will abhauen. Abhauen ist das zentrale Motiv seines Lebens. Aber ganz einfach nur abreisen, das wäre zu einfach. Eine gute Geschichte muss sein Vorhaben schmücken, ist egal, wie bescheuert sie sich anhört. Es wird immer jemanden geben, der sie glaubt, vor allem, wenn die Motive aus der mennonitischen Tradition stammen. Also beschreibt er, wie er in den Himmel entrückt wird. Und dieser Himmel, dieses Paradies ist Belize, das ist doch sogar in einer Zeitschrift dokumentiert. Tausende unseres Volkes haben sich in diesem exotischen Land niedergelassen und genießen das Leben, so wie sie es verstehen.

Wenn ich die Geschichte ganz aufklären wollte, musste ich nach Belize. Cornelius erklärte mich für verrückt. Und für verantwortungslos, weil ich die Kleinen in Stich lassen wollte. Wir leben im 21. Jahrhundert, sagte ich. Und die Kleinen sind mittlerweile beinahe erwachsen. Und so günstig wie hier in Surubí kommst du nie an Kindermädchen. Ein paar junge Frauen der Enlhet waren geradezu glücklich, dass sie diesen wichtigen Auftrag bekamen. Ich machte mich also auf nach Belize.

Zuerst kam ich in die Siedlung Blue Creek. Eine nette Frau namens Anna Penner lud mich in die *Kleine Gemeinde* ein. Die Frauen hatten alle Zöpfe, die zum Dutt hochgesteckt war, und selbstgeschneiderte, geblümte, wadenlange Kleider. Die Männer waren nicht anders gekleidet als unsere.

Haben Sie neue Bürger in Ihrer Siedlung? Sind Besucher in jüngster Zeit hier aufgetaucht? Ein Mann, eine Frau, ein Kind?

Frau Penner antwortete: Wir hatten viele Besucher. Aus Mexiko, aus Paraguay, aus Deutschland auch, aus Kanada, aus den USA. Aber geblieben ist keiner.

Ähnlich antworteten auch andere. Eine Frau konnte sich auch an ein Ehepaar mit Kind erinnern: Das waren Verwandte der Janzens. Die hießen aber Sawatzki.

Dann kam ich nach Shipyard. Die Bewohner lehnen den Einfluss der Welt ab. Autos sind verboten. Elektrizität vom Staat wird als teuflischer Strom eingestuft. Ihre Transportmittel sind Buggys, gezogen von Pferden. Traktoren sind erlaubt, solange sie mit Metallreifen bestückt sind. Die Männer tragen Latzhosen oder Hosen, die von Hosenträgern festgehalten werden, und Strohhüte mit breiter Krempe. Frauen haben lange Haare, wadenlange Kleider, weiße Strümpfe, große schöne Hüte mit weißen, geblümten Kopftüchern.

Besucher? Ja, klar. Zu jeder Zeit. Dazu gezogen? Nein, niemand. Ich wollte aufgeben und zurück zum Pilcomayo. Da kam eine Frau Krahn auf mich zu: Da gibt es noch eine andere Siedlung. Barton Creek. Fragen Sie da mal nach.

Da haben Fremde doch keine Chance, dachte ich. Die sind doch ultrakonservativ.

Aber dann ließ ich mich von Onkel Krahn mit dem Buggy nach Barton Creek bringen. Diese Siedlung lehnt jeden Kontakt nach außen ab. Nur Pferde oder Ochsen ziehen Wagen, Pflug und Egge. Ihre Häuser beleuchten sie mit Petroleumlampen.

Es war ein Sonntag. Onkel Krahn sagte: Geh zum Gottesdienst, da erfährst du alles. Ja, aber ich, in meiner Kleidung? Geh, sagte Krahn.

Zuerst taten Männer und Frauen so, als ob ich nicht existierte. Verschämt schauten sie weg. Dann sagte ein Ohm auf Plautdietsch: Wir begrüßen in unserer Andacht Onkel Krahn aus Shipyard und Tante Cornies aus Paraguay. Gott segne sie! Und plötzlich drehten sie ihre Köpfe zu mir und schauten mich freundlich an. Ich war keine Fremde mehr, ich war Tante Cornies. In meinen Bemühungen zurückzulächeln hätte ich beinahe übersehen, wie ein paar Reihen vor mir jemand aufstand, ein Mann und eine Frau mit einem Mädchen an ihrer Seite. Der Mann trug wie alle ein langärmeliges Baumwollhemd, einen langen wilden Bart und einen Strohhut über langen Haaren. Seine Frau trug ein schlichtes, langärmeliges bis auf den Boden reichendes Kleid. Claudia hätte ich nicht erkannt, denn ein Kopftuch ließ nur einen kleinen Teil ihres Gesichtes frei. Aber, lieber Ruben, dich werde ich immer und überall erkennen, ob mit Limahl-Frisur oder mit altmennonitischem Bart. Welle nich lang doarewa rede! Opp Wadaseehne! – Auf Wiedersehen! Oder auch nicht. In Barton Creek, in Rosendorf oder in Bielefeld.

Jetzt konnte ich meine Rückreise antreten und das Kapitel *Ruben* abschließen.

Quellen und weiterführende Literatur

Der Dichter des Liedtextes auf S. 29 / S. 417 ist Neneco Norton.

Zu den Ereignissen auf S. 150 ff. vgl. Bernardo Neri Farina: El último Supremo. La crónica de Alfredo Stroessner. 2. Auflage, Asunción 2003. S. 155 ff. Das Buch Neri Farinas bietet einen ausgezeichneten Einblick in die Geschichte des Stroessner-Regimes.

Wer sich über die genaue Planung und Abfolge des Putsches informieren will, sollte das folgende Buch zur Hilfe nehmen: Paredes, Roberto; Varela, Liz: Los Carlos: Historia del derrocamiento de Alfredo Stroessner. 3. Auflage, Asunción 2005.

Zu den Märtyrerschicksalen

– auf S. 246 f. vgl. Der blutige Schauplatz oder Märtyrerspiegel der Taufgesinnten oder Wehrlosen Christen, zweiter Teil, S. 289 ff. (S. 697), Aylmer Ontario und LaGrange, Indiana (S. 397).

– auf S. 263 f. vgl. ebenda, S. 120.

Zu den niederländischen Malern (S. 264 f.) vgl.:

– J. von Maltke: Govaert Flinck 1615–1660. Amsterdam 1965.

– Piet Visser: Spuren von Menno. Das Bild von Menno Simons und den niederländischen Mennisten im Wandel. Hamburg-Altona, 1996, S. 143.

– P. van Eeghen: Abraham van den Tempel's Familiengroep in het Rijksmuseum, in Oud Holland 68 (1953), S. 170–174.

Zu den Ereignissen auf S. 291 vgl. Peter und Elfrieda Dyck: Auferstanden aus Ruinen. 1994, Kirchheimbolanden, S. 125 ff.

Zu Rubens Koma-Visionen auf S. 299 ff. vgl.

– M. S. Sprunger: Rich Mennonites, Poor Mennonites: Economics and Theology in the Amsterdam Waterlander Congregation during the Golden Age, 1993, Diss., S. 121 ff.

– Horst Penner: Die ost- und westpreußischen Mennoniten in ihrem religiösen und sozialen Leben, in ihren kulturellen und wirtschaftlichen Leistungen, Teil 1: 1526 bis 1772 (1978) und Teil 2: 1772 bis zur Gegenwart (1987).

– www.tilsit-ragnit.de/ragnit/ra_mennonitenkirche.html

– Juliane Harms: Judith Leyster: Ihr Leben und ihr Werk. 1927

– Georg K. Epp: Geschichte der Mennoniten in Russland.

Bd. 1: Deutsche Täufer in Russland. Lage 1997.

Bd. 2: Die Gemeinschaft zwischen Fortschritt und Krise. Lage 1998.

Bd. 3: Neues Leben in der Gemeinschaft. Lage 2003.

Die Ausführungen auf S. 450 basieren auf einem Gespräch, das der Autor im Jahre 2009 mit dem Chaco-Anthropologen Wilmar Stahl führte, vgl. auch dessen Werk: Wilmar Stahl: Culturas en Interacción. Asunción 2007.

HEINRICH SIEMENS

Plautdietsch

Grammatik Geschichte
Perspektiven

ISBN 978-3-98119785-3
Gebunden, 268 Seiten, 39,95 Euro

Um 1800 wanderten plautdietsche Mennoniten von
Westpreußen nach Südrussland aus, in die heutige
Ukraine. Ihre Nachfahren zogen weiter nach Sibirien,
Kanada, Mexiko, Paraguay und seit einigen Jahrzehnten
auch nach Deutschland. Sie sprechen bis heute die
damalige Sprache Westpreußens, das Plautdietsche.
In diesem Buch wird nicht nur diese Sprache
beschrieben, sondern auch ihre Geschichte der letzten
500 Jahre rekonstruiert, bis in die Urheimat in Flandern
und Friesland.

www.tweeback.com

Lexikon der plautdietschen
Sprichwörter,
Gedichte,
Rätsel
und
Lieder

Gesammelt von
Tatjana Klassner

Herausgegeben von
Heinrich Siemens

Plautdietsch
Freunde e.V.

TWEE
back.

ISBN 978-3-98119780-8
Gebunden, 267 Seiten, 15 Euro

„Disse Oabeit es woll daut Baste, woont mie dee latzte
tiehn Joa passiet es. Soone Ensechte sent ejentlich
luta Jnod. Etj dank Junt nochmols fe eene wundaboare
Oabeit, dee soo goot es, daut uck dee leewa Gott
vendoag biem Enschlope ewrem gaunzen Jesecht
schmustre woat."

Jack Thiessen, Kanada

www.tweeback.com

ISBN 978-3-98119787-7
Gebunden, 446 Seiten, 19,95 Euro

„Jack Thiessen ess een jegromda Resserieta.
Een gaunzet Oawgoot von plautdietsch-mennische Jeschichte
sent enn dissem Bok to finje: Von Puche bit Predje, von
Loosbredre bit Troost en Leew en uck de trurichste Trone.
Eena sull aum basten eene Jeschicht aum Dach lese,
eene Weatj lang, ooda eenen Moonat lang, en doamett den Sposs
en uck dee Weisheit von onse lewendje Jemeenschauft jeneete
soo auls niemols verhea."

Rudy Wiebe, Kanada

www.tweeback.com

Lore Reimer

Du kaunst miene Sproak vestohne

Jedichta opp Plautdietsch en Hochdietsch

ISBN 978-3-98119788-4
Taschenbuch, 205 Seiten, 9,95 Euro

Ejentlich heet etj von tjlien opp Reimasch Lotti, soo nant
mie emma noch mien gaunzet Frintschauft ut Leninpol
enn Kirgisien. Nu wohn etj en Espelkamp met miene
Femilje, schriew Jedichta en Jeschichte. Wan etj Tiet
haw, dan les etj jern, he mie Musitj aun, red met leewe
Mensche, et eenen Aupel bute em Goade, ooda goh em
Woolt spazere en vetal mie met Eenem, dee opp mie
von bowe rauftjitjt, oba uck von aule Siede mie omjefft.

www.tweeback.com

Ut onsem Lewe
Plautdietsche Jedichta
en Jeschichte

ISBN 978-3-98119789-1
Taschenbuch, 316 Seiten, 9,95 Euro

Enn onsem Journal *Plautdietsch FRIND* roopd wie aule
Lesasch opp, ons eare Woatje to schetje. Dann troffe
sich dee meschte Schriewasch, dee hia en dissem Bok
to finje sent, to eenem Schriewa-Seminoa, om ons jeajen-
siedich onse Woatje veatolese en toop doarewa to rede.
Soo funge sich emma meea Mensche, dee opp Plautdietsch schriewe doone. Doabie ess dit Bok entstohne.

www.tweeback.com

RUDY WIEBE
von dieser erde
Eine mennonitische Kindheit
im borealen Urwald Kanadas

RUDY WIEBE
Friede wird
viele zerstören

ISBN 978-3-98119781-5   ISBN 978-3-98119782-2
Gebunden mit Schutzumschlag, je 24,95 Euro

Rudy Wiebe gilt als einer der besten Schriftsteller Kanadas, er erhielt mehrfach den Governor General's Award, den renommiertesten Literaturpreis Kanadas; seine Kindheitserinnerungen *Von dieser Erde* wurden mit dem Charles-Taylor-Preis ausgezeichnet.

„*Von dieser Erde* ist eine sprachliche Perle, Weltliteratur zum Genießen, Balsam für die Seele." (Deutschlandradio Kultur)

„In Nordamerika längst kanonisiert, wartet sein Schaffen im deutschen Sprachraum auf umfassende Entdeckung." (Neue Zürcher Zeitung)

www.tweeback.com